国家社科基金
GUOJIA SHEKE JIJIN HOUQI ZIZHU XIANGMU
后期资助项目

明清灾害叙事、御灾策略
及民间信仰

Disaster Narrative, Resistance Strategies
and Relevant Folk Beliefs in the Ming and Qing Dynasties

刘卫英　王　立著

中华书局
ZHONGHUA BOOK COMPANY

图书在版编目(CIP)数据

明清灾害叙事、御灾策略及民间信仰/刘卫英,王立著. —
北京:中华书局,2022.12
(国家社科基金后期资助项目)
ISBN 978-7-101-16006-2

Ⅰ.明⋯ Ⅱ.①刘⋯②王⋯ Ⅲ.①中国文学-古典文学研
究-明清时代②灾害防治-历史-中国-明清时代③信仰-民间文
化-研究-中国-明清时代 Ⅳ.①I206.2②X432-092③B933

中国版本图书馆 CIP 数据核字(2022)第 226320 号

书 名	明清灾害叙事、御灾策略及民间信仰
著 者	刘卫英 王 立
丛 书 名	国家社科基金后期资助项目
责任编辑	高 天
责任印制	管 斌
出版发行	中华书局
	(北京市丰台区太平桥西里 38 号 100073)
	http://www.zhbc.com.cn
	E-mail:zhbc@zhbc.com.cn
印 刷	三河市宏盛印务有限公司
版 次	2022 年 12 月第 1 版
	2022 年 12 月第 1 次印刷
规 格	开本/710×1000 毫米 1/16
	印张 37⅝ 插页 2 字数 600 千字
国际书号	ISBN 978-7-101-16006-2
定 价	180.00 元

国家社科基金后期资助项目出版说明

后期资助项目是国家社科基金设立的一类重要项目，旨在鼓励广大社科研究者潜心治学，支持基础研究多出优秀成果。它是经过严格评审，从接近完成的科研成果中遴选立项的。为扩大后期资助项目的影响，更好地推动学术发展，促进成果转化，全国哲学社会科学工作办公室按照"统一设计、统一标识、统一版式、形成系列"的总体要求，组织出版国家社科基金后期资助项目成果。

全国哲学社会科学工作办公室

目　录

第一编　灾害主要类别与民间信仰

第二编　灾害间的关联性及其民俗观念

插图目录

序

灾,作为存在状态异常的集合概念,恒在且无可回避。人类许多民族都有对于灾害的丰富感受、认知和诠释,从神话到民间故事、文学作品都有着多种多样的记录、想象,而古代中国更有着在世界上罕有可比的"荒政"制度与赈灾实践经验。特别是到了明清时期,相关的文献、民俗资源,更是为今天如何认识、应对和总结御灾策略,提供了宝贵资料,20世纪80年代以来,"灾害学"学科成为一门"显学",例如中国人民大学李文海先生及其团队,就做出了突出的贡献。

在灾害、御灾文化记忆、政策制订与民间御灾经验总结的多学科探索中,民俗信仰研究是一个重要而不可替代的方面。

民俗无往不在,而御灾民俗信仰更是支配着明清朝廷荒政的具体措施筹划及地方官员"执行力"的操作、民间救助与应灾诸环节。那么,如何将灾害、御灾民俗资源最大限度地搜罗、调动起来,就充分体现出民俗学的包容力。这部国家社科基金后期资助项目研究成果《明清灾害叙事、御灾策略及民间信仰》,就体现了明清民俗信仰研究与明清小说、野史笔记文献等多学科较大幅度的结合,具有超现象性、跨学科性、整体性、实践性四个特点。

首先,是灾害叙事研究的超现象意义。这在导言部分多有谈及,亦即灾害叙事与明清御灾民间信仰的精神史意义,包括历史事实中的观念元素、传闻小说藏蕴的灾害民俗价值认同及其民俗叙事行为本身。通过对明清若干灾害的描述,探讨灾害、应灾民俗记忆、民俗观念,勾勒明清灾害民俗发生的若干精神史脉络。既理性地认识到灾害祭禳活动的迷信、超现实想象性质,又能历史地看待和辩证地进行价值判断。

其次,是对灾害的种类划分与认知跨学科性实施。该著部分地借鉴灾害学的归类,将明清灾害划分为九大类。其中有许多都是属于御灾故事与神秘崇拜相结合的,如水灾及其民间信仰归因,强化了蛟龙崇拜、"许真君"信奉,水神职责也被赋予到"金龙四大王""黄大王"形象上,以及治水能臣栗毓美的神化等。旱灾中帝王罪己、地方官求雨，求雨功效在此大于勤恳敬业。清官能臣也运用巫术仪式求雨，灵物崇拜多与求雨有关。佛教的咒龙求雨发展为打骂龙神，而驱除旱魃有了替代方式，女性求雨是佛经故事的世俗化。而蝗灾，可被柳神有效遏制。治蝗带有人治观念和伦理性，清官所在之地而蝗不集。将柳神理解为秀才，说明清初民俗心理之于柳的亲和感，体现了生态保护思想及柳崇拜观念。至于雹灾有突发性特点，史书把雹灾对应到政治悖谬导致的天气阴阳相激。认为冰雹是神人播洒，或虾蟆（蛤蟆）、蜥蜴、龙等所吐。雹灾传闻体现了龙崇拜社会心理中的"先结构"存在，人们认为雹灾是洪水前兆，想象用宝物驱雹[①]。对于瘟疫，明清人想象中的病魔形象有服饰古怪的童子、鸭子、怪人等。御病传闻有送药神使、特效药、抗病新发现等[②]。一方面承认人力救助，另方面又恐惧天命鬼神，而鬼神救助往往即人力救助的变形延展。

该著的跨学科性，还突出地体现在将民俗记忆、小说文本与晚清告灾新闻图画的结合。按说，这后者属于新闻传播学、艺术学范围，且属近现代领域。"流民图"作为摹状苦难的传统传播模式，无须文字的瞬间识记，摹状灾情呼告的"铁泪图"，每幅告一灾，寓意丰富。如《河南奇荒铁泪图》劝赈书，图画以具体生活细节展示灾荒的可怕情状，图画上往往配有主题词及情况说明文字，与灾情歌谣等呼应。而表现官员实地赈灾、民间自救互助的图画，如吴友如主绘的《点石斋画报》，关注灾民真实生活，提供舆论和社会力量支援被灾者，直接进行募捐广告宣传，每多诉诸直观画面展示受灾、逃灾的情状，揭露不合理御灾、趁赈灾横行不法现象，提供疗病御灾之良策。赈灾图画对唤起中外多阶层、多层次赈灾，收效巨大。该著对图画的灾害载录价值的研究很有特色，具有极大创新价值。

再次，是与前揭联系的整体性。该著不仅描述明清灾害信仰，更重视御灾、赈灾等一系列方面，特别注意到对地方官员"匿灾"（瞒灾）、侵赈等罪恶现象的描写，结合古代"荒政"文献进行有针对性的分析；至于

---

① 王立、刘卫英：《明清雹灾与雹神崇拜的民俗叙事》，《晋阳学刊》2011年第5期，中国人民大学《复印报刊资料》J2专题2012年第2期转载。
② 刘卫英：《清代瘟疫、夜游神民俗叙事的伦理意蕴》，《明清小说研究》2013年第4期。

明清小说所批评的被灾者坐等施赈等恶习、民俗心理①,向来罕有研究者触及,呈现出该著的文化批判意识。

整体性还在于,努力探究多种灾害之间的关联。如该著揭示出明清灾害言说多呈现水旱叠继,二者或连年发生,或同年降临,导致被灾者信仰乱象、心理异化及应灾行为失常。水难则多因风灾而至,两者都带有局部性与突发性。而"三大自然灾害"(水、旱、蝗)往往"旱极而蝗",持续旱灾,植被遭损,蝗灾易生。涝灾则不利于蝗,大雨可灭蝗于初萌。干旱也与瘟疫的持续时间多呈正比;旱涝造成水质破坏、卫生条件恶劣、腐尸不及掩埋、饥民流动等,加速疫病传染,疫情具有季节性②。因而明清小说中常写灾后饥寒困苦,夺命的多为疫病。管理不当,赈济过程中也易发瘟疫。对于这些多灾交织及其连带关系,该著也做出了可贵的探讨。

此外,该著注重了应灾、御灾的实践性特征。如对地震前鸡犬等动物预兆的总结,从天象与飞禽水兽状态预测大风、洪水等。灾兆有时还需要仙道之士提醒。该著还彰显了小说描写的植树抑洪、储水备旱、节粮节水、推广外来多产农作物等,如此"国计"乃为"民生"之大事,这是多么重要的御灾民俗记忆!该著强调,明清民间助赈讲究不伤害受灾者自尊,维护被救助者的"面子",这也值得倡扬、践行。捐赠、助赈,本身也是一种应予肯定的侠义精神,需要发扬。该著充分肯定了明清多灾多难社会背景下的"侠客想象",认为侠与清官联盟的最大成效,莫过于灾荒之际帮助清官惩贪济民。而士绅助赈、仙道救急的民俗观念,亦为明清诸多超时空神秘故事流传的主要动因③,至此,御灾民俗研究的当代价值可见。

总结明清灾害、御灾叙事的认识价值与文化观念,亦有着重温灾害民俗记忆与警醒当今的现实意义。灾害不仅瓦解社会,也带来生态环境的恶化,有效率地应灾御灾并逐步提高应对智慧与能力,人类也会更理性地、全面地敬畏自然。清代曾利用灾害文化反思避灾的伦理原因。某

---

① 刘卫英:《明清御灾叙事对民众应灾心态的理性思考》,《上海师范大学学报》(哲学社会科学版)2020年第2期,中国人民大学《复印报刊资料》J2专题2020年第6期转载。

② 王立:《明清雹灾、冰雪、地震与瘟疫等关联书写及多神观念》,《哈尔滨工业大学学报》(社会科学版)2020年第3期。

③ 刘卫英:《明清文学中的侠绅助赈、仙道救急及其民俗观念》,《西南大学学报》(社会科学版)2020年第2期。

种意义上可以说，灾害、受灾和避灾的民俗记忆总结，可成为一种应灾的必要教材。"灾时社会心态"使人们亲和力增强；灾害叙事也成为灾害主体宣泄痛苦、呼唤正义的渠道。讲述灾害酷虐与御灾有效的民俗记忆，使人们痛切地认识到保持良好生态环境的重要。

　　该著视野开阔，广泛吸收、引用了古代文献与国内外成果，如《中国荒政全书》等卷帙浩繁的史料、地方志，如法国魏丕信《十八世纪中国的官僚制度与荒政》、英国伊懋可《大象的退却：一部中国环境史》、美国艾志端《铁泪图：19世纪中国对于饥馑的文化反应》、日本森正夫《十六至十八世纪的荒政和地主佃户关系》等国外研究成果，又如多部明清文言小说与白话小说文献及相关研究，更吸收了国内灾害史学的众多研究成果，而又能补充丰富综合之，在既有研究的基础上向纵深方面"接着说"，尤其在特定灾害、御灾信仰的沿波讨源方面，更是甚见功力。

　　两位著者有着丰厚的学术积累，对古代社会的灾难叙事有着整体性、专题性结合的学术观照。特别是对不同灾害的关联性、动态性研究，不仅对以往灾害民俗研究的学术范式有所超越，也对人类思考有效控制当下世界性的疫情，更有效率地应灾御灾，做出某些预案，有很好的借鉴价值。

万建中
2021年4月

　　（万建中，北京师范大学教授、博士生导师、民间文学研究所所长，中国民俗学会副会长，中国民间文艺家协会副主席）

导　言　灾害叙事与明清御灾民间 信仰的精神史意义

　　灾害，是人类社会不可回避的自然异常现象；应灾御灾，是人类社会每一个体都可能承领的巨大打击、挑战和考验。对于灾害本身的自然科学研究、历史学研究，近年取得了一系列厚重且价值巨大的成果，然而，与此不相称的是灾害记忆、文学叙事模式及其民间信仰的系统、综合研究，却刚刚起步。如杨庆存教授为一部灾害文学论著所作的"序"指出作为交叉学科的灾害学研究的不足："然而，对于中国古代典籍中大量涉及自然灾害的文学作品，长期以来却没有引起文学研究界的足够重视，更欠缺深入扎实的细致研究。近些年来，虽然不乏微观层面的单篇研究成果，却很少有学者从文学角度专门进行中观、宏观的系统研究，以致专著阙如。"①

第一节　灾害学研究的近况与民间信仰视角

　　灾害学研究，是最近三十年史学、社会学等多学科关注的"显学"，然而对灾害民俗记忆、民俗叙事及民俗信仰的研究，似嫌不足。30多年前研究者即指出：

　　　　我们的祖先是有观察自然、记录自然的光荣传统的，许多史书、地方志中都有《五行志》《祥异》等篇章，对许多重要的自然现象不管他们懂与不懂都记录下来传给后人。而近代科技工作者确有数典忘祖的现象，不仅对祖先留下的大量记载轻易地斥之为迷信、非科学，而且对正在发生的一些罕见的、现代科学力量尚不能充分解

---

① 杨庆存：《序：灾害文学与人文精神》，李朝军：《宋代灾害文学研究》，中国社会科学出版社2016年，第2页。

释的现象也麻木不仁、不闻不问,使许多有价值的自然现象仅留下一些不伦不类的传闻。这种不正常的状态亟待改变!①

此后这种状况有了较大改变。不过,研究数量的积累,往往未必就真的能够累积为研究质量的飞跃。研究者对此现状感到有些不满:"总体看,数据汇编更多的内容偏重记录灾害本身状况,在灾害来临之际人类采取的救荒减灾措施方面,资料薄弱,对此的研究亦缺乏。"②

灾害的历史学、神话学研究,近百年前就已揭开帷幕,积累深厚。邓云特、瞿宣颖、费孝通、黄芝岗等都曾关注灾害研究③。王秋桂、萧兵、王孝廉等研究过长江水系上游为主的李冰化牛斗水、二郎神等治水英雄和息壤等神物故事、石崇拜与乞雨关系等④。近30年来,李文海、赫治清、张建民等对灾害历史、学科建构及区域性灾荒与环境演变等研究⑤,夏明方的民国自然灾害与乡村社会研究⑥,范丽珠、欧大年(Overmyer)对华北祈雨仪式的民间宗教视角的总结提炼⑦,张堂会对现代文学中民国自然灾害书写的研究,刘守华等对"陷湖"(地震洪灾)等故事的追寻等,颇受瞩目。法国魏丕信考察了清中叶流民、勘灾及救灾弊端,美国格兰姆·贝

---

① 杜一主编:《灾害与灾害经济》,中国城市经济社会出版社1988年,第100页。
② 刘景莲:《清朝地震灾害及康熙年间的赈灾对策》,赫治清主编:《中国古代灾害史研究》,中国社会科学出版社2007年,第337页。本书探讨的灾害问题指:"危害人类生命财产和生存条件的破坏性事件,在灾害这个大概念中包含着若干的灾种,如水灾、旱灾、风灾、雹灾、霜灾、水土流失、病虫害等等,灾害是各灾种组成的一个集合体。"见卜奉贤、惠富平:《农业灾害学与农业灾害史研究》,《农业考古》2000年第1期。
③ 邓云特:《中国救荒史》,商务印书馆1937年;瞿宣颖:《中国社会史料丛钞》,商务印书馆1937年;费孝通:《乡土中国》,上海观察社1947年。
④ 王秋桂:《二郎神传说补考》,(台北)《民俗曲艺》第22期,1983年;萧兵:《中国文化的精英——太阳英雄神话比较研究》第四篇《治水英雄:抗灾与救世》,上海文艺出版社1989年;王孝廉:《黄河之水——河神的原像及其信仰传承》,(台北)《汉学研究》(民间文学国际研讨会专号),1990年8月;王孝廉:《中国的神话世界》第六章第二节《农耕与乞雨》,作家出版社1991年;王孝廉:《岭关云雪——民族神话学论集》第一编《中原诸水及其水神》,学苑出版社2002年;李丰楙:《宋朝水神许逊传说之研究》,(台北)《汉学研究》(民间文学国际研讨会专号),1990年8月。
⑤ 袁林:《西北灾荒史》,甘肃人民出版社1994年;张建民、宋俭:《灾害历史学》,湖南人民出版社1998年;张建民:《明清长江流域山区资源开发与环境演变》,武汉大学出版社2007年;等等。
⑥ 夏明方:《民国时期自然灾害与乡村社会》,中华书局2000年;李文海、夏明方主编:《天有凶年——清代灾荒与中国社会》,生活·读书·新知三联书店2007年;等等。
⑦ 范丽珠、[加]欧大年(Overmyer):《中国北方农村社会的民间信仰》,上海人民出版社2012年。

克考察了抗战时陕西地方病后遗症问题,巴西学者探讨了灾民道德堕落及越轨行为[1],加拿大 Mark Gamsa "The Epidemic of Pneumonic Plague in Manchria 1910–1911"一文提出应关注灾难受众等,但缺少对被灾者的应灾行为心理、民间御灾观念与民俗信仰复杂性的关注。不少国内学者运用泰勒、斯宾塞、弗雷泽、涂尔干等禳灾仪式研究成果,侧重以进化论等探讨其宗教渊源和巫术崇拜遗存。而关于灾害学术史研究卷帙浩繁,难于在有限篇幅内一一介绍,因此仅在论述中随时引用。

近年一些研究综述总结每多忽视专著,如有的关于祈雨习俗、祈雨文学的综述,缺漏甚多,不仅安德明的论著未列,且以诗文为主,基本未涉及明清小说及元代后的研究[2]。须知这是一项国家社科基金项目成果,提醒我们需要关注研究者的知识结构问题。

本书主要列出与本论题关联较近成果和重要综述[3]。与本书较切近的研究相对来说要少得多,如安德明等专著中已介绍一些[4],此不赘。这里还应提到复旦大学历史地理研究中心主编的论文集,其中有关明清蝗灾、水灾、荒政等专题的探讨[5],与御灾民间信仰研究切近,很有价值。李育红阐述了仪式变迁是社会变迁的影像;罗惠翾认为仪式为信仰者确立了何者为真、善的价值体系,使群体社会趋同;丁宏提出了仪式的现代

---

① [巴西]约翰·德·卡斯特罗:《饥饿地理》,黄秉铺译,生活·读书·新知三联书店1959年。

② 郜迪:《中国古代祈雨习俗及祈雨文学研究综述》,《上饶师范学院学报》2014年第2期。

③ [法]魏丕信:《十八世纪中国的官僚制度与荒政》,徐建青译,江苏人民出版社2006年。海外研究参见周荣:《20世纪50年代以来海外学者明清荒政、救济和慈善事业史研究述评》,赫治清主编:《中国古代灾害史研究》,中国社会科学出版社2007年。如朱浒《二十世纪清代灾荒史研究述评》指出前期成果面广、量大,难尽列举:"应该提及的成果还有邓拓的《中国救荒史》(1937年)、陈高佣的《中国历代天灾人祸表》(1939年)和王龙章的《中国历代灾况与赈济政策》(1942年),以及1950年后出版的有关水利史、地质史和农林科技史的著作,在所有这些著作中,尽管其对清代灾荒情况的论述并非其重点所在,但这些论述无疑也为清代灾荒史研究增加了不少分量,因而应当是进行下一步研究时不可忽略的参照系。然而一则由于这些成果过于分散,二来限于篇幅,此处不能将之一一列举……"(《清史研究》2003年第3期)又吴滔:《建国以来明清农业自然灾害研究综述》指出:"随着研究的深入,对'农业灾害'加以界定就显得非常必要,这样做至少会有利于学者们形成一种新的认识:不再只是过分地致力于探讨自然灾害的总的'规律性',而是把更多的注意力放在对于农作物生产和农产品丰歉影响最大的水、旱、蝗、雹、霜、风等灾害的具体研究上。"(《中国农史》1992年第4期)灾害民俗信仰研究,也当作如是观。

④ 安德明:《天人之际的非常对话——甘肃天水地区的农事禳灾研究》,中国社会科学出版社2003年,第25—37页。

⑤ 复旦大学历史地理研究中心主编:《自然灾害与中国社会历史结构》,复旦大学出版社2001年。

政治意义及其对民族凝聚力的作用；范长风和刘捷认为原始先民采取了仪式手段、民俗规范和巫医技术缓解水旱之灾生态压力与疗病，眼中的山川河流、神异动植物和山神祠礼是超隐喻的人本思想和生态行为。对明清叙事作品中御灾辟邪仪式的研究多限于名著：孟凡玉探讨了《红楼梦》驱邪及庆典仪式等；潘万木将《水浒传》民间性"聚义"和官方性"忠义"仪式对比；郑晓江提出辟邪文化具有心理转换律、邀宠律等；张月琴以大同北部上演祈雨仪式，指出祈雨是地方性知识场景的集中、村民经济政治和社会关系的集中展现①；胡新生的巫术研究涉及求雨、除蝗等，很见功力，但较偏重上古、中古②。

　　既有研究多限于对现象描述、史料发掘整理及灾害事件、后果及发生规律的总结，但对灾害的民俗叙事、应灾御灾抗灾意识的发掘和提炼，对灾害与灾荒所做的文学艺术、社会学和民族学等研究，也是很有意义的。因此，上述研究可作为本书的前提和支撑。

第二节　民间信仰与灾害学结合研究的范围、必要性

　　灾害学的民间信仰研究，是一个极具开掘空间的领域。何谓"民间信仰"？台湾人类学家李亦园先生《传统民间信仰与现代生活》一文认为其与民间宗教结合，"其实我国民间宗教信仰是一种复杂的混合体，其间固以佛道的教义为主要成分，但却包括许多佛道以外的成分，例如民间信仰中的祖宗崇拜及其仪式，就是最古老的信仰成分，比道教教义的形成早很多；其他又如许多农业祭仪，也都与佛道无关，所以说我国民间宗教是融合了佛道以及更古老的许多传统信仰成分而成，因此我们无法像西方人称某一民族的宗教为某某教一样来说明，只能称之为'民间信仰'"③。

---

① 张月琴：《大同地区祈雨仪式与权威的建构》，《大同大学学报》（社会科学版）2009 年第 3 期。
② 胡新生：《中国古代巫术》，山东人民出版社 1998 年。
③ 杨国枢主编：《中国人的心理》，（台北）桂冠图书公司 1988 年，第 447 页。后来他又将此论述完善之："其实我国传统的宗教信仰是一种复杂的混合体，其间固以佛道的教义为重要成分，但却包括许多佛道以外的仪式成分，例如民间信仰中的祖宗崇拜及其仪式，就是最古老的信仰成分，比道教教义的形成早很多；其他又如许多农业祭仪，也都与佛道无关，所以说我国民间宗教是融合了佛道以及更古老的许多传统信仰成分而成，因此我们无法像西方人称一民族的宗教为某某教一样来说明，只能称之为'民间信仰'吧。"李亦园：《人类的视野》，上海文艺出版社 1996 年，第 273—274 页。

　　乌丙安先生认为民间信仰与宗教区别有十:前者没有宗教教会教团那样固定的组织,没有特定至高无上的崇拜对象、创教祖师等权威,没形成宗派及完整的伦理哲学体系、神职队伍、规约或戒律,没有法衣法器、仪仗仪礼,没有固定寺庙教堂,也没有宗教徒那样自觉的宗教意识。中国民间信仰具有多样性(崇拜对象多样,神灵多样,多重宗教谱系崇拜)、多功利性、多神秘性等基本特征①。姜彬指出民间信仰:"一、在阶级社会里它是属于下层民众的对鬼神世界和习俗礼仪的一种信仰,这种信仰直接影响着他们对人生的一种态度;影响着他对生活的信仰心理和行为。二、它有较强的地域性、社会性和传统性,人来到这个世界上,不是处在真空状态,当他呱呱下地之时,就生活在一定地区的习俗和信仰的氛围中,它必须要做大人为他安排好的种种随俗的行为,这里无不充满着传统的信仰观念,民间信仰可以说是与生俱来的。三、民间信仰的内容是一个糅合体,它的来源不止一个,有古老的原始信仰的成分;有各个时代形成的习俗信仰和民间塑造的神;也有人为宗教的影响……"②贾二强指出:"是相对于正式的宗教或得到官方认定的某些信仰,在一定时期广泛流传于民间或者说为多数社会下层民众崇信的某些观念。……民间信仰则是下层人民精神需求的一个中心……"③他赞同乌丙安概括的古代民间信仰民族特征的多样性(多神、泛神崇拜)、多功利性、多神秘性,还补充有自发性、多变性或曰不确定性。无疑,这是基于中国人宗教观念淡薄,特别是明清许多宗教意识混杂在民间信仰中所得出的认识。因此需要在比照中辨别得更加明晰:"民间信仰,是围绕着对于超自然力的信仰而形成的观念、态度和行为。这种超自然力,既包括人格化的力量(如神灵),也包括非人格化的力量(如法术)。一般来说,民间信仰缺乏统一的神系、固定的组织以及统一的教义,因而在形态上同制度化的宗教有较大差异,并因此而长期被人们普遍以'迷信'相称,来强调它与科学的对立,特别是与狭义'宗教'(高级宗教)的区别。……在人类学上,与制

---

① 乌丙安:《中国民俗学》,辽宁大学出版社1985年,第242—245页;乌丙安:《中国民间信仰》,上海人民出版社1995年,第1—12页。
② 姜彬主编:《吴越民间信仰民俗——吴越地区民间信仰与文艺关系的考察和研究》,上海文艺出版社1992年,第12—13页。
③ 贾二强:《唐宋民间信仰·绪言》,福建人民出版社2002年,第1—5页。

度化的宗教相对,民间信仰常被称之为'民间宗教',并且把它看做中国
民众自己的宗教。"① 因而近年国内有学者仍觉得需要反省"强烈排斥中
国民间信仰的理论倾向",提出将其视为"一种原生态的宗教—文化现象
群",以期更全面地理解其错综复杂性,灵活地阐释其多重属性与功能,
并避免将此日常传统习俗简单化②。

在国外,认为宗教现象可分为信仰与仪式两个基本范畴,强调信仰
与仪式的联系和区别,涂尔干如是说:"信仰是舆论的状态,是由各种表
现构成的;仪式则是某些明确的行为方式。……信仰、神话、教义和传
说,或者作为各种表现,或者作为各种表现体系,不仅表现了神圣事物的
性质,也表达了赋予神圣事物的品性和力量,表达了神圣事物之间或神
圣事物与凡俗事物之间的关系。然而,我们绝对不能将神圣事物简单地
理解成那些被称为神或精灵的人格存在;一块岩石,一棵树,一泓泉水,
一枚卵石,一段木头,一座房子,简言之,任何事物都可以成为神圣的事
物。所有仪式也都具有这种性质;事实上,如果仪式不具有一定程度的
神圣性,它就不可能存在。"③ 注意到信仰现象是一种错综复杂、头绪纷
繁的现象,"它具有许多方面,可以从各种不同科学——哲学(认识论)、
社会学、历史学、社会心理学——的角度来加以研究"。一般认为,信仰不
仅存在于宗教领域,"如果信仰对象是某种虚假的、幻想的东西(宗教信
仰),或者是某种没有完全得到证明的假说,或者是某些未来的现象和过
程,那末,在人们的意识中就会出现信仰。……除非信仰对象与人有个人
的利害关系,引起人的情感反应和评价反应,才会使人产生信仰。……信
仰同传统的行为方式,特别是同风俗和礼仪具有联系。这里所谓传统的
行为,指的是遵守社会上公认的规范和准则并加以仿效。在这种行动
方式下,对社会上已有的活动框框作肯定的评价,仿佛是不言而喻的"④。

吴真博士从学术史、学科策略角度,提出应为视民间信仰为"迷信"

① 安德明:《天人之际的非常对话——甘肃天水地区的农事禳灾研究》,中国社会科学出版社
2003年,第15页。
② 张志刚:《中国民间信仰研究的几个关键问题》,《民俗研究》2018年第4期。
③ [法]爱弥尔·涂尔干:《宗教生活的基本形式》,梁东等译,上海人民出版社1999年,第
42—43页。
④ [苏]德·莫·乌格里诺维奇:《宗教学引论》,王先睿译,上海人民出版社1992年,第242—
248页。

来"去敏"。国内宗教学的民间信仰研究长期受到冷落,其研究成果有阶段性的不可人意的体现。杜赞奇、韩森等国外学者的研究对大陆影响较深,政治艺术被运用于民间信仰,处处力图体现"国家的在场",而"非遗"成为百年来最为正统的合法身份①。

"精神史",又可称为"心智史""文明史",此语在本书中,意在偏重以明清下层民众内心世界为主的探讨。灾害习俗与御灾信仰不是简单的仪式问题,而是牵涉宗教、民俗、道德伦理等一系列精神领域的大题目,其间界限往往很难分清,御灾信仰、叙事与仪式等无疑都属于现实物质基础上的精神表现。阿兰·邓迪斯指出:"民间故事在搜集前早就存在了,它是人们对自己的生活和内心世界所描绘的一幅图画,正如黑格尔所说的那样:人民的灵魂是在他们的民歌中反映出来的。如果我们对民间故事进行分析研究,就会消除搜集故事者的一些偏见。有些历史学家对人们的精神状态也进行了研究,学者们想分析出人们是怎样进行思考的,不幸的是这类历史学家不是民俗学家。……民间故事反映的是整个民族和人民的思想,而不仅局限于一个时间的表段。"②当然这一类语词的表述,也往往适用于其他相关领域,如:"中国神话研究史是中华民族心智史、文明史的一个有机组成部分,对之应当予以全面的研究。……"③作为重要民俗事象的灾害及其灾害叙事,也包括对应灾避灾御灾等民俗记忆的描述,其一方面是历史实存,但伴随时间淘洗,更多的则是不断转化为观念习俗的对象化遗存。因此灾害、御灾的民俗记忆就更值得注意。布尔迪指出:"社会事实是对象,但也是存在于现实自身之中的那些知识的对象,这是因为世界塑造成了人类,人类也给这个世界塑造了意义";"与自然科学不同的是,完整的人类学不能仅限于建构客观关系,因为有关意义的体验是体验的总体意义的重要部分"④。因此,明

---

① 吴真:《从封建迷信到非物质文化遗产:民间信仰的合法性历程》,金泽、邱永辉主编:《中国宗教报告(2009)》,社会科学文献出版社2009年。
② [美]阿兰·邓迪斯:《国际民俗学现状与故事研究》,高卓献译,刘守华、黄永林主编:《民间叙事文学研究》,华中师范大学出版社2005年,第23—24页。
③ 钟敬文、杨利慧:《中国古代神话研究史上的合理主义》,(台北)汉学研究中心编:《中国神话传说学术研讨会论文集》上册,(台北)汉学研究中心1995年,第59页。
④ [法]皮埃尔·布迪厄、[美]华康德:《实践与反思——反思社会学导引》,李猛、李康译,中央编译出版社1998年,第7—9页。

清灾害叙事与御灾民间信仰研究应当包括：

1. 关注明清历史事实中的灾害与御灾的民俗观念元素；

2. 除了民俗传闻之外，也关注作为文学文本的小说、野史笔记以及图画等媒介的灾害描写所藏蕴的多种灾害民俗事象、民间信仰及其价值的认同及传承；

3. 考察灾害民俗叙事、民间信仰行为本身，其属于灾害民俗事象的延续，也属于灾害主体或旁观者参与的动态化民俗实践。

前引安德明以甘肃天水地区旱灾求雨为主的考察后，关于东海孝妇蒙冤而死与旱灾祈雨的当代民俗记忆，也得到万建中教授的精彩阐发①，在此基础上，我们进一步搜集明清散见资料，特别是野史笔记和较少引起关注的小说文本，继续讨论。

第三节　灾害种类及本项研究的综合性、新创性

灾害（災害），是一个组合词，有灾发生，造成危害，才称之为"灾害"。灾本作"災"，在古代多指火灾，后来引申为水旱等灾害。对灾害做多元性认知，有利于感受与把握灾害与被灾主体、灾害与次生灾以及多灾叠加的多重张力间性，不仅具体而微地感受到自然变异的力量，也间接地影响到人们对于灾害存在的容忍度，甚至各取所需，共生发展。

关于灾害种类划分，也有必要在此说明。一般来说："（一）从层次上分，有天灾、地灾、人灾（或主生灾）。（二）从单个性质上分，有水、旱、风、雨、霜、雾、冰、雹、沙、雷电、疾病等灾。（三）从社会与大自然内部联系及其自然排列组合上分：1. 连带型：如旱—蝗、涝—疫、鼠害—草荒（或粮食歉收）、战争—疫病等灾；2. 并发型：如风—沙、雨—涝、污染—疾病（或农林受损）、毁林—水土流失—泥石流（或洪水）、三废—酸雨（或大气、河流污染）—破坏生态平衡等灾害；3. 渐变—突发型：如雪崩、滑坡、地震、龙卷风、火山爆发等灾；4. 侵蚀型：如碱荒、沙荒、风化岩、熔岩、软弱岩土、膨胀土坡、海水入侵等；5. 职业型：如气体或矿产品等中毒；6. 营养

---

① 万建中等：《中国民间散文叙事文学的主题学研究》第八章，北京大学出版社 2009 年。

型：饮食中缺乏某种元素或维生素的地方病，如山区缺碘而造成的甲状腺肿或大骨（关）节病等灾害；7. 国际或国内的政策失误型：如帝国主义在殖民地鲸吞掠夺、垄断财团跨国公司的无政府主义的开发、侵略战争、内战、政法措施的失误、城市或国土规划缺乏大系统战略观点等等形成的多种灾难。"①

还有的学者进行一种"三元二级划分"：自然灾害、环境灾害、人文灾害。如海难、火灾等技术性灾害属于"人文灾害"；而自然灾害有时同环境灾害，又往往很难分开：旱灾、飓风、暴雨、龙卷风、寒潮、热带风暴与暴风雪、霜冻等气象灾害；洪水与海侵等水文灾害；地震、火山、滑坡与泥石流等地质灾害，以及病虫害与瘟疫等生物灾害等②。考虑到不同灾害之间的有机联系，问题更加复杂。

然而，由于本书覆盖面大、材料零散与多学科交叉，关于灾害言说与御灾民间信仰的研究，除了安德明的农事禳灾讨论外，系统研究不足，本书作者虽长期搜集资料并多方准备，也深感力不从心。从学术创新和规范的角度，当然没有必要再去复述、增饰既有研究，而试图从叙事文学和民俗记忆、民间信仰交叉结合部入手，初步探讨一些先前较少关注的灾害文化现象。

因此，本书不是对所有灾害及其感受、立场、应对措施设想等进行全面研究，而仅是通过明清若干具有代表性的灾害书写，探讨灾害、应灾御灾过程中发生、展现的民俗记忆、民俗观念问题，勾勒出明清灾害民俗发生的若干精神史脉络。这些问题今天看来有许多是粗疏、稚嫩的，甚至是迷信、荒诞的，然而如从民俗记忆角度，连类所及，可能会看到冰山下更为隐晦却很有意义的民俗蕴涵，例如祭蝗神、河神、求雨等禳灾仪式，贯彻了农耕民族的民俗心理与民间信仰。人类学家注意到，我国民间宗教包含的仪式成分有六：（一）祖先崇拜；（二）神灵崇拜；（三）岁时祭仪；（四）农业仪式；（五）占卜风水；（六）符咒法术③。而祭祀水神祈免水灾、驱旱魃求雨、祭蝗神祈免害等，实际上都属"农业仪式"，又与具体化、实

---

① 赵白萍：《灾荒防治学及其防治系统工程——科技进步对民政救灾的影响和要求》，杜一主编：《灾害与灾害经济》，中国城市经济社会出版社1988年，第65—66页。
② 曾维华、程声通：《环境灾害学引论》，中国环境科学出版社2000年，第29页。
③ 李亦园：《人类的视野》，上海文艺出版社1996年，第274—275页。

用化了的"神灵崇拜"结合。

又如兽灾民间信仰,通常总是关注古人如何与伤人的猛兽抗争,不避危险地战胜猛兽,先秦以降,构成了人兽冲突的叙事系列。然而事实上,这是以人类中心主义理念来看待人兽冲突的。固然,我们没必要去责备古人在生存斗争中与猛兽无法和谐相处;然而伴随社会生产力的发展、人类社会的强大特别是抵御猛兽能力的增强,人兽冲突未必就要消灭猛兽。何况中国古人,也想象出一些具有人性人情的"情虎"、报恩知义的"义狼",设想人兽可和谐相处,将现实生活中的不可能,变为文学文本和野史传闻驰神畅想中的可能。亲和动物,如果从今天生态美学、动物伦理角度看,就可能会进行换位之思——人与动物平等,人们滥砍滥伐,开荒造田,侵犯了原本属于动物的领地,动物生存受到威胁,才带来了人兽矛盾的激化;而人消灭了猛兽,也打破了生态环境中的"生物链",使得牛、羊、野猪、野鹿等大量繁殖,植被遭到破坏,水土大量流失,水旱灾害由此频繁而加剧;或同样的水旱灾害,因土地缺少森林植被而受灾程度更加严重。那么,我们还要把猎兽、杀死虎狼看作是人类的光荣和胜利吗?生态美学的先驱利奥波德,有一段对老狼垂死情状的刻画和思考,给人们留下了难忘的记忆:

> 当我们到达那只老狼的所在时,正好看见在它眼中闪烁着的、令人难受的、垂死的绿光……那时,我总是认为,狼越少,鹿就越多,因此,没有狼的地方就意味着是猎人的天堂。但是,在看到这垂死的绿光时,我感到,无论是狼,或是山,都不会同意这种观点。
>
> 自那以后,我亲眼看见一个州接一个州地消灭了它们所有的狼。我看见过许多刚刚失去了狼的山的样子,看见南面的山坡由于新出现的弯弯曲曲的鹿径而变得皱皱巴巴。我看见所有可吃的灌木和树苗都被吃掉,先变成无用的东西,然后死去……这些鹿是因其数目太多而死去的……牛群也是如此,清除了其牧场上的狼的牧牛人并未意识到,他取代了狼用以调整牛群数目以适应其牧场的工作。他不知道像山那样来思考。正因为如此,我们才有了尘暴,河水把未来冲刷到大海去。①

---

① [美]奥尔多·利奥波德:《沙乡年鉴》,侯文惠译,吉林人民出版社1997年,第123—124页。

对人与动物、环境的关系,进行一种整体性的思考,离不开人类作为"灾害主体"对受灾苦难的感受、刺激和反思。虽然,不能说所有的自然灾害与人类的活动有关,至少,相当多的灾害是因为人类某些失控的、有害的行为而起、而变得更严重。

明清,在这里之所以不是截然分开为明代与清代,也是因这两个朝代具有某些共同点,尤其是明末清初,很难判然而别。不过,限于篇幅和论题,清代的资料会多一些。本书三编之间逻辑关系大致为:

第一编"灾害类别叙事与民间信仰",由9章组成。该编从灾害"文化丛"角度,将明清灾害御灾民间信仰,按照灾害种类划分为:水灾、旱灾、蝗灾、雹灾、兽灾、风灾、地震(含火山爆发)、冰雪严寒、瘟疫这九大类型。试图依据现有文献总结其各自的灾害描述特征、民间信仰具体对象、禳灾仪式场景等。

第二编"灾害间的关联性及其民俗观念",由5章组成。从若干方面探讨了多种灾害之间的错综复杂的联系,试图从整体的角度讨论灾害的叠加、引发催生、延续扩展等一系列互动纠结的关系,以及自然界灾害与动植物内在联系等,还分析了赈灾新闻图画铁泪图、《点石斋画报》等在告灾、赈灾募赈诸多方面的作用。

第三编"御灾策略、神秘思维与民族性",由7章组成,主要从灾害发生后对赈济过程的叙述,总结施救(地方官)一方与被救助(被灾者)一方各自的正反两方面表现,着重探讨冒赈、匿灾、助赈等一系列应灾态度行为,并推究其多重社会与文化成因。其中特别提出了对民众不当应灾态度的纠正与批判,这是先前较少为人们所注意的。

三编之间呈现出递进式的过程:各种灾害及其民间信仰的展示分析——多种灾害之间的多重互动关系——应灾、赈灾经验的丰富及其具体操作过程中的发现问题、解决问题等。

上述九类灾害虽非自然灾害的全部,却是包含主要灾害并具有内在联系和互动整合功能的系统,许多灾害都不是个别孤立地发生,常常合成、转化并派生出次生灾害。如旱灾就易于引发蝗灾,风灾每多伴随冰雹,旱灾可能很快转成洪水,诸多自然灾害可能引发瘟疫,等等。诸般灾害也有自身的神灵,如旱魃、蛟怪、瘟神等;而抵御克制的一方有龙神、金龙四大王、黄大王、刘猛将等等。相关的祈神、祭祷仪式异中有同,又同中有异。

灾害给人类社会造成破坏,引起禳灾和应灾、避灾等社会行为,二编为第一编的扩展、补充,三编则为逻辑上的自然延伸和深化。许多正常社会隐伏的矛盾、问题,都在灾害降临之际、之后集中、尖锐地表现出来。匿灾、冒赈等一系列赈灾弊端,不仅是贪欲、权力对救灾资源的攘夺、挥霍,深层上还有在"天降灾惩罚罪恶"等民间信仰传统下的逃避,有"地方保护主义"的以邻为壑。同时,也有好逸恶劳的伸手惰习、趁火打劫的强盗行径等。因而第三编也是在第一、二编系列的基础上,对综合的、禳灾救助民俗事项进行多重揭示,并力图带有一定的文化反思批判意味。

第四节　本书取材与小说、史传等民俗记忆载体功能

李文海先生指出,就中国灾荒史而言,清代应是研究重点:"清代灾害极其严重,而人民群众的抗灾斗争也积累了丰富的经验,政府的救荒机制及实际运作,也集古代荒政之大成,更加完备和系统,发展到了一个较高的水准。最后,迄今留下的有关灾荒的历史资料,也以清代为最多……清人所写的荒政著作,占了全部资料的百分之九十。"[1] 明清文史展示出的文化与文学特点,是文人情怀与世俗伦理的空前融合、儒道佛多种思潮观念的空前会通,因此灾害御灾的文学与文献载录,构成了与多种文化分支、多重社会阶层相关的特殊民俗记忆。今日所见,事实上绝大部分当时人们各种方式(世情小说式、神幻想象式、野史传闻式等)的民俗记忆材料,带有彼时所更为看重的伦理情怀。如明清对某种灾害的伦理推因就带有时代特色:

> 嘉庆己卯年(1819),杭城大火,一王姓家四邻俱毁而岿然独存。人询其家有何善行,则曰:"无他,惟五世不以麦粉洗衣服耳。"余按:仁和沈梅村大令赤然《寒夜丛谈》云:"麦为百谷之始,所以养人之生者甚广,而世人多以之浆洗衣服,甚至裙裤足缠亦用之,云如

---

① 李文海:《进一步加深和拓展清代灾害史研究》,《安徽大学学报》(哲学社会科学版)2005年第6期。

是则耐著,且易去垢也。今试以一家计之,每日约费麦三合,通十七省四五千万家计之,每岁共需麦四五千万石。嗟乎!登之则历四时,食之则遍天下,徒以区区污私浣衣之故,悉举而弃诸沟渎中,暴殄天物,无逾于此!安得家喻户晓,而为世惜此无穷之福耶?"此论最为明切,无如举世习惯,莫知警戒也! [①]

如果说,灾害是不以人们意志为转移的,但受灾与否、受灾轻重,属人员伤亡还是财物损失,却似乎是可以人为选择的,那就是平日的积德行善、惜物撙节。这与今天的提倡低碳消费,其实本质上并无不同,均指节约资源,只不过一个是偏重神秘主义思维而被动规约的,一个是以科学理性为自觉追求的。然而我们没必要去责备古人的以果推因。

如何以今天的科学眼光,既理性地认识到明清人们灾害祭禳活动的迷信、超现实想象的性质,又能对其历史而客观地看待,并予以充分的理解和辩证的估价,总结地方官吏利用神灵崇拜御灾驱害、维护统治、安定人心的苦衷,进行合理的价值判断,这也是对传统文化中灾害叙事予以正确判断的一个必要前提。论者指出,瘟疫暴发后明朝政府重视疫区民众的精神慰藉:

> 当时人们相信疫灾是神灵所降,故最高统治者在自省和整肃百官的同时,又举行各类祭祀活动,祈求神灵的宽宥。正如明臣霍贵等人所言:"自古帝王遇灾戒惧,未尝不以祈祷为事。"(《明宪宗实录》卷八六)每有大的疫情发生,明朝皇帝便派中央官员到疫区祭祀神灵。……以今视之,明代的祈禳无疑是自欺欺人之举,但不可否认的是,在医疗水平落后和人们普遍相信天人感应的时代,祭祀使惊恐万状的瘟疫患者能够安然地面对死亡的威胁和失去亲人的痛楚,对安慰人心具有一定的效果。[②]

大规模瘟疫暴发之际,在有限的医疗救助条件下,能以祈禳仪式暂时性地取得安慰人心的效果,应当说也属必要和难得,其可以增加人们应对灾害的心理承受力,适当缓冲灾害造成的心理创伤,一定时段内给

① 陆以湉:《冷庐杂识》卷一《麦粉》,中华书局 1984 年,第 27—28 页。
② 田澍:《瘟疫肆虐与明朝政府的应对措施》,《光明日报》2010 年 2 月 9 日第 12 版《理论周刊》。

人以信心与克服困难前行的勇气。

　　明清灾荒研究作为多学科关注的领域,已取得了丰富与值得钦佩的成果。然而,对于赈灾、荒政的研究,主要只是关注灾情、救民业绩(生态、环境问题很少考虑),救灾、荒政弊端研究今仍不足,多年前有专家指出:"目前荒政史研究所取得的绝大多数研究成果还都比较零碎、片面和分散,缺乏内在的有机联系,纵向与横向的比较研究更是少之又少。荒政史这一学科与社会史、灾害史、自然学科都存在着内在的联系,因此更有必要从与社会学、人类学、灾害学、环境科学、气候学等学科结合的高起点推进荒政史的研究。"① 本书则由此而努力。

　　首先,本书材料除了一般性地取自野史笔记、史书和方志,也较关注白话小说与文言小说,还有一些官员奏章、告灾图画以及地方报纸赈灾募捐宣传画等。特别注意将小说(包括文言小说与白话小说)作为特定民俗记忆载体、民间信仰的纪念仪式及言谈操演来运用。鲁迅先生曾揭示野史、杂记的独特价值:"先前,听到二十四史不过是'相斫书',是'独夫的家谱'一类的话,便以为诚然。后来自己看起来,明白了:何尝如此。历史上都写着中国的灵魂,指示着将来的命运,只因为涂饰太厚,废话太多,所以很不容易察出底细来。正如通过密叶投射在莓苔上面的月光,只看见点点的碎影。但如看野史和杂记,可更容易了然了,因为他们究竟不必太摆史官的架子。"② 而从文艺民俗学眼光看,材料虽琐屑零散,但具有可应用、阐发的原生态资源。另一方面,如同俄罗斯汉学家在指出《三国志》裴松之注细节丰富、文笔生动时体会到的:"野史与正史的区别,在于叙事详尽,多有细节。野史作者似乎并不想做到按年月叙事,而只记录人物生活中的个别事件或奇事异闻……仅能设想,作为一种传说而流传于民间的亲历者及其后代的回忆起了不小作用。这些作者恐怕也没有专门去搜集那些人的回忆,只不过把耳闻的东西加以改写。野史对这类事件的叙述,一般文笔生动,具有现在说的小说艺术的风格,并有大量对话。"③

---

① 邵永忠:《二十世纪以来荒政史研究综述》,《中国史研究动态》2004 年第 3 期。
② 鲁迅:《华盖集·忽然想到》,《鲁迅全集》第三卷,人民文学出版社 2005 年,第 17 页。
③ 〔俄〕李福清:《三国演义与民间文学传统》,尹锡康、田大畏译,上海古籍出版社 1997 年,第 30 页。

　　明清野史、方志不仅带有如上特点,而且还多杂有神秘的超现实传说,往往喜好评述、引用前代相关载录,提高了文献价值。从他者的角度,研究者指出要了解灾害体验融入日常生活的途径,"就需要在资料上另辟蹊径,寻找那些间接地、无意间揭示人们如何应对灾害的文献。获得这类文献并非易事。中国丰富的宗教文献可能提供相关的内容,而叙事文学和民间传说是可能利用的另外一类文献……"① 明清小说作品也往往具有审美效应之外的警示、认知功能,如弗莱所言:"人类面临的许多不测灾难之一是全部毁灭,这是文学靠自身所无法防止的:但我认为,若无文学,那种灾难就一定不可避免。"② 小说作为市井细民生活的民俗事象、悲喜情感体现,许多带有"民俗记忆"及其表达方式的认识功能,对于补充灾害学研究的"人文精神",非常可贵。

　　其次,注意材料的系统性和相对的原生态性质。的确,某些"田野作业"不无偏颇,"文化人类学家一直热衷于'田野作业',正兴高采烈地高呼'理解他人的理解',另一方面又无视民间文化的系统性及衍生规律,肆意攫取自己所需的材料,为重新阐释和建构理论模式服务。民众的说法充其量只是他们理论天平上可以任意添加的砝码"③ 这在 20 世纪中叶后的中国大陆,特别具有针砭时弊的价值。许多研究者重视身体力行的"田野作业"当然十分必要,然而除了学科本身的复杂性、历史诸多因素的不确定性,特别是跨学科研究的难度等,还有今天可资运用的"文献"范围很广,其中不乏古代尤其是明清野史笔记,有意无意地记录了彼时彼地的民俗传闻,较少功利性,其生活与感受更为接近那个时代的土壤,载录纵非全部真实,但毫无疑问其可靠的程度("信度"),未必比现代人戴有色眼镜看到并加工的"田野考察"记录差。

　　基于此,明清灾害民间信仰研究,其取材至少应突出四点:

　　一者,将现存的古代文献,看成是古代传说的真实载录(包括带有超现实想象的,其也近乎真实载录了彼时感受)。对此徐朔方先生有论:

---

① [德]安维雅(Andrea Janku):《临汾方志传记中的灾害体验(1600—1900)》,曹新宇等译,《清史研究》2010 年第 1 期。
② 吴持哲编:《诺斯罗普·弗莱文论选集》,叶舒宪译,中国社会科学出版社 1997 年,第 188 页。
③ 万建中:《解读禁忌——中国神话、传说和故事中的禁忌主题》,商务印书馆 2001 年,第 55 页。

"口头传说可以是还没记录下来的文献,文献则可能是已被记录的口头传说。"①按此,应参照不同灾害、不同形式的御灾、减灾、避灾叙事等多种异文,因其是口头传说流传过程的标志。

二者,关注野史笔记及地方志,实际上把大部分野史笔记,当作明清民俗记忆的"田野作业"记录。"浩瀚的史书和数不尽的文物遗址,提供了取之不竭的史料……中国人有浓厚的历史意识,看问题注重追根溯源,述先道故,使得人们重视历史经验的吸取,留下大量的野史、笔记。这些留存在正史以外的资料,最为丰富、生动,有待人们去整理、发掘。"②而地方志之于灾害文学研究尤其有价值。谭其骧先生指出:"方志中的《艺文》一类,辑录了许多前人的诗文,这些文字一般没有经过修志者的改动,反映了各个时代各个方面的情况,是最可贵的第一手材料。"③而对有些灾害的在地性,方志的灾害记忆是具有较大的可靠性、认同度的。

三者,体现本书特色,就是重视明清小说中的民俗资源,这方面似更应改变既往的某些成见。如葛兆光《妖道与妖术:小说、历史与现实中的道教批判》强调小说具有思想史史料价值,"历史学家相信史著而轻视小说,这是一个长期的习惯,其实,作为叙述,史书与小说同样表达着一种历史的观念,根本没有孰优孰劣的高低,倒是小说作为一种普遍存在的无意识流露的观念的文学表述,更值得思想史家的注意,如果一种观念常常在小说中无意地表达,并被当做天经地义的事情来叙述,那么这一观念已经成了深入人心的传统"④。

四者,绘图资料,包括官员奏章所附告灾图、地方报纸上图文并茂的赈灾募捐宣传画以及画报图册。因其直观简洁、主题明晰易懂且生动形象的表述特点,是告灾求赈的固有模式,从中亦能探寻被灾惨象、应在思路及民间自救方式。本书试图尽力挖掘材料,加以专题性整理归类,发掘民生关怀感触、人文情怀的印痕。如《点石斋画报》亥集描绘光绪十七年(1891)北通州浮桥马范庄一带灾民聚居,某隐士常在此观察极

---

① 徐朔方:《小说考信编》,上海古籍出版社1997年,第451页。
② 刘志琴主编:《近代中国社会变迁录》第一卷,浙江人民出版社1998年,第13—14页。
③ 谭其骧:《地方史志不可偏废,旧志资料不可轻信》,《中国地方史志论丛》,中华书局1984年。
④ 葛兆光:《屈服史及其他:六朝隋唐道教的思想史研究》,生活·读书·新知三联书店2003年,第142页。

贫、次贫者。二月某日他牵骡挟资,酌情施赈给过路饥民,见一妇衣衫褴褛,便施银子一包,妇以为他有歹意,将银袋掷地而走。如此贫穷还能洁身自好,实在令人钦佩,又令人怜悯。这里女灾民的自尊,不仅"清介可风",更反映出灾害中极其无助才抛头露面领粥的生存状态。赈灾者眼中的"极贫"妇女,担心接受赈银的风险,竟不顾自家已无隔夜粮,也折映出灾荒中不仅社会治安、生存状态恶化,"礼教"杀人的舆情尤甚——否则她顾虑何来? 而新闻报道却只是着眼于表彰她的人格。

又相传儿科医生杨天池虽精于痘疹,人称"痘神",却拒绝治疗一患痘小儿。小儿后来被杨弟子江昆池勉力治好,其父母酬谢时也请了杨,杨到场,但演剧时小儿闻锣声而死。杨此时才"笑谓"江曰:"此痘闻锣则死,尔未知也。"载录者认为此传言可疑:"何不戒其家禁锣而治之,必待以锣死而后言? 将曰故待其死以自喜,是为不仁;妒其徒是为不义。以天池之拥重名,恐必不出此,此无学者傅会之耳。"[1] 载录者自己都怀疑,仍提出了在面对疫情时,医术高下之名与患者生命孰轻孰重的问题。医术高者更重视生命为上的医德,谅不会如此无仁无义,否则何以有"痘神"之名? 另方面也很可能杨天池这是一种苦笑、无奈,说明了当时医治儿童天花的局限性和行医者的苦衷,否则为何不事前告诉其徒有风险? 天花疫情的严重和市井舆情的复杂带来了行业内部人文生态非正常化情形的加剧,医者生存状态的堪忧。

再次,文化他者的介入,可打破原有灾害思维模式与思维惯性,令应灾御灾生存竞争注入了尊重生命与人文关怀的精神意义,使得被灾者不再是拘泥于生命体的苟活,而是民族文化精神的有序与良性循环。多维、过细地分析彼时灾荒济困传闻,关注其以"他者"眼光形象体现出的灾害心态、想象的时代本真。如值大旱麦枯,唯荞麦可补种,河南登封知县就拿出自己俸禄买种,劝民待雨补种。不料遇一隐士,坚决反对没把握地补种荞麦,而认定"君欲活民"必须是白菜。于是知县明智地急令民间收白菜籽,拿出私宅银器簪珥购买,散发乡社。率众诅龙潭,激神怒下雨,令百姓菜、荞并种。民收菜曝干保存,得以卒岁[2]。改种白菜,是取

---

① 李斗:《扬州画舫录》卷十二,中华书局 1980 年,第 290—291 页。
② 朱国祯编著:《涌幢小品》卷二十九《山子道气》,中华书局 1959 年,第 688—689 页。

其生长过程中耐涝的优势；及时转产减灾御灾，只看当下不行，需要另辟思路，就如同诅龙，是激怒龙以期尽快降雨，而通常的思维路径和地方官的官威自信往往并非如此决策。故事还形象地连带提出，父母官（御灾责任人）仅具有同情心、责任感不够，还要有前瞻性和打破常规的魄力，拿出私财救急；同时要从谏如流，及时听取专家意见。18 岁的日本青年纳富介次郎于同治元年（1862）随船抵沪，亲见穷书生出售旧时木砚台漆套，众人只评不买，书生对他哭述携老母漂泊已断炊，祈能买下。于是青年提价购取，书生拜谢，次日又拿来一水晶印材相赠，说归后觉得"物轻价贵，实在有负于心"，今再加这个抵偿；青年推辞，书生执意不肯，便收下。介次郎感慨："我佩服他的正直。"①携母漂泊异乡的书生以家传贵重物品出售，本属无奈，却能持守内心的伦理底线，这类感人故事，成为维持人们济困救难心理动力的恒久助推能量。故事来自东邻异邦，礼失求诸野的别样意趣更带有本真的魅力。

保罗·康纳顿认为："如果有什么社会记忆的话，那我就要争辩说，我们可能会在纪念仪式上找到它。但是，纪念仪式只有在他们是操演的时候，我们才能被证明是纪念性的。没有一个有关习惯的概念，操演作用是不可思议的；没有一个有关身体自动化的观念，习惯是不可思议的。就是这样，我也要试图表明，社会结构中有一种惯性，没有任何一个关于何谓社会结构的现行正统学说对它有确切解释。"②从明清灾害叙事文本的具体类型展示与分析中，也可考察关于灾害的丰富的民俗记忆和民间信仰，从而把灾害与御灾民俗观念的研究推进一步。

灾害古今中外都是一种恒久的存在，对灾害的感受、载录和书写却带有文明阶段、人文情怀的印记。明清灾害、御灾的具体书写不论其写实、虚饰的比重如何，形诸文字者许多都带有极为丰富复杂的社会内容与审美意蕴，不仅体现出多维度、层面的人文情怀，也展示出应灾御灾的精神史意义。古代灾害、御灾书写的文学价值，离不开其百科全书式的多学科内蕴，小说及其多种"副文本"、互文性关系特别是人性、审美价值的阐发，对于丰富民族精神史建构的价值，需要进一步多方采集、分析才能趋于明晰。

---

① 冯天瑜：《"千岁丸"上海行》，武汉大学出版社 2006 年，第 202 页。
② ［美］保罗·康纳顿：《社会如何记忆》，纳日碧力戈译，上海人民出版社 2000 年，第 5 页。

第一编

灾害主要类别与民间信仰

第一章 水灾叙事与水神、水怪民间信仰

《管子·度地》载:"善为国者,必先除其五害。""水,一害也;旱,一害也;风雾雹霜,一害也;厉(瘟疫),一害也;虫,一害也。此谓五害。五害之属,水为大;五害已除,人乃可治。"[1]明清时代,伴随文化重心的南移和生态环境的破坏,水灾的承受力趋于降低,有关洪水和水神水怪的民间传说也进入了多发期。对此,竺可桢先生曾较早撰文[2],黄芝岗先生《中国的水神》亦颇获好评。钟敬文先生起步较早的关于民族跨文化的早期洪水神话的研究也一直持续[3]。这里力图避熟就生,主要探讨明清民间治水信仰及民俗记忆。

第一节 水灾叙事及其世俗伦理归因

水灾,除了降雨量过大引起的之外,许多是上游水土流失、表土被水冲积壅塞河床所致。如清末小说揭示植被破坏成因,以此突出清官明察:"林公周历襄河两岸,发现河底愈上愈浅,原来襄河底上下皆深数丈,近年来陕西南山一带,及楚北郧阳上游等处的深山老林,尽行开垦,栽种苞谷,山土日掘日松,遇有发水,沙泥泄入河底,逐渐淤垫,以致汉阳到襄阳,愈上则河底愈浅。兼之汉水性最善曲,相距一里,竟有纡回数折,此岸坐湾,彼岸不免受敌,正溜既猛,回溜势亦加狂,因是近年来襄河竟无一年不报漫溃。溃处的遗害,显分轻重:溃在上游的较重,溃在下游的较轻;溃在支堤的较轻,溃在正堤的较重。"[4]不过,特别值得注意和予以反

---

① 《管子》卷十八《度地》,房玄龄注,刘绩补注,上海古籍出版社 2015 年,第 371—372 页。
② 竺可桢:《清直隶地理的环境与水灾》,《科学》第 12 卷 12 期,1927 年。
③ 钟敬文:《中国的水灾传说》,《民众教育季刊》第 1 卷第 2 号,1931 年 2 月;《钟敬文民间文学论集》(下),上海文艺出版社 1982 年,第 163—191 页。
④ 佚名:《林公案》第三十四回《秋汛届期履勘襄河险要 堤防巩固奏报江汉安澜》,吉林文史出版社 1987 年,第 189 页。

思的倒是水灾的伦理归因。

首先,惨烈的水灾场面的描写与衣食住艰难的灾荒影响。从现场视角,分析水灾形成及诸多次生灾害。如董含(1624—1697)描写:"自五月至七月,淮、扬、滁一带,大雨如注,昼夜不息,水势汹涌,四面成巨浸,田禾庐舍俱没。百姓惊窜,有登塔顶馁死者,有浮至芦荡为毒蛇啮死者,有以长绳连系,一家数口同日并命者。惨状种种不一。水退,禾尽槁。地方官缮疏上闻。"① 不仅注意到水灾惨烈现场,而且描绘出人们因慌不择路逃生,可能会遇到水灾派生出的致命祸患。曾任河南巡抚的尹会一(1691—1748)动情地记载:"祥符等县,连朝大雨,房屋倒塌,田禾被淹,实为异常灾祲,此皆本都院奉职无状,上干天和所致。夙夜悚惶,寝食俱废,念我小民,上淋下湿,坐卧水中,栖身无所,糊口无资,兴言及此,不禁心碎泪下矣。查乾隆二年(1737)定例,如遇水灾骤至,果系房屋倒塌,无力修整,并房屋虽存,实系饥寒切身者,均酌量赈恤安顿等语,该司速饬被水各属确查,实在乏食穷民,度日维艰,即动常平仓谷,按其户口大小,先赈一个月口粮,大口三斗,小口一斗五升。其房屋倒塌之户,动支存公项下:极贫一两,次贫五钱,伤损人口者加倍,随查随给……"② 从赈灾措施上,可以看出地方官对于水灾危害情况的了解,以及针对水灾次生灾害采取的具体救灾步骤。

其次,对被灾者遭遇损失予以传统社会普遍认同的伦理归因。《聊斋志异·水灾》描写水灾的突然和暴虐,对幸存者所以能免遭灭顶之灾,进行了合乎世俗伦理观念的解释:

> 康熙二十一年(1682)苦旱,自春徂夏,赤地无青草。六月十三日小雨,始有种粟者。十八日,大雨沾足,乃种豆。一日,石门庄有老叟,暮见二牛斗山上,谓村人曰:"大水将至矣!"遂携家播迁。村人共笑之。无何,雨暴注,彻夜不止,平地水深数尺,居庐尽没。一农人弃其两儿,与妻扶老母,奔避高阜。下视村中,已为泽国,并

---

① 董含:《三冈识略》卷九《水灾》,辽宁教育出版社2000年,第202页。
② 尹会一:《健余先生抚豫条教》卷四《水灾罪己恤民》,王云五主编:《丛书集成初编》第933册,商务印书馆1939年,第27页。

不复念及儿矣。水落归家。见一村尽成墟墓；入门视之，则一屋仅存，两儿并坐床头，嬉笑无恙。咸谓夫妇之孝报云。此六月二十二日事。[1]

农家夫妻能在洪水突来时先奉婆婆避水，舍弃两个幼儿不管，体现了"重老"文化的价值取向。后来发现两个孩子没有被洪水裹挟而去，乡里舆论认为是"孝感所致"，显示了清初社会孝文化的深入民间。而实际上多数情况下如明人谢肇淛转述的，脱逃者即使逃得一时，也还是被继之涌来的洪涛吞噬。"吴兴水多于山间暴下，其色殷红，禾苗浸者尽死，谓之'发洪'。晋中亦时有之。岢岚四面皆高山，而中留狭道，偶遇山水迸落，过客不幸，有尽室葬鱼腹者。州西一巨石，大如数间屋，水至，民常栖止其上。一日，水大发，民集石上者千计，少选，浪冲石转，瞬息之间，无复孑遗，哭声遍野。时固安刘养浩为州守，后在东郡为余言之，亦不记其何年也。"[2]

整个地区不良风气如浪费水资源的现象，被认为可能就是上天震怒、暴发洪水的原因。清初通俗小说从山西一些缺水地区说起，强调水灾是对明水镇这些"不忠不孝、无礼无义、没廉没耻的顽民"，与水为仇的天谴。"看了这等干燥的去处，这水岂是好任意洒泼的东西？……你任意滥用罢了，甚至于男子女人有那极不该在这河渠里边洗的东西，无所不洗。致得那龙王时时奏报，河伯日日声冤。……却是玉帝檄召江西南昌府铁树宫许旌阳真君放出神蛟，泻那邻郡南旺、漏泽、范阳、跑突诸泉，协济白云水吏，于辛亥七月初十日子时决水淹那些恶人，回奏了玉帝。那玉帝允了所奏……"[3]于是水灾理由便得到了充分合理的伦理解释，受灾者中的少数好人，受坏人连累而倒霉。段江丽博士指出该小说体现出"司命信仰"，其来自明初以降不断提倡的"善书体系"，如袁黄《立命之学》及诸多"功过格"，《太上感应篇》达到高潮，因而该小说呈现两个要

[1] 任笃行辑校：《全校会注集评聊斋志异》卷三《水灾》，齐鲁书社 2000 年，第 732 页。
[2] 谢肇淛：《五杂组》卷四《地部二》，上海书店出版社 2001 年，第 72 页。
[3] 西周生辑著：《醒世姻缘传》第二十八回《关大帝泥胎显圣　许真君撮土救人》，齐鲁书社 1984 年，第 363—364 页。

旨:一是标举神灵仁慈,鼓励改恶从善;二是强调(夸大)这一信仰在心理上给人以警惧①。这一论断是很准确的。

　　杨树棠记汶川之南的桃关,光绪年间暴发水灾,居民漂没一千多人,然而也有幸运者,他拣选个案实例两相映照,且以议论强调:"其时有陈德懋者,盖负贩于道者也。薄暮行至此,将宿焉。其子坚不可。乃行,宿于其下之澈底关。陈问故,其子曰:'吾见桃关之人,皆有鬼随之,系其颈以铁索,是以惧耳。'获免难。同时,有布贩胡从兴者,前一夜宿于其地,是日将之汶川,出门而腹痛呕,因复止焉。夜即被难。予尝迹两人平日所为,陈事母孝,而胡则盗嫂者也。"②载录者对这类动辄千万人罹难的奇灾,少有幸运脱难者,进行了某种必然性的伦理推因:"往往必有一二人脱其厄,以著其神异,似若有主之而呵护之者。天道福善祸淫,盖明示人以向善之路也。"强调了平日积善积德的重要:遇到做好事机会可别放过,而坏事千万别干,总能找到你的!杨树棠则把这种"司命信仰"的绝对性、可靠性描述得具体而形象。

　　其三,通过点与面的水灾受难者对比,凸现个别孝子及其家庭在水灾中的幸运。万历己酉(1609)夏五月廿六日,建安山水暴发,洪水逾城而入,溺死数万人,但人们如何应对却大有不同:

　　　　水至时,人皆集桥上,无何,有大木随流而下,冲桥,桥崩,尽葬鱼腹。翌日,水至福州,天色清明而水暴至,斯须没阶,又顷之,入中堂矣……少选,妹婿郑正传,泥淖中自御肩舆迎老母暨诸室人至其家,始无恙,盖郑君所居独无水也。然水迄不能逾吾台而止,越二日始退。方水至时,西南门外白浪连天,建溪浮尸,蔽江而下,亦有连楼屋数间泛泛水面,其中灯火尚荧荧者;亦有儿女尚闻啼哭声者;其得人救援,免于鱼鳖,千万中无一二耳。水落后,人家粟米衣物为所浸渍者,出之,皆霉黑臭腐,触手即碎,不复可用。当时吾郡缙绅,惟林民部世吉捐家赀葬无主之尸凡以千计,而一二巨室大蛆,反拾

---

① 段江丽:《〈醒世姻缘传〉研究》,岳麓书社2003年,第175—176页。
② 杨树棠:《南皋笔记》卷三,《笔记小说大观》第三十册,江苏广陵古籍刻印社1984年影印,第22页。

浮木无数以盖别业,贤不肖之相去远矣。①

谢肇淛(1567—1624)对水灾中置灾民生死于不顾、乘灾谋利的富户强烈不满。清末有识之士也注意到,因孝行得免劫难,免于水灾之患,即其一也。清末丁治棠写某孝子居山中,父母俱老,二子尚幼小。一夜蛟水暴发,孝子与妇谋:"以儿可再生,失父母则终天抱恨,不可弃也。"遂夫负父,妻负母,登山避之。雨大坡滑,竭蹶得上,水随雨涨十余丈,"正仓皇间,忽大声发水上,蛟尾一扫,搁山顶,形蓬蓬甚巨,黑夜不能辨,自是水杀。黎明视之,己屋也。家具器物,随屋浮上,位置如常。而两儿犹酣睡床上,锔锔未醒。夫妇稽首谢天。数日水落,下视居邻,漂泊一空。所毗连地,皆水冲沙埋。而孝子土田,方罫分明,若有阴为护之者。县令闻之,表其异,即以水淹无主地割界之,家遂由此丰实焉"②。这是"郭巨埋儿"伦理神话的一个翻版,也运用水灾逃生中伦理选择的话语来叙述,烘衬出洪水猝至给人的震撼。

其四,水灾的被灾者和遇难者常是冥间命定的。此与瘟疫、地震等受害者"冥间早定"类似。清初小说写狄希陈幼年常在母姨家玩,发水时同母姨全家一起落水。狄希陈扯住箱环在水中漂荡:

> 只见一个戴黄巾骑鱼的喊道:"不要淹死了成都府经历! 快快找寻!"又有一个戴金冠骑龙的回说:"不知混在何处去了,那里找寻? 看来也不是甚么大禄位的人,死了也没甚查考。"戴黄巾的人说道:"这却了不得! 那一年湖广沙市里放火,烧死了一个巴水驿的驿丞,火德星君都罚了俸。我们这六丁神到如今还有两个坐天牢不曾放出哩!"③

就这样被众神灵解救,送回家附近,小说以此预告人物的未来官职,"可见人的生死都有大数,一个成都府经历便有神祇指引"。有的具体解释为:"奉许旌阳真君法旨,全家免死。""若那时薛教授把他当个寻常游

---

① 谢肇淛:《五杂组》卷四《地部二》,上海书店出版社2001年,第71—72页。
② 丁治棠:《仕隐斋涉笔》卷一,四川人民出版社1985年,第9—10页。
③ 西周生辑著:《醒世姻缘传》第二十九回《冯夷神受符放水　六甲将按部巡堤》,齐鲁书社1984年,第380页。

方的野道,呼喝傲慢了他,那真君一定也不肯尽力搭救。"将此幸运脱难归结为神灵酬报善待之恩。

此外,水灾作为自然灾害的一些特点,也被理性地认识到了。《五杂组》通过比较水灾与火灾的特点,揭示水灾给人带来无可逃避的突来恐怖,虽说是"水火无情",但人们对水灾往往疏于防范,有时南方水灾比起北方危害更甚。"水柔于火,而水之患惨于火。火可避而水不可避,火可扑灭而水无如之何,直俟其自落耳。若癸卯山东之水,丁未南畿之水,己酉闽中之水,壬子北都之水,皆骸骨蔽野,百里无烟,兵戈之惨,无以逾之。然北方之水,或可堤防而障,或可沟浍而通,惟南方山水之发,疾如迅雷,不可御也。"[①]对此,小说也引诗对钱塘江水灾气势加以渲染:

> 骤雨盆倾,狂风箭急。千年古树连根倒,百尺深崖作海沉。半空中势若山摧,只道是江神怒捣蛟龙穴;平地里声如雷震,还疑是龙王夜吼水晶宫。白茫茫浪涌千层,霎时节桑田变海;碧澄澄波扬万丈,顷刻间陆地成津。但见那大厦倾沉,都做了江心楼阁;孤帆漂泊,翻作那水面旌旗。可怜的母共儿,夫共妻,脸相偎,手相挽,一个个横尸缥渺;可惜的衣和饰,金和宝,积着箱,盈着箧,乱纷纷逐水漂沉。这一回蝼蚁百万受灾危,鸡犬千群遭劫难。真个是山魈野魅尽寒心,六甲三曹齐掉泪。[②]

水灾危害如此之大,而明清时代关于水灾的民间信仰,也十分丰富并具有多重文化意蕴(图 1–1[③])。

第二节　洪水、蛟龙崇拜及长江水神信仰

洪水、泥石流又被称为"发蛟""出蛟"。一位美国学者给"蛟"的

---

① 谢肇淛:《五杂组》卷四《地部二》,上海书店出版社 2001 年,第 72 页。
② 金木散人:《鼓掌绝尘》第三十八回《乘月夜水魂托梦　报深恩驿使遭诛》,春风文艺出版社 1985 年,第 407—417 页。
③ 赵省伟、李小玉编译:《遗失在西方的中国史:法国彩色画报记录的中国 1850—1937》(下),中国计划出版社 2015 年,第 485 页。

图 1-1　洪灾肆虐

定义及功能概括,主要根据唐代南方的传说,言其是类似鳄鱼的爬行动物,神秘而变化多端:"蛟通常被视为一种龙,但有时它又会幻化成人形,有时又变成鱼的模样。它的各种变形是可以互通的……实则'龙'的含义更为广泛;kraken 一词比较适合,它指的是一种威力无比的海中怪兽……而且,dragon 在我看来是一个总称,它不仅包括蛟,也涵盖了其他多种水中的怪兽,比如'螭'……dragon 一词囊括了所有水中的怪兽,而在远东地区,这些水中怪兽都被看作龙的化身。""在南方的传说中,蛟是可怕的动物,它就像在丛林中摆好架势的蛮人一样,时刻准备着扰乱由真正的龙所建立的文明秩序,而龙正是中国帝王的精神象征。在汉人眼中,它象征了水的破坏性与毁灭性,而龙则代表着水造福于人的一面。"[①]相比之下,明清中原、北方民间信仰中的蛟,则是蓄意制造水灾、兴风作浪的恶兽。蛟意象扭结着水灾——治水母题,也构成了生蛟、寻蛟、除蛟直至异鸟辟蛟等连环系列。

首先,"出蛟"本为水灾之果,被"逆推因"为水灾的祸起之由。在古代生态系统中,有陆地动物与水族动物之分,后者给人的神秘感大于前者,一个最大区别是后者因多数情况下隐没于水中,"距离产生美感",给人的印象更神秘,更令人生恐怖之感,也更能引发丰富的异空间想象。因此,水怪往往在蛟龙崇拜流脉上生出一个巨大旁支。而蛟龙崇拜及水怪系列主要可划分为长江水系、淮河水系与黄河水系,具有明显的地域性时空感。乐钧对水怪有生动形象的描绘:

> 乾隆癸卯(1783)二月,金溪北鄙崇岭崩,蛟也。大雨雹,风霆怒甚,山下村几墟、民几鱼,其暴如此。

> 郡中故多蛟。某年小山出九蛟,得九穴,然不为暴。某年夏雨甚,邻里陈坊桥涨及于梁。有田父荷锄过桥上,见两巨蛇黄色,队行水中。随以锄击之,毙其一,致之桥上。闻者皆来观。已见上流有浮滓如席,去梁数丈,盘旋不前。——浮滓者,相传蛟属行水中,用以自覆者也。——于是观者皆走避,浮滓乃奔下,势若山裂,浪沸起,高丈许;梁不尽塌,涨亦顿落,而人无损者。若此皆不为民暴者也。[②]

① 〔美〕薛爱莲:《朱雀:唐代的南方意象》,程章灿、叶蕾蕾译,生活·读书·新知三联书店2014 年,第 439—443 页。
② 乐钧:《耳食录》二编卷三《蛟》,岳麓书社 1986 年,第 208—209 页。"塌",原书误作"榻"。

　　蛟兴灾报仇，被人格化地描写成有情感、有智谋，苦心孤诣地伺机行事。说明对蛟的行为有细致观察，持续重视描述那些妖蛟活动规律、形状：1.用对洪水前后有关征兆的具体描述，有说服力地解释蛟兴洪水的推因（实际上蛟的活动是水灾构成的"果"）。2.人格化地描述水灾祸首——蛟，"相传"强调了"谈蛟色变"的舆情，蛟这类水兽在水中"浮淬"之下，说明其具有灵性，会有意识地使用遮蔽物来进行隐藏，伺机要兴风作浪；甚至蛟还有善恶、"为民暴""不为民暴"之分，滔天之水是否伤人，就在其一念之中。3.介绍贤能之官发明了辨认大雪中"蛟窟"之法："闻古老言：唐太守在吾郡时，选材官佽飞，教之伐蛟，其法不传矣。验蛟之法：于大雪时四山望之，无雪处，其下乃蛟窟。"① 此为伐蛟（免遭洪水）的必要一步，故事体现出消除洪水于未然的御灾思想。

　　似乎这洪水的肇事者蛟龙，还有高度智慧，不仅有意识地运用遮蔽物掩盖自身的行踪，还能猝不及防地向人类发动袭击。这类传闻，不能简单化地看成是恐惧支配下的向壁虚构。明代谢肇淛亦早有留意：

　　　　闽中不时暴雨，山水骤发，漂没室庐，土人谓之"出蛟"，理或有之。大凡蛟蜃藏山穴中，岁久变化，必挟风雨以出，或成龙，或入海。闽乌石山下瞰学道公署，数年前，邻近居民常见巨蟒，长数百尺，或蹲山麓，或蟠官署觚棱之上，双目如炬。至己酉秋八月，一夜，大风雨，乌石山崩，自后蟒不复见云。先是，阮中丞一鹗无功于闽，而庙食山巅，舆论不惬也。是日山崩，政当其处，祠宇尽为洪水漂流，片瓦只椽杳不可见，时以为异云。②

　　暴雨山崩均可视为与人事相关。董含的描述较为真切："七月二十三、二十四日，越中余姚、上虞、慈溪等县起蛟，山水骤发，高丈余，田禾房屋，淹没者甚众。"他记述的"起蛟"先是地中有声如雷，"忽大雨倾注，平地水高三尺，有蛟两角，裂地而出"③。也有把这蛟龙具体化为江河湖泊中的特定物种鼍，"鼍，与鳄鱼为近属，俗称鼍龙，又曰猪婆龙。长二丈余，四足，背尾鳞甲，俱似鳄鱼，惟后足仅具半蹼。生于江湖，我国之特

① 乐钧：《耳食录》二编卷三《蛟》，岳麓书社 1986 年，第 208 页。
② 谢肇淛：《五杂组》卷四《地部二》，上海书店出版社 2001 年，第 72 页。
③ 董含：《三冈识略》卷十补遗《蛟起》，辽宁教育出版社 2000 年，第 231—232 页。

产也。相传力猛,能损蚀堤岸,鸣声惊人。其皮可冒鼓,通作鳝"[1]。也不排除,猪婆龙只是洪水成灾原因之一,巨蛇形状的蛟龙,依旧是水灾元凶的主要代表。说明水灾叙事不光是灾情实录与经验之谈,民俗文本与群体记忆也受到一定的重视。

其次,水灾中目睹耳闻的猪龙(猪婆龙)形象,更加证实和强化了蛟龙崇拜。应当说,水灾暴发时,的确有平常难见的巨大水兽随波而来,出现在被灾者视域中。于是描写蛟龙形象便成为讲述洪水前兆的套路:"己未秋,江南江鸣,水立如山,久之乃复其故。又顺天府东安县河水暴涨,居人见水中有物如蛟龙,而目赤色,后有白马随之,目亦赤,随涨徐去。"[2]如此直观,显示出水灾目击者的在场性,成为灾难真实情况的目击者。李庆辰(? —1897)称某年河水涨发,"有渔人于潞河中央见一物,首大如丘,其形类豕,头浮水面,顺流而下。或云是猪龙也。见之,主一邑大水。纪文达公《笔记》,曾载水中有巨羊头浮于波面,云亦是龙。设此二物相遇,不知自以为何如也"[3]。在此,水灾现象记载的超常态怪物化,或许正是水灾民俗记忆中恐惧心理的文学化再现。而形状各异的怪物又呈现生活化夸张趋势,弱化了水灾记忆的科学性归因,强化了水灾形成的人为因素,体现出明清关注灾害源头探寻的民族性观念特征。

其三,连类思维的对象化。洪水中类似于蛟龙形象的漂浮物,与民众潜意识中的龙形幻影结合,让人杯弓蛇影,做出关于蛟龙与洪水关系的定向联想。对于巨大的浮木,刘献廷(1648—1695)的民俗记忆是可信的:

> 明弘治十六七年间(1503—1504)。荆涂峡间,忽有水怪作孽,阻拒峡口,淮水不得泄,则壅而旁溢,春六濠颍之间,田庐没。商舶至湖,时遇怪风浪,多颠覆。往来棹渡小艇,或至中流;或近岸,若旋风起,大浪三四,掀逐而来,人艇俱没。以是土人名其怪曰"赶浪",相讳不敢犯。又或夜静月明,梢人见有物若巨木,偃卧沙际,方报告惊谛,则倏然入水,风浪遽作,于是又名"神木"。如是者又四五年,

----

[1] 徐珂编撰:《清稗类钞》第十二册《动物类》,中华书局1986年,第5624页。
[2] 王士禛:《池北偶谈》卷二十五《江河之异》,中华书局1982年,第606页。
[3] 李庆辰:《醉茶志怪》卷三《猪龙》,齐鲁书社1988年,第186页。

正德以后患息，人复见于涡河中。己巳岁，涡河干涸通骑，相传又徙于颍水。后颍水复涸，或又传入黄河中。墨谈曰："此物或即巫支祁也。"余闻洞庭湖中，近亦有巨木作怪。盖木有生性，较飞潜之物，特未脱根于地耳，不如金石之冥顽也。木既经数百年之久，其得于天者既厚，而复脱根于地，又漂没于水中，常得水土之滋，其为怪也，不亦宜哉。[1]

那些常造成堰塞洪水、危害江湖商旅的巨型水怪，其形状相似，实为巨大树木。清初董含写："鄱阳湖有大木，乘风鼓浪，昂首掀舞，远望如龙，一月数见，土人呼为'木龙'，犯之者能覆舟，有祷辄应。粮艘骈集，皆虔祀之。中有十余艘笑其妄，扬帆先行，至中流，忽遇木龙撞击，一时俱沉，救援不及。洞庭有楠木大王，想即此类。"[2]巨木漂流水中，易于被当成有生命的水族生物。有关民间龙崇拜的原型，有扬子鳄、松树等多说，而这一传闻结合伐木放排、江湖中航行遭遇的水难，水中流木也很可能亦为龙传说的一个来源。

其四，以文学笔法，展现大众化的超现实想象，把水灾演绎为司水之神龙的失误作孽，误兴水害。《万花楼演义》写狄青母子遭遇洪灾："原来此水乃赤龙作孽，即将西河一县反作洋湾。不分大小屋宇，登时冲成白地，数十万生灵俱葬鱼腹，深为可悯。恶龙既作此恶孽，伤害多人，岂无罪过！上帝原以好生为德，岂容作此恶孽，灾虐殃民，后来贬下凡间作龙马，以待有用之人。"[3]似乎这"赤龙"，品级要高于一般的"蛟"，造成水灾后不是被诛杀，而仅是被贬谪而已。

其五，铁器等可以克制蛟龙，抵御洪灾进一步暴发。蛟为水患祸首，那么，就有了抵御蛟龙的克星。一者是信奉铁器、牛豸等可御蛟龙等水怪。明人考证出唐代《封氏记》已有此说：

（唐代）"宝应中，海州堰破，水涸，差东海令李知远修之。堰将成，辄坏，如此者数四，用费过多，知远甚忧之。或说梁筑浮山堰，频

① 刘献廷:《广阳杂记》卷三，中华书局1957年，第138—139页。
② 董含:《三冈识略》卷二补遗《木龙》，辽宁教育出版社2000年，第38页。
③ 李雨堂:《万花楼演义》第三回《奸用奸谋图正士　孽龙孽作陷生灵》，上海古籍出版社1995年，第19页。

有缺坏,以铁数万斤积其下,堰乃成。知远依其言,而穴果塞。初,堰之将坏也,闻其下殷如雷声。至是,其声移上流数里,盖金铁味辛,能害目,蛟龙避之而去,故堰可成耳。郎中程皓,家在相州,宅前有小池,有人造剑,于池内淬之,池鱼皆死,以此知鱼龙皆畏铁也。"天顺中,徐公有贞治河张秋,苦提善溃,用一老僧言,以铁镇之,功辄就。人以僧为神,不知前时已有此矣。①

的确,抵御水族袭击是人类持久的愿望,唐代这一信奉即已流行。而明代民间流行的这类故事,被史家谷应泰(1620—1690)采进史书,记述了佥都御史徐有贞治河成功的原因。徐有贞欲堵住一决口,投下木石则若无踪影,请教山中有道高僧,僧很久才答:"圣人无欲。"有贞沉思竟日,悟曰:"僧言龙有欲也,此其下有龙穴。吾闻之,龙惜珠,吾有以制之矣。铁能融珠。"于是乃镕铁数万斤,"沸而下之,龙一夕徙,而决口塞"②。因龙非圣贤,有欲望即必有克制之方——五行生克的御灾之术。

其六,英雄"斩蛟"故事成为水灾治理的一个象征。《礼记·月令》:"命渔师伐蛟,取鼍,登龟,取鼋。"多被明清荒政奏论援引。清姚碧《荒政辑要》载:"蛟之可伐,由来古矣。斩蛟之事,亦数见于载籍。深山叠嶂之间,当盛夏雷雨之际,伏蛟忽起,大水迅发,害及田庐人畜,事出俄顷,迫不及防。"江南按察使翁藻奏伐蛟得乾隆批阅酌办,成为"洵非诞妄"的力证。翁奏称:"臣查被水之由,多系蛟发所致。按,蛟似蛇而四足细颈,颈有白婴,本龙属也。相传旷原遼皋,当春而雄与蛇交,精沦于地,闻雷声入土成卵,渐次下达于泉。久之卵大如轮,又闻雷声,奋起而上剖而出,暴腾狰劣,往往裂冈岭,荡田园,漂没庐舍人畜而迫不及防……"在引《月令》伐蛟之说后列举具体步骤:"惟是伐之法不传,询之山野父老,凿言生蛟之地,冬雪不存,夏苗不长,鸟雀不集。其土色赤,其

---

① 焦竑:《焦氏笔乘》卷五《鱼龙畏铁》,上海古籍出版社1986年,第344页。参见《封氏闻见记校注》卷八《鱼龙畏铁》,中华书局2005年,第80页。《资治通鉴》卷一百四十七《梁纪三》载梁武帝天监十三年,北魏降人王足献计,堰淮水以灌寿阳,武帝差二十万人作浮山堰,或言:蛟龙能乘风雨破堰,其性恶铁,乃运东西冶(在建康)铁器数千万沉之。
② 谷应泰:《明史纪事本末》卷三十四《河决之患》,中华书局1977年,第504页。详叙徐有贞此事的《于少保萃忠全传》,据考成书下限在万历末或天启初(1620—1621)或更早,其采集此说当早于谷应泰著史时,参见陈大康:《四部明代小说成书年代之辨正》,《社会科学》1995年第6期;苗怀明:《几部描写于谦事迹的古代通俗小说考论》,《明清小说研究》2000年第2期。

气朝黄而暮黑，星夜视之，气冲于霄。未起三月前，远闻似秋蝇鸣。此时蛟能动不能飞，可以掘得。及渐起，离地三尺，声响渐大。不过数日，候雷雨而兴，多生夏末秋初之间。善识者察气辨色，掘土三五尺余，其卵即得，多备利刃剖之，其害遂绝。或云蛟非龙引不起，龙非雷电不行，宜用铁与犬血及不洁之物以镇之。又云蛟畏金鼓，夜畏火。夏月田间作金鼓声以督农，则蛟不起。若连日雨，夜竖高竿，悬以灯火，亦可避蛟。凡此搜捕之方，防御之术，体察物理，未必无征。"[1]文中建议广为宣讲，捕获蛟卵赏银十两，还广引相关文献，水灾观察与神秘信仰兼容。

英雄"斩蛟"即除妖治水的御灾业绩。李丰楙教授曾总结先秦到汉魏六朝文献中荆佽非、笛邱䜣、澹台子羽三位斩蛟英雄事迹："以为勇武之表率，于是乎而'斩蛟'成为见证英雄的一个重要代表性母题。"而后世宗教传说使斩蛟英雄神格化、神圣化，"相对的被斩的蛟就被妖怪化"，许真君斩蛟中的蛟，就由水中猛兽变为具有神变之能的妖物，英雄斩蛟就成了"神仙除妖"[2]。邓志谟《铁树记》由此得名，小说第十四回《孽龙精入赘长沙，许旌阳六次擒蛟》写施岑从天罗地网中取出孽龙欲斩之，真君曰："此孽杀之甚易，擒之最难。我想江西系是浮地，下面皆为蛟穴。城南一井，其深无底，此井与江水同消长，莫若锁此畜。回归吾以铁树投之井中，系此孽畜于铁树之上。使后世倘有蛟精，见此畜遭厥磨难，或有警惕，不敢为害。""……于是驱使神兵，铸铁为树，置之郡城南井中，下用铁索钩，镇其地脉入口摆数尺，牢系孽龙于树，且祝之曰：'铁树开花，其妖若兴，吾当复出。铁树居正，其妖永除。水妖屏迹，城邑无虞。'又留记云：'铁树镇浜州，万年永不休。天下大乱此处无忧，天下大旱此处溥收。'……真君又铸铁为符，镇于鄱阳湖中。"[3]所铸各种铁器、剑等均属于镇妖、镇水法物。

丁柔克（1840—？）也记载，直隶某县大石桥下石刻大僧手执阳物镇风水，也有的用塔来收水，"或用铁牛、铁豕，则拒其水也。龙畏铁，

① 李文海、夏明方主编：《中国荒政全书》第二辑（第一卷），北京古籍出版社2003年，第798—800页。

② 李丰楙：《降龙罗汉与伏虎罗汉——从〈二十四尊得道罗汉传〉说起》，辜美高、黄霖主编：《明代小说面面观——明代小说国际学术研讨会论文集》，学林出版社2002年，第298页。

③ 邓志谟：《铁树记》第十四回《孽龙精入赘长沙　许旌阳六次擒蛟》，上海古籍出版社1994年影印，第180页。

触铁则目盲。牛为土,土能克水。豸即廌,为神羊,善触邪,故镇以二物……"[1] 这是带有五行相生相克意义的神秘信仰,似乎铁为水族所畏,熔铁更有毁坏龙珠之效能,因此熔铁治妖龙的治水实践,实际上成为驱除妖龙以治水的逻辑替代。运用金属的治水实践在于谦故事中也有,说徐有贞治水得老僧告知,水怪当于洪口之下,"似蛟非蛟,似鳄非鳄,形长力大,口能吐波发浪。所以才筑得就被他拱坍,非水势之恶也"。遂知晓用石灰煮水的主意,后又梦到先前跳入洪口斗怪螭、化为河神的郝回龙、郑当柱,得知铸长铁柱,与大锅底贯坠于下可塞住决口,于是就在老僧(博物者)与河神(治水英雄)的多方谋划下,"又铸精铜、精铁,杂为元金之物象数百斤,以镇定之,取金水子母之义也,名曰广济闸。历三年,功始完备"[2]。

明清时代人们在堤岸之上铸造铁犀牛以镇水灾,属铁器镇水信奉与牛崇拜的结合。许逊故事即以此镇压水兽。如《许太史真君传》即有一系列图像描绘其杀蛟治水、铸造铁柱等带有法术意味的仪式。万历二十八年(1600)黎巽撰《郡丞孙公修堤记》写前太守"鸠铸铁犀,每堤各二,以镇水怪……"[3](当然许真君的画像与刻石的碑文也具有类似镇压的效能)《大明一统志》称江西南昌府城内市中铁柱宫前有井,"水黑色,其深莫测,与江水相消长,铁柱立其中,相传晋许真君所铸,以息蛟害者"[4]。清代黄伯禄辑《集说诠真》也有类似说法。

清末传闻,潮州湘子桥头旧有铁铸犀牛一,"盖用以厌水灾者。咸丰时大水,铁犀牛忽不见,使人沿下流没水求之,不获。既而得之于蔡家园,盖逆水而上,已十里矣。……一时相传'铁犀为妖'云。有精格致者,独以为物理之常,无足怪者,或请其说,曰:'潮河之底,皆淤沙。铁犀身落沙上,与来水相激,因之身底沙空,势必偏重而仆向上流。水又激,又仆,累尺得丈,积步成里,日久乃见于蔡家园,倘仍不获,将骎骎乎愈行愈远,且越大埔而上之矣。'众服其论,而铁犀为怪之谣以息"[5]。这

① 丁柔克:《柳弧》卷三,中华书局 2002 年,第 177 页。
② 孙高亮:《于少保萃忠全传》第二十五传《神僧指水怪形藏　于公存海涵度量》,人民文学出版社 1988 年,第 127—129 页。
③ 许蔚:《断裂与建构:净明道的历史与文学》,复旦大学博士论文,2011 年,第 113 页。
④ 李贤等:《大明一统志》卷四十九《南昌府》,三秦出版社 1990年,第 789页。
⑤ 贡少芹、周运铺:《近五十年见闻录》卷五,进步书局 1916 年,第 44 页。

实为沈括《梦溪笔谈》等老故事的翻版,不过增加了铁犀牛镇水。宣鼎（1832—1880）也写在苏北盐城见到古代留下的大铁板:"然吾每阅古丛书,载前人误掘古陵寝,中既遍堆牡蛎壳,上画春工,更多积大铁板。注云:'所以防蛟龙也。'盐城近海,安知非前人设此为防蛟龙凌啮乎？且城名瓢,安知非堪舆家鉴其形势,恐其瓢泊,特铸以镇压之欤？及游范公堤,则堤上亦间有古铁,或如磬之折,剪之交,璧之半,周规曲尺,其形不一,于此益可信防蛟龙之说矣。即如运河堤上有铁犀虎辟潮,更可为证。……古铁其有神欤？则又不仅能辟蛟龙、御潮患已出。"①

　　然而治河实践,往往无情地证实了上述"投铁"镇水崇拜的荒诞。张惠言（1761—1802）实录嘉庆二年（1797）黄河在曹州决口,好佛而专横的山东巡抚伊江阿依赖门客（原广慧寺僧）王树勋,筑坛聚僧道诵经,这"王先生"称:"堤所以不固,是其下有孽龙,吾以法镇之,某日当合龙,速具埽。"几百个役夫持埽（石块、树枝等捆扎的堵决口填塞物）待命,巡抚亲自坐镇,法事却竟然完全不灵。"王先生佛衣冠,手铁长数寸,临决处,呗音诵经咒。良久,投铁于河,又诵又投,三投,举手贺曰:'龙镇矣。'……明日,水大甚,巡抚命下埽,众皆谏,不许;埽下,数百人皆死。居数日,王先生又至,投铁者又三,埽又下,死者又数百人,堤卒不合……"②实录这一连续三次各淹死河工数百人的惨剧,显示出巫术思维在抵御水灾实践中的致命危害。

　　其七,长江流域的洪水与对治蛟专家"许真君"的信奉。真君为许逊,信奉有明显的长江中游的地域性,论者总结:"古代人通常认为水灾是'蛟'所为,因此伐蛟也被人们认为是抗灾措施之一。特别是在江南地区,晋代时家居南昌的道教'净明道'创始人许逊为民伐蛟治水、除病的事迹广为流传,使江西首府南昌一直将许逊当作治水除病、有求必应的神来供奉。……""从实用或工程的层面看,伐蛟之术虽对水灾防治没有任何意义,却可成为灾区民众精神的安慰。皇权对伐蛟之术的矛盾态度,反映的是清人现实与虚幻之间的矛盾与彷徨。"③许真君以斩蛟

---

①　宣鼎:《夜雨秋灯录》卷四《海滨古铁》,黄山书社1995年,第200—201页。原书此处"磬",误。
②　张惠言:《茗柯文编》三编《书山东河工事》,上海古籍出版社1984年,第124—125页。
③　张小聪、黄志繁:《清代江西水灾及其社会应对》,曹树基主编:《田祖有神——明清以来的自然灾害及其社会应对机制》,上海交通大学出版社2007年,第145—148页。

起家。西晋《神仙传》以降，其作为斩蛟救灾母题杂糅了多种相关传说，到明代邓志谟、冯梦龙这里才加以综合改写，蔚为大观。《太平广记》卷十四引《十二真君传》奠定了英雄的成长和建功立业事迹。而唐代也早流传："晋许旌阳，吴猛弟子也。当时江东多蛇祸，猛将除之，选徒百余人。至高安，令具炭百斤，乃度尺而断之，置诸坛上。一夕，悉化为玉女，惑其徒。至晓，吴猛悉命弟子，无不涅其衣者，唯许君独无，乃与许至辽江。及遇巨蛇，吴年衰，力不能制，许遂禹步敕剑登其首，斩之。"①

早期的许真君，所斩并非全是蛟龙，只是平息水患的民俗期盼将其作为兴风作浪的蛟龙的克星。曾敏行（1118—1175）叙述许真君平水患业绩："吉水玄潭观临大江上，江中有旋涡，相传云：有舟没于此，久而不见踪迹，乃出于豫章吴城山下。以为江有别道，由旋涡而入。晋时有蛟为害，尝出没涡中，许旌阳捕逐至其处。旁有巨石，裂而为二，其痕如削，云是'旌阳试剑石'。且云：'旌阳铸铁作盖覆涡上，今水泛时其涡乃见。'"②洪迈也写濮州王老志以道术知名，当地有善辩士人谈论正热烈："忽地下旋涡坼，俄已盈尺，中有鳞甲如斗大，先生谓客曰：'子亟归，稍缓必致奇祸。'士人遽出，行未五里，雷电雨雹倏起，马蜷局不行，偶得一土室，入避之，望先生庵庐百拜乞命，仅得脱……"③描绘术士与蛟龙斗智斗勇，实际上隐喻现实世界中人们在躲避、抵御水灾。可见诛灭长江水系蛟龙、水怪也被描写为是由于水兽、水怪兴风作浪。《铁树记》称江南孽龙本为才子张酷，船覆溺水，漂泊沙滩吞火龙珠后不饥，能游泳，一月后脱胎换骨：

> 遍身尽生鳞甲，止有一个头还是人头。其后这个畜生只好在水中戏耍，或跳入三级世浪，看那鱼龙变化。或撞在万丈深潭，看那虾蟹潜游。不想那个火龙见了，就认得是他儿子，嘘了一气，教以神通。那畜生走上岸来，即能千变万化。于是呼风作雨，握雾撩云，喜则变化人形，而淫人间之女子。怒则变化精怪，而兴陆地之波涛，或坏人屋舍，或食人精血，或覆人舟船，取人金珠，为人间大患。诞有六子，数十年间生息繁盛，约有千余，兼之族类蛟党甚多，常欲把江

---

① 段成式：《酉阳杂俎》前集卷二，中华书局1981年，第19页。
② 曾敏行：《独醒杂志》卷九，《宋元笔记小说大观》第三册，上海古籍出版社2007年，第3283—3284页。
③ 洪迈：《夷坚志》乙志卷十《王先生》，中华书局1981年，第267页。

西数郡,滚成一个大中海。①

此后是许真君(许逊)将其与诸多蛟党一同诛灭。那么,怎么治理"暴涨患民"的恶蛟? 对此,可有消极、积极之分。一种是消极地避蛟、畏蛟。如清人称:"山人善缘,泽人善汹,惟其所习也。镇江儿夏日浴江中,没水深际,忽遇洞府豁然。垒石为门,门数重,儿蹑步入,见白发翁须眉特古,若八九十者。青石方丈,置明珠一颗,巨逾鸡卵,当翁端坐处。乘翁假寐,窃而涌出。"但家人不敢留,白太守,守让其复入水送还,儿送回时翁尚未醒。守杀此儿,理由是保证不了此儿不将复窃。故杀儿息祸,以活一方人命。理由很充分:"翁必蛟蜃之精,修炼数千百年,然后成人形。使醒而失宝珠,恐贻地方忧。"作者认为应觅个如先前陶岘水精奴那样的高手,让其持千金宝剑潜水底戳水怪而夺其珠②。

另一种,是以人力积极地对抗水害。抗灾者精心锻造了一些特制工具,当众蛟为强弩射落,漂浮水面时尽行勾起,以根除水患:

> 有牛形者,有蛇形者,有独角者,有双角者,有生鳞者,有出毛者,有无鳞无毛而光皮者,有无角者,其类不等。仍令绳刃再四搜取,只见水翻,并无蛟浮。武侯思道:"恶类若尽,水不应翻,其中非老蛟则他怪耳。"……于是加入牵袖落底铁链绳刃,犹如翻江一般,只见一蛟似龙非龙,周身带伤飞出水面,欲腾空而走,又为强弩射下而死。再看时,水亦不翻,谅蛟已尽,即命泅手上岸。其铸成铁犼即立于岸,又命兵担土运石,修整被蛟水冲坏之处,其有砂塞者即行挑开。真是为民而不息苦心也。③

在晚清汪寄这里,除了运用带有倒须钩的铁链,还大造声势,用配备毒药炮弹的大炮,轰杀、毒杀水中怪物。"响声纷纷不绝。只见红水反涌

---

① 邓志谟:《新镌晋代许旌阳得道擒蛟铁树记》第九回《玉帝差女童献剑　许旌阳一次斩蛟》,上海古籍出版社 1991 年,第 91—92 页。冯梦龙《警世通言》卷四十《旌阳宫铁树镇妖》写老君寿筵上,太白金星报告四百年后江西有蛟妖为害,千百里将化为海,老君遂奏玉帝,派许逊降世,率群仙灭妖。参见李丰楙:《许逊与萨守坚:邓志谟道教小说研究》,(台北)台湾学生书局 1997 年;刘守华:《"许真君斩蛟"传说的由来及其价值》,《中国道教》1998 年第 2 期等。

② 王守毅:《篝廊琐记》卷三《记蛟珠》,文物出版社 2018 年,第 105 页。

③ 汪寄:《希夷梦》第三十三卷《破肚移心善念深仇都了结　拘魂易体巨奸淫恶自灾殃》,辽沈书社 1992 年,第 535 页。

出来,翻作红涛";"红水溢涌,随后流出无数奇形异状的怪物",将水怪绝灭①。这是多么精彩的治水患、平水害的象征图景!

总之,蛟龙及其他水兽、水怪兴洪水,水灾乃是蛟龙作怪所致,这一顽强的信奉,一直纠缠着水灾推因与防御,延续到民国。即使像天津这样的大城市,20世纪30年代依旧供奉保佑人的神灵。"中国人历来认为龙蛇龟主水,有水蛇顺流而下,一定是上界有了什么吉谕,于是,名门大户、商号洋行都到河堤岸上来恭迎神位,以此祈告上苍保佑津沽父老。……恭迎水神的队伍浩浩荡荡地走过大街,前面是鸣锣开道,4个人夫抬着香案,香案上还燃着香火,那水蛇也乖,就那么抬着脑袋盘在托盘里,后面是社会名流,是富商巨贾,是洋行买办,是北洋遗老,是当今政客,一路走着一路揖拜,再后面是吹奏的响器,最后面是尾随的市民……这就是洪水到来之前的天津,无论在天灾,还是在人祸面前,天津都是一座不设防的城市。"②这一在"庐山"之外的观照,不能不引起国人的重视。

然而,更多的还是人力与求神并用的抵御水灾方法。如董含记载淮水暴涨,宝应、高邮,石塘俱坏,淹死者无数。"柳榆高者,仅露其杪。至十七日地震,河堤崩坏,水势益汹涌。济河而上,伊、洛之间,蛟龙突起。黄河董口,水涸沙生,将来运道大为可忧,此谋国者所当蚤(早)计也。"③有些水灾言说蛟患难以解释,但有"发蛟"之说,可以部分地消减大众心中的恐慌。震钧(1857—1920)载光绪丁亥(1887)七月,京东大水,通州水几冒城。而到了三年后的庚寅年(1890)更甚,"京师自五月末雨至六月中旬,无室不漏,无墙不倾"。街市上的苇席油纸都买不到了,"市中百物腾贵,且不易致,蔬菜尤艰,诚奇灾也。余有《畿东水利或问》,即作于是年云。大水时,燕郊村民朱殿洪,以捕鱼为业。小舟出没于巨浪中,专以救人为事,所活甚众。其妻惧其险也,泣涕力谏,不为之止,然卒无患"④。

---

① 汪寄:《希夷梦》第三十四卷《怀逆谋群奸授首　舒忠愤二子捐躯》,辽沈书社1992年,第555页。
② 林希:《大水破天津——1939年海河大水》,钱钢等主编:《二十世纪中国重灾百录》,上海人民出版社1999年,第343—344页。
③ 董含:《三冈识略》卷五《河堤崩坏》,辽宁教育出版社2000年,第114—115页。
④ 震钧:《天咫偶闻》卷八,北京古籍出版社1982年,第191—192页。

"起蛟"之说还着重揭示灾害体验中目睹蛟龙之类水兽的寓意，王守毅在追忆家乡的纪实中进行伦理化暗示："嘉庆六年（1801）辛酉，余甫八岁，五月二十五'龙洗墓'日，大雨倾注，平地水深没腰。相传有蛟起于云路街大成坊桥，蛟乃老鳝，不知何年为鬻鳝人所遗，窜伏桥下，居人往往见之，首大如碗，自是不见。蛟所起处，其地必汪为深潭。"① 当天此蛟乘风雨飞升，"不害居民，殆善行也"，似在报答当初卖鳝人"放生"之恩，实为城内积水潜行地中出城，"偶为草荐流塞，故城内水深如此"。二十年后的道光二年壬午（1822）五月，"邑南山数起蛟，水势暴涨。乡民于洪流中见一物，犬首蛇身，长数丈，驱涛涌没。不识是何怪也"②。

近代科学精神影响下的许指严（1875—1923）认为，水旱都是生于风雨云雷，"不过地面上的水汽，经过热度蒸发，轻而上升，便成各种云气……"他澄清了"发蛟"成水灾的迷信，倡扬植树——保持水土以治本：

> 曾经听见地文学家、地质学家都讲过的。原来有一种山石，上面没有种得树木，因为地力变动，便要常常裂缝，天雨下降，渗到这缝里去，久而久之，越渗越深，必有一天和下面地底的泉脉通连，这时水泉膨涨的势力，非常强大，山石收束不住，只得崩裂起来。那蓄积的水便如翻江倒海，风起潮来，自然闹成极惨的水灾了。只因里面或者冲出些鳄鱼、穿山甲来，愚民没有知识，便当是那个怪物作祟。其实毫不关事的。……树木最会吸收水分。树木越滋长发达，吸收的水分越多，所以山上的树木一发达，便没有这等水灾，而且可免旱灾。③

先驳后立，既有理有据又形象生动而切实可行。同时，这也是由古来的经验思维逐渐向科学和理性靠拢。

---

① 王守毅：《箬廊琐记》卷六《记城内起蛟》，文物出版社 2018 年，第 206 页。
② 王守毅：《箬廊琐记》卷四《记水怪》，文物出版社 2018 年，第 136—137 页。
③ 高阳氏不才子：《电世界》第十一回《烘晴蒸汽水旱无灾　消霉杀菌病魔绝种》，《小说时报》宣统元年（1909）第一卷第一期。

第三节　治水能臣、河神信仰及其祭祀仪式

明清洪水传说与古代中国蛟龙崇拜密切相关。水神大致分为长江水系、黄河水系、淮河水系。一般来说，是长江水系的许真君（许逊）、吴猛等在先，而后延至黄河、淮河水系的金龙四大王、黄大王等。按照崇奉目的说，有些水神只是保佑舟船不被风浪吹溺；而明清以黄河汛期防护堤坝为主的水神崇拜，则明确期盼为护堤固坝。大水弥漫，山中蟒蛇等爬行动物不再被深林草莽遮蔽，现形水际，给人以错觉、幻视和不尽的联想。因此，早期水神如许真君的出现，先是以蛟龙克星的身份；而后，大约在明代北上了的水神，索性以蛇或其他水兽的面目出现，而实际上又往往是现实中治河之人的化身；而后，这类化身河神者，其原型多由治河能臣来充任，人格化特征突出，从而构成一种带有民族特色的"民俗模式"。

首先，"大王""将军"因灾而出。据黄芝岗（1895—1971）20世纪30年代考察，黄河一带大王将军流传时代最早，灵迹最著名的金龙四大王谢绪，兄弟四人，一说谢绪排行第四[①]。徐渭写宋末谢绪兄弟四人誓死报国，投水明志，元末朱元璋与元将战于吕梁，将败，忽有神助，河水北流遏截敌舟，元军大败。是夜梦中显形自述原委，明太祖封为"金龙四大王"。"自洪武迄今，江淮河汉四渎之间，屡著灵异，商舶粮艘，舳舻千里，风高浪恶，往来无恙，金曰王赐，敬奉弗懈。各于河滨建庙以祀，报赛无虚日。九月十七日为其诞辰，祭赛尤盛。非王忠义之气昭昭耿耿，光融显赫，而能然乎！"[②]褚人获（1635—1682）也归纳："金龙大王系浙江山阴诸生，姓谢名绪，太傅后裔。元兵入临安，谢愤主蒙难，赴江死，尸僵不坏。乡人异而葬之，数有灵异，誓必灭贼。众卜何征，乩曰：以河逆流为信。明高皇伐元，与元左丞战吕梁，洪河水果逆流，见空中有神兵助战，高皇遂建祠洪上。永乐间，凿会通河，舟楫遇者，祷无不应。隆庆间，潘季驯治漕河，河塞不流，为文责之，数日河流，漕舟赖以安行者三百余年。

---

① 黄芝岗：《中国的水神》，上海文艺出版社 1988 年影印，第 135—137 页。而近期研究注意到，明清不断为金龙四大王加封，仅清代就加封 18 次，封号长达 44 字。
② 徐渭：《金龙四大王传》，《徐渭集》补编，中华书局 1983 年，第 1298—1299 页。

顺治间,金华朱公为总河,正直慈惠,闻殁后为河神,行舟水手时见公戎服红灯侍从,往来河上,其灵应亦复如谢。幽冥事不可知,亦如阳官之升迁调易欤?"①

"朱大王"即清初能臣朱梅麓(朱之锡),顺治十四年(1657)任河督。王士禛称:"总河尚书义乌梅麓朱公(之锡),温然长者,以清慎受知世祖皇帝,后赍志以殁……康熙中,徐、兖、淮、扬间人,盛传朱公死为河神。十一年,总河王中丞徇民情,疏请建祠济宁,下部议,寝其事。按公此事与宋张乖崖及明左都御史沂州王公璟事略同。"②故事异文补叙:"朱梅麓,顺治十四年(1657)时奉命治河,至康熙四年(1665)卒于官,历任数载,所著有《寒香馆河防疏略》。徐、兖、淮、阳间人盛传,凡所擘画,力图永久,故首尾十年无大工,民免昏垫。朱死为河神,经总河王光裕疏请建祠济宁,部议未允。而豫河两岸往往私自肖像立庙,称为朱大王。事纪渔洋《池北偶谈》。乾隆□□年,阿文成请敕封为河神。"③当然也有些河神是后来得到朝廷册封的。赵慎畛《榆巢杂识》还称:"陈留县庙祀河神黄守才,偃师县人,乾隆三年(1738)锡封'灵佑襄济之神'。"④河神队伍庞大,过一时期就"吐故纳新",显示了御灾民俗心理的实用性。用时间较近的、民俗记忆新鲜的治河能臣来替补过时的老河神,这符合民间信仰自发性、多变性或曰不确定性的特点,贾二强指出:"民间信仰的神灵往往是处于不断的自生自灭的过程中,一些前一时代名声很大、香火极盛神乎其神的神灵,享用接受了无数奉祭叩拜后,却无声无息地消失了,而一些从未露面的神道又会起而代之,此消彼长,兴替无恒。那种保证了正式宗教衣钵相传的种种戒条,在民间信仰面前似乎没有多少作用。"⑤

其次,敬奉河神为"金龙四大王"或"黄大王"等。研究者认为"金龙四大王"元代时期已被江南百姓认定为水神,广受崇奉⑥。但相关史料

① 褚人获:《坚瓠集》续集卷三,《笔记小说大观》第十五册,江苏广陵古籍刻印社1984年影印,第367页。其前半部分当本朱国祯编著:《涌幢小品》卷十九《河神》,中华书局1959年,第438页。参见王士禛:《池北偶谈》卷二十五《黄大王》;俞正燮:《癸巳存稿》卷十三《黄大王传》等。
② 王士禛:《池北偶谈》卷五《王公遣婢帖》,中华书局1982年,第95页。
③ 赵慎畛:《榆巢杂识》上卷《朱梅麓死为河神》,中华书局2001年,第124页。
④ 赵慎畛:《榆巢杂识》上卷《河神黄守才》,中华书局2001年,第56页。
⑤ 贾二强:《唐宋民间信仰·绪言》,福建人民出版社2002年,第5页。
⑥ 蔡泰彬:《明代漕河四险及其守护神——金龙四大王》,(台北)《明史研究专刊》第十期,1992年,第124—125页。

很贫乏,只是明代中叶后载录渐多。伴随漕运兴盛,沿着运河北上,崇拜
习俗扩展到运河两岸州县,其功能主要是护佑往来的船只安全。到了清
代,蔓延到通俗小说,其中的河神(水神)形象向来为人们所忽视,其实非
常生动、具体,力图以细节繁复来凸显真实可信。仔细审视上下文语境
可知,河神(水神)具有多神性的神灵崇拜性质:

> 　　再说这河神的出处:居中坐的那一位,正是金龙四大王,传说原
> 是金家的兀尤四太子。左边坐的叫是柳将军,原是个船上的水手;
> 因他在世为人耿直,不作非为,不诬谤好人,所以死后玉皇叫他做了
> 河神。右边坐的叫是杨将军,说就是杨六郎的后身。这三位神灵,
> 大凡官府致祭,也还都用猪羊;若是民间祭祀,大者用羊,小者用白
> 毛雄鸡。浇奠都用烧酒,每祭都要用戏。正在唱戏中间,这三位尊
> 神之内,或是金龙大王,或是柳将军,或是杨将军,或是柳将军与杨
> 将军两位,或是连金龙大王,都在队里附在那或是看戏的人,或是戏
> 子,或是本庙的住持,或是还愿的祭主身上,拿了根杠子,沿场舞弄,
> 不歇口用白碗呷那烧酒。问他甚么休咎,随口答应,都也不爽。直
> 至戏罢送神,那被附的人倒在地上,出一通身冷汗,昏去许久,方才
> 省转。问他所以,他一些也不能省说。①

　　虽然金兀尤是北方金国人,但因其被说书人和小说《说岳全传》描
写为具有敬忠良憎奸臣等侠义心肠,似乎民间口碑还不坏②,常作为带有
正义性格的形象,居然也被传闻变异,厕身于中原的护民水神行列,体现
了民间水神崇拜的超民族性、超时代性,甚至是超地域性。

　　其三,早期水神的能量、职责、使命与主动权,也被赋予到明清以黄

---

① 西周生辑著:《醒世姻缘传》第八十六回《吕厨子回家学舌　薛素姐沿路赶船》,齐鲁书社
1984年,第1127页。一说,柳将军为柳毅,未详出处,见胡梦飞:《明清时期苏北水神信仰
的历史考察》,《江苏社会科学》2013年第3期。又明代隆庆四年(1570)淮安知府陈文烛
《柳江军庙记》:“隆庆辛亥(1571)夏五月,泗州大溢,黎民昏垫。秋八月,水妇复溢,环城不
消。士民告余曰:‘水神有柳将军者。’余檄山阳县令具主设牲,同祷于淮之滨。水夜退尺
许,士民神之,告余曰:‘将军捍水患,宜庙祀之。’乃命经历李凤鸣卜地城西之南河,为殿三
间,肖将军貌。大门左右,室各三,数月乃成。”载明代宋祖舜修、方尚祖等纂:(天启)《淮安
府志》,荀德麟等点校:《淮安文献丛刻》(六),方志出版社2009年,第822页。
② 王立等:《忠奸观念与反面人物形象塑造——论金兀尤的“侠义”性格》,《哈尔滨工业大学
学报》(社会科学版)2004年第4期。

河下游为主的河神形象上(有时也扩散到南面的淮河和北面的海河水系),清初称河神为黄有才,籍贯是黄河中游的河南某县,仍延续明末传闻,主要还是在黄泛区形成。"黄大王者,河南某县人,生为河神,有妻子,每瞑目久之,醒辄云:'适至某地踢几船。'好事者以其时地访之,果有覆舟者,皆不爽。李自成灌大梁,使人劫之往,初决河水,辄他泛溢,不入汴城。自成怒,欲杀之,水乃大入。始,贼未攻汴,一日,黄对客惨沮不乐,问之,曰:'贼将借吾水灌汴京,奈何?'未几,自成使果至。黄至顺治中尚在。"①守令昏庸无知,放开水禁,导致洪水泛滥。这类传闻包含着对昏庸地方官的谴责:"郯城东南有台,垒石为之,甚峻而坚,乡人传为钓台。或云大禹凿羽山,通沭水,作此台以镇水,俗又呼为镇水台。明世宗时,一县令毁台取石,及其半,有大石板,下有一巨荷叶,尚鲜好,有古剑尺余,压其上。下则一水泓然,池中二鱼,鼓鬣游泳。令竟放鱼于河,置剑于库而毁之。自是郯罹水患,遂迁今治。"②

黄河水神(河神)虽有着其以中下游东西流域为主的区域性,但因京杭大运河的南北贯通,向南北扩散的机会也较多。如陆长春写南来的官员对敬奉黄河河神的仪式好奇,有直观的感知。说嘉兴杜盐判至淮上,一日在舟中闻人声嘈杂,见数十人持香跪船侧,称来迎船中的"大王":

> 某曰:"船中安得有大王?"曰:"在爷帐上。"仰视,见一金色大蛇,盘旋帐顶,骇极,欲趋避之。舟子私语之曰:"此河神也,来此大吉利,可无恐。"俄闻鼓吹喧阗,有众役拥舆盖,舁大轿至,则河员已排执事来迎矣。河员登鹢首叩头,两人捧金漆大盘,置几上,蛇蜿蜒入盘中,蟠屈层上,而昂其首。安置轿内,呼拥而去。某欲观其异,摄衣冠从之。舁至河神庙,焚香设牲礼,供奉甚虔,官民皆再拜,即命梨园演剧。蛇于座上翘首而观,俯而饮,至暮不去,笙歌达旦。明晨,蛇身渐细,倏忽不见。河员皆有喜色,共庆安澜矣。某疑蛇在船上,众何以知?归舟诘问,知为舟子所告。相传:船有此异,装载货物,必获厚利。故播扬于人,冀雇值加增尔。某又闻土人云,黄河中

---

① 王士禛:《池北偶谈》卷二十五《黄大王》,中华书局1982年,第604—605页。
② 王士禛:《池北偶谈》卷二十五《钓台》,中华书局1982年,第595页。

神最多,皆人首蛇身。风雨之夕,人常见之。有戴纱帽者,有兜鍪者,有本朝冠顶者,盖凡死事及有功德于民者,皆得成神云。①

可见,河神信仰并不仅是在洪水发作时的趋利避害,还带有信仰泛化倾向,同时被寄寓运河上护佑运输、幸运获利的社会功能与经济效益。

一般认为,黄河下游河神分两种:大王、将军。大王有六:金龙四大王、黄、朱、栗、宋、白大王。除上述金、黄、朱之外,宋大王为明工部尚书宋礼,白大王为汶上老人白英。"当然河神并非全是黄河神,如宋大王、白大王则明显为运河神。……运河是朝廷命脉、漕运所关,却因不时受到黄河侵扰而难以畅通。黄、运命运相连,治黄是为了济运,河督的职责是河、运并管。河神由人而来,河神的主要职责是治黄——防止黄河泛滥,济运——保障漕运畅行。"②这些大王将军主要是以蛇为主的动物,如薛福成(1838—1894)精辟指出:"鬼神为造化之迹,而迹之最显者莫如水神。黄河工次,每至水长之时,大王、将军往往纷集河干,吏卒居民皆能识之,曰某大王、某将军,历历不爽。"其特征、状态也是经验式地口耳传扬:

> 闻河工凡见"五毒",皆可谓之大王、将军,如蛇、蝎虎、蟾蜍皆是也。然托于蛇体者为最多,但其首方,其鳞细,稍与常鳞不同。位愈尊,灵愈显,则形愈短。金龙四大王长不满尺,降至将军有长三尺余者。又如金龙四大王金色,朱大王朱色,黄大王黄色,栗大王栗色,皆偶示迹象,以著灵异。各就其神位之前,蟠伏盘中,而昂其首,或一二十日不动,或忽然不见,数日复来,其去来皆无踪迹。而鳞色璀璨,或忽然黄变为朱,朱变为绿,谓之"换袍";或忽然死于盘中,谓之"脱壳"。其死蛇须送水滨,即自沉于河底,或数日后仍现于河干,盖其所附之蛇偶死,而大王实未死也。又有某大王在盘中,生数蛋而去者。此次大功告成,宫保即专折请加封号,奉旨金龙四大王

---

① 陆长春:《香饮楼宾谈》卷二《河神》,《笔记小说大观》第十八册,江苏广陵古籍刻印社1984年影印,第397页。
② 董龙凯:《黄河灾害与中国近代山东的河神信仰、社会生活习俗》,复旦大学历史地理研究中心主编:《自然灾害与中国社会历史结构》,复旦大学出版社2001年,第488—515页。这里的统计显然不全,如薛福成《庸盦笔记》卷四载"党将军",真名为"党得住"(挡得住),在治水语境中象征之意明矣。

封号，着礼部查照康熙二十三年加封天后成案办理；其黄大王、朱大王、陈九龙将军、杨四将军、党将军、刘将军、曹将军，着礼部一并议奏，并建立栗大王专祠，以答神庥云。[1]

可是"托于蛇体"的形象，却始料未及地同他们生活原型的姓氏挂上了钩，颜色配姓氏，印证了众目睽睽下那蛇的颜色，不由人不信。即使显露出来非神的特征，也被先入为主地予以神异的解释。本来这些河神多出自治河官员，他们生前的业绩延伸到死后变形为神的功力。

这类明清晚出的河神形象，很可能也与早期的邻近区域的同类信仰相关。唐宋时山西潞州、泽州等浊漳河，即有王某（868—？）为昭泽王的信奉，生前他曾屡施道法："约束蛟龙，与民泽霖，止水救旱……其功德及于人心者至深且坚……"[2]

供奉"黄大王"作为河神，主要还是追怀治河牺牲的义士。吴炽昌《客窗闲话》称其本为豫人，前明诸生，"性喜水"，三岁时即入水不沉，后为孤儿，一次因惹其姑夫发怒，被蹬坠河中，居然能抱大鱼"出入波间"。然而这一治水英雄真正的价值显露，还是在清初合龙之时，说赶上河决不能塞，招募能建言献策者，黄生应募。将合龙时选四健卒，使抱椿随埽下，卒惧死，生洒泪劝建大功可享千年奉祀，若不从，违令亦死：

> 四人乐，尽醉持椿入水，血随波泛。椿定埽进，功以成。大臣欲奏官之，生曰："我明诸生也，既不能死，又从而官之，圣朝安用无耻之徒耶？我之来，为万民恤难，岂为功名？"遂去之。后水退沙涨，运粮河没，千万人不能开，民不堪命，共荐黄生。河督召之不来，使民往请命，始至，相度旧河形势已定，曰："以某月日兴工，颁示居民远避，吾将独力为之。"……河督往视之，运河已成，黄生不知所之矣。访之，闻已劳瘁卒。为奏封河神，立庙河干。后凡黄河有事，则神冕旒见波涛间，前驱四将，即抱椿四卒也。所至有功，进封为王，至今河滨有小黄蚘见，河工官弁即以舆迎之入庙。设享演剧，或留

---

[1] 薛福成：《庸盦笔记》卷四《水神显灵》《贾庄工次河神灵迹》，江苏人民出版社1983年，第104—107页。

[2] 王苏陵主编：《三晋石刻大全·长治市黎城卷》，三晋出版社2012年，第458页。参见张玮、郝平：《庙宇空间下的明清华北灾害信仰和乡村社会整合——以昭泽王信仰为例》，《云南社会科学》2021年第2期。

一二日，或三四日，即不见，人咸谓黄大王寄迹也。①

从稍早的民俗记忆仍可看出故事的传播："古语有云：'生而为英，死而为灵。'王，英豪也，至今游中州，过大王镇者，犹觉凛凛然有生气。王之全传，事迹尚多，此其大略。"的确，有时水神黄大王还化作人在尘世间活动，能预见，仍带有善良人的思维。如前引黄大王担忧李自成掘河水灌汴京事，似乎水神也是有良知的，但又能力有限，这解释了何以有时理水、救人未必成功。

其四，栗毓美（1778—1840），是清代最为传诵的、最有现实根据的治水能臣。对这位治水能臣的载录异文很多，但基本上突出了其早年经历的悲楚与治水任上的尽心竭力。陈其元（1812—1882）的记载较有代表性，说栗恭勤公由拔贡到知县，官至太子太保、东河总督，为治河名臣，死后封为河神：

> 其治河也，创造砖工议，谓柳苇秸科，备防不过二三年，归于朽腐，实为虚费钱粮。购储碎石，不但路远价昂，而滩面串沟阻隔，船运亦属不易；且石性滑，入水易于滚转，仍不免引溜刷深。砖性涩，与土胶粘，抛坝卸成坦坡，即能挑远溜势。每方砖价不过六两，而石价则一方自八九两至十二三两不等。方价既多少悬殊，而碎石大小不一，堆垛半属空虚，砖则以一千块为一方，平铺计数，堆垛结实。并将与砖较量轻重，石每方重五六千斤，砖每方重九千斤。一方碎石之价，可购两方之砖，而抛一方之砖，又可抵两石之用，经费尤多节省。于是破除浮议，不辞劳怨，决计行之。天子深是其言，谕地方大吏无掣其肘。公遂连岁奏绩，叠邀优叙。年六十三岁，卒于河防工次。上闻震悼，恤典綦厚，河南人如丧考妣，即生祠处处祀之。

> 公殁之明年，河决开封，各官昼夜堵筑。当合龙之际，河工忽来一蛇，众欢迎之。盖河将合龙，河神必化蛇至，有黄大王、朱大王、齐大王等神，老于河工见蛇之色，而知为某某，当称其号，以金盘迓之，蛇即跃入，以河督肩舆迎之庙中，祭赛数日，俟龙合，蛇乃不见。是役也，蛇作灰色，非向所见者，历祝以"某某大王"，均不为动，众人大

---

① 吴炽昌：《客窗闲话》续集卷一，《笔记小说大观》第二十九册，江苏广陵古籍刻印社 1984 年影印，第 132—133 页。

惑。巡抚牛公鉴闻之,至河滨,一见咤曰:"是栗大人耶!"蛇遂跃入盘中。越日下埽,平安藏事。众问巡抚曰:"何以识为栗公耶?"曰:"栗公项下有白癜风,周围似玉,我见此蛇颈有白圈,疑是渠化身,呼之而应。渠真作河神矣!"于是奏请,以公列入河神祀典。①

这段倒叙,先状写栗毓美在治河工程上的发明创造及其效果。继而将治水能臣与蛟龙崇拜结合,将治水能臣的敬业意念延续到死后,变化为水族形貌的栗毓美依旧在履行着自己的责任。最后,带有归因性地交代出治水能臣青少年时代的奇特经历。说公早慧,幼即为某翁招至家为婿,做儿子伴读。数年后翁子被盗杀,被疑,将论抵。翁女另醮同里王某,后者醉告女是自己慕色而募剑客欲杀栗,"误中汝弟也"。女为公申冤,案件得以昭雪,公出狱后女昭明心志,自刎死。故事属于"醒悟嫁仇"母题②,表彰节烈之女,栗公感其义终身不置正室。似乎,治水能臣栗毓美超乎凡伦的能力和责任心,与他早年蒙受贤善妻子救助雪冤有关。又如高继衍亦称:"朴园以由女得释,哭不成声。后以拔贡,由县令洊(荐举),至河督。养师夫妇终其身。奉女木主,朝夕申瓣香焉。"③早年的人伦悲剧塑造了他正直、勤奋敬业的品格,对重生再造之德女性的感恩之心,历久弥存,成为栗毓美献身事业的不尽精神动力。

此外,毛祥麟(1812—1874)称栗公为山西浑源人,曾官东河总督④。张培仁称"山右栗恭勤公",治河鞠躬尽瘁,死而后已。"及督东河,过吴家屯,梦羽士告曰:'公后切勿宿此,恐不利。'后迎钦使至其地,以夜逼二鼓,止焉,是夕遂卒。公殁之次日,河营外委于某者,乘骑至开封大公馆,见公肩舆至,告以将赴江南查办事件,后河决祥符,大梁城不没者三版,居民见雉堞悬灯千万,皆总河部堂栗官衔,城卒保全,开封民尸

① 陈其元:《庸闲斋笔记》卷六《栗恭勤公为河神》,中华书局1989年,第136—137页。
② 王立:《美狄亚复仇与中国古代"醒悟嫁仇"及杀子雪怨传说》,《中国比较文学》1995年第1期。
③ 高继衍:《蝶阶外史》卷二《河帅二则》,《笔记小说大观》第十七册,江苏广陵古籍刻印社1984年影印,第380页。
④ 毛祥麟:《墨馀录》卷六《栗毓美》,上海古籍出版社1985年,第88—89页。

祝之。"① 宣鼎也写其梦兆"千万莫到冯官屯去",但他仍以治河大业为
重,不得已而前往,终竟以身殉职。甚至他死后为神,依然不忘以自己发
明的投砖法破除水患:"后十余年,水决中州,汴梁城已岌岌。官民男妇,
伏雉堞大呼乞命。蓦见一金甲神,拥怒潮东下,呼曰:'快抛砖可免!'
如其言,霎时水退四五尺,得安堵。至今东河时现栗色小蛇,官员伏地
拜曰:'如恭勤公,乞登冠顶。'果跃登冠,须臾不见。"② 李岳瑞(1852—
1927)《栗恭勤公遗事》结尾述说这位"道光朝名臣"过劳殉职,其治河
工程改革具有历史功绩:"初,河堤用石为之,而兖、豫间无大山,辇自数
百里外,劳费百倍。及公莅任,奏改用砖,岁省费以数十万计,至今民尸
祝之。"③《清史稿·礼志三》载:"穆宗朝,加金龙四大王封号至四十字,
庙祀封丘、临清、张秋镇、六塘河;封故河督栗毓美诚孚栗大王,附祀郓城
神庙。"④

　　抵御洪水——尤其是河水决口的威胁,最突出的功能体现在金龙
四大王的显形。而且现实世界里本来水灾发生地就难免出现一些小蛇

---

① 张培仁:《妙香室丛话》卷十三,《笔记小说大观》第十八册,江苏广陵古籍刻印社1984年
影印,第123—124页。古代筑墙每版高二尺,"三版"即六尺。
② 宣鼎:《夜雨秋灯录》卷六《玉牌殉葬》,黄山书社1995年,第300—303页。在石料不足地
区烧砖以代石料和埽,系本治河工程一大发明创造,但也有争议,《宣宗实录》卷二九九载道
光十七年(1837)丁酉七月辛卯谕内阁旨:"前据御史李蒪奏请将东河砖工暂停烧造……据
称道光十五年,该河督栗毓美因原阳一带堤工吃重,本系无工处所,物料不备,即时收买民
砖,抛砖挡护,试有成效,因欲多办砖工,以期减埽节费。该尚书周历履勘下北祥河等厅,抛
成蛰定之工,压盖碎石,跟浇土戗,现在尚属整齐。并据各道厅密禀,水浅溜缓之处抛砖压
石,以及保滩护厓,均堪得力。其水深溜急之处,有'砖石并用,放手加抛,始经站定者;有屡
抛屡塌,改用埽工方能稳固者。用砖抢办险工,未可深恃'等语。治河之法,不外以土制水,
取其柔能抵刚。碎石质重体坚,用以防风固埽,亦得刚以济柔之义。砖本土成,原可济料石
之不足,于河工亦不无神益。该河督前请沿堤立窑烧造新砖,本为抢办要工起见。惟土性
沙碱,坯难坚实。且近堤例有取土之禁,近料宜防意外之虞。行之日久,流弊滋多。是烧砖
不如采石之无弊,用砖不如用石之一劳永逸也。着栗毓美即将已抛砖工,酌量压石浇土以
期稳固。所有未抛之砖,并严敕道厅员弁确切报明,存贮河干,以备应用。"载《清实录》第
三七册,中华书局1986年影印,第643页。又《清史稿》卷三百八十三称:"毓美治河,风雨
危险必躬亲,河道曲折高下乡背,皆所隐度。每曰:'水将抵某所,急备之。'或以为迂且劳
费,毓美曰:'能知费之为省,乃真能费者也。'水至,乃大服。在任五年,河不为患。殁后吏
民思慕,庙祀以为神,数著灵应,加封号,列入祀典。"又《清稗类钞·吏治类》也称:"河工之
筑坝护堤,以砖代石,自栗恭勤公毓美始。自后每有大役,碎石秸埽,工用大减,数年省官银
百三四十万两,而工益坚。自奏为定例,省费更不可胜算矣。"徐珂编撰《清稗类钞》第三
册,中华书局1984年,第1254页。
③ 李孟符(李岳瑞):《春冰室野乘》,山西古籍出版社1996年,第54—56页。
④ 赵尔巽等:《清史稿》卷八十四《礼三》,中华书局1977年,第2548页。

这样被惊扰的小动物,这就是黄河系水神"大王"和"将军"等传说的主要由来。而且就是它们被御灾者当作治河能臣的在天之灵及余威,用以震慑水怪。民间多神崇拜表现在水神敬奉上,还有河神队伍的集合系列上。用军队的序列和官阶来命名河神,显示尊崇之意,是明清人们取媚河神的方式之一,大王、将军即是也。百一居士的记载,突出了水神以龙为中心而衍生出河神家族:

> 物莫灵于龙。时而夭矫云中,时而盘旋海曲,大小变幻,其用靡穷,固所宜尔。乃有所谓大王、将军,皆河工官员,殁以成神。幻化若小龙,长不盈尺,细裁如指。身类蛇而头则方,隐隐露双角,有满身金色者,有具朱砂斑者,位尊者王,其身小,位卑者将军,其身略大。名号不一,最著者为"金龙四大王":会稽诸生,姓谢讳绪,谢太后内侄,于兄行为四,殉宋室难,投苕溪死,有明屡卫河工,翼护漕运,封为大王。少读金龙山中,在山建祠,故名之曰"金龙四大王"。此外又有"栗大王""朱大王"等号。"将军"亦甚多,老于河务者,能一一辨之。大江以北,素奉金龙四大王,清浦为河工总汇所,大王来者愈夥,有一岁而至十数位者,有一岁而至数十位者。或当春夏之交,潮汐泛涨,或于漕船北上,河水缩小,大王皆先期而至。其来也,先后次第不相谋;其去也,一朝而空之。漫无形迹,所谓神龙见首不见尾者欤!大王观剧,当出见时,河宪赴河干,以朱盘引之入,覆以黄纸,舁送大王庙,使伶人演剧,去而后止,每点一剧以头点为准。……①

这里的"演剧",其实就是取媚在场河神的一场驱逐水怪仪式。从人类学仪式展演角度,许多民间戏曲的演出,实际上就是禳灾驱怪的仪式,贯彻着御灾驱灾的民间信仰:

> 其实"擒妖逐魅"是中国宗教仪式剧的一个常见主题。这类"擒妖母题"要表现的,是背负不祥厄运的凶煞,经过一番斗争后,最终由法力高强的神灵降伏或驱逐,从此不能再作祟人间。并且,在不同场合需要底下,不同性质的厄运凶咎会由不同的凶物妖魔所代表,而故

---

① 百一居士:《壶天录》卷上,《笔记小说大观》第二十二册,江苏广陵古籍刻印社 1984 年影印,第 175 页。

事中的擒妖神灵，也往往是一名特别能克制这名凶物的神话人物。[①]

一般来说，"大王"指的是治河能臣化身的蛇，而"将军"则指较大的蛇及其他水兽。它们都是黄泛区为主的灾民们用来抵御洪水恐惧的心灵慰藉，是吉祥水兽。李渔叔《鱼千里斋随笔》卷下称："龙之中为人所尊视，屈伸蜿蜒者，袭王号无数，大体龙愈贵其体愈微，何王何号，治河吏士，一瞥即能指目之，载之图经，著为《龙谱》，——按之良是。语其状，特盈指之小蛇耳。渐大其位渐卑，降号为将军，又下此，鼋鳖也。"如金龙四大王，黄钧宰就如此载录其得名："大王姓谢氏，越人，为民捍灾赴水而死，灵爽赫奕，累请封锡，因神行四，故曰'四大王'；化身常为金色小蛇，故曰'金龙'。北方舟子皆敬之，见有金蛇方首者游泳而来，必以朱盘奉归，祀以香火，可保一方安吉。……神以口衔一二，即知所点之剧……"[②]仪式进行时，倘若有谁敢对这些"大王""将军"稍有轻慢，那可真是非同小可。说丁稚璜两次在山东治河，在侯家林时，"大王""将军"来集工次，每日演剧敬神，众蛇各就神位前昂首观剧，优人呈上戏单请点戏：

> 蛇以首触戏单，所点之剧往往按切时事，非漫无意味者也。而点第一曲者，必金龙四大王，其次第亦不稍紊。有总兵赵三元者，戟手谓人曰："此皆蛇耳，何神之有？"言未已，忽叫云："不敢不敢！"群趋视之，则有蟠其颈者，有绕其背者，咸劝总兵跪神座前自责，且愿演剧三日以赎罪。倏忽间，已见大王复位矣，然未见其去来之迹。贾庄之役，有某提督驻河干，忽见大鼋顺流而下，或谓此元将军也，宜设香案，望空叩祷，可获神助。提督怒曰："吾乃将军耳，彼区区介族，何足惧焉？"命军士举火枪击之，鼋遽返而上驶，若畏避者。提督方自鸣得意，忽见大小鼋数千，蔽流而至，波涛汹涌。提督正命举枪，则向所见之巨鼋已倏忽近岸，昂首溃沫，众鼋随之，奔流箭激，声势震荡，军士皆惊恐奔溃。提督知不可御，亟策马登高避之。而其

---

① 容世诚：《戏曲人类学初探》，广西师范大学出版社2003年，第122页。
② 黄钧宰：《金壶七墨》卷八《金龙四大王》，《笔记小说大观》第二十七册，江苏广陵古籍刻印社1984年影印，第174页。

所驻之河滨草屋十余间,皆被水卷去,沉汩无余矣。[①]

载录者感慨:"噫! 宇宙间灵迹昭著者,莫如河神。彼武人粗卤,不知敬畏,幸而未降之罚,乃著异于俄顷之间,以示薄惩,神顾可慢乎哉?"娱神是民间表达敬畏的积极方式之一。演戏以娱神,也最大效应地扩散了河神崇拜。这体现了重视经验实证的农耕民族,在河神崇拜方面特有的务实民族性格。然而,对于河神并不灵验的叙述,也不是没有,然而很难影响河神敬奉的主流倾向。

对于黄河水神崇拜最盛地区、祭祀季节、仪式过程、场面、功效预兆等记载最详者,莫过于丁治棠(1837—1902),他认为金龙四大王为正,黎(当为"栗"之音讹)大王为副,二者是"无角无足,形如小鳝",不过是"色分青黄,头判方圆",都是治河尽节者投水所化。说累代晋封,至清丕著威灵,河堤一带皆建祠宇,而与黄河水患相对应的中下游为甚:

　　而山东之庙尤赫,矗立河岸,华鬶轩翔。三四月桃花水发,敛多金,建醮演戏,调出色名优,尤重美旦,必声、色、艺俱佳者,方中神意。否则,神怒不享,决防溃堤,为害甚巨。届会期,山东巡抚率河工诸员,盛具彩仗,亲到河浒迎神,更遣水手操舟探望。神或来或不来,来则黎作先导,即青色圆头者,金龙次之,即黄色方头者。巡抚脱冠作仰盂形,鞠躬迓之,如接大宾。二物次第入冠,巡抚捧坐已舆,前挽后推,旌旆翩翻,蜂拥入庙,拱送上龛。龛中设水晶大盘,盛明水,二物出冠,委蛇入盘,掉头外睇。巡抚众官,对行三叩礼,烧巨蜡如臂,爆声雷动,鼓乐喧阗,响彻云衢。礼毕,巡抚陪坐,众官鹄立,优人捧册,请神赏戏。一优执朱笔,俟首肯者点之,神爱风华,多点淫戏。演入妙处,神亦在盘鼓舞,若甚惬意者。曲终,众官撤班,神犹蜷然卧盘中也。神不去,戏不止;日不足,继以夜。或观数日,观旬日,视盘中无物,神乃去,剧始罢场。神来愈久,河工愈固;乍来乍去,防有小灾;不来,则崩溃必多。河官以之卜休咎焉。有川友过黄河,闻金龙在庙观戏,入视之,空盘也,举目四望,见神蟠烛火内,条长如蚯蚓,唼烛花作戏。龙本水物,能入火不焚,可谓有神通

---

① 薛福成:《庸盦笔记》卷四《述异·武员唐突河神》,江苏人民出版社1983年,第107—108页。

矣……①

　　似乎这化为小蛇的河神在此地停留越久,就预示这祭祀仪式取得的效果越大,越是给了当地官民面子。本来,治水御灾就有着无上权威的行政化、官府化趋向,治河官员殉职后化身为御灾水兽,就合情合理,顺理成章②。《清稗类钞》录祭祀河神仪式,富有反传统性和颠覆性:

　　　世谓:"河工合龙,必有河神助顺。"其助顺也,先以水族现形,其形如小蛇,大王头方,将军头圆。朱色者,俗呼为"朱大王",河督朱之锡是也。栗色者,俗呼为"栗大王",河督栗毓美是也。河工、漕船诸人皆祀之惟谨。某为南河同知,一日,吏白:"龙见。"视之,三寸小蛇也,圆首方脊,身甚光泽。大吏立命以盆盛之,更演剧娱之。蛇居于盆,昂首四顾,躁动不已。吏以戏单进,置盆中,龙首触之,则曰:"此龙王所点剧目也。"如所点扮演,演未半,一鹰忽下啄而食之。某大惊,吏白:"龙王顷跨鹤去矣!"台上仍演戏如故,大吏犹鞠躬奉觞不稍懈也。河上之舟有胶于沙者,则曰:"龙取之,明春当还,船货无恙。凡值之者,舍舟去,俟春水至乃行云。主此舟者,必大获。"光绪乙未(1895),有布商舟搁浅,信之,即舍去。月余更至,舟乃不见,惘惘乘他去。过河渚,则见囊舟荡漾中流,已有乘之者矣。诘之,不承,乃讼于官。其乘者,数无赖也,即妄言龙实使之。官不信。曰:"能使龙为我证。"即检舷侧,果有小蛇延缘其间,捧以入,曰:"龙来为我证矣。"以示商人,商忿曰:"龙王乃助贼辈耶?"攫之掷地,足践成糜,观者皆骇。讼既罢,商资仅还其半,然竟无恙。③

　　意外总是难免,而一旦出现,又成了治河御灾文学书写难以回避的

---

① 丁治棠:《仕隐斋涉笔》卷五《异气》,四川人民出版社1985年,第107页。

② 据元代《徐州洪神庙碑》"护国金龙",研究者提出始于元代,见蔡泰彬:《明代漕河四险及其守护神——金龙四大王》,(台北)《明史研究专刊》第十期,1992年。王元林、褚福楼:《国家祭祀下的金龙四大王信仰》,《暨南学报》(哲学社会科学版)2009年第2期。尽管有夸大国家化主导的倾向,但仍无可否认官方祭祀的推动力,不过这全是为了治河的要害——解除决口溃堤威胁。而论者指出,宋末元初吴县人徐大焯《烬余录》最早记载金龙四大王谢绪为会稽人,"秉性刚毅,以天下自任,咸淳辛未两浙大饥,尽散家财振(赈)给之……吟毕赴水死",但未成神;《涌幢小品》为其成神最早著录,该信仰有江南背景,见申浩:《近世金龙四大王考——官民互动中的民间信仰现象》,《社会科学》2008年第4期。

③ 徐珂编撰:《清稗类钞》第八册《丧祭类》,中华书局1986年,第3571页。

话题,客观写实描述潜有弦外之音。故事深层体现了对于求祷神灵不验的不满,也是一种灾害民俗心理的曲折表达。

事实上,故事发生前五年去世的陈康祺,就曾睿智地总结出如上观点:"国家怀柔百神,河神载在祀典。每遇防河济运显灵,经历任河、漕两督奏于常例外,颁赐藏香,复请锡封赐匾有差。夫御灾捍患,功德在民,固褒赏所必及也。惟近年河工久停,而漕船北行,沿河挽运、督运诸员,神奇其说,几乎以请封、请匾为常,似非政体。考黄大王事迹,见《池北偶谈》,其人国初尚在。至朱大王即河督朱之锡,栗大王即河督栗毓美。夫会典无异姓封王之例,称谓亦恐不经。况诸臣所据为显应者,尤诞妄无稽乎?(按:河神助顺,必先有水族现形,河、漕各督即迎之致祭。其朱色者,众以谓之锡;栗色者,众以谓毓美也。)安得一深明典礼之儒臣,俾任秩宗,厘正其失!"[1]带有矫正纠偏、重视治河工程"执行力"——能臣与民众的科学精神。

能臣方能治理水患,这一"能力迁移"原则在暗中支配着造神运动中核心信仰的生成规律。如果没有行政的权力、身份,那么,必须要某种"灵验"赋予这一身份类似的条件。作为黄河水神的一个参照,约生成于明末清初的钱塘江神即是。据《稗史汇编》称:"衢州周宣灵王者,故市里细民,死而尸浮于水亭滩,流去复来,土人异之。祝曰:'果神也,香三日臭三日,吾则奉事汝。'已而满城皆闻异香,自尸出,三日,臭亦如之。乃泥其尸为像,其母闻而往拜,像回其头,至今其头不正,显异百出。尝作一长年操舟载杭商入闽,他舟发,其舟故不行,商尤之。乃曰:'汝欲即到乎?闭目勿动。'一夕开目,已到清湖,去杭七百里矣。"[2]

研究者认为,长江三角洲城市发达,钱塘江航运的需要导致了周雄成为江神信仰神。此前,钱塘江沿岸已有平浪神晏公、金元七总管、金龙四大王等信仰分布。但在这些已有水神中,晏公在全国范围内普遍分布,金元七总管主要是在长江三角洲,金龙四大王以守护大运河航运为主。因而,周雄信仰填补了钱塘江中上游未能孕育出本地固有水神

---

① 陈康祺:《郎潜纪闻》初笔卷十一《河神诞妄无稽》,中华书局1984年,第237页。
② 王圻纂集:《稗史汇编》卷一百三十二《祠祭门·百神》,北京出版社1993年,第2028页。

的空缺①。不过,我们却不能同意将水神原型定位于"其死亡多设定为溺水",应当说,这不过是较少、个别的现象,更多的还是治水过劳死,从中寄托了对朝廷治水工程的肯定,对于恪尽职守官员的怀念和期盼。尤其是在水患多发的淮河、黄河流域,航运保护的功能只是水神信仰现实意义的一小部分,多数还是水灾防御的需要,与"乡土保护神"有着较大区别。

第四节　树神治水与动植物神崇拜

这虽是由来已久的传统观念,但也与中古时期南亚传来的树神崇拜直接相关。树神崇拜,体现了生态美学思想,用物以度,树神之死的悲剧,惩戒意义非常鲜明,似乎在告诫人们,人类不过只是自然万物的一个有机构成部分,不能把人类价值凌驾于周遭万物之上,去单纯地驱使万物,甚至终结动植物的宝贵生命。善待动植物,这其实也是善待人类自身,否则难免会受到严厉的惩罚,追悔莫及。

早期西方汉学家访问大陆,看到老树前多有祭坛,"树身和树枝上往往缀满了当地人敬献的各种供物"②。其实不过是祈福、祈疗病等,很不全面。老树在御洪治水中具有特殊的、不可替代的功能。老树的木质沉实,根须繁多,在治水中发挥作用相对较大。如是论列符合明清时期人们对待森林态度的实际,"中国历史上森林植被破坏,以明清为烈,而其中尤以乾隆嘉庆两朝最甚,其主因有三:一,明清是人口的高速增长期,而乾嘉两朝最甚……第二,政府的政策不当……造成山区生态破坏的第三大因素是玉米之引种"③。然而,这并不意味着明清人对树木惨遭砍伐无动于衷。砍树不少是修筑河堤之用,张鏕《柳枝行》悲诉:

> 河堤自古铁与石,近日河堤柳枝塞。前岁河工未告成,今年

---

① 朱海滨:《祭祀政策与民间信仰变迁——近世浙江民间信仰研究》,复旦大学出版社2008年,第86—92页。
② [美]何天爵:《真正的中国佬》(*Real Chinaman*),鞠方安译,中华书局2006年,第129页。
③ [美]赵冈:《中国历史上生态环境之变迁》,中国环境科学出版社1996年,第27页。

柳扫又颁行。官粮一石柳一束,三倍秤来犹不足。胥吏如狼横索钱,催头那顾人家哭。杨柳青青满旧堤,连年斩尽不生稊。满船载向湖边去,积久堆堆化作泥。君不见邵伯镇南几千户,晨炊半是吴陵树。①

河堤柳树本是汛期一大屏障,甚至起到了类似铁与石的固坝挡水作用。然而,专制制度下的地方官多数只看眼前,只知索取,却不知及时培育补充,于是柳树资源很快被耗尽了。这类毫不顾及林木可持续采伐的现象,姚文焱《柳梢行》的描述颇形象:"春风杨柳枝枝绿,秋风杨柳枝枝秃。黄河啮堤塞敢后,卷柳为埽高于屋。府帖下县县下村,村小亦需数万束。出柳之村仍送柳,丁男尽挽牛车走。流汗举踵不少休,载取民膏到河口。吏胥收柳横索钱,无钱自向河边守。嗟乎! 百姓虽劳乌可已,瘵瘵莫怨黄河水。君不见昨岁江南造海船,伐木丁丁数千里。"②出产柳木的村庄,不仅成为治河用柳的取材之所,还要承担繁重的运送柳木的差役,虽然带有季节性,但因为与农事冲突,让百姓苦不堪言。而且,也不要以为可以不种柳树,像如此重大的治河劳役、巨大的柳树用量,不能不被衙门定为制度。张问安《种柳行》描述种柳场景时也道出由之而来的苦恼:

> 二月农民事农亩,官府下来催种柳。吏持白梃横驱民,民来稍迟吏怒嗔。八口辛勤仗牛力,欲避鞭笞惜不得。柯条露载千车驰,牛行不前民涕垂。种柳年年竟成例,柳苦难为一岁计。涂朱置堡空无人,夜寒守望还需民。豪猾连云近城住,公然昼伐道旁树。村童拾屑供厨烟,夺还还诈童父钱。民业抛荒吏蹂躏,秃柳无枝官不问。吁嗟乎! 安得一官常十年,坐看柳色青到天。③

因此不能怀疑小说治水描写中的植物崇拜,其民间信仰十分强固。治河实践催发出柳神(植物)大战水怪(水兽)护堤保民的传说。

首先,是老树崇拜及柳神本能自发地护堤保民。高继衍记载的传闻

---

① 张应昌编:《清诗铎》卷九,中华书局1960年,第113页。
② 张应昌编:《清诗铎》卷九,中华书局1960年,第240页。
③ 张应昌编:《清诗铎》卷九,中华书局1960年,第175—176页。

称,清仁宗嘉庆六年(1801)洪水围困保定府新安城,当地官民们在城上聚观下面汹汹水势,不期然而然地目睹柳神现身,与河中水怪进行了一场土木驱赶洪水之战,场面动感极强,过程完整:

> 忽守城人一男子陡起,曲踊距跃,张目披发,指水中厉声曰:"我柳神也! 尔欲趁今年水势与吾寻仇,生死我当之,一城老稚何辜,遭汝荼毒? 行将聚吾族类歼尔大河之南!"且跃且詈。水中旋露一兽,首大如轮,似龙似狮,额端四角森立,长七八尺,触城西北隅,自颠至底,横裂五六尺,水牛吼而入。柳神以手掬土,向裂处略一簸扬,以足盘辟其上,裂处旋合。又折柳枝指城下曰:"汝真不去耶?"怒掷水中,倏见千万柳枝,逆流旋转,势如万弩,矗然刺水。波涛鼎沸,西风狂起,云雾冥蒙,日为改色。食顷,水作深赤色,腥闻于天,血淋漓溅雉堞间,臭秽不可近。孤城震撼,洪涛海翻,万目攒观,相顾失色。瞬息间,狂波北奔,水痕顿减数丈,旋见土隍已露。新安城故临河,又瞬息水归故道,特与堤平耳。回视城裂处,坚好如初……①

抵御洪水灾害、护佑人类的植物神,奋力与掀动汹涌波涛的动物精怪(四角水兽)搏斗,虽"合城相庆,莫解所由",实为人类依靠林木资源抵御自然力报复的民俗象征与仪式展演。为确证此惊心动魄传闻,载录者还补叙百年前雍正初的"感生神话"故事:洗衣时某村女坐一老柳树上怦然有感,女孕十八月死,其兄目睹高丈许、绿面绿发的绿衣人,呼己为舅,自称柳神,言百年之后"城有水厄,我当来护之"。柳神与凡人的亲缘、威能、责任感、使命感,当是对柳作为治水工具长期功用积累的精神升华。

其次,在神仙指派下,柳神行使抗灾护民的责任、功能。柳神属地位较低的"地仙",因此传闻柳仙"柳垂青"奉吕洞宾法旨来解救泗州城百姓。野龙为东海龙王十代玄孙,名敖倒世。身穿虎皮战裙的柳垂青,又发挥职能襄助济小塘收服野龙,令其退去洪水:

> 野龙只急的怒发如雷,咬牙切齿说:"穷酸,你怎敢破我的七片

---

① 高继衍:《蝶阶外史》卷三《柳神》,《笔记小说大观》第十七册,江苏广陵古籍刻印社 1984 年影印,第 388 页。

金鳞！今日不生吞你，誓不再居水府。"言罢出离水面，飞奔小塘。小塘忙把柳仙给他的葫芦、绒条一齐撒去，自己隐在敌楼之中。那葫芦迎风就变，变的与小塘一般，在那里端然站立。野龙不辨真假，扑到跟前把个假小塘吞在腹内，回头就走。柳仙看的明白，忙现法像，骑在野龙背上，说："野畜哪里走！"野龙此时怒气未息，把身子一滚，想把柳仙翻下水去，柳仙念动真言，那个如意葫芦在野龙腹中变成五把钢钩，抓住心肝……疼的个野龙声如牛吼，只叫放生。柳仙说："野畜，还不与我退水，等到几时？"①

如同小说《西游记》一众人等的屡屡正邪斗法，柳神在这里扮演了黎民百姓保护神的角色，这岂与柳的植物神崇拜无关？而且，水神崇拜与柳神崇拜呈现交织互融倾向。长篇小说也不免采撷民俗资源，极为文学化地描写植物神的化身英雄与龙相斗，期间又得十数株"根围丈许"的古柳对龙的羁绊，削弱龙威，从而反败为胜：

> 素臣认得龙入柳林，愈加着急。又见云气黑如浓墨，越围越紧，把一带湖堤，遮得不见天色，如在黑夜一般。却喜龙身笨滞，除头尾在两边掉弄，桶粗的躯体，兀自不能动弹，浑身鳞甲，时作翕张……因复蹲于树杈，顺手折断柳条，捋尽萌芽，渐渐盈把，都有七八寸长。定了一会心，运出浑身气力，迸到右手指头，用放竹箭的法子，一连放出二三十根，却都钻入龙鳞翕处。细看龙头，昂藏自若，但背鬣簇耸，似亦微觉痛楚。因把所折柳枝，尽力放完。那龙已不自在起来，频频掉尾，傍着的树，也就震撼不定。最后，龙头猛转过来，绕着一树，直望素臣。两颗龙睛，巨如栲栳，映闪有光；口若箕张，腥涎喷溢；颔下须粗如绠，连着腮际硬鳞，刀斧亦不能入。两个钩牙外露，磨击作响，大有吞啖之状。素臣骇极，急拗柳枝，如前射去，直贯左目。那龙忍痛不动。素臣将柳枝捏住，狠力一拔，一个龙睛，囫囵出来。复把一枝柳条，望右目戳去，如前力拔，又是一个眼珠，贯柳枝而出。负痛回头，旋又豁过尾来，旁边有一小柳树，砉然一声，折作

---

① 倚云氏：《绣像升仙传》第七回《青鱼精戏弄小塘　独角龙水淹泗州》，中央民族学院出版社 1994 年，第 32—33 页。

两段……此时龙怒吼发狂，张口砺齿，黑气直喷，前后四个长爪，乱舞乱动起来。十几棵树，宛如湖滩上的枯芦，随风摆弄，东倒西歪。素臣几乎跌将下来，暗忖："龙尾已经拗断，料也不得飞腾，但困兽之斗，终非人力所能抵挡！看他使起性来，如此播荡，倘拔木而起，连我之性命也不可知！"[①]

小说展示了当龙为水怪这一角色之时，柳便为其克星，因而"龙入柳林"就被束缚得"不能动弹"，仿佛柳枝集成团状在对付洪水。故事的柳崇拜意义在于，柳的御洪护堤工具性孳生并强化了柳的神秘功能。治水必先制服水怪，而柳木制作的"柳条箭"，就成为治水英雄手头可资利用的有效利器，显然并非偶然随意，而是有着某种生克逻辑意味的巫术象征。仿佛"柳条箭"便是水怪恶龙的克星，这一仪式般的打斗过程，又何尝不可以理解为是现实抗洪生活中那一幕幕集拢柳树柳枝以固堤护坝的文学展演？

上述种种的现实原因是河防需要树木，尤其是柳树。河神"朱大王"的原型河督朱之锡就极为重视植柳，有一整套植柳及鼓励方法。"责令黄河经行各州县印官于濒河处所，各置柳园数区，或取之荒地，或就近民田，量给官价。每园安置谣堡夫数名，布种浇灌，既便责成，而道厅等官可以亲诣稽察，秋冬验明，行以劝惩之例。将见数年之后，遍地成林，不但有济河工，而河帑亦可以少节，民力亦可以少苏矣。再照官给柳价，每束五分，虽不为少，但一工用柳多至数万，既非市贩之物，又重以转运之难，断非一二人所能办。故屡经部覆照例，令印官责成里甲，均采均运，奉旨通行已久。今惟严行申饬，照地均买，有柳之家听其转售，如有包揽捎索、扣刻准折等弊，司道等官，力行揭报，到臣以凭参究，毋徇毋纵。河道民生兼济之策，无以易此。"[②]柳是治河最重要的可再生物资。

再次，某些动物可以如洪水"天敌"般除害，制止水灾。（详后第十一章第三节）

---

① 夏敬渠：《野叟曝言》第三回《只手扼游龙暗破贼坟风水　寻声起涸鲋惊回弱女余生》，人民文学出版社1997年，第29—30页。

② 傅泽洪辑录：《行水金鉴》卷四十六《河防疏略》，商务印书馆1936年，第1665—1666页。

第五节　抗洪故事、英雄庇护及神灵观念

水灾带有季节性,往往被注意到在发生之前有预兆。青城子称"大风雨将至,必先有朕兆",叙述乾隆四十年(1775)夏末秋初黄昏时,黑云如人手掌直插云霄,梅州县令的幕友断定要有大雨,会暴发洪水,果然两天后应验①。对破坏修筑河堤、兴风作浪的水中怪兽如何应对,明清小说笔记多有描述。在根深蒂固的"人治"社会形态下,对抗洪修坝的期许,常常集注在具体的英雄人物身上,从大禹治水以降开始的治水英雄崇拜,在明清呈现出一种泛化扩展的趋势。

首先,是"治水能臣"类型,其在世外高人提示下,除水怪,修筑堤坝。在前举有关史料基础上,掺杂神怪描写的传记文学《于少保萃忠全传》写徐珵改名徐有贞,获允前往张漱治水。他手下有小吏会捧箕招仙术,投词询问筑堤不成缘故,答曰"若要筑堤成,西山访老僧",徐公遂到定禅庵访老僧,解悟水下有巨鱼,老僧告诫洪口下深处有一怪,"似蛟非蛟,似鳄非鳄,形长力大,口能吐波发浪",才筑得就被他拱坍。有贞请教,老僧笑答称虽万人亦难捉取,不如用一个"自然除恶,不损于人"之法:

> 老僧曰:"大人回去,可急取三五千担石灰,装载多船。先令人分付往来船只、附近人家,暂离此数十余里之外。限五日,不许人行动往来。至日,到于洪口,可击锣为号,一声锣响,齐把石灰倾下水底,急把快船飞摇放远,待水底石灰滚化,发蒸起来,此怪必然煮死。除了此怪,那时因水势而导之,堤必成功。"

徐公蒙僧指示,即叩谢辞转,急急与众下山回府。速差人取备石灰,按法行之。果然一夜后,听得洪口水滚如雷。少顷水高接天,冲倒近处房屋无数。居民预先得了晓谕,暂移无害。至第三日后,有贞见洪口水势不高,波平浪息,乃令人驾快船数只,前出哨看。哨船之人果见一怪,身长数丈,遍身鳞甲,头如猪而有须,前有二爪,后有鳞尾,形甚凶恶,浮死于水面之上。哨船人来报有贞。有贞亲往

---

① 青城子:《亦复如是》卷七《大风雨将至》,重庆出版社2005年,第215页。

观之,果觉骇异。识者曰:"此猪婆龙也。"①

这水怪,实际上是现实中水兽的夸张化神秘化。以石灰除水怪,是一种古老而有效的"土办法"。用破坏水质、伤及无辜的方式驱除水怪,属于不得已为之的不可取的权宜之计。而水怪与水神并用,则体现出对治水英雄的表彰。说是徐有贞找到了水源,但无法堵塞。这时梦见二人(郝回龙、郑当柱)自称河神。两人生前在洪水时为救众人跳入洪口与怪螭大战,斩怪螭后水退堤成。"上帝怜吾二人为众舍身救患,敕吾二人在此守护洪口。"有贞采纳了铸长铁柱与大锅底贯坠于下的方法,渐塞渐筑,而堤遂成。在重技术忽视科学的古代中国,晚至明清也未能摆脱神秘主义思维的束缚,水怪作乱,水神参与,与治水能臣的功绩杂糅一处,治水仍离不开除弊兴利的超现实力量。

其次,是"侠义英雄冒险济众"类型,其运用超人的能力斗水怪、平息水患。夏敬渠(1705—1787)小说写超人英雄文素臣偶然掉入湖中,不料恰好遇见水中一物如牛首,令英雄疑惑,只好随机应变:

> 浑身碧氄氄的毛,长有尺许,身子笨重,在那里淌来淌去。素臣想着:"这不是水牛,湖中又无猪婆龙,不知是何怪物?"竭力冒出来,却好有一根船腔木,浮到面前。素臣抱住,仔细看那怪时,两角矗起,有二尺来长,昂起头来只管喷水,那浪头就高了些。心念:"发水之故,大约即是此怪。倘能除掉了他,岂不为湖上人弭灾解难?"……素臣怒甚,在他腰间用力一夹。怪竟大吼,回头见背上有人,将身子乱耸。那知素臣不跌下来,因复尽力一夹,趁势又把他颈骨一拗。怪已腾踔起来,望着直泅,素臣被他颠落。却不料那根尾巴,已为素臣扭断,落在船腔之上。水势更大,怪已不见。②

搏水怪如陆上"英雄伏怪牛"模式的变形与重演③,虽只能说是击伤,还说不上除掉水怪,也属险中取胜。水怪仿佛是洪水蛮野之力的神

---

① 孙高亮:《于少保萃忠全传》第二十五传《神僧指水怪形藏 于公存海涵度量》,人民文学出版社1988年,第127—128页。下面的河神姓名"郝回龙""郑当柱",寓意明显。

② 夏敬渠:《野叟曝言》第三回《只手扼游龙暗破贼坟风水 寻声起涸鲋惊回弱女余生》,人民文学出版社1997年,第27页。

③ 王立:《明清怪牛形象的异国情调及佛经翻译文学渊源》,《山西大学学报》(哲学社会科学版)2011年第5期。

秘象征,不过,在超人描写中也渗透了写实之笔,写出了斗败水怪的艰难与某种侥幸意味。

甚至有的凡夫俗子,在水患难平的用人之际,临时"造神"。"姓名崇拜—姓名禁忌"关键时也能发挥官民认可的治水功能。"乾隆间,河决淮徐,工迄不就。河督无计,巡行堤上。见河弁有名党德柱者,大喜。以为循名,即可责实。乃择日鸠工呼党至,服以提督冠带,盛席饮之。告以河工难成,欲借以挡水,许官其子孙,并奏请祀为河神。党曰:'诺。'遂醉而投诸水,随即下土纳秸而堤成,立庙其上,请于朝而祀焉。至今皆称'党将军庙',香火极盛。"①民间认为河神就该是为民"挡水"的,故名"党德柱"(挡得住)就可以辟水。万建中教授将禁忌分为十种,其中"避讳型禁忌"包括"言讳式",即:"一些语言在某些场合不能随意使用。人们害怕这些语言会带来灾祸,或给人以不祥的预兆。……中国民间对语言的魔力历来深信不疑。"②由于洪水——河流的本质是流动的,而"党德柱"谐音"挡得住",恰恰就是对其克制、阻遏的一方。因而对于河神来说,这就是具有威慑力的名字。以"言讳"之名者来祭河,带有顶撞的暗示,也表达出堵决护堤的意志。

其三,依靠平时的礼佛吃斋,在洪灾来临之际获益于神灵佑护。清初小说写水灾本是上苍给下界生灵的劫难,水灾中神灵很活跃,"无数的神将,都骑了奇形怪状的鸟兽,在那波涛巨浪之内,一出一入,东指西画,齐喊说道:'照了天符册籍,逐门淹没,不得脱漏取罪。'后面又随有许多戎装天将,都乘了龙马,也齐喊说:'丁甲神将,用心查看,但有真君的堤堰及真君亲到过的人家都要仔细防护,毋得缺坏,有违法旨!'……却说那些被水淹死的人总然都是一死,那死的千态万状,种种不一"。许真君特意关照的(仙符为据,或真君亲笔敕令)除外,否则都早记在生死簿上,在劫难逃,常常也有着违反伦理的充分理由。而薛教授之女素姐,与狄希陈(后来将担任成都府经历)则属不应淹溺的,得神灵救护:

> 可见人的生死都有大数。一个成都府经历便有神祇指引。其

---

① 采蘅子:《虫鸣漫录》卷二,《笔记小说大观》第二十二册,江苏广陵古籍刻印社1984年,第364页。
② 万建中:《解读禁忌——中国神话、传说和故事中的禁忌主题》,商务印书馆2001年,第247页。参见王立、吴浩:《姓名崇拜与明清小说"斗武通名"研究》,《社科纵横》2021年第6期。

薛教授的住房器皿,店里的布匹,冲得一些也没有存下。明白听得神灵说道:"薛振全家都该溺死,赶下水去了不曾?"别的神明回说道:"奉许旌阳真君法旨,全家免死。"说见奉真君亲笔符验。原来道人是许真君托化。若那时薛教授把他当个寻常游方的野道,呼喝傲慢了他,那真君一定也不肯尽力搭救。所以说那君子要无众寡、无小大、无敢慢……①

水灾降临,民间信仰期盼神明对善人贵人予以保护,对于命中注定该淹之人也不能使其逃脱。说明对于灾害的恐惧和无力,以及试图进行惩恶扬善的伦理推因。小说写狄员外和薛教授都在不知情时,分别款待过许真君(后者还为其买布做道袍)这个陌生人,无差别地行善,于是全家均得以免被水淹。避灾的心理期盼,同时也体现了道教神仙许真君(斩蛟)与禳避洪水(发蛟)的关系。至于保护的方式,主要是佩带护身符(黄纸画符),或预先留给那些负责生杀予夺的执行者(神将)法旨。

其四,水灾来临之际,当地神仙及时显灵劝诫警示。袁枚(1716—1798)转述怀庆府沈太守亲历,称久雨,黄河水发直灌城中。官民俱登城外高阜看高数丈的河水,饿了三日,忽见一黄衣带笠者乘舟来说欲水退须问我,太守问,答曰"取怀庆府大堂之匾投水中,水即退",公问,其姓黄,水随其舟渐渐流下。高阜离署数十余里,公之父母俱在署内,彷徨间有陈姓家人识水性,见二老登楼哭泣,愿泅水送信。公得信大喜,即取匾投水,登时水退。"访之里人,云'某处有黄将军庙'。想怀庆一府,应遭此劫。投其匾于水,算已应此劫故也。公即往拈香,瞻其像,果符所见云。"②故事富有隐喻意味,大堂之匾"明镜高悬"投水,暗讽为官执法者须检讨失责,有监督改过之意,"黄衣者"实为水神"黄大王"显灵,此延伸了《西游记》凤仙郡故事的"天意"降灾劝诫寓意③。

---

① 西周生辑著:《醒世姻缘传》第二十九回《冯夷神受符放水　六甲将按部巡堤》,齐鲁书社1984年,第381页。
② 袁枚编撰:《续子不语》卷十《怀庆水灾投匾水息》,《子不语》,上海古籍出版社1998年,第700页。
③ 刘卫英等:《〈凤仙郡冒天止雨,孙大圣劝善施霖〉的空间叙事艺术》,《中国古代社会思想文化研究论集》(第四辑),黑龙江人民出版社2010年。

其实,水灾所派生的次生灾害,也是非常可怕的。**谢肇淛**就曾多方面地论述黄河治水之难,可谓明清水神抵御水怪传说滋生的持久的现实基础:

> 当河决归德时,所害地方不多,时议皆欲勿塞,而相国沈公恐贻桑梓之患,故山东、河南二中丞议论不合,而廷推即以河南中丞总督河道,不使齐人有异议也。既开新河,而初开之处深广如式,迤逦而南反浅而狭,议者又私忧之:"下流反浅,何以能行? 况所决河广八十余丈,而新开仅三十丈,势必不能容。泛溢之患,在所不免。"而一董役者,奏记督府:"若河流既回,势若雷霆,借其自然之势以冲之,何患浅者之不深乎?"督府大以为然,遂下令放水。不知黄河浊流,下皆泥沙,流势稍缓,下已淤过半矣。一夕水涨,鱼台、单县、丰、沛之间,皆为鱼鳖。督府闻之,惊悸暴卒。此亦宋庆历间李仲昌之覆辙也。

> 治河犹御敌也,临机应变,岂可限以岁月? 以赵菅平老将灭一小羌,犹欲屯田持久,俟其自败。癸卯开河之役,聚三十州县正官于河埭(河边地),自秋徂冬,不得休息,每县发丁夫三千,月给其直二千余金,而里排亲戚之运粮行装不与焉。盖河滨薪草、米麦一无所有,衣食之具皆自家中运致,两岸屯聚计三十余万人,秽气薰蒸,死者相枕藉,一丁死则行县补其缺,及春疫气复发,先后死者十余万,而河南界尤甚。役者度日如岁,安能复计久远? 况监司催督严急,惟欲速成,宜其草菅民命而讫无成功也。①

体会治水之难,极为深切。如果不是亲临实地,熟谙明清有限的技术水平、抗灾力量、医疗设施等综合条件,很难正确估计。上述言治河之难有二:一是开新河的设计技术以及误差导致的后果;二是长官意志急于求成、"人海战术"下的传染病,都是惨痛教训。最关键的还有体制下"人治"的管理效率问题,治河者受到多方面掣肘。"今之治水者,既惧伤田庐,又恐坏城郭;既恐妨运道,又恐惊陵寝;既恐延日月,又欲省金钱;甚至异地之官,竞护其界,异职之使,各争其利;议论无画一之条,利

---

① 谢肇淛:《五杂组》卷三《地部一》,上海书店出版社 2001 年,第 45—46 页。

病无审酌之见;幸而苟且成功,足矣,欲保百年无事,安可得乎?"

史家曾敏锐地提出乡村重建沟洫。雷海宗(1902—1962)《古今华北的气候与农事》强调,古代有一套复杂的沟洫系统,除非江河决口,农田有旱无潦。"无雨或缺雨,可致旱灾。但雨多,并不致发生水潦之灾,因为雨水有所宣泄。也因为如此,古代农民的宗教中有旱神而无潦神。旱神称魃,是古代农民所最怕的一位女神,《诗经·大雅·云汉篇》,全篇都是因'旱魃为虐'而引起的呼吁……雨水本身极难成灾,所以少而又少的雨水之灾没有专神司理。"[1]民俗记忆可证,虽明清洪水暴发的主因离不开降雨过量,但"多建沟洫"的生态战略眼光,非常有见地。沟洫不仅可储水御旱,还能容纳骤降的雨水。与渐渐袭来的旱灾不同,水灾是突发性的,却同样非常可怕。伴随着明清人口骤增,土地、山林开发愈见扩大,水旱灾害的承受力日渐削弱。因此,努力兴修水利、保持植被和维护森林,才是解决水灾危害的必然出路。

---

[1] 雷海宗:《中国文化与中国的兵》,商务印书馆 2001 年据 1940 年版重排,第 232—233 页。此承钱泳说:"昔人治高田之法,凡陂塘池堰,可以潴蓄以备暵旱。可以宣泄以防霖潦者,皆所以治田者也。……今高区皆有陂有塘有池有堰,而民不知浚深以蓄水,一遇亢旱,束手无策,坐看苗槁,有哭于野者,有叹于路者,有流离四方者。惜小费而失大利,亦愚矣哉!上浜一浚,为利无穷。早年蓄水以资灌溉,水年藏水以备不虞,深者养鱼为利,浅者种荷为利。其地瘠者,每年以箭泥取污,即为肥田之利。其与通河较远者,每日汲水浣纱,兼为饮食之利。今常、镇各州县,大半高区,农民不但不浚,而反皆填塞,或筑为道路,或廓其田畴,有谁禁之哉?"钱泳:《履园丛话》卷四《水学·浚池》,中华书局 1979 年,第 103—104 页。

第二章　旱灾、求雨禳灾及其民间信仰

中国大陆因属大陆季风气候,旱灾具有地域性、连续性、不可避免性和广泛性。历史上许多地区甚至连续持续几个月、几年干旱,7 大江河流域统计持续 2 年的重旱和极旱发生频次最高,北方持续、连年干旱较多,南方沿海连年多干旱,而海河流域 1637 年至 1643 年持续 7 年干旱,黄河流域 1632 至 1642 年长达 11 年干旱[①]。遇旱求雨,是明清时期的一个重要的民俗事象。地方官作为求雨责任人,求雨功效大于勤恳敬业的评价。清官能臣运用巫术仪式求雨,而求雨叙事均将失败责任归于法师,与朝廷正统尊严维护有关。求雨又多有灵物崇拜。而佛教的咒龙求雨此时发展为打骂龙神,驱除旱魃也有了一些替代方式。

第一节　皇帝求雨、官员罪己自祷及"敬天"观念

对古代中国求雨仪式的政治性、官方性质,从跨文化眼光可洞察到:"每当干旱缺雨时,就连朝廷所采取的做法也往往十分荒谬可笑。因此,以上所述平民百姓们在狐狸洞口祷告求雨的举动便不足为怪。在遭受旱灾时,皇帝的第一个行动便是降旨禁止宰牛。……如果采取了这一招后没有祈得雨水,那么皇帝本人便亲自走上天坛的祭坛,在那里既代表他本人又代表整个国家,向苍天献祭以求甘霖。如果及时雨还没有下来,皇帝会一而再再而三地重复以上的祭祀活动。"[②]因与其他灾害相比,求雨较多具有可行性。董含指出:"自正月至五月,京师亢旱。大风时作,而雨泽不降。因大赦天下。学士德格勒者,自言明《易》理,令占之,奏曰:'天地不交,阴阳不和,安得有雨?'上怒曰:'岂一年不雨耶!'至

---

① 闫淑春:《我国干旱灾害影响及旱灾减灾对策研究》,中国农业大学硕士论文,2005 年。
② [美]何天爵:《真正的中国佬》(Real Chinaman),鞠方安译,中华书局 2006 年,第 127 页。

二十五日,乃雨。"①此外,地方官员往往便是各地求雨的责任人,一旦万民期盼的求雨成功,则个人威望提高,一举成功,效应远大于勤勤恳恳敬业保民的多年辛劳所带来的称誉。陈康祺(1840—1890)记,康熙六十年(1721)辛丑,山右大饥,平阳、汾州尤甚,"高安朱文端公衔命往赈,全活无算。公还朝,亟称阳曲令沈某治行,为山西第一……皆有惠政。尝祈雨,三祈三应。阳曲为省会首邑,自庚子秋至辛丑(1720—1721)夏,历三时不雨,求辄不应。沈率绅士步行百二十里,至五台山神祠祷焉。是夜即雨,连三日夜大雨,阳曲之四隅,莫不沾足,而邻境旱如故。沈归,中丞率大小属吏郊迎,万民拥道欢呼忭庆。为民请命,至诚感神,虽古循吏,莫是过已(详见蔡文勤公世远《二希堂集·晋阳灵雨诗序》)"②。地方官能率众求得甘霖,是上苍庇护的明证,自然会深得民心,万民爱戴。这也说明,求雨解旱,在基本上靠天吃饭的明清社会里,该是多么重要。

求雨禳灾,是历代皇帝与臣子们宣示敬天法祖、勤政爱民的民俗实践。早年郑振铎梳理《荀子》《吕氏春秋》《淮南子》等,引用《金枝》等人类学著作,探讨了商汤剪爪、发以求雨的仪式:"后来的帝王,无论在那一国,也都还负有以一人替全民族的灾患的这种大责任。……(中国的帝王、地方官)……如果有大旱、大水等灾,他便要领导着人民们去祈雨,去求晴;或请龙王,或迎土偶……他不仅要负起地方行政的责任,也要负起地方上的一切的灾祥的以及一切的宗教上的责任。"③司马迁《史记·平准书》写:"是岁小旱,上令官求雨,卜式言曰:'县官当食租衣税而已,今弘羊令吏坐市列肆,贩物求利。亨(烹)弘羊,天乃雨。'"可见,罪己、转移罪责以期上天息怒,普降甘霖,是一个古远的传统。唐宋皆然。如代祈雨文,论者指出:"无论君主、臣僚、佛僧、道徒,凡时旱祷祈,均有罪己忏悔的言词……时刻反省时旱不雨的真正缘由,加强畏'天'意识,树立保护自然的观念,这才是'仪式'所具有的深厚德政内涵及现实教化意义。"④元代王恽(1227—1304)将作为皇帝需要处理的重大事

---

① 董含:《三冈识略》卷九补遗《京师亢旱》,辽宁教育出版社2000年,第210页。
② 陈康祺:《郎潜纪闻》初笔卷九《阳曲令沈某祈雪》,中华书局1984年,第201—202页。
③ 郑振铎:《汤祷篇》,古典文学出版社1957年,第30—31页。原载《东方杂志》三十卷一号,1933年1月。《郑振铎古典文学论文集》上,上海古籍出版社1984年,第100—130页。
④ 杨晓霭等:《宋代祈雨文的文体类别及其所映现的仪式意涵》,《西北师大学报》(社会科学版)2012年第4期。

项,依次排列为:敬天、法祖、爱民、恤兵、守成、清心、勤政、尚俭、谨令、立法、重台谏、选士、慎民爵、明赏罚、远虑①。明代这一以敬天爱民勤政为核心的政治传统不仅留存,且有所强化,到了清代尤其乾隆后,更有所加强。

首先,帝王亲自登坛乞请上苍普降甘霖求雨成功的范例,被大加弘扬,以实际行动表达对上天的敬意,起到了上行下效的巨大导向作用。明初朱元璋即曾率皇后嫔妃求雨:"洪武三年(1370)六月,太祖以天久不雨,素服草履徒步出,诣山川坛,设藁席露坐,昼曝于日,顷刻不移,夜卧于地,衣不解带。令皇后与妃亲执爨,为昔日农家之食,令皇子捧榼,杂麻麦菽粟以进,凡三日始还宫。仍斋宿于西庑,出内帑纱彩一万四千匹赐将校,于常例外给军士薪米。令法司决狱,复命有司访求天下儒术深明治道者。遂大雨,四郊沾足。"②这体现了敬天命尽人力的努力。作为入主中原后的政治需要,顺治十七年(1660)也曾特意祭天祈雨,他恳切而执着:"今夏亢阳日久,农事堪忧。朕念致灾有由,痛自刻责。谷为民天,非雨不遂,竭诚祈祷,积有日时。乃精诚未达,雨泽尚稽,昼夜焦心,不遑启处。兹卜月之十三日豫行,斋戒,黎明步至南郊。是夜子刻告祭圆丘,恳祈甘霖速降,以拯灾黎。若仍不雨,则再行躬祷,务回天意。"③而如何御灾减灾,也是朝廷考察吏治的严肃任务。雍正称:"为政之道,以爱民为本。爱民者,必须厚民之生,雨旸时若,百谷顺成,始可登苍生于衽席。然感召天和,必由于民情之舒畅,而民情舒畅,必由于吏治之克修。从来言吏治者,不外兴利除弊二大端……"④而国君若有谬误、过失,就如同《西游记》那凤仙郡的国王那样,连累一国之众备受天降亢旱之苦⑤。

以神权王权一体的皇帝身份,亲自求雨就已朝野轰闻,何况碰巧获成功,岂能不大书特书,屡见载录。昭梿(1776—1829)载康熙中久旱,

---

① 杨亮、钟彦飞点校:《王恽全集汇校》卷七十九《元贞守成事鉴》,中华书局 2013 年,第 3292—3308 页。

② 余继登:《典故纪闻》卷二,中华书局 1981 年,第 34 页。

③ 王先谦、朱寿朋:《东华录·东华续录》顺治三十四年,上海古籍出版社 2008 年,第 465 页。

④ 《清实录》第七册《清世宗实录》卷七十,雍正六年六月丙申,中华书局 1985 年影印,第 1053 页。

⑤ 刘卫英、马彦芳:《〈凤仙郡冒天止雨,孙大圣劝善施霖〉的空间叙事艺术》,辽宁省高校人文社会科学重点研究基地、中国古代社会与思想文化研究中心:《中国古代社会思想文化研究论集》(第四辑),黑龙江人民出版社 2010 年。

"上虔诚祈祷,由乾清门步祷南郊,诸王大臣皆雨缨素服以从。南未至天桥,四野浓云骤合,甘霖立降。乾隆己卯,上因旱,屡祷于三坛、社稷,雨不时降。乃步祷于南郊,次夕,澍雨普被,岁仍大稔,上咏《喜雨诗》以志之。二圣轸念农食惟艰,甘屈万乘之尊为民请命,其于桑林之责,千古若合符节也"①。康熙"虔诚祈祷"求雨,"澍雨普被""岁仍大稔",欣喜非常,作"《喜雨诗》以志之",叙事者评"千古若合符节也",康熙"求雨"完成了千古君国事业——五谷丰登,人畜兴旺。

其次,求雨也是地方官职能所系的大问题。他们对上是朝廷命官,对下是百姓父母官,祈雨既为神秘力量的现实投影与催动,又以其履责造福,树立与民做主的权威——成为现实企盼的神化寄托,具有神格、官格与人格的三重性。但偶尔旱灾严重的情况下,也有高级官员亲自主持参与求雨活动的。徐珂采集、重写了光绪丁丑(1877)山西巡抚曾国荃祈雨,实为清代君臣努力勤政爱民的缩影:

> 前督某惧生变,称疾引去。忠襄之官,徒步祈雨,逾月不应。麦枯,豆不可种,民饿死者百万计,忠襄忧甚。三月乙丑,下令城中,官自知县以上,绅自廪生以上,皆集玉皇阁祈雨。旦日众至,则阖门积薪草火药于庭,忠襄为文告天曰:"天地生人,使其立极,无人则天地亦虚。今山西之民将尽,而天不赦,诚吏不良,所由致谴。更三日不雨,事无可为,请皆自焚,以塞殃咎,庶回天怒,苏此残黎。"祝已,与众跪薪上,两日夜不食饮不眠。戊辰旦初,日将出,油云敷舒。众方瞻候,见云际神龙蜿蜒,鳞鬐隐现,灼若电光,龙尾黑云如带。方共惊愕,云渐合,日渐晻,雷隐远空。须臾,大雨滂沱,至己巳乃止。民大欢,焚香鼓吹,迎忠襄归。②

罪己以求免灾避灾减灾,乃是地方官员自身不能回避的,大前提是上天无往不在,明察一切。一者,罪己自虐祈雨,从集体无意识留存看,亦远古焚巫"杀巫"习俗、惩罚不作为祭司的现世延续。只不过"巫"角色在此置换为地方官,在人神共鉴的公共场合下表态式展演,含蓄且虔

---

① 昭梿:《啸亭杂录》续录卷一《亲祷》,中华书局1980年,第387页。

② 徐珂编撰:《清稗类钞》第一〇册《迷信类》,中华书局1986年,第4679—4680页。出自陈康祺:《郎潜纪闻》二笔卷十三《曾威毅抚晋之政绩》,中华书局1984年,第575页。

诚地向上天表明,本官断不敢推卸灾害发生之"天谴"所应负其责,透露出自我牺牲、为民请愿的悲壮。二者,从天人关系看,世人惯于相信"贤王"统治会"五谷丰登,六畜兴旺"。当灾害袭来,皇帝或地方官本难辞其咎,但也提醒地方官试图通过人为努力,故作不平、委屈状,激发上苍出面"降下甘霖"来平不平,至少开脱无辜百姓和众生。三者,从臣民心态看,这也是世间君臣关系中"臣罪该万死"的一个惯常体现。表演自虐自焚,不过是以主动承责认罚,以退为进地施行"免疫机制",在朝廷追责寻因前先主动伏地称"臣罪该万死",以求减责。

求雨官员的身份级别也随之透露。一般说来,求雨官员多为县官(县宰),直接接触下层民众,而上峰州官为了表功治绩,朝廷为改善吏治,劝导关心民瘼。在"县官(靠近受灾群体)——州府——朝廷"的赈灾之链中,还不应忽视士绅的舆情。农民虽说是最直接的旱灾受害群体,但掌握舆论的不是他们,乡镇村落的"话语权"是在乡绅和市民群体,后者属多数灾害的间接承负者,以其才识具备沟通官僚链条的能量。

其三,求雨仪式进行后不灵验的,其叙事往往呈现出归咎于求雨法师的动机,同时反衬地方官求雨过程中理性而不可或缺的指挥者形象。求雨叙事往往也是充满疑问性的。其仪式的本质依然是应然性,就难于避免求雨失败的记载,而此类叙事,几乎无一例外地将责任归结为直接操作者法师。一些求雨的法师,也终究没碰到好运,求雨失败而被迫逃遁。董含载江浙二省自五月至六月末亢旱,"河底俱涸,禾稻十分止种四分,田豆俱槁死。节过初伏,尚有乘潮插秧者,亦一异也。然东、北两乡之民,已不可问矣。越东西荒者,亦什之六七。抚军遣官分头开永昌、长兴、猪圈各坝,以救海宁一带。一黄冠自言能祈雨,先受聘仪,登台作法,久而不效,乘夜遁去。予作《感雨诗》云:'三时已过未分秧,泽国尘沙十丈黄。赤帝不传雷雨令,白鸥犹忆水云乡。篱边抱瓮侵朝露,松下披襟纳晚凉。怪杀潭西狂道士,绿章频上信茫茫。'"①

在求雨仪式中,地方官员的行政主导权力,凌驾于巫师法士之上,行政作用的强势,主要在求雨不顺利时显露狰狞。乾隆间小说写浙江巡抚朱轼,有美政,外宽内严,甚有民望。夏秋大旱求雨,他就否定了当地迎

———————

① 董含:《三冈识略》卷十《奇旱》,辽宁教育出版社 2000 年,第 220—221 页。

请"大士"的旧俗,否定了道士"能符术厌胜之道",但架不住郡人纷纷恳切请求,不得已,亲为道士控引车驾,而道士骄恣傲慢地声称要飞符于上帝,请雨三日,可是到期,雨仍不降;道士又称当地旱灾,是由于抚军获罪于神所致,要"为汝再请七日,当有雨泽":

> 公唯唯,曰:"罪在轼一人,百姓何辜?"如期,又不雨。公曰:"真人将奈何?"道士曰:"'天悭未破,非人力所能回。'且请去。"公勃然大怒,曰:"左道之流,妖惑实甚,须当立毙!"命左右曳下坛,杖四十。血流臀股,并置俎上,曝烈日中。人皆咋舌而言曰:"我公不请大士,虽不得雨,无后灾。打杀真人,祸乃不可言矣!"群掩面不敢仰视。公乃焚香设席虔祷,其词曰:"窃惟官以治明,神以理幽,官不职而殃民,则罚随;神不灵而灾民,则祀绝。兹届夏秋,十旬弗雨,土焦禾槁,神岂不见? 四野老幼,盈庭哀号,神岂不闻? 不见不闻,何贵尔神? 汝竟恭然庙貌哉? 今抚某与汝神约:一日之内,速赐霖雨,苏万物而救万姓,神之灵也! 某之幸也! 浙民之福也! 不然,则块然土木,抚某将率众而绝汝神之血食。"
>
> 祝毕,忽而云涡四旋,雷电交作,甘霖大沛,平地数尺。士民皆长跪泥涂,欢声腾沸,与雷声互应,拥朱公下坛,仪卫前导以归。后羁一囚矍而随者,则俎中真人也。乃知朱公精忱格天,甚于剪爪焚躯万万矣。后,公抚晋,晋方灾,公至,一祈即雨,晋民歌之。[1]

干练的地方官偏能以事实证明,一味迷信道士、祈求神灵是无用的。对神灵也要恩威并举,故事突显出地方官果断而有智慧。此种威吓、祈求并行的祈雨模式,在古代世界各地普遍存在,人类学家弗雷泽也早有论述。但在中国明清时又有一些特殊性,能求雨的巫师往往很傲慢,甚至要挟百姓,在生死存亡的关键时刻,过激的行为在所难免。

其四,与前揭不同,有的清官能臣,则是继续沿用含有某种神秘崇拜内蕴的巫术仪式求雨,以"罪己"模式表达"敬天"诚意,求取甘霖。在此有三点值得关注,一是巫术求雨,常被理解为求雨者即使自己侥幸避劫,也会有亲属替代付出代价,这较前代可以说非但未减,崇之更甚。说

---

[1] 曾衍东:《小豆棚》卷十六《朱高安》,中州古籍出版社1989年,第341页。

山东济宁有衙役王廷贞会求雨术,曾醉酒后高坐本官案上自称天师,被答二十,不久因大旱祷雨无效,又被请来施法:

> 良久许诺,令闭城南门,开城北门,选属龙者童子八名待差,使搓绳索五十二丈待用。已乃与童子斋戒三日,登坛持咒。自辰至午,云果从东起,重迭如铺绵。王以绳掷空中,似上有持之者,竟不坠落。待绳掷尽,呼八童子曰:"速拉!速拉!"八童子竭力拉之,若有千钧之重。云在西则拉之来东,云在南则拉之来北,使绳如使风然。已而大雨滂沱,水深一尺,乃牵绳而下。每雷击其首,辄以羽扇遮拦,雷亦远去。嗣后邻县苦旱,必来相延。王但索饮,不受币,且曰:"一丝之受,法便不灵。每求雨一次,则家中亲丁,必有损伤,故亦不乐为也。"①

在一些特例中,甚至有的求雨法师,为此而身殉求雨。有些法师在运用蕴含神秘崇拜的巫术来求雨时,可能失败并付出代价。《三冈识略》还载六月、七月亢旱,路绝行旅,"细林山道士曹耕云,向以术自诩,筑台高数丈,步罡画诀,每日上奏三次。又用黑犬磔血,杂降檀焚之。扰扰半月,日色愈炽。时有僧明愿者,东昌人,俗姓田,披剃马嵧寺,合掌跪赤日中,不饮不食,望空拜恳,誓愿以身殉。至期,跃入跨塘桥河,自沉死"②。下雨与否,本属自然界的气流运行,民俗想象信奉此事上帝掌管,降雨还是亢旱来自神意,法师一旦运用法术其实也是冒风险逆天行事。付出代价,获大众"安泰",此是世俗社会与神界一场利益冲突的交锋,也是神界对世俗世界的警示。谈论求雨过程中僧人、道徒的宗教狂热,民俗叙事中难掩失望及不满,也反映出解难御灾民俗心理的殷切。

至于文学文本中,官民求请道士巫师祈天下雨,除了民俗事象的艺术折射,又融合叙事者的文学想象与心理期盼。《西游记》借助求雨展示了佛道斗法,大仙(道士)以注满清水的大缸,水上浮着杨柳枝,杨柳枝上托着书写雷霆都司符字的铁牌,大仙执宝剑念咒求雨。据领雷公电母帮助行雨的邓天君说:"那道士五雷法是个真的。他发了文书,烧了文檄,

---

① 袁枚编撰:《子不语》卷十二《绳拉云》,上海古籍出版社 1998 年,第 233 页。
② 董含:《三冈识略》卷六《祷雨自沉》,辽宁教育出版社 2000 年,第 126 页。

惊动玉帝,玉帝掷下旨意,径至'九天应元雷声普化天尊'府下。我等奉旨前来,助雷电下雨。"①尽管这些假冒道士并非为民解难,而为取得车迟国王信任,但求雨仪式及其过程大致合乎轨则。所谓"像生",指的用纸张、彩帛制作的人与动物的形象,借助于一种"相似巫术"的思维,体现驱动神鬼的力量。而"水上浮着杨柳枝"属于神物崇拜,"雷霆都司的符字"是把道教符箓信奉搬来助威,而"五方蛮雷使者的名录"则是将人间姓名崇拜延伸到神仙领域,这些都体现了求雨仪式过程的复杂与多神综合性质。

地方官的罪己,具有在地性。有时还要迁怒于当地的神祇。如丁柔克描写江苏某县令就把城隍神像与自己锁在一起,以怨怒之气启发神灵的同情与怜悯:

> 时天旱,令祷于神,不雨。令怒,以铁絙一,一系己颈,一系城隍神像颈,约曰:"雨,则开也。"终日不食,终夜不寝。绅民家属哭吁之,令不可。如是三日,大雨如注。人曰:"设竟不雨,将如何?"予曰:"为民请命,一诚感格。令当系时,已具必死之志,如作伪沽名,则雨亦不如是之速也。惟德动天,天孽可违,岂欺我哉!"②

这位县令把自己的命运与祈雨联系起来,但必备的自我牺牲精神,需要勇气支撑,而自苦自罚的勇气无疑来自前此众多君臣罪己成功感动上天的事例。同时这也在有意无意地向当地民众表态,深受同情鼓励是自然的,而结局的幸运会使人以果推因,做出对官员有利的解释。

在禳灾御灾的民俗视域中,旱灾的性质与特征,更便于诱发人进行人世与上界的联系对应。大旱,在古人眼里,是最能体现上天惩罚意旨的。这集中体现为上天对人世某些冤情不公的"集体承领后果"。以大旱的必然性、普遍性向社会昭示这一种超自然的判断,以表达上天的不满,强调个体的无辜。而事实上,如关汉卿杂剧写窦娥被冤斩之后楚州地区"亢旱三年",实际上也是把当地整个自然环境与生命体包括全民大

---

① 吴承恩:《西游记》第四十五回《三清观大圣留名　车迟国猴王显法》,人民文学出版社,1980年,第552页。
② 丁柔克:《柳弧》卷四《系颈祷雨》,中华书局2002年,第280页。该书目录与条目"絙"均作"擎",误。

众作为惩罚对象、泄愤目标,实在属于"复仇的扩大化"了。而从皇帝到地方官员的求雨罪己自祷,大前提是对上苍以亢旱方式震怒的反应,是一种无奈的自赎赔罪表现。万建中教授考察"东海孝妇"传说,指出除了县令祭拜求神显灵之外,地方雨神及其求雨仪式也有产生地区气候特点的原因:"孝妇成为雨神不仅与传说本身有关,还与郯城的气候有关。郯城由于特殊的地理环境,天气比较干燥,旱灾更是常见的一种自然灾害。据县志记载,郯城几乎是每隔两年甚或是连续几年都会出现特大旱灾,庄稼颗粒不收,民不聊生,于是求雨便成为一项重要的仪式……"①仪式一经形成,不断被重温,其神秘功能还不断拓展延伸,其灵验还形成了一些禁忌,这方面的民俗记忆非常持久。

二是求雨罪己自祷仪式来源古远。殷墟甲骨卜辞中那些关于暴巫(王)、焚巫(王)的记载,称之为"烄"。陈梦家列举近二十片有关"烄"的卜辞,认为:"以上各辞之'赤'字,从交从火作烄,罗振玉曰:《说文解字》:'烄,交木然也。'《玉篇》:'交木然之以燎柴天。'此字从交下火,当即许书之烄字。……从文从交,皆象形,人立于火上而汗流直下,余疑此赤字也。赤字从大从火,而交、文、大皆象人,其义一也。赤者赤露、赤裸之谓,而求雨有暴巫之法……"②《左传·僖公二十一年》:"夏,大旱,公欲焚巫、尪。"《文选·思玄赋》注引《淮南子》曰:"汤时大旱七年,卜用人祀天……乃使人积薪,剪发及爪,自洁,居柴上,将自焚以祭天,火将然,即降大雨。"③《礼记·檀弓》:"岁旱,穆公召县子而问曰:'天久不雨,吾欲暴尪,而奚若?'曰:'天则不雨,而暴人之疾子,虐,毋乃不可与?''然则吾欲暴巫,而奚若?'曰:'天则不雨,而望之愚妇人,于以求之,毋乃已疏乎?'"郑注:"尪者面乡(向)天,觊天哀以雨之。"④《周礼·春官宗伯·司巫》郑注:"鲁僖公欲焚巫尪,以其舞雩不得雨。"⑤总之是求雨不顺利,不得不采取的强硬对策。暴巫与焚巫思路及其二者的关系,研究者理解为:"巫一向被看做是人与鬼神之间的代言人,当人们

---

① 万建中等:《中国民间散文叙事文学的主题学研究》,北京大学出版社2009年,第314—315页。
② 陈梦家:《商代的神话与巫术》,《燕京学报》1936年第20期。
③ 萧统编:《文选》卷一五《思玄赋》,李善注,中华书局1977年,第218页。
④ 阮元校刻:《十三经注疏》,中华书局1980年影印,第1317页。
⑤ 阮元校刻:《十三经注疏》,中华书局1980年影印,第816页。

排斥巫术而直接祈求雨水,所采取的方法就是暴巫与焚巫,这实际上是采取强硬的方式逼迫神降雨……暴巫是巫置于烈日下暴晒而死,较之焚巫,是一种更加残酷的折磨方式。……"①

不过,替代方式一是君主自己承担(或剪发、爪等象征),一是另找人代。《太平御览》卷一〇引《庄子》:"宋景公时,大旱三年,卜云:'以人祀乃雨。'公下堂顿首曰:'吾所求雨者,为人。今杀人,不可,将自当之。'言未卒,天大雨,方千里。"②刘向《说苑·辨物》也称齐大旱时,景公欲减少赋敛,祭祀灵山,晏子认为祭山、祭河伯无益:"'君诚避宫殿暴露,与灵山、河伯共忧,其幸而雨乎?'于是景公出野暴露,三日,天果大雨,民尽得种树。"③董仲舒《春秋繁露·求雨》:"春旱求雨……无伐各木,无斩山林,暴巫聚尫……秋暴巫尫至九日。"④这一求雨仪式,东汉时期较为流行,也成为地方官员躬身德范的一个代表性行为。《太平御览》卷一一引范晔《后汉书》:"谅辅仕郡为五官掾,时夏太旱,太守自出祷山川,连日而无所降,辅乃自暴庭中,慨慷咒曰:'辅为股肱,不能进谏纳忠,和调阴阳,至今天地否隔,万物焦枯,咎尽在辅,今敢自祈请,若至日中无雨,乞以身塞无状。'于是积薪聚艾茅,以自环构火将自焚,未及中时,天云晦合,须臾澍雨。"又引谢承《后汉书》:"戴封,字平仲,迁西华令,其年大旱,祷请无获,乃积薪坐其上以自焚,火起而大雨,远近叹服,迁中山相。"⑤赵翼《廿二史札记》卷二《汉书》中列举"汉儒言灾异""汉重日食"等多条,注意到天示灾异在汉人心目中的位置。

三是关于暴巫求雨的遗存与变种。"暴巫",郦道元《水经注·汝水》引《桂阳先贤画赞》:"临武张熹,字季智,为平舆令。时天大旱,熹躬祷雩,未获嘉应。乃积薪自焚,主簿侯崇、小吏张化从熹焚焉。火既燎,天灵感应,即澍雨。"⑥《桂阳先贤画赞》为东吴左中郎张胜撰。这说明东汉此风之盛,并非偶然孤立之事,诸文献史料可互为参证。唐初虞世南称:"风不摇条,反风灭火。甘雨辄澍。甘雨即将。应时澍雨,积薪自焚。火

① 傅亚庶:《中国上古祭祀文化》,东北师范大学出版社 1999 年,第 340—341 页。
② 李昉等:《太平御览》卷一〇,中华书局 1960 年影印,第 51 页。
③ 向宗鲁校证:《说苑校证》卷十八《辨物》,中华书局 1987 年,第 452 页。
④ 苏舆:《春秋繁露义证》卷十六《求雨》,中华书局 1992 年,第 426—434 页。
⑤ 李昉等:《太平御览》卷一一《天部·祈雨》,中华书局 1960 年影印,第 55 页。
⑥ 刘玮毅:《汉唐方志辑佚》,北京图书馆出版社 1997 年,第 56 页。

起而雨。请以身祷，雨下滂沛。以身填堤，波稍还却。县独不雹，邹独无灾。……"①其中说的，除了水灾火灾雹灾等，旱灾也是一个地方官员主要的表现"德感"上天的机会。一者，"甘雨辄澍"即谢承《后汉书》载百里嵩事，其为徐州太守，"境遭旱，嵩出巡行部，传车所在，辄甘雨辄澍。东海祝其、合乡二县，僻在山间，嵩传驷不往，二县不得雨。父老干请诉曰：'某等是公百姓，雨不降，独不迁降。'乃回赴之，嵩曲路到二县，入界即雨，随车而下"。这是加重的扩大化叙事。二者，"甘雨即将"即《桂阳先贤画赞》张熹事。三者，"积薪自焚，火起而雨"的诠释在《济北先贤传》，亡佚，今据范晔《后汉书·独行列传》云戴封"迁西华令。时汝、颍有蝗灾，独不入西华界。时督邮行县，蝗忽大至，督邮其日即去，蝗亦顿除，一境奇之。其年大旱，封祷请无获，乃积薪坐其上以自焚。火起而大雨暴至，于是远近叹服"。蝗灾往往伴随旱象而来，这里皆因贤官的作为而消。四者，"请以身祷，雨下滂沛"，即公沙穆为弘农令，"县界有螟虫食稼，百姓惶惧。穆乃谢曰：'百姓有过，罪穆之由，请以身祷。'于是暴雨，既霁而螟虫自销，百姓称曰神明"②。解除了蝗灾，也消解了旱象。

从明清民俗叙事活生生的记述，可以更加透彻地明了旱灾求雨仪式的生动表现，其是更加丰富和细密化的。在这一思维路径支配下，甚至某些地方官员为了求雨而更改自己的名字。虽然出于民众众怒难犯的心理压力，毕竟还是基于"罪己感天"的潜在信奉，用姓名崇拜的方式顺应民意以求得天佑。《清稗类钞·迷信类》载有"易字宜雨"的故事："光绪时，高州大旱，民咎地方官吏姓名之不能致雨。盖守高州者杨子晴太守霁，以为晴霁皆不雨之义也。镇道县诸官姓名，又多晴霁不雨之意。诸官以名不易更，相率易其字为宜雨之意，以冀甘霖立沛。杨性最倔强，顾以众怒难犯，乃易子晴为子和。"③再倔强的地方官员，也要在这一求雨民俗传统、众民生存问题面前俯首从俗。

其五，官民请道士巫师祈求上天降下甘霖，延续传统的"乞天"仪式。而祈雨仪式过程往往更为复杂。《西游记》借求雨展示佛道斗法：

① 虞世南编撰：《北堂书钞》卷三十五《德感二十二》，中国书店 1989 年据光绪十四年南海孔氏刊本影印，第 86 页。

② 范晔：《后汉书》卷八十二《方术列传》，中华书局 1965 年，第 2731 页。

③ 徐珂编撰：《清稗类钞》第一〇册《迷信类》，中华书局 1986 年，第 4687 页。

　　大仙拽开步前进，三藏等随后，径到了坛门外。抬头观看，那里有一座高台，约有三丈多高。台左右插着二十八宿旗号，顶上放一张桌子，桌上有一个香炉，炉中香烟霭霭。两边有两只烛台，台上风烛煌煌。炉边靠着一个金牌，牌上镌的是雷神名号。底下有五个大缸，都注着满缸清水，水上浮着杨柳枝。杨柳枝上，托着一面铁牌，牌上书的是雷霆都司的符字。左右有五个大桩，桩上写着五方蛮雷使者的名录。每一桩边，立两个道士，各执铁锤，伺候着打桩。台后面有许多道士，在那里写作文书。正中间设一架纸炉，又有几个像生的人物，都是那执符使者，土地赞教之神。

　　那大仙走进去，更不谦逊，直上高台立定。旁边有个小道士，捧了几张黄纸书就的符字，一口宝剑，递与大仙。大仙执着宝剑，念声咒语，将一道符在烛上烧了。那底下两三个道士，拿过一个执符的像生，一道文书，亦点火焚之。那上面乒的一声令牌响，只见那半空里，悠悠的风色飘来……①

而邓天君的解释是：“那道士五雷法是个真的。”法术操作也合乎轨则，“发了文书，烧了文檄，惊动玉帝，玉帝掷下旨意，径至九天应元雷声普化天尊府下。我等奉旨前来，助雷电下雨”。尽管道士的动机是为了取得车迟国国王的信任，但其求雨仪式过程大致无差错，“五雷法”亦是真传，“敬天”之意显见。又与“像生”（用纸张、彩帛制作的人与动物形象，借助“相似巫术”思维，体现驱动神鬼的力量。）“杨柳枝”（神物崇拜）“雷霆都司的符字”（道教符箓信奉）“五方蛮雷使者的名录”（人间的姓名崇拜）。凡此种种，都体现了求雨仪式与过程的复杂与综合特质。直到清代中后期，朝廷还在持续行使着求雨的官方仪式：

　　祷雨定制：久旱、久雨，宫廷、官署无不致祷。然遣员恭代者为多，间有帝、后亲祷者。康熙某年孟夏，久旱，上虔诚祈祷，由乾清门步祷至天坛，诸王大臣皆雨缨素服从，未至天桥，浓云骤合，立降甘霖。乾隆己卯，旱，上屡祷于三坛、社稷，雨不时降，乃步祷于天坛，

---

① 吴承恩：《西游记》第四十五回《三清观大圣留名　车迟国猴王显法》，人民文学出版社1980年，第551页。

次夕，澍雨普被，岁仍大稔。上咏《喜雨诗》志之。

乾隆壬戌（1742），特旨每岁已月择日行常雩礼，如冬至郊坛之制。皇帝躬诣行礼，衣服、旗帜皆用皂色。如常雩未得雨，先祈天神、地祇、太岁三坛，次祈社稷，遣官各一人，皆七日一告祭，各官咸斋戒陪祀。如仍不雨，还从神祇等坛，祈祷如初。旱甚，乃大雩。皇帝躬祷昊天上帝于圜丘，不设卤簿，不除道，不作乐，不设配位，不奠玉，不饮福受胙，三献乐止，用舞童十六人，衣玄衣为八列，各执羽翿，歌高宗御制《云汉诗》八章，余与常雩仪同。祭后雨足，则报祀。乾隆间，京师大旱，孝圣后于御园龙神祠内，步行亲往祷雨，旋即渥沛甘霖。宫中祷雨之文，谓之《木郎词》，三十余句，以三四五七言为句，类汉时郊祀乐章。……光绪辛丑（1901），长安苦旱，孝钦后命大臣祷雨太白山，果获甘霖。御制申谢之文，泐石山巅，碑首全题皇太后徽号，前代碑碣文字无此例也。[①]

韵文诗歌，在此均为社稷存亡攸关的驱旱求雨活动服务，皇帝皇后直接参与和指令，重要性已强调得无以复加。

小说《野叟曝言》写龙儿为祖母水夫人祈雨得雪，是在他割臂肉煮汤为其疗病之后，如秋香道："就是那大雪，也是世子求下的。世子割臂之后，听见太太人说，除非甘霖大沛，心结才开。世子回房，便跪在院中祷祝。跪至一更，彤云密布；跪至二更，朔风吹起；跪至三更，大雪纷纷而下。世子满身是雪，还跪不起……这不是孝感天庭，才降下这大雪？人事是不可不尽的，怎见割臂定是无益呢？"水夫人道："人事是礼所当尽之事，然亦止尽人事以待天，非谓尽人事而必可挽回天意也！据你说来，则龙郎之割臂乃愚孝也，'礼所不当尽之人事'也；其祷雪则诚孝也，'礼所当尽之人事'也。至于雪之得与不得，则有数存焉。龙郎特会逢其适耳。我自五月以来，无日不祷雨，至卧床乃止心祷。玉佳亦然。皇上亦自七月祷雨至今。太皇太后及两宫闻我病因干旱，亦于宫中日夕祈祷。诸女媳及尔亦何尝不祷？而点雨不下，纤雨俱无，日色紫赤，光芒如烟如火。较尔所云跪至一更彤云密布，二更起风，三更降雪者，何相反至

---

① 徐珂编撰：《清稗类钞》第二册《礼制类》，中华书局 1984 年，第 511—512 页。

于若此？岂诸人之祷皆至不诚,不特不能感格,反若上干天怒；独龙儿之祷诚而能格耶？愚民之奉老佛也,祷而不应者十百,祷而应者一二；即或有屡祷屡应者,岂佛老之灵耶？皆会逢其适耳！尧有九年之水,汤有七年之旱,岂不能极诚而祷？而气数所至,非人力所能回。设百姓应受久荒,我病应成不起,则虽有百龙郎祷之何益？君相之于民,子之于父母,皆不言气数,当以身任挽回之事。故'雩宗'以祭水旱,《金縢》以告先王,礼所不废,古有行之,何尝谓人事不宜尽耶？……"[1]伴随大雪落地,旱象解除,水夫人也"心结宽解",病好起来。水夫人把责任人尽孝的对象,划分为两种:"礼所不当尽之人事"与"礼所当尽之人事",祷雪祷雨显然属于后者。这里对降雪与否,是以理性的态度看待的:"则有数存焉",然而尽人力,却是一个责任人能否行孝的大问题。何况祈雨之事也有皇上皇族参与,也未必如期如愿下雨,关键是采取一个"尽人事以待天"的"敬天"态度。

第二节　求雨、龙蛇崇拜及其外来影响

在 21 世纪以来国内最重要的祈雨仪式研究专著中,安德明指出:"群体举行的仪式,主要是通过对神的祈求来达到禳灾的目的的,个人或少数人举行的仪式,则主要是一种力图控制自然的巫术行为……取雨,是最大的一种群体禳灾仪式,其完整的仪式过程,由六个环节构成。……在取雨仪式中,求神是中心的内容。这一点,在全国大多数地区同类的仪式中,是基本相同的。"[2]而祈雨往往是期求行雨的龙神"有作为",拉进凡尘民间与龙神的距离,取悦或触动龙神就成为祈雨的途径之一。

---

[1] 夏敬渠:《野叟曝言》第一百三十一回《八片香肱脾神大醒　三尺瑞雪心结齐开》,人民文学出版社 1997 年,第 1601—1602 页。《礼记·祭法》:"雩宗,祭水旱也。"《金縢》是《尚书·周书》中的一篇。

[2] 安德明:《天人之际的非常对话——甘肃天水地区的农事禳灾研究》,中国社会科学出版社 2003 年,第 146—147 页。"触动"即安著列举的"恶祈雨",包括砸烂神像、鞭打龙王塑像、责问和痛骂等"神圣时空下的行动",第 147—148 页。仪式研究,参见刘卫英等:《近十年国内仪式研究现状综述》,《黄山学院学报》2011 年第 1 期。

龙崇拜是上古以降几乎一直没有断裂的民间信仰,分布面广,蛇崇拜则区域性差别较大,而在特定的求雨功能的心理期盼上,民间易于将两者互补相生,联系一处。龙崇拜具有权威性,蛇则具有日常普遍性,结合一处则增大了可信度和传播力。况且蛇为龙的具体而微的缩影、化身,种类又是那么纷杂多样,成为神秘性更强但略显空灵的龙崇拜的有力现实验证。龙崇拜虽以华夏中原文化为主体,却不能否认外来西域与印度文化的影响。其中在求雨功能上,以其实用性与多发性需要,则所受影响,当更为强大和直接。如佛教空间观影响下的"咒龙求雨"法术:

> 案使者甘宗(《全晋文》一百十七宗作崇)所奏西域事云,外国方士能神祝者,临渊禹步吹气,龙即浮出,其初出乃长十数丈。于是方士更一吹之,一吹则龙辄一缩。至长数寸,方士乃掇取着壶中。壶中或有四五龙,以少水养之,以疏物塞壶口。国常患旱灾。于是方士闻余国有少雨屡旱处,辄赍龙往卖之,一龙直金数十斤。举国会敛以顾之直毕。乃发壶出一龙,着渊潭之中。因复禹步吹之,一吹一长,辄长数十丈,须臾而云雨四集矣。[①]

这是较早、重要的外来咒龙求雨术记载。而葛洪《神仙传》卷四也写黄卢子姓葛名起,有许多异能:"天大旱时,能至渊中召龙出,催促便升天,即便降雨,数数如此。一旦,乘龙而去,与诸亲故辞别,遂不复还矣。"也是道教仙真较早的救世人物。《高僧传》写西域僧人佛图澄"祈水术",颇为接近祈雨的仪式,在一次水源断流时进行:

> 襄国城堑水源在城西北五里团丸祠下,其水暴竭,(石)勒问澄:"何以致水?"澄曰:"今当敕龙。"勒字世龙,谓澄嘲己,答曰:"正以龙不能致水,故相问耳。"澄曰:"此诚言,非戏也,水泉之源,必有神龙居之。今往敕语,水必可得。"乃与弟子法首等数人至泉源上。其源故处,久已干燥,圻如车辙,从者心疑,恐水难得。澄坐绳床,烧安息香,咒愿数百言,如此三日,水泛然微流。有一小龙长五六寸许,随水来出。诸道士见竞往视之,澄曰:"龙有毒,勿临其上。"有

---

① 王明:《抱朴子内篇校释》(增订本)附录一,中华书局1985年,第359页。

顷,水大至,隍堑皆满。①

求雨仪式进行时,一般要先焚香,而且是西域带来的那带有出产地标号的"安息香",同时发出长篇的咒语,这该是多么郑重而灵验!

吴海勇博士指出咒龙术从古印度传入中土②。《晋书·僧涉传》写苻秦时僧涉由西域入长安,即能以秘咒下神龙:"每旱,(苻)坚常使之咒龙请雨。俄而龙下钵中,天辄大雨,坚及群臣亲就钵观之……"③此出自慧皎《高僧传》卷十,涉公在苻坚建元十二年(376)来长安,"能以秘咒,咒下神龙。每旱,(苻)坚常请之咒龙,俄而龙下钵中,天辄大雨。坚及群臣亲就钵中观之,咸叹其异。坚奉为国神,士庶皆投身接足,自是无复炎旱之忧。"④王青教授认为,涉公当为西域石国人,"这种颇带幻术色彩的祈雨立刻影响到道教徒:《神仙传·黄庐子传》也有:'黄庐子者,姓葛名起……天大旱,能至渊中召龙出,催促便上天,即便降雨。'"⑤

在中古汉译佛经中,并非所有降雨因龙而来。降雨被认为可分三种情况,《分别功德论》指出:"雨有三种:一、天雨、二、龙雨、三、阿修罗雨。天雨细雾,龙雨甚粗,喜则和润,瞋则雷电。阿修罗为共帝释斗,亦能降雨,粗细不定。"释道世认为:"依经,雨亦多种,或有无云而雨,或有先云而雨,或有因龙而雨,或有不依龙而雨。寔由众生自业所感,具如经说也。"⑥传入中土后,由于中国龙不同于印度龙,中国龙具有至高无上的地位,加之唐传奇中李靖代龙行雨传说等,龙与降雨的联系非常紧密。

唐诗中还能寻找出咒龙请雨之术的蛛丝马迹。白居易作为地方官员,有破除淫祀的职责,然而黑潭龙的功能那么多,事关民生之重,他的

① 释慧皎:《高僧传》卷十《神异上》,中华书局 1992 年,第 346—347 页。
② 吴海勇:《中古汉译佛经叙事文学研究》,学苑出版社 2004 年,第 581—583 页。对《高僧传》所载涉公祈雨,周一良先生认为:"由于能呼龙降雨,得到了苻坚的信从。这是佛僧在中国祈雨的最早例子。后来的密宗大师们都被指望能任此事。"周一良:《唐代密宗》,钱文忠译,上海远东出版社 1996 年,第 5 页。
③ 房玄龄等:《晋书》卷九十五《僧涉传》,中华书局 1974 年,第 2497 页。
④ 慧皎:《高僧传》卷十《神异下》,中华书局 1992 年,第 373—374 页。
⑤ 王青:《先唐神话、宗教与文学论考》,中华书局 2007 年,第 233 页。
⑥ 周叔迦、苏晋仁校注:《法苑珠林校注》卷六引《分别功德论》卷一,中华书局 2003 年,第 118 页。

态度有些游移不定："黑潭水深色如墨,传有神龙人不识。潭上架屋官立祠,龙不能神人神之。丰凶水旱与疾疫,乡里皆言龙所为。家家养豚漉清酒,朝祈暮赛依巫口。神之来兮风飘飘,纸钱动兮锦伞摇。神之去兮风亦静,香火灭兮杯盘冷。肉堆潭岸石,酒泼庙前草。不知龙神飨几多,林鼠山狐长醉饱。狐何幸? 豚何辜? 年年杀豚将喂狐。狐假龙神食豚尽,九重泉底龙知无? "①似乎,水旱等自然灾害,甚至疾病瘟疫,都与深潭龙神分不开,可龙却制约不了前来偷食祭品的狐。此诗经《乐府诗集》收录,传播愈广。张读《宣室志》也载开元年间大旱,西域僧借助求雨,索取龙脑为药之事:

> 西域僧请于昆明池结坛祈雨,诏有司备香灯,凡七日,缩水数尺,忽有老人夜诣宣律师求救曰:"弟子昆明池龙也。无雨时久,匪由弟子,胡僧利弟子脑将为药,欺天子言祈雨,命在旦夕。乞和尚法力救护。"宣公辞曰:"贫道持律而已,可求孙先生。"老人因至,(孙)思邈谓曰:"我知昆明龙宫有仙方三十首,若能示予,予将救汝。"老人曰:"此方上帝不许妄传,今急矣,固无所吝。"有顷,捧方而至。思邈曰:"尔但还,无虑胡僧也。"自是池水忽涨,数日溢岸,胡僧羞恚而死。②

孙思邈在龙神求助时,趁机索取宝贵的药方,颇有趁火打劫意。这一传说揭示了胡僧能胁迫龙神,这跟下面所引《增一阿含经》的谩骂龙神以促其降雨类似,说明胡僧一般情况下具有迫使龙神降雨的能力。咒术拘龙神使降雨,这一仪式需要借巨盆盛水,提供龙降临时的栖身之所。说陈州六月不雨,遍祷莫应。父老诣郡守,言旱甚非路通判不能致雨,路还获准就设厅作法:

> 乃命施青布帘幕围障四傍,中一巨盆,汲水半之。焚香步印,叱咤良久,语守曰:"已请到龙矣。"守偕僚佐往视,盆中隐隐见一物,如羊豕而小,蟠伏不动。腥气远闻,懔然觉寒色,始加异焉。严奉至

① 郭茂倩编:《乐府诗集》卷九十九,中华书局 1979 年,第 1387—1388 页。裴璘《储潭庙》也有:"老农老圃望天语,储潭之神可致雨。质明斋服躬往奠,牢醴丰洁精诚举。女巫纷纷下堂舞,色似授兮意似与。"
② 李冗、张读:《独异志　宣室志》,中华书局 1983 年,第 155—156 页。

三日,又语守曰:"今日龙行雨,势必小异而去,幸勿惊惧也。"日亭午,白气如棼丝,自盆出于幕外。俄顷,阴翳晦昧,飞电震霆,穿揭屋脊。一府吏士僵卧相属,大雨翻倾。①

咒龙求雨的法术,在思维类型上,很接近幻化、变形的想象,因此,具体操作过程中,不免生发出龙蛇的变形幻化。求雨是一种受灾民众的生存焦虑,民俗心理的焦虑常常需要在现实中捕捉类似现象,将焦虑定向释放,于是龙蛇兴雨的信奉,偶或还能生发出"异人",实为龙蛇的化身或变形,一旦现身原形则会带来雨水。如明人就载录了一个蟒蛇化身的异人,他仿佛带有某种动物的天然优势,自身一入泥涂(接触到水),就能在瞬时间给苦盼甘霖的当地民众带来雨水:

> 濮阳郡有续生者,身长七八尺,剪发留二三寸,不着裈裤,破衫齐膝而已。每四月八日,市场戏处皆有续生,郡人张孝恭疑之。自在戏场对一续生,又遣奴子到诸处,凡戏场果皆有续生。天旱,续生入泥涂,偃展久之,必雨,土人谓之"猪龙"。夜中有人见北市电火,往视之,有一蟒蛇,身在电里。至晓,见续生拂灰而出,后不知所之。②

既然龙能行雨,或喜或怒(瞋,又作嗔),龙的情绪变化都会带来雨水,那么,故意惹龙发怒,也称为祈雨的一个手段。这一思路的根据也当来自佛经。又《增一阿含经》云:"佛言:如是世间不可思议。如龙界不可思议。云:'何此雨为从龙口出耶?'答:'不从龙口出,为从龙眼、鼻、身出耶?亦不从此出,但龙意所念,若念恶亦雨,若念善亦雨。亦由根本而作此雨。如须弥山腹有天名曰大力,知众生心之所念,亦能作雨。然雨不从彼天口、眼、耳、鼻出也。皆由彼有神力故,而作此雨。'"③用强硬的手段逼迫龙神,也是求雨无奈之际的无法之法。如故意用谩骂的方式来惹怒龙神,也是一种奇妙的招数。梅元鼎,时任登封知县,他采用了古已有之的逆向性思维,"率众诅龙潭,以激神怒,大雨如注"。"诅龙之法"及效验如下:"令力士绕潭,极口呼噪詈骂。潭中渐有波浪,以致云兴雨

---

① 洪迈:《夷坚志》三志己卷八《陈州雨龙》,中华书局1981年,第1362—1363页。
② 朱国祯编著:《涌幢小品》卷三十一《猪龙》,中华书局1959年,第747—748页。
③ 周叔迦、苏晋仁校注:《法苑珠林校注》卷七十一,中华书局2003年,第1873页。

需,而独无雷。梅凝坐不动曰:'龙亦兽耳,今奉天子命治百姓,不雨均罪。终亦无他。'"①这既显示世人心中龙神的两重属性,也说明求雨活动使民俗智慧得以开掘与推动。清初所载民俗信奉,更真实可信:"遂溪有陷湖,湖故托、宁二村也。相传隋开皇时,有一白牛过之,村人杀之以食,风雷暴作,二村遂陷为湖,至今渊深不测,有龙居焉。旱则有司杀一白牛沉于湖以祷,霖雨立至,盖激龙之怒云。"②因"杀白牛"让龙想起不愉快的往昔,发泄怒气行云降雨,于是让求雨者正中下怀。

与此类似,是持柳条"鞭龙"仪式,人们较少注意,朱珊元《鞭龙行》深具御灾文化意味:

> 入秋不雨六十日,官吏皆言龙旷职。嗟哉民物谁实司,归咎于龙龙何辞。缚刍绘纸龙体具,鳞甲离披廓然巨。手持柳条三尺来,神物忽遭无妄灾。一鞭雷声起,再鞭雷声止。三鞭黑云聚复散,但有愁风吼残纸。噫吁嚱!世事薄,天罚深,作威不服神龙心。其雨其雨雨何有,明日龙潭又杀狗。③

实际上,该项仪式是一种御灾象征,柳条象征亲和人类的植物神,持柳条"鞭龙"象征具有成功御灾勇气和信心的人类,驾驭着植物为主的自然神力量,力图强行征服控制降雨的龙神。可以说,祈龙求雨仪式这是一个对应和补充。涂尔干引舒尔策、弗雷泽之说:"倘若人们对偶像产

---

① 朱国祯编著:《涌幢小品》卷二十九《山子道气》,中华书局 1959 年,第 688—689 页。这类"激神怒"求雨方式引起了弗雷泽的注意:"中国人擅长于袭击天庭的法术。当需要下雨时,他们用纸或木头制作一条巨龙来象征雨神,并列队带它到处转游。但如果没有雨水降落,这条假龙就被诅咒和被撕碎。在另外的场合,他们恫吓和鞭打这位雨神,如果他还不降下雨来,他们有时就公开废黜它的神位。……前一些年,旱灾降临,这位龙王爷又被套上锁链牵到它的神庙的院子当中暴晒了好些天,为的是让它自己也去感受一下缺少雨水的苦楚。"见弗雷泽:《金枝》,徐育新等译,中国民间文艺出版社 1987 年,第 112 页。
② 屈大均:《广东新语》卷四《陷湖》,中华书局 1985 年,第 139 页。
③ 张应昌编:《清诗铎》卷九,中华书局 1960 年,第 497 页。何星亮指出:"为什么祈雨用柳?柳性喜水,多长于河边、池边,或湖边,可能被认为是与龙神亲近的树,以柳枝祈雨,及早降雨。"见其著《中国自然神与自然崇拜》,上海三联书店 1992 年,第 281 页。万晴川认为非是,因"杨柳崇拜具有两种原始文化涵义,即雨神和驱邪灵物。它应与观音左手持杨柳,右手持净瓶的意象有关。久旱之雨谓甘霖,与观音净瓶中之水功能相同"。见其著《巫文化视野中的中国古代小说》,中国社会科学出版社 2003 年,第 188 页。而据阎云翔介绍,中外学者对龙研究很多,吴大琨主"龙为水神说",载《艺风》第 2 卷第 12 期,见阎云翔:《试论龙的研究》,(香港)《九洲学刊》1988 年第 2 卷第 2 期。

生了不满,就会痛打偶像,如果偶像最终能够显灵,能够比较驯服地满足它的崇拜者的愿望,人们就会与偶像重新和睦相处。同样,人们为了求雨,会将石头抛入雨神所栖身的泉水或圣湖中;他们相信依靠这种手段,就能迫使雨神出现和显灵。"① 这鞭打虽然是认真的,却是一时的,下了雨还要对龙神笑脸相迎。因此社会学家指出:"以龙祈雨的方式可以说是软硬兼施。软招是对龙烧香跪拜、宰牲以祭、演戏敬谢的形式。……如果祈求不灵,人们便会以硬招向龙神示威,逼迫龙神降雨。往往将龙抬在阳光下曝晒。把用纸草做成的龙焚烧,让龙也尝一下干渴火烤的滋味。"② 因此清人也是将天神人格化,郑重地告诫,神不要以为只有自己是人类命运的主宰者,人们还可以转求于其他力量。清代御灾名臣汤斌称:"遂妄疑神听不聪,而欲求媚于淫昏之鬼……若三日不雨,民奔走于淫昏之鬼,斌不能止也。倘气极而通,偶与雨会,则民必归灵于鬼魅,将淫祠日盛,左道日兴。虽告以名山大川,泽被生民,其孰信之?"③ 祈雨文的文体特点,决定了对于神之不敬口吻的多维展开,而其中多有对神的不敬之词。

有的求雨叙事,本身还体现了宗教派别或江湖教派之间的分歧与争斗,实际上他们就是在争竞在龙神面前的地位分量。《西游记》描写孙悟空与虎力大仙斗法中有祈雨,获胜后三个道士不服,提出"那国师若能叫得龙王现身,就算他的功劳",可那龙王见大圣在此,不敢出头。道士只好承认不能,接着孙行者宣示了自己(佛门弟子)才具有求雨神通:

> 那大圣仰面朝空,厉声高叫:"敖广何在? 弟兄们都现原身来看!"那龙王听唤,即忙现了本身。四条龙,在半空中度雾穿云,飞舞向金銮殿上,但见——飞腾变化,绕雾盘云。玉爪垂钩白,银鳞舞镜明。髯飘素练根根爽,角耸轩昂挺挺清。磕额崔巍,圆睛幌亮。隐显莫能测,飞扬不可评。祷雨随时布雨,求晴即便天晴。这才是

---

① [法]爱弥尔·涂尔干:《宗教生活的基本形式》,梁东等译,上海人民出版社 1999 年,第 44 页。
② 常建华:《观念、史料与视野:中国社会史研究再探》,北京大学出版社 2013 年,第 157—159 页。
③ 汤斌:《汤斌集》(上)第一编《汤子遗书》卷六《祭文·祭华岳祈雨文》,中州古籍出版社 2003 年,第 317—318 页。

有灵有圣真龙像,祥瑞缤纷绕殿庭。①

《西游记》扬佛抑道,其描述也就力图对现实社会中道教法师求雨成功进行抹煞颠覆。实际上,求雨绝对不是道教法师干不了的事情。周辉《清波杂志》载宣和年间,黄冠(道教法师)出入禁闼,号"金门羽客",气焰赫然,"而林灵素为之宗主。道官自金坛郎至太虚大夫,班秩廷臣等。一日盛暑亭午,上在水殿热甚,诏灵素作法祈雨。久之奏云:'四渎,上帝皆命封闭,唯黄河一路可通,但不能及外。'诏急致之。俄震雷大霈,霈皆浊流,少顷即止。中使自外入,言内门以外,赫日自若。上益奇之"②。不仅如此,小说上述情节场面,还生动地体现了求雨与龙崇拜的关系。

而求雪,与求雨类同,属于驱旱求雨的范围。求雪,也主要体现出号令龙神的权威力量。明代八仙小说写唐宪宗时旱魃为灾,井底无水,树梢生烟,百姓俱不聊生。于是韩愈领旨到南坛祈雪。韩湘子从终南山助叔祈雪,成功地沟通玉帝,派四海龙王、雨师、风伯等众神听使,雪下半日,却堆山填河,众喜,来谢韩湘子。韩愈称皇上德荫,众姓虔心,感得上苍降此大雪,逼得湘子要呼唤龙王现出真身:

> 湘子便把黄旗望空中一招,喝道:"四海龙王,速现真身,毋得迟误!"喝声未绝,只见半空中四个龙王齐斩斩盘旋飞舞,两旁虾精鳖将、蟹师鱼侯不计其数。城内城外的百姓,老老小小,没一个不看见,惊得乱窜,呐起喊来。③

这里体现出民间信仰借助于祈雨雪御灾,对王权威势构成了挑战,民间信仰力量主体性增强。而清初《女仙外史》则把民间秘密宗教在求雨争夺民心上的获胜,表现为不仅是胜过了道教法力,甚至胜过了对方佛道联合的力量。因为对方那个道士曾在高丽国"学法于胡僧",似乎还有佛教背景。说那道士用的是"最恶毒的'咒龙法'",很是有效,"咒得东洋内大小龙子龙孙、水族灵怪,个个头疼身灼,翻波涌浪的,要向那

---

① 吴承恩:《西游记》第四十五回《三清观大圣留名　车迟国猴王显法》,人民文学出版社1980年,第556页。

② 丁传靖编:《宋人轶事汇编》卷二十,中华书局2003年第2版,第1133页。

③ 杨尔曾:《韩湘子全传》第十二回《退之祈雪上南坛　龙王躬身听号令》,中州古籍出版社1989年,第113页。

咒的所在行雨", 时值曼陀尼在半空中遥望, 喝问: "老龙! 你想要行雨么?"龙君道海水热得无法安身, 曼陀尼用宝物蒲葵扇将海水扇得清凉, 告知太阴君(唐月君)与道士斗法, 道士不灵, 地方官只得求教于"女真人"即女仙月君:

> 月君想: "三笈天书, 并无咒龙法。"因启上太守道: "他念咒龙诀, 是最恶的邪术, 激怒了龙王, 山谷皆崩, 城池尽陷, 此地都成大壑。所以我把龙神收在掌中。"叫取碗清水来, 月君手内放出赤白绒丝, 各二寸许, 投于水内。道士也走来看, 月君大喝: "神将! 为我缚住妖道, 不许容他逃走!"空中就有金甲神人, 将虎筋绦拴道士于碑亭柱上。太守观看, 碗内, 绒丝生出两角二睛, 金鳞五爪, 舒卷盘攫, 跃跃欲飞。月君连碗抛向空中, 乌云黑雾蔽天而起。鲍、曼二师摄取神庙大鼓, 半空擂动, 骤雨如倾, 狂风欲倒。月君坐在丹墀, 无半点雨丝着身, 把个道士打得如落汤鸡一般。那时百姓亦苦无躲处, 月君吩咐神将: "百姓濯了冷雨, 恐害伤寒, 公衙以内不必下雨, 其外凡属青州地面, 务须尽行沾足!"不两个时辰, 早已河平池满, 行潦亦有尺许。众百姓都说雨够了, 方渐渐止下细点。[①]

道士求雨是"个人行为", 而月君的求雨在此却成了"集团行为", 但都是以龙行使降雨功能为前提。地方官(太守王良)担当的是见证人也是仲裁人的角色。也有极端性的例证, 表明偶或人们也采用强力迫使龙神降雨。说浙江金华吴紫廷任广西象州知州, 境内山上有龙潭, 祈雨甚灵, 吴不信, 带从役数十人入山祷雨:

> 初见潭水甚清, 一无鳞介, 俄顷忽见有红白鱼数头出没其间。从者罗拜曰: "龙神见矣。"吴不信, 引弓射之, 一鱼血淋漓带箭去。众惶惧不知所为, 吴大言曰: "果系龙神, 当现真相, 吾始信耳。"言未毕, 四山昏黑作云雾, 对面不辨人, 潭水决起数丈, 龙头仰浮水面, 其状如牛, 双角有须, 两眼若漆, 而所射之鱼仍带箭游泳于龙之左

---

① 吕熊:《女仙外史》第十一回《小猴变虎邪道侵真　两丝化龙灵雨济旱》,百花文艺出版社1985年,第116—117页。

右,若侍从然。吴始信服,再拜谢过。未几,大雨如注。①

　　龙离不开水,求雨即为祈求雨水降临,因此,到龙可能栖息的深潭之畔求雨,也是情理之中的习俗。光绪二十五年(1899)知县丁锡奎带官民到海子(深潭)祈雨,"选二人,洁诚属水命者,各持长竿,竿头各倒缚一小瓶,瓶口用黄表封固,外裹红布。二人立水边,遥持竿头。瓶倒,蘸水中,随悬出之,解瓶绽布,香插瓶口,微有湿痕,仍布裹之,捧归至庙。率众扣祝。明晨,以香试瓶,仍有微湿。午刻拈香,则瓶外浸有水痕,朵云忽起,甘澍立施。……神果有灵,祷雨者何必以身入险也!"②

　　田仲一成指出,祈雨时"龙王祭祀"为其一,"祈雨"祭在宁波通常以一村为单位而不是与他村联合进行,出现了单姓村落特有的,仅限于该宗族范围的小规模祭祀,而"虾鱼蟹蛤"之属,皆有可能成为"龙王爷的化身"。他引用基隆客《祈雨和稻花会》描写的宁波府镇海县"祈雨"节,在迎龙驾这一环节的来早来迟,要看运气,有的甚至连等七八小时,不得已只好捉君(龙)入盆迎之,回庙后安置在神龛前供桌上:

　　　　除供奉参拜如仪外,复请来说书先生弹唱文书,以表敬意。村中居民,不论男女老幼,均来叩头。若三五天内,仍不见下雨,或龙体不服水土,寿终正寝,则认为至诚不够,未能感天,例须重来一次,务使得雨为止。不过重来之举,极少见闻,因为夏令雷雨甚多,霹雳一声,沛然几阵,河田水满,皆大欢喜……视为龙王爷显灵保佑,并将龙驾送回原处,祈雨之举,到此告一段落。③

其实,这只是求雨仪式的一种而已,较温和地虔诚敬奉龙神,过程一毫不差,但"龙王爷"可以有替身,则更有现代意识。而道教张天师崇拜与救龙得雨,也幸运地得到大旱之中甘霖降临。据刘守华先生《张天师传说与佛本生故事》介绍,湖北京山县流传《郝夫子天师府救龙太子》写郝敬明代任户部给事中,天师府做客时他见廊柱上一青年被锁,得知他是乌龙太子,因自作主张给祈雨的京山百姓下雨,玉帝交给张天师处罚,郝夫

① 余金(徐锡龄、钱泳):《熙朝新语》卷十五,上海书店出版社2009年,第223—224页。
② 丁锡奎:《靖边志稿》卷四《补遗》,国家图书馆藏光绪二十五年(1899)刻本,第58—59页。
③ [日]田仲一成:《中国的宗族与戏剧》,钱杭、任余白译,上海古籍出版社1992年,第313—316页。

子就请张天师转呈玉帝,请求给他免罪,获救后乌龙太子将郝夫子送回家乡,还随时应京山人的呼唤,下雨解旱①。

在龙蛇兴雨信奉中,不可忽视"权威性话语"对于相关信奉的不断强化与重温。名人特别是官员,则属于这类权威话语的有效发出者。如《清稗类钞》载薛福成目睹二龙、三龙在天活动,引来大雨的目击实录:"无锡薛叔耘中丞福辰尝以盛夏过扬州,方旱,舣舟穷堤下,忽见密云蠢南面,耕甿走相告曰:'龙见矣!'须臾,天四围如墨,有二龙皆长数丈,垂云端,夭矫蟠纡,乍有乍无。俄大雨骤至,雷风随之。二龙去薛益迩,暴长十丈余,屈伸良久,始杳,龙之前,白云拥护之,故不见其首。明日,渡扬子江,复有三龙错见如前状,已而遇雨。"②而这段叙述是经过节选、改写的,其间也可能有民间口耳相传的加工,出现了故事异文,这也正是民间信仰文本材料的特征。比较而言,薛福成自撰《杂记》则更多细节描写:

> 余尝以盛夏过扬州。天旱,舣舟穷堤下,忽见密云蠢南面。耕甿走相告曰:"龙见矣!"须臾,天四围如墨,有二龙皆长数丈,垂云端,夭矫蟠纡,乍有乍无。俄大雨骤至,雷风随之。二龙去余舟益迩,暴长余十丈,屈伸良久始杳。龙之前,白云拥护之,故不见其首云。明日,渡江,复有三龙错见如前状,已而遇雨。噫!龙之泽足以润物,其智足以待时。时未至则潜伏深渊,其与蝘蜓何以异?一旦乘云气,薄青冥,神彩惊人,而膏泽被乎寰区。彼固感时而动也。天之泽物有其时,不能不假灵于龙,岂特龙之待时与?龙之灵,时亦待之矣。③

两个文本都把叙述重点,放在目睹的龙与密云聚集、大雨骤至对应的动态过程描写上,强调龙与降雨的必然联系。而后一文本又特别突出"龙之灵,时亦待之矣",龙是否现身布雨,要待天时并顺"天意"而动。

---

① 刘守华:《佛经故事与中国民间故事流变》下编,上海古籍出版社 2012 年,第 330 页。
② 徐珂编撰:《清稗类钞》第十二册《动物类》,中华书局 1986 年,第 5607—5608 页。
③ 柯愈春编纂:《说海》第七册,人民日报出版社 1997 年,第 2359—2360 页。

第三节　青蛙求雨、龙蛇替代品及灵物崇拜

人类学家指出,与超自然相互作用的方式,可以根据不同方法来分类,"祈祷"与"巫术"不同处在于:"祈祷就是请求,而施展巫术就很可能是强迫。当人们认为其行为能够强迫超自然以某种特定的而且是预期的方式行动时,人类学家通常就把这种信念及其相关的行为称为巫术。巫术对超自然的控制可能出于好意也可能出于恶意。许多社会实行巫术以确保丰收、猎物增殖、家畜兴旺,并使人们免遭疾病的折磨等。"①

因此,祷雨祈雨,请求大多不能马上成功,于是施加各种巫术,也就是心急如火的巫师们常常不得已为之的。况且,在明清多数情况下,巫师不过是被推向前台的"执行者",乡绅特别是县令(县宰)等地方官员,才是祈雨过程中发号施令的话语权威。因此上述"诅龙之法""鞭龙"等,当属求雨并不顺利时不得不采取的巫术行为。一位俄罗斯汉学家实地考察:"在宏伟的大王庙里我第一次看到祭祀龙,这是一个非常威严的龙王形象,即一位被神化了的官员形象。这个官员成功地战胜了黄河决堤,或者,他在这场战斗中殉职了,被淹死了。美丽的塑像穿着豪华,题铭甚多。一般认为,这位治水英雄的灵魂转生了龙。但是,由于在发大水时并没有这样的官,所以人们就抓一条普通的蛇来放入神龛,像对龙王那样对其大加祭祀。在黄河有可能决堤的任何地方都修有大王庙。"②

就实际祈雨巫术仪式而言,有实效且具可操作性尤为重要,于是具有求雨功能的替代物就很多。如在干旱的清代华北,龙驾塑像是很讲究的,"一种是塑在庙里不能挪动的,一种是塑在架上能挪动的,多数龙神都是塑在大架上,能抬着转街、请架的。这些神像都根据本神的脾气性格和容貌,有规定的脸谱和衣着,经过泥塑艺人塑好,晾干,圣驾落成之后,再涂色油漆,打扮得油光闪亮,气派辉煌。在确定开光庆典的前一

① [美]C.恩伯:《文化的变异——现代文化人类学通论》,杜彬彬译,辽宁人民出版社1988年,第495—496页。

② [俄]米·瓦·阿里克谢耶夫:《1907年中国纪行》,阎国栋译,云南人民出版社2001年,第100页。

夜,还要为龙驾装脏。装脏的讲究很多,即声脏、香脏和毒脏。……装毒脏更为不易,毒脏是蚰蜒、蛇、蝎、蟾蜍、鹰鹫,五个活生生的毒物,把五个毒物捉住装进脏内封好,这叫五毒俱全"①。而还有龙神化身的"马神"以及因地制宜的多样化替代物。

一是,运用神物——龙形画像、树枝等求雨。这是充分估计到求雨困难,直接采取了巫术手段,把求雨本身的"求"的意味暗中偷换了,运用类似龙的"土龙"、龟龙、蜥蜴、蝎虎诸物,展演出被祈求者——龙神在场,也是借此召唤真正的龙神降临或关注,这一"相似巫术"带有一定成分的胁迫的意味,"求雨"仪式成为强制性的公众活动。早自中古汉译佛经中的"祈雨术"(也包括止雨术)中就有龙的替代物——画龙图的陈述,《大云经请雨品》介绍,"其请雨主于一切众生,起慈悲心,受八戒斋。于空露地,应张青帐,悬十青幡。净治其地,牛粪涂场。请诵咒师坐青座上",还要随个人财力,供养诸龙,用清净的牛粪画作龙形:

> 画作龙形,一身三头,并龙眷属。南面去座五肘已外,画作龙形,一身五头,并龙眷属。西面去座七肘已外,画作龙形,一身七头,并龙眷属。北面去座九肘已外,画作龙形,一身九头,并龙眷属。其诵咒师应自护身,或咒净水,或咒白灰,自心忆念,以结场界。或画一步乃至多步,若水若灰,用为界畔。或咒缕系颈,若手若足。咒水灰时,散洒顶上。若于额上,应作是念:有恶心者,不得入此界场。其诵咒者,于一切众生起慈悲心,劝请一切诸佛菩萨怜愍加护,回此功德分施诸龙。若时无雨,读诵此经一日二日乃至七日,音声不断,亦如上法,必定降雨。大海水潮可留过限。若能具足依此修行不降雨者,无有是处。唯除不信、不至心者。②

此中的"八戒斋"(八关斋),即佛教出家修行人的八条戒律与斋法。唐代靖善坊大兴善寺"不空三藏塔前多老松,岁旱,则官伐其枝为龙骨以祈雨。盖三藏役龙,意其树必有灵也"③。注意到佛寺中松树与龙的关系,而

---

① 杨新民:《冀南的龙神崇拜及祈雨文化》,杜学德等编:《邯郸地区民俗辑录》,天津古籍出版社 2006 年,第 98 页。
② 周叔迦、苏晋仁校注:《法苑珠林校注》卷六十三引,中华书局 2003 年,第 1870—1871 页。
③ 段成式:《酉阳杂俎》续集卷五《寺塔记上》,中华书局 1981 年,第 245 页。

龙的原型之一即松树。唐代以来也有"以龙致雨"的泛神化倾向,认为龙能变化为鸬鹚。"祭法曰:能出云为风雨者,皆曰神。龙者,四灵之畜,亦百物也,能为云雨,亦曰神也。……元和十二年(817)四月,上以自春以来,时雨未降,正阳之月可雩祀,遂幸兴庆宫堂祈雨。忽有一白鸬鹚,浮沉水际,群类翼从。左右咸异之,俄而不见。方悟龙神之变化,遂相率蹈舞称庆。后大雨果下。"①

二是,青蛙,可为祈雨之替代物。淄川人王培荀(1783—1859)称:"吾邑耿家庄,有范姓,善祈雨,置书蛙口中,压砧下。移日启视,蛙无矣。作法拘之出,视口中书信,有雨则许;若无雨,不能强也。云使蛙于龙。号'范神仙'。"②《聊斋志异》也认为:"江汉之间,俗事蛙神最虔。"③用青蛙来祈雨这一习俗,与南亚印度的祈雨方式类似。南宋《夷坚志》较早载录佛经所传印度求雨习俗,华化为龙神替代物求雨习俗,说绍熙三年(1192)六月,平江境内大旱,西馆桥鬻生果店主出钱,"命工塑龙于桥上,创造洞穴,绘画云气,作飞龙取水之状。士庶来观,焚香请祷,络绎不断。府守沈虞卿侍郎……梦龙告以明日有雨。如期果沛然作霖,高下沾足。乃展具礼容,僧道耆老,音乐梵呗,送龙于石湖"④。而运用蛙、蜥蜴之类求雨,当与其吸水造雹的传说,是内在相通的⑤。陶宗仪记载:"往往见蒙古人之祷雨者,非若方士然,至于印令、旗剑、符图、气诀之类,一无所用。惟取净水一盆,浸石子数枚而已。其大者若鸡卵,小者不等。然后默持密咒,将石子淘漉玩弄,如此良久,辄有雨。岂其静定之功已成,特假此以愚人耶?抑果异物耶?石子名曰'鲊答',乃走兽腹中所产,独牛马者最妙。恐亦是牛黄、狗宝之属耳。"⑥同时代杨瑀《山居新语》异文:"蒙古人有能祈雨者,辄以石子数枚浸于水盆中玩弄,口念咒语,多获应验。石子名曰'鲊答',乃走兽腹中之石,大者如鸡子,小者不一,但得牛马者为贵,恐亦是牛黄、狗宝之类。"⑦游牧文化倾向于求雨神物出自动物

---

① 王溥:《唐会要》卷二十二《龙池坛》,上海古籍出版社2006年,第433—434页。
② 王培荀:《乡园忆旧录》卷六《祈雨》,齐鲁书社1993年,第337页。
③ 任笃行辑校:《全校会注集评聊斋志异》卷七《青蛙神》,齐鲁书社2000年,第2118页。
④ 洪迈:《夷坚志》支庚卷五《西馆桥塑龙》,中华书局1981年,第1172页。
⑤ 王立、刘卫英:《明清雹灾与雹神崇拜的民俗叙事》,《晋阳学刊》2011年第5期。
⑥ 陶宗仪:《南村辍耕录》卷四《祷雨》,中华书局1959年,第52页。
⑦ 杨瑀:《山居新语》,《宋元笔记小说大观》第六册,上海古籍出版社2001年,第6075页。

体内,异物采集程序的介入,使求雨仪式具有某种杀牲献祭的内核。

首先,明清求雨灵物的替代物,显示了一种对于龙代表的超现实权威的诚信。也是期求能够持久地建立一种人神之间的沟通信任关系。戴冠(1442—1512)《濯缨亭笔记》卷五称:

> 吾苏夏御史玑知大庾县时,岁旱,邑人云:大庾岭下有龙湫,祈则有雨,但山谷深险不可入。昔有主簿往祈,以绳缒入,雨骤至,从者或溺死,自后人不敢入。夏公从数人以往,以索子缒下,出则令从者先登,复以索援引而上。其地有水洞,方可半里许。水皆玄色,沸涌流出溪涧。古木大可数抱,蔽翳天日,山箐深密,幽僻可怖。以器绕水求龙,但得一生物,则龙至矣。或虾、或鱼、或蜥蜴之类,得则疾出,仍以笔志岩下一小石。得雨后,乃令人送龙之故处,而取石以为信。否则人从中道弃龙,不至故处,后祈雨则龙不应矣。夏公为人诚笃,龙出,雨降送之,一如故事云。[1]

下雨,意味着龙出来发挥神通,虾、鱼、蜥蜴之类的龙之替代物也就被认定发挥了作用。对于它们,须"好借好还",才能"下次不难",它们被看成是与龙来自一个系统,应该得到礼遇。

其次,特定地区的灵物崇拜,也每多与求雨所需异物有关。如"四灵"之一的龟。据说金华府北山深处有千年巨龟,民号曰"龟龙山"。附近人均种靛青。当靛苗苗发时乏雨,辄迎龟龙祈之,"祈而应,则铸一金圈,穿其甲而缀之,历年既久,龟身所缀之圈几以百计,行则索索有声,顾亦时见时隐。咸丰壬子夏,金华大旱,太守崇公委经历严某赴北山请龟龙,龟匿不出,遂取山中一小龟舁之来,置于天宁寺坛内,晨夕拜祷,骄阳益甚。不数日,龟死,寺僧惧责,另取寺内一龟代之。文武官弁亦仍一日三叩,观者匿笑。至七日,雨降,复委严经历送之归。而从前山龟之朽骨不可得矣。金华城中虽当盛暑,至四五更时必凉,土人云龟龙之气所致也"[2]。将巨龟名之为"龟龙",用"娱神"方式将龙的神通扩展到龟身上,于是难觅的龙神在下界有了对应的替代物,便于人为地沟通协调,以满

---

① 戴冠:《濯缨亭笔记》卷五,齐鲁书社 1995 年,第 169 页。
② 陈其元:《庸闲斋笔记》卷五《金华山中龟龙》,中华书局 1989 年,第 105—106 页。

足心灵慰藉。

其三，求雨仪式中的灵物，离不开本土文化神物崇拜的传统，替代物也往往具有一定的定向象征性。《汉书·艺文志》即载录有《请雨》《止雨》二十六卷，说明这类仪式曾经得到理论的书面总结。桓谭《新论·离事》有："刘歆致雨，具作土龙，吹律，及诸方术，无不备设。"这类"土龙"属于摹拟龙的土偶道具，似乎是祈雨仪式所必须，原始巫术的意味很浓。云，在祈雨中具有特殊的象征意义，也是祈雨成功的前兆和伴随之物。云在雨前，兴云意味着布雨，云又是行雨操作者龙的掩体，清初钮琇（1644—1704）还在重温这一"云虫"信奉："中州山岭间有物，如蜥蜴，俟天将雨，则群虫从石罅缘沿而上，仰口嘘气如珠，青白不一，直上数丈，渐大如甕，须臾合并散漫，瀚然弥空，遂成密云。山中人称为'云虫'。"[1] 对于龙蛇（蜥蜴）兴雨民间信仰的功能化，还带来了蜥蜴为"云虫"的野外观测的想象式"经验"，根本上说，还是深层民俗心理中关于龙可兴雨的信奉，促使人们在自然界中寻找验证，于是杯弓蛇影。不过，至少这类传说感觉出降雨是水汽凝结所致。

其四，求雨离不开龙蛇崇拜，但往往替代物也能解决问题。如果是形貌类似的活物，那岂不更有说服力？于是人们的首选便是蜥蜴。清人徐倬《祷雨词》结尾有咏："蝼蛄千里闹空山，欲乞天和求蜥蜴。"就提到了祷雨以替代物操作。而实际上蜥蜴是野生动物，并不易找，于是更多地采用了更加易于找到的蝎虎。

这一乐舞仪式可溯至唐代，《全唐诗》收载《蜥蜴祈雨歌》："蜥蜴蜥蜴，兴云吐雾。雨若滂沱，放汝归去。"注曰："唐时求雨法，以土实巨瓮，作木蜥蜴。小童操青竹，衣青衣，以舞歌云云。"[2] 而据唐五代传闻，王彦威尚书在汴州遇夏旱，时袁王传季玘过汴，宴时提到旱，"季醉曰：'欲雨甚易耳。可求蛇医（蜥蜴）四头，十石瓮二枚，每瓮实以水，浮二蛇医，以木盖密泥之，分置于闹处，瓮前后设席烧香。选小儿十岁以下十余，令执小青竹，昼夜更击其瓮，不得少辍。'王如言试之，一日两夜，雨大注。旧

---

① 钮琇：《觚剩》卷五《豫觚·云虫》，上海古籍出版社 1986 年，第 96 页。
② 彭定求编：《全唐诗》卷八百七十四，中华书局 1960 年，第 9899 页。

说龙与蛇实为亲家焉"①。宋代这一"替代式"祈雨——龙神替身的求雨展演,在黄河中游开封也很盛行。彭乘《墨客挥犀》卷三曰:"熙宁中,京师久旱。按古法,令坊巷各以大瓮贮水,插柳枝,泛蜥蜴,使青衣小儿环绕呼曰:'蜥蜴蜥蜴,兴云吐雾,降雨滂沱,放汝归去!'开封府准堂劄,责坊巷、寺观祈雨甚急,而不能尽得蜥蜴,往往以蝎虎代之。蝎虎入水即死,无能神变者也。小儿更其语曰:'冤苦冤苦,我是蝎虎。似恁昏昏,怎得甘雨?'"②史载宋神宗熙宁元年(1068)正月,"帝亲幸寺观祈雨,仍令在京差官分祷,各就本司先致斋三日,然后行事。诸路择端诚修洁之士,分祷海镇、岳渎、名山、大川,洁斋行事,毋得出谒宴饮、贾贩及诸烦扰,令监司察访以闻……十年四月,以夏旱,内出《蜥蜴祈雨法》:捕蜥蜴数十纳瓮中,渍之以杂木叶,择童男十三岁下、十岁上者二十八人,分两番,衣青衣,以青饰面及手足,人持柳枝沾水散洒,昼夜环绕,诵咒曰:'蜥蜴蜥蜴,兴云吐雾,雨令滂沱,令汝归去!'雨足"③。以蝎虎再替代蜥蜴,是更为广泛的求雨巫术普及,说明了生态环境恶劣、旱灾频繁的需要。冯梦龙《古今谭概·谬误部》特设"蝎虎冤"条,说明不会水的蝎虎(守宫)往往被无辜地当作求雨替代物,因它与龙有亲戚,是龙的"亲家",把龙神"亲家"拘来就带有相似巫术的强迫性质:

> 守宫与蜥蜴二种。守宫即蝎虎,常悬壁。蜥蜴毒甚于蛇,又名"蛇医",俗言与龙为亲家,故能致雨。古法用蜥蜴数十,置水瓮中,数十儿持柳枝咒曰:"蜥蜴蜥蜴,兴云吐雾,降雨滂沱,放汝归去。"宋熙宁中,求雨时觅蜥蜴,不能尽得,以蝎虎代之,入水即死。小儿更咒曰:"冤苦冤苦,我是蝎虎。似尔昏沉,怎得甘雨!"……物之称冤者岂独壁虎哉? ④

蝎虎日常生活常见,状类蛇而有脚,蜥蜴则在野地生长。清人称壁虎"体扁平,色灰暗,有四足,趾端平润。善附着他物,游行墙壁等处,捕食昆虫,为有益动物。蜥蜴长六七寸,头扁,有四脚,似壁虎,俗名四脚

---

① 段成式:《酉阳杂俎》前集《广知》,中华书局1981年,第109—110页。台湾学者早注意到:"这则求雨故事中的求雨方式很特别,不是一般求雨故事中的'祈求',而是'要求',并且是命令式的要求。"见金荣华:《读〈叶净能诗〉札记》,《敦煌学》第8辑,1984年。

② 赵令畤等:《侯鲭录　墨客挥犀　续墨客挥犀》,中华书局2002年,第313页。

③ 脱脱等:《宋史》卷一百二《礼五》,中华书局1977年,第2501—2502页。

④ 魏同贤编:《冯梦龙全集》第六册,江苏古籍出版社1993年,第109—110页。

蛇。雌者褐色,雄者青绿色。舌短,尾易断,断后复生。常栖于石壁之隙,捕食细虫"①。褚人获则以《壁虎鼋冤》合称,调侃借神物祷雨:"祷雨用蜥蜴,以其能致雨也。宋熙宁间旱,令捕蜥蜴。一时无获,多以壁虎代送官府。民谣有'壁虎壁虎,你好吃苦'之说。明初,大江之岸常崩,人言其下有猪婆龙。一时恐犯国姓,只言有'鼋'。高皇恶与'元'同音,捕之殆尽。时亦有'癞鼋癞鼋,何不称冤'之谣。世之受诬而被害者,宁止壁虎与癞鼋哉!"②因祈雨仪式的需要,以蝎虎替代龙蛇,有正神难以敬请的现实困境,也有以假包换的投机心态,而后者已然暗示被灾者对求雨仪式心存怀疑。

就蜥蜴与蝎虎而言,一言以蔽之,记载者更倾向于选择蜥蜴作为龙神的替代物,有时似确能解决问题。光绪间浙东亢旱,四乡之民求雨,县令孙某忧心忡忡朝夕祈祷,庙中僧人专西自告祈雨,携钵至寒坑"取得一物,状如守宫,较长数寸",于是立坛持咒,三日即喜降霖雨;继续祈请,次日大雨若注,郊原水足。县令及诸缙绅"执弟子礼甚恭,并手书'钵龙降泽'四字以颂之"③。这类似龙的神物,显然也是佛教宝器"钵盂"拘来的,在求雨成功中起到了关键作用。而蜥蜴,民间又称为"蛇医",清李銮宣《祷雨谣》咏:"童男十十鞭蛇医,蛇医欲死童男疲。三日不雨至五日,长官惶惑民忧泣。"④鞭蜥蜴象征着鞭龙,以此祈雨。

蜥蜴作为龙的化身,有时水怪现形,也可能呈现出蜥蜴的状貌,据许奉恩转述,某夏湖北木商运筏至九江,"忽江中一爪大于箕,抓其筏不能行。后筏来者愈多,遂将江路梗塞。或谓木商是必获罪江神,宜以少牢祀之。商从其言,刑牲衅血,酾酒祭祷,爪卒不释。或又谓是必筏藏有妖。商不得已,折筏去木,甫六层,见中藏一蝎蜥,长五尺许,跃入江中,爪倏不见。俄顷,波浪大作,风雨雷电并至,怒涛掀簸,如万马奔腾,震耳骇心,舟人无不战栗失色。忽霹雳一声,一物死江干,形类蝎蜥,长丈余,其腹中裂,有篆书十一字云:'水怪为害,帝命庚午神诛之。'"⑤蜥蜴为水

① 徐珂编撰:《清稗类钞》第十二册《动物类》,中华书局1986年,第5629页。
② 褚人获:《坚瓠集》十集卷一《壁虎鼋冤》,《笔记小说大观》第十五册,江苏广陵古籍刻印社1984年影印,第317页。
③ 徐珂编撰:《清稗类钞》第一〇册《方外类》,中华书局1986年,第4852页。
④ 张应昌编:《清诗铎》卷十五,中华书局1960年,第495页。
⑤ 许奉恩:《里乘》卷七《庚午神诛水怪》,齐鲁书社1988年,第234—235页。

怪,江河中行旅恐惧水怪,但它毕竟是龙的亲戚,有兴风作浪的能力。直到清末新闻画报绘南京上元县龙王庙设坛求雨,仍要插柳枝,在大殿水缸中放十二条四足蛇,四小童击缸呼风唤雨,大雨立降[①](图2-1)。

在遥远的西域,中原文化视野所看到的貌似体巨的"蜥蜴",也难免成为求雨文化期盼之下的联想物,于是吞噬人兽的蜥蜴类爬行怪兽,则被视为大风的兴起者,徐珂(1869—1928)又载"土井子石龙",言光绪初,张勤果公曜令裨将开路,扎帐棚,穴地以避此地大风:

> 一日日暮,黑气远来,知有大风至,士卒以群枪排击之。夜半,闻有物堕地,声甚厉。次晨相距里许,有一物,似蝎虎,长十三丈,作深绿色,脊背坟起,大小如覆盂,色红,两目外围红白数围,鼻孔露黄毛,颌下如朱砂,皮厚如指。坟起处,刺之,出白汁,着手即肿。此物每吐黑气大风立致,能挟风而腾。食驼马。士卒支解后,于其腹得金银女饰四十余两,马镫、马掌有吞而未化者。土人谓之"石龙",实即蜥蜴也。[②]

此当为中原龙蛇崇拜以入疆者为载体,投射到异域怪兽想象。安德鲁·莱特尔《小说家的工作与神话创作过程》一文指出:"象征出现的地方——其中必有一象征能够通过它与其他象征的关系来包含全体象征——总是将意义的精髓压缩进一个鲜明的形象或一系列形象之中,从而体现出整个行为。"[③]求雨仪式中龙的替代物到场,意义非常明显,其并非仅仅象征龙的实体,而是象征着降雨之必不可缺的龙,参与到求雨过程中,并且至少形式上还在制约着求雨关键。

第四节　柳枝求雨、神物崇拜及多神教影响

本来,董仲舒《春秋繁露·求雨》所列春夏秋求雨仪式中,有生鱼、

---

① 吴友如等:《点石斋画报》,大可堂版,1885年。
② 徐珂编撰:《清稗类钞》第十二册《动物类》,中华书局1986年,第5607页。
③ [美]约翰·维克雷编:《神话与文学》,潘国庆等译,上海文艺出版社1995年,第141—142页。

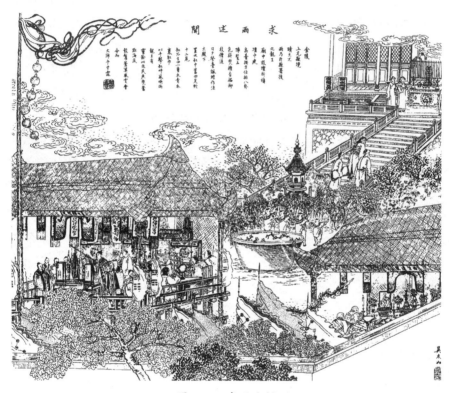

图 2-1 求雨述闻

玄酒、大苍龙、小龙、蛤蟆等，并无柳枝。柳枝作为求雨神物演变当在佛教传入后。《西游记》第四十五回写孙行者与道教大仙竞争祈雨法术，高台上五个注满清水的大缸，水上即浮着杨柳枝，上分别托着一面铁牌书写雷霆都司的符字。柳枝即为引水神物。辽宁北部求雨中的柳条枝，即参与者必要的"武器配备"："酷旱望雨，于无可如何之中……头戴柳条枝，齐集龙母庙，僧道讽经，地方官及各团体首领素衣跣足，各执瓣香或小旗擂鼓呼天，声闻远近，一步一跪或数十步一跪，后昇神亭及水瓶，瓶插柳枝沿途呼号，逢庙则拜，逢井则拜，口宣'阿弥陀佛'……至期不雨，候三日仍不雨，设坛再祷。幸而雨，则认为祷来之雨……"① 陕西亦然，"在祈雨仪式中人们若戴着草帽遮蔽阳光，会被认为怀疑祈雨的灵验，于是柳条帽对于让神明降魔降甘霖是很重要的象征"②。

一是，柳枝求雨的本土传统观念。上至官吏，下至臣民，城自商民，乡自农民，对天对神都有一种莫名的崇拜，认为对他们叩拜，便能消除人间的天灾，可是叩拜时忘不了"头带柳条枝"的标志物。而在湖北襄阳地区，祈祷降雨也离不开柳枝，李绂《裕州观祷雨》咏：

> 柳枝毵毵柳叶青，结柳作坛高冥冥。中有泥神吁可惊，曰孙悟空猴精灵。神或附人称马子，惊愚骇俗走相使。鸣金伐鼓沸如市，呵殿传呼拟官吏。束柳作冠垂作衣，还载柳车披柳帷。旌旗翻翻书柳叶，枪楛森森皆柳枝。神怪相惊作危语，将恐雨行且兵至。丈夫变色妇孺涕，矫诬诪张有如是。大雩盛乐礼有之，境内山川矦所祠。……③

---

① 陈艺监修：《民国铁岭县志》卷十二《礼俗》，《中国地方志集成·辽宁府县志辑 11》，凤凰出版社 2006 年影印，第 608—609 页。

② 范丽珠、欧大年（Overmyer）：《中国北方农村社会的民间信仰》，上海人民出版社 2012 年，第 123 页。

③ 张应昌编：《清诗铎》卷二十四，中华书局 1960 年，第 882 页。其中"神或附人称马子"即指"擂马子"，即神社祷雨祛病禳灾表演中的男巫"马神"，如李绿园（1707—1790）小说写郑大嫂道："是上年天旱，槐树庄擂了一个马子，说是猴爷，祈了一坛清风细雨。如今施金神药，普救万人。有命的是红药、黄药，没命的多是黑药，或是不发药，才是灵的。昨日我的侄女病的命也不保，我去拜了一付红药，就吃好了……" 王氏道："那马子跳起来我怕的慌。" 见李绿园：《歧路灯》第四十七回《程县尊法堂训诲　孔慧娘病榻叮咛》，中州书画社 1980 年，第 436 页。前引杨新民《冀南的龙神崇拜及祈雨文化》称冀南祈雨仪式中："马神就是龙神的化身，是龙神附在某人身上来显圣的……" 关于该小说戏曲表演等丰富性的系统研究，参见杜贵晨：《李绿园与〈歧路灯〉》（增改本），中州古籍出版社 2019 年。

求雨的神坛是柳枝搭建,求雨者以柳做衣冠扮演神灵附体角色,柳车用柳装饰帷幕,旌旗上描绘着柳叶,随从所持枪支实际上就是柳枝,简直就是在柳的丛林中。这与清末德龄公主(裕德龄,1886—1944)《清宫禁二年记》亲历慈禧太后忧旱祷雨习俗,可相印证:"余等随之至一厅堂,有太监一人,手持大柳枝一,跪其中。太后摘取一枝簪头上。皇后亦若是,并嘱余等效之。光绪帝亦取一枝插冕上。而太后复命太监、婢女等亦取而簪之。故各人头上,柳叶招展,状甚奇特,见之殊可哂也……继复思及柳枝,而终不明其用意所在。……渠并叙晨间祈祷礼,且嘱余等各宜虔诚,以致甘霖。而余则以柳枝之疑团未释,不复能忍,乃急以其故询之。皇后笑而告余:'谓佛教以柳枝可致雨也,而宫中习俗,凡祈雨时,必簪之。'渠又告余:'以后每晨仍必祷,俟得雨乃止。'"① 可见清代祷雨以柳枝为神物的佛教来源,当然还有满俗尊崇"柳妈妈"使然。还有的则是本土化了的关公、龙神偶像崇拜,与柳条枝神物象征的多神教结合:

> 天津农人……求雨者,或抬关壮缪之偶像出送,或抬龙王之偶像出送,前引以仪仗多件,锣鼓喧天聒耳,有如赛会一般。另有一人,身披绿纸制成之龟壳,以墨粉涂面,口中喃喃而语。其余随从之人颇多,大都头戴一柳圈,手持一柳枝,亦不知何所取意。每到一处,该处之人皆须放鞭炮,陈列供品迎接。有街市之处,门口皆插柳枝,用黄纸书"大雨时行"四大字悬之,亦有书"大雨如注",或"大雨倾盆",或"天降大雨"者。另有儿童等用长木板一条,塑泥龙于上,以蚌壳为龙鳞,黏其上,扛之向街中游行,口中喊曰:"滑沥滑沥头咧,滑沥滑沥头咧。家家小孩来求雨咧。"或又喊之曰:"老天爷,别下咧,滑沥滑沥下大咧。大雨下到开洼地,小雨下到菜畦里。"②

二是,高僧求雨的标配法宝——杨柳枝。明代小说《东度记》描写了求雨高僧所持的法宝就是杨柳枝。说是东印度地区天气亢旱,当地人民急切望雨,左相奏请令僧道祈禳:

---

① 恽毓鼎:《清光绪帝外传》(外八种),北京古籍出版社1999年,第58—61页。因作者德龄公主自幼在欧洲长大,对这类祈雨其俗不了解,故有此问。

② 胡朴安:《中华全国风俗志》下编,河北人民出版社1988年,第51页。

执事官道："近日国中僧道有道行的少，往年旱涝，毕竟是我王虔诚，祈求得雨。"王曰："一面予自修省，一面出令，不拘远近僧道，会祈祷的，令来求雨。"当下执事官朝散，写一张榜文，令有远近不论僧道：能祈求雨泽的，准来祈祷。榜文张挂，却好巫师见了，到园与梵师说知。梵志大喜道："大头脑檀越（施主）可相会也。"乃令巫师揭下榜文。传入王内，执事官乃唤巫师，问其来历，合用坛场器物。巫师道："俱各不用，只求我王诚心朝天叩拜，焚一炷香，大雨随到。"执事官听得，说道："往日祈祷雨泽，僧人道士设坛行法，这个道人如何俱不用？"一时传到国城内外，都来看道人祈雨。公子却也到园中看梵志师徒如何祈祷。只见巫师手执杨枝，口里念着经咒，从园门出去，遍走国城里外街坊，顷刻云霾蔽日，大雨淋漓。①

求雨也是僧人向众多施主宣传自己法术的绝好时机，当然要手持杨柳枝尽力去做。或召唤，或诱导，总是千方百计要打动上天下雨。清末李宝嘉（1867—1906）小说写受佛教文化影响，佛教法器、持法器者职能在求雨中的运用，说是制台发话："如今已在坛前，蒙老祖封他为'净水仙童'。什么叫做净水仙童呢？只因老祖跟前一向有两个童子是不离左右的，一个手捧花瓶，一个手拿拂帚。拿花瓶的，瓶内满贮清水，设遇天干不雨，只要老祖把瓶里的水滴上一滴，这江南一省就统通有了雨了。佛经说的'杨枝一滴，洒遍大千'，正是这个道理。"一位候补道插话说是观音大士故典，而制台答话，又佐证了求雨所奉之神具有多神性民间性质："你别管他是观音，是吕祖，成仙成佛都是一样。佛爷、仙爷修成了都在天上，他俩的道行看来是差不多的。但是现在捧花瓶的一位有了，还差一位拿拂帚的。这位仙童倒很不好找呢！"于是就想保举每天吃喝嫖赌的孙大胡子来做拂尘仙童②。由此，可更加理解一位俄罗斯"文化他者"对于一杂糅式民间崇拜的印象，他看到求雨的队伍"几乎所有人的手中都拿着一根柳条。这是观音菩萨用来从自己的净瓶中洒圣水的，可以让去世多年的人起死回生。小男孩们手里拿着柳枝，头上戴着柳条编

---

① 清溪道人：《东度记》第十六回《弄戏法暗调佳丽　降甘霖众感巫师》，上海古籍出版社1996年，第88—89页。

② 李宝嘉：《官场现形记》第二十九回《傻道台访艳秦淮河　阔统领宴宾番菜馆》，人民文学出版社1957年，第481—482页。

的帽子,组成了一个特殊的队列。但人群中最多的还是鞭子上插着花的妇女,她们使劲地打着竹板。终于看见轿子了,上面坐着满脸胡须的龙王和无处不在的关羽……"①持柳祈雨,当然与本土民间久远的柳崇拜直接相关,无疑有着佛教观音崇拜净瓶柳枝的影响。"皇帝入禁城某寺行礼……次日晨兴至一厅堂,有太监一人手持大柳枝一,跪其中,太后摘取一枝簪头上,皇后亦若是。帝亦取一枝插冕上,太后复命太监、婢女等亦取而簪之。各人头上,柳叶招展,状甚奇特,盖取佛教以柳枝可致雨,故宫中凡祈雨必用之。太监总管入,跪太后前曰:'已于宫前厅堂中,备齐一切,候行礼矣。'太后谓:'今往祈祷,必步行。'行不数分钟,已过庭院而达一室……桌之两侧,置大瓷瓶二,亦插柳枝其中……"②

　　三是,普遍认同的祈雨神物,有多神教的遗迹留存。柳枝,成为祈雨仪式举行时几乎不可或缺的神物,以太后帝王之尊尚如此,何况民间。在这一点上,柳枝的运用,有着较大范围的普遍性和持久的稳定性,这与治水过程中对于种树御旱的实践经验积累有关。孙高亮小说写,于谦巡视黄河经河南一带考察到种树的必要性:"堤傍种树,以固根基。每五里立一铺,专人看守。少有坍损,即时修补,至今保全水患之功甚大。公每见河南、山西大路遥远,当暑热炎天之时,商贾往来,又无遮阴(荫)少息之处,多有喘渴中暑而死者。"为固堤和商贾这双重利益,"乃使人夹道两傍,排种柳树极多,不三五年间,柳树渐长成阴(荫)。公又于大路中筑高埠数十处,傍边多开壕堑,亦种柳树万株。……至今柳树合围成阴,行人得水以舒吻渴。古迹犹存,实万代之绩也!"③

　　《清稗类钞》载祷龙仪式和神物柳枝求雨仪式,又伴随着声势浩大的民间"群众活动"。光绪壬寅年(1902),晋省春夏亢旱,祈祷不应,京城南关外另设七龙坛,"坛内糊纸龙七,形状奇伟,并捉获旱龙如虾蟆、蚊豕之类杀之,以民间龙军所生幼孩十二,衣褚衣,祈祷讽经,坛上置母猪,以铁器热火烙猪尾。各神庙咸焚冥币,谕民间能捉获旱魃……沿街铺户,

---

① 〔俄〕米·瓦·阿列克谢耶夫:《1907 年中国纪行》,阎国栋译,云南人民出版社 2001 年,第 112 页。
② 小横香室主人编:《清朝野史大观》卷一《清宫遗闻》,上海文艺出版社 1990 年影印,第 166—167 页。
③ 孙高亮:《于少保萃忠全传》第十传《于院示捐资劝谕　众民诵赈济歌谣》,人民文学出版社 1988 年,第 49 页。

皆淘井汲水注缸内,种柳枝,供奉水神……"①此外还有皇帝、后妃身体
力行的支持配合:"宫庭有祈雨之事,后妃、宫眷皆沐浴斋戒。德宗祷于
宫坛,佩一三寸高之玉牌,上镌'斋戒'二字,凡皇帝从官皆佩之。孝钦
后妆饰,不御珠玉,服浅灰色衣,无缘饰,巾履亦然。饮食仅牛奶、馍馍二
物,宫眷则食白菜煮饭。祷之前,孝钦方入殿,有一太监跪呈柳枝一束,
孝钦(慈禧,1835—1908)折少许,插于鬓,宫眷等皆然,德宗则插于冠。
插柳毕,太监李莲英跪奏诸事已备,乃群从孝钦步行,至孝钦宫前之一
室。室中置方案一,上置黄表一折,玉一方,朱砂少许,小刷二,旁案列瓷
瓶,中插柳。孝钦之黄缎褥铺案前,案置香炉一,燃炭,孝钦取檀香少许,
投之炉,乃跪于褥,宫眷皆后跽,默诵祷词。词曰:'敬求上天怜悯,速赐
甘霖,以救下民之命,凡有罪责,祈降余等之身。'默诵三过,行三跪九叩
毕,乃出。"②写真细致,历历在目。

　　如果将此叙述与地方志印证,内蕴就会非常清晰。道光年间稿本
《金瓶梅》续书也写,泰安府荒旱两载无雨,人心离散,泰安府上任不久的
西门孝即派僧道同往龙王庙祈雨。"即出了一张告示,写本道叩天祈雨,
斋戒沐浴,自此日起,吃了七日素,派了三十名道士,三十名和尚,在龙王
庙设坛拜忏,焚香嗬经,书符念咒,叩天祈雨。西门孝每日步行礼拜,大
缸中取水。僧道执着黑旗、黑幡,用柳枝乱洒,转咒行香。求了五日,不
见一块阴云。西门孝急了,升了一甬(通)表,把头都碰肿了。也是泰安
府有救,虔诚所感,到第七日,忽然彤云密布,雷雨交加,下了三日三夜。
府界之内,沟满濠平。把西门孝喜得拍手打掌,复到龙王庙,叩头谢降。
合府欢欣,军民人等无不感念,自此之后人心才定了。"③这是典型的多
神教活动,且均围绕着龙神信仰,为了民间急需的雨水而进行的。黑旗、
黑幡——取水为北方、黑色的阴阳五行观念,"柳枝乱洒"则带有驱邪特
别是吸引雨水的意味。其求雨仪式叙事体现了该仪式的综合性特点,以
柳枝洒水,神物延伸了人的行为的主观努力,当来自求雨文化定型的宋
代,说宋真宗咸平二年(999)旱,"诏有司祠雷师、雨师。内出李邕《祈

① 徐珂编撰:《清稗类钞》第二册《礼制类》,中华书局1984年,第512页。
② 徐珂编撰:《清稗类钞》第二册《礼制类》,中华书局1984年,第512—513页。
③ 讷音居士:《小奇酸志》第三十七回《办秋审连升三级　过沂岭绝处逢生》,花山文艺出版社1993年,第358—359页。

雨法》：以甲乙日择东方地作坛，取土造青龙，长吏斋三日，诣龙所，汲流水，设香案、茗果、糍饵、率群吏、乡老日再至祝酹，不得用音乐、巫觋。雨足，送龙水中。余四方皆如之，饰以方色。大凡日干及建坛取土之里数，器之大小及龙之修广，皆以五行成数焉。诏颁诸路。景德三年（1006）五月旱，又以《画龙祈雨法》付有司刊行。其法：择潭洞或湫淰林木深邃之所，以庚、辛、壬、癸日，刺史、守令耆老斋洁，先以酒脯告社令讫，筑方坛三级，高二尺，阔一丈三尺，坛外二十步，界以白绳。坛上植竹枝，张画龙。其图以缣素，上画黑鱼左顾，环以天鼋十星；中为白龙，吐云黑色；下画水波，有龟左顾，吐黑气如线，和金银朱丹饰龙形。又设皂幡，刳鹅颈血置盘中，柳枝洒水龙上，俟雨足三日，祭以一豭，取画龙投水中"[1]。有图，有文字，有仪式，方方面面十分周到。连年干旱，更看出柳枝崇拜在求雨仪式中的特殊地位，与柳崇拜内核中水原文化因子是密切相关的。"近水"、喜湿地是多种柳树的生长习性。而随意插播即可成熟的生命力，也是求雨的生存需要最为切近而联想到的；杨柳飞烟、柳浪闻莺也是生命葱茏的自然生态；何况还有佛教观音净瓶柳枝等神物崇拜的融汇等等。柳文化基因，给予求雨仪式中的柳枝功能奠定了不可摇撼的地位。

　　借其他神物祈雨，属泛化的祈雨神物崇拜。清末来华传教士们对中国神物求雨感到奇怪，很有看法。如美国长老会教士丁韪良在华六十年，宁波旱灾时见农民持柳枝护送柳条编制的轿子进衙门，轿子里陶盆中蜥蜴被作为龙王来供奉，知府身穿官服向龙王化身磕头后，将蜥蜴放回水塘。他指出在当地人眼中，旱灾是有人惹怒龙王或上天造成的。而朝廷大员倭仁（翰林院掌院学士）就唆使御史上奏诬告同文馆为旱灾根源[2]。皇帝也因相信了谋臣所说：旱灾来自掌管风之虎克了掌管云之龙，下诏将一副虎骨扔进圣潭。

　　借助祷雨移风易俗，也是御灾文化一个值得肯定的派生物。一些地区"悠悠万事，惟此为大"，求雨活动的社会震撼力，足以使一些看似难于更移的陈规陋习得到整治。于是，灾害及其御灾文化被富有同情心的地

---

① 脱脱等：《宋史》卷一百二《礼五》，中华书局 1977 年，第 2500 页。

② ［美］丁韪良：《花甲忆记——一位美国传教士眼中的晚清帝国》，沈弘等译，广西师范大学出版社 2004 年，第 211 页。

方官员,作为一种推动社会进步的自然资源与天赐良机。说番禺人麦贞庵,万历间,以举人知万年县,县民弃女者载道,公于家乡取乳母十多人,拾而养在官府。儿稍长,还其父母。大旱时上官令公祈雨,公不肯,理由是:万年百姓不仁,生女辄弃,以故大旱天罚。"民自今若不弃女,皆上要约于县。县乃为之祈雨。"上官允诺,公与民约,"民皆乐从,愿勿复弃女",此时公才出郊光脚祷雨,大雨下,民以为"麦公雨"①。在此,麦公的祈雨条件与上苍赋予生灵的生存权契合,顺应天意,保一方平安。

祷雨习俗的主导性重要性,使得有能力有作为的御灾活动,派生出了另一民俗整合功能。上书《孝子粟》一篇,借助于祷雨者伦理道德渲染,使求雨仪式在官方主持下,与民间倡扬孝道共生互动:

> 揭阳有周孝者,幼时问其母曰:"我当何名?"其母曰:"吾欲名汝以'孝'。"孝喜曰:"甚善! 吾能孝,即无读书亦可矣。"家贫,躬耕以养,每晨具衣冠拜母乃出,暮归复然。岁大旱,乡人念惟"孝"可以动天,请于县令,礼致之。孝至,祷焉,天大雨,民以有年,因称为"孝子粟"。觉浪丈人云:"自古忠臣孝子,莫不以愚鲁而成,当王祥卧冰时,彼惟知有母,不知有身与夫天地造化也。而天地造化卒为之逆施,以答其诚,所谓其愚不可及。"吾于周孝亦云。

抵御大旱天灾的活动,回馈了世俗社会孝道的提倡。似乎,只有孝子求雨才会灵验,这无疑会大大增强民间倡孝习俗。

台湾王孝廉教授曾探讨石崇拜分支中,早期有石头求雨习俗②。笔者认为,这种以石求雨信仰,很可能来自上古中原人在石洞中、石槽中贮水的经验。因贮水器物为石,有天然的,有的则人为粗加工,产生了取水于石信奉,何况水汽因温度变化,易凝结于石,强化了一种水石相通的直感印象。清末宣鼎则说,兖郡东有石人"其首为雷霆震去,童童如刑天之形,沉于水底,绿苔如毛",苦旱时被拽出暴晒,则有雨丝丝;"若逾日不至,则又遣御者执鞭骂而笞之,一日不雨笞一日,三日不雨笞三日,越五日无不雨。此祈雨最奇者也"。后石人精灵显形才自述原是此邦官,因

---

① 屈大均:《广东新语》卷九《麦公雨》,中华书局1985年,第297页。
② 王孝廉:《中国的神话世界》第六章《农耕与乞雨》,作家出版社1991年,第175—177页。

贪赃死化为石，上帝以此警世："凡遇旱灾，必假手世人，横加挞詈。"他还托付传话给御灾责任人——当地太守，透露灞东古墓上有朱色鸟，"其下有僵尸，仰天一笑，龙即堕而食其脑。若掘而火之，雨即至。然非真节妇一点泪，恐掘即飞去，愈不能制也"[①]。果然掘出了僵尸，摧烧后暴雨下得沟满濠平。但石人不愿受祀，也不再浮出。载录者认为石人善念得到了上天酬赏。故事体现了多种传统到明清时期的综合，旱魃崇拜、龙神致雨、冥法惩罚贪官和节妇伦理效应等诸多民间信仰至此汇通。

将求雨神物同民间神信仰结合，也体现多神教介入祈雨仪式的特点。如河北《沧县志》载五六月间旱，当地乡民先让"无赖子"夜入关帝庙负偶像置村外，次日晨村人相惊曰："关帝至矣！"结芦棚击铙鼓在偶像前烧香罗拜祈祷：

> 舁偶像置之香案上，折柳作冠加像首，抬入棚。村人每日铙鼓进香者四五起。若斯三日，名曰"坐坛"。四之日，乃出巡，意使关帝见旱槁之景象也。先一人执大锣，带黄纸符数十张，书"祈雨"二字入村粘树上或人家门户。大群之行前，二人鸣锣开道，一品执事列其后。再后为童子扮雷公、闪将、风婆、云童，壮者肩之行。再后十余鼓，每鼓铙钹四五随之。再后为龙公龙母，手车一轮，上置大坛贮水插柳。龙公推之，龙母挽之，作丑装丑态，以乐观者。再后为僧道，逢井泉或路祭者，则击法器诵经，笙管和之。再后为关公仆从，俭者四，奢者八，乘马作清官僚庐儿崽子装。再后为赤兔马，赤色骏马一匹，鞍辔陆离，马童作剧场装，抱大刀，挽络缓步。再后为神案，四人舁之，关帝偶像在其上，社首四五人，长衫摇扇，安步左右。最后有抬大柳钵者，收祭品杂置钵中。出巡三日归，复安坛三日，如坐坛礼。前后凡九日。九日内微有雨，则归功于羽，演剧以酬之。或未出巡，雨已沾足，则仍具仪仗出行，名曰"夸观"；九日不雨，则曰"吾村关帝不灵"。次年复旱，则窃他村偶像以祈之。或两村出巡相遇，则争道曰："吾村之帝，不让汝村之帝也。"[②]

---

① 宣鼎：《夜雨秋灯录》续录卷二《鞭石祈雨》，黄山书社1995年，第101—102页。
② 李学谟、张坪等修：《民国沧县志》卷十二《事实志·礼俗·习尚禁忌》，《中国地方志集成·河北府县志辑42》，上海书店、巴蜀书社、江苏古籍出版社2006年，第433页。

祈雨仪式如同演戏一般,在一场民间狂欢氛围中展演着关帝的神通。关帝出马,仿佛是上面派来视察的官员出巡,带有主流文化的印记,而且每次仿佛就是来对口解决干旱问题的。仪式细节包装,深受祭祀戏剧的影响,而本身又如同戏剧的展演过程。地方保护神的思想,与地方官力图移灾别处的"驱灾"思路,也十分接近。

第五节　旱魃、法术求雨及民间禳灾活动

蒲松龄《击魃行》怀疑旱魃为虐的传闻:"旱民忧旱讹言起,造言魃鬼殃群农。坟中死者已三载,云此枯骼能为凶。"的确,旱魃,被认为是旱灾流行的主要原因之一。许多谈旱魃之论,过于偏重早期的旱魃崇拜,的确,旱魃崇拜在华夏大地有着久远的生成史,对此已有了较为深入的接地气的"农事禳灾"探讨①,以及求雨、舞雩、暴巫等较为偏重早期文献的总结②。明清民俗信仰文献还会更加丰富这一研究。

首先,是关于旱魃的一般形貌、活动规律与特性的叙事。这旱魃的外貌,在民间主要被描述为具有鸷鸟特征。清初小说写旱魃形象,还是似鬼似怪,"一只脚,圆如鼋壳,忽跳忽跃;两个手,黑似干姜,或伸或缩。头上非块非角,宛然小夜叉精;胯下不阴不阳,好似真二尾子"③。稍显粗略。曾衍东(1750—?)征引文献言旱魃由来已久,《诗·大雅》:旱魃为虐,朱(拙按,此应为"毛")《传》云:旱神也。未闻有人死为魃者。《山海经》载:黄帝征蚩尤,尤请风伯、雨师作大风雨,帝乃召女魃止之,遂诛蚩尤。《神异经》言:南方有人长二三尺,袒身,目在顶上,行如风,名曰魃,所见之国大旱,又名旱母。遇者得之,没溺中,乃死,旱灾即消。此亦诞语不经。然要未有以死人称魃之理"④。满族作家和邦额(1736—?)《夜谭随录》也写某前辈未第时,宿古寺见丛葬处尸出,"遍

---

① 安德明:《天人之际的非常对话——甘肃天水地区的农事禳灾研究》,中国社会科学出版社2003年,第17—19页。

② 李零:《中国方术续考》,东方出版社2001年,第69—75页。

③ 吕熊:《女仙外史》第四十五回《铁公托梦志切苍黎　帝师祈霖恩加仇敌》,百花文艺出版社1985年,第514页。

④ 曾衍东:《小豆棚》卷十六《旱魃辨》,中州古籍出版社1989年,第365—366页。

身雪白,两眼绿色",公素有胆气,亟灭烛观之,见尸西去如风,料其必返,屏息以待,果还,不料公喉痒大咳,吓得僵尸蹶然跳起,公提烛檠击之,又用书扑之倒地:

> 翌日,僧纠合长工十余人,执兵而往,见尸,无敢向前,久之始集,以物枨拨之,举体白发长寸许,巨口过腮,十指坚甲如鹰爪。僧曰:"怪底一夏无雨,此魃为虐也。"报官验讫,聚薪焚之,唧唧之声不绝,臭不可近。视所击书,则《周易》下卷也。僧笑曰:"措大兵器,亦大异人。"公旋移居入城,逢人辄述之。后及第,官少宰。兰岩曰:荒郊断垄,赍恨终天;蔓草寒烟,含悲长卧。怅孤魂于万里,无日还家;叹骨朽于百年,谁人布奠。致成旱魃为虐,戾气成妖。鬼也,而不安于穴,聚薪而焚之,良可慨也。[①]

这旱魃形象就其细致性来说,可称是带有原创性的艺术描绘:"遍身雪白,两眼绿色,映日如萤光";"举体白发长寸许,巨口过腮,十指坚甲如鹰爪。"旱魃的鸟类特征得以凸现,鸟爪暗示着其可以像猛禽那样攫取生物(人或牲畜),具有潜在的危险。故事还透露了它是无主之尸,因无人祭奠而成,具有潜伏性,能跳跃,可视物,能发声,畏惧《周易》,可见是令人靠近坟柩即产生恐怖联想的邪物,而一旦成妖就发挥旱魃的能量导致附近不下雨,可焚烧消灭。李庆辰称僵尸变的旱魃"如人,遍体绿毛,长寸许,双目赤如灯火"[②]。由于对旱魃那"人面鸟喙"传统外在形貌的"刻板印象",人们甚至联想,某种鸟类的出现,辄预示旱灾降临:"《山经》言鸎鸟如枭,人面四目而有耳,见则大旱。万历壬辰(1592)七月初,豫章城中,此鸟来集永宁寺屋上,高二尺许,燕雀从而群噪之。其年五月晦至七月中,酷暑无雨,田禾尽枯。"[③]

旱魃何以常月夜活动?因描绘需要可视性,还往往顺理成章地被认为与偶或出现的火光有联系,还会如同鸟类那样出没于峰巅树梢。旱魃的具体形貌、活动规律在清末被如是状写:

---

① 和邦额:《夜谭随录》卷十二《尸变二则》,中州古籍出版社1993年,第197—198页。
② 李庆辰:《醉茶志怪》卷二《旱魃》,齐鲁书社1988年,第141页。
③ 朱国祯编著:《涌幢小品》卷三十一《鸟之属》,中华书局1959年,第730页。

　　　　旱魃为虐,见于《诗经》。此固不祥之物,世所不经见者也。己卯岁七月间,光福山人彼此喧传"旱魃出世":每逢星月交辉,有一物出没峰顶,箕踞树巅,其形似人非人,似鬼非鬼,面目须发,不可谛视。第觉周身上下,皭如铅垩,头上冠若仰盂,常有白气上冲霄汉。山人众口一词,谓自有此物,及今两月未有雨泽,想此为厉耳。魃为旱神,俗谓鬼而僵尸者,即为魃。彼鬼也,何灵能为厉乎?殆亦旱象既成,鬼故假之为厉耳。若设有魃而即无雨,则天且受(授)权于魃也,夫岂其然?①

　　朦胧恍惚的形貌描述,给人以神秘感;旱魃的威能,也不禁让人有些疑问:上天似乎不该把降雨的决定权拱手授给旱魃。而这奇怪的外貌描绘,令人不禁联想起外星人的怪异状貌。宋末周密称金贞祐初,洛阳大旱,旱魃出现时伴随火光,这一征兆导致被发现了藏身之所。"登封西吉成村有旱魃为虐,父老云:'旱魃至必有火光,即魃也。'少年辈入昏凭高望之,果见火光入农家,以大棓击之,火焰散乱,有声如驼。古人说旱魃长三尺,其行如风,未闻有声也。"②有创意地写出被击打时旱魃发出怪声。驱除旱魃在农事禳灾中很突出,可行性强,流传久且内蕴稳定,至明清已基本定型,且与具体民俗事象联系一处。

　　其次,是旱魃与僵尸的联系。明清旱魃民间记忆更加繁复多样,禳除形式也愈加丰富复杂。僵尸被认为是旱魃种类之一。袁枚划分旱魃为三种:"一种似兽,一种乃僵尸所变,皆能为旱,止风雨。惟山上旱魃名格,为害尤甚,似人而长头,顶有一目,能吃龙,雨师皆畏之。见云起,仰首吹嘘,云即散而日愈烈,人不能制。或云:天应旱,则山川之气融结而成。忽然不见,则雨。"③这段话应予重视:除了"僵尸"部分地证实其另外两种存在——兽魃与僵尸魃,旱魃能量亦不能小看——"能吃龙",还令雨师畏惧,属可能把原本可降雨的水汽吹走吹散的"敌对势力"。

　　僵尸与旱魃建立联系,很可能是两者形貌上的相似。许奉恩写某人客游姑孰夜宿,"目微启,见案上灯光暗如萤;距榻尺有咫,一物从地出

---

① 百一居士:《壶天录》卷上,《笔记小说大观》第二十二册,江苏广陵古籍刻印社1984年影印,第158页。
② 周密:《癸辛杂识》别集下《旱魃》,中华书局1988年,第277页。
③ 袁枚编撰:《续子不语》卷三《旱魃有三种》,《子不语》,上海古籍出版社1998年,第557页。

半身,长尺许,黄毛绒绒,状类猕猴,掉头望榻上,气咻咻然,目碧色,炯如猫睛。其半身尚藏地下,闻人转侧声,欻遁不见。大骇,以为目昏瞀,所见不确,起挑灯,再就枕。心烦躁,复不能寐,姑启目觇之。灯复暗,前物复自地出,闻人声,依旧遁去。如是者三。灯光益暗,前物出地益高。遂不敢复就枕……"后闻当地人称前室地下有枯棺,年久成僵尸[1]。此外僵尸的枯干恐怖,也令人联想起干旱及其"元凶"。倘若这墓中怪物可化成引火、兴火怪兽,那就更贴近旱魃的本质了。《里乘》转述道光初"江苏崇明县乡村,秋获后,地中无故火起,延烧人家甚众。其处旧有古冢。一日,风雨骤至,一物自冢中出,形如狻猊,竟体皆火,所过草木尽灰。空中数龙下与物斗,雷电随之,且斗且走,入海而去,海水为之沸腾,经日始定。或曰:'此物即金毛犼也。'"[2]

怪兽既从古冢中出,"僵尸——旱魃"的联系被落到实处,这也带来了对僵尸的处理需要,最主要是埋掉、击打(毁损)或焚毁。弗雷泽论述过求雨仪式中带普遍性的巫术,包括掩埋僵尸:

> 中国人相信当人们的尸体没有被埋葬时他们的灵魂就将感受到雨淋的难受,正如同那些活着的人们没有栖身之所在露天之下不蔽风雨所感受到的一样。因此,这些可怜的灵魂就尽其力所能及来防止下雨,并且常常是努力过火而发生了旱灾。这在中国是一切灾祸之中最可怕的,因为歉收和饥饿致使死亡随之而来。因而当旱灾来临时,中国当权者的经常做法,是把那些未掩埋的,被风吹干了的尸骨加以埋葬,以终止这场旱灾,祈天降雨。[3]

在"入土为安"信奉支配下,让僵尸安宁的最好办法还是安葬,葬俗与御灾信仰融合一体。不过因旱魃往往被想象得过恶,焚烧成为不可避免的极端性方式。

僵尸就这样成为旱魃的一种载体、形态或替代物,于是求雨活动往往成为攻击僵尸的群体御灾。于慎行(1545—1607)《谷山笔麈》卷十四载:"北方风俗,每遇大旱,以火照新葬坟,如有光焰,往掘,死人有

---

① 许奉恩:《里乘》卷一《僵尸》,齐鲁书社 1988 年,第 22—23 页。
② 许奉恩:《里乘》卷七《金毛犼》,齐鲁书社 1988 年,第 235 页。
③ [英]詹·乔·弗雷泽:《金枝》,徐育新等译,中国民间文艺出版社 1987 年,第 108—109 页。

白毛遍体,即是旱魃,椎之辄雨,以此成俗,官不能禁也。江南不闻此事,岂旱魃之疟,独行于北方耶?"[①] 传闻房山一带亢旱是僵尸变化的旱魃捣鬼,一场焚毁僵尸的讨伐过后,降下大雨,于是信奉得验:

> 有术人云:"西山冢中,有僵尸变为旱魃。"为乡人指其处。议共发之,坟主不许,众鸣于官。官不能禁,谓术人曰:"众惑汝言,牢不可破。若无旱魃,坐汝以盗坟罪。"术人力白其不诬。乃开圹,则一空棺,板有巨孔,棺旁卧一物如人,遍体绿毛,长寸许,双目赤如灯火。见人,起立欲遁,众缚而焚之。未几,大雨。土人云:"每阴云四布,辄有白气自坟中出,即时晴朗。"固不必因术人之言而始信也。[②]

旱魃所托身的僵尸,似乎还在生长中,纵使其已能阻雨致旱,却未能料及、抵挡求雨者的攻击。民间击打僵尸以驱旱魃的法术,在常旱的山东地区由来已久。山东大理寺右寺丞张骥在正统十一年(1446)上疏:"山东人,旱,即伐初葬者冢墓,残其肢体,以为旱所由致,名曰'打旱骨椿'。此岂亵渎天地且摇人心,请严其禁。"[③]《明史》本传收载。杨循吉也有此概括:"河南、山东愚民,遭亢旱,辄指新葬尸骸为'旱魃',必聚众发掘,磔烂之祷,名曰'打旱骨椿'。沿习已久,奸诈往往借以报私仇,孝子慈孙莫能御。以禳旱为名,愚民相煽而起,蚁集瓦合,固难禁也。"[④] 驱除旱灾成为全民抗灾的生存需要,因恐惧旱灾而必须防患于未然,平时奉行的"死者为大"等丧葬伦理、习俗都受到冲击。

驱魃求雨,发展到清代某些地区"打旱骨"习俗,这是为求雨目的而衍生的恶俗。如河北大名,顾景星《攻魃篇》诗前序称要把墓中尸骨打烂,此俗当源自西域,"大名八里庄民郭虎报村人'打旱骨':将本庄新葬黄长运之尸,开坟打烂。按西域有尸僵,辄杀一黑驴,取头蹄分击。今北路遇旱,或指野冢是魃,击鼓聚众,发而戮之,谓之'打旱骨'。虽冢主子孙,不得问。得毋椎埋报怨,骋兹借口欤? 诗以记异。"诗咏:"椎埋攻旱

---

① 王锜、于慎行:《寓圃杂记　谷山笔麈》,中华书局1994年,第157页。
② 李庆辰:《醉茶志怪》卷二《旱魃》,齐鲁书社1988年,第141页。
③《明英宗实录》卷一三八,(台北)"中央研究院"历史研究所1962年,第2735—2736页。
④ 杨循吉:《蓬轩别记》,《古今说部丛书》五集,上海文艺出版社1991年影印,第1页。

魁，欢击鼓声哑。异俗本西羌，何时入中夏？……"[1] 僵尸与旱魃的联系，一般认为董仲舒《春秋繁露·求雨》始发："春旱求雨，令县邑以水日祷社稷山川，家人祀户，无伐名木，无斩山林……令民阖邑里南门，置水其外，开邑里北门，具老豭猪一，置之于里北门之外，市中亦置豭猪一，闻鼓声，皆烧豭猪尾，取死人骨埋之。"[2] 这一物件出现在祈雨仪式中，当与早期祭祀牺牲有关，伴随丧葬习俗逐渐演绎成"僵尸"。

求雨驱魃的群体行为，可能难于控制，一旦被别有用心的不逞之徒利用，掘墓事件与谣言横行在所难免。《小豆棚》披露了某些地区捣碎僵尸以驱魃，带来了不加区别的乱掘新坟、掘棺碎女尸的破坏治安行为：

> 山左乡愚，每逢岁旱，辄于新冢上微湿者即以为魃。乘夜聚众掘墓开棺，磔其尸，碎其首。值天雨，尸主固无辞；不雨，群议息之。此等异传，正不知倡自何人，其流毒一至是！夫开棺见尸者拟绞，残毁加等。煌煌律令，罪难稍逭。乃毫不为怪，相沿成习，其间蚩蚩之氓不晓法律，犹有可原；又有黠猾者或诳诱乡民，阴泄私愤，更不可言。乾隆辛亥（1791）秋，旱，有平原张姓妻死，甫葬，村人某诡以为魃。一村哄起，掘墓出尸，以绳结之，犁地而行。其夫惨恨，鸣于官。官捕至，首倡者逃未获，从者论戍。[3]

今日看来，这是严重的一起掘墓恶性案件，同时又是驱除旱魃的群体行动，载录者结合自己体会而感慨："吁！安得著明罪条，遍告乡邑？余故为是辨，使览者广为布闻，亦有无量功德也。"但民间信仰的力量是巨大的，他又不能完全排除旱魃的信仰："然事有不可解者，旱魃往往为祟。吾乡亦曾遭亢，焚其尸即雨，甚奇。"舍远就近，急功好利而不负责任，望风扑影地掘尸驱旱魃，不排除地方无赖借此诳诱泄愤，往往竟至发展成危及社会安定的一大公害。

旱魃的"人面鸟喙"等外在形貌，当来自对佛经中"罗刹"恶鬼以降的恐惧，联想到女性僵尸可化作罗刹鸟啄人，"墟墓间太阴，积尸之气久，

---

[1] 张应昌编：《清诗铎》卷十五，中华书局1960年，第491页。
[2] 苏舆：《春秋繁露义证》卷十六《求雨》，中华书局1992年，第426—430页。
[3] 曾衍东：《小豆棚》卷十六《旱魃辨》，中州古籍出版社1989年，第365—366页。

化为罗刹鸟,如灰鹤而大,能变幻作祟,好食人眼,亦药叉、修罗、薛荔类也"。前引《夜谭随录》里那"十指坚甲如鹰爪"的僵尸,在《子不语》中衍化为抓人双眼的狰狞可怖。有位旗人为子娶媳,女方出嫁途中遭遇僵尸,幻化为又一新娘,"众惊视之,衣妆彩色,无一异者,莫辨真伪。扶入内室……忽闻新妇房中惨叫,披衣起,童仆妇女辈排闼入,则血淋漓满地,新郎跌卧床外,床上一新娘仰卧血泊中,其一不知何往。张灯四照,梁上栖一大鸟,色灰黑而钩喙巨爪如雪。众喧呼奋击,短兵不及。方议取弓矢长矛,鸟鼓翅作磔磔声,目光如青磷,夺门飞去。新郎昏晕在地,云:'并坐移时,正思解衣就枕,忽左边妇举袖一挥,两目睛被抉去矣,痛剧而绝,不知若何化鸟也。'"[1] 僵尸变化后不仅外形为罗刹鸟,更兼猛禽的威能嗜好,善于变化,同时这也解释了精怪何以伤人后能迅速逃走。有理由认为,这也可能是仇家利用僵尸化怪鸟的信奉,买凶化妆为怪鸟作案,《点石斋画报》就载有此类新闻。

其三,旱魃来自女妖的神话原型。旱魃被理解为女妖,令人想起《楚辞·九歌·山鬼》的神话原型。托名东方朔的《神异经》称:"南方有人,长三二尺,袒身而目在顶上,走行如风,名曰魃(魃)。所之国大旱,一名格子,善行市朝中。遇之者得,投著厕中乃死,旱灾消。"[2]《山海经·大荒北经》也载有人衣青衣,名曰"黄帝女魃"。萧兵先生认为:"旱魃们是生长在我国西北甘青高原的鬼戎猿猴图腾集团的自然神,曾归附于黄帝族,但还带着母系氏族宗神的形迹,后来她渐渐南下康藏云贵蜀中而与当地的猿猴图腾文化相融合,从而在楚西川东凝固为山鬼的形象与传说,而为楚国民间所享祀,为楚国诗人所描写。而作为旱魃的对立转化,山鬼就兼为水旱云雨之神。"[3] 指出其与民间"扫晴娘"祈晴之俗相关,但这与明清中原旱魃信仰都有些远。

明代就有驱除旱魃的替代方式,对用作替身的女性施法,颇为残忍,也未必都能奏效。郎瑛(1487—1566)转述,相传某官祈雨时法师焚符驱龙,雨大降,不得已县令违反禁忌呼其名令止,龙掀法师坠下身死。其子报仇欲入湫诛龙,偶见父乃蓝面卫一宫门,问,子以意告之。父令速

① 袁枚编撰:《子不语》卷二《罗刹鸟》,上海古籍出版社1998年,第44—45页。
② 江畲经编:《历代笔记小说选》(汉魏六朝),商务印书馆香港分馆1934年,第3页。
③ 萧兵:《楚辞新探》,天津古籍出版社1988年,第426—429页。

走,言吾术不精罚至此,汝切勿习之。又曰:"某处延一道士祈雨,其术名'月孛法',用十五六岁女子,共入密室,虽线缝以纸封固。守欲得雨之速,任其所为,惟见黑云密布,雷声隐隐,雨则无之,势将移日矣。守乃令人密开纸缝以瞰之,则道士披发仗剑,足蹑女子阴门,而彼此口舌尽出,势已垂危。时则霹雳一声,大雨如注,道士起步而女子苏省矣。后有知此法者云:当时无人开缝,则道士、女人俱死于室。"① 旱魃不易被压服,作法者可能会连同替身一起付出生命的代价。如施道士运用"激怒法"驱使孛星祈雨:

> 道士曰:"雨非不可得也,但须某日孛星下降,公捐锦被一条,白金百两,某捐阳寿十年,方可得雨。"抚军如其言。至期,道士登坛,呼一童子近前,令其伸手,画三符于掌中,嘱曰:"至某处田中,见白衣妇人,便掷此符,彼必追汝,汝以次符掷之;彼再追,汝以第三符掷之;速归上坛避匿可也。"童子往,果见白衣妇,如其言掷一符。妇人怒,弃裙追童。童掷次符,妇人益怒,解上衣露两乳奔前。童掷三符,忽霹雳一声,妇人亵衣全解,赤身狂追。童急趋至坛,而妇人亦至。道人敲令牌喝曰:"雨!雨!雨!"妇人仰卧坛下,云气自其阴中出,弥漫蔽天,雨五日不止。道士覆以锦被。妇渐苏,大惠耻,曰:"我某家妇,何为赤身卧此?"抚军备衣服令着,遣老妪送归,以百金酬其家。事后问道士,道士曰:"孛星女身而性淫,能为云雨,居天上亦赤体,惟朝北斗之期始着衣裳。是日下降田间,吾以符摄入某妇之身,使替代而来;又激怒之,使雷雨齐下。然用法太恶,必遭阴谴矣。"不数年,道士暴亡。②

"月孛法",当来源于月孛星(彗星)崇拜。《春秋公羊传·昭公七年》称:"冬,有星孛于大辰。孛者何? 彗星也。"明代《中兴天文志》载:"孛,本黄帝时一女子,修行不得其死。"③《南游记》第十七回写齐天(孙悟空)之女名叫月孛星,"生得如何? 但见目大腰宽,口阔手粗,脚长头

---

① 郎瑛:《七修类稿》卷四十五《祈雨》,中华书局1959年,第657—658页。
② 袁枚编撰:《子不语》卷七《孛星女身》,上海古籍出版社1998年,第145—146页。
③ 陈耀文:《天中记》卷二引,广陵书社2004年,第50页。

歪,喊声一似天崩开,遇着要死七八……那月孛星的髑髅骨十分利害,人被他叫名拷了,二日自死。"①《杨家府演义》写黄琼女极似月孛星,钟道士告知杨宗保惟有太阴阵难破,"彼按为月孛星,手执骷髅,遇交战之际,哭声一动,则敌将昏迷坠马,今破此阵,必先擒此妇也"②。研究者指出明代小说"凡是提到月孛星,都与打仗有关,而且是被编在战阵里的"。其源于《水浒传》中的月孛星为辽国耶律得信。而黄琼女就是替代了耶律得信③。检"耶律得信",见《水浒传》第八十七回写:"西北一员大将,白袍铜甲,手仗七星宝剑,坐骑踢云乌骓马,立于阵前,按上界月孛星君,乃是辽国皇侄耶律得信。"④是通俗小说《南游记》《杨家府演义》,将月孛星转化为女战将。因而,月孛星、黄琼女和旱魃,共同的突出特征是奇丑无比的年轻女子,性别与形貌接近,有了某种一致性。同时,旱魃与月孛星崇拜,都潜藏着对女性的强烈歧视,又夹杂着深深的性别对立与恐惧感,乃至于工具化或物化女性的存在价值。

因此,旱魃还可在不同形式的妖怪之间转化。袁枚还描述了如同年轻美女、后来又转化为女人僵尸形状的旱魃,特别是后者,渲染了旱魃的恐怖特征。说乾隆二十六年(1761),京师大旱,张贵为某都统递公文至良乡,忽黑风卷起,因避雨邮亭,被一美少女招家同宿:

> 天色微明,方知身卧荒冢间,大惊,牵马,马缚在树上,所投文书,已误期限五十刻。官司行查至本都统,虑有捺搁情弊,都统命佐领严讯,健步具道所以。都统命访其坟,知为张姓女子,未嫁与人通奸,事发,羞忿自缢,往往魇祟路人。或曰:"此旱魃也。猱形披发,一足行者,为兽魃;缢死尸僵,出迷人者,为鬼魃。获而焚之,足以致雨。"乃奏明启棺,果一女僵尸,貌如生,遍体生白毛。焚之,次日大雨。⑤

"焚旱魃祈雨"信仰与"邂逅女鬼"母题的结合,使旱灾那简单的旱魃

① 余象斗等:《四游记》,上海古籍出版社 1986 年,第 97 页。
② 无名氏:《杨家府演义》第五卷《木桂英擒六郎》,上海古籍出版社 1980 年,第 159 页。
③ 周晓薇:《四游记丛考》,中国社会科学出版社 2005 年,第 136—137 页。
④ 施耐庵、罗贯中:《水浒传》第八十八回《颜统军阵列混天象　宋公明梦授玄女法》,上海人民出版社 1975 年,第 1071 页。
⑤ 袁枚编撰:《子不语》卷十八《旱魃》,上海古籍出版社 1998 年,第 360 页。

归因,变得复杂化了。司雨本属龙神职能,区区旱魃何能阻止? 纪昀(1724—1805)对此表示疑惑:"旱魃为虐,见《云汉》之诗,是事出经典矣。《山海经》实以女魃,似因诗语而附会。然据其所言,特一妖神耳。近世所云旱魃则皆僵尸,掘而焚之,亦往往致雨。夫雨为天地之讵合,一僵尸之气焰,竟能弥塞乾坤,使隔绝不通乎? 雨亦有龙所作者,一僵尸之伎俩,竟能驱逐神物,使畏避不前乎? 是何说以解之? ……因记所疑,俟格物穷理者详之。"[1] 万晴川教授联系到《金枝》列举的俄罗斯、西非等类似风俗,同意吉野裕子的推因:"像尸体、废物、废材等属于土气的垃圾,由于象征了土气,就被用来作为抵制洪水的咒物。"[2] 僵尸致旱,焚之则雨。作为阴阳五行、相生相克的体现,土能止水,出自土墓中的僵尸(旱魃)具有克制雨水的能量。《清稗类钞·礼制类》载求雨仪式,将鬼灵崇拜同求雨活动结合,甚至还有鼓励"各神庙咸焚冥币,谕民间能捉获旱魃,即俗名'墓虎'者,予以重赏"[3]。旱魃俗名之一"墓虎",得名来自"旱魃为僵尸"信奉与墓葬文化的联系。

与雹灾叙事相比,雹灾信仰偏重制雹过程、方式特别是成因,旨在以惩戒行预防;旱灾叙事则把灾害归因指向更为具体的精怪旱魃,其为多重神秘信奉集合而成,偏重渲染其止雨的功能性、消除的直接性。旱、雹二灾,或持续或骤发,明清灾害与御灾叙事,都试图全方位地予以推因、解释及防治,而显然更加痛恨旱魃肆虐。

李零教授还注意到"方术"与"巫术"关系,把巫术分为十六种。"'方术'的'方'固然可能与'技术'的概念有关(类似'道'与'道术'的关系),但上面提到,古代的'巫'字与'方'字似乎有同源关系,这里也有一种可能,'方术'与'巫术'本来就是同一个词。""'礼仪'和'方术'脱胎于'巫术',但反过来又凌驾于'巫术'之上,限制压迫'巫术',这是'巫术'的最后结局。"[4] 因"巫"在后世的地位下降,"巫术"也逐渐成为求雨仪式中的一种手段,而求雨的民间化则多受道教与民间秘密宗教影

---

[1] 纪昀:《阅微草堂笔记》卷七,上海古籍出版社 1980 年,第 124 页。
[2] 万晴川:《巫文化视野中的中国古代小说》,中国社会科学出版社 2003 年,第 187 页。参见[日]吉野裕子:《阴阳五行与日本民俗》,雷群明等译,学林出版社 1989 年,第 95 页。
[3] 徐珂编撰:《清稗类钞》第二册《礼制类》,中华书局 1984 年,第 512 页。
[4] 李零:《中国方术续考》,东方出版社 2001 年,第 69—75 页。

响,愈加带有法术支配下的综合性、表演性,多种来路的法术混迹其中,服务于共同的实用性目的,显示了一种"病急乱投医"的倾向。而具有直观形象描述的"旱魃"的参与,强化了上述倾向,同时旱魃实存的证据显得重要,"火光""僵尸"等也由此派生。

此外,某些地区还把江湖好汉作为求则能应之神,如张岱(1597—1680)载江南某地,七月村村祷雨,"日日扮潮神海鬼,争唾之。余里中扮《水浒》。……季祖南华老人喃喃怪问余曰:'《水浒》与祷雨有何义味? 近余山盗起,迎盗何为耶?'余俯首思之,果诞而无谓。徐应之曰:'有之。天罡尽,以宿太尉殿焉。用大牌六,书奉旨招安者二,书风调雨顺者一,盗息民安者一,更大书及时雨者二,前导之。'观者欢喜赞叹,老人亦匿笑而去"①。

第六节　妓女、符咒与法器求雨及其佛经原型

与求雨活动关系密切的,一是女性,而女性作为求雨仪式活动中的功能性、对象化人物,身份与作用都极为复杂。

赵世瑜教授认为妇女独特的生存、生活需求,使其女神及女神信仰被赋予了满足这些需求的功能,如孝感圣姑庙、龙母庙等。"由于水与农桑关系密切,所以人们一直渴望风调雨顺,一些女神便被赋予了除旱的功能。……女性与水同属阴,故往往把降雨解旱的功能赋予女神。在实际生活中,一般家庭的汲水、农事中的抽水灌溉,也往往是由妇女来承担的。"② 就相关文献看,女性出现在求雨仪式中,与佛经故事有关。

中印文化交流史专家薛克翘先生指出古时求雨事经常发生,近代还常进行,佛教徒也积极参与,"有许多与南亚佛僧相关的求雨记载"③。如僧祐《出三藏记集》写求那跋陀罗到师子诸国后,又航海到东方,"中涂

---

① 张岱:《陶庵梦忆》卷七《及时雨》,江苏古籍出版社 2000 年,第 113—114 页。
② 赵世瑜:《狂欢与日常——明清以来的庙会与民间社会》,生活·读书·新知三联书店 2002 年,第 278—280 页。
③ 薛克翘:《中国与南亚文化交流志》,上海人民出版社 1998 年,第 408—409 页。

风止,淡水复竭。举舶忧惶,跋陀曰:可同心并力念十方佛,称观世音,何往不感?乃密诵咒经,恳到礼忏。俄而信风暴至,密云降雨,一舶蒙济。其诚感如此!"至少说明这样一种意念,礼拜观世音,渴盼的降雨可以求得。后来他把这一神术用到了御旱,是宋孝武帝刘骏所命重任:"大明七年(463),天下亢旱,祈祷山川,累月无验。孝武请令祈雨,必使有感;如其无效,不须相见。跋陀答曰:仰凭三宝,陛下天威,冀必降泽。如其不获,不复重见。即往北湖钓台烧香祈请,不复饮食。默而诵经,密加秘咒。明日晡时,西北角云起如车盖,日在桑榆,风震云合,连日降雨。明旦,公卿入贺,敕见慰劳,嚫施(布施)相续。"[1]

此类事中古佛传多载。慧皎《高僧传》载后赵石虎命佛图澄求雨,佛图澄一到,"即有白龙二头降祠所,其日大雨,方数千里,其年大收"[2]。《佛祖统纪》卷四十称景云元年(710),唐皇李旦下敕,命菩提流支于崇福寺祈雨。《宋高僧传》也称金刚智祈雨有验,为玄宗所看重;而不空亦然,"又以京师春夏不雨,诏空祈请,如三日内雨,是和尚法力……空受敕立坛,至第二日大雨云足。帝赐紫罗衣并杂彩百匹……"[3]官方对于宗教势力的借用,既是对于外来佛教的看重,有时也可以理解为是对其威能神通的检验。

民俗学家指出:"……但妇女在求雨仪式中所起的突出作用引起人们的注意。甚至在印度也如此。那里的妇女平时从不犁地。在干旱时节,妇女们脱去衣服,夜间在田里拉犁。甚至社会上层的婆罗门妇女也不顾身份来参加这个仪式。"[4]的确,古印度求雨有着悠久的传统。约公元前1500年的《梨俱吠陀》即有《雨云》(第五卷第八十三首),充满了对普降天下甘霖的歌颂:"公牛吼叫着,赏赐迅速;他在草木孕藏中将水种放下。"而主要受《薄伽梵往事书》影响,后期毗湿奴教派的黑天故事称,毗湿奴神(黑天)早年与他周围的挤奶女跳舞杂交,作乐狂欢。"这些事情都被当作虔诚祈祷的主题,为人类灵魂寻求上帝的模式。"有些佛经保留了类似思想,如《大悲空智金刚王经》,"据说首先佛陀是处于

---

① 僧祐:《出三藏记集》卷十四《求那跋陀罗传》,中华书局1995年,第548—550页。
② 慧皎:《高僧传》卷九《神异上》,中华书局1992年,第351页。
③ 赞宁:《宋高僧传》卷一《唐京兆大兴善寺不空传》,中华书局1987年,第10页。
④ [英]查·索·博尔尼:《民俗学手册》,程德祺等译,上海文艺出版社1995年,第183页。

与他的金刚妇人性交状态中,然后佛陀解释'金刚'意味着无分别'嘿金刚'(Hevajra,即大悲空智金刚王)是象征慈悲的呼格的'嘿'加上象征智慧的'金刚'。这部经文是讲瑜伽女和亥如伽现起和继续的大事因缘(亥如伽或多或少是嘿金刚的同义语)。举出一份密咒目录(有些令人想起阿达婆吠陀 Atharva Veda 的咒语,如祈雨等等之类)"。瑜伽者往往想象自己就是亥如伽,"他被八位天女,乔丽(Gauri)等等侍候着,被其中一位热情的董佩明妃(Dombī)拥抱着。这个学生接受天女和其他天神们的灌顶,佛眼天女(Locana)和其他女菩萨唱着'金刚歌'(后面举了一个例子,用阿巴布兰沙语:歌词大多是隐喻性的,赞扬吃喝、做爱、调情等等)……"①

　　而与佛经故事不同,华夏中土故事较侧重于妓女的求雨描述。如波斯商人 15 世纪末撰《中国志》,其《中国的娼妓》载妓女被强迫求雨,情状具体,因如祈祷"表现得虚伪,那就会滴水不降",被大批处死:

　　　　这些祈祷要分组分批地进行,彼此之间互相轮换,以便演奏乐器和根据 12 种流行方式翩翩起舞和作出各种奇怪的舞姿。当一批人不能再坚持时,便由另一队人替代,她们前往佛陀面前舞蹈,泪流如泉涌。这样一来,一批批舞女互相交替表演,一直到一日之末。由于怜悯她们那多难的生命,她们既不想吃,也不思寝,更不肯安歇,而是不停地呻吟并整天整夜地泪流满面……以至于上苍最终为他们降雨。古代的中国圣贤们都发现,为了获得雨露,则必须非常虔诚的泪水。为了获得泪水,他们最终找到了这些娼门女子,她们在极刑的威胁下被迫长时间地并真心诚意地痛哭。②

　　上述讨论,很可能现今依旧有可作凭证的民俗"活化石"。2009 年7 月 24 日"中国新闻网"《印度农民为求雨,让未出嫁闺女裸身犁田》报道,印度北部比哈尔省官员称,当地部分农民近日要求未出嫁女裸身犁田,以让不尽职的气象之神幡然觉悟,降下甘霖。又据台湾东森新闻报道目击者称,印度当地裸身的这些未嫁女,除了犁田外,日落后还吟唱古

---

① [英]渥德尔:《印度佛教史》,王世安译,商务印书馆 2000 年,第 463—469 页。
② [法]阿里·玛扎海里:《丝绸之路——中国—波斯文化交流史》,耿昇译,中华书局 1993年,第 281—283 页。

老歌谣,以唤醒懒惰的气象神。担心她们缺少力气,一些年长妇女也在旁帮忙。当地农村官员库玛说:"村民们相信,这样做会让气象之神感到难为情,歹势之余,就会普降甘霖,让当地快要枯死的农作物获得迫切需要的及时雨。"

干宝《搜神记》称庐江龙舒县有一大树高数十丈,"常有黄鸟数千枚巢其上。时久旱,长老共相谓曰:'彼树常有黄气,或有神灵,可以祈雨。'因以酒脯往祭。亭中有寡妇李宪者,夜起,室中忽见一妇人,着绣衣,自称曰:'我树神黄祖也,能兴云雨,以汝性洁,佐汝为生。朝来父老皆欲祈雨,吾已求之上帝,明日日中当验。'"①至期果雨。将树神与旱灾的解除联系起来,其中对寡妇贞洁的表彰,很可能是应对外来妓女求雨的一种反向思维。实叉难陀译《甘露陀罗尼咒》的实施方式为:"取水一掬,咒之七遍,散于空中,其水一滴,变成十斛甘露,一切饿鬼并得饮之,无有乏少,皆悉饱满。"②虽然这是救度饿鬼的仪轨,但也与求雨术不无关联。唐代段成式记载:"太原郡东有崖山。天旱,土人常烧此山以求雨。俗传崖山神娶河伯女,故河伯见火,必降雨救之。今山上多生水草。"③

妓女可求雨的信仰,清代仍盛传不衰。有个陕西传闻体现了民间对妓女求雨半信半疑。洛南西梁原人王疯子,有奇术,潼(陕西东部)一带苦旱,副使慕名招来祈雨,他却说只需要妓女二三人同处空室,称:"扃其户而自牖纳饮食,雨可立降。"副使怪其妄诞,想办不成再治罪,"越数日,旱魃愈炽,天无纤云。副使愧为所愚,遣使密瞰之,见其与妓赤身游戏,归白副使,副使怒命擒之,众甫排闼入,忽雷声轰然自内滚滚而出,响振墙宇,阴云四合,大雨如注,沟浍皆盈,乃礼而归焉"④如上引波斯商人载录,似乎只有求雨者(妓女)苦痛或面临折磨之时,上苍有了恻隐之心,才会降雨。应当说,这与小说《西游记》中凤仙郡求雨中的"不平—平不平"模式,倒有着内在相通之处。

二是符咒和法器等在求雨过程中的综合运用。《西湖二集》写杭州亢旱,各处祷雨不应,百姓忧惶。地方官冷启敬申奏上帝,愿减己寿三

① 李剑国辑校:《新辑搜神记·新辑搜神后记》,中华书局 2007 年,第 122 页。
② 〔日〕高楠顺次郎等编:《大正新修大藏经》卷二十一,(台北)新文丰出版公司 1990 年影印,第 471b 页。
③ 段成式:《酉阳杂俎》前集卷十四,中华书局 1981 年,第 130 页。
④ 王椷:《秋灯丛话》卷十五《王疯子奇术求雨》,黄河出版社 1990 年,第 265—266 页。

年,祈雨泽以救百万生灵,"将表文焚化,登坛作法,踏罡步斗,敲起令牌,念了木郎、雷神二咒数遍,大呼风伯方道彰、雷公江赫冲,速速行云降雨,救吾百姓。那风伯方道彰、雷公江赫冲,呼呼一阵风响,应命而来,禀道:'上帝恶杭州百姓好为奢侈,作践五谷,暴殄天物,杀生害命,奸狡贼猾,大斗小秤,瞒心昧己,作孽之人甚多,以此将四处水泉尽行封闭,要将百姓饿死。今览吾师章奏诚恳,救下九天应玄雷声普化天尊,差我等并五方行雨龙王,即刻兴云布雨。'说罢,那雷公、电母、龙王一齐发作……这一场雨过处,到处田禾俱足,救了这百万生灵"①。

　　然而,对于旱时另一种求雨——祈井水常有,则体现了另一信奉。实际上,这也相当于一种"祈泉水",那么,泉水是否干净,就直接关联祈祷能否成功了。史家谈迁(1593—1658)载邯郸县西北二十里圣井,"其水常溢。遇旱取水,祈祷有验。先期斋宿于庙,次日诣城隍庙焚告词,又次日与众步迎城隍如圣井庙。拜讫,令嫠妇洁者七人,各持新帚环井洗箕,以箕扬水如飞雨状,仍各大声云:'东海老龙七个女,刷子簸,就下雨。'如是者数次,始陶井。时大伐钟鼓,众伏地号呼,如哀如诉。待新泉涌出,取注瓶内,仍徒步捧归。朝夕行香,雨后送入井,谢之"②。当然,也有如同杂技中"绳伎"用长绳攀上天空,把含雨的云层拉来下雨。道光时王培荀记载,利津有人善祈雨,但不轻试,理由是逆天会减寿。"其法:于旷野以棹为坛,层累极高,危坐其上。先接众绳令极长,乃默默作法。俄天上云片片往来,抛绳而上,直入云际,若系者。云聚愈多,渐而弥漫,以手掣绳,力不能支,数十人共掣,如曳垂天之帆。雨降不过数里,不能远被。"③这种奇特的上天牵引式求雨,又似《聊斋志异》的"上天偷桃术",是将幻术与祈雨结合的一种表演。

　　借助妓女、女性祈雨还有一个奇特的类型,即女仙、狐仙的世俗化带来降雨。晚清传闻说沧州某山村族长孙百药得狐仙花娘子眷顾成亲,狐仙除掉了邻村作恶多端的"马氏三蠹"中的两贼,女贼马菊花趁着花娘子临盆来复仇,被扣入瓮内烤焦。"时正苦旱,明日沛甘泽,满沟洫,慰三

---

① 周清原:《西湖二集》卷二十五《吴山顶上神仙》,人民文学出版社1989年,第407—408页。
② 谈迁:《枣林杂俎》中集《名胜·圣井》,中华书局2006年,第369页。
③ 王培荀:《乡园忆旧录》卷六《祈雨》,齐鲁书社1993年,第332页。

农,人以为花娘子除蠹之报云。"①将某相关对象物折磨一番,似符合祈雨仪式神秘性质的一方面,这也构成了祈雨成功的一个条件。

总之,明清时期关于女性参与的求雨禳灾仪式叙事中,妓女、妖女以及狐仙与嫠妇等比较多,因其身份相对低下,或者与普通女性不同,又或者有异能,但都有将其物化或异化倾向,几乎被视为祈雨中的有灵工具——阴气太盛易于呼唤雨泽。而一些祈雨不成功者又往往有性命之忧,因其经历祈雨过程,知晓祈雨秘密。无论如何,她们都将是世俗民众太平生活的牺牲者,或者说是神秘信仰的殉葬品。

---

① 宣鼎:《夜雨秋灯录》卷八《除三蠹》,黄山书社 1995 年,第 433—437 页。

第三章　蝗灾、驱蝗灭蝗故事与蝗神观念

蝗灾，是仅次于水旱的大灾。与治蝗密切相关的蝗神，有多种说法，其中之一的柳神，可对蝗灾有效遏制。治蝗带有人治观念和伦理性，清官所在之地蝗不集。将柳神理解为秀才，说明清初民俗之于柳的亲和感，体现了生态保护思想及柳崇拜观念。蝗虫，属危害农作物的"八蜡"（八种害虫）之一，如《女仙外史》言："螟、蝝、蟊、贼、蝗、螽、蟓、蜡，名曰'八蜡'。有啮根者，有食叶者，有啄心者，有嚼苗者，有嚼节者。满田之内，跳跃飞腾。百姓号哭遍野。"① 蝗分土蝗（不能远飞）、飞蝗（分群居、散居型），这里以飞蝗为主，兼论其他，不做细分。

第一节　蝗灾的残酷、频繁与驱蝗、蝗避信奉

蝗，东汉许慎《说文解字》曰："蝗，蟓也。"三国时张揖《广雅》曰："蟓，蝗也。"关于蝗灾的记载史不绝书。相传孟子的弟子匡章，说惠子当面告诉魏王："蝗螟，农夫得而杀之，奚故？为其害稼也，蔽天状如霜雪，是岁天下失瓜瓠。"② 说明先秦时蝗灾就引起了人们的严重忧虑。古人多次描绘过蝗灾大规模发生时的可怕景象，如五代王仁裕言："蝗之为孽也，盖沴气所生，斯臭腥，或曰鱼卵所化。每岁生育，或三或四。每一生其卵盈百，自卵及翼，凡一月而飞。故《诗》称'螽斯'，子孙众多，螽斯即蝗属也。羽翼未成，跳跃而行，其名蝻。晋天福之末，天下大蝗，连

---

① 吕熊:《女仙外史》第四十八回《炼神针八蜡咸诛　剪仙襄万民全活》,百花文艺出版社1985年,第547页。

② 《吕氏春秋·不屈》(陈奇猷校释:《吕氏春秋校释》,学林出版社1984年)缺少后两句,此据欧阳询《艺文类聚》卷一百引文增补。参见关于蝗神庙的分布图,河北、山东、河南蝗灾严重,而福建、台湾和两广无,见陈正祥:《中国文化地理》,生活·读书·新知三联书店1983年。赵世瑜指出广西也有带有驱蝗性质的神庙,见《狂欢与日常——明清以来的庙会与民间社会》"八腊庙及刘猛将军庙之例",生活·读书·新知三联书店2002年,第92—98页。

岁不解。行则蔽地,起则蔽天。禾稼草木,赤地无遗。其蝻之盛也,流引无数,甚至浮河越岭,逾池渡堑,如履平地。入人家舍,莫能制御……郓城县有一农家,豢豕十余头,时于陂泽间,值蝻大至,群豢豕跃而唷食之,斯须复饫,不能运动。其蝻又饥,唼啮群豕,有若堆积,豕竟困顿,不能御之,皆为蝻所杀。癸卯年,其蝗皆抱草木而枯死,所为天生杀也。”①

　　此说有三个焦点:一是蝗蝻易于繁殖,数量多——蔽天蔽地,群体行动,“浮河越岭”,“如履平地”。二是“入人家舍,莫能制御”,更为严重的是散养的大猪“皆为蝻所杀”,而人力很难解决蝗灾。三是“蝗皆抱草木而枯死”,只能“天生杀”。蝗和蝻们聚集成灾,以小农之家人力几乎无法阻止,只能听命“天意”和“神力”。

　　《旧唐书·五行志》称唐德宗兴元元年(784)秋,“关辅大蝗,田稼食尽,百姓饥,捕蝗为食,蒸曝,飏去足翅而食之。明年夏,蝗尤甚,自东海西尽河、陇,群飞蔽天,旬日不息。经行之处,草木牛畜毛,靡有孑遗”。开成二年,“河南、河北旱,蝗害稼,京师旱尤甚……河南、河北蝗,害稼都尽。镇、定等州,田稼既尽,至于野草树叶细枝亦尽”②;《新唐书·五行志》也载贞元元年(785)夏,“蝗,东至海,西尽河陇,群飞蔽天,旬日不息,所至草木叶及畜毛,靡有孑遗,饥馑枕道,民蒸蝗,曝,飏去翅足而食之”③。因此,唐代大型类书《艺文类聚》,未将“蝗”等害虫放在“虫豸部”中,而是置于“灾异部”内④。此部类中首列“旱”“祈雨”,接着便是“蝗”,可见蝗灾在农耕社会诸灾异所列位置之显赫,表现出灾情之惨烈及人们对蝗灾的恐惧与无奈。

　　而事实上,中国北方广大农村终究难免这种可怕的灾害。宋代周密记载:“戊戌七月,武城蝗自北来,蔽映天日。有崔四者,行田而仆,其子寻访,但见蝗聚如堆阜,拨视之,见其父卧地上,为蝗所埋。须发皆被啮尽,衣服碎为筛网,一时顷方苏。晋天福中,蝗食猪。平原一小儿为蝗所食,吮血,惟余空皮裹骨耳。”⑤不少异文,仍展现出时人是多么关注骇人

---

① 李昉等编:《太平广记》卷四百七十九引《玉堂闲话》,中华书局1961年,第3949页。
② 刘昫等:《旧唐书》卷三十七《五行志》,中华书局1975年,第1365页。
③ 欧阳修、宋祁:《新唐书》卷三十六《五行三》,中华书局1975年,第939页。
④ 欧阳询:《艺文类聚》卷一百《灾异部》,上海古籍出版社1982年,第1728—1733页。
⑤ 周密:《癸辛杂识》别集下《武城蝗》,中华书局1988年,第276页。

听闻的蝗灾事件，褚人获就复述并发挥：“《续夷坚志》……吮血，惟余空皮裹骨耳。康熙丁卯江宁乡试，初八日飞蝗丛集贡院，进场士子，须发亦有被啮者。”[①]这是多么令人恐怖的景象！农学家徐光启对蝗灾惨祸深有感触，他引用玄扈先生（作者假托）《除蝗疏》：“地有高卑，雨泽有偏被，水旱为灾，尚多幸免之处。惟旱极而蝗，数千里间草木皆尽，或牛马毛幡帜皆尽，其害尤惨，过于水旱也。虽然，水旱二灾……殆由天之所设。惟蝗不然，先事修备，既事补救。人力苟尽，固可殄灭之无遗育，此其与水旱异者也。虽然水而得一丘一垤，旱而得一井一池，即单寒孤子，聊足自救，惟蝗又不然，必藉国家之功令，必须百郡之协心，必赖千万人之同力。一身一家，无戮力自免之理。”[②]

就近代人统计，明清蝗灾亦有增无减。早年邓云特《中国救荒史》写秦汉蝗灾平均 8.8 年一次，唐代为 8.5 年，两宋为 3.5 年，元代为 1.6 年，明清两代均为 2.8 年[③]。可见伴随植被恶化，无情的蝗灾有愈益严重的趋势。清人记载明末以来蝗灾肆虐，“大河以北，往往有蝗灾，盖彼中雨泽甚稀，久旱则蝗生。若水乡或可免此患，崇祯辛巳（1641），传闻蝗已越江而来，余未之信。八月初，抵浒墅关，则见遍野皆蝗矣。不数日而吾松亦然。其飞尝蔽天，听之若风之振条，一为所集，田禾皆扫。农人以竹竿揭布裙，立田岸麾之，亦有鸣锣者，究不能驱。然阡陌连界，而不飞集者，宛然无恙。此中若有神焉。八月中，飓风骤雨连昼夜，尽飘堕大海。越日而海崖堆积如冈阜。夫此物由齐鲁而抵三吴，竟驱而尽歼之于大海，亦大快事”[④]。蝗虫数量既多，相应的“以竹竿揭布裙”“鸣锣”的传统方法，“究不能驱”。更注意到“蝗不越界”神秘现象的不可思议，“此中若有神焉”。而最终却是凭借“飓风骤雨”的自然力量才终结此次蝗灾。

明清御灾书写集群抗灾，多集中于灭蝗活动，这也是蝗灾的不可逃脱性、可怖性及其与水旱之灾有所区别所致。更有骇人听闻者，如袁枚载崇祯甲申（1644）年间，“河南飞蝗食民间小儿，每一阵来，如猛雨毒

---

① 褚人获：《坚瓠集》广集卷六《蝗》，《笔记小说大观》第十五册，江苏广陵古籍刻印社 1984 年影印，第 427 页。
② 石声汉校注：《农政全书校注》卷四十四《荒政·备荒考中》，上海古籍出版社 1979 年，第 1299 页。较早研究见邹树文：《论徐光启〈除蝗疏〉》，《科学史集刊》1963 年 6 月。
③ 邓云特：《中国救荒史》第一章《灾荒之实况》，商务印书馆 1993 年，第 51—60 页。
④ 曹家驹：《说梦》二，王文濡辑：《说库》下册，广陵书社 2008 年影印，第 1503 页。

箭,环抱人而蚕食之,顷刻皮肉俱尽。方知《北史》载灵太后时,蚕蛾食人无算,真有其事也。开封府城门被蝗塞断,人不能出入。祥符令不得已,发火炮击之,冲开一洞,行人得通。未饭顷,又填塞矣"①。用当时的先进武器——火炮,打击历史悠久且屡灭屡生的蝗灾,见出小小蝗虫若集群成蝗灾,则势必成为百姓生存活动中难以清除的可怕对手。御蝗抗灾遂成为生死攸关的问题。

蝗灾在明末清初华北地区也频繁发生。天启元年(1621)七月,顺天府蝗灾。"五年六月,济南飞蝗蔽天,田禾俱尽。六年十月,开封旱蝗。崇祯八年七月,河南蝗。十年六月,山东、河南蝗。十一年六月,两京、山东、河南大旱蝗。十三年五月,两京、山东、河南、山西、陕西大旱蝗。十四年六月,两京、山东、河南、浙江大旱蝗。"②明代中期以降,山东、河南蝗灾多发,危害严重到了扭曲人性的地步。纪昀就追忆幼时所闻:"前明崇祯末,河南、山东大旱蝗,草根木皮皆尽,乃以人为粮,官吏弗能禁。妇女幼孩,反接鬻于市,谓之'菜人'。屠者买去,如刲羊豕。"③蝗灾如此可怕,如何应灾? 这可简单直接地以蝗灾已发生和未发生,区分为抗灾和御灾。抗灾,早期以"驱蝗"为主。让蝗虫不在自己管辖的地盘里肆虐,实行近水楼台的"地方保护主义",乃是东汉以来地方官御灾一贯思路。"治蝗"往往不过是"驱蝗",但其中却蕴含着意味深长的民族心理与文化观念,也无可否认地带有突出的人治观念和伦理属性。

首先,廉吏清官任职之地蝗不为害。王充《论衡》疑卓茂造假:"世称南阳卓公为缑氏令,蝗虫不入界,盖以贤明至诚,灾虫不入其县也。此又虚也……夫寒温不能避贤者之县,蝗虫何能不入卓公之界?"④不过是蝗集聚之处有多有少而已,但干宝《搜神记》仍载后汉徐栩执法详平,他任小黄令,"时属县大蝗,野无生草。至小黄界,飞过不集"⑤。故事亦见谢承《后汉书》:"吴郡徐栩为小黄令。时陈留遭蝗,过小黄,飞逝不集。刺史行部,责栩不治。栩弃官,蝗应声而至。刺史谢,令还寺舍,蝗即皆

① 袁枚编撰:《子不语》卷十二《炮打蝗虫》,上海古籍出版社1998年,第241页。
② 张廷玉等:《明史》卷二十八《五行一》,中华书局1974年,第438页。
③ 纪昀:《阅微草堂笔记》卷三,上海古籍出版社1980年,第28页。
④ 黄晖:《论衡校释(附刘盼遂集解)》卷五《感虚篇》,中华书局1990年,第257—259页。
⑤ 李剑国辑校:《新辑搜神记·新辑搜神后记》,中华书局2007年,第428页。

去。"①《东观汉记》称马稜任广陵太守,"郡连有蝗虫,谷价贵。稜奏罢盐官,振贫赢,薄赋税,蝗虫飞入海,化为鱼虾"②。原本应有的蝗灾祸害,如此被"教化"宣传伦理化地消减,蝗虫也能自觉地以道德行为来支持廉能官吏,通过这一方"父母官"的人格魅力来解百姓之苦。《搜神记》载大旱时何敞拒受无锡守,"驻明星屋中,修殷汤天下事之术。蝗螟消死,敞即遁去"③。蒲松龄写蝗神碍于沂县令的恳求情面、酒食款待的一饭之恩,便顺路而转移他方了。无疑,这是一种伦理避灾的集体无意识情结。褚人获还追述:"毛君玉(国华)为于潜令。有德政,苏子瞻捕蝗至其邑,作诗戏之曰:'诗翁憔悴老一官,厌见苜蓿堆青盘。'又曰:'宦游逢此岁年恶,飞蝗来时蔽天黑。羡君对境稻如云,蝗自识人人不识。'"④蝗识好官并关照治境,成为熟典。

相反,蝗灾肆虐某地,也往往被认为是天惩横暴贪官。范晔记载汉末多蝗灾,蔡邕回答诏策"连年蝗虫至冬踊,其咎焉在"时,博引经典推因:"臣闻《易传》曰:'大作不时,天降灾,厥咎蝗虫来。'《河图秘征篇》曰:'帝贪则政暴而吏酷,酷则诛深必杀,主蝗虫。'蝗虫,贪苛之所致也。"⑤这从反面说明,如能止蝗灾,廉官自当首选,是连接"天人之际"的必要中介。

其次,也有的地方官吏用及时有效的行动,试图遏止神秘力量支配的蝗虫,《后汉书·方术列传》载具有高尚人品的公沙穆到弘农为令,"县界有螟虫食稼,百姓惶惧。穆乃设坛谢曰:'百姓有过,罪穆之由,请以身祷。'于是暴雨既霁而螟虫自销,百姓称曰神明"⑥。如台湾学者所说:"公沙穆这暴身祈雨的行动当然有其自古以来的传统……他的祈雨之术的'成功',显然也为当地的民众所接受。此例以及前举董仲舒在《春秋繁露·求雨》中所描述地方官员参与祈雨活动的情况,都显示出当时的官员必须参与民间信仰活动。这些活动基本上是出于他们作为政府官

---

① 汪文台辑:《七家后汉书》,河北人民出版社 1987 年,第 137 页。
② 欧阳询:《艺文类聚》卷一百引《东观汉记》,上海古籍出版社 1982 年,第 1729—1730 页。
③ 李剑国辑校:《新辑搜神记·新辑搜神后记》,中华书局 2007 年,第 427—428 页。
④ 褚人获:《坚瓠集》七集卷一《蝗识人》,《笔记小说大观》第十五册,江苏广陵古籍刻印社 1984 年影印,第 212 页。
⑤ 范晔:《后汉书》志十五《五行三》,中华书局 1965 年,第 3319—3320 页。
⑥ 范晔:《后汉书》卷八十二《方术列传》,中华书局 1965 年,第 2731 页。

员的职责而发,对他们而言,在行政责任和宗教信仰活动之间并没有一明显的界限。"[1] 公沙穆的以身自祷求得"暴雨"消螟虫,虽说当然来自商汤祷雨传统,不过也基于地方官员主观表现会影响天灾的传统信奉。史书所载,通常是成功的记录,于是也有着对于官员尽责的导向作用,这类行为及其社会效益也构成了清官文化内蕴之一。

唐初虞世南辑《北堂书钞》的"德感"带有总结性的概括,体现出古代类书在告灾传统、御灾信仰中之承上启下传播的重要功能。"积薪自焚,火起而雨。请以身祷,雨下滂沛。……蝗不入茂陵,蝗不入密界。蝗虫消死。蝗入辄死。虫飞不集。蝗飞尽去。螟不犯境。"[2]

首句据《后汉书》云戴封"迁西华令。时汝、颍有蝗灾,独不入西华界。时督邮行县,蝗忽大至,督邮其日即去,蝗亦顿除,一境奇之。其年大旱,封祷请无获,乃积薪坐其上以自焚。火起而大雨暴至,于是远近叹服"[3]。蝗灾往往伴随旱象而来,这里皆因贤官的作为而消。

"请以身祷,雨下滂沛",见《海内先贤传》:"公沙穆迁弘农令,界有蝗虫,食禾稼,百姓惶惧。穆设坛谢曰:'百姓有过,咎在典长,罪穆之由,请以身祷。'于是玄云四集,雨下滂沛。"[4] 也当是在解除了蝗灾的同时,也消解了旱象。据《益部(耆旧)传》:"杨球为茂陵令,蝗不入界。"卓茂为密县令,"视人如子","吏人亲爱而不忍欺之",平帝时天下大蝗,"河南二十余县皆被其灾,独不入密县界"[5]。则干宝《搜神记》载吴郡人何敞"少好道艺,隐居,重以(连年)大旱,民物憔悴。太守庆洪,遣户曹掾致谒,奉印绶,烦守无锡,敞不受。退,叹而言曰:'郡界有灾,安能得怀道!'因跋涉之县,驻明星屋中,修殷汤天下事之术。蝗蟓消死,敞即遁去"[6]。

"蝗入辄死",据《东观汉记》:"喜夷为寿阳令,蝗入辄死。"至于"虫飞不集",说的是谢夷吾为寿张令,将五十岁不嫁的女子张雨推荐到州府,复其门户,汉明帝永平十五年(72)时,"蝗发泰山,流徙郡国,荐食

① 蒲慕州:《追寻一己之福——中国古代的信仰世界》,上海古籍出版社 2007 年,第 221 页。
② 虞世南编撰:《北堂书钞》卷三十五《德感二十二》,中国书店 1989 年影印,第 86 页。
③ 范晔:《后汉书》卷八十一《独行列传》,中华书局 1965 年,第 2684 页。
④ 熊明辑校:《汉魏六朝杂传集》第二册《三国杂传》卷九,中华书局 2017 年,第 769 页。
⑤ 范晔:《后汉书》卷二十五《卓鲁魏刘列传》,中华书局 1965 年,第 869—870 页。
⑥ 李剑国辑校:《新辑搜神记·新辑搜神后记》,中华书局 2007 年,第 427 页。

五谷,野无草生,过寿张界,飞逝不集"。而"蝗不犯境",据范晔《后汉书·鲁恭传》载鲁恭拜中牟令,"专以德化为理,不任刑罚"。汉章帝建初七年(82),"郡国螟伤稼,犬牙缘界,不入中牟。河南尹袁安闻之,疑其不实,使仁恕掾肥亲往廉之。恭随行阡陌,俱坐桑下,有雉过,止其傍。傍有童儿,亲曰:'儿何不捕?'儿言:'雉方将雏。'亲瞿然而起,与恭诀曰:'所以来者,欲察君之政迹耳。今虫不犯境,此一异也;化及鸟兽,此二异也;竖子有仁心,此三异也。久留,徒扰贤者耳。'"①

这一个案说明,史书所载的当时的"蝗灾言说",的确有着某些深层的意涵:

1. 借助"蝗不入境"打造地方官个人的"德化"之治,已成为普遍的现象。蝗虫成为官员们标榜自身德行的一个道具。

2. 由于中牟县与邻县属于"犬牙缘界",蝗灾不入境的神话实在太有违常理,也就是"德化"的奇迹有些难于置信,才不得不派遣"主狱"的监察部门官员下来巡察私访。

3. "虫不犯境"的蝗虫,是东汉倡扬教化的时代主流话语中,人们心目中的具有灵异特能的昆虫,是官员们打造政绩、"变害为益"的神虫,当然不会神到在犬牙交错的县界上,坚守在外面(邻县)——而不入"贤者"统辖之境,实际情况应该是:这位负有监察使命的"仁恕掾"肥亲先生,实在无法回去向上级交差。

4. 不能说、不便说、不忍说、不敢说的一个"无法之法"是顾左右而言他,回避要害问题,拿本县童子"不射携雏之雉"说事。童子爱惜雏鸟,有仁心,这与"蝗不入境"有何关系?有关系!这里的行政执法官需要的就是以此展示童子与蝗虫行为的共同性,即均被鲁县令"德化"了。

5. 在弥漫整个社会的主流话语面前,"仁恕掾"肥亲心里明知,河南尹袁安此次派他查访,实际上也是有所期待的,感情上理智上都希望得到一个"确有其事"的肯定答案,平息人们嘴里说出的和未说出的疑问。此次深入基层巡察,未必实话实说就能得好。倘若这一个"典型"被证伪,那掀起一个怀疑之风,自己可承担不了责任。

蝗不入廉官"德化"之后的境内,是否会"以邻为壑"?是否应该?

---

① 范晔:《后汉书》卷二十五《卓鲁魏刘列传》,中华书局 1965 年,第 874 页。

对此,汉代官员也提出过疑问。《东观汉记》载司空掾梁福就义正词严地不去"跟风",不去跟着编造蝗入邻境的神话。"司部灾蝗,台召三府驱之。司空掾梁福曰:'普天之下,莫非王土,不审使臣驱蝗何之? 灾蝗当以德消,不闻驱逐。'时号福为'直掾'。"①《东观汉记》是一部"当代史",属东汉同时代人修撰,该书采用纪传体,名字得自官府修史馆所在地东观。该书,经过几代人努力才合成,只是后来散佚。从上述叙事结尾载录的社会评价看,面对蝗灾所体现出的"地方保护主义",在当时可能是很普遍的社会现象,但在有识之士的认可之中,潜藏着对于不便明说的"德化"的自我宣传"蝗不入境(界)"之怀疑和不满。这是一场对于面对灾害"造伪运动"(讳灾、匿灾、瞒灾)的较早载录,与"虎渡河"避开廉吏任职地区的"吏治清明"话语类似②。也许,与史书需要的其他"主流话语"有冲突,在范晔《后汉书》中就没有保留。

第二节　蝗神崇拜外来说、万物有灵与天敌御蝗法

首先,蝗神崇拜,很可能也包含有外来主要是西域传来的异质文化因子。段成式《酉阳杂俎》揭示,神秘的蝗虫崇拜还受到外来佛教与僧人活动的影响。"蝗,荆州有帛师,号法通,本安西人。少于东天竺出家,言蝗虫腹下有梵字,或自天下来者,乃忉利天。梵天来者,西域验其字,作本天坛法禳之。今蝗虫首有'王'字,固自不可晓。或言鱼子变,近之矣。旧言虫食谷者,部吏所致,侵渔百姓则虫食谷。虫身黑头赤,武吏也;头黑身赤,儒吏也。"③这一说法引起了明人重视,针对蝗为鱼子所化的传闻,考察蝗身黑头赤为武吏、头黑身赤为文吏的传闻:"案:史传所载尚有螟蟘、螽蚘、蟊贼等名,虽云食心、食苗各异,同一种耳。《酉阳杂俎》云:……语虽荒唐,可以警世。"④将害稼蝗虫比作地方上残民恶吏,

① 欧阳询:《艺文类聚》卷一百引《东观汉记》,上海古籍出版社 1982 年,第 1730 页。
② [日]柳濑喜代志:《"虎渡河""虎服罪"故事考——後漢の傳記をめぐって》,《日中古典文学論考》,(东京)汲古书院 1999 年。
③ 段成式:《酉阳杂俎》前集卷十七,中华书局 1981 年,第 171 页。
④ 谢肇淛:《五杂组》卷九《物部一》,上海书店出版社 2001 年,第 185 页。

是将自然界灾害譬喻到社会现象，从《论语》"苛政猛于虎"到六朝佛经的譬喻思维所致，也与"清官任职之地而蝗不集"的理想化期盼有关。

其次，蝗的神化凭依"万物有灵"观念推展。明清人强调蝗虫具有人世百姓期盼的伦理品格，悯惜良善小民，不食其庄稼。褚人获重温宋代《睽车志》连年大旱故事："有农夫过某，种田六十余亩，岁常丰熟，过觊（期望）例免秋赋，亦报旱灾，自为得计。明岁壬寅，飞蝗大至，首集过田，禾穗俱尽。而邻北接壤，田并无恙。又二田家，东家守分常苦，西家侵害无已，是年蝗虫尽集西家之田，不入东家之界。西家怪之，乃夜以布囊贮蝗移置东田，有报东家农者，绝不与较，但云'果有神明，蝗当自去'。明日蝗复飞集西家之田，东家照旧成熟。"[1]认同借蝗灾而惩恶劝善，仿佛蝗虫即上天用来惩罚世间偷奸取巧之辈的使者，妒火中烧的西邻农夫将蝗虫装布囊"移置东田"，极符合小农经济条件下的村野愚氓行径，诙谐幽默中寓含嘲讽与批判。清初吕熊描写飞蝗肆虐，小说人物"叙事干预"称蝗虫乃天地造物"特生"，比水旱更带有选择性权柄：

> 蝗虫，天地之所以特生也。以至微之物，而能制生民之命，坏国家之根本，故曰"蝗灾"。然而天之降灾，如水旱、刀兵、疾疫，亦既繁多，又曷借此微虫之力哉？噫！此正造化之微权，盖有所分别界限于其间者。即以水旱而论，大则连延数十郡，小亦数十州县，莫不同然。然而赤地千里，一望平湖，善恶同归于劫，此亦天地之不能赏罚也。若使旱灾止于六七分，则低洼之处尚有薄收；水灾不过七八分，则高阜之乡亦能稍熟。大约全因地土之坐落，人遂得以侥幸，而非赏罚之平，此又天地之无所用其机巧也。惟蝗灾则不然，轰然而来，霎然而下，其应受灾者，反掌之间，田无遗茎，茎无遗穗；其不应受灾者，即在左右前后之间，要亦安然如故。更有阡陌相连，一丘两姓、一田二主者，此已化为乌有，彼则不扰其一禾半穗。彰善瘅恶之意，莫公于蝗虫，亦莫巧于蝗虫，所以造字者"虫"旁加个"皇"字，而蝗虫之首，亦有一"王"字，言如皇王之用刑，必有罪者而后去之。是

---

[1] 褚人获：《坚瓠集》秘集卷四《蝗灾》，《笔记小说大观》第十五册，江苏广陵古籍刻印社1984年影印，第513页。

故从无能捕蝗之人,亦无善捕蝗之法,不是怕这个"王"字,其实没奈何他。此何以故? 盖因出自化生,而有造物之机关在内也。①

表明蝗灾的伦理功能在清初被确认、强化,水旱灾害可以凭借人的主观努力,依靠某些地势的高低,行使躲灾、减灾努力,减灾止损,然而,蝗灾却无往不在、不可逃避。当然这还是要靠蝗虫自己的选择,似乎,它们就是上苍派下来惩罚一部分无良之辈。只要上天"想"警戒世人,就可让蝗虫出现,"蝗灾"即"天意"。

第三,新朝皇帝、新任官员的神秘力量崇拜。人们相信靠着新朝皇帝仁德、清官廉吏的人格魅力,蝗灾能得以消除。晋代鼓吹曲辞引《晋书》载太和元年(366),"皇帝践阼,圣且仁,德泽为流布。灾蝗一时为绝息,上天时雨露。五谷溢田畴,四民相率遵轨度。事务澄清,天下狱讼察以情。元首明,魏家如此,那得不太平"②。薛能《升平乐十首》咏:"虫蝗初不害,夷狄近全销。"③ 期盼着重灾的现实问题接连解决。

对帝王有神圣偶像崇拜,全民群起捕蝗,皇帝感而亲自参与,进而感动上天,蝗灾消除。悲天悯人的白居易新乐府咏:"捕蝗捕蝗谁家子? 天热日长饥欲死。兴元兵久伤阴阳,和气蛊蠹化为蝗。始自两河及三辅,荐食(不断吞食)如蚕飞似雨。雨飞蚕食千里间,不见青苗空赤土。河南长吏言忧农,课人昼夜捕蝗虫。是时粟斗钱三百,蝗虫之价与粟同。捕蝗捕蝗竟何利? 徒使饥人重劳费。一虫虽死百虫来,岂将人力竞天灾。我闻古之良吏有善政,以政驱蝗蝗出境。又闻贞观之初道欲昌,文皇仰天吞一蝗。一人有庆兆民赖,是岁虽蝗不为害。"④ 吞蝗典出太宗食蝗事,说贞观二年(628)旱蝗,"太宗入苑视禾,见蝗虫,掇数枚而咒曰:'人以谷为命,而汝食之,是害于百姓。百姓有过,在予一人,尔其有灵,但当蚀我心,无害百姓。'将吞之。左右遽谏曰:'恐成疾,不可。'太宗曰:'所冀移灾朕躬,何疾之避!'遂吞之。自是蝗不复为灾"⑤。官府明令灭蝗有

① 吕熊:《女仙外史》第十三回《邀女主嵩阳悬异对　改男妆洛邑访奇才》,百花文艺出版社 1985 年,第 129—130 页。
② 郭茂倩编:《乐府诗集》卷十八,中华书局 1979 年,第 269 页。
③ 郭茂倩编:《乐府诗集》卷八十二,中华书局 1979 年,第 1152—1153 页。
④ 顾学颉校点:《白居易集》卷三《捕蝗》,中华书局 1979 年,第 65—66 页。
⑤ 吴兢:《贞观政要》卷八《论务农》,中州古籍出版社 2008 年,第 301 页。

奖,皇帝吞蝗感动上苍的传说广为传播:

> 唐开元四年(716),河南北螽为灾,飞则翳日,大如指,食苗草
> 树叶,连根并尽。敕差使与州县相知驱逐,采得一石者,与一石粟;
> 一斗,粟亦如之;掘坑埋却,埋一石则十石生,卵大如黍米,厚半寸,
> 盖地。浮休子曰:昔文武圣皇帝时,绕京城蝗大起,帝令取而观之,
> 对仗选一大者,祝之曰:"朕政刑乖僻,仁信未孚,当食我心,无害苗
> 稼。"遂吞之。须臾,有鸟如鹊,百万为群,拾蝗一日而尽。此乃精
> 感所致。天若偶然,则如勿生;天若为厉,埋之滋甚。当明德慎罚,
> 以答天谴。奈何不见福修以禳灾,而欲逞杀以消祸! 此宰相姚文
> (明钞本文作元)崇失燮理之道矣。[1]

故事成为皇帝体察、哀悯民生的一段佳话。有的异文还把变形母题
嫁接到治蝗期待中:"唐天祐末岁(907),蝗虫生地穴中,生讫,即众蝗衔
其足翅而拽出。(哀)帝谓蝗曰:'予何罪? 食予苗。'遂化为蜻蜓,洛中
皆验之。是岁,群雀化燕。"[2]以皇帝一人圣行,可使千千万万的蝗虫一下
子改变物种,带有君权神化的印记。

然而,求救于君主仁善、清官亲民的驱蝗,毕竟不大现实,但这并不
妨碍民间避蝗愿景的存续。明代华北、河南这易生旱蝗地区,流传的民
谣仍持续这一"德政感蝗"的价值取向,在华北:"永乐中,山阳刘安知南
宫县,勤于抚字,境内旱蝗,率隶民步祷,蝗亦顿绝。是岁邻邑皆饥,惟南
宫大稔。民歌曰:'侯宰南宫,民和政通。蝗不入境,今之鲁恭。'"河南
谣谚:"博兴韩玥令太康,多异政,蝗不入境。民谣曰:'欲蝗不复堕,须
是韩公过。欲蝗不为灾,须是韩公来。'"[3]上述大都在蝗灾兴起之后的应
灾——抗灾。故《元史》有倡扬"良吏治蝗术"之载:"观音奴,字志能,
唐兀人氏,居新州。登泰定四年进士第。由户部主事,再转而知归德府。
廉明刚断,发摘如神。民有衔冤不直者,虽数十年前事,皆千里奔走来
诉,观音奴立为剖决,旬日悉清……亳州有蝗食民禾,观音奴以事至亳,

---

① 李昉等编:《太平广记》卷四百七十四引《朝野佥载》,中华书局1961年,第3906—3907页。
② 李昉等编:《太平广记》卷四百七十九,中华书局1961年,第3947页。
③ 朱彝尊:《静志居诗话》卷二十四《近畿谣谚》、《河南谣谚》,人民文学出版社1990年,第816、824页。

民以蝗诉,立取蝗向天祝之,以水研碎而饮,是岁蝗不为灾。后升为都水监官。"①

第四,相生相克观念下的"天敌"灭蝗。官民切盼食蝗之鸟前来灭蝗,而现实生活中的一些偶然事件,很可能刺激了对鸟食蝗的信奉。段成式(803—863)记载唐玄宗开元二十三年(735)榆关有蚼蚼虫,"延入平州界,亦有群雀食之。又开元中,贝州蝗虫食禾,有大白鸟数千,小白鸟数万,尽食其虫"。又五代后汉乾祐元年(948)七月,青、郓、兖、齐、濮、沂、密、邢、曹皆言蝝生:"开封府奏,阳武、雍丘、襄邑等县蝗,开封府尹侯益遣人以酒肴致祭,寻为鸜鹆食之皆尽。敕禁罗弋鸜鹆,以其有吞蝗之异也。"年代接近的薛居正(912—981)记:"梁开平元年(907)六月,许、陈、汝、蔡、颍五州蝝生,有野禽群飞蔽空,食之皆尽。"②这里的鸟食蝗说还当远绍曹丕《列异传》,说汉中有鬼神栾侯,曹魏甘露年间(256—260)大蝗起,"所经处禾稼辄尽,太守遣使告栾侯,祀以鲊菜。侯谓吏曰:'蝗虫小事,辄当除之。'言讫,翕然飞出。吏仿佛其状类鸠,声如水鸟。吏还,具白太守。果有众鸟亿万,来食蝗虫,须臾皆尽"③。如果将此"栾侯"置换为《聊斋志异》"柳秀才",角色功能岂非相当类似?不过蒲松龄写的柳秀才,采取了自我牺牲的方式来对抗蝗灾,而非人工驱打。

这种"生物(天敌)治蝗",主要靠地方官人格感动禽虫来成全,亦显其政绩。《元史》载刘天孚屡任州官,"所至有治绩……大旱,天孚祷即雨。野有蝗,天孚令民出捕,俄群乌来,啄蝗为尽。明年麦熟时,有青虫如蟊,食麦,人无可奈何,忽生大华虫,尽嚼之。许人立碑颂焉"④。《元史·成宗纪》载大德三年(1299)秋七月扬州、淮安蝗灾,"在地者为鹙啄食,飞者以翅击死",皇帝诏令禁止捕鹙⑤。这种以蝗虫天敌鸟类来驱蝗的愿景,有实录印证:"元大德三年七月十八日,中书省奏准禁捕秃鹙。

---

① 宋濂等:《元史》卷一百九十二《良吏二》,中华书局1976年,第4368—4369页。
② 薛居正等:《旧五代史》卷一百四十一《五行志》,中华书局1976年,第1887—1888页。《旧唐书》卷三十七《五行志》载开元二十五年,"贝州蝗食苗,有白鸟数万,群飞食蝗,一夕而尽。明年,榆林关有蚼蚼食苗,群雀来食,数日而尽"。
③ 曹丕等:《列异传等五种》,文化艺术出版社1988年,第24页。
④ 宋濂等:《元史》卷一百九十三《忠义一》,中华书局1976年,第4387页。
⑤ 宋濂等:《元史》卷二十《成宗三》,中华书局1976年,第428页。

盖因扬州、淮安管内蝗虫为害,忽有秃鹙五千余,恬不惧人,以翅打落蝗虫,争而食之。既饱,吐而再食,遂致消弭。迄今著于禁令,载之《至正条格》。"① 对此,清人阮葵生(1727—1789)进行了重组、缩略:"元大德三年,淮安蝗虫为害。忽有秃鹙千余,恬不惧人,以翅打落蝗,争食之。既饱复吐而再食,遂不为灾。于是中书省奏请禁捕秃鹙,著于令。载之至正条格云。"② 李庆辰也不无夸张地称:"道光二十二年(1842)秋,邑南乡飞蝗为灾。有大鸟如乌,千百成群,集田陇,啄虫殆尽始翔去。是岁尚丰。"③ 清代多种笔记一再记述,可见多么热衷谈论此事,说明蝗灾肆虐时的期盼上天佑护的侥幸心理。

以"鸟力"代替人力捕蝗,不言而喻是极为便捷有效的生态灭蝗方式,这启发了 20 世纪 30 年代力倡的养鸭御蝗。《清稗类钞》称康熙壬子(1672)夏吴中大旱,飞蝗蔽天,竹粟殆尽,"蝗亦有为鸦鹊所食者。长洲褚稼轩家庭中之椿,有鸟巢于上,以其朝暮飞鸣,方憎恶之。至是,独喜其捕蝗。中有一无尾者,攫啄尤多。胡汝源闻之,喜而作歌曰:'昔人曾称鸦种麦,今日喜见鸦捕蝗。……乌乌哑哑高下翔,奋迅攫啄如鹰扬。承蜩之捷犹掇尔,就中尤羡秃尾狼。群鸟相将饱枵腹,吴民或得疗饥肠……'"④ 而据专家研究,乾隆丙申(1776)面世的治蝗资料汇编《治蝗传习录》收录万历时陈经纶《治蝗笔记》,言治蝗效果上鸭子更便捷。"因想鸭亦陆居而水游,性喜食鱼子与鹭鸟同。窝畜数雏,爱从鹭鸟所在放之,于陂岸芦荻唼其种类,比鹭尤捷而多,盖其嘴扁阔而肠宽大也。遂教其土人群畜鸭雏,春夏之间随地放之,是年比方遂无蝗害,而事属创见,未敢遍传以教人。"⑤

这一方法清代治蝗实践予以发扬光大。至清代后期如《申报》除了刊载《收买蝗蝻》等告示外,还报道了苏城府衔号召畜鸭捕蝗告示:"令畜鸭之家,放鸭田间,纵其唼食,鸭一头给四文,有鸭百头者日领钱四百

---

① 杨瑀:《山居新语》,《宋元笔记小说大观》第六册,上海古籍出版社 2001 年,第 6066 页。

② 阮葵生:《茶余客话》卷二十二《秃鹙捕蝗》,中华书局 1959 年,第 721 页。

③ 李庆辰:《醉茶志怪》卷二《鸟捕蝗》,齐鲁书社 1988 年,第 100 页。

④ 徐珂编撰:《清稗类钞》第十二册《动物类》,中华书局 1986 年,第 5581 页。

⑤ 闵宗殿:《养鸭治虫与〈治蝗传习录〉》,《农业考古》1981 年第 2 期。

文。"① 伴随对蝗灾、治蝗方法的关注,清人还发现了寄生蜂灭蝗非常有效。《清史稿·灾异志》明确载录乾隆五十八年(1793)历城旱蝗,"有虫如蜂,附于蝗背,蝗立毙,不成灾"②。应当说,如上这些,与《封神演义》写高继能从袋中抖出蜈蜂"若骤雨飞蝗",被崇黑虎"尖嘴似金针"的千只铁嘴神鹰吃得干干净净③,具有实用上的内在共同点。

第三节　两种蝗神及其与柳神之关系

先说蝗神的源流。早期蝗神可溯及《礼记·郊特牲》中的"八蜡",中有司昆虫之神。西晋时出现了百虫将军伯益,《水经注》载《百虫将军显灵碑》云:"将军姓伊氏,讳益,字隤敳,帝高阳之第二子伯益者也。晋元康五年(295)七月七日,顺人吴义等建立堂庙。"④ 宋代形成的蝗神刘猛将军传说流传较普遍,而乾嘉时代江南到黄河中游传闻为"金姑娘娘":

> 康熙癸未(1703)夏,吴中乏雨。有人自江北来,传有一妇,趁柴舡行数里即欲去,云:"我非人,乃驱蝗使者,即俗所称金姑娘娘。今年江南该有蝗灾,上帝不忍小民乏食,命吾渡江收取麻雀等鸟以驱蝻蝗。汝传谕乡农:凡有蝗来,称我名即可除。船钱百文在汝家门首,可归取之。"俄不见。已而常州一带果有蝗从北来,乡农书金姑娘娘位号,揭竿祭赛,蝗即去。后闻人言:崇祯庚辰、辛巳间,向有金姑娘娘纸马。六十年来并不刷印,至今岁复兴,大获其利。予家庭中秋间果无鸟雀,至冬复集。⑤

乘船妇人即为化身的"金姑娘娘",她借祈禳蝗灾救度被灾百姓而现

① 《捕蝗善政》,《申报》1877年8月8日。
② 赵尔巽等:《清史稿》卷四十《灾异一》,中华书局1977年,第1512—1513页。
③ 许仲琳编:《封神演义》第七十回《准提道人收孔宣》,齐鲁书社1980年,第698—699页。蜈蜂,类似黄蜂。
④ 陈桥驿注释:《水经注》卷十五《洛水》,浙江古籍出版社2001年,第245页。
⑤ 褚人获:《坚瓠集》馀集卷四《金姑娘娘》,《笔记小说大观》第十五册,江苏广陵古籍刻印社1984年影印,第565页。

身说法,以百姓熟悉的民间信仰进一步说明蝗灾难以人为祛除,且上帝行使了"生态灭蝗法"。进而暗示蝗虫既是蝗神的使者,有庇护神的生命体,自然赋予其生生不息的生命活力,人力难敌。整体来看,就其功能而言,蝗神可分两种:施灾布祸的蝗神和御灾的驱蝗神。

第一种为布灾蝗神。《聊斋志异·柳秀才》写蝗灾渐集于沂县,忧虑中县令梦一峨冠绿衣的秀才,自言御蝗有策。按其筹划,县令祈求过路的蝗神。虽怨柳秀才泄密,但蝗神仍做到了蝗不落当地田中,只是"尽集杨柳,过处柳叶都尽",秀才原来是柳神。故事透露出柳神与人的亲和关系,展现了蝗灾的令人惶恐。民间信仰并不因贫困而姑息,蝗旱带来的避蝗期盼,清初又持续并增强。

第二种则是驱蝗神,一般认为是刘猛将。王应奎(1683—1759)记载:"南宋刘宰漫塘,金坛人。俗传死而为神,职掌蝗蝻,呼为'猛将'。江以南多专祠。春秋祷赛,则蝗不为灾,而丐户奉之尤谨,殊不可解。"①道光初顾禄考证甚详:"相传神能驱蝗,天旱祷雨辄应,为福畎亩(田地),故乡人酬答尤为心愫……《怡庵杂录》以为宋名将刘武穆锜。王鏊《姑苏志》及《常熟县志》亦皆以为刘武穆锜。俗称节使永定公刘真君庙。而《姑苏志》又云:'猛将名锐,乃锜之弟,尝为先锋,陷敌前'……"②姚福均转述《畿辅通志》所载:"刘猛将军,名承忠,广东吴川人,正月十三诞辰(雍正十二年,诏有司岁冬至后第三戌日及是日致祭)。元末官指挥,有猛将之号,江淮蝗旱,督兵捕蝗尽死。后因元亡,自沉于河,土人祠祀之。……"③

虽其说不一,但研究者指出驱蝗神刘猛将崇拜带有区域性:"流行较多的是指宋名将刘锐,民间奉为驱蝗之神。江南一带大量流传着这位神君的传说故事,多为有关猛将出身的故事和猛将显灵的传说。猛将老爷祭期和出会的日子,多为农历正月十三。某些地方也有把猛将说成是别人的。例如上海崇明一则传说说猛将刘迎春是刘阿斗的孙子,祭期是农历七月十三。又如上海青浦一则传说说神姓刘名活宝,曾经手舞两把菜刀帮助韩世忠把金兀术打得大败,祭期是农历十八。这些例子说明,同

---

① 王应奎:《柳南随笔》卷二,中华书局 1983 年,第 37 页。
② 顾禄:《清嘉录　桐桥倚棹录》,中华书局 2008 年,第 53—54 页。
③ 姚福均:《铸鼎馀闻》卷三,《藏外道书》第十八册,巴蜀书社 1992 年,第 618 页。

一种民间信仰神,常常各地有各地的传说,显示出差别。"①

驱蝗神刘猛将信仰,也带有宋代军旅文化遗存及江南区域文化特点。据载:"'猛将军庙',在府治(苏州府)中街路仁风坊之北。景定间(1260—1265)因瓦塔而创。神姓刘名锐,或云即宋名将刘锜弟。"②至今仍有不少庙宇遗存(有两种刘王庙,苏州、常州敬的还是刘锜;而嘉兴、东山、西山等敬的是刘承忠)。似乎因江南属蝗灾不严重的地区,刘猛将崇拜是以捕杀蝗虫为核心(后来也有其他功能),清代同治、光绪等多次加封。而仅就山东来说,临清、平度、乐安、潍县、长清、清平、莱阳、宁海、泰安、高密、寿光、邹县、定陶、掖县等都有刘猛将军庙③。相传农历正月十三刘猛将军诞辰这天举行祭祀活动。姚东升《释神》引《灵泉笔记》考证:"宋景帝四年(1044),封刘锜为扬威侯天曹猛将,有敕书云:'飞蝗入境,渐食嘉禾,赖尔神灵,翦灭无余。'……"④又引《识小录》的刘锜之弟刘锐说,认为可二说并存。

而先前在宋代时,甚至连出于物种本能啄食蝗虫的鸟,都曾被封为"大将军",如洪迈载绍兴二十六年(1156),淮、宋之地将秋收,粟稼如云,"而蝗虫大起。翾飞蔽天,所过田亩,一扫而尽。未几,有水鸟名曰鹙,形如野凫而高且大,腔有长嗉,可贮数斗物,千百为群,更相呼应,共啄蝗。盈其嗉,不食而吐之,既吐复啄。连城数十邑皆若是。才旬日,蝗无孑遗,岁以大熟。徐、泗上其事于虏廷,下制封鹙为'护国大将军'"⑤。纷纭之说中的核心还是御蝗功能。清代道教小说甚至借助古远的木鸟故事,设想到用"木鸟"来灭蝗,实际上是借助于神仙之力:

> 秋七月,扬州属县,蝗在地者为鹙所食,飞者以翅击死。诏禁捕鹙。士人于山涧得一鹙,损一翅,其质似木,咸以为异,乃瘗之,盖大庭望金华云气,知有贤德之士聚此。往昭赤松,见蝗食禾,悯

---

① 姜彬主编:《吴越民间信仰民俗——吴越地区民间信仰与民间文艺关系的考察和研究》,上海文艺出版社1992年,第649页。
② 王新命等修、张九征等纂:《康熙江南通志》第三函第十五册卷三十三《祠祀》,国家图书馆藏康熙(1662—1722)刻本,第6页。
③ 张玉法:《中国现代化区域研究——山东省(1860—1916)》,(台北)"中央研究院"近代史研究所1987年,第732—733页。
④ 周明校注:《释神校注》卷四引《灵泉笔记》,巴蜀书社2015年,第62页。
⑤ 洪迈:《夷坚志》支甲卷一《护国大将军》,中华书局1981年,第719页。

其民,为木鸢数百驱蝗救世。大庭至金华洞天,守山童言师往包山访仙史消息矣。大庭忆广野会上之言,拨云步往,洞庭会见,述以木鸢救民,赤松笑曰:"曩时用木人指吴,令大旱三年,今此犹未足偿也。"①

运用机械"仁禽"来灭蝗的想象,张继宗(1679—1715)《神仙通鉴》又称:"时齐鲁旱蝗为灾,云氏闻墨子能作木鸢,飞三日不集,亦作数千,令之自飞,摩风回翔,与击群蝗殆尽。"② 这与《女仙外史》的法术驱蝗,实已非常接近。有的直接变出灭蝗之神鸟,如《历代神仙演义》描写:"河南武陟县禾将熟,有蝗自东来。县尹张宽仰天祝曰:'宁食县尹,毋伤百姓。'时尉缭子自夷山来晤鬼谷,因言:'真主已生,可访有根器者,成就为新朝之佐。'鬼谷遂出云梦同行。适见张宽仰祝,尉缭叹曰:'民之父母矣。'鬼谷撒神沙一撮于空,化黑鹰无数,赶啄殆尽。"③ 讨论动物生态传承民俗时,乌丙安先生曾指出虫神崇拜很值得注意:"在治虫无法的民间,多靠烧香祭拜虫王,祈祷被除虫灾。旧时,北方各地多建有虫王庙或八腊庙,供奉虫王神。东北地方每逢农历六月初六为'虫王会',官民齐行庙祭,杀猪为牲,乡民聚食,祈求保佑庄稼不受虫害。又传当日是虫王诞生日,致祭护青。大多数乡农在当日于庙祭时召开'青苗会',制定保护青苗的民约章法,选举青苗守护人,祭礼隆重热烈。华北6月22日为会期。"④ 其中所祷虫神,在丹阳称作"蒲神大王",传闻特别能记住那些不敬者。万历四十四年(1616),丹阳有蝗从西北来:

> 蔽天翳日,民争刲羊豕祷神。神有"蒲神大王"者,尤号灵异,凡祷之家,止啮竹树荄芦,不及五谷。有朱某者,牲醴悉具,见蝗势且逝,遂不致祷。须臾,蝗复返集。朱田凡七亩,尽啮而去,邻塍不损一苗。相传有怪书投,其神曰:"借道不借粮。"亦可异也。⑤

但这种以祈祷驱蝗神的方法,却为蒲松龄不取,他仍倾向于以柳神

---

① 徐道撰、程毓奇续:《历代神仙演义》卷二十一,辽宁古籍出版社1995年,第1197页。
②《藏外道书》编委会编:《藏外道书》第三十二册,巴蜀书社1992—1994年影印,第257页。
③ 徐道撰、程毓奇续:《历代神仙演义》卷二十一,辽宁古籍出版社1995年,第1210页。
④ 乌丙安:《中国民俗学》(新版),辽宁大学出版社1999年,第48页。
⑤ 朱国祯编著:《涌幢小品》卷二十七《物异》,中华书局1959年,第645页。

驱蝗。这是两种神力的较量,起核心力量的又是什么呢?《柳秀才》塑
造了一个女性身份的蝗神,"高髻褐帔,独控老苍卫",简直就像王士禛
笔下的高髻神尼,如女剑仙聂隐娘。似乎蝗神又不全像冷血瘟神,她通
达事理,恩怨分明。好比《聊斋志异》写六畜瘟神也不是不讲情谊,接受
了酒食就告知疗治牛瘟秘方,对私心迷心窍者也不讲情面,违反禁忌药
方就不灵,牛照样瘟死;但又不死绝,惩罚适度。而蝗神,也虽然严厉却
行事有分寸,柳神泄露天机,当地柳叶就被蝗虫吃光,凭着柳树的存活能
力,这一代价还算担得起。显然,蝗神有侠肠,明事理,沂县令才有求告
成功的基础,体现了民间对灾害神的期盼。

举凡冥使和各种与人切身利益相关的神灵,在古代民间信仰中,往
往都具有凡间俗世里"人"的形貌。刘敬叔《异苑》载:"晋阮明泊舟西
浦,见一青衣女子,弯弓射之,女即轩云而去。明寻被害。"[1]如令人敬畏
的火神之类亦然。许治《眉叟年谱》载康熙十一年(1672)七月,吴地飞
蝗蔽天,"但食草根木叶,幸不伤稻,半月悉迁去"。因此,少许蝗虫只食
柳树叶,现实中或许也非无可能。驱蝗神也被认为有女性者,又是"路遇
神使"型故事。

与前述乘船妇"金姑娘娘"现身模式相似,但须补充强调两点:一是
"渡江收取麻雀等鸟",以鸟除蝗螳——生克理念;二是出现印刷"金姑
娘娘纸马"的因灾生利的生意,并"大获其利"——借灾敛财肥己。由
于与上帝所派使者相关,代为宣传之,却未有果报。俞樾《茶香室丛钞》
三钞卷十九也记此事。最有说服力的是袁世硕先生考证的"今典":年
长十三岁的唐梦赉是蒲松龄最敬重的同邑前辈,为《聊斋志异》作序,过
世时蒲松龄还为他写祭文。先前收入蒲文集中的《蝗赋》实唐梦赉作,
写康熙二十五年(1686)五月淄川蝗灾。赋前小序云:"丙寅五月,余方
居里,有蝗蔽天而东,过余村不留,即留者亦不为灾。盖数十年不见此
物矣。然今岁蝗灾数十里,狼藉田禾最甚,感而赋之。"此正为蒲松龄作
《蝗来》《捕螟歌》二诗之年,前诗写蝗虫来势急:"蝗来蔽日影纵横,下上
扰扰如雷轰。风骤雨急田中落,垂垂压禾禾欲倾",末云:"薨薨飞来犹未
尽,我观此状心悲悯。吾里三月困骄阳,禾黍无苗草黄陨。只有高粱才

---

[1]　刘敬叔、阳松玠:《异苑　谈薮》卷四,中华书局1996年,第35页。

齐腰,叶焦不堪入唇吻。蝗兮蝗兮勿东飞,诳尔东行吾不忍。"可见蒲公此时并不居家,而在西铺毕家①。这似乎也在提醒,《柳秀才》的描写具备一定现实生活根据,作者不在家乡也心系蝗灾之忧,更能联想起古来驱蝗灭蝗故事,从而营构有人情味儿、有情商有头脑的蝗神形象。

将柳神理解为文雅的秀才身份,与明清知识阶层角色相似,重温了华夏中原尤其清初民俗之于柳的亲和感。《聊斋志异·柳秀才》中柳神的外表设计为儒雅书生装束,且内心颇有秀才之优秀者那样为救助苍生不惜牺牲自我的儒侠精神。明知蝗神由此路过,柳秀才(柳神)甘冒得罪蝗神的风险,及时告知县令置酒结惠蝗神。而蝗神真的就由此生怨,让柳神以己之身承领蝗灾。当"过处柳叶都尽"之时,县令才醒悟秀才为柳神。柳神如此行侠仗义,有所作为,也体现出人与植物相互依存的紧密关系。

柳崇拜另有类似于神物的驱邪辟邪的一面。无疑,是柳神——生生不息的植物精灵的同情心、正义感解救了一方生灵。柳神的人格化,与柳崇拜中辟邪内核分不开。《景龙文馆记》卷三也追述:"唐制,上巳袚禊,赐侍臣细柳圈各一,云带之免虿毒瘟疫,中宗四年上巳,被禊于渭滨,赋七言诗,赐细柳圈。"②稳定持久的柳文化习俗,塑造出柳神不会对蝗灾肆虐作壁上观。

国外学者在探讨"神谕"解释者问题时,注意到《夷坚志》体现了人们对灾害原因的关注,急慢神、祭祀神时显得不耐烦,甚至根本不去谒拜神灵,都会遭遇灾害,付出代价。"……在这几个故事里,都是首先发生了一场灾难:洪灾、风暴、马死,接着就得出了解释:某官忽略当地某人的劝告,未谒拜当地的神祇,结果招致了灾难。故事发生地点相距遥远,说法却一致,说明对于解释这些事故的人来说,存在着一个共同的解释机制,即人神互惠,万变不离其宗。"③这样,敬神免灾,慢神则遭灾受惩,成为至迟南宋以来一个强大的民间信仰传统。这一传统不仅没被割断,

---

① 袁世硕:《蒲松龄事迹著述新考》,齐鲁书社1988年,第146页。
② 武平一、韦述:《景龙文馆记　集贤注记》,中华书局2015年,第128页。
③ 这几个故事分别为:1.《夷坚志》支乙志卷八《汤显祖》;2.《夷坚志》乙志卷十五《大孤山龙》;3.《夷坚志》支景卷七《鄂州纲马》。参见[美]韩森:《变迁之神:南宋时期的民间信仰》,包伟民译,浙江人民出版社1999年,第67—68页。

而且固化后持续流传着。清代后期的传闻特别有说服力,循吏赵申乔任商丘宰,就具有事先知道蝗神来临,急召得力胥役,授牒命速赴西门水池铺:"遇有肩负褡裢、疾足如公差状者,投之。听其作何言语,速来告予。"差役如命赶到,果见一外来者(蝗神):

> 踉跄走至。胥呈牒,其人笑曰:"是矣。归语尔县主,虽然,我终要饶他一顿饭。"胥归致禀。公广招城中绅户之丰裕者,造饭,遍铺郭城。甫讫,飞蝗蔽天而来。餐饭声风驰雨骤,顷刻俱空。遂飞去,禾黍一无所伤。公一代循吏,为令日,神异事颇多。①

似乎,蝗神与清官循吏就有此微妙的默契,但蝗神关照之后也坦然地享领着应得的酬劳。于是,"巧遇神使——施惠结谊——神使徇私布惠以报——当事人免受或少受损失",就成为一种明清民间信仰的惯常表现套路,描述人神在特定情境中意外结谊,当事者善良、善行成为个别跨类交往中的恩谊、面子,继之而来在由冥间控制的事件中,小善重报,官民得免灾异,遂成为故事深层价值取向,从而驱蝗御蝗书写,具有明清灾害民俗特点和应灾民俗心理。

第四节　蝗神信奉、地方吏治与捕蝗行动

飞蝗作为蝗虫的主要一种,其孳生地在沿海或平原地区低洼地。自古以来,山东兖州到沂县一带,就是蝗灾经常的发生地之一②。历史上许多揭竿而起的动乱,都直接间接由蝗灾等所挟饥荒所致。蝗灾泛滥,还会危及地方官的安危、政绩以及仕途前程。寻究蝗灾与地方吏治的微妙关系,会发现其中值得进一步思考的问题。

首先,蝗灾是上天惩戒"不德"而降临到人间的,据郑綮《开天传信记》:"山东大蝗。姚元崇请分遣使捕蝗埋之。上曰:'蝗,天灾也。诚由不德而致焉。卿请捕蝗,得无违而伤义乎?'元崇进曰:'臣闻《大田》诗

---

① 王守毅:《籍廊琐记》卷五《记蝗神》,文物出版社2018年,第162页。
② 郭郛等:《中国飞蝗生物学》,山东科学技术出版社1991年;马世骏等:《中国东亚飞蝗蝗区的研究》,科学出版社1965年。

曰秉异炎火者,捕蝗之术也。古人行之于前,陛下用之于后。古人行之,所以安农。陛下用之,所以除害。臣闻安农非伤义也,农安则物丰,除害则人丰乐。兴农去害,有国家之大事也。幸陛下熟思之。'上喜曰:'事既师古,用可救时,是朕心也。'遂行之。时中外咸以为不可,上谓左右曰:'吾与贤相讨论已定,捕蝗之事,敢议者死。'是岁,所司结奏捕蝗虫凡百余万石,时无饥馑,天下赖焉。"①可见不是那么坚定不移,毕竟"不德而致"成为蝗灾的一个伦理推因。

其次,是蝗虫为衙门恶吏化身的民俗观念。明代惠康野叟重申了唐代段成式的说法:"……旧言虫食谷者,部(郡)吏所致,侵渔百姓,则虫食谷:虫身黑头赤,武吏也;头黑身赤,儒吏也。"②把地方官吏行为表现与蝗虫成灾与否对应起来,这是怎样的一种思维方式? 古代农耕社会的自然经济条件下,发生像难于抗衡与逃避的蝗灾"天灾",不能不让讲究"天人合一"的民俗心理,产生地方官"人祸"招致"天谴"的定向猜测。蝗灾不仅具有季节性更带有区域性,"地方官吏"的操行各个有别,企盼清廉官吏,与诅咒贪墨官吏是一个问题的两面。乡土社会"天高皇帝远",许多地区的民之"父母官",就是细民百姓的头顶"青天大老爷",他们一旦作恶,真的就如同蝗虫般可怕,因而,把蝗虫理解为官吏所化,合乎情理,把不同品种的蝗虫说成是文官武吏,实为"官本位"文化对蝗灾危害的特有比况理解,寄托了对贪官污吏的憎恶与谴责。即使从最具体直接的意义上说,求免蝗灾也是地方官职责所在。相传郡守况钟(1383—1442)就亲身祷告上天:"癸巳(1413)三月,公至郡,时麦不收,公奏免夏税十四万石。秋,蝗生嘉定,公祷于天,风雨大作,蝗遂死焉。"③这便是"为人刚介有为"的他把通天本领用于灭蝗的一次成功践行。

《聊斋志异·柳秀才》写驱蝗,不免暴露出"人治"社会的多发性弊端。人在政存,设若遇到的不是为民做主的好官,柳神恐未必入梦示警,恐怕蝗神也未必顺顺溜溜离他而去。小农个体户的小生产,没理由苛责作者何以让民众去祈神而不是抗争。明清不相信"人定胜天",生产方式

---

① 王仁裕等:《开元天宝遗事十种》,上海古籍出版社1985年,第50—51页。
② 惠康野叟:《识馀》卷一《物考》,《笔记小说大观》第十二册,江苏广陵古籍刻印社1984年影印,第278页。
③ 上海古籍出版社编:《明代笔记小说大观》,上海古籍出版社2005年,第559—560页。

支配下的散漫、落后、愚昧,使大规模蝗灾难于被有效制止。即使少数人拥有超人法术,很可能还会"麝因香死",招致嫉恨。《聊斋志异·小二》还写白莲教起事失败,丁生与小二的乡里渐渐了解到她们是白莲教,纵使灭蝗虫救禾稼有功,却仍免不了被告发,她们无奈只好远避他乡。"适蝗害稼,女以纸鸢数百翼放田中,蝗远避,不入其垄,以是得无恙。里人共嫉之,群首于官,以为(徐)鸿儒余党。官瞰其富,肉视之,收丁。丁以重赂啖令,始得免。女曰:'货殖之来也苟,宜有散亡。然蛇蝎之乡,不可久居。'因贱售其业而去之,止于益都之西鄙。"[1]对此冯镇峦评:"不德而反嫉之,真财狼也。"揭示乡民愚昧自私,以怨报德。既透露出民间大众对法术驱蝗的心理期盼与恐惧,也是以柳驱蝗民俗又一心理基础。

其三,祈祷蝗神与捕蝗驱蝗灭蝗多方并行,符合民间应灾的实用性特色。蒲松龄《纪灾诗》写他并非不赞成强力灭蝗,只不过从抗灾实践中体会出,以时人素质及生产力水平,官吏以小惠驱动人力灭蝗,事半功倍:"……妇子携箕相斗争,随声憧憧半倾隙。前方坑杀置沟渠,后已襁(把幼虫兜在身上)属缘乔本。勤者苦战禾半存,懒者少息穗苗尽。枯茎满地蝗犹飞,老农涕尽为一哂。"[2]蝗虫有着极强的生命力和繁殖力,它们集群式劈天盖地而来,哪里是"各自为战"的小农所能抵挡。

"地方保护主义"作为明清官场常规,受到当时生产力限制,也与灭蝗之力往往收效有限有关。人们纷纷期盼着蝗灾只要不在自己辖区肆虐,也就不必非要劳时费力地灭蝗。乾隆时大学者章学诚记载,乾隆戊辰年间某官在山东为政历二十年,"先为垛庄驿丞,后改淄川典史,旁摄博平典史,权淄川县丞,并能勤职。……善视医药,囚多得生。蝗起县中,辄与吏卒戮力捕治,会上官将履勘,一夕间,蝗尽飞去,封内草木无所犯,上官大惊异之"[3]。这里,上司巡视下属治蝗,关心的不是全县上上下下捕治的过程,留意到的却是史书多载的官员人品与蝗群飞离奇迹的关系,体现出古代御灾文化的负面影响,对这种普遍性的侥幸、消极御灾心理,应予清醒的思考。

早自元代无名氏《湖海新闻夷坚续志》就记载,比邻的两个地方因

---

① 任笃行辑校:《全校会注集评聊斋志异》卷二《小二》,齐鲁书社2000年,第554—555页。

② 盛伟编:《蒲松龄全集》第贰册,学林出版社1998年,总第1838—1839页。

③《章学诚遗书》佚篇《家石亭封君七十初度屏风题辞》,文物出版社1985年,第661页。

为驱蝗而生争执:"米元章为雍丘令,蝗虫大起,百姓忧之。邻县尉司焚瘗后,仍旧滋蔓,责保正并力捕除。或言尽缘雍丘驱逐过此,尉移文载保正之语而牒雍丘,请各行打扑收埋本处部分,勿以邻国为壑。时元章方与客饭,视牒大笑,取笔大书其后云:'蝗虫元是飞空物,天遣来为百姓灾。本县若还驱得去,贵司却请打回来。'传者绝倒。"[①]无疑,这一推诿、无赖的回复,当事人实际上也明知:驱蝗不同于捕蝗灭蝗,前者只是权宜之计要危害邻邦的,不过是得过且过地暂时性地御蝗而非真的抗灾。

　　但这种侥幸心理,在现实社会中却往往有代价。陈芳生《捕蝗考》的总结深有体会:"蝗未作,修德以弭之;蝗既作,必捕杀以殄之,虽为事不同而道则无二。……使朝廷下一令曰:蝗初作,守令捕不尽,致为民害,夺其职,没入其家以备赈,则畏祸之念,更切于诌鬼,而蝗可立尽。淳熙之敕似犹未严也。盖天下之祸易于漫衍者,必于初发治之,则为力易而所害不甚,而鄙夫非祸将切身,必不肯竭力以从事,故愚谓捕蝗之令,必严其法以督之,盖亦一家哭,不如一路哭之意,且古良吏,蝗每不入其境,今有事于捕,已可愧矣!捕之而复不力,则良心已无,虽严罚,岂为过耶!"[②]这正是真实的一幕幕:一时性地为了省事,以邻为壑,让蝗灾祸害邻近地区,终归因没有及时扑灭,蝗灾又蔓延回来。

　　不过捕蝗若组织得当,及时应对,的确有效。李锺份《捕蝗记》载,雍正十二年(1734)河间、天津一带飞蝗向山东乐陵、商河迁飞,沿途地方官得报,事先在境设厂守候。"大书条约告示,宣谕曰:'倘有飞蝗入境,厂中传炮为号,各乡地甲长鸣锣,齐集民夫到厂。'每里设大旗一枝,锣一面,每甲设小旗一枝。乡约执大旗,地方执锣,甲长执小旗,各甲民夫随小旗,小旗随大旗,大旗随锣。东庄人齐立东边,西庄人齐立西边。各听传锣一声,走一步,民夫按步徐行,低头捕扑,不可踹坏禾苗。东边人直捕至西尽处,再转而东;西边人直捕至东尽处,再转而西。如此回转扑灭,勤有赏,惰有罚。再每日东方微亮,发头炮,乡地传锣,催民夫尽起早饭;黎明发二炮,乡地、甲长带领民夫,齐集被蝗处所。早晨蝗沾露不飞,如法捕扑,至大饭时,蝗飞难捕,民夫散歇。日午,蝗交不飞,再

①　元好问、无名氏:《续夷坚志·湖海新闻夷坚续志》,中华书局1986年,第201页。
②　李文海、夏明方、朱浒主编《中国荒政书集成》第二册,天津古籍出版社2010,第1077—
　　1078页。

捕。未时后蝗飞,复歇。日暮蝗聚又捕,夜昏散回。一日只有此三回可捕飞蝗,民夫亦得休息之候。明日听号复然,各宜遵约而行。"① 而这一"全覆盖"式的、军事化的乡里整齐有序的聚众捕蝗活动,共同对付害虫大敌,众人参与,也有助于村落内部的凝聚力,同时增进乡民预防蝗灾的及时、尽力。因而蝗过处"守见禾苗如常,丝毫无损",虽有所夸张,但洋溢着灭蝗成功的喜悦之情和地方官价值实现的自豪感。

如《聊斋志异·柳秀才》中的柳神驱蝗,今天看来也算不上科学方法。与蒲松龄生活年代相仿佛,有传闻称清官虽死,仍能为百姓驱蝗。说康熙壬子(1672),溧阳民家有神降临,自称"吾金坛葛子坚",上帝命我来驱旱蝗,"我能使不犯禾稼,一茎不伤"。半信半疑的民众,在蝗灾困扰下相信神灵的驱蝗术,但蒲松龄的叙述中还是有倡导积极捕蝗治蝗的一面,不应抹煞。现实中他有感于灭蝗时农民的愚昧,针砭愚民的惧蝗迷信:

> 听巫造讹言:蠕蠕皆神灵;况此悉生命,杀之罪愈增。贱者宣佛号,贵者或斩牲。登陇惟虔祝,冀蝻鉴丹诚。譬犹敌大至,临河读《孝经》。白刃已在头,犹望不我刑。瞪目任蚕食,相戒勿敢撄。②

强调在蝗灾面前不应抱有幻想,束手待毙,而应排除干扰,尽力灭杀。因而宽容而详尽地描述了多种多样的"靡计不施"的灭蝗:"灰扬之,虫并灰而吞之,掺以屋上烟埃,虫不食,禾亦寻枯,是两不得之术耳;或称柏油良,顾亩须数两,费太多,难尝试也。终无出击之策者,无畏多,无惮热,虫渐生,终不敌人频杀;虫一生数十,终不敌人一杀数万也。然迟杀尤大,不如早杀蚁……智者得善计,昼亲往焉,倾家与俱,暮而归,赁村中食力者,约五更月上,旋进袭取之,既曙,傣赏令散,客不妨昼作,主不用馈饷,又早凉,不为夜苦,夜向晨,虫若僵,地下无伏者,计更许斩杀,倍于永昼,三夜三起,虫已尽绝,良法可传也……"③

所以应全面地看待和评价蒲松龄之于蝗灾的态度,这一态度具有一

---

① 魏源全集编辑委员会编:《魏源全集》第十五册《皇朝经世文编》卷四十五,岳麓书社 2005 年,第 442—443 页。
② 蒲松龄:《捕蝻歌》,盛伟编:《蒲松龄全集》第贰册,学林出版社 1998 年,总第 1709 页。
③ 蒲松龄:《秋灾记略后篇》,盛伟编:《蒲松龄全集》第贰册,学林出版社 1998 年,总第 1026—1027 页。

定的代表性。实际上,宋代就有对蝗虫不食稼的神话并不相信的,如韩魏公韩琦在相府,畿道多蝗,朝廷遣使督捕,某朝士还阙,"见公面白:'县虽有蝗,全不食稼。'公察其言之佞也,问:'有遗种否?'佞者不虞问此,遽曰:'遗种不无。'公曰:'但恐来年令嗣不及尊君。'其人惭退"[1]。可以说,蒲松龄也如上述清醒的官员一样,他虽写了聊斋故事,御灾态度还是理性为主的。《柳秀才》体现了人力与神力并重的思想。如何在神力面前,抓住机缘、竭尽人力地发挥主观能动作用,是《聊斋志异》时时回响的旋律之一。

在长期的蝗灾折磨与御灾应对历程中,饱受蝗灾的北中国许多地区盛行着食蝗风俗。明代甚至推行以官职换灭蝗的无法之法:"庚辰辛巳间,山东大蝗。许收蝗五十石补诸生,时呼曰:'蝗虫秀才'。"而又据说:"本兵杨嗣昌请颂《法华经》灭蝗。"[2]乾隆时刑部侍郎阮葵生称:"任渊云:史应之为童子师,食虸蜢,人以屠侩目之。山谷嘲之云:'先生早擅屠龙手,袖有新硎不试刀。岁晚亦无鸡可割,庖蛙爤蜢荐松醪。'又前辈诗:……今大河以北人多食蚱蜢、蝗虫,其来久矣。"[3]黄庭坚咏北宋有人对食蝗不能接受;到清代,由于蝗灾肆虐的文化累积和御灾中的变灾为宝应对,食蝗已成为北中国较普遍的民间习俗。

踵随蒲松龄,袁枚《捕蝗曲》也写人们祈求蝗神避开和威吓御蝗并重:"亟捕蝗,亟捕蝗,沭阳已作三年荒。水荒犹有稻,蝗荒将无粱。焚以桑柴火,买以柳叶筐。儿童敲竹枝,老叟围山冈。风吹县官面似漆,太阳赫赫烧衣裳。折枝探㲉虑损德,惟有杀汝为吉祥。我闻苛政猛于虎,蠹吏虐于蝗;又闻刘昆贤令蝗不入,刘澄剪秽蝗为殃。尔今蠕蠕声触草,得毋邑宰非循良?击土鼓,祀神蝗,椒浆奠兮歌琅琅。焚烟为我凌苍苍,皇天好生万物仰,蛇头蝎尾何猖狂!霹雳一声龙不起,反使九十九子相扶将。狠如狼,贪如羊,如虎而翼兮,如云之南翔。安得今冬雪花大如席,入土三尺俱消亡?毋若长平一坑四十万,腥闻于天徒惨伤。蝗兮蝗兮去此乡!东海之外兮草茫茫,无尔仇兮乐何央?毋餐民之苗叶兮,宁食吾

① 丁传靖编:《宋人轶事汇编》卷八引《珍席放谈》,中华书局 2003 年,第 359 页。
② 谈迁:《枣林杂俎》和集《丛赘》,中华书局 2006 年,第 616—622 页。
③ 阮葵生:《茶余客话》卷二十《食蚱蜢蝗虫》,中华书局 1959 年,第 608 页。

之肺肠。"① 描绘的蝗灾来袭的险恶状况,官民灭蝗竭尽全力,应与前引同一作者的《子不语·炮打蝗虫》合读。此外也有吕熊《女仙外史》第四十八回等期盼用法术和神物灭蝗的。

以火吸引来灭蝗,因唐初姚崇力排众议和力促践行,是利用蝗虫习性灭蝗。开元四年(716)山东蝗灾,崇上奏,因汉光武诏:"……蝗既解飞,夜必赴火,夜中设火,火边掘坑,且焚且瘗,除之可尽。"还向汴州刺史倪若水坚持自己的主张,不能指望"修德"可使蝗虫避境,于是"若水乃行焚瘗之法,获蝗一十四万石,投汴渠流下者,不可胜纪"②。

人力灭蝗,也是明清抵御蝗灾的主流。如清初陆世仪《除蝗记》倡导"仿古捕蝗之法",具体实施为火引、驱赶、掩埋等综合并用:"于各乡有蝗处所,祀神于坛,坛旁设坎,坎设燎火。火不厌盛,坎不厌多。令老壮妇孺操响器,扬旗幡,噪呼驱扑。蝗有赴火及聚坎旁者,是神之灵之所拘也。所谓'田祖有神,秉畀炎火'者也,则卷扫而瘗埋之。"③ 将蝗蝻趋光、群聚习性加以神秘化,亦有鼓励灭蝗之效。又如乾隆二十八年(1763)济南、德州一带蝗灾,巡抚阿尔泰督促民众扑打、张网兜捕扑打的同时,"又于隙地刨沟,夜间燃火,蚂蚱见火奔趋,群集沟内,加草焚烧,用土埋压。并于黎明露重之时,上紧扑捕……"④ 均为古法今用,尽人力抗灾。这样夜燃火引蝗灭蝗,自然不免带来一些益虫也跟着遭殃,何况还有人高价收购蝗蝻,因而如民间诗歌咏叹的:"百钱一斗买飞蝗,小男老女田野忙。螳螂蚱蜢同时尽,市上争得蝗价昂。吁嗟乎!捕蝗真可悲,高筑蝗冢星垒垒,留待委官来看验,遥天怕有蜻蜓飞。"⑤ 像螳螂、蜻蜓等都属于"天敌昆虫",对蝗灾发生、成灾有制约,这里也流露出民间对土法灭蝗连带的乡村生态链被破坏的隐隐忧虑。

清代北方各省均规定有治蝗经费开支,治蝗之书也为之大量增加,

---

① 袁枚:《小仓山房诗集》卷三,王英志主编:《袁枚全集》,江苏古籍出版社1993年,第43页。
② 刘昫等:《旧唐书》卷九十六《姚崇传》,中华书局1975年,第3023—3024页。
③ 陆世仪:《除蝗记》,《魏源全集》第十五册《皇朝经世文编》卷四十五《户政二十》,岳麓书社2005年,第440—441页。引诗出自《诗经·小雅·大田》。
④ 山东巡抚阿尔泰奏折,乾隆二十八年六月初九日,《宫中档案乾隆朝奏折》第18辑,台北故宫博物院1982年。
⑤ 赵知希:《捕蝗祠》,庐少泉纂修:(民国)《馆陶县志》卷十一《艺文志》,《中国方志丛书》(第三八六册),(台北)成文出版社1976年,第301页。

略计 25 种以上,可分三类:一是群众与历史经验相结合的,二是前人著作汇辑,三是有关捕蝗的官府文牍[①]。可见治蝗一直是有关国计民生的大事。民国时期,不少地区消极避蝗的情况仍十分普遍。因此,总结并探讨应对蝗灾的历史经验以及相关民俗信仰,还是很有必要的。

---

① 彭世奖:《治蝗类古农书评介》,《广东图书馆学刊》1982 年第 3 期。

第四章　雹灾、雹神信奉及其民俗叙事

冰雹,又称"雹子""冷子""冷蛋"等,作为自然灾害的冰雹直径常为 5 至 50 毫米,有的大到数十厘米,可分轻、偏重、重(或轻度、中度、重度)三个等级。下雹子,似乎是古人直接感受到的最具有气势的自然力袭击,常被形容为砸向敌营的乱石,诉诸深切的现场体验带有形象真切的主体性。雹灾有突发性特点,"是一种局地性强、季节性明显、来势急、持续时间短,以砸伤为主的农业自然灾害"[①]。史书每多把雹灾对应到政治悖谬导致的天气阴阳相激。明清人认为冰雹乃是神人所播洒,或虾蟆(蛤蟆)、蜥蜴、龙等所吐。雹灾传闻体现了龙崇拜的"先结构"存在,人们了解雹灾是洪水前兆,遂想象运用宝物及法术驱雹。

地方志和野史是载录雹灾的主体。研究者持之有据地指出:"一般而言,明清时正史和实录记载雹灾虽较前代详细得多,但仍难以与方志所记的材料相比。以贵州省为例,据《清实录》记载,清前期(顺治朝至嘉庆朝)仅发生雹灾 3 次,而地方志所记同期发生的雹灾次数竟达 49 次之多。"[②]地方志载崇祯十一年(1638)夏四月二十七日,"曹县雨冰,大者如拳。平地二尺,至西方止,打死行人,鸟鹊尽死,野冻合三日始解。麦后大蝗,秋牛大疫死殆尽[③]。董含亦载人兽同灾:"(康熙)壬寅(1722)五月初四日,河间县任丘地方雨冰雹,大如人首,击死二百余人,牛羊不计其数,田禾尽坏。"[④]有时,冰雹虽然颗粒不大,但有时面积大、量大,仍可对庄稼造成冻伤。如《清史稿·灾异一》:"光绪八年(1882)四月十一日,均州雨雹,大如鹅卵,袤百余里,广十余里。"[⑤]

对于雹灾的覆盖面之广,雹灾之于人、牲畜禽兽以及庄稼树木房屋

---

① 吴滔:《明清雹灾概述》,《古今农业》1997 年第 4 期。
② 吴滔:《明清雹灾概述》,《古今农业》1997 年第 4 期。
③ 朱琦:《兖州府曹县志》卷十八《杂稽》,国家图书馆藏,康熙五十五年(1716)刻本,第 8—9 页。
④ 董含:《三冈识略》卷四补遗《风电》,辽宁教育出版社 2000 年,第 95 页。
⑤ 赵尔巽等:《清史稿》卷四十《灾疫一》,中华书局 1977 年,第 1503 页。

等骤发的危害，《元史·五行二》较集中地叙述了其惨烈程度："元统元年（1333）三月戊子，绍兴萧山县大风雨雹，拔木仆屋，杀麻麦，毙伤人民。二年二月甲子，塞北东凉亭雨雹。至元元年（1335）七月，西和州、徽州雨雹。二年八月甲戌朔，高邮宝应县大雨雹。是时，淮、浙皆旱，唯本县濒河，田禾可刈，悉为雹所害，凡田之旱者无一雹及之。四年四月癸巳，清州八里塘雨雹，大过于拳，其状有如龟者，有如小儿形者，有如狮象者，有如环玦者，或椭如卵，或圆如弹，玲珑有窍，色白而坚，长老云：'大者固常见之，未有奇状若是也。'至正二年（1342）五月，东平路东阿县雨雹，大者如马首。三年六月，东平阳谷县雨雹。六年二月辛未，兴国路雨雹，大如马首，小者如鸡子，毙禽畜甚众。五月辛卯，绛州雨雹，大者二尺余。八年四月庚辰，钧州密县雨雹，大如鸡子，伤麦禾。龙兴奉新县大雨雹，伤禾折木。八月己卯，益都临淄县雨雹，大如杯盂，野无青草，赤地如赭。九年二月，龙兴大雨雹。十年五月，汾州平遥县雨雹。十一年四月乙巳，彰德雨雹，大者如斧，时麦熟将刈，顷刻亡失，田畴坚如筑场，无秸粒遗留者，地广三十里，长百有余里，树木皆如斧所劈，伤行人、毙禽畜甚众。……二十八年（1368）六月，庆阳府雨雹，大如盂，小者如弹丸，平地厚尺余，杀苗稼，毙禽兽。"[1]

　　地方志所载雹灾以其发生突然，间杂个头大，或覆盖面广，往往描述其危害较大。明清史书记载多有吸收，但较为简洁，如顺治八年（1651）"二月十六日，顺德雨雹，大如斗，击毙牛马。五月，丘县大雨雹；汾西雨雹，大者如拳，小者如卵，牛畜皆伤，麦无遗茎"。而顺治十年（1653）四月四日"贵池雨雹，大如碗，屋瓦皆碎；武宁雨雹如石，杀鸟兽……"顺治十五年（1658）闰三月朔，"上虞、龙门大雨雹，倏忽高尺许，或如拳，有巨如石臼，至不能举，人畜多击死"[2]。有的记载则较详且带有文学化的博喻与动态变化描述，如光绪二十八年（1902）八月初四正午，中原的信阳地区雨雹，"是时烈日当空，骤有暴风自西北来，云红如烧，顷刻飞向东南去。其雹如拳、如碗、如瓜，有大盈尺者。秋稻方熟未获，雹过之处，惟见稻草枯立，无颗粒存。其较重者，则稻杆全倒陷泥中，若经犁翻者。然树

① 宋濂等：《元史》卷五十一《五行二》，中华书局1976年，第1097—1098页。
② 赵尔巽等：《清史稿》卷四十《灾疫一》，中华书局1977年，第1494—1495页。

木皆枝叶披落,老干作斧凿痕,禽鸟被击死者无算,屋茅薄者至洞穿破釜甑。雹自泌、确起,至长台关,折而东南,由洋河二十里河之间直至五里店,宽不过十里,迤逦东南至江浙数千里。初起之时如豆,渐行渐大,至长台关则如栗,至五里店则最重矣。河下所落,有长数尺如杵者,如条石者。好事者拾最大权之,重十五斤"[1]。场景惨烈。

因此,关于雹灾造成农作物减产,引起当地民众饥馑的地方志等载录,有较大的真实可靠性[2]。以至于清初小说《醒世姻缘传》敷衍出孙兰姬蒙老尼姑解说前生死因的因缘:"跟了人往泰山烧香,路上被冰雹打了一顿,得病身亡。如今但遇着下雹子,你浑身东一块疼,西一块疼,拿手去摸,又象不疼的一般,离了手又似疼的。"孙兰姬道:"你说得是是的,一点不差。那一年夏里下雹子,可不就是这们疼?"[3]在此虽为文学作品附会说辞,也可验证雹灾袭来不仅是毁稼坏屋,也能对没有遮蔽的野外行旅、劳作者带来伤害,甚至致命。

第一节 雹灾的神学解释与象征言说

明初叶子奇称至正庚子(1610)年间天象异常昭示了人间之乱:"太原雨雹,大如数斗器,牛马多死。是时天下大乱,丞相孛罗称兵犯阙,欲废高丽氏太子,而立雍吉剌所生幼子。高丽后奔沧州,太子奔太原。王保保举兵诛孛罗,太子复位,雍吉剌皇后以忧死……"[4]这实际上,牵涉了一个雹灾的神学阐释问题。

作为非常直观的自然灾害,雹灾的发生具有瞬时间突发性、伤害立现等诸多特点。对雹灾的神学解释,也因其灾害性质而来源很早。《史

---

① 民国《重修信阳县志》卷三一《灾变》,《中国方志丛书》(第一二一册),(台北)成文出版社1970年,第1748—1749页。

② 如1501—1911年山东雹灾载录重雹灾119条,占20%,参见尹建中、刘呈庆:《山东明清时期雹灾史料的初步分析》,《山东师大学报》(自然科学版)1998年第4期。山西省1372—1911年被载录雹灾707次中,重雹灾211次,参见瞿颖等:《山西省明清时期雹灾时空分布特征分析》,《灾害学》2015年第4期。

③ 西周生辑著:《醒世姻缘传》第四十回《义方母督临爱子 募铜尼备说前因》,齐鲁书社1984年,第522页。

④ 叶子奇:《草木子》卷三,《明代笔记小说大观》,上海古籍出版社2005年,第42页。

记》载孝景帝二年(前155)八月,"以御史大夫开封侯陶青为丞相。彗星出东北。秋,衡山雨雹,大者五寸,深者二尺。荧惑逆行,守北辰。月出北辰间,岁星逆行天廷中"①。雹灾很容易由其他可观测到的那些不祥的天象联系起来。《后汉书·孝安帝纪》也载:"(二年)六月,京师及郡国四十大水,大风,雨雹。秋七月戊辰,诏曰:'昔在帝王,承天理民,莫不据琁机玉衡,以齐七政。朕以不德,遵奉大业,而阴阳差越,变异并见,万民饥流,羌貃叛戾。夙夜克己,忧心京京……'"②雹灾与洪水也被书写为每多相伴,灾民的承受力达到极点。

　　雹灾也成为许多对人们不利的社会现象的直观预兆,是"阴阳差越"常引发的天气异变之一。古代史书往往把雹灾与其他灾害联系起来,不仅对应到社会诸现象上,还归纳为更多于人不利的社会现象起因,梁代沈约称,吴孙权嘉禾三年(234)陨霜伤谷。引刘向语:"诛罚不由君出,在臣下之象也。"联系到当时"吕壹专作威福,与汉元帝时石显用事陨霜同应",对此:"班固书九月二日,陈寿言朔,皆明未可以伤谷也。壹后亦伏诛。京房《易传》曰:'兴兵妄诛,兹谓亡法。厥灾霜,夏杀五谷,冬杀麦。诛不原情,兹谓不仁。其霜夏先大雷风,冬先雨,乃陨霜,有芒角。贤圣遭害,其霜附木不下地。佞人依刑,兹谓私贼。其霜在草根土隙间。不教而诛,兹谓虐。其霜反在草下。'嘉禾四年七月,雨雹,又陨霜,案刘向说:'雹者阴胁阳。'是时吕壹作威用事,诋毁重臣,排陷无辜。自太子登以下,咸患毒之,而壹反获封侯宠异。与《春秋》公子遂专任,雨雹同应也。汉安帝信谗,多杀无辜,亦雨雹。董仲舒曰'凡雹皆为有所胁,行专一之政'故也。"③广引博集,将雹灾对应人事,说明得到广为认同。

　　基于对上天无所不知、无往不在监控能力的信奉,唐代人们也认为雹灾以"天灾示警",促动人们及时改变人世安排,有促动人世变革的功效。据先唐材料纂修的唐修史书称:

　　　　雹起西河介山,大如鸡子,平地三尺,洿下丈余,行人禽兽死者万数,历太原、乐平、武乡、赵郡、广平、钜鹿千余里,树木摧折,禾稼

---

① 司马迁:《史记》卷十一《孝景本纪》,中华书局1982,第439—440页。
② 范晔:《后汉书》卷五《孝安帝纪》,中华书局1965年,第210页。
③ 沈约:《宋书》卷三十三《五行四》,中华书局1971年,第959—960页。

荡然。勒正服于东堂，以问徐光曰："历代已来有斯灾几也？"光对曰："周、汉、魏、晋皆有之，虽天地之常事，然明主未始不为变，所以敬天之怒也。去年禁寒食，介推，帝乡之神也，历代所尊，或者以为未宜替也。一人吁嗟，王道尚为之亏，况群神怨憾而不怒动上帝乎！纵不能令天下同尔，介山左右，晋文之所封也，宜任百姓奉之。"勒下书曰："寒食既并州之旧风，朕生其俗，不能异也。前者外议以子推诸侯之臣，王者不应为忌，故从其议，倘或由之而致斯灾乎！子推虽朕乡之神，非法食者亦不得乱也，尚书其促检旧典定议以闻。"有司奏以子推历代攸尊，请普复寒食，更为植嘉树，立祠堂，给户奉祀。勒黄门郎韦谀驳曰："案《春秋》，藏冰失道，阴气发泄为雹。自子推已前，雹者复何所致？此自阴阳乖错所为耳。且子推贤者，岂为暴害如此！求之冥趣，必不然矣。今虽为冰室，惧所藏之冰不在固阴冱寒之地，多皆山川之侧，气泄为雹也。以子推忠贤，令绵、介之间奉之为允，于天下则不通矣。"勒从之。于是迁冰室于重阴凝寒之所，并州复寒食如初。①

这里对雹灾惨重的推因有二：一是，此乃上天震怒之象，"明主"应当"敬天之怒"，支持民众恢复"寒食"习俗，敬奉介子推神灵；二是，认为"雹灾"是"藏冰失道，阴气发泄"所致，应及时变换"冰室"地理位置。理性认识与神秘思维两种意见，石勒皆遵从。有理由认为，我国史传文学具有冰雹描述传统，即史书雹灾言说的惯常书写，深层实在为天人对应的思维路径。将冰雹骤降，作为人世间某种特定事件发生的背景或结果表现了。而时至明清，傍依史书又大肆渲染的历史演义小说，则每多予以灾异想象的文学性敷衍。

首先，下雹，在明清人眼里，是冤死天怒思维模式的一个直观表现。明代历史演义写元康二年（292）"春正月，贾后使人矫诏，绝故皇太后杨氏膳，八日而终。《纲目发明》云：'子不可以废母，妇不可以废姑。前已书废太后为庶人，而此犹书故太后者，不与其废也。'却说皇太后屈死之后，天下大饥，东海雨雹，荆、扬、兖、豫、青、徐等六州大水。十月，武库发

---

① 房玄龄等：《晋书》卷一百五《石勒下》，中华书局 1974 年，第 2749—2750 页。

火。识者以为天道已变,王道乱应,果若矣"①。皇太后居然被无辜谋杀,冰雹遂与其他灾害相约而至。北朝史书写孝子王崇兄弟以孝著称,父母亡,王崇筑庐于殡所守孝,"是年,阳夏风雹,所过之处,禽兽暴死,草木摧折。至崇田畔,风雹便止,禾麦十顷,竟无损落,及过崇地,风雹如初。咸称至行所感"②。孝子王崇的事迹当然不止这件事,但这一雹灾不落孝子地面,却是由史传到明清小说母题传播的重要构成。

其次,是节日存废等体现的人事之于上天的顺应。《东西晋演义》借雹灾推因,还介绍了关于寒食节存废的争论。说河西大雹起于介山,大如鸡子,平地深三尺,洿下深丈余,行人被打,禽兽死者万余,赵王石勒问此灾不知主甚吉凶:

> 当侍中徐光对曰:"周、汉、魏、晋皆有之,虽天地之常事,然明主未始不为变,所以敬天之怒也。去年陛下禁寒食,介子推,帝乡之神也,历代所尊,或者以为未宜替也。然介山左右,晋文之所封也,宜任与百姓奉之。"时黄门郎韦谀驳上言曰:"按《春秋》:藏冰失道,阴气发泄为雹。自子推以前,雹者复何所致? 此自阴阳乖错所为耳。今虽为冰室,惧所藏之冰不在固阴沍寒之地,多在川池之侧,气泄为雹也。以子推忠贤,令绵、介之间奉之为允,于天下则不通矣。"勒曰:"汝二公所言,亦各有理。"于是使人迁冰室于沍寒之所,令并州复寒食之节。③

何以历史演义如此关注这段争论? 事涉天人关系。而如何对待,表现出北朝民族君主石勒能从善如流,及时调整了对自然灾害的应对措施。因而历史演义有运用灾害资源描写人物形象的审美选择。

其三,明代时事小说之中偶或也有相信下雹乃是上天表示对人世冤抑、错谬的不满。万历年间孙高亮小说写徐有贞受石亨等奸臣谤毁,被囚,锦衣卫提取时他口中念念有词,取水含口朝天喷,又朝着火炬处一喷:

① 无名氏:《东西晋演义》西晋卷一《陆云县治若神明》,上海古籍出版社 1991 年,第 47 页。
② 魏收:《魏书》卷八十六《孝感传》,中华书局 1974 年,第 1886 页。
③ 无名氏:《东西晋演义》东晋卷二《石勒自问古何主》,上海古籍出版社 1991 年,第 358 页。

少刻,烈风卷地而起,即时闪电交加。有贞被官校押进到丹墀下时,只见雷电大作,雨似倾盆,冰雹如石块打下。押随官校,多被打伤。殿中烛炬,俱被狂风吹灭,殿瓦打碎甚多。上亲见天变,心中动疑徐有贞之事,遂不究问,进宫而去。众官校见驾回宫,急带有贞出避于五凤楼下。京城平地,水高数尺,大树吹倒数十余株。曹吉祥门首多年老树,尽皆吹断。石亨等见天大变,亦各恐惧,不敢再求鞫问。其时都城人民,见西北角上隐隐然如牛如猪之物,喷嘶冰雹。有贞得异书,奉斗斋,当时有识者曰:"此魔霾支大法也。"[1]

久经冰雹自天而降骤然来袭,这一"天变"的征兆有效地震慑了人世君臣,徐有贞作冰雹大风法,取得了预期收效,"朝廷见天变",只是将他们从轻处罚,发放云南谪戍而已。

此外,中古汉译佛经写雹灾伤人畜,给予雹灾示警模式的确立,增添影响。著名的"四阿含"中传译最早的《中阿含经》,是前秦二十年(384)由竺佛念译,慧嵩笔受,后佚,东晋隆安二年(398)由罽宾僧伽罗叉口诵,僧伽提婆译为汉语,沙门道慈笔受时参考过一些旧译,这雹灾片段记述当为时人集体认同结果。"尔时,世尊过夜平旦,着衣持钵,入阿浮村而行乞食。乞食已竟,收举衣钵,澡洗手足,以尼师檀着于肩上,入神室宴坐。尔时,天大雷雨雹,杀四牛、耕者二人。比送葬时,大众喧闹,其声高大,音响震动……"[2]说明佛经译者"有意误读"的选择,是在实录与寓意之间,雹灾偏伤害人及其尊崇的牛,强化了雹灾"人畜共伤"告灾模式,便于为中土民众受容。虽然佛经是借此故事强调佛陀定力,但从另一角度也可看出,雹灾确有对人们正常生活的扰乱破坏。

第二节　冰雹的生成过程、来源及雹神信奉

冰雹,在古人这里被看作是"违和"——反季节时令而来的异常自

---

① 孙高亮:《于少保萃忠全传》第三十三传《天顺帝评功悼枉　徐武功被勘作法》,人民文学出版社 1988 年,第 172—173 页。

② 《中阿含经》卷八《未曾有法品》,宗教文化出版社 1999 年,第 136 页。

然现象。非结冰的季节雹突然不期而至，造成阴阳不调，被认为是属于阴的力量侵犯了阳，种种相关民间信仰也随之而生。

首先，社会政治悖谬导致的天气阴阳相激而生冰雹。《西京杂记》载西汉元光元年（前134）七月京师雨雹。鲍敞问董仲舒曰："雹何物也？何气而生之？"仲舒曰："阴气胁阳气。天地之气，阴阳相半，和气周回，朝夕不息。……运动抑扬，更相动薄。则熏蒿歊蒸，而风雨、云雾、雷电、雪雹生焉。气上薄为雨，下薄为雾，风其噫也，云其气也，雷其相击之声也，电其相击之光也。二气之初蒸也，若有若无，若实若虚，若方若圆，攒聚相合，其体稍重，故雨乘虚而坠。风多则合速，故雨大而疏，风少则合迟，故雨细而密。其寒月则雨凝于上，体尚轻微而因风相袭，故成雪焉。寒有高下，上暖下寒，则上合为大雨；下凝为冰霰，雪是也。雹，霰之流也。阴气暴上，雨则凝结成雹焉。……政多纰缪，则阴阳不调。风发屋，雨溢河，雪至牛目，雹杀驴马，此皆阴阳相荡而为祲沴之妖也。"① 雹灾虽属异常现象，但也不过是阴阳相激不调之时，诸多天象异常系列表现之中的一种②。清初小说认为，明水这地方人由刻薄而轻狂、犯法违条，伤天害理，玉帝得知大怒降灾，七月初三，"冰雹如碗如拳的，积地尺许"③。如此规模的雹灾，对野外农夫、行旅之人该有多大伤害？而冰雹对牲畜庄稼树木等危害，因其突如其来、难以防范的性质，结果才更为严重。

其次，与骤雨瓢泼类似，民俗信仰感觉冰雹突降，是天界神人操纵专门工具特意播撒而成的，雹神即为李左车。如某乡民曾偶遇播撒冰雹的神人，被临时抓来参与行雹：

> 邑北苏王庄民某，粥姜于平原。见主人次子昼卧不醒，问之曰："病乎？"主人曰："非也，子昨往田间，忽云阴风起，不觉身入云中，见神人数十辈，形状诡异，各驾一车。驾车者似羊而狞。车中皆冰雹，教之以手撒雹，雹寒甚，令纳手羊鬣间，顿暖如火。方撒之顷，或以蒲葵扇子障之，须臾不知行几百里。雹尽，恍惚已在原处矣，归家

① 无名氏、葛洪：《燕丹子　西京杂记》卷五，中华书局1985年，第35—36页。
② 李道和：《岁时民俗与古代小说研究》，天津古籍出版社2004年，第79页。
③ 西周生辑著：《醒世姻缘传》第二十七回《祸患无突如之理　鬼神有先泄之机》，齐鲁书社1984年，第342—344页。

困甚,寝未觉耳。"始知李卫公行雨非妄。[1]

其中"以蒲葵扇子障之"的那些地区,就是予以特殊保护、免于行雹的地段。这一故事类型与"路遇鬼使""梦中神游"母题呈现交叉融会了,这明显地是从"代神行雨"信奉而来,从而推知冰雹也存在着一个云中"行雹"的操作过程。李靖李卫公,作为唐代一个仙话人物,即行此事。李复言《续玄怪录》写卫国公李靖在灵山中射猎时,迷途中见一朱门大第,有一夫人"青裙素襦,神气清雅,宛若士大夫家",被告知是龙宫。因奉天符行雨,家人外出,请其代为行雨,雨器是一小瓶,可是李靖却无知无畏,违反"取瓶中水一滴,滴马鬃上,慎勿多也"的告诫,接连倾下了二十滴,"及明,望其村,水已极目,大树或露梢而已,不复有人"[2]。李靖代龙行雨,好心办了坏事,故事却透露出唐代民间信仰对于降雨的基本理解。至于对降雨者、降雨操作过程的信奉,对于后世民俗心理中的冰雹想象——降雹的发出者、降雹操作过程及其降雹缘由等,也触类相及,虽然形态有别,同为天神操作的天降之水则一。

雹神,俗名李左车,取自西汉初年的真实人物。《聊斋志异》有同名《雹神》二篇,卷一《雹神》写王筠苍在楚中为官,到龙虎山拜谒天师时途遇雹神李左车,闻家乡章丘要降雹,当即"离席乞免",天师说这是上帝玉敕,王仍旧哀求不已,天师就嘱雹神"其多降山谷,勿伤禾稼可也",后来据说章丘那天真的下雹,沟渠皆满,"而田中仅数枚焉"。另一篇卷八《雹神》则写唐太史道经雹神李左车祠,见祠前池中有朱鱼数尾,他拾小石戏击之,道士忙制止:"池鳞皆龙族,触之必致风雹。"太史不听,登车后果有黑云随行,"籁籁雹落,大如绵子。又行里余,始霁"。据当地人说:"雹神灵迹最著,往往托生人以为言,应验无虚语。若不虔祝以尼其行,则明日风雹立至矣。"作者认为雹神的灵验与其现实人物原型有关:"广武君在当年,亦老谋壮事者流也。即司雹于东,或亦其不磨之气,受职于天。然业神矣,何必翘然自异哉!盖太史道义文章,天人之钦瞩已久,此鬼神之所以必求信于君子也。"[3]而由《聊斋志异·泥鬼》的"余乡唐太史济武"来看,这主人公是蒲松龄的乡亲,传闻有据。

---

[1] 王士禛:《池北偶谈》卷二十六《谈异七·行雹》,中华书局1982年,第618—619页。
[2] 李昉等编:《太平广记》卷四百一十八引《续玄怪录》,中华书局1961年,第3407—3409页。
[3] 任笃行辑校:《全校会注集评聊斋志异》卷八《雹神》,齐鲁书社2000年,第2318—2319页。

雹神何以为李左车？颇有意味。李左车乃是秦汉间谋士、兵法家广武君。班固《汉书·艺文志》载："《广武君》一篇，李左车。"有兵权谋十三家，二百五十九篇。《史记·淮阴侯列传》写韩信与张耳击赵，李左车曾劝说成安君据险高垒勿战，后者不听，果大败被杀。于是韩悬赏千金得李左车，"解其缚，东乡坐，西乡对，师事之"，请教如何破燕，李左车所出妙策是遣辩士奉书恐吓，"燕从风而靡"。《汉书·韩彭英卢吴传》所载承之。具有不战而胜之功妙策的谋士李左车被神化了，成为体现上天意志的神秘力量代表。晚出雹神形象也有的身份淡化，甚至还写到平原某人在田间不知不觉随风入云。于是知李靖行雨事"非妄"，暗示由来。乾隆《淄川县志》载万历庚子（1600）雹灾传闻，更具仙使驾驭仙兽行雹的神幻场面展演，称望见云中有巨人显身，一节指头达丈许，"往来忙扰，上下身首俱不见。或见云初起处有人捧长牒，展两足踏两兽，背上坐两小儿，持鞭疾击兽……或见红绿衣人持短兵格斗，或见长绳千尺，翻转络绎"①。

其三，雹为两栖爬行类动物虾蟆、蜥蜴、龙等饮水后所吐出或虹霓所携而来。这体现了农耕民族对那些近水的爬行动物、两栖动物的细致观察、敬畏及神秘崇拜。曾任山西交城知县的赵吉士引《客中闲集》称世传雹者，是蜥蜴所吐，而不知虹霓亦有吐之者。"伍均泽与其婿刘弘济行陇间，闻鳞甲珊珊声，有双虫出自树下，首尾皆蛇，而腹如鳖，四足如虬。并行至树颠，昂首张口，气出吻间，一红一绿，成虹亘天。乃复循树下，入土而去，有顷虹始渐散。盖虹蜺螮蝀，字皆从虫，而状又复冬蛰，有吐之者，似乎无疑。霹雳之中，亦有物焉，其形如猴而小，尖嘴肉翅，雷收声后，亦入蛰。山行之人，往往多于土穴中得之，谓之'雷公'，不畏者恒啖之。《本草》则谓之'震肉'，且曰无毒，止小儿夜惊；大人因惊失心，亦作脯与食之。"②甘肃天水《北道区民间故事集成》所收《碧莲洞》讲述传闻，蛤蟆谷一洞中的癞蛤蟆常口中喷火，化为冰雹，后其被菩萨收伏，雹灾消失③。

---

① 张鸣铎修、张廷寀等纂：《乾隆淄川县志》卷三《灾祥》，《中国地方志集成·山东府县志辑6》，凤凰出版社2008年，第55页。

② 赵吉士：《寄园寄所寄》卷五《灭烛寄》，黄山书社2008年，第341页。

③ 安德明：《天人之际的非常对话——甘肃天水地区的农事禳灾研究》，中国社会科学出版社2003年，第124页下注。

雹为蜥蜴等作,当来自宋代民间灾害信仰。洪迈(1123—1202)记载,刘居中隐居嵩山之巅控鹤庵,山峻极处有百亩平地,"别有小山岩岫之属,常时云雨,只在半山间",见大蜥蜴数百,皆长三四尺,各就取水入口,吐出如弹丸,后来雨雹大作,"乃知蜥蜴所为者此也"[①]。此说东传,日本天文三年(1534)汇集苏轼诗《四河入海》注苏轼《蝎虎》诗"能衔渠水作冰雹"夹注,引僧人万里集九(1428—?)《天下白》:"某谓《夷坚乙志》:刘居中至嵩山颠,有大蜥蜴数百,皆长三四尺,人以食就手饲之,拊摩其体,腻如脂。一日,聚绕水盎边,各就取水次,入口即吐出,已圆结如弹丸,积之于侧,俄顷间累累满地。忽震雷一声起,弹丸皆失去。明日人来言"昨正午雨雹大作",乃知蜥蜴所为者此也……"[②] 这一载录直接为梁章钜(1775—1849)的气象学著作所复述:"刘居中至嵩山,见大蜥蜴数百皆长三四尺。各饮冰入口,即吐雹如弹丸,积之于侧,忽震雷一声,弹丸皆失。明日人言:'昨午雹大作于某地。'乃知蜥蜴所为。"[③]

《朱子语类》载:"邵(雍)又言:'蜥蜴造雹。'程(颐)言:'雹有大者,彼岂能为之?'豫章曾有一刘道人,尝居一山顶结庵。一日,众蜥蜴入来,如手臂大,不怕人,人以手抚之。尽吃庵中水,少顷庵外皆堆成雹。明日,山下果有雹。此则是册子上所载。有一妻伯刘丈(致中兄),其人甚朴实,不能妄语,云:'尝过一岭,稍晚了,急行。忽闻溪边林中响甚,往看之,乃无,方蜥蜴在林中,各把一物如水晶。看了,去未数里,下雹。'此理又不知如何。造化若用此物为雹,则造化亦笑矣。"[④] 而周紫芝(1082—1155)《造雹赋》则咏:"守宫(蜥蜴)微虫,以守为职。……衔尾而下,饮于江津。哺水入穴,藏于山阴。发坎而视,碎如凝冰","激为飞雹,散落无数。大或如卵,小或如雨。陨草杀粟,伤人摧羽。为物之病,盖有不可胜数者矣。吁亦异哉!夫物之神怪,其类无穷。故龙嘘而为云,虎啸而生风。蜃楼出海,蛛网横空。与夫人之幻化,有若造冰于夏而起雷于冬。或晕月以显怪,或吐雾以隐躬。……乃能含水造雹,毁瓦破块。配此霰雪,以

① 洪迈:《夷坚志》乙志卷十三《嵩山三异》,中华书局 1981 年,第 296 页。
② [日]大冢光信编:《抄物资料集成·四河入海》,日本清文堂 1981 年影印。参见洪迈:《夷坚乙志》卷十三《嵩山三异》。
③ 梁章钜:《农候杂占》卷三《雹占》,中华书局 1956 年,第 89 页。
④ 朱杰人、严佐之、刘永翔编:《朱子全书》,上海古籍出版社、安徽教育出版社 2010 年,第 156 页。

为虐疠。"①乐钧《耳食录》载虾蟆集群制作雹,居然是被旁观者无意中目睹:

> 京师某公,尝参喇嘛章嘉师。适雨雹,问:"雹何以成?"师漫应曰:"虾蟆所作耳。"某公意其诞,师曰:"姑志之,异日见之当信耳。"后某公以事西出嘉峪关,值天昏欲雨,止野庙中。见土人聚观河上。问何故,曰:"视虾蟆作雹。"某公顿忆师语,近观之。见虾蟆千万,衔岸上土少许,复饮水河中,已,张口岸上,口中皆雹也。大者成大雹,小者成小雹。须臾吐之,风卷而去。②

这是先载录说法,再以生活实践印证,属野史笔记载录奇异传说时常见的叙述模式。当事人是来自京师的高官,传闻更具有权威性。何况人们正在目睹,平添一重可信度。进一步发挥,则以规模巨大来状写冰雹制造者。如此到了近代,理所当然地被视为迷信:"某官尝参喇嘛章嘉师,适雨雹,问雹何以成,师漫应曰:'虾蟆所作耳。'某意其诞。师曰:'姑志之,异日见之,当信耳。'后某以事西出嘉峪关,天昏,欲雨,止野庙中,见土人聚观河上,问何故,曰:'视虾蟆作雹。'某顿忆师语,近观之……"下面所见造雹场面,就仿佛一个生动的视频:"见虾蟆千万,衔岸土少许,复饮水河中,已,张口岸上,口中皆雹也,大者成大雹,小者成小雹,须臾吐之,风卷而去。"③相关异文的出现,说明了民间传闻的广泛传扬和为人关注。

其四,作为雹灾民俗的对应,北方还出现了御雹的"土火箭",体现出雷电崇拜与制雹民俗传闻的融会。纪昀的概括是有说服力的:"凡妖物皆畏火器。史丈松涛言:山陕间每山中黄云暴起,则有风雹害稼。以巨炮迎击,有堕虾蟆如车轮大者。"④御雹的火炮力量被如此渲染,实际上是夸大了除妖法术,却误打误撞地与后世御雹方法相合。他援引包扬录的故事反驳无鬼论,说世间存在"其事昭昭,不可以理推者","如禹鼎、魑魅、魍魉之属,便是有此物。深山大泽,是彼所居。人往占之,岂不为

---

① 曾枣庄、吴洪泽主编:《宋代辞赋全编》卷三三,四川大学出版社2008年,第899—900页。
② 乐钧:《耳食录》二编卷八《虾蟆作雹》,岳麓书社1986年,第296—297页。
③ 徐珂编撰:《清稗类钞》第一〇册《迷信类》,中华书局1986年,第4806页。
④ 纪昀:《阅微草堂笔记》卷十三,上海古籍出版社1980年,第302—303页。

祟？豫章刘道人,居一山顶结庵。一日,众蜥蜴入来,尽吃庵中水。少顷,庵外皆堆雹。明日,山下果雹。有一妻伯刘文,人甚朴实,不能妄语。言过一岭,闻溪边林中响,乃无数蜥蜴,各抱一物如水晶,未去数里下雹。此理又不知如何"①。此当来自前引《朱子语类》等宋代故事。似乎,蜥蜴与虾蟆之类具有类似的爬行动物的那些习性,也很容易形成、验证人们的接近联想。

考索成因,骤然砸下的冰雹气势,也令人联想龙在操纵这些。蜥蜴乃为龙的化身之一,因而原本的物种能量被夸大,彼此可以置换而角色功能类似②。由此信奉,相关传闻有时则不用隐喻,而直接表述。如冰雹与雷电同降场面,推因是龙在支配"龙雹",明穆宗隆庆二年(1568)五月:

> 自京师、延绥、河东、河南皆冰雹,火光频现……四月,又大雨雹,人见黑雾中一物,蜿蜒大可合抱,黑形两目,闪电冰雹随之,屋瓦震舞。次日,竹林鸟雀击死千万,自西北直去东南,一路横过吾乡十五里。此龙雹也。《左传》曰:"冬之愆阳,夏之伏阴。"《五行传》:"阴胁阳也。"③

于是赵翼也体会到人力的对抗,可运用火器——先进武器来御雹。"湖庄又云:甘省多雨雹,大者或击毙牛马。每雹时,辄有虾蟆千百飞入空中喧叫,口皆有雹喷下,盖龙气所摄而上也。用鸟枪轰之,始散去。"④民间捕猎者本来以火枪对付这些制雹的小动物,因利乘便地枪口转向天空也属正常。

其五,冰雹是蝙蝠飞出山洞带出来的,并且借助蝙蝠飞空而降临。

---

① 纪昀:《阅微草堂笔记》卷十四,上海古籍出版社 1980 年,第 331—332 页。

② 蜥蜴为龙化身,较早见《太平广记》卷四百二十四引《北梦琐言》:"云安县汉成宫绝顶,有天池深七八丈。其中有物如蜥蜴,长咫尺,五色备具,跃于水面,象小龙也。有高遇者为刺史,诣宫设醮,忽浮出。或问监官李德符曰:'是何祥也?'符曰:'某自生长于此,且未常见汉成池中之物。高既无善政,诣佛佞神,亦已至矣。安可定其是非也。'夷陵清江有狼山潭,其中有龙。土豪李务求祷而事之。往见锦衾覆水,或浮出大木,横塞水面,号为龙巢。遂州高栋溪潭,每岁龙见,一如狼山之事。"

③ 田艺蘅:《留青日札》卷九《雹》,上海古籍出版社 1992 年,第 166 页。《汉书·五行志》:"故雹者阴胁阳也……说曰:'凡物不为灾不书,书大,言为灾也。凡雹,皆冬之愆阳,夏之伏阴也。'"

④ 赵翼、姚元之:《檐曝杂记　竹叶亭杂记》,中华书局 1982 年,第 76 页。

清末杨凤辉（杨树棠）写光绪戊戌（1898）春，三月二十八这一天：

> 秀山大雨雹而风。初，擒龙之近山，有蝙蝠为患，出则雨雹，居民苦之……雨雹之前数日，百岁庄有猎者数人，见山崖间有一洞，洞中有蝙蝠飞出，其大纵横十数丈。知其将为害，竟枪击之，蝙蝠乃复入洞。次日，有蝼蚁无数，相率衔泥草之类入洞中，络绎不绝。乡人咸异之，然窃意蝙蝠之不复出矣。后二日，蝙蝠乃从山后逸出，自秀山之南而东，风雹大作，雹之大几如碗，以此风力尤猛。当此时也，树木倾摧，禾黍尽偃。庐舍颠覆，瓦砾皆飞。彼六鹢过宋都而有风，大蛇见御座而为雹，恐不若是之烈也。起邑梅司，逾秀山城，越石堤，至水坝，纵约二百里，横亦五六里许，其为害不可胜计。至水坝，蝙蝠乃为雷殛毙……[①]

这里"蝼蚁无数，相率衔泥草之类入洞中"等细节，又可以理解为是在山洞中赶制冰雹，再由蝙蝠带出洞来散发空中。而此信奉连同前引《夷坚志》称"嵩山峻极处"大蜥蜴含水入口制雹等，都体现出冰雹的形成有某些空间特征，所谓："高大的山脉地形对气流具有制约、抬升、热力及背风坡的作用，使雹云易常在某些山区发生……"[②] 如多山的晋地（山西）的地貌特征使然，"处于中纬度地区，有较频繁的极锋活动和急流活动，并且省内地形分布复杂，地势起伏较大，受此影响地面受热不均，容易形成强大的局部热力对流，容易形成冰雹"[③]。

其六，冰雹是直接由龙王所挟而来。清初小说描写毛文龙据守海岛抵抗女真兵马侵袭，海中之龙竟掀起冰雹击退敌兵："十五日，大王子又先领兵四万，向云从岛来。毛帅知得铁山已陷，一面分兵防守皮岛，一面自督兵据住关口，迭放火器。奴兵乘冰冻，水陆两处并进，毛帅把一个云岛兵马摆得满满的，与他相拒，至有杀伤。毛帅身先将士，左右臂、身上，也中了三箭，毛帅犹自不敢懈息。正相拒时，只听得一声响处，风雨大作，西南洋里飞起一条黑龙来：'宛转玄云百丈，蜿蜒墨雾一行。鳞如点

[①] 杨凤辉：《南皋笔记》卷三《雹异记》，《笔记小说大观》第三十册，江苏广陵古籍刻印社 1984 年影印，第 27 页。

[②] 瞿颖等：《山西省明清时期雹灾时空分布特征分析》，《灾害学》2015 年第 4 期。

[③] 李新生等：《山西冰雹的时空分布特征》，《第 28 届中国气象学会年会论文集》，2011 年。

漆耀寒芒,掀起半洋风浪。黯黯北方正色,翩翩东海飞扬。清波相映倍生光,奋鬣云霄直上。'想是听了锐炮之声,误作雷动,竟自海底飞出,冰凌俱裂开,还带有冰雹,如雨似奴兵头上打去。奴兵只得暂收,对云从岛下营。"① 高继衍也记述了凡人奇遇雹神事:

> 东明冯礼,其先襄垣人,有田夫投宿,求为佣,貌奇古。问其姓,曰焦,亦襄垣人,遂呼曰:"小焦儿。"礼留之。委任悉称意。正德八年,境大旱,白礼往河南拾麦。数日携一小囊来,曰:"麦至矣。可粪除数屋收之。"礼笑囊小,焉用此,曰:"试可乃已。"盈三屋,囊麦尚未尽。会上元,邀礼赴晋游灯市,辞以远,焦曰:"试闭目。"负以行,须臾开目,则火树星桥,千影万影,以抵太原城下矣。旋仍负归,三年后辞去,礼问后会期,焦曰:"见西北雷震骤风雨,即吾至也。感公义,附近四十里,不受冰雹,乃所以报公者。"言讫,雾不见掌,雷声轰然赴西北去。居人至今呼"龙王",冯家立祠祀焉。②

似乎主持下雹的龙神,因故谪降民间,但他依旧有超人的能量和异能宝贝,偏偏也是在御灾中发挥功效。而他还具有那些类似于蝗神、瘟神等同样的伦理情怀,受人善待就必要酬答,酬谢方式也契合自己的角色身份。上述信奉,洪迈曾有雹灾的民俗心理推因:"绍熙五年(1194)十月八日晚,华亭县西北隅,浓云如泼墨。及四更后,暴风震响,从云罅处来,雷电雨雹交作,横斜激射,疾于箭弹;穿窗透隙,大如荔枝。虽林木蔽阴之所,亦不免害。藩篱塌摧,无复限隔,舟船篷席,漂荡殆尽。四远呼叫之声相闻,震动一邑。黎明少定,云色开霁,其所伤坏,比屋皆然。惟去县近境如此,十里之外,但猋风急雨而已。人疑为龙物经过云。"③

其七,空中两龙相斗,冰雹伴随而下,受灾乃龙斗殃及池鱼。《子不语》描写云南昆明池旁农民掘得铁匣,中有壁虎,以水沃之顷刻间渐伸渐长,生出鳞甲腾空而去。暴风雨中见一角黑蛟与两黄龙攫斗,冰雹齐下,

---

① 孤愤生(陆人龙):《辽海丹忠录》第三十一回《有俊自刎铁山关　承禄扼虏义州路》,辽沈书社1989年,第167—168页。

② 高继衍:《蝶阶外史》卷三《焦龙王》,《笔记小说大观》第十七册,江苏广陵古籍刻印社1984年影印,第390页。

③ 洪迈:《夷坚志》三志己卷七《华亭雨雹》,中华书局1981年,第1357页。

损坏田禾民屋无数①。冰雹,被认为是可观测到的"龙斗"的一个表现,副产品则成为摧毁庄稼的雹灾。"有赤龙自嘉定飞至上洋,抵蔡家口出海。冰电随作,大如桃李。所过百余里,田禾悉坏。"②作为一种气候现象的冰雹,被"顺接联想"为蛟龙相斗。嘉庆戊寅(1818)五月廿七日,苏州娄门外忽出一蛟与龙斗在空中:

> 冰雹大作,狂风拔木,雨下如注者一两时。拖坏民房庐舍五十余家,失去男女数人。有一人随风而飞,为龙所攫,背上爪痕显然。从空落下,却不死。有一家失去米五十石,亦随风飞去,数十里内,并无一粒堕者。又一家船四只、牛一头,与船坊牛棚一齐上天,不知所往。先是龙墩地方有地一块,不积霜雪,不生草木。有以青草掷其地,次日必焦枯如焚。所谓蛟者,即起于此处。蛟之形似狗而大,初起时,有黑龙自东飞来,与蛟斗良久。旋有白龙从北来,如佐黑龙者,逾时而去。其近处居民俱所亲见也。③

这体现了清代人对"龙卷风"——伴随冰雹形成过程中天象——的细致观察,其间正是由于观察者和谈论传播者直至载录者内心龙兴雨行雹"先结构"的功能性存在,人们将天象图景中龙的主导作用同当下雹神想象结合。

第三节　雹灾成因想象与人世伦理观照

雹灾的特点是来去无常,骤发骤止,这一自然界的威力体现令人生发出种种联想与想象。叶梦珠《阅世编》载康熙十九年(1680)庚申四月十八日丁丑京师地震,"自巳至午,其声如雷。二十八日丁亥,又震,自酉刻起,连震四次,房屋动摇,官民彻夜露处,至五月十八日,尚未安宁。六月至七月望后,大雨时作,江南大水。七月杪,水方退。八月初二日夜,澍雨竟夕,水复骤涨,冲倒上海南城数丈,压死居民七人。七月

---

① 袁枚编撰:《子不语》卷十七《铁匣壁虎》,上海古籍出版社1998年,第325—326页。
② 董含:《三冈识略》续识略卷下《龙伤禾》,辽宁教育出版社2000年,第260页。
③ 钱泳:《履园丛话》卷十四《祥异·蛟与龙斗》,中华书局1979年,第387页。

初四、五、六日,山西大同、辽州等三四十州县雨雹,大如斗如升,盈地数尺,积处如冰山"①。这雹灾是何等分布之广,规模之大! 又康熙二十九年(1690)四月二十九日,"京城内外兼雨雹,内城更甚。五月二十日庚戌,陕西镇原县,大雨雹,平地尺余,豆麦压尽,民皆号泣"。雹灾,突如其来、猝不及防,类似于雷击,较为直观而剧烈。因此,给人们的印象和联想,也易于集注在天示惩戒的庄严意味,很自然地同人世凡俗的较为具体的恶行事象之后果对应起来。

其一,认为人世间发生了某些人伦关系反常的现象,违连天理人情,引起上天震怒,猝不及防地以冰雹痛击恶人,具有警世教谕的新闻性。有时,借助冰雹倾下,刚直之臣甚至可找到"天怒"推因的良机,弹劾奸佞,《玉堂丛语》载弘治新政,万安、尹直以次罢去,刘吉独不动:

> 此时吏部已次第拟用,而吉为此以媚众,自是人无复有言之者矣。弘治改元(1488),风雹发自天寿山,毁瓦伤物,震惊陵寝。上戒群臣修省,遣官祭告。于是左春坊庶子兼翰林侍读张昇疏言:"应天之实,当以辅导之臣为先,今天下之人敢怒而不敢言者,以奸邪尚在枢机之地故也。"因数吉十罪,且谓:"李林甫之蜜口剑腹,贾似道之牢笼言路,合开为一。伏望陛下奋发乾刚,消此阴慝,拿送法司,明正其罪,则人心悦而天意回矣。"科道交章劾昇,指为轻薄小人。上命谪昇南京工部员外郎。②

至于人世间普通人的生活,也在上天监管下,而冰雹则成为责罚不善的惩戒工具。说佃户曹二妇悍甚,动辄诃詈风雨、鬼神,也常对乡邻揎袖携杵施威,某天乘阴雨她出来窃麦:

> 忽风雷大作,巨雹如鹅卵,已中伤仆地。忽风卷一五斗栲栳堕其前,顶之得不死。岂天亦畏其横钤? 或曰:"是虽暴戾,而善事其姑。每与人斗,姑叱之,辄弭伏;姑批其颊,亦跪而受。然则遇难不死,有由矣。"孔子曰:"夫孝,天之经也,地之义也。"岂不然乎! ③

① 叶梦珠:《阅世编》卷一,中华书局 2007 年,第 22 页。
② 焦竑:《玉堂丛语》卷四《侃直》,中华书局 1981 年,第 120 页。
③ 纪昀:《阅微草堂笔记》卷五,上海古籍出版社 1980 年,第 95 页。

这一近乎"反人类"罪恶的行径,往往具有如是规律:在当事人那里做得十分隐秘,满以为不会被人发现,不会受惩治,然而"天网恢恢,疏而不漏"。依旧受惩不贷,冰雹显示的惩戒体现了一种分寸性。与此呼应,人世间的"节孝"之人,则会在雨雹大风之时,免遭灾害致命。前引《南皋笔记·雹异记》记载,寡妇应氏家虽贫,而"素以节孝著",虽然夜间大风雨雹,房屋被大树所压,却安睡不知,于是载录者感慨:"雨雹而风,天地之厉(戾)气也,然必借蝙蝠以显其异,为害于一二百里间。而蝙蝠乃为雷殛毙。至于铁炉移动,大树倾倒,诚有江翻海倒,地覆天翻之势。而应氏母子,方偃然高卧,梦梦焉不知也。夫岂非鬼神呵护之灵哉!"

其二,因下界有人不敬神,而以上界下雹表示惩戒。清初小说《隋唐演义》写麻叔谋率众开掘运河,掘至陈留,"忽见乌云陡暗,猛风骤雨,冰雹如阵一般打来,打得那些丁夫,跌跌倒倒,往后退避。麻叔谋不信,自来踏看,亦被风雨冰雹打得个不亦乐乎。唤地方耆老细询,说有汉代张良,为此地土神,十分灵显。麻叔谋见说,知张良显应,要护守疆界,只得申表具奏朝廷"①。雹灾不是那种渐进式的,而是突如其来,令人猝不及防,显示了神灵不满发怒的迅猛和威严。纪昀描写冰雹就仿佛是那随时待命而发射的导弹,对那些不敬神的家伙即刻惩治:"山西太谷县西南十五里白城村,有糊涂神祠。土人奉事之甚严,云稍不敬,辄致风雹,然不知神何代人,亦不知其何以得此号。后检《通志》,乃知为狐突祠。元中统三年敕建,本名利应狐突神庙,'狐''糊'同音,北人读入皆似平,故'突'转为'涂'也,是又一杜十姨矣。"②

其三,是承续前揭《西京杂记》等汉代对于雹灾的解释,认为下雹是阴阳不调的具体表现。清代《壶天录》称:"夫雨雹一事,《春秋》屡书之,言灾也。己卯岁,杭垣于孟秋一日,雷电交作,阴云四合,俄而狂风刮地,石走沙飞,瓦鳞中忽有砰磕之声,审视雹点,或如蚕豆,或如鸽卵,大小不一。有从大关来者,言彼处是时亦雨雹,大者几如花盆,小者亦有杯许,非特屋瓦为碎,行人头面,猝不及避,亦复脸若朝霞,不堪逼视。某

---

① 褚人获编著《隋唐演义》第三十二回《狄去邪入深穴　皇甫君击大鼠》,中华书局2002年,第242页。
② 纪昀:《阅微草堂笔记》卷五,上海古籍出版社1980年,第230页。

酱园屋极高大,门楼竟为击破,压伤二人。某巨室大楼,砖瓦被击成粉,瓮瓶绳枢,败壁颓垣倾塌者,更不可数计矣。更有一应试船,急切不能就岸,帆樯蓬席,风为揭尽。舱中卧客,身首皆伤。转瞬间,舟中之水,几已及半,幸救获免。噫! 此奇灾也。阴慝阳伏,乃激而为此,是在先时调燮之耳。"[1] 似乎,某种必然的原因,导致雹灾早已安排如此。

其四,突降冰雹,还被解释为对乱砍林木者严惩的警告。袁枚叙述了一个颇具生态美学意味的故事:"四川苗洞中人迹不到处,古木万株,有首尾阔数十围、高千丈者。邛州杨某,为采贡木故,亲诣其地,相度群树。有极大楠木一株,枝叶结成龙凤之形。将施斧锯,忽风雷大作,冰雹齐下,匠人惧而停工。"[2] 与此生态示警故事类似,清代小说多描绘一些自然灾害,成为直接应敌的一种宝贝兵器,被某些妖道邪派势力所利用,冰雹即往往成为袭击对手的利器。如《说岳全传》展演正邪斗法,番兵首领普风从豹皮袋中摸出"黑风旗",念咒,连摇此旗,忽平地恶风吹得黄沙扑面,黑雾迷天:

> 那黑雾中冰牌雹块,如飞蝗一般的望宋阵中打来,打得宋营将士叫疼喊苦,头破鼻歪。普风招呼众军上前冲杀一阵,杀得宋兵星飞云散,往后逃命不及。普风率领番兵,直赶下十余里,方才天清日朗。[3]

实际上,这"小说中语"岂不也是一次雹灾危害的过程实录? 这次雹灾来去匆匆,却规模较大。有时沙尘暴裹挟着雹灾,简直就是妖怪(乌龟精)凭借某种法器在兴妖作怪。富有意味的是,冰雹的文学言说,并未写其击毙敌方兵马,而只是写其具有令敌方无法抵御的力量。带有现实生活中雹灾多数情况下的发生特点、灾害程度的印记。

其五,也有正面运用冰雹武器的描述,居然也只是表现仅仅伤人退敌,而并非旨在击毙对手。《孙庞演义》写庞涓不听孙膑的劝告,执意要打杀白鹿,"白鹿转身就去,庞涓赶去一二里之地,立时不见白鹿,忽起一阵狂风,降下许多冰雹,把庞涓打得面青脸肿,倒在地上"。原来这是师

---

[1] 百一居士:《壶天录》卷上,《笔记小说大观》第二十二册,扬州广陵古籍刻印社1984年影印,第124页。

[2] 袁枚编撰:《子不语》卷十四《燧人钻火树》,上海古籍出版社1998年,第282页。

[3] 钱彩等:《说岳全传》第七十八回《黑风珠四将丧命　白龙带伍连遭擒》,上海古籍出版社1980年,第698页。

父鬼谷子的至友——上界白鹿大仙,他口吐人言说明原委:"适间庞涓心怀不善,欲害吾命,被我降下冰雹打伤。……"而鬼谷子仙师的评价较为宽容:"因他出口要食白鹿,自取其祸。"① 辨识能力的高低,在此被与其他缺点联系起来而道德化了,雹击成为惩治的手段。

《飞龙全传》描写赵匡胤等三人,在玩花楼上与二十多名军士争持混打,后五城兵马司派弓兵箭手包围,众寡不敌,赵匡胤元神出现,掀起冰雹退敌:"早把顶门迸开,透出一条赤须火龙……忽又一声霹雳,降下一阵冰雹下来,如碗大的一般,望着兵马打去,唬得他弃弓丢箭,抱头鼠窜……那勾栏院被这一阵冰雹,打得军兵四分五落,各自躲藏。约过片时,天晴雨收,日色重光。众军伸头缩脑,慢慢的走将出来,聚在一处,个个咬指吐舌道:'从来不曾见的这样大冰雹,真是亘古奇闻,利害不过。'有的说打坏了头角,面目青红;有的说伤损了身躯,肩背疼痛。"② 帝王为龙,生发出体内有神龙护身才保障英雄无碍,龙被小说敷衍为与帝王同体,真形危时显现,龙所挟兴云布雨本领延展到驱使冰雹攻击,冰雹遂幻化为正义力量崛起之时的一个威能显示。试想,空中那碗大的冰雹雨痛击敌众,该如何富有气势和力度,仿佛天子雷霆震怒一般。冰雹言说在此被正面人物角色运用,亦说明冰雹灾害的某种鞭挞人世之恶的本质力量。而如果没有对自然界中雹灾伤人伤物的深切体验,对冰雹特点的把握,也就很难有如此精彩的文学生发。

其六,冰雹也常与雷霆结盟,作为上天惩戒世间精怪妖异的正义之力。明代王同轨称宣城梅禹金园在城东,深林遮蔽,园丁子留儿日渐尪羸,知其中精怪作祟而诸法莫能制。"一日,雷、雹交作,击破一树,视之,中有巨蛇蜕,盖蛇祟也。自是祟绝,然儿貌犹故。禹金教以服雄黄数月,遍体毛孔出赤蛇千万,始如丝发,竟日渐大,悉以焚死,儿始无恙。"③ 这里的雷霆与冰雹,一有声无形,一有形无声,互相助威以击杀隐藏的害人毒物。当然,冰雹也每多伴随着大风来袭,不过那些大风故事常津津乐道于如何幸运地免遭损害,甚至因祸得福;而冰雹言说却突出遭遇者鲜有

---

① 吴门啸客:《孙庞演义》第二回《白鹿击涓大冰雹　鬼谷授膑假天书》,黄山书社 1985 年,第 12—13 页。

② 吴璿:《飞龙全传》第四回《伸己忿雹打御院　雪父仇血溅花楼》,人民文学出版社 1985 年,第 28—29 页。

③ 王同轨:《耳谈》卷八《梅禹金园蛇祟》,中州古籍出版社 1990 年,第 199 页。

幸运逃脱的,常常夸大冰雹的气势和威力,这与明清人们对不同自然灾害的成灾性质、特征和古人彼时的理解有关,也与灾害叙事各自所属文化丛的传统有关。

其七,冰雹不打善人之田。《聊斋志异·张不量》揭示了雹不打善人田规律:"闻空中云:'此张不量田,勿伤其稼。'"原来春荒时张某给贫民贷粮都不量多少,故得名。吴陈琰《旷园杂志》的异文可为旁证:

> 顺治十八年(1661),青州一丐者,为神人敕其行雹,避雹者闻空中语云:"毋坏张不量田。"及天霁,他田偃坏,张田独无恙。盖张氏所贷归者,从其自入囷,绝不较,故以张不量称之。其事与南宋蒋自量同。蒋,杭人,长崇仁,次崇义,次崇信,兄弟一德,置公量,乞籴者皆令自收米,岁歉亦然,人因目为"蒋自量"。咸淳三年(1267),诏封三蒋为广福侯,至今庙祀盐桥之上。[1]

可以说,这与蝗不侵善人田如《聊斋志异·柳秀才》的善良县令治下蒙蝗神关照,同一思路。逻辑前提是,雹神必善恶分明。上述雹灾与人事关系的叙述,当来自汉魏六朝以来的雹灾象征传统。《汉书》写武帝元鼎三年(前114)夏四月雨雹,"关东郡国十余饥,人相食。常山王舜薨。子敢嗣立,有罪,废徙房陵"[2]。而《南齐书》更加明确化地阐释为下雹是君臣关系紧张的表现:《传》曰:'雨雹,君臣之象也。阳之气专为雹,阴之气专为霰。阳专而阴胁之,阴盛而阳薄之。雹者,阴薄阳之象也。霰者,阳胁阴之符也。《春秋》不书霰者,犹月蚀也。'"[3]因此,雹灾在明清也往往被视为人间社会有大的动荡、变故发生的征兆。

第四节　借火解冰与雹灾消解的神秘想象

屡屡不期而降、骤然袭来的雹灾,对此明清人也是有一定的联想想

---

① 吴陈琰:《旷园杂志》卷下《张不量》,《丛书集成续编》第211册,(台北)新文丰出版公司1984年,第509页。

② 班固:《汉书》卷六《武帝纪》,中华书局1962年,第183页。

③ 萧子显:《南齐书》卷十九《五行志》,中华书局1972年,第372页。

象和思考的。即使思考的结论未必正确,也属于某种应灾御灾意识的萌芽,不失为一种可贵的努力。

首先,是人们了解雹灾是洪水的前兆,常在雨季与暴雨相拥并至,发现此类现象,引起警觉,便有可能及时避灾。说乾隆癸卯年(1783)二月:

> 金溪北鄙崇岭崩,蛟也。大雨雹,风霆怒甚,山下村几墟、民几鱼,其暴如此。郡中故多蛟。某年小山出九蛟,得九穴,然不为暴。某年夏雨甚,邻里陈坊桥涨及于梁。有田父荷锄过桥上,见两巨蛇黄色,队行水中。随以锄击之,毙其一,致之桥上。闻者皆来观。已见上流有浮滓如席,去梁数丈,盘旋不前。——浮滓者,相传蛟属行水中,用以自覆者也。——于是观者皆走避,浮滓乃奔下,势若山裂,浪沸起,高丈许,梁不尽塌,涨亦顿落,而人无损者。若此皆不为民暴者也。[1]

所谓“风在雨前”,冰雹也每多作为洪水之神——蛟龙的前驱。相比之下,有的异文虽有删减,仍未割舍冰雹大风记述[2]。于是雹灾叙事成为一种以果推因的模式。

其次,火器驱赶雹灾成为“物必有制”信奉的御灾实践。此由烟火抵御水气的经验而来。河北沧州人纪昀写家乡产枣,枣未熟时怕雾,于是积柴草焚驱雾,“盖阳气盛则阴霾消也。凡妖物皆畏火器。史丈松涛言,山陕间每山中黄云暴起,则有风雹害稼。以巨炮迎击,有堕蛤蟆如车轮大者。余督学福建时,山魈或夜行屋瓦上,格格有声。遇辕门鸣炮,则踉跄奔逸,顷刻寂然。鬼亦畏火器……盖妖鬼亦皆阴类也”[3]。击落车轮大的蛤蟆妖物,与蛤蟆制雹信奉互动。另一满族作家也记载地方官员成功地以火器御雹,言其祖任武威令时:

> 秋稼将登,忽为李左车(雹神)所虐。公怒,选壮夫百人,向云头施火攻迎击之。云雷辄退,冰雹顿止。盖其地近阴山,雹有大于石砲者。自公行此法,数年无雹患。奇人奇举,何异钱塘之弩!又,

---

① 乐钧:《耳食录》二编卷三《蛟》,《耳食录·耳邮》,岳麓书社1986年,第208—209页。
② 徐珂编撰:《清稗类钞》第十二册《动物类》,中华书局1986年,第5624—5625页。
③ 纪昀:《阅微草堂笔记》卷十三,上海古籍出版社1980年,第302页。

公忧岁旱,数祈雨不应,乃至城隍庙与神约,三日内不雨,必毁像焚庙。是日向午,黄沙蔽天,间阎间挑灯为市,日暮遂雨。初如毛,渐如丝,继而大雨如注,尽夜方止。四野沾足,一郡欢声雷动。绅衿父老,齐集辕门,焚香拜祝多福。二事皆载武威东门外功德碑。兰岩曰:至诚感神,昭然不爽,韩文公驱鳄鱼,同一理也。[1]

火炮击雹,属于阴阳五行观念支配下,以火灭水,以"阳"御"阴",因而说"阳气盛则阴霾消",所谓妖物畏火的信仰也是由此而来。与炮击驱雹信奉相印证的,是放枪"止雨",清末新闻画报称江浙御灾时,安庆防营统领宋军门下令首先集合,持后膛洋枪对空射击,"声响连珠后,阴霾四散,天空放晴"。随即引西洋天文学家的雨为水气上升凝结之理,指出:"将云轰散,可以止住雨势。"[2]在这火器传入、科学理性精神与神秘信奉杂糅交织的文化变迁时代,该图的文字说明,还是补叙道光二十九年(1849)浙江久雨成灾,吴巡抚就下令在山顶放炮,虽被传为笑谈,但后来果然雨住天晴了,岂不证明此举"不可全信,不可不信"吗?

《点石斋画报》绘制了《龙见》的场面,明确说澳门在光绪十八年(1892)出现的龙卷风灾害破坏房屋,溺死一百多人,毁坏几十艘船只,"后龙卷风到钦州海面遇兵船,兵船上各巨炮齐轰之,才免于波及"[3]。这是炮击龙卷风奏效了。那么,有以炮击破风雨之灾的信奉,就可以用枪来代炮。说广东新会的深潭有龙在内:某日"云中有物旋转下垂",就连满载的砖船都被卷到空中,又翻覆下坠,"有人听说龙怕火炮,于是举枪对空齐鸣不一会儿雨收云散"[4]。该画报配合《申报》,还迎合读者将信将疑心理,称美国将军想以炮击降雨,指挥众炮齐发,并用热气球投下炸药,没成功。不过,这一龙信仰及其被现代军事利器火炮、火枪破除,强化了人们的御灾信念,也促进了御灾方法在消极应灾的强固传统下更新。

炮击飞雹,启发了以炮轰制止海啸。青城子叙述嘉庆十年(1805)夜听海中巨涛声,土人告知将要海啸,黎明后果海潮陡涨,"疾驶而来,若钱塘明潮然。数波则潮长丈余,较之平日大过三丈余。乡人情急,然

---

[1] 和邦额:《夜谭随录》卷十二《靳总兵》,中州古籍出版社1993年,第366页。
[2] 吴友如等:《点石斋画报》,大可堂版,1889年。
[3] 吴友如等:《点石斋画报》,大可堂版,1892年。
[4] 吴友如等:《点石斋画报》,大可堂版,1896年。

（燃）大炮向潮头轰之,潮即平不长,亦一异也"[1]。明清神怪小说也每多铺排的诸般宝贝兵器施放、斗宝描写,以及对其展演套路及其特点成因的推究,此出于自然界雹灾、民间驱雹等御灾措施的触发,同时应灾民俗心理中对冰雹的恐惧和防护愿望,也刺激了御灾习俗的文学传播与国民心理暗示。

　　其三,因御灾的种种应战方略,及其相关的超现实文学经验,明清御灾文化环境还触动了想象某种宝贝作为御灾工具象征,以期驱赶雹灾。甚至某些侠义英雄居然能当场喝退冰雹,凭借宝珠化雹御寒。文学化了的御灾措施展演,颇为接近现代人驱雹的"土火箭"（北方农村 20 世纪60、70 年代曾广为施行）,英雄具有震慑敌方冰雹攻击的神力:

　　　　素臣……覆身回来,见自己院中,亦积数尺冰凌,檐廊之下,亦堆至盈尺,惊问其故。文恩道:"老爷进去了一会,便如各处一样,打落下来,想是见老爷出来才住的。"……看那冰雹,竟如有眼睛的,跟着素臣旋落,院外尚在散落,院中处处冰山。素臣发怒,大吼一声,把半空中冰雹喝退一半,渐渐收小下来。[2]

至于可抵御冰雹的某些宝贝兵器,同样也可理解为御雹武器的神秘象征。《女仙外史》写冰雹被有效地抵御住,武后大怒向空指手画脚,"只见铙钹大小的冰雹无数,打将下来。月君又取手帕一方,抛向空中,却像似片大石板,冰雹乒乒乓乓都打在石板上,一块也不得下来,武后就脱下裙子,也要来裹月君。鲍姑一手接住道:'请各收了神通,我有道理。'"[3]在现实生活中,御雹最有效的方法是遮挡,而如何在匆促之际及时地用坚固的物件来有效遮挡? 通常情况下,最便捷的随身细小之物最好能即刻变硬放大,对于这一方宝贝手帕神通的想象,可谓神来之笔。

　　其四,借助于神通广大的英雄人物,除妖保民。《绣云阁》写霸占海子（深潭）的鳌妖,"妖头大如斗,口门如拜,青面赤须,獠牙寸许",因毗邻三贤庄,该庄酷尚奢华,宰牲极众,鳌妖经常发雹相扰,"海子之内雪雹

---

[1] 青城子:《亦复如是》卷七《大风雨将至》,重庆出版社 2005 年,第 215 页。

[2] 夏敬渠:《野叟曝言》第一百七回《水火无情久出炎凉之界　蛆虫可厌不污清白之躯》,人民文学出版社 1997 年,第 1293—1295 页。

[3] 吕熊:《女仙外史》第十四回《二金仙九州游戏　诸神女万里逢迎》,百花文艺出版社 1985 年,第 153—154 页。

常飞，如卵如砖，以击村间之屋宇，富者即能培补，无如补培未固，而冰雹又临。是村女男类多露宿成疾，呻吟呼吁，苦不可言。中有严光才者，生性孝友，睦族敦宗……不知水妖所畏者有德之人，若以勇力争之，其肆虐也较前而愈毒矣。所以时逢天中，好事者执强弓劲弩，以雄黄为弹，约集多人，将海子四方密密围着。号令一出，弓弹弩炮，齐向海子内发之。方发之时，似无他异，弓弩停后，海子内旋风突起，愈吹愈大。顷刻间黑雾迷漫，遮却天日。一声响亮，雪雹凭空打下，村人无处逃匿，为雹击毙者数百有余。自此海雾绵绵，日降雪雹，村人无可为计，只得约宰猪羊，向海子而祈祷哀怜。雾虽暂撤，然过三日必以雪雹乱加，即宰牲哀祈，总不能免"[①]。这雹灾来袭，"雪雹如蝗，密坠西庄"，西山此时虽见妖容，未识妖之所在，还是英雄三缄率门徒狐仙，探明鳌妖巢穴，经一番混战，三缄终究将鳌妖收纳到飞龙瓶中，斥责再三收之为徒，赐以道号"善成"。从中可看出佛教故事母题的影响。

其五，是一贯的避灾祈求。某些地区如山西平遥等县，七月初七或七月十五在田头庄稼上挂花红纸条，以此禳避冰雹侵袭。这类活动与求雨、驱蝗等农事禳灾仪式同旨[②]。

而实际上，大自然雷霆震怒时显示的威力，岂是人力所能抗衡的。张衍懿《雹灾行》从一个雹灾的目击者角度，以韵文艺术形式展示了雹灾发生的场面、对农作物的危害、人们的感受和联想："玉龙鼓鬣雷霆奔，大珠小珠历乱喷……老翁仰天呼不得，眼看田野声暗吞。豆苗糜烂麦苗尽，一家何以供饔飧。由来帝心最仁爱，奚使万物遭遭迤。妖袄横行害气盛，数逢阳九难具论。……玄黄战罢宇宙存。桑榆杲杲日渐出，川原濯濯树已髡。须臾明月照西极，晶光晃耀如白日。遥听乡村起哭声，坐对冰轮三叹息。"[③]掩卷遐思，茫茫天地间，风雷雨雹中，被灾者的无助呐喊如在眼前。

① 魏文忠：《绣云阁》第四十二回《三贤庄道止雪雹　五里村法伏虹腰》，辽沈书社1992年，第305—310页。
② 萧放等：《中国民俗史》（明清卷），人民出版社2008年，第23—24页。如按照地次计算，清代计发生雹灾338次，参见朱凤祥：《清代雹灾时空分布情态分析》，《商丘师范学院学报》2013年第8期；据《清实录》，清代共计发生雹灾681次，频次仅次于水灾、旱灾，闵宗殿《关于清代农业自然灾害的一些统计——〈清实录〉记载为根据》，《古今农业》2001年第1期。
③ 张应昌编：《清诗铎》卷十五，中华书局1960年，第503—504页。

　　总之,我们由上可见,明清雹灾言说的民俗文化内蕴及其神秘联想十分丰富,可看出雹灾所激起的御灾社会心理应激,并非单个故事文本那么简单。雹灾与雹神信仰的民俗叙事,体现出华夏之邦久远的御灾抗争传统,值得持守。

第五章　兽灾、动物崇拜及古代人兽关系理念

野兽,作为动物世界的主要成员,在古代社会,既是人类的近邻,又是人类危险的竞争对手和捕食者。明清时期,战乱与山林砍伐等进一步侵犯了猛兽领地,加剧兽灾发生。民间传说标举的特异捕兽器械和技术,虽然把野兽推到灾害施加者的被告席上,但也使人兽关系进一步恶化。野兽有时会主动攻击在地居民,如何应对野兽的袭击?被灾民众有时依赖相依为命的家畜如牛、狗等,逃过危险。又或者祷神、责神驱灾。而更值得注意的是,地方官以德行驱除兽灾,其中蕴含着深厚的民俗理念与丰富的文学想象。

第一节　兽灾:战乱与人口无序膨胀的显象

明清时代,战乱的频繁与人口的无序增长,许多地区的山林被砍伐,垦殖扩大,侵犯了一些猛兽的旧有领地,猛兽的生存安全遭遇威胁,间接加剧了兽灾的暴发。元末明初的至正二十七年(1367)朱元璋春谕中书省曰:"东南久罹兵革,民生凋敝,吾甚悯之。且太平、应天诸郡,吾渡江开创地,供亿烦劳久矣。今比户空虚,有司急催科,重困吾民,将何以堪。其赐太平田租二年,应天、镇江、宁国、广德各一年。"[1] 而顺治九年(1652)十二月,"免太原、平阳、汾州、辽、沁、泽灾赋。壬寅,诏还清苑民三百余户所拨投充人地,仍免地租一年。官军复安福、永新。丙午,撤卓罗等军回京。庚戌,幸南苑。戊午,还宫。广东贼犯香山,官军讨平之。己未,复命阿尔津为定南将军,同马喇希等讨辰、常余寇。甲子,免长武

---

[1] 高斯得:《耻堂存稿》卷四《公安南阳二书院记》,《文渊阁四库全书》第1182册,(台北)台湾商务印书馆1986年影印,第56页。参见黄志繁:《"山兽之君"、虎患与道德教化——侧重于明清南方地区》,李文海、夏明方主编:《天有凶年——清代灾荒与中国社会》,生活·读书·新知三联书店2007年,第439—464页。

灾赋"①。为保战后国泰民安,朝廷的轻徭薄赋政策使得人口爆发性增长。为了缓解人口增长与生活资料匮乏的严重矛盾,许多地区便砍伐山林烧荒垦殖,扩大耕地面积。据推算,顺治十八年(1661),全国耕地总面积约733万顷,而乾隆十八年(1753)已增至993万顷,嘉庆十六年(1811)增至1051万顷②。这便诱发了另一问题的出现,近邻的野生动物群体生存圈被压缩,动物的生活资源减少或不足,迫使猛兽冲出既有的环境圈层侵入居民世界。

首先,野狼、老虎等猛兽从山林中跑到人类活动的区域里,疯狂袭击人类。董含写狼进入境内:"凤阳颍上县,群狼入境食人,行旅皆结队而过。"他还转述《申江杂识》的传闻:

> 云间素无虎,《府志》载佘山有大青、小青,相去已久,无足据者。九月初,忽有虎从西来。初十日,伏东郊外华阳桥灌莽中。有顾氏子,年十七,早行被啖。复潜迹至天马山一带,居人多有见者,俱闭户不敢出。总戎遣兵四出搜之,虎往来倏忽,偶一遇,逡巡却避,经月不获。诧为神虎。乃于普照寺建道场,命黄冠咒阴兵驱之,后竟逸去。余作《新乐府》以记其事云……嘉靖初年,一虎自北从官路来,入市西空房中蹲坐。市有少年勇力五人,持刀枪攻之。虎跃起,五人皆伤,二人死,虎亦不食。次早,忽出门,渡浦至柘林西去,不知所之。③

人兽相斗,互有所伤。战乱带来一些特定地区人口锐减,也促发了以虎为中心的兽灾的猖獗,"朝食人兮,暮食犊与豚"与人争夺生存资源。更为恐怖的,有时竟是一虎伤众人。光绪二十七年(1901)镇康城附近山野间;"有虎食人,先后死者四五十人。绅首马玉堂命猎户张地弩,以药箭射之,杀一虎,而余虎隐遁"④。这不仅是在争夺食物,而是抢夺生存空间的对立性质的较量。以至一些边远之地,人们为避虎而不得不流亡异乡。可以说,兽灾猖獗如此,避灾所带来的一系列民俗心理、生活方式及

---

① 赵尔巽等:《清史稿》卷五《世祖本纪第二》,中华书局1977年,第131页。
② 张研:《17—19世纪中国的人口与生存环境》,黄山书社2008年,第180—181页。
③ 董含:《三冈识略》卷二《狼入境》、卷八补遗《松郡虎见》,辽宁教育出版社2000年,第25页,第181—182页。
④ 蒋世芳纂:《民国镇康县志初稿》卷二十四《轶事》,《中国地方志集成·云南府志辑58》,巴蜀书社2009年,第327页。

其生态观变化,不可忽视。

兽群乘着人间乱世导致的人口锐减,自然迅速繁殖。春季食物短缺时,居然偶或出山吓跑了居民,一度占领了当地的县城,驱赶那里的原驻民,令其不得不奔走异乡。如明末川北多山的保、顺二府,遭乱后烟火萧条,"自春徂夏,忽群虎自山中出,约以千计,相率至郭。居人逃避,被噬者甚众。县治、学宫,俱为虎窟,数百里无人迹,南充县尤甚"[①]。虎为山中大王,当人力无法掌控生存环境的平衡,自然法则就使得山野之王有恃无恐地进入人类家园,"虎进人退"。至于狼等,更是群聚而出没无常,为人畜之大害。还有祸害人类庄稼的野鼠、野猪等,都被明清时期人们视为大害,直到20世纪仍对人构成很大威胁,直至最近四十年来生态观念才有了较大改变,从生态系统的整体性来看待这些野兽。

其次,如何应对野兽侵入人类居住地的挑战,平衡人与野生动物的关系?明清人们也"有钱出钱,无钱出力",往往兴起杀兽自救运动。这就不仅是某地区个别性的、被动式的人虎遭遇战,不是如《水浒传》李逵打虎那样邂逅遭遇的偶然冲突[②],而是民间自发的或在官府支持下有计划地保护亲人、家园。而捕虎故事也往往是对捕获猛兽器械的发明和捕兽高超技术,进行着意标举。如明代总结捕猎猛兽的经验方法:

> 帅府茶会,言及杀虎云:"虎骨之异,虽咫尺浅草能伏身不露,及其虓然作声,则巍然大矣。杀虎法,当用三只枪。虎扑人,性劲,必及中枪即杀者上格,退次之,左右枪既接,可杀也。又闻野豕雄甚,牙一触马腹即溃。其尤老者,恒身渍松脂,眠以砂石,为自卫之计,枪不能入也。中官海寿,射生有名,无不应弦而倒。一日,得老豕,矢着辄火迸,数矢不入。一老胡教之,云令数卒随之,作呵喝声,豕必昂首听,颔下着矢,彼必倒地,尾后更着矢,斯仆矣。"已而果如其言。[③]

这显然是人利用猛虎、野豕的反应特性来消灭它。事实上,在生产力有限的情况下,人们如果不讲究对付猛兽的方法,可能受到更多更大的伤害。于是不少捕兽器械与方法发明也相继出现。赵翼《檐曝杂记》

---

① 董含:《三冈识略》卷二《虎横》,辽宁教育出版社2000年,第27页。
② 刘卫英:《元代向猛兽复仇故事的豪侠风范》,《北方论丛》2004年第3期。
③ 叶盛:《水东日记》卷二十八《杀虎及射野豕法》,中华书局1980年,第278页。

卷三介绍镇安多虎患：

> 其近城者，常有三虎，中一虎已黑色，兼有肉翅。月明之夕，居人常于栏房上见之，盖千年神物也。余募能杀虎者，一虎许偿五十千。居人设阱擭及地弩之类，无不备，终莫能得。槛羊豕以诱之，弗顾也。人之为所食者，夜方甘寝，忽腹痛欲出便，其俗屋后皆菜园，甫出门至园，而虎已衔去矣。相传腹痛即虎怅所为云。人家禾仓多在门外，以多虎故无窃者。余尝有句云"俗有鬼神蚕放蛊，夜无盗贼虎巡街"，盖实事也。余在镇两年，惟购得一虎、五豹。豹皆土人擒来，虎乃向武州人钩获者。其法以木作架，悬铁钩，钩肉以饵之。虎来搏肉，必触机，机动而虎已被钩悬于空中矣。
>
> 闻山西岢岚州在万山中，最多虎，故居民能以一人杀一虎。其法用枪一枝，高与眉齐，谓之齐眉枪。遇虎则嬲之，使发怒，辄腾起来扑。扑将及，则以枪柄拄于地，而人鞠躬一蹲，虎扑来正中枪尖，毙矣。或徒手猝遇虎，则当其扑来，辄以首撞其喉，使不得噬，而两手抱虎腰，同滚于地，虎力尽亦毙。余在镇安，曾以百千募湖南虎匠，至半年迄无一获，安得岢岚人来绝此恶孽也。[①]

不同地区各有打虎经验，所叙打虎实况较为可信。在人口锐减而又人虎对立的时代，清人基本上以大地的主人自居，千方百计猎虎杀虎。实际上，此举为的只是人们自身暂时的安全，并未把虎作为生物链上一个不可或缺的重要环节，更不可能将虎作为生态主体和生存伙伴看待。而仅将其作为人类生存资源的掠夺者和侵入者，加以无情地征服。结果常常是"曾以百千募湖南虎匠，至半年迄无一获"。而某些地区人兽拉锯战的持久与人兽关系的恶化，也构成当地生态环境的劣变。

为了有效抵御兽灾，人们也注意到探究猛兽习性，想象人兽的确也有相亲相安的可能，于是不免存在着"误杀"的悲剧性故事。和邦额写善于捕猎的章佖，露宿悬崖下遇一美少女、一婢，少女与章互有好感，小婢还助章佖与少女属对，猎户终与女"好合无间"。但少女也有令人奇怪处："特饕餮殊甚，每食禽兽之肉，腹笥兼人，独眈眈于馂（剩的食物）

---

① 赵翼、姚元之：《檐曝杂记　竹叶亭杂记》，中华书局1982年，第46—47页。

余。"且少女经常到"狼薮"大黄山看望寡嫂,令章担心。素知狼"无饥饱,遇物则哜"习性,便投毒黄羊肉想借此护卫少女。某夜二女通宵不返,章负弩查探,发现二狼死草间,旁有女衣两件和赠女的玉玦,大惊而归。作者指出,在多狼的五凉(甘肃)特别是金城(金昌),狼灾猖獗,还能讲究"战术"运用:"其噬羊用独,噬牛马用众,噬人用奇。亦捕禽鸟,伺禽鸣集草间,衔飞蓬一丛,蜥蜴行,逼而捕之。遇猎者,或带马髑髅,以御弓矢。是不特用独、用众、用奇,且又用术。然贪得无厌,往往为人所毙。夫能用独、用众、用奇、用术,可谓智而巧矣,而卒不免者,贪也。"[1]靠近山野之民长期观察,总结出狼的习性、长处与弱点,甚至形象地描绘出狼的聪明智慧,有戴着马的头骨来防备弓箭的描写。小说隐喻出了人与狼之间由彼此相安、保持距离,到严重敌对的、互害的(而人害狼为多)关系。可贵的是,小说作者具有一定的生态意识,人狼相遇竟能有如邂逅才女,人与狼的敌对关系不是绝对的,有彼此相处相安的可能,关键是人要增长知识才能。"恶兽如狼,而能属对,妙丽婉好……窃愿世之稍欲有为者,甚勿视诗书为物外物,日事嬉游,一旦让狼子而已不能也。"

多数带有新闻性、文学性的野兽食人传闻,立场基本上是人类中心的。似乎人类是野兽疯狂扩展侵略的受害者,控诉中把野兽完全推到灾害施加者的被告席上,强化着人兽的对立情绪,人类的家畜也往往跟着遭殃。光绪二十七年(1901)镇康山野间有虎已食四五十人:

> 光绪三十年(1904)甲辰,镇康坝湾桥下首有虎与蟒蛇互斗于山坡,数日后,蟒蛇为虎所败,食其首尾,余其身,长四五丈,大如厦柱。民国二十四年(1935)三月,猛黑有夷人上山打猎,到一岩房下,忽来一熊将伊咬死……六月下旬,大雾露地方忽有一虎,将山上黄牛咬杀二只,十月初四日半夜后,有虎入德党寨将杨小张家所蓄

[1] 和邦额:《夜谭随录》卷五《章佖》,中州古籍出版社1993年,第153—155页。有些地区即使未遇灾年,狼也构成行旅威胁。徐珂载:"齐、鲁间故多狼,每藏深林中。瞰人独行,蹑足尾其后,举前足加人肩,人回顾,则啮喉,断其喉管而死。然性甚怯,见兵器,则远遁,故行旅皆佩刃以行,觉有物加于肩,出刃扬之,狼遂他去,人不敢追,狼亦不敢复来也。"徐珂编撰:《清稗类钞》第十二册《动物类》,中华书局1986年,第5512页。

之骡擒去一匹,至寨外食之。次日,人过其处,见余骡腿一只。①

虎就像一个无往不胜的"大王",人、蟒蛇、黄牛和骡等,皆在其食物之列。此实符合虎的"肉食动物"习性,因为这些都是虎食物链上的猎取对象。古人将其作为虎的罪行,当然是以人类为中心看问题,那些"牛、骡"等家畜也是人的财产和资源,虎侵犯了人类的财产。而明代张含《永昌城中有猛虎行》早有兽灾之咏,先描述,后控诉:"山中猛虎食不饱,群集欲餐狐兔少。号风吼日无奈何,不避人烟来渡河。万家城郭河边器,一虎横行入城里。夜餐犬豕昼啮人,只图饱腹不顾身。……一人被啮万人畏,数月城中无稳睡。繁华市井转凄凉,阴云惨淡空断肠。一薪一米贵如玉,忍见儿啼并女哭。虎兮虎兮肉已肥,山中饥虎望尔归。"②

以个体人的体力一般根本无法与猛兽比拼,而在生产力低下、武器低劣、生存无法保障的情况下,把强势的猛兽视若仇敌,恐惧着并痛恨着,乃是"人类中心"的思维常态。经学家毛奇龄(1623—1716)《打虎儿行》也在讴歌禹州朱氏小儿虎口救父时,凸显出农夫耕作的凶险环境:"小儿十一随父耕,深林有虎斑毛成,飔飔黑风吹草根,乘风攫人谁敢撄。小儿不识虎,乃亦闻虎名。虎来小儿怖欲啼,掀唇见虎衔父肢。咆哮草际风来吹,儿啼向风不得父,把杖打虎截虎路。三尺童子五尺杖,打虎落毛伤虎臆。虎惊顾儿舍父逃,深林风草皆无色。禹州刺史呼小儿,裹之以帛饱以糜……"③张九钺《张义士杀虎歌》也写康熙年间,猛虎趁着黄昏公然入村袭击居民:"山麻萧萧白日昏,饥虎出吼伥攫人。村农倚壁叫号急,虎口呀呀据且蹲……"④可知在一些近山林丛莽的地区,村民们在怎样一个凶险的环境下生存劳作,他们的正常生活、亲人的生命受到猛兽威胁。没有理由责备古人站在人类中心立场上把猛兽视同仇敌,恐惧而痛恨,更要思考为何猛兽要离开它们旧有的活动区域,而进攻人类的疆土。

① 蒋世芳纂:《民国镇康县志初稿》卷二十四《轶事》,《中国地方志集成·云南府志辑 58》,巴蜀书社 2009 年,第 327—328 页。
② 刘毓珂纂:《光绪永昌府志》卷六十六《艺文志·诗》,《中国地方志集成·云南府县志辑 38》,凤凰出版社 2005 年,第 471—472 页。
③ 庞晓敏主编:《毛奇龄全集》第三十八册《七言古诗》,学苑出版社 2015 年,第 30—31 页。
④ 张应昌编:《清诗铎》卷二十,中华书局 1960 年,第 706 页。

说起御狼,狼的野兽本性,还往往在与人的关系上,在与狗的对比上,体现出来。清末厦门一带多狼,某家养了两只幼狼,稍稍长大,竟趁着他睡觉要咬他咽喉,被家中的狗冲上阻拦,只好将这二狼杀掉[①]。这类故事强化了明清深固的"人类中心""鸟兽不可同群"的观念。

其三,是迷信心理作怪,坚信袭击人类的狼是上天所派,"天狗下降",不敢捕猎,而依靠祷告期求幸免狼灾。清末纪实性小说写山西沁水、交城、阳城等县狼灾严重,沁水南乡百里内,死于狼者不下百人:

> 不惟幼童稚子,遭其荼毒,即精壮之夫,亦被狂噬,死伤日有所闻。乡人出门,俱有戒心,虽三五人成群结队,狼可攫一以去,甚至乡民赛社时,锣鼓旗伞,尝百数十人,迎神于道,而亦为狼所噬,则此处乡民,正宜急备精锐火器,纠合多人以为残除巨害之计,而无识者反异议沸腾,亡(妄)相推测,谓此狼殆由天降,不可以人力抗之,受害之人,多诿为天数。其幸生者,或祷之山神,以求免祸。

> 且有居城关之某女巫,欲借此敛钱,伪托有神附体,号于众曰:"天狗下降,此方劫数甚重,欲免患者苟共出布施,我当为众禳之。"于是信者甚多,女巫敛资无数。未几,该女巫出门,竟为狼所食,而愚民仍冥然不误,如梦如痴。最可怪者,县令某以狼为民害,亦惟日祷神祠,冀能幸免,而绝无弭患之方,乃祈祷愈虔,狼患愈甚。旋有一狼,夜入县署上房间壁,捕食鸡鸭。幸为巡警击杀,官眷未遭波及。众人闻悉,又以为神实显灵。至死不悟,出人意外。[②]

号称能驱赶吃人豺狼的女巫,竟然自身都难保,仍旧没有改变多数人畏狼心理下的侥幸,说明崇奉神兽的民间信仰该是多么强固!

比利时传教士南怀仁(1623—1688)《鞑靼旅行记》记载,他曾随康熙北巡辽东,途经山海关一带山林,七万人下马,"步比步,肩并肩地,穷追那些从洞穴中、从栖息地赶出来的兽类。兽类东窜西跳也找不到逃

---

① 吴友如等:《点石斋画报》,大可堂版,1889年。
② 壮者:《扫迷帚》第十六回《赛大会酿成械斗　养巨害妄祷山神》,内蒙古人民出版社1998年,第581—582页。《大乘义章》卷十二:"言布施者,以己财事分布于他,名之为布;辍己惠人,目之为施。"佛教中的布施分为财施、法施与无畏施。

路,终于力竭就捕。我亲眼看见,用这种办法,仅半日间就抓住三百多只牡鹿和狼、狐狸以及其他野兽。在辽东前方鞑靼(蒙古)的边陲地方,我时常看到一个时辰就捕住一千多只牡鹿和穴居的熊。这些兽类如同羊群一般在环形圈中跑来跑去找不到出口,它们自己的努力反而成了诱饵,倒了下去。打住虎有六十多头,这是用另外的方法,使用其他武器击毙的"①。这一游记的写实文字,点面结合,也可作为清初关外野生动物生活疆域受到大规模侵袭的一个旁证。

　　此外,有一类看似特殊却是普遍的兽灾——鼠患,也是气候、生态异常变化的晴雨表。特别是旱灾往往造成草原野鼠生存环境恶化,大规模迁徙到邻近农耕地区,造成极其严重的危害,因庄稼减产而直接危及人类。如光绪初年"丁戊奇荒"(1876—1879)就产生一系列并发灾害,目击者所见之鼠分明是与本地鼠有别的外来物种,很可能就是北方草原旱灾迁徙来的草原黄鼠。据《临汾县志》,光绪五年(1879)五月,"太白昼见,秋,鼠为灾(初,城南人晨起往田中,见禾伤如刈,以为邻人窃。于是夜伺之,倏闻齿啮声,潜击毙杖下,重斤许,睛吐喙锐,尾黄过身,黎明视之,被食者已数亩也。急归,率子弟搜其穴而掘之,深尺余,中分数孔,豆菽稷粱各不相絫。既而四村哄传,食啮几遍。计亩所获,不过斗许,甚者或三五升。上宪驰檄严捕,重加赏格,其患始息)"②。山西灵石地区在"丁戊奇荒"下也鼠灾猖獗,群鼠危害庄稼与人畜的同时,隐患则是传播可怕的传染病。"夫穿墉穿墙,鼠之常态原无足怪,而是年之鼠,木器、锡器、磁器、瓦器均能咬破,夜间咬羊羔,咬雏鸡,上床咬小儿耳鼻。家室不安,昼夜不宁,鼠多猫少,无法治之,人不堪其扰……论者谓'凶荒之后,戾气所致',此语近情。近世发明鼠疫,此可谓之鼠灾。"③可见区域性鼠患之烈,具有一定的滞后性、延续性,持久地产生危害。

① 杜文凯编:《清代西人见闻录》,中国人民大学出版社1985年,第74—75页。
② 刘玉玑、关世熙修纂:《临汾县志》卷六《杂记类》,国家图书馆藏民国二十二年(1933)铅印本,第100—101页。
③ 李凯朋、耿步蟾修纂:《民国灵石县志》卷十二《灾异》,《中国地方志集成·山西府县志辑20》,凤凰出版社2005年,第443页。

第二节　家畜救主与地方神救护百姓

面临野外猛兽袭击，人与家畜之间的亲密依存关系，得到了实在的验证，而强化了人类与驯养动物彼此的凝聚力。而更具想象力和审美意味的是地方神灵的庇护，祈祷地方神的保佑有时也是令在地百姓心理平静的灵方，虽然并无太多科学依据。

首先，依靠驯化了的家畜力量御灾，就是比较奏效的方法之一。在英国哲学家休谟看来，"动物的爱并不以同种的动物为唯一对象，而且扩展到更大的范围，包括了几乎每一种有感情、有思想的存在者"[1]。通过饲养与抚育的相处过程，古人与家畜建立了"异质同构"伦理关系，在争取生存空间的问题上，人与家畜的目标是共同的。依靠体力健壮的"爱畜"护卫自身，其中清人说的最有特色的，是不同于一般家畜，而是兼为"畜力"的牛。相传嘉庆癸酉（1813）四月，詹氏子在荒僻的山间坟地牧牛，上演了人牛合力斗虎自卫的一幕：

> 方偃于背，邻之儿甫乱戏于旁，有虎出于薄，直前搏牸。二儿痴，不识为虎，掷瓦砾，咳而逐之，虎顾牸不肯去。二儿徙倚观稍前，乃缘登木。牧子念其家贫，惟恃此以耕，不胜愤，径归取斧，将以杀虎。其父在田不之知，母视其来也，遽问，而告其故。顾东作方殷，家无男子，乃集里妇数人，噪而从。既至，二儿观酣，嬉笑自若，牸以角拒，虎爪啮无完革矣。牧子视牸且困，挥斧大呼，欲以致虎，虎果舍牸来。时木影漏日，刃环舞翕霍有光，虎益自缩，作势奋迅，欲以攫取，牸少憩力甦，乃前斗。虎舍牧子与之相持，牧子气定更进，虎又舍牸。牸与牧迭抗虎，如此者弥半日。顷，群妇莫之孰何。既而山下民闻者持梃欢呼来渐多，虎遂弃而去，牸牧竟全。余时倚垩冢下，仆辈亲见之，来告遣视，民方环睨，犹未逸也。畜而义，不忘卫所牧，牧子亦克念其家，奋不顾死，皆可尚。二儿不知畏，不被搏噬。[2]

---

① ［英］休谟：《人性论》，关文运译，郑之骧校，商务印书馆1996年，第435页。
② 惠康野叟：《识馀》卷四《牸牧相卫》，《笔记小说大观》第十二册，江苏广陵古籍刻印社1984年影印，第371—372页。

　　陈鼎《义牛传》后,余㥁《书义牛事》也载浙江慈利义牛护人:"其牧儿方七八岁,困卧草间,虎至,牛力护之。众农集,趋杀虎。"青垞感慨:"若此义牛所为,则真可谓能变畜类之心为人心,且更为侠义之人心矣,奈何世之人多出此牛下也。"[1] 牛能如此既夺主于虎口,不能仅以家畜本能来看待它,已被看作具人情,明事理,在道义上与人站在一个阶位了。这当然不排除载录者的有意选择与偏好,这是明清伦理文化的社会环境中,人们心目中的理想家畜形象。

　　出于自卫,竟还有猛牛斗杀虎的奇闻:"陕西汉中府西乡县出一猛虎,伤人无算,猎户与官兵莫能制之。有善搏虎某者,年老不能下车矣。众猎户官兵禀县固请,其人始出。遂入山,手握铁鞭,拾级而上,卒遇此虎,竟为所杀。时村家养牛数十头,正在山上,见此虎至,群牛皆退缩。惟一牛独前,与虎熟视者久之,忽奋力一角,正穿虎喉,虎立毙。报之县官,遂将此虎赏畜牛之家,并以银五十两奖之,一县称快。"[2] 官府"行政权力"介入下的奖励,增大了"孝义"的教化宣扬效应。

　　其次,面临野兽威胁,多数情况下和平居民还是依靠地方官德行、能力弭灾驱灾。在明,有爱民恤民的清官谢杰,在神前祷告为民请命。陈耀文引《九国志》老故事,有针对现实中虎灾对策的用意:"谢杰为高州刺史,境多虎,夜入郭中为暴,人不安居。杰一日沐浴,谒城隍庙,举酒祝神曰:'愚民何辜,而虎暴之,盖刺史无德化。愿虎只食刺史,无伤愚民。'因屏左右,独宿殿庭中。是夜三鼓,庙东南隅忽有物咆哮,其声如雷,良久乃止,迟明视之,数虎悉毙。"[3] 当地的"虎暴",通过地方官祈祷城隍,由神灵出面被宣告解决。

　　类似的祈虎离开仪式,以其牵涉民生的新闻性质,往往引起巨大的宣传效果。而且,其中有着神秘崇拜构成,也有着文人熟悉的故事典故

① 余㥁:《书义牛事》,王葆心辑:《虞初支志》甲编卷四,上海书店 1986 年,第 1 页。
② 钱泳:《履园丛话》卷十四《祥异·村牛搏虎》,中华书局 1979 年,第 384—385 页。清代笔记还记载家犬舍命护婴儿:"桐城西乡狼最多,某家畜一黑犬,秋日,小儿戏场圃中,狼从容自外人,村人亦以为犬也,不之觉。狼瞰人不备,亦弭首摇尾作犬状,潜近小儿。犬望见,遽遮以身。狼左右伺之,犬亦左右遮之。盘旋良久,小儿骇而号,犬亦狂吠。众闻声趋至,狼自窦逸,犬自后啮断其胫,遂获之。犬背创于狼,血淋漓然,未几亦毙。"徐珂编撰:《清稗类钞》第十二册《动物类》,中华书局 1986 年,第 5510—5511 页。
③ 陈耀文:《天中记》卷三十四,广陵书社 2007 年影印,第 1109 页。

的言说套路。褚人获追述宋理宗宝祐甲寅年（1254）："江东多虎。有司行襘禳之典，青词末联云：'虽曰寅年之足，或有数存；去其乙字之威，尚祈神力。'盖古诗有'寅年足虎狼'句，传谓虎威如乙字，对属甚切。"① 不过，更多的还是积极动员百姓自救，而官府予以政策性的鼓励。汤斌（1627—1687）先后在陕西、江西、江苏、北京四地做官，为官经历中，消除虎灾为民除害是重要政绩：

> 照得虔南兵燹之后，人民凋丧殆尽，荆榛塞路，虎豹昼游，吞噬残黎，攫啮牲畜。本道暨府县各官不能如古循良吏，增修德政，使虎类知感而渡河，自应责令乡民除虎害。乃近见各属有民间擒得虎豹，强缴其皮献之官府。是百姓冒死而得者，止供官府馈送之资，何所利而为之乎？合行申饬！为此，仰府县官吏即便大张告示，晓谕乡民人等，如有猎户善于搏虎者，听其捕逐擒获，一切皮肉任彼变卖，不得强行索取。仍破格赏赉，以示鼓劝。各官更当洗濯其心，慎重刑狱，勿使人谓苛政之害甚于猛虎也。仍将行过缘由回报查考，勿违。②

消除虎灾，地方官员依靠的是"借虎灭虎"的方式，用放开猎获者有权处理猎物的"物质刺激"，来充分调动当地民众捕虎杀虎的积极性。汤斌及时地洞察到下层官吏不去组织救灾，而是乘机"发虎灾财"，勒索猎户献虎皮的弊端。他深知，如听任继续侵吞猎户战利品，会降低猎户们冒险捕虎除害的热情。如此规定，取之于民又用之于民，既可减少地方财政开支，还能增进全民救灾功效。

虎灾盛行，"小兽伏虎"则为"借兽治兽"，被解释为是因盛世所感，更因地方官员的德行和积极作为而有意帮助人类。据说："灵寿之地多山，有虎为害。程邑侯为文虔祷山祠，忽睹异兽，文身锐角，如古所称'酉耳'者，搏虎啖之，自是患息。"与《聊斋志异·柳秀才》中柳神提示县令祈蝗神免灾类似，这也属于地方政府官员利用神灵威信，求助山神，有时灵验到求出了虎的天敌，从而平息虎患。傅维樅《虎患息》"因书其事"：

---

① 褚人获：《坚瓠集》六集卷二《禳虎青词》，《笔记小说大观》第十五册，江苏广陵古籍刻印社1984年影印，第189页。

② 汤斌：《汤斌集》第一编《汤子遗书》卷八《戢虎暴以除民害事》，中州古籍出版社2003年，第466—467页。

王畿右下拥太行，千峰百峰驻恒阳……巨松森挺溪草茂，群虎因得穴其旁。山中人畜罹斯害，磨牙吮血心为伤。山东程侯作邑牧，远诣山祠为祈禳。忽有异兽应时至，满身铺锦角卓枪。古称"酋耳"能食虎，果见搏虎如搏羊。恣啖血肉须臾尽，委骨林麓皑如霜。自兹虎患为衰止，山氓仍得安农桑……①

以异兽出现暗讽官吏不作为、乱作为。许多地区因战乱地广人稀，生产力落后，借兽灾敛财的风气依旧难于遏止，百姓仍笼罩在虎灾阴影中，以至有亲民的地方官还要重申禁令。两次三番颁布如此法令，只能说明仍有某些具体执行的差役不顾民众的死活，而执意搜刮虎皮；对猎虎获利自得的法令故意拖延颁布。可见，任凭兽灾横行，还要"大发灾难财"的贪官污吏何等猖狂。管楏《猛虎行》描述了两起猛虎食人惨案："山南白昼猛虎来，柴门竟日常不开。村东少妇血渍草，村西老翁骨成堆。官府明文下猎徒，村舍奔走相号呼。入门不顾索鸡酒，由来苛政猛於菟。亦毋张尔弓，亦毋亡尔镞。明朝群起颂相公，虎畏相公渡河北。"②少妇、老翁都死于虎口。与对付害虫——蝗灾的方式类似，似乎，如同虎这样的猛兽，也是有神灵暗中驱使的，而当地官吏的德行或关爱子民的诚心，则会感动神灵驱使灾星转移。在无助无奈之际，这种迷信的幻想实在也是无法之法。踵步史上循吏佳话，钱塘知县叶公治郡有方，发令有奇效，居然也改变了该县境内猛虎的行为："县治故多虎暴，公为文祭之，虎皆避去。"③

其三，在边荒地区，也不排除人们往往是直接求助于当地的神灵。清初时东北地区地广人稀，生态环境呈现出多虎而人们无力抵御，为免除当地兽灾的最大危害——虎患，多以伐木采参等野外活动为生的人们，就建立虎庙求助神灵保佑，但虎患却并不为之减少。方式济《虎庙行》一诗咏："刈稑山前猛虎穴，立庙詟（恐惧）虎虎踪蔑。圭楹豆梪岂神栖，假托长疑众鬼谲。或耸峨冠或介胄，俨主穷山排玉节。鬼胥牌书捕虎字，颓胸坙目屹持铁。血食由来神鬼尚，应鞭虎魂饫虎血。卫民弭毒匪淫祀，厥职无着笾俎设。山泽久烬炎官火，九关将毋绣斧折。胡为天地贳狰狞，履尾茫茫卜凶咥。"④方式济（1677—1717）康熙五十年

---

① 张应昌编：《清诗铎》卷十六，中华书局1960年，第527页。
② 张应昌编：《清诗铎》卷九，中华书局1960年，第248页。
③ 毛祥麟：《墨馀录》卷四，上海古籍出版社1985年，第62—63页。
④ 张玉兴选注：《清代东北流人诗选注》，辽沈书社1988年，第509页。

（1711）因《南山集》案被株连,举家流放卜魁(齐齐哈尔),关内文人初来荒蛮北地,猛虎成为最不适应的危害之一,借咏虎灾,诗人诸感慨愤懑找到了一个喷发口。

其四,城隍神也有庇护地方免受野兽侵扰的职责。如同发生灾害要问责地方官,有的甚至还要将治理兽灾无效,来"问责"当地神祇。据说左文襄(左宗棠)驻军甘肃,其地多狼,食人畜,遂命部下出队围猎,而终日不获一狼。某军官献计:"闻狼之为物,冥冥中有神管辖,故非人力所能驱除。"文襄听罢大怒,命手下抬来当地城隍神,褫夺其冠冕袍笏,责四十军棍,用木枷于营门外①。

以祷神、责神来治理当地兽灾,当来源于阴阳两界官员"同治一方"的互动配合观念。如明代后期带有写实性的公案小说,就昭示出某些地方官员祈神——陈祖拜城隍:"汝为朝廷守土,我为朝廷守官。人害人惟予除之,物害人惟神除之。人害弗除,则为废官;物害弗除,则为废祀。凡物之为害,莫过于虎豹、蛇蝎、蛟龙、豺狼。……"②说明时人认为野兽的行为受冥冥中神灵掌控,而兽灾的产生则有可能是神灵的失职或是恶神的驱使。人们虔诚的祭祀意在祈求神灵保护并适当约束野兽的侵略行径,而一旦兽灾失控,神灵失职结果就是废除对他的祭祀又或者处以人世的刑罚,一如左文襄对于城隍神的褫冠冕袍笏而责打。

灾害带来了人与动物关系的紧张。饥饿可以使原本被驯养的动物改变性情,如卖艺的山东人董正明,所蓄狗熊因生意不佳饥饿难耐,挣断锁链把一个四岁小儿咬死③。但这毕竟是驯养野兽,而当人们猝然面对曾为人类伙伴和帮手的狗叛变时,该多么绝望! 陈沆(1785—1826)《狗食人》就聚焦于灾荒中食人的流浪野狗:

> 汝南人瘦万狗肥,前有饿者狗后随。
> 忽然堕落沟中泥,狗来食人啮人衣。
> 顷刻血肉无留遗,残魂化作风与灰。
> 狗饱狗去摇尾嬉,余者尚充鸦雀饥。④

---

① 徐珂编撰:《清稗类钞》第一〇册《迷信类》,中华书局 1986 年,第 4789 页。
② 宁静子辑:《详情公案》卷四《人命门》,群众出版社 1999 年,第 77 页。
③ 吴友如等:《点石斋画报》,大可堂版,1895 年。
④ 钱仲联主编:《清诗纪事》,江苏古籍出版社 1989 年,第 8786 页。

　　如此多且疯狂的流浪饿狗,被灾荒饥饿煎熬,在非人的世界里变成吃人野兽。此前蒲松龄也注意到了旱荒下,人葬于禽犬之口,是与死人肉不值钱、待死者多而贱有关系。"道馑无人瘗,禽犬分葬之,人俭而畜丰矣。郡城为流人所聚,国若焦。……货人肉者,凌晨驱驴,载送诸市肆,价十分羊之一;或炼人膏而溃之,以杖荷坛,击铜板市上,价视乌麻之槽磨者;得入瞀井,犹大葬也。不死者,露秽眠道侧,将死亡羞,虽生亦忘情。或偕口俱出,死其一,行矣不顾,尸横路衢,无呜哭者。草间有弃儿,怜者收恤之。至是人益贱,垂髫女才易斗粟。"①因逃荒者大多已经死于沟壑,才会出现野狗横行的恐怖局面。

第三节　野兽精怪食人的人事预兆

　　在古代中国,正史的文化建构作用是巨大而不可低估的。由于史书之中《五行志》将野兽妖异与人世变故联系对应的神秘思维定势,明清人们往往还是把无法抵御的精怪,同野兽联系起来。有的小说还借助于前代民间野兽精怪食人传闻,强调"国之将亡,必有妖孽"。《水浒后传》描写的种种怪异恐怖事件中,就有怪兽食人。说寺中老僧法号真空与闻焕章一向厮熟,留宿当晚谈起灾异之事,真空称:

> 夜静无人,不妨闲讲。有龙挂在军器作坊,兵士取来作脯吃了,大雨七日,京城水高数尺。禁中出了黑眚,其形丈余,毒气喷出,腥血四洒。又有黑汉蹲踞,像犬一般,点灯时候就抢小儿吃。狐狸坐在御榻上。……种种怪异,不可殚述。总之"国之将亡,必有妖孽"。眼见得天下大乱了。这是老僧饶舌,先生须要谨言。②

　　这显然是将某种自然动物的怪异行为与人世政治伦理相对应,"异

---

① 盛伟编:《蒲松龄全集》第贰册卷一《康熙四十三年记灾前篇》,学林出版社1998年,总第1024—1025页。韩愈《赴江陵途中寄赠王二十补阙……翰林三学士》:"孤臣昔放逐,血泣追愈尤……传闻闾里间,赤子弃渠沟。持男易斗粟,掉臂莫肯酬。我时出衢路,饿者何其稠。亲逢道边死,仵立久咿嚘……"

② 陈忱:《水浒后传》第十九回《纳平州王黼招兵　逐强徒徐晟夺甲》,山东人民出版社1981年,第202—203页。

质同构"的思维结果。清代小说这段奇闻并非向壁虚构,而当来自明人传闻:"正德七年(1512),黑眚见,形兼赤黑,大者如犬,小者如猫,若风行有声,夜出伤人,有至死者。初自河间、顺德,渐及京师,人夜持刁斗相警,达旦不敢寝,逾月始息。""成化十二年(1476)七月,京师西城,有物夜出伤人,其色黑,踪迹之不可得。上乃于禁中祭告天地……"[①]而这段传闻,也不是前所未有,早自宋代,佚名《大宋宣和遗事》即载北宋宣和三年(1121)五月,"金使来,复如前议。六月,黄河决。恩州有黑眚出。洛阳京畿忽有物如人,或如犬,其色黑,不能辨眉目,夜出,掠小儿食之,至二秋乃息。二月,童贯进太师,谭稹加节度"[②]。显见,"黑眚"留给人的印象是形如"犬猫",更兼色黑有毒、行动如风,且"掠小儿食之",这个带有"熟悉又陌生"特征的精怪一旦出现,就预示着人间要有别的灾难发生。这个征兆似乎应验着世人的某些猜想。

较多载录野兽侵犯居民的是地方志。根据不同地区的野兽种类的分布,可以看出,野兽频繁出没人类聚居地,与生态环境恶化、自然资源匮乏有直接关系。也可以说,野兽的异常出没,是地方上生态环境遭遇破坏的一个暗示。例如康熙四十六年(1707)皖南地区,"虎成群食人,自后十年中计伤千余。猎人张网焚山捕之,不获。……(乾隆九年二月十五日夜)虎从东关阙城入,经宣阳关,逾营房遍历大堂县丞署,由王簿署跃墙出,从学宫前下北水关渡河逸。秋七月庚辰,大水,仓储俱没"[③]。野兽出现了与往日积习异常的行为,对人类造成了严重的威胁。在当时毫无防备的和平居民看来,真是需要认真对待,因此,记载或咏叹如何捕捉、击毙、抵御猛兽,成为富含人本意味的民俗文学题材,如诗咏:"竹枪茅戟森江国,萧滩白日回阴色。市儿青裙头布帽,争言缚虎沙潭侧。地平实异溪谷险,公然攫人到昏黑。此物岂因气数至,居人恒愁爪牙逼。劲弧疾弩谁命中,纷纷贪天谓己力。撑枝欲使元恶劝,寝皮何论一钱直。天道张弓固有时,负嵎猛气宁终极。即看六宇消残贼,麒麟来游夜户辟,饱睡顿豁平生臆。"[④]对虎的骤然出现与消失,给予了更为深刻的认识。

---

① 余继登:《典故纪闻》卷十六、卷十五,中华书局1981年,第297页,第270页。
② 佚名:《新刊大宋宣和遗事》元集,中国古典文学出版社1954年,第36页。
③ 洪亮吉、李德淦纂修:《泾县志》卷二十七《灾祥》,国家图书馆藏清嘉庆十一年(1806)刻本,第8—9页。
④ 龚鼎孳:《临江缚虎行》(用少陵《虎牙行》韵),《龚鼎孳诗》卷四,广陵书社2006年,第95页。

"此物岂因气数至,居人恒愁爪牙逼",而根据"即看六字消残贼,麒麟来游夜户辟",认为虎的出现也是一个"气数"问题。王培荀录:"蜀地建昌,近边塞,多虎。雅安令粟芸畦(穗),募人以毒弩射死五虎。南江忽有虎,艾某、习某往杀之。"于是杨世焘为作《打虎行》,其父冠山和之,形容曲尽,其势如目睹:

> 山风猎猎山树鸣,山路崎岖断人行。踞牙钩爪斑斓虎,扑地一吼人皆惊。聚众追随远相逐,虎行缓缓故不速。直上前冈始负嵎,吞身缩爪睅(睅)其目。到此相看不敢前,虚呼空喝只徒然。勇哉艾生无客气,习生亦豪为之贰。我不死虎虎死我,有进无退何多计。持矛直至石崖间,旁人远呼尽胆寒。一跃突出天色变,矛刺虎心人臂断。习生后劲挑一矛,齐坠高冈人虎乱。虎吼一声兀不动,艾生裹臂焉知痛。抬将死虎幸生还,捋须履尾一市哄。我乡百年无此物,偶有即能除其恶。嗟哉除恶岂易言,志能断臂方能搏。①

还有的,则将别的自然灾害同兽灾通盘考虑,如地震,有些动物就很能提前预感到,它们有时袭击人类本身就是一种地震前兆。

野兽为灾,强化了古代精怪信奉,也不免"谈虎色变"地夸张渲染的文学性艺术性。如清末传闻,凉州西乡某勇士,力举百斤,持刀斗狼,受伤被困,幸好众人前来解救。画报上的巨狼,描绘得比人还要高大,体态简直就像一匹马,从而宣示:"豺狼当道,需要有胆大勇为的人……"②(图5-1)夸示性描绘中还透露出其平不平气概的画外之意。

同时,这也影响到对于周边国度相关现象的观照及结论。在报道朝鲜出现"嘴长爪利"、咬伤儿童的硕大老鼠时,还不忘提醒:"朝鲜近来祸乱频仍,'国运不强,妖孽就多',此言不虚。"③显见,明清人们十分关注动物的异常行为,特别是与这些行为紧密相关的人世变化。无可否认,这也是"人类中心论"的一个变奏。

---

① 王培荀:《听雨楼随笔》卷七《蜀地多虎》,巴蜀书社 1987 年,第 462—463 页。
② 吴友如等:《点石斋画报》,大可堂版,1887 年。
③ 吴友如等:《点石斋画报》,大可堂版,1885 年。

图 5-1　狼与人斗

第四节　官员德行感兽与人兽和谐期盼

养畜围栏遗址,反映了原始先民早就具有了强烈的御兽护畜意识[1]。一般认为:"人类早期,在人与禽兽之间绝不仅仅是人与猎捕野生动物为主要生活资料的单向关系,人类也是大型凶猛的食肉动物捕食的对象之一。在人类起源后一个相当长的时期内,人类并未完全摆脱作为生物圈中食物链上一环的境地。"[2]既然如此,作为食物链上的中国古人,是怎样确保"利己爱人"地巧妙处理人兽关系的?

首先,是人世伦理的巧妙投射。古人常常将对抗猛兽的征服能力与平定社会秩序的能力合为一体来评价。如唐前史书写杨大眼"出为荆州刺史。常缚蒿为人,衣以青布而射之。召诸蛮渠指示之曰:'卿等若作贼,吾政如此相杀也。'又北淯郡尝有虎害,大眼搏而获之,斩其头悬于穰市。自是荆蛮相谓曰:'杨公恶人,常作我蛮形以射之。又深山之虎尚所不免。'遂不敢复为寇盗"[3]。似乎,有杀虎的威力就有除恶的能力。

其次,对与猛兽交战的经验的辩证接受。在与人类为食、危害人类的猛兽中,有的并非仅仅危害人类,还往往歪打正着地给人类的医学、药物学等带来了难得的启发、检验和提高,例如,倘若没有毒蛇对人的屡屡侵袭,许多能够解剧毒的灵药就得不到施展和改进,人们的诊断力和医术也很难提高。这也许是兽灾与其他有些灾害不同之所在。宋代传闻,临州有个弄蛇货药为业的,一日被蝮蛇所啮:

> 即时殒绝,一臂之大如股,少选,遍身皮胀作黄黑色,遂死。一道人方傍观,出言曰:"此人死矣,我有药能疗,但恐毒气益深,或不可活,诸君能相与证明,方敢为出力。"众咸竦踊劝之,乃求钱二十文以往。才食顷,奔而至,命汲新水,解裹中药,调一升,以杖抉伤者口,灌入之。药尽,觉腹中撋撋然,黄水自其口出,腥秽逆人,四体应手消缩,良久复故,已能起,与未伤时无异。遍拜观者,且郑重谢道人。道人曰:"此药不难得,亦甚易办,吾不惜传诸人,乃香白芷一物

---

① 张波等:《中国农业自然灾害历史资料方面观》,《中国科技史料》1992 年第 3 期。
② 张建民、宋俭:《灾害历史学》,湖南人民出版社 1998 年,第 127—130 页。
③ 魏收:《魏书》卷七十三《杨大眼传》,中华书局 1974 年,第 1635 页。

也。法当以麦门冬汤调服,适事急不暇,姑以水代之。吾今活一人,可行矣。"拂袖而去,郭邵州云得其方,鄱阳徼卒夜直更舍,为蛇啮腹,明旦,赤肿欲裂,以此饮之即愈。①

其实毒蛇虽然剧毒难敌,但在医学角度说来又是利害并存的。有些顽疾,就因为蛇毒的疗救,使得患者获得了新生。而相比之下,遭遇蛇毒竟然在许多文本中成了一种幸运经历。其中体现的兽灾与人的关系,较为复杂。虎的习性与人们的应对方式,也得到时人关注:"近岁平江虎邱有虎十余据之,同里叶氏墓舍在焉。其一大享堂,虎专为食息之地,凡人兽之骨交藉于地,蛇骨亦有之。闻虎之饥,则兼果实皆啖,不特兽也。其堂下大泥潭,虎饱则展转于中。傍居之人熟窥之,凡食男子必自势起,妇人必自乳起,独不食妇人之阴。或有遇之者,当作势与之敌,而旋退引至曲路,即可避去。盖虎不行曲路故也。"②虎患促使人学会如何免受伤害。

第三,官员宣扬德行感化的"恩及禽兽",并有意扩大,进而伦理化地观照野兽的自然行为。官员德行与人兽和谐期盼,主要来自汉魏六朝"孝感仁兽"民俗言说,是一种文化传统的延续与扩大。对于官吏德行影响到动物,较早见于《后汉书》宋均本传:"字叔庠,南阳安众人也。父伯,建武初为五官中郎将。均以父任为郎,时年十五,好经书,每休沐日,辄受业博士,通诗礼,善论难。至二十余,调补辰阳长。……迁九江太守。郡多虎暴,数为民患,常募设槛阱而犹多伤害。均到,下记属县曰:'夫虎豹在山,鼋鼍在水,各有所托。且江淮之有猛兽,犹北土之有鸡豚也。今为民害,咎在残吏,而劳勤张捕,非忧恤之本也。其务退奸贪,思进忠善,可一去槛阱,除削课制。'其后传言虎相与东游度江。中元元年,山阳、楚、沛多蝗,其飞至九江界者,辄东西散去,由是名称远近。浚遒县有唐、后二山,民共祠之。"③史书载录的"虎豹在山,鼋鼍在水,各有所托"的观念不仅对世人行为有影响,更对笔记野史、正史的叙述观念产生深远的影响。

华峤《后汉书》也称宋均迁九江太守,先前九江多虎,屡次伤民,宋

① 洪迈:《夷坚志》乙志卷十九《疗蛇毒药》,中华书局 1981 年,第 351—352 页。
② 周密:《癸辛杂识》别集上《同里虎》,中华书局 1988 年,第 222 页。
③ 范晔:《后汉书》卷四十一《宋均传》,中华书局 1965 年,第 1411—1413 页。

均认为："咎在贪残,今退贪残。"虎渡江远走,不为民害①。而《魏书》也称："昔宋均树德,害兽不过其乡;卓茂善教,蝗虫不入其境。"②宋均名望大到《水经注》:"山南有阴陵县故城……后汉九江郡治。时多虎灾,百姓苦之,南阳宗均(宋均)为守,退贪残,进忠良,虎悉东渡江。"③而此前《后汉书》写法雄转任南郡太守,"永初中,多虎狼之暴,前太守赏募张捕,反为所害者甚众。雄乃移书属县曰:'凡虎狼之在山林,犹人之居城市。古者至化之世,猛兽不扰,皆由恩信宽泽,仁及飞走。太守虽不德,敢忘斯义?记到,其毁坏槛阱,不得妄捕山林。'是后虎害稍息,人以获安。在郡数岁,岁常丰稔。"④这些记载体现了一个共同的叙述模式。

唐代成书及唐前史书此模式以《南史》为最多:如梁天监六年(507),孙谦为零陵太守,"年已衰老,犹强力为政,吏人安之。先是郡多猛兽暴,谦至绝迹。及去官之夜,猛兽即害居人。谦为郡县,常勤劝课农桑,务尽地利,收入常多于邻境"⑤。庾黔娄年少好学,多所讲诵,"性至孝,不曾失色于人。南阳高士刘虬、宗测并叹异之。仕齐为编令,政有异绩。先是县境多猛兽暴,黔娄至,猛兽皆度往临沮界,时以为仁化所感"⑥。

萧劢,"除淮南太守,以善政称。迁宣城内史,郡多猛兽,常为人患,及劢在任,兽暴为息。又迁豫章内史,道不拾遗,男女异路。徙广州刺史,去郡之日,吏人悲泣,数百里中,舟乘填塞,各赍酒肴以送劢。劢人为纳受,随以钱帛与之。至新淦县峢山村,有一老姥以盘擎鳝鱼,自送舟侧奉上之,童儿数十人入水扳舟,或歌或泣"⑦。

萧象,"容止闲雅,简于交游,事所生母以孝闻。位丹阳尹。象生长深宫,始亲庶政,举无失德,朝廷称之。再迁湘州刺史,加都督。湘州旧多猛兽为暴,及象任州日,四猛兽死于郭外,自此静息,故老咸称德政所感。历位太常卿,加侍中,迁秘书监"⑧。(《梁书·桂阳嗣王象传》:"湘州

---

① 虞世南编撰:《北堂书钞》卷七五,中国书店 1989 年影印,第 274 页。
② 魏收:《魏书》卷四十五《高祐传》,中华书局 1974 年,第 1261 页。
③ 陈桥驿注释:《水经注》卷三十《淮水》,浙江古籍出版社 2001 年,第 477 页。
④ 范晔:《后汉书》卷三十八《法雄传》,中华书局 1965 年,第 1278 页。
⑤ 李延寿:《南史》卷七十《循吏传》,中华书局 1974 年,第 1716 页。
⑥ 李延寿:《南史》卷五十《黔娄传》,中华书局 1974 年,第 1245 页。
⑦ 李延寿:《南史》卷五十一《梁宗室上》,中华书局 1974 年,第 1262 页。
⑧ 李延寿:《南史》卷五十一《梁宗室上》,中华书局 1974 年,第 1274 页。

旧多虎暴,及象在任,为之静息,故老咸称德政所感。""桂阳王象以孝闻,在于牧湘,猛虎息暴,盖德惠所致也。昔之善政,何以加焉。")

萧修,"九岁通《论语》,十一能属文。鸿胪卿裴子野见而赏之。性至孝,年十二,丁所生徐氏艰,自荆州反葬,中江遇风,前后部伍多致沉溺,修抱柩长号,血泪俱下,随波摇荡,终得无佗。葬讫,因庐墓次。先时山中多猛兽,至是绝迹。野鸟驯狎,栖宿檐宇。武帝嘉之,以班告宗室"①。

萧晔,"出为晋陵太守……初至郡,属旱,躬自祈祷,果获甘润。郡雀林村旧多猛兽为害,晔在政六年,此暴遂息"②。

傅昭,"郡自宋来,兵乱相接,府舍称凶。每昏旦间,人鬼相触,在任者鲜以吉终。及昭至,有人夜见甲兵出,曰'傅公善人,不可侵犯',乃腾虚而去。有顷风雨总至,飘郡听事入隍中,自是郡遂无患,咸以昭贞正所致。郡溪无鱼,或有暑月荐昭鱼者,昭既不纳,又不欲拒,遂喂于门侧。郡多猛兽为害,常设槛阱,昭曰:'人不害猛兽,猛兽亦不害人。'乃命去槛阱,猛兽竟不为害"③。

周朗,"后为庐陵内史,郡界荒芜,颇有野兽。母薛氏欲见猎,朗乃合围纵火,令母观之。火逸烧郡解,朗悉以秩米起屋,偿所烧之限。称疾去官,为州司所纠,还都谢孝武曰:'州司举臣愆失多不允,臣在郡猛兽三食人,虫鼠犯稼,以此二事上负陛下。'上变色曰:'州司不允,或可有之。虫兽之灾,宁关卿小物。'"④

显然,《南史》的纂修者李氏父子,在总文字减少约二分之一情况下,或保留、或生发、或补充已有的沈约《宋书》、萧子显《南齐书》等先在材料,对待同一个传主德政德行感化猛兽的载录,其偏好也胜于《梁书》。客观地看,这些史书记载既显示出越来越多的地方官富有献身精神,也说明南朝兽灾更为严重,而地方官德行在其为官政绩中所占比重越来越大,在无良策祛除猛兽之灾的情况下,只能沿袭成说,以身犯险以证德行,但无疑也更强化了地方官德行决定野兽行为的坚定信奉。

---

① 李延寿:《南史》卷五十二《梁宗室下》,中华书局 1974 年,第 1298—1299 页。
② 李延寿:《南史》卷五十二《梁宗室下》,中华书局 1974 年,第 1303—1304 页。
③ 李延寿:《南史》卷六十《傅昭传》,中华书局 1974 年,第 1468—1470 页。
④ 李延寿:《南史》卷三十四《周朗传》,中华书局 1974 年,第 893 页。

　　这里的"猛兽"一般指"虎"。赵翼（1727—1814）曾总结："唐人修诸史时，避祖讳之法有三。如虎字、渊字，或前人名有同之者，有字则称其字。……否则以文义改易其字，凡遇'虎'字，皆称'猛兽'。"①因此，上引"猛兽"虽非绝对都是猛虎，多数情况下则然。在史传文本中，野兽的物种可以有变化，相关情节与故事背景可有微妙差别，然而，官员本人的善行懿德，却殊无二致。唐五代关心民瘼的韦庄《南阳小将张彦硖口镇税人场射虎歌》咏："海内昔年狎太平，横目穰穰何峥嵘。天生天杀岂天怒，忍使朝朝喂猛虎。关东驿路多丘荒，行人最忌税人场。张彦雄特制残暴，见之叱起如叱羊。鸣弦霹雳越幽阻，往往依林犹抵拒。草际旋看委锦茵，腰间不更抽白羽。老饕已毙众雏恐，童稚揶揄皆自勇。忠良效顺势亦然，一剑猜狂敢轻动。有文有武方为国，不是英雄伏不得。试征张彦作将军，几个将军愿策勋。"②而由上可见，官员德行不但包括个人的孝行美德，也包括公正廉明的政治行为，更包括设身处地清晰明辨的自然观念，即对动物尤其是智慧动物，特别是山中大王的体贴理解，以及对自然生态变化真正动因的洞悉。这样的官员往往是具有生态智慧的"智者"，是人世与动物世界的沟通与调停者。

　　作为世界上现存第一部系统法医学专著，因现实需要，宋慈（1186—1249）《洗冤集录》卷五就特设"虎咬死"一目，据遗痕所描绘的现场情态，推测合理："凡被虎咬死者，尸肉色黄，口眼多开，两手拳握，发髻散乱，粪出。伤处多不齐整，有舌舐齿咬痕迹。虎咬人，多咬头项上，身上有爪痕、掰损痕，伤处成窟或见骨，心前、胸前、臂、腿上有伤处，地上有虎迹。勒画匠画出虎迹，并勒村甲及伤人处邻人供责为证。（一云：虎咬人月初咬头项，月中咬腹背，月尽咬两脚。猫儿咬鼠亦然。）"③可见当时虎伤害现象之普遍的程度。

　　宋代大规模围湖造田，与野兽争夺森林绿地，造成生态环境恶化。文化重心南移，也导致一些原本不属于人类的地区，被人们迅速占领开发。人类地盘扩大，生存空间拓展，可是倘若从"众生平等"的角度看，野兽的家园被人毫无商量地破坏、占据，人兽冲突开始加剧起来。例如

① 王树民校证：《廿二史札记校证》卷八，中华书局1984年，第175—176页。
② 聂安福笺注：《韦庄集笺注》，上海古籍出版社2002年，第355页。
③ 高随捷、祝林森译注：《洗冤集录译注》卷五，上海古籍出版社2008年，第142页。

在广东,就发生过当地居民种稻,因过度防护野象侵袭,象群围攻官员迫使其妥协的事件。这一新闻的载录者是以同情、钦佩的态度描述故事体现的野象智慧的,说乾道七年(1171),陈由义省亲路过潮阳,闻土人言:

> 比岁惠州太守挈家从福州赴官,道出于此。此地多野象,数百为群。方秋成之际,乡民畏其蹂食禾稻,张设陷阱于田间,使不可犯。象不得食,甚忿怒,遂举群合围惠守于中,阅半日不解。惠之迓卒一二百人,相视无所施力,太守家人窘惧,至有惊死者。保伍悟象意,亟率众负稻谷积于四旁,象望见,犹不顾,俟所积满欲,始解围往食之,其祸乃脱。[①]

对于闻听者口述的生态危机故事,载录者认为:"盖象以计取食,故攻其所必救,厖然异类,有智如此,然为潮之害,端不在鳄鱼下也。"认识到人类与象群都在为生存而彼此较量。人用计谋而象用体力和生命博取资源。象也是智慧动物,对人世的伦理规范似乎有些了解,"遂举群合围惠守于中,阅半日不解",并最终获得了食物。其实这只是一时救急,人象以后如何相处,依旧是自然生态平衡的大问题。

第五节　生态环境变化与人兽关系的调整

人与猛兽关系是多种因素共同影响下的结果,怎样才能使人类的生存更舒适? 对此古人特别是近现代人们都做怎样的思考?

首先,对于猛兽带来的威胁,明清时代人们进行了带有神幻意味的思考。如所谓义虎仁虎情虎故事,仁狼情熊的传说甚夥,就是一个重要的方面。像明代祝允明讲述的义虎惩恶救善,说荆溪有二人儿时结交,长大后贫富不同,贫者只知道读书,妻子美艳。富者设谋,称某山某甲富,缺少管家,你正合适,并提供船费,一并载其艳妻前往。抵山,又说避免唐突,与贫者二人先上山。富者引行到险恶处,抽出斧斫贫者,致其昏倒,认为已死,就哭着下山,告知其艳妻说夫君已被虎咬死,妇哭。富者

---

① 洪迈:《夷坚志》丁志卷十《潮州象》,中华书局1981年,第624页。

又好言约同上山,引到幽僻处欲强暴:

> 忽虎出丛柯间,咆哮奋前,啮富子去,毙焉。妇惊定,心念彼习
> 行且尔,吾夫其果在虎腹中矣,不怨客,转身而归,迷故途。顺途而
> 哭,忽见一人步于傍,问故,妇陈之,人言:"勿哭,当返诸舟,可归。
> 尔舟在彼。"遂导之返,见舟而灭,盖神云。妇登舟莫为计,俄而山
> 中又一人哭以出,遥察之,厥雄也。妇疑骇其夫:"鬼与?"夫亦疑
> 妻:"当为贼收矣,何尚独存哉?"既相逼,果夫、果妻也,相拥大恸而
> 苏,各道故。……于是更悲而慰,哭而笑。终归完于乡。[1]

故事中猛虎能辨别善恶之人,而不早不晚现身的"山神"又能幻化
人形指示路径,岂非叙事者将自己的社会伦理观念投射其中?作者评
曰:"视贼始谋时,何义哉!已乃以巧败,受不义之诛于虎,亦巧矣。非虎
也,天也。使妇不遇虎,得理于人。而报贼且未必遂,遂且未若此快也。
故巧不足以尽虎,以义表焉可也。"由此看来,明清两代小说中带有仙幻
性质的诸多"虎夫""熊妻"等故事,一定程度上也是当时人们对野兽态
度的现代性认同,事实上,有关人兽和谐的实录性文本虽不多,但因驯化
野兽为人所用的历史经验,习惯性导致人类期望自然界的猛兽也能随着
与人交流的频繁,而具有人的善恶情怀。并在智慧动物人性化文本传播
中互动生发,以改善生态主体之间的关系,使之趋于正常。

其次,重视经验实证。兽灾出现,还往往会被明清人们认为是灾害
即将发生的预兆,而实际上乃是某一特定灾害的一个结果。地方史家刘
大鹏(1857—1942)记载1932年太原瘟疫暴发,"近日狼入村中游行故
也,今朝晨初,村西逐出一狼,其大如驴,浑身无毛,人多势众,狼畏,登山
而去。以故里人多以为不祥,虑疾人之不利,恐多丧亡耳"[2]。而显然存留
清代观念的学者,并不停留在客观情状描述上,他早曾进一步伦理推因:
"瘟疫之行,……人之不善所致也。""……而因疫死亡者所在皆有,此
固人情风俗之不善有以致之也。人须为善,以驱逐瘟气耳。"[3]故事的反

---

① 祝允明:《怀兴堂集》卷二十《义虎传》,《旧小说》十四戊集一,商务印书馆1933年,第77页。
② 刘大鹏:《退想斋日记》,山西人民出版社1990年,第452页。
③ 刘大鹏:《退想斋日记》,山西人民出版社1990年,第239页。

复被印证,导致世人对兽灾发生原因产生新的更为科学合理的认识。

其三,地方官员应对兽灾的侵袭,还体现在对勇斗猛兽、协力抗暴的百姓,给予及时表彰资助、减免徭役等。关注人兽相斗直接原因,兽灾发生又常是人类行为过当。李符清《海门文钞》载乾隆己丑岁(1769),广西合浦县发生人虎搏斗:

> 吴氏兄弟仲、叔、季持器入山,发未及穴,虎突至,搏仲,啮其肩,口半张。叔以锄捣其喉,锄柄短,手入虎口。虎啮手,叔踣。季惶急,挺锨柄,连击虎背,骨折,弗能奋。季益力疾击,锨柄折。虎伏地吼,震林木。季力竭,手柄喘虎旁。仲、叔负痛匍匐号,村人纠众趋视,见季与虎交困,前搏虎。虎惊起,血淋漓,踉跄曳尾遁丛莽中。会日暮,众莫能踪,舁季归。后数日,邑侯汪公龙冈过其地,召视创,且询人虎相搏状,感其笃兄弟义,给资疗之,复免其徭役焉。[①]

兄弟是在掘取"介兽"(有鳞甲的水生动物)时遇虎,导致兄弟三人受伤。"介兽"有时也是虎的食物,乃争夺生存资源而生冲突。论者认为,在大力垦殖的地区,人兽冲突更加激烈[②]。时至清后期的同治、光绪年间,屡遭兵燹,灾难频发,尤以雨雹灾和旱灾为主要形式。不过兵燹后自然界的生态失衡,又会令人感到恐惧困惑。同治七年(1868)因战乱西北地区怪象频发:"鼠或善伏不出,狼竟绝迹。至此鼠皆硕大如猫,白昼游散不畏人且反食猫。粟粮已久无存,不知何以如斯之大。且多狼成群,至二三十不等,向堡寨有人处肆行,经多人枪矛追逐,殊不奔避,辄向大众中择人而噬。急救亦不及免,男妇被食者甚多,其肥腯迥异平时……"[③]生存条件的变化导致了某些野兽的疯狂甚至物种变异。

其四,在冷兵器为主的时代,人们与猛兽的抗争,往往也是代价沉重。满族官员记载了使用兵器对付猛虎的训练方法:"定制,选各营中

---

① 俞樾:《荟蕞编》卷十三《吴氏兄弟》,《笔记小说大观》第二十六册,江苏广陵古籍刻印社1984年影印,第167页。
② 曹志红、王晓霞:《明清陕南移民开发状态下的人虎冲突》,《史林》2008年第5期。
③ 张明道等修、任瀛翰纂:《民国重修崇信县志》卷四《志馀》,《中国地方志集成·甘肃府志辑21》,凤凰出版社2008年,第391—392页。

将校精锐者,演习虎枪之伎,凡巡狩日相导引。上大猎时,其部长率伎勇者十人,入深林密箐中觅虎踪迹。凡猛兽出,其部长排枪以伺,虎跃至,猛健先以枪刺其胸仆之,谓之递头枪,然后群枪林至。其头枪者赏赉优渥,故人思效命焉。纯皇帝定制,凡杀虎时为虎龁(咬)毙及被创者,照军营殉难受伤例赐恤焉。"①说明即使军人斗杀猛兽也常有受伤殒命事发生。《聊斋志异》对受害者之于猛兽的反暴复仇大为激赏。如评杀狼报父仇的乡民于江:"农家者流,乃有此英物耶?义烈发于血诚,非直勇也,智亦异焉";对于大蟒口中救兄的胡家弟,则赞扬道:"噫!农人中,乃有弟弟如此者哉!或言:'蟒不为害,乃德义所感。'信然!"②人们与猛兽斗争,不仅要勇猛,也离不开智慧,像《聊斋志异》写狼篇章即然,徐昆(1691—?)《遁斋偶笔》也历历如画地描述山西风情,"山右多狼,性最狠而黠,善伺人",某荒村因夜闻推碾声,一妇出门即被狼背走:

> 长子县风俗,小儿三岁以下死,草裹之置狼常所出入处,饲之,如圆泽投胎之说者。阅一二夕尚在,则复移之,必啖乃已。先大夫宰是邑,禁綦严,其风稍息。县东十里,有辛庄,前令尝遣役乘马夜行,赴郡过此,见路旁有若人趺坐者,呵之,乃两狼背负,见人奔逐,马惊逸,尽力而驰,两狼固不舍也。黎明,望见郡城门未启,乃就路旁空灶跃而上,左手牵马为护,右手以鞭格之,急呼店主人醒,启户,狼始去。未几,闻邻左有豕疾声而渐远,两人裸逐不能及。盖狼度不能得人,负豕而去也。后余至山左,亦多狼,人或夜行,必挈伴持械,老弱或为所噬。宁海无猎者,遣兵役捕之,凶焰少熄,亦不能尽绝。幸山左无虎,有虎则山左茆屋,不蔽风雨,又增一患也。③

这类故事中的狼与虎,呈现为智慧动物形象。它们往往被描绘在走出山林袭击村庄获取生存资源时,不仅体力超常,还会运用联合作战的战术,且能连续作战,直至成功。

---

① 昭梿:《啸亭杂录》续录卷一《虎枪处》,中华书局 1980 年,第 394 页。
② 任笃行辑校:《全校会注集评聊斋志异》卷二《于江》、卷一《斫蟒》,齐鲁书社 2000 年,第 550 页、第 72 页。
③ 周光培编:《清代笔记小说》第二十六册,河北教育出版社 1996 年影印,第 120 页。

其五,神化"孝子"行为的社会稳定意义的扩大化。对于隐伏岩穴杀熊报父仇的童元发,俞樾着重写该孝子的正义行为不仅有梦神告知消息,成功后"并具牲醴,酬神于山"。且大力揄扬,缘此善行孝子惠及乡里:"粤寇之难,近村多被焚掠,而童孝子一村独无恙。"[①]明清正史中《孝义传》《列女传》对于这类故事,几乎全是站在人类中心立场上,多所采集并广加赞扬,地方官也寄予深切的同情和尊重。如斗虎救亲的漳浦人蓝忠,在事后"里中父老谋白其事于令长,请旌表,忠泣辞甚力,金曰:'无伤孝子心也。'乃已"[②]。并不完全听凭常规和借助舆论为自己的政绩造声势,归根结底还决定于孝子自身的愿望和意志,说明抗击受灾过程中地方官的举措还是相当人性化的。突出个体杀兽行为的社会伦理正义,并进而宣传扩大与彰显行为的社会稳定意义。一定程度上这也称得上是"民本"思想,说明乡间民众舆论对于官员决策的制约。

兽灾母题的生态美学意义在于,人的生存状态或明或暗、直接或间接地在特定动物的活动中(正常的与异常的)表现出来,人们在与动物的对抗中互有输赢,但人类不能仅仅从自身为世界主人的立场出发,而不去思考动物活动与自然环境的关系,尤其是自然环境的变化是否同人类自身行为有关。国外学者即指出,应该把虎的活动看成是人类入侵和破坏自然环境的一个晴雨表[③]。这一思路,对于国内的研究也是很有启发意义的。

以往常常把兽灾说成是野兽对人类的侵袭,对于和平居民的威胁骚扰,其实,这是片面和不公平的。如果从当今生态文化与生态伦理角度来全面审视,可以了解,这不能单单去指责野兽,其实,正是人类对于彼时彼地生态环境开发的过程中,打破原有生态系统的平衡,造成了野兽生存状态恶化;或导致超常灾害发生时,野兽被迫走出固有生活圈,进入

① 俞樾:《右台仙馆笔记》卷五,齐鲁书社 1986 年,第 122—123 页。
② 徐珂编撰:《清稗类钞》第五册《孝友类》,中华书局 1984 年,第 2488 页。
③ Robert Marks(马立博), *Tigers, Rice, Silk, & Silt, Enviroment and Economy in Late Imperial South China*, Cambridge University Press, 1998. 参见莫朝迈:《清代的虎患与打虎勇士》,《中华武术》2001 年第 2 期;刘正刚:《明清南方沿海地区虎患考述》,《中国社会经济史研究》2001 年第 2 期;《明清时期广东虎患考》,《广东史志》2001 年第 3 期;闵宗殿:《明清时期东南地区的虎患及相关问题》,《古今农业》2003 年第 2 期;等等。

人类聚居地寻求食物。当代大象侵犯人类种植园事件,给人以警醒:

> 是什么让温柔的大象如此愤怒? 据悉,大象对人的恶意源于西
> 双版纳州大面积毁林种胶,破坏了大象的生存环境,从而引起大象
> 的报复。……人类的无礼行为侵夺了自然界其他动物的权利。正
> 如生态伦理学家所认为的:人与所有其他生物及实体作为与整体
> 相关的部分,他们的内在价值是平等的,动物也应该从自然界获得
> 平等的道德权利。作为整个生态系统中的一员,大象与人类一样有
> 着自由生存的权利,可是人类却一意孤行,无视大象的存在,为了
> 自身利益肆意破坏它们赖以生活的家园,这怎能不招致大象的抗
> 议?……而大象对人类的进攻,至少也在客观上警示人类:肆意破
> 坏自然环境必然导致自然的报复,人类要想长久生存,必须爱护自
> 然界的一草一木。①

这的确可以看作是人与动物关系的一个令人震撼的范例。休谟的
论述正好验证了此处关于大象行为的叙述背后的深层动机:"动物既然
不易感受想象中的苦乐,所以就只能借对象所产生的感性的祸福来判断
对象,并且必然根据这些祸福来调整它们对那些对象的感情。因此,我
们发现,我们通过给予利益或侵害就引起动物的爱与恨来;通过饲养和
抚育任何动物,我们很快就得到它的依恋,而通过打骂,我们总是会招来
它的敌意和恶感。"②这可以看作是关于人与动物关系的一个令人警醒的
范例。其实,在人与野兽的较量中,惨痛的失败,使得重视经验积累与借
鉴的古人,真切地意识到:为了自身的更好生存,必须适当调整人与自然
万物的关系,适当地给予其他生命体以充足的生存空间。这是人与野生
动物获得双赢的必要前提,也是生态系统的共生法则。

---

① 肖国忠:《野象袭人的启示》,《光明日报》2009 年 1 月 14 日第 6 版。
② [英]D. 休谟:《人性论》,关文运译,郑之骧校,商务印书馆 1996 年,第 435 页。

第六章 风灾、"大风吹来女人" 及应灾心理机制

风灾与雹灾等常被称作是寄生在"母灾"（水、旱）之下，但也不能算危害小之天灾，何以明清较少谈及大风的破坏力、风灾危害？倒是特别关注"大风吹来（或飘来、卷来、刮来等）女人"的传闻，以其具有强烈的传奇性和新闻效应，以及多重丰富的民俗文化及生态美学意义，并与"乐感文化"的民族文化心理结构相关，与古代地方官员喜欢灾害远离、避开自己的管辖区域并且层层以此自我标榜的政治伦理有关，更与不喜欢如实谈论特别是奏报灾情及危害的社会习俗与传统有关（见书第十九章）。这里就风灾类型、影响，特别是随风飞来的女人和异物等记载所蕴含的民俗心理予以探析。

第一节 风灾想象："大风吹来女人"的应灾神话

科学地讲，大风是大气剧烈运动的自然现象，人力无法阻止亦不能抗拒与有效改变。古人与大风的关系，古代神话与相关文献中早有载录。而到了明清时期反而形成了超越现实的文学描写，这一母题又与其他母题结合而呈扩大趋势，概言之，该母题系统可分为如下几种类型，既体现了载录者对此传闻的态度，也折射出被灾者的侥幸心理。

第一种，大风为某家幸运地送来远方女子，与家中男青年喜结良缘。钱希言（1573？—1638？）较接近原生态的文本，强调了这牵涉到家族生成、兴盛繁衍大事之由来，竟是带来吉运的大风。说山东新城王氏家有德，二十七人登进士第，相传其家始祖王翁未婚时：

> 一日天忽大风，埃雾蔽空，白日昼晦。及暮风定，门外忽有辎车

一辆，车中坐一女子，烟鬟雾鬓，举止端庄，众共惊视，莫敢近者。王翁诣而诘其故，女子曰："父姓初氏，儿家相距五百里外矣。偶探亲而还，不知何由，忽然至此。"讯之，亦未字人。王翁以为天锡（赐）之耦也。又"初"者起家之征，遂谐秦晋。今之子孙皆其出焉。①

竟由天佑，大风飘送来女子，起到了"天赐"女性的神奇功能，实为家族官运隆盛的推因，被世代传颂。沈德符（1578—1642）重视并考察这类传闻的真实性，故事增大了传奇色彩并具有"异国情调"："《辽史》记其国圣宗开泰八年（1019）五月，留打鲁瑰部节度使哼鲁里至鼻洒河，天地晦冥，大风飘四十二人飞旋空中，良久堕数里外。有一酒壶在地乃不移，此亦宇内极异之事，断无再见者。曾闻新城王霁宇（象乾）少司马之始祖母，乃从空飘至其家，久而方醒。问之，言语不通，盖异域人，为飓风吹堕。因为其妇，生育诸子。今王氏蝉冕联翩，贵盛无比。皆其苗裔也。余初不甚信，顷晤司马从弟王季木（象巽）孝廉询之，云果然。嗟乎！亦异甚矣。"②试图追寻某幸运家族历史机遇，是大风跨地区跨文化的搬运之功，造成了"优生优育"。考虑到沈德符对"西僧"（印度僧）来华宣法的关注③，不排除暗示"异域"为"西域"的可能性。

带有同源性的故事，至清初更加传扬，如："《林居漫录》：新城王氏，自嘉靖己未（1559），见峰司农起家，相继登甲榜者不绝，冠裳之盛，海内无两。传司农曾祖，自某县避地新城，依某氏。一日大风晦暝，有女子从空而坠，言：'我某县初氏女也。晨起取火，不觉至此。'盖顷刻已五百余里矣。主人以为天作之合，遂令谐伉俪，尽之跻华要登显秩者，皆初之所出也。其事若怪，而司农弟立峰民部，载之《大槐记》中，当与武帝空桑并传矣。"④清末传闻：

> 一日夜向晨，隧风大作，转瞬而息。牛鬼请伊起，曰："君所制

---

① 钱希言：《狯园》卷十六《车中女子》，文物出版社2014年，第538页。
② 沈德符：《万历野获编》卷二十八《大风吹人》，中华书局1959年，第724页。
③ 沈德符：《万历野获编》卷二十七《西僧》，中华书局1959年，第694页。
④ 褚人获：《坚瓠集》馀集卷三《女子坠庭》，《笔记小说大观》第十五册，江苏广陵古籍刻印社1984年影印，第559页。

服安在？"伊曰："悉在此。"牛鬼曰："今兹用着矣！君执衣赴宅后空谷中，有女赤身卧，女不许亲，勿与衣，事必谐。"伊去，果有笄女赤身啜泣。伊曰："勿泣，吾送衣来矣。"女曰："君果衣吾，君诚好德人。"伊笑曰："吾非好德，实好色也。汝不为吾妻，吾不衣汝！"女不语。伊曰："汝何以到此？吾何以知汝到此而送衣于汝？其间实有神力，殆天之作合，汝何故违也？"女闻伊言有理，遂许之。女衣毕，同伊至家，自言傅氏，并言父兄名字及里居，遂成夫妇。傅见牛鬼，曰："妾之被风到此，必渠为之也。"伊亦为历言其实。①

叙述后半夜风大作，主人公得知宅后有女赤身卧，他送衣求婚，称"天作之合"。

第二种，某女虽被大风吹至远处，有惊无险。明代正统年间，王某女出嫁途中，下车自便，"忽大风扬尘吹女上空，须臾不见。里人讹言鬼神摄去，父母亲族号哭不已。是日落五十里外人家桑树上，问知为某村某家女，被风括去。叩其空中所见，云：'但闻耳边风声霍霍，他无所见。身愈上，风愈寒，体颤不可忍。'其家盖旧识也，翌日送归，乃复成婚"②。

乾隆辛酉（1741）秋某少妇也遇此奇事："海风拔木……南街上清白流坊牌楼左侧一妇极美，沐浴后簪花傅粉，抱一孩，移竹榻坐于门外，被风吹起，冉冉而升，万目观望，如虎邱泥偶一座，少顷没入云中。明日，妇人至自邵伯镇，去城四十余里，安然无恙。云：'初上时，耳听风响，甚怕，愈上愈凉爽，俯视城市，但见云雾，不知高低。落地时，亦徐徐而坠，稳如乘舆。但心中鹘突耳。'……"③在一般性地叙述大风的奇特时，还要重点穿插女性被风吹远奇事，使之成为叙述中心，这一传闻来自袁枚：

> 乾隆辛酉秋，海风拔木，海滨人见龙斗空中。广陵城内外，风过处，民间窗棂帘箔及所晒衣物，吹上半天。……尤奇者，南街上"清白流芳"牌楼之左，一妇人沐浴后簪花傅粉，抱一孩移竹榻坐于门

---

① 解鉴：《益智录》卷四《牛鬼》，中华书局1999年，第111页。
② 陆容：《菽园杂记》卷三，中华书局1985年，第35页。
③ 丁柔克：《柳弧》卷二《暴风》，中华书局2002年，第112页。

外,被风吹起,冉冉而升,万目观望,如虎丘泥偶一座,少顷,没入云中。明日,妇人至自邵伯镇,镇去城四十余里,安然无恙。云:"初上时,耳听风响甚怕。愈上愈凉爽。俯视城市,但见云雾,不知高低。落地时,亦徐徐而坠,稳如乘舆,但心中茫然耳。"[①]

上文当事人"心中鹘突",在此为"心中茫然",意略同。作为初无目的、无准备的乘风旅行,当事人柔弱女性在众目睽睽下历险无恙,传奇性与新闻性,为后人复述并以证当下故事的动机。

第三种,因大风刮来女人,滋生事端,引起纠纷。方濬师载乾隆乙丑年(1745)五月十日大风晦冥。江宁韩氏姑娘已许配李秀才之子,却被吹到了离城九十里的铜井村,次日被送归。李怀疑(其实是孤陋寡闻)无有大风吹女子九十里奇事,"必有奸约",控官欲退婚。地方官袁枚问:"古有风吹女子至六千里者,汝知之乎?"李不信,即取元代郝文忠《陵川集》中诗:"自说吴门六千里,恍惚不知来此地。甘心肯作梁家妇,诏起高门榜'天赐'。几年夫婿作相公,满眼儿孙尽朝贵。"李无话以应。袁先生又晓谕:"郝文忠一代忠臣,岂肯诳语?但当年风吹吴门女,竟嫁宰相,恐此女无此福耳。"李大喜,两家婚配如初。制府尹公闻之曰:"可谓宰官必用读书人矣。"[②]而纪昀也载录新疆吐鲁番地"风穴"的威力,"自天而下"的遣犯徐吉从二百多里处被吹来,自云:"被吹时,如醉如梦,身旋转如车轮,目不能开,耳如万鼓乱鸣,口鼻如有物拥蔽,气不得出,努力良久,始能一呼吸耳。"[③]而在东南沿海,竟也有由西吹来之反据传闻称:"同治庚午(1870)三月,绍兴南门外自空坠一女,年十七八,貌娟好,问其姓氏,言语不能通,以手示意。索纸笔,即与之,自书为蜀人,距成都三千里,随母至田间,忽为狂风吹入空中,瞬息至此。道旁观者如堵墙,有一士、一农、一贾,皆欲得之以为妇。里长闻于官,官命自择所从,赪颜不对。固强之,乃指为士者,遂以鼓吹送归成礼。"[④]

---

① 袁枚编撰:《子不语》卷十一《龙阵风》,上海古籍出版社1998年,第223页。
② 方濬师:《蕉轩随录》卷五《大风》,中华书局1995年,第166—167页。
③ 纪昀:《阅微草堂笔记》卷三,上海古籍出版社1980年,第51页。
④ 徐珂编撰:《清稗类钞》第五册《婚姻类》,中华书局1984年,第2097页。

　　第四种,叙说大风飘人的形象直观过程,而略去事件的前因后果。"文登诸生毕梦求,九岁时,嬉于庭,时方午,天宇澄霁无云,见空中一妇人,乘白马,华袿素裙,一小奴牵马络,自北而南,行甚于徐,渐远乃不见。予从姊居永清县,亦尝于晴昼仰见空中一少女子,美而艳妆,朱衣素裙,手摇团扇,自南而北,久之始没。"① 故事接受者们非常热衷这个幸运奇迹,直到晚清还为人津津乐道:"国朝王士禛《香祖笔记》云,康熙甲申(1704)十二月,苏州洪生与客谈次,忽空中有声,视之,见一人,左手抱册,右手持杖,黄巾黄衫,御风而过,顷刻渐远,犹见衣角,出问市人,亦多见之。"②

　　是否大风真的有眼,只挑选年轻女性吹上天,而不吹男性? 不可否认,这正体现出传闻的选择性传播效应。《蓟州志》载:"嘉靖元年(1522),蓟州遵化县梅小儿年十数岁,被狂风吹空中,至六十余里卢儿岭头方止,久之乃苏。"③ 京官王士禛的见闻,补充了未显出性别偏重的例证:"康熙丙辰(1666)五月初一日,京师大风,昼晦,有人骑驴过正阳门,御风行空中,至崇文门始坠地,人驴俱无恙。又有人在西山皇姑寺前,比风息,身已在京城内。此灾祥之甚者。"④ 施显卿还称景泰元年(1450)二月六日,大风尘沙蔽天,"城东角大通桥上有人骑驴过桥,忽风吹,人驴皆堕水中溺死。是时风势甚盛,人莫能救"。载录者认为:"此恒风也。风以鼓舞万物,其鼓动于天地间,有时飞沙扬尘,怒也,发屋拔木者,怒之甚也,连人物飘扬之,怒又大矣。有一事为贤辈言之,但恐未之信耳。"⑤ 他还引述《隋书》来说明此类奇事古已有之。

　　类似实录,林林总总,丛生叠至,可以说极为富有民俗传闻的原生态意蕴。陶宗仪载,至正丙午(1366)八月辛酉天落鲜鱼:"上海县浦东俞

---

① 王士禛:《池北偶谈》卷二十六《空中妇人》,中华书局1982年,第619—620页。
② 俞樾:《茶香室丛钞》三钞卷十九《空中人行》,《笔记小说大观》第三十四册,江苏广陵古籍刻印社1984年影印,第359页。
③ 施显卿:《奇闻类纪摘抄》一,沈节甫辑录:景明刻本《纪录汇编》七四,卷二百十二,商务印书馆1938年影印,第12页。
④ 王士禛:《池北偶谈》卷二十五《风异》,中华书局1982年,第613页。按,其当取自明代施显卿:《古今奇闻类记》卷一《风吹人驴堕水》引《马氏日抄》。
⑤ 施显卿:《奇闻类纪摘抄》一,沈节甫辑录:景明刻本《纪录汇编》七四,卷二百十二,商务印书馆1938年影印,第9页。

店桥南牧羊儿三四,闻头上恰恰有声,仰视之,流光中陨一鱼,刺麻佳上,成二创,其状不常见。自首至尾根仅盈尺,似阔霸而短。是日晴无阴云,亦无雕鹳之类,是可怪也。日昳时,县市人哄然指流星自南投北,即此时也。桥下一细家取欲烹食,其妻盐而藏之,来者多就观焉。或者曰:'志有云,天陨鱼,人民失所之象。'"①明清时期,大风吹人实录明显增多,如乾隆丙午(1786)年四月初八日未刻的石家桥"风龙阵":

> 拔木发屋者不计其数。最奇者,有夫妇二人在田中种豆,俱随风飞去,至数里而堕,却无恙。青石一块重二百余斤,亦随风而去,不知所之。曹家坟前荒田中,有湖广划子船一只,自空而下,中无一人,惟有青钱四百千。一家卧房内,忽发大响,坠一包裹,内有钱七千文、银二锭。……②

与许多故事隐却风灾本质上的破坏性不同,这里既关注到"拔木发屋者不计其数"的损失,也关注到了被飓风刮走的"夫妇"和二百余斤的"青石"、吹来的青钱和银两。这体现出观察者与记录者的审视视角——对"灾"评价的主体性,以人为中心,以人的利害关系为准绳。在此当然还暗示出世俗观念中风灾的独特性,亦即"此失彼得""上天有好生之德"。

第二节　风灾、风神与"大风吹来女人"母题溯源

华夏自古多风灾,早期神话已提到大风助战。《山海经》称:"蚩尤作兵伐黄帝……请风伯雨师,纵大风雨。"③《淮南子》言:"若夫真人……骑蜚廉而从敦圄。驰于外方,休乎宇内,烛十日而使风雨,臣雷公,役夸父,妾宓妃,妻织女,天地之间何足以留其志! 驰于外方,休乎宇内,烛十日而使风雨。"④高诱注:蜚廉,兽名,长毛有翼;敦圄似虎而小。《汉书》

---

① 陶宗仪:《南村辍耕录》卷二十四《天陨鱼》,中华书局 1959 年,第 297 页。
② 钱泳:《履园丛话》卷十四《祥异》,中华书局 1979 年,第 371 页。
③ 袁珂校注:《山海经校注》第十七《大荒北经》,上海古籍出版社 1980 年,第 430 页。
④ 何宁:《淮南子集释》卷二《俶真训》,中华书局 1998 年,第 128—129 页。

写武帝元封二年(前109)"作甘泉通天台、长安飞廉馆",注引应劭语曰:
"飞廉,神禽,能致风气者也。汉明帝永平五年,至长安迎取飞廉并铜马,
置上西门外,名平乐馆。"晋灼曰:"身似鹿,头如爵,有角而蛇尾,文如豹
文。"[1] 清代神魔小说据此配料并编排了斗法情节,风后学道于玄女,而
对手蚩尤结蜚廉为助:"蜚廉生得鹿形蛇尾,爵头羊角,与蚩尤同师一真
道人,迸居南祁。见对山之石,每遇风雨则飞起似燕,天晴安伏如故,怪
而觇之。夜半见一物大如囊,豹文而无足,向地吸气二口喷出,狂风骤
发,石燕纷飞。蜚廉大叱一声,其物如风而去。蜚廉步如飞禽,乃追而擒
之,名之曰巽二,是为风母,能掌八风消息,通五运之气候。"[2] 蜚廉(飞廉)
作为引风神禽,也有人认为是楚人的风神。《淮南子·本经训》称尧时,
后羿曾"缴大风于青丘之上",东汉高诱注曰:"大风,风伯也,能坏人屋
舍。"[3] 明代郎瑛从整体的角度把握风神,推究成因:

> 风雷雨电四者,阴阳之气而已。然而变化不测,则固有神寓于
> 其间,亦何肖形怪异,如今之塑者耶? 予尝思得之,勉强以为之解:
> 风雷在天,天乃乾焉,乾则配属戌亥也,是以风伯之首像犬,雷公之
> 首像豕;雨为水,水者坎也,坎为中男,故雨师之像似士子;雷取象
> 于震,震则巽之对也,故有雷公电母之称,巽为长女,其像妇人而已。
> 四神取义如此,不知道家又别有说乎? [4]

郎瑛在神秘的光圈中,吸收先前的风神意蕴,建构了试图把"风"与
雷、雨、电等综合理解的思路。"犬"之形,似起自《山海经·北山经》:
"有兽焉,其状如犬而人面,善投,见人则笑,其名曰山獋其行如风,见则
天下大风。"[5] 女风神当取自应劭《风俗通义》:"风师者,箕星也,箕主簸
扬,能致风气。《易》巽为长女也,长者伯,故曰风伯。鼓之以雷霆,润之
以风雨,养成万物,有功于人,王者祀以报功也。戌之神为风伯,故以丙

---

① 班固:《汉书》卷六《武帝纪》,中华书局1962年,第193页。
② 徐道撰、程毓奇续:《历代神仙演义》卷二,辽宁古籍出版社1995年,第70—71页。
③ 何宁:《淮南子集释》卷八《本经训》,中华书局1998年,第207页。
④ 郎瑛:《七修类稿》卷四《天地类》,中华书局1959年,第74页。
⑤ 袁珂校注:《山海经校注》第三《北山经》,上海古籍出版社1980年,第77页。

戌日祀于西北……"① 而风伯、风姨也是早期的女风神,风伯在明清才被理解为男性。《元史》曰:"风伯旗,青质,赤火焰脚,画神人,犬首,朱发,鬼形,豹汗裤,朱裤,负风囊,立云气中。"② 则是郎瑛风神描述的近源。这些都成为明清小说风神形象的基本元素及想象基础。

在古代抒情文学传统中,"风"也是一个颇受关注的意象,与此相关的典故很多,显示出风文化丛的积累非常丰厚。如以语言功力著称的杜甫,就十分关注、偏爱风意象。《杜诗引得》统计其诗中风意象多达200多处,可以说都是修饰语与中心词组合的结构:山风、土风、东风、中风、天风、西风、追风、迥风、春风、炎风、阆风、国风、回风、寒风、岸风、南风、古风、熏风、惊风、尧风、烈风、悲风、霜风、恶风、长风、严风、疾风、凉风、溪风、秋风、和风、峡风、微风、林风、松风、猛风、轻风、竹风、细风、北风、飘风、阴风、野风、晚风……③ 而这些与风相关的语汇的运用,仔细揣摩不难发现,往往带有倾向性和偏重性,与中国文学主悲的民族审美气质、老杜之"沉郁顿挫"的总体风格有关,同杜诗许多对于社会、自然与人生的深沉感悟、多种思想意蕴的表达,诸多如摹声摹状等修辞手法、移情等审美表现习惯等,都是密不可分、有机结合的。这来自丰厚的早期文学传统,如杜诗研究专家刘明华教授概括:

> 如"萧萧",杜诗中无论用作象声词还是形容词,都带有悲凉的色彩,这可能是因为《楚辞》有"秋风兮萧萧"的用语,而"秋风兮萧萧"又常使人联想到"悲哉秋之为气也,萧瑟兮草木摇落而变衰"的意境和氛围。所以,"萧萧"无论是摹拟风声:"萧萧北风劲,抚事煎百虑"(《羌村三首》其二),还是马嘶雁鸣:"车辚辚,马萧萧""萧萧紫塞雁,南向欲行列"(《七月三日》),或草木声:"无边落木萧萧下",以及描写形容衰飒之气的"萧萧古塞冷,漠漠秋云低"(《秦州杂诗》),"渺渺春风见,萧萧夜色凄"等,都带有或悲壮,或凄凉,或

---

① 王利器校注:《风俗通义校注》卷八《祀典》,中华书局2010年,第364页。
② 宋濂等:《元史》卷七十九《舆服二》,中华书局1976年,第1962页。
③ 洪业等:《杜诗引得》,上海古籍出版社1985年。

衰飒,或清幽的气氛。[①]

在美学史上,因风而起的审美范畴魏晋时期可谓基本定型。而在人物品评如《世说新语》中"风"的含意大略有四:一是仪态美,如"风姿特秀""风姿神貌""风仪闲畅""风仪雅润";二是指才华美,如"风颖标激""风器非常";三指气质美,如"风神秀澈""风神调畅""风韵遒迈""风情简素";四指人格美,如"风格秀整""风格高朗""风格峻整""风检澄峻"。据此研究者指出:"这四方面的审美取向又是大致统一的。如清、畅、朗、峻、整、秀之类,都含有道家玄学追求清虚脱俗的思想。如嵇康《圣贤高士传》称原宪'体逸心冲,进应子贡,邈有清风'。裴希声《侍中嵇侯碑》称嵇绍'体中和之淑虚,少有清劭之风'。《世说新语》之'风'也与此相通。"[②] 如同自然界的风是大气流动无往不在,以风神论人亦试图抓住并概括人作为个体的整体风貌和神理。

宋代后大规模围湖造田,生态环境逐渐恶化,风灾叙述增多。沈括《梦溪笔谈》载风灾造成的巨大危害:"熙宁九年(1076),恩州武成县有旋风自东南来,望之插天如羊角,大木尽拔。俄顷,旋风卷入云霄中。既而渐近,乃经县城,官舍民居略尽。悉卷入云中。县令儿女奴婢,卷去复坠地,死伤者数人。民间死伤亡失者,不可胜计。县城悉为丘墟,遂移今县。"[③] 风灾破坏力如此之大,居然造成了一个县城不得不举城搬迁。

当然,关于重度沙尘暴的记述,也常与大风叙述的其他分支映照。《履园丛话》载京津一带的沙尘暴,引起嘉庆皇帝高度重视:"嘉庆廿三年(1818)四月八日西初刻,京城忽有暴风自东南来,俄顷之间,尘霾四塞,室中燃烛,始能识辨,其象甚异。圣心震惕,因降旨:近京之马兰峪、古北口、天津府等处,遍行查访……"[④] 清末法国画报也绘有京师黄风弥

---

① 刘明华:《杜甫研究论集》,重庆出版社 2002 年,第 315 页。
② 查屏球:《浅谈刘勰对风骨论的儒家化改造》,章培恒主编:《中国中世文学研究论集》,上海古籍出版社 2006 年,第 1066 页。
③ 胡道静校注:《梦溪笔谈校证》卷二十一《异事异疾附》,中华书局 1959 年,第 708 页。
④ 钱泳:《履园丛话》卷十四《祥异·尘霾》,中华书局 1979 年,第 388 页。

漫的图景①（图6-1）。沙尘暴并非都是西北来的，偶或还从东南方向来袭。昭梿有此经历："戊寅（1818）春，……午后黑云由东南来，风沙霾暗，余即驱车归，甫入室，犹未解衣，天顿昏黑，室中燃烛始能辨物。至逾时顷，火云四起，天渐明朗而暴风愈甚，竟夕乃已，亦一异也。"②

"大风吹人"，魏晋六朝故事较早即有巧合与幸运并存意蕴。说王忳在京师曾安葬一书生，花费书生所赠十斤金的一斤，剩的置于棺下。后他任亭长，有马驰入亭中，大风飘来一绣被。他到洛县，马奔入一宅，主人竟是书生之父，也正是失马、失被者，后者遂感恩厚报。此见载于《后汉书·独行列传》。最具有"大风吹来女人"母题原型意义的当为刘义庆《幽明录·鬼媒》，说辽东人马仲叔、王志都，彼此相知至厚："叔先亡，后年，忽形见，谓曰：'吾不幸早亡，心恒相念。念卿无妇，当为卿得妇。期至十一月二十日，送诣卿家，但扫除、设床席待之。'至日，都密扫除设施。天忽大风，白日昼昏。向暮风止，寝室中忽有红帐自施，发视其中，床上有一妇，花媚庄严，卧床上，才能气息。中表内外惊怖，无敢近者，唯都得往。须臾便苏，起坐。都问：'卿是谁？'妇曰：'我河南人。父为清河太守。临当见嫁，不知何由，忽然在此？'都具语其意。妇曰：'天应令我为君妻。'遂成夫妇。往诣其家，大喜，亦以为天相与也。遂与之生一男，后为南郡太守。"③清人注意到这类古代故事的新闻性，并非现今才有，"《辽史·圣宗纪》：开泰七年（1018）六月，岙勒达罗克部节度使博罗哩，至必伞河，遇微雨，忽天地晦冥，大风飘四十三人，飞旋空中，良久乃堕数里外。博罗哩幸获免。一壶酒在地，反不移。《隋书·五行志》：仁寿二年（602），西河亦有此异"④。的确如此，但

---

① 赵省伟、李小玉编译：《遗失在西方的中国史：法国彩色画报记录的中国1850—1937》（下），中国计划出版社2015年，第445页。

② 昭梿：《啸亭杂录》续录卷三《昼晦》，中华书局1980年，第463页。

③ 郑晚晴辑注：《幽明录》，文化艺术出版社1988年，第9—10页。

④ 蒋超伯：《南漘楛语》卷六《人飘》，《笔记小说大观》第三十五册，江苏广陵古籍刻印社1984年影印，第179页。《辽史》："（开泰七年）六月丙申，品打鲁瑰部节度使勃鲁里，至鼻洒河，遇微雨，忽天地晦冥，大风飘四十三人，飞旋空中，良久乃堕数里外。勃鲁里幸获免。一壶酒在地乃不移。"见《辽史》卷十六《圣宗七》，中华书局1974年，第184页。《隋书》原文为："仁寿二年（602），西河有胡人，乘骡在道，忽为回风所飘，并一车上千余尺，乃坠，皆碎焉。……后二载，汉王谅在并州，潜谋逆乱，车及骡骑之象也。升空而坠，颠陨之象也。"《隋书》卷二十三《五行下》，中华书局1973年，第656页。

图 6-1　黄风扬尘

清代笔记并未据《辽史》文本,地名、人名等都译音表述,近口头传说。

母题早期与感生神话相联系。《五代周史平话》称郭威之母常氏,送饭到田间,遭遇大风被吹到隔岸村庄,被大蛇缠住,受惊吓后就怀下身孕,十二月后生一男孩,取名郭成宝(郭威)[①]。欧阳昱也言之凿凿,称光绪十六年(1890)四月某日,河南商水县大风,片刻吹倒民房万余间。"有人见之,初来时仿佛一女人在前,旁引二龙,中多怪物。过去无恙,忽然回吹,屋宇尽倾。"[②]对于类似传闻,研究者认为:"纵观像这类灾变神怪话题的传闻,其神怪事象,要么是杯弓蛇影的误认,要么是纯然虚构造作,不可能实有其事——(像京南'水妖'的传闻,也只是实有那种水鸟而已,而并非真有传说的那等'妖'事)。而像这类传闻的生发传扬,当然离不开神道设教传统造就的神秘社会文化的宏观环境,离不开迷信思想流衍的氛围,也离不开特定主体的有意造作利用(这一点俟后详说),而其具体层面上特别值得注意的原因,应该是当时社会整体上对各种灾变的抗御能力很差,极易造成恐惧心理,被迫诉诸异己的神秘力量。"[③]

可见,事实上在现实生活中,大风吹人,并不限于女性角色。然而,何以大风吹人奇闻,具有较稳定的言说特点,幸运的飘空历远者绝大多数为妙龄女性?应推究其内在的性别文化倾向与灾异传播的民族特性。

第三节　世俗化想象与灾变中女性性别价值

就相关文献看,女性有幸成为风灾掳掠对象,与神话传说中能够御风而行的仙人形象有关,也与男权社会的女性物化的深层观念有关。而作为风灾的一种结果,又不能忽略其中蕴含的民间应灾行为中的侥幸期盼——缓解生存压力的心理机制。

首先,女性相对体轻,此为客观实际,也是古代早有观念。较早传闻

---

① 《五代周史平话》卷上,《宋元平话集》,上海古籍出版社 1990 年,第 189 页。
② 欧阳昱:《见闻琐录》,岳麓书社 1986 年,第 83 页。
③ 董丛林:《晚清社会传闻研究》,人民出版社 2007 年,第 129 页。

乃是更身轻、更易于被风吹至远方的小儿,"魏时,河间王子充家,雨中有小儿八九枚,堕于庭,长五六寸许。自云:'家在海东南,因有风雨,所飘至此。'与之言,甚有所知。皆如史传所述"[1]。然而,小儿远飚,牵系的是家长亲人,显系不如女性作为中心角色那样富有民俗审美功能和世俗化韵味,于是母题定型化的理由部分得以成立。

其次,战国以降神女、仙女飞升原型的召唤。明代《广销夏》载:"蔡希闵家在东都,暑夜兄弟数十人会于厅,忽大雨雷电,堕一物于庭,作飒飒声。命火视之,乃妇人也,衣黄绸裙,布衫,言语不通。遂目为'天女使'。五六年始能汉语。问其乡国不能知,但云故乡食粳米,无碗器,用柳箱贮饭而食之,竟不知何国人。初在本国,夜出,为雷取上,俄堕希闵庭中。"[2]超越空间的想象特征与追求,得到仙话思维推进,被合乎情理地与大风吹女奇闻结合,母题遂获广为传扬。褚人获也重温《耳谈》中的老故事:

> 嘉靖中,金陵杨参以参藩镇广南,一日大雷雨,忽一物如球,自天坠于讼庭,皆海波所成,坼之得人若且暝,汤饮之活,曰我某郡民,与某某业探珠海蚌中,我下而二人秉绳其上,忽得三珠,一夜明最大,两手握之上,复下取二珠,绳忽断,随流堕潭中,潭中龙所蟠处,反无水,跨其背如马,觉腹饥,因龙自舐其胁涎,亦舐之,遂不饥。但澜溿味苦甚。而缚裹其身成球,迷闷且死,雷动龙起,扬舞青冥间,身随之,故堕此。杨急捕之,某某与大珠俱在,盖恐探者上,当得大珠,而二人分得小者也。以是断绳,一讯吐实,二人抵死,而大珠还探者。[3]

与前揭相较,此处故事母题更为丰富。探宝者为同伴陷害,冥冥中似有神力相助,凭风力飘落讼庭之上,借官府惩处为恶者。

其三,得女得财、一夜暴富的故事,既是世俗追求的展示,更具新闻

---

[1] 李昉等编:《太平广记》卷四百八十二引《述异记》,中华书局 1961 年,第 3977 页。
[2] 褚人获:《坚瓠集》徐集卷三《天女使》引,《笔记小说大观》第十五册,江苏广陵古籍刻印社 1984 年影印,第 559 页。
[3] 褚人获:《坚瓠集》广集卷六《海上探珠人》,《笔记小说大观》第十五册,江苏广陵古籍刻印社 1984 年影印,第 430 页。

传播效应。女性大风飘至,传闻更易于在讲究伦理教化的明清社会中传播。清初徐岳《天婚记》称羊子寿之祖牧羊,可娶妻条件要"德容兼备,而复厚奁资",闻者莫不窃笑。隆冬时某天南风大作,庭中堕一妇:

> 姿容绝艳,衣饰缟素。自言:"秦氏女,父母俱亡,家在真定之平山县,顷见我亡母云:与此处羊郎行十三者有姻缘。挟我至此,倏失我母。"人咸异之。真定至汾几二千余里,瞬息飘至,洵属天缘。众为剧资,谐伉俪焉。客有戏十三者曰:"佳人之德容备矣,百两之将,关山修阻,封姨不能至,奈何?"女闻之曰:"我家固巨商,有金窖于都门室中。我父母相继沦亡,不及发,尚有老仆居焉。今我与俱往,窖金十万有奇,皆可得也,奁资不亦厚乎?"择日往,仆已死,惟妪存焉,告以故,遂取地下物,即贾于京。今子若孙,以百指称富室云。①

对此,郑醒愚评论:"既得艳妻,复成巨富,今之作此非非想者多矣。惟未知有一人能如愿否,览此浮一大白。"对于"秦氏女"和"羊姓之祖"而言,大风是他们改变命运的神秘力量,是上天的恩赐,他们是幸运的。不过,也可能因此而带来争执,并且当事人空中旅行之后也并非都那么幸运,俞樾总结:

> 同治九年(1870)三月,绍兴府南门外从空坠一女,年十七八,貌颇娟好。问其姓氏,言语不能通,以手示意索纸笔。即与之,自书:"蜀人,距成都三千里。随母至田间,忽为狂风吹入空中,瞬息至此。"道旁观者如堵墙。有一士、一农、一贾,皆欲得之以为妇。里长闻于官,官命自择所从,颓颜不对;固强之,乃指为士者,遂以鼓吹送归成礼。秀水钱心庵作《莺啼序》一阕纪其事。按元郝文忠《陵川集》中,有《天赐夫人》词,亦蜀人,正与相类。又光绪五年(1879)十月初十日,京师安定门外有地名八公爷坟。是日午后,天忽起旋风。其地有十五岁之女在途,被风摄至半空,逾时落下即毙,其半面焦黑如墨。同一风吹女子,而有幸有不幸,昔人所以有茵溷

---

① 柯玉春编纂:《说海》,人民日报出版社1997年,第876页。

之喻也。[①]

实际上,光绪五年的上述事例,才是风灾之中绝大多数被灾者命运的真相。

其四,借助于大风吹女民俗故事,小说家还有意识融入道德教化内蕴。公案小说写:"林孔昭的妻子罗氏凤娘,自从看会被李雷看见,设计谋占,多亏神圣相救,遣妖代替,将罗氏一阵神风刮到南京城外青凉山下,柳莲庵中带发修行……"[②]此为"神助贞女"信仰的方式之一,也源自民间避仇习俗,成功逃避方式则取自"大风吹来女人"母题。故事又说少年佟阿紫与亲戚远出经商,奉侍其病又厚殓,后佟被登州郝孝廉收养,忽雷雨飘下一女名郝五铢,自述所居为极大村庄,实不知隶何郡邑,"是夕,正随母踵后入己房闼,头忽眩晕,心虽了了,而耳鸣如鼓风涛,身轻若御云雾,旋更昏瞀。比苏,则不知何故至此处"[③]。在此,"乱离之后巧相认"母题亦渗入进来,共同关心的是变故之中的人的命运。清代《毛公案》第五回写人贩子姚庚,追杀拒绝同谋的母亲,后者也忽逢狂风摄起,"顷刻间刮去,踪影全无"[④]。神风仿佛不似现实中的空气流动,及时而来,又具备明确的选择性。大风往往还能将忠良及其子女吹到安全的避难处,暂避奸佞迫害而待时来运转。如《八贤传》第十五回则写白公被陷害,满门家眷被绑在法场,"那时关圣帝用一阵神风把白公夫妇刮到保定府于公处藏身。白公之儿女刮到大名府,有一王妈妈……收留白金童、白秀英兄妹二人当儿女,如亲生一般看待"[⑤]。最后终于由幸存的忠良之后告御状,雪怨除害。

李泽厚先生指出,在远古礼乐传统浸染下,"也正因为华夏艺术和美学是'乐'的传统,是以直接塑造、陶冶、建造人化的情感为基础和目标,而不是以再现图景唤起人们的认识从而引动情感为基础和目标,所以中国艺术和美学特别着重于提炼艺术的形式,而强烈反对各种自然主

---

① 俞樾:《右台仙馆笔记》卷九,齐鲁书社 1986 年,第 207—208 页。
② 佚名:《绘图善恶图全传》第三十八回《唐大人斩王志远　林孔昭夫妇相逢》,中央民族学院出版社 1994 年,第 263 页。
③ 宣鼎:《夜雨秋灯录》卷三《佟阿紫》,黄山书社 1998 年,第 134—139 页。
④ 储仁逊编著:《清代抄本公案小说》,百花文艺出版社 1996 年,第 32 页。
⑤ 侯忠义、李勤学主编:《中国古代珍稀本小说续》(19),春风文艺出版社 1997 年,第 107 页。

义。……即使现实图景的课题，也予以形式的美化。……也正因为以美
的形式为塑造目标和标准尺度，忠实于描写现实事物途径的课题，也予
以形式的美化……而许多直接引动情感官能的过分刺激或憎恶的事物
图景，如流血创伤、死尸白骨、战争恐怖、强奸凶杀……便经常被排斥在
外或基本避开"[①]。那么，是否也必然带来"遮丑""护短"等题中自有之
义、类似之行为？势必降低对于"真"的追求和主体正义感。毋庸讳言，
"大风送人神话"的神秘介入，正是以"非理性"的方式实现一种美化了
的乐观的"理性"，成为解救良善的一曲母题变奏，从而宣告惩恶扬善的
伦理结局是会实现的——相信奇迹是会发生的。如此，母题也就成为民
族"乐感文化心理"的一个非理性体现，当然还不仅限于美化为"大风送
幸运"，水灾等也有一些人们多所忽视的例子，乃至成为"落水获救入贵
府得幸运"的故事母题[②]。"被灾者"本来是自然灾害"风灾"的受害者，
但这风灾却成为一种助善辟恶的资源，传奇化、艺术夸张中融合了人世
伦理的教化旨归，而忽略了风灾（灾害）本身给被灾者所带来的伤害。当
然，灾害赈济的社会氛围也不断给予"劝善"母题以孳乳的精神需求，用
以抚慰那些多灾多难的"灾黎"。

---

① 李泽厚:《华夏美学》,生活·读书·新知三联书店 2008 年,第 31—32 页。又:"中国文化
传统对经由内心情感分裂、灵肉受虐、惨厉苦痛即由理性在残酷冲突中绝对主宰感性而取
得净化升华,是比较陌生的。……" 李泽厚:《实用理性与乐感文化》,生活·读书·新知三
联书店 2008 年,第 75 页。"乐感文化"在 1980 年代之后影响很大,憾未能以灾害、御灾小
说(明清诗歌也有一部分)等"因灾带来幸运"的事例为证。的确,由题材到表现的既定选
择倾向,导致国人整体上失落、淡化了先秦时期本拥有的耻辱感、罪恶感。参见胡凡:《论中
国传统耻感文化的形成》,《学习与探索》1997 年第 1 期。

② 明代故事称,成化初,高邮卫的张百户归家渡湖"风作舟覆",幸免。望见远处一覆舟上有
人呼号求援,烟雾中看不清。张心怜,呼岸旁小艇往救,不肯;赠银才行,救回的却是己子。
"因候父来,遭风溺者半日……岂父子天性,默相感通耶? 不然,行旅络绎,宁无一人恻隐者
而援之,乃独张耶?" 黄瑜:《双槐岁钞》卷九,中华书局 1999 年,第 185 页。又:姑苏项三,
万历时贸丝汴城,赶上该地饥荒,怜因贫卖妇而泣别者,如数资助使返卖妇者金,夫妇全得。
归渡黄河,"其仆先登舟待主,而主以驽骑不前,舟既满载,时且不及,众皆迟之。方挂帆而
飓风忽作,载者尽覆,时项已至河干,目睹其状。项役以事阻,令仆持厚资先归。忽梦神语
曰:'汝仆十二日后当绝,可亟反。'项兼程而进,甫至家,仆已死,其资一无所失。计其期,适
十二日也"。刘忭等:《续耳谭》卷二,文物出版社 2016 年,第 143—144 页。两例都是在遭
遇风灾时,偏巧行善利他,最终因灾而救了亲子或自身得幸免。这类事诉诸民间传播影响
深广。灾害频发,小说与灾相关的幸运描写增饰也相当之多。此外,朱国祯称:"万历十七、
十八年,扬州府大旱。下河菱荸之田,赤地如焚。有黑鼠无数,庨麊荸田,食根至尽,荸土坟
起。一经野烧,悉成灰土,比之牛耕,其功百倍,乡民赖之,垦田十之一二。"旱灾、鼠灾竟都
成了好事情。朱国祯编著:《涌幢小品》卷二十七,中华书局 1959 年,第 644—645 页。

第四节　风神崇拜及"大风吹人"描写的神秘化倾向

立足于突发性风灾的现实状况,文献记录的多样性不仅提供了对风灾的认知,也为文学文本描写提供了想象思维基础与生发空间。特别是"大风吹人"传说,不仅体现出"天意""救急"等大众期盼,还以"真人秀"模式开辟了异域空间,启发世人想象力,并以接受异域来客与其婚配的世俗方式,包容神秘的他者世界与神秘力量的存在。

首先,大风吹人传闻及其文学叙述,不断重温着海外仙乡的美好记忆,作为现实不可人意处的参照:"海外有浮提国,其人皆飞仙,好行游天下。至其地,能言土人之言,服其服,食其食。其人乐饮酒无数,亦或寄情阳台别馆。欲还其国,一呼吸顷可万里,忽然飘举,此恍漾之言。然万历丁酉(1597)年,余同年叶侍御永盛按江右,有司呈市上一群狂客,自言能为黄白事,极饮娱乐,市物甚侈,多取珠玉绮缯,偿之过其直。及抵暮,此一行人忽不见。诘其逆旅衣囊,则无一有。比早复来,甚怪之,请得大搜索。叶不许,第呼召至前,果能为江右土语。然不讳为浮提人,亦不谓黄白事果难为也。手持一石,似水晶,可七寸许,置之于案,上下前后,物物入镜中,写极毛芥。又持一金镂小函,中有经卷,乌楮绿字,如般若语,览毕则字飞。愿持此二物为献。叶曰:'汝等必异人,所献吾不受。然可速出境,无惑吾民。'各叩首而去。"[1]

明代传闻,也证明了大风所吹来之女往往并非凡伦。如把魏晋志怪的大风吹来小儿,同传闻联系起来:"魏时河间王子元家,雨中有小儿八九枚堕于庭前,长六七寸,自言'家在河东南,为风所飘至此'。与之言,甚有所知。国初,山东历城王氏方鲧居,一日,天大风,晦冥良久,既霁,于尘坌中得一好女子,年十八九,云'外国人也,乘车遇风,欻然飘坠。'遂为夫妇。今王氏百年科名,贵盛无比,皆天女之后也。"[2]

其次,大风救急或吹远之后无伤,每多天佑贵人。南宋有借助大风得避"人祸"和洪灾奇闻:

---

[1] 朱国祯编著:《涌幢小品》卷二十六《浮提异人》,中华书局1959年,第619—620页。
[2] 谢肇淛:《五杂组》卷一,上海书店出版社2001年,第10页。

济州金乡县,城郭甚固,陷于北虏。绍兴壬戌(1142)岁,有人中夜扣城门欲入,阍者不可。其人怒骂久之曰:"必不启关,吾自有计。"忽大风震天,城门破裂,吹阍者出城外。一县室屋,皆飞舞而出。自令丞以下,身如御风而行,不复自制,到城外乃坠地。是岁州为河所沦,一城为鱼,而金乡独全,遂为州治。①

清官能吏王鼎也很幸运:"宰县时,憩于庭,俄有暴风举卧榻空中。鼎无惧色,但觉枕榻俱高,乃曰:'吾中朝端士,邪无干正,可徐置之。'须臾,榻复故处,风遂止。"②无独有偶,远接刘邦的奇遇,明代也有大风护佑圣主言说:"……燕王以精骑冲之,将及楼,平安坠而走。会大风起,发屋拔树,燕军乘之,杰等师大溃。燕王麾兵四向蹙之,斩首六万余级,追奔至真定城下,又擒其骁将邓戬、陈鹏等,尽获军资器械,吴杰、平安走入城。……燕兵自白沟河至藁城,三捷,皆有风助之。"③野地作战,胜利归结为大风和风向有利,在《三国演义》等小说中,成为战争、人物命运与气候微妙的书写模式。近代小说家曾调侃:

尝笑我国旧小说中,最有一种俗例,便是书中一位重要人物,无不被人诬害,诬害的结果,必说身监法场,引颈就刑。原是故意用一种惊人之笔,希冀震骇阅者耳目,然而他又未尝布置妥帖,乃至到了无可奈何的时候,苦于没有法子,转换过来,他那一支笔,便忽然想到黎山老母,或是太白金星,半天价起了一阵狂风,硬生生便将这人摄得无形无影。再不然,也不过是英雄劫狱,好汉乔装,叫人心里快活一快活。在下著书到上一会结末,也几几乎蹈了此弊。……④

无疑这是感受、确认了许多大风吹走人的传闻,也注意到了小说演义(说书人)对这类故事传奇性传播与人们"故意用一种惊人之笔"的渲染动机有关,当然这只是指出了"大风吹人"故事的一个分支而已。

其三,风神形象,作为古来神秘信仰的文学展演活跃在明清小说中,

① 洪迈:《夷坚志》乙志卷十六《金乡大风》,中华书局1981年,第320页。
② 脱脱等:《辽史》卷一百四《文学下》,中华书局1974年,第1454页。
③ 谷应泰:《明史纪事本末》卷十六《燕王起兵》,中华书局1977年,第256页。
④ 李涵秋:《侠凤奇缘》第三十五回《千里姻缘扶桑联眷属 一宵救护浅草毙奸徒》,漓江出版社1987年,第465页。

主要充当美好事物的摧残者,风神形象"封姨"基本定型。段成式《酉阳杂俎·支诺皋》称:"封十八姨,乃风神也。"贯云石散曲《清江引·咏风》:"薄情的风家十八姨,大逞狂心力,揪捽万片红,摔碎千条翠,断送了好光阴都是你。"乐钧《耳食录·揽风岛》还以男风神对应之,称粤贾至南海一岛:"忽见飞旆大纛,簇拥一人,危冠广袖,须发戟张,身骑青虎,凌空而过。老人曰:'是为风伯,即《山海经》所谓折丹者也,主天下雄风。凡鸣窍扬波,卷尘飞石,触物暴猛,皆彼为之。'"接着写女风神封姨:"一少女跨白鸢曳纨扇,婀娜而来,从以曲盖,护以长帚,有香气袭人甚烈",其特点是:"封姨年少夭斜,主天下雌风,多行柳堤花径,轻烟细雨间,习习飘飘,柔而善入。其挠人甚于风伯。顷者袭人香气,皆摄百花之精也。自非道力素定者,鲜不为所中。尔之仆焉,宜矣!须经受此香三四千日,则不复畏。又数千日,始可以揽之而游。"[1]似乎,风既然于人们的生活如影随形分不开,就毋宁把它想象成美好的。

其四,通过自然灾害的体验积累,远古而来的神秘崇拜逐渐扩散到民俗信仰,对明清秘密社会活动乃至应灾思维施加影响。俞正燮(1775—1840)考证:"《博物志》云:太公为灌坛令,东海泰山神女嫁为西海妇,畏太公,不敢以暴风疾雨过。《广异记》云:唐崔敏悫入阴,检身得十政刺史,遂轻侮神鬼。为华州刺史时,人闻岳祠救,为三郎迎妇,崔使君在州,勿妄飘风暴雨。不知神人嫁娶出入风雨而必暴疾者何也。今农家及舟子占风暴,多以神配之。其神有极鄙诞者,而其期多应,非可以常理论矣。《灵枢·九宫八风》云:太一移日,天为应之以风雨。"[2]可见大风吹女传说,与由来已久的"泰山神嫁女"必有风暴雷雨信奉,早已结合。甚至,由于大风飘女的信奉,人们还据此猜测不可思议的海外传闻:"维杨汪舟次奉使琉球,甫出海,见浮木丈许,铁镯两头。取而剖视,中有一女裸卧,缜发冰肌,以右手掩面,左手蔽其丑,哑尔微笑,随凌波以去,而狂风旋作。盖风之有少女者,殆谓是乎?"[3]值得注意的是,他类神祇威能,也有用大风、大风飘女体现。地方官张公为扩展田地要砍伐巨树:

① 乐钧、俞樾:《耳食录·耳邮》,岳麓书社1986年,第129页。
② 俞正燮:《癸巳存稿》卷十三《神婚嫁以风雨》,辽宁教育出版社2003年,第419页。
③ 钮琇:《觚剩》卷七《粤觚·木中少女》,上海古籍出版社1986年,第146页。

从者咸谏,以为此树乃神所栖,百姓稍失瞻敬,便至死病,明府不可易视也。公不听,移文邻邑,约共伐之,其令惧祸不从,父老吏卒复交口谏沮,而公执愈坚。期日率数十夫,戎服鼓吹而往,未至数百步,有衣冠者三人拜谒道左曰:"我等树神也,栖息于此有年矣,幸公垂仁相舍。"公叱之,忽不见。命夫运斤,树有血出,众惧欲止,公乃手自斧之以为倡,凡三百,方断其树。树颠有巨巢,巢中有三妇人堕地,冥然欲绝。命左右掖而灌之以汤,良久始苏,问何以在是,妇曰:"昔年为狂风吹至此,身在高楼与三少年欢宴,所食皆美馔,时时俯瞰楼下,城市历历在目,而无阶可下。少年往来,率自空中飞腾,不知乃居树巢也。"公悉访其家人还之,中一人正甲所失女,自言在舆中为妖摄去,其讼遂解。①

"大风吹来",成为最能得到确定和传播认同的要素,树大招风,大树上多有巢而成为"大风吹来女人"之栖所,官员伐树的争议,遂被送还失女的诉讼案件破解而遮掩。大风信仰在现实中被强化,与现实人们的生存危机结合,居然想象出治水得风助,更引起朝野重视,清代治河传闻称癸亥(1803)秋,杞县河溢,"甲子春,上偶泛湖,值东北风甚骤,上因念北河若得此风助,庶可竣工,乃即于舟中拈香祷之。未逾旬,那公奏北河合龙,信得东北风助,去上祈祷甫三时,非上精虔,何以致此。后闻莫侍郎瞻菉云,此为黄金大坝,康熙中曾漫溢,经数十年始竣工,未能若是之速。信百灵之效顺也"②。无疑,关于大风的文学言说,是穿越历史时空,不限于文史,也常与对水灾等期待结合,且与持久稳定的民俗心理和审美期待密切相关。

其五,常借重大风突降结撰明清神怪小说情节。将蒙难的被侵害者(或仙师贤徒),每多趁"一阵大风"摄走,是为神仙解救惯常关目。《说唐三传》写秦汉三岁时被大风刮去,第二十五回才交代得蒙王禅老祖收为徒,已学道十三年③。李雨堂也写狄青母子突遭洪灾,小说却把叙述重点

---

① 陆粲:《庚巳编》卷十《张御史神政记》,《明代笔记小说大观》,上海古籍出版社2005年,第712页。

② 昭梿:《啸亭杂录》卷一《虔祷风神》,中华书局1980年,第28页。

③ 佚名:《说唐三传》第三回《薛仁贵下落天牢　小儿痛打李道宗》、第二十五回《窦一虎铍中受苦　秦汉奉命救师兄》,江苏古籍出版社1996年,第8、83页。

转向九岁的小英雄如何幸运地御风远行:"单言公子被浪一冲,早已吓得昏迷不醒,哪里顾得娘亲,耳边忽闻狂风一卷,早已吹起空中;又开不得双目,只听得耳边风声呼呼响亮,不久身已定了。慌忙睁开二目四边一看,只见山幽寂静,左边青松古树,右边鹤鹿仙禽,茅屋内石台石椅,幽雅无尘,看来乃仙家之地。心中不明其故。见此光景,心下惊疑之际,不觉洞里有一位老道者,生得童颜鹤发,三绺长须,身穿八卦道衣,方巾草履,浑然仙气不凡,走将出来。公子一见,慌忙拜跪于洞外,口称:'仙长,原来搭救弟子危途也。'……"①原来这时已被风吹上峨眉山,鬼谷子告知,其母也已得救,日后重逢,眼下要在此习武学艺。

现实生活实例可证此想象的根由。说楚北人彭梦云,泊舟鄂渚,"忽被风吹至一所,人烟稠密,世界繁华…… 南皋居士曰:少所见,多所怪,彭生游东瀛还,当自谓多所见矣,乃被风吹至一地,所见之奇,几为五洲仅有者,而卒不知其为何地,其见亦罕矣!怪云乎哉!"②因远方所带来的空间距离感,易于宣示殊方异域的离奇风物,而大风摄人却可瞬间超越空间,现身说法,将想象对象置于叙述者眼前。于是神幻迷离的异域"仙乡",即刻与古远传说印证。这暗中构成的彼岸世界想象联想,也许正是"大风摄人"铺叙的互文性基础。

此外,母题还对民间一些高空坠落人不受伤奇闻,以事实佐证。如孝妇华山顶投崖不死。说朝邑县民妇罗氏,其夫出征不归,姑(婆婆)病重革,妇祷西岳金天圣帝,若姑病愈,将于舍身崖投崖以报:

> 姑病果愈,妇同其姑、其兄登山完愿。登大顶,至舍身崖,以裳覆面,奋身而下,疾于飞鸟,其姑其兄,临崖大哭。时宗武尊人长发先生令华阴,众报县,令人从瓮峪至山后觅尸,绝无踪迹,华阴县存案移朝邑。逮其姑归,而妇则安居室中矣。云投崖时已昏去,耳中闻风声甚久,既苏则仆于其家庭中云。朝邑令回文至华阴述其事,自华山至其家约八十余里(朝邑在华阳之北,而舍身崖则华岳之南峰也)。时康熙十六年也。此事经华阴、朝邑二县勘核,决非虚诞,

---

① 李雨堂:《万花楼演义》第三回《奸用奸谋图正士　孽龙孽作陷生灵》,上海古籍出版社 1995 年,第 19 页。
② 杨凤辉:《南皋笔记》,《笔记小说大观》第三十册,江苏广陵古籍刻印社 1984 年影印,第 16 页。

然非思议所及之境矣。①

可见民间相信,的确有某些空中飞人的奇迹。而"大风吹人"传闻为小说多所取材。

超越空间的神物描写,与此相辅相成,如神帕。说绍兴年间邠徐一带左道聚众闹事,金人悬赏头领陈靖宝,樵夫蔡五声称要讨赏,路遇一白衣人自称与蔡联手,担系苇席,铺下两人坐,斯须起,顾蔡厉声一喝。蔡被席载腾入云霄而飞,堕八百里外的益都府庭下,府帅以为巨妖,执缚入狱②。故事学家刘守华先生认为陈靖宝是位抗金义士被神化了,而蔡五则是爱财的庸人,讲述人以其被捉弄,显示出爱憎褒贬③。那么,蔡五对自己何以能来八百里外,解释说不知何故飞来,以强调风之神,后确定身份被释放,说明"大风吹人"信奉广为人认可。

大风吹人故事具有跨民族的世界性意义。普罗普指出欧洲大风故事隐伏的神秘性和恐怖因子:"作为空中的劫持者尤为常见的是大风或旋风。不过比较相类似的材料可以看出,在旋风的背后通常要么隐藏着蛇妖,要么隐藏着科谢伊(魔王),要么隐藏着鸟。旋风可以作为失去其动物的或蛇妖的或别的外表的劫持者来看待。旋风劫持得手,而当主人公四处寻找公主时,却发现她已落入蛇妖的掌握之中……"④ 相比之下,明清大风吹女人故事,其现实生活气息、人情味儿和理想化是很突出的。

同时,"大风吹人"母题叙事也昭示出明清人对自然灾害的乐观态度。许多民族的人们遇到大风,也试图用各种软硬方式沟通。人类学家注意到古代印度祭司"每当风暴来临时,就手持剑棒和火把,迎风而立,口中喃喃念诵经咒。有一次维多利亚尼安萨(肯尼亚境内)附近的卡多玛地方在飓风袭击的时候,彻夜擂鼓不停。第二天早上,一位传教士向土人问起缘由,才知道那鼓声是对抗飓风的一种巫法。沿海达雅克人和婆罗洲的卡扬人,当一场大风暴狂吹时便敲起锣来。不过,达雅克人,也许卡扬人也一样,之所以敲锣,倒不完全是为了吓走风暴精灵,而是为

---

① 刘献廷:《广阳杂记》卷三,中华书局1957年,第129—130页。
② 洪迈:《夷坚志》支丁卷九《陈靖宝》,中华书局1981年,第1036页。
③ 刘守华:《中国民间故事史》,湖北教育出版社1999年,第412—413页。
④ [俄]弗拉基米尔·雅可夫列维奇·普罗普:《神奇故事的历史根源》,贾放译,中华书局2006年,第279页。

了告诉风暴精灵他们家在何处,以免风精无意中刮倒了他们所居住的房子。……南美洲的帕亚瓜人在大风吹倒他们的茅屋时,便拿起火把,迎风奔跑,用燃烧着的火恐吓暴风精灵,同时其他人也向空中挥拳以示威胁。……"①可见并非惟华夏之邦有大风、风灾民俗信仰。然而,至少明清人们对待大风给予人类危害的乐观态度,非常独特。

第五节 风灾频发:生态学的解释难题

明清人口膨胀下日益滥砍滥伐、围湖造田等活动,造成山林的构成密度与水域面积的锐减,自然生态环境单维地恶化加剧,北方大风更为常见而频繁。因此灾害性天气和反常气候的文史记载,明代以来增多。史家注意到彼时史书、方志等多种文献,大风、飓风、恒风等多有记载:"其项目之多,范围之广,以前各代都不可与之相比拟。"②风灾也得以更加被广为关注。

首先,在文学世界中,更具特色的大风描写,令人记忆深刻。特别是南人北上,对大风感受的深切和严重不适应之苦:"燕齐之地,无日不风,尘埃涨天,不辨咫尺。江南人初至者,甚以为苦,土人殊不屑意也……"③小说名著也很留意这一母题,《金瓶梅词话》描绘西门庆一行旅途艰辛,十一月从东京起身,在黄河边水关八角镇撞遇大风,被刮得寸步难行:

> 非干虎啸,岂是龙吟。卒律律寒飙扑面,急飕飕冷气侵人。既不能谢柳开花,暗藏着水妖山怪。初时节无踪无影,次后来卷雾收云。惊得那绿杨堤鸥鸟双飞,红蓼岸鸳鸯并起。则见那入纱窗,扑银灯,穿画阁,透罗裳,乱舞飘。吹花摆柳昏惨惨,走石扬砂白茫茫。刮得那大树连声吼刷吼刷,惊得那孤雁落深濠。须臾砂石打地,尘土遮天。砂石打地,犹如满天骤雨即时来;尘土遮天,好似百万貔貅卷土至。赶趁得村落渔翁罢钓,卷钩纶疾走回家;山中樵子魂惊,披

---

① [英]丽莉·弗雷泽:《金叶》,汪培基等译,上海文艺出版社1997年,第66—69页。
② 南炳文等:《明代文化研究》,人民出版社2006年,第18页。
③ 谢肇淛:《五杂组》卷一《天部一》,上海书店出版社2001年,第10页。

斧斤忙奔归舍。唬得那山中虎豹缩着头,隐着足,潜藏深壑;刮得那海底蛟拳着爪,蟠着尾,难显狰狞。刮多时只见那房上瓦似飞燕,吹良久山中石走如飞。瓦飞似燕,打得客旅迷踪失道;石走如飞,唬得那商船紧缆收帆。大树连根拔起,小树有条无稍。这风大不大?真个是:吹折地狱门前树,刮起酆都顶上尘,嫦娥急把蟾宫闭,列子空中叫救人,险些儿玉皇住不的昆仑顶,只刮的大地乾坤上下摇! ①

又神怪小说以大风写实,虚实交映。言酷暑炎热之际两军交战,子牙作法冰冻成汤大军,而在冰冻之前,先有大风来袭:"子牙作法,霎时狂风大作,吼树穿林。只刮的飒飒灰尘,雾迷世界,滑喇喇天摧地塌,骤沥沥海沸山崩,幡幢响如铜鼓振,众将校两眼难睁。一时把金风彻去无踪影,三军正好赌输赢。诗曰:念动玉虚玄妙诀,灵符秘授更无差。驱邪伏魅随时应,唤雨呼风似滚沙。""那风一发胜了,如猛虎一般。怎见得好风,有诗为证:萧萧飒飒透深闺,无影无形最骇人;旋起黄沙三万丈,飞来黑雾百千尘。穿林倒木真无状,彻骨生寒岂易论。纵火行凶尤猛烈,江湖作浪更迷津。"② 这一形象化的大风肆虐描绘,如果没有现实之中对自然生态恶化、频发大风的深切感受与文学母题铺垫,也是很难描述的。类似的大风,常与西北大风漂移来的沙尘暴有关。如光绪二十七年(1901)二月初九河南巩县:"大风昼晦。红风大作,对面不见人,市内皆燃灯,道路人畜死者无数。春间凡起红风数次,以此为最剧。"③

给文学人物遭际命运带来重大影响的、来自大风的异常天气,这在明清小说到野史笔记里并不少见。袁枚写扶乩者预告山阴七月二十四日有大灾,届时忽大风西来,黑云如墨,飞沙走石,两龙斗于空中,墙倾处两奴压死,独七岁小儿藏米桶得以不死。自述墙倒时一黑人擒我纳桶内④。蒋心余对神不恭,忘记神谕,未采取有效防风措施,家门遭殃。一家

---

① 兰陵笑笑生:《金瓶梅词话》第七十一回《李瓶儿何千户家托梦　提刑官引奏朝仪》,人民文学出版社 2000 年,第 1033 页。

② 许仲琳编:《封神演义》第三十九回《姜子牙冰冻岐山》,齐鲁书社 1980 年,第 372 页。

③ 张仲友、刘莲青等纂修:《民国巩县志》卷五《大事记》,《中国地方志集成·河南府县志辑10》,上海书店等 2013 年,第 89 页。

④ 袁枚编撰:《子不语》卷二十《山阴风灾》,上海古籍出版社 1998 年,第 384—385 页。

之不幸,事实上也是整个地区人财受损的一个缩影。神谕本意告诫"宜奉母避去",他没遵嘱,还对邻里是否将要遭灾漠不关心,于是,本可减灾趋避之事终成悲剧结局。

从个人体验角度,有的文本还描绘生态异常过程中的成功自救。如何应对猝来大风裹挟,临危不乱,成为遇险呈祥的重要缘由。潘纶恩(1791—1856)描写徐某在屋内坐,忽狂风碎屋宇,被卷到六七里外的田垄间:

> 忽狂声卷地,若奔潮争赴,殷雷陡发。双眸不睹,烟瘴四黑,不识何物壅合,恍若肘压于梁,身塞于瓮。昏愦中,觉所凭几尚横于前,乃拔身以出,腾而立于几,恍荡如柳絮之无着,竟非复屋里先生矣。万态模糊,寸心如梦,并不知其为风霾。须臾风息,则河山如故,景物全非。自顾所卧处,并无室庐。去马厩六七里外一田垄间,堆积稻秸。高筑成台,身为风卷,适堕其上耳。民间屋宇,所在倾裂;砖甓榱椽,随风起舞。轻若扬沙,并不见向近处所吹落一梁一柱。惟剩有败址颓垣,凄凉满目而已。厩马压毙者,亦不知凡几。[①]

虽有些后怕,但徐某"拔身以出,腾而立于几",肯定有助于化险为夷。毕竟个体人也是生态环境体系的有机组成部分,也不能完全归结于命运而对外来骤变听之任之。载录者指出"风之摄人"特点是并不烦拉杂之力,徐某之从风远飏,盘旋空际,也并不自知其驰骤,只是"倘其时不遇积秸而止",恐怕后果难测。

于是大风的母题展演,也就成为明清人们自觉不自觉地应对异常天气的经验,这颇近于按照发生的时节来类分:"余乡谓狂风起为'风暴',凡舟行者尤悉之。其发有期,如正月初九为玉皇暴,三月为观音暴,九月为重阳暴之类。初谓用《诗》'终风且暴'之'暴'字状其狂恶,故亦有不称风而单称为暴起者。按《遁斋闲览》云,闽中泉、福、兴化三州濒海,每岁七八月多东北风,俗号'痴风',亦名为'报风',袁质甫引此,谓余乡有飓风,但初来声势颇恶,与三州不异,人家即曰'报起矣',有顷则亦蜚瓦拔木,无所不至,所谓'报起'者即飓风也。据此,则吾乡'风暴'字亦宜

---

① 潘纶恩:《道听途说》卷十二《风霾》,黄山书社1996年,第297—298页。

正作'报'。"①

其次,野史笔记中的风灾记录也极为丰富,甚至包括一般性的飓风来袭,许多载录也并没有回避,并表现出对多灾叠加模式的观察。曾几何时,昭梿摹状京城沙尘暴凶悍和危害:"戊寅(1818)春,雨泽稀少,狂风日起。浴佛日,余结伴游万寿寺,时天气晴和,热甚,着单衫犹觉挥汗。午后黑云由东南来,风沙霾暗,余即驱车归,甫入室,犹未解衣,天顿昏黑,室中燃烛始能辨物。至逾时顷,火云四起,天渐明朗而暴风愈甚,竟夕乃已,亦一异也。闻市廛车马沸喧,路人皆不敢行,有老妪伛偻为风吹毙者,又有遗失幼孩者,一时传为谈柄云。"②而钱泳则载录此前一年和同年的长江中游风暴灾害:

> 嘉庆丁丑(1817)六月十三,汉口镇大江中忽起风暴,飘荡大小船一千余只,死者无算。戊寅(1818)二月十六日,即于大江原处漂没大盐船十七只。其月二十二日垂晚,湖南岳州府东三十里城临矶陡起大风暴,一时人力难施,沉溺粮艘十七只,并淹毙运丁水手男女数百人。巡抚巴公奏闻,奉旨豁免。一月之内,两遇风暴,且同是十七只,亦奇。③

仅仅是两起风灾的遇难船只数量相同,引起了载录者的好奇,并未深入思考。诗歌咏叹出人们遭遇风灾的心理感受:"城东夜妖三日哭,城中无端风折木。当时六鹢犹退蜚,何怪爱居止人屋。黑云如马奔腾来,雷车电策遥相摧。江干蛟鱼卷沙立,仿佛似有江神回。寒威中人气萧瑟,旅人对此心不怪。……弥月不雨苔井干,法王旧寺今摧残(开元寺先为飓风所拔)……"④

不过明代中后期,就有了对水路交通免受大风浪袭击肇事的期盼,即所谓"巡河神"的庇护:

> 广济寇淑,行多长者为,耆民棱仲子。以藩司掾之京。忽有沈

---

① 周寿昌:《思益堂日札》(十卷本)卷九《风报》,中华书局1987年,第192页。
② 昭梿:《啸亭杂录》续录卷三《昼晦》,中华书局1980年,第463页。
③ 钱泳:《履园丛话》卷十四《祥异·风暴》,中华书局1979年,第386页。
④ 陶季:《舟车集》卷三《大风行》,《四库全书存目丛书》集部第258册,齐鲁书社1997年,第138页。

姓者来,必欲淑与偕行。问其故,曰:"我亦适京,梦神人曰:汝此行,不得龙江寇公相救,不免。必公也!"遂与偕渡黄河,风浪大作,舟且覆,忽一人拉沈坐,令勿惧。不省为谁。而淑视,乃其故父棱,方急,不敢问。抵岸,忽失所在,舟师皆谓无见。神所谓寇公,乃棱也,救子兼及沈矣。淑后梦棱谓:上帝以己忠直,命为巡河神。[①]

这里,便涉及对于特定区域内大风的预测。如果了解一下清人预测大风的系统想法,可能"小说中语"也能补充一些难得的佐证,从中可以看出风灾所引起的足够重视。《野叟曝言》人物间的讨论未必都科学合理,倒显得颇为全面:1. 观察飞禽异常表现法。水夫人道:"鸠知雨,鹊知风;鹊不避人,而群飞入房,必有疾风。"2. 夜观天象法。素臣道:"孩儿夜观乾象,见岁星箕宿,光芒四射,飞荡异常,亦系大风之兆。"3. 近期气象推测法。田氏道:"数月以来,天气闭塞,塞久必通,其为风兆可知。"素娥道:"今年厥阴司天,原主有风。"4. 史料经验推测法。湘灵道:"《天外奇谈》载:西晋时,有鹊数万,飞入人家,即有三日大风,拔木飞石,吹居民数百家入海之变。"5. 民间传说推测法。璇姑道:"奴幼时闻乍浦地方有大风,吹人上天,吹屋入海,也说是三日前有飞鹊之异。"……6. 身体异常感觉推测法。秋香道:"天要发风,秋香两腿隔一日前先就发痒,时刻不错;昨日戌时,腿上忽发奇痒,故此知道。"[②]

最后水夫人才带有哲理性地总结,实为作者的思考:"老身推以物理,玉佳征诸天象,媳妇们或以意揣,或以术推,或搜记载,或述传闻,皆不若秋香之近取诸身也;人身一小天地,未有天时变于上,而人事不应于下者。《中庸》云:'致中和,天地位焉。'又云:'至诚如神。'天人志气感应之间,本有丝毫不爽者;只缘私欲锢蔽,把得之于天者丧失尽了,遂致与天相绝。若果清明在躬,则即人即天,岂有不前知的? 秋香虽不知这种道理,而因痒知风,即愚夫妇之与知与能,天人感应不爽之处;比玉佳等推测之术,近而可征,确而有据也。"总之,还是个人内在的体验——经验式预测为主。而文素臣采取的御风措施,则属于巫术式思维支配下

---

① 王同轨:《耳谈》卷十一《巡河神》,中州古籍出版社 1990 年,第 262 页。
② 夏敬渠:《野叟曝言》第六十四回《浴日山设卦禳风　不贪泉藏银赈粥》,人民文学出版社 1997 年,第 771 页。

的："传知山内庄仆，各出人夫，到山口搬运土石，排列八卦方位，乾兑独高，艮坤独大，震坎卑小，巽位平塌，复用白垩涂饰，以镇压之，离位宽阔漫散，以泄母气。吩咐庄仆，于各家门首，在东南方，植立长竿二枝，一黄一白，黄竿上挂一黄布长幡，白竿上挂一白布长幡，即刻竖立，以禳风灾。各人俱似信不信的，纷纷赶办，至晚已俱完备。"① 解决方法虽是巫术式的，至少意识到了风灾问题。

其三，龙卷风威力奇特，破坏力强大，大风吹人多龙卷风所为，龙卷风的传闻载录书写即大风吹女母题的主流。晚清吴趼人亦载光绪戊寅（1878）三月初九日大风，某老妇身遭其难不死："当风雨时，枯坐一室，及霁，启户出视，则景物都非，盖风摄其室至三十里外矣。此事终不可解，风摄其室，可也，然何以地亦随之而起，岂非一大怪事哉？甲乙二绳匠，相对作绳，风骤至，闭目不敢动；风止，启目，则已自城西被风卷堕城南，手中相对绞绳如故，毫末无所损。相传此数人，皆素有阴德者云。"② 母题的文学展演，程度不同地留下了审美修饰印记，且关于自然生态环境异常变化的文学叙述，有许多是大风突发所起，而其中对当事者个人命运的描述，在偏重关心遭遇奇迹者的幸运时，民间信仰也是趋向认同个体道德归因的。

大风吹人升空，可以认定是龙卷风所为。一般说来："龙卷风不像台风那样在一个很大范围的圆形轨道上奔驰，而是像一个巨大的漏斗形的旋转空气柱，上端与云相接，下端逐渐伸向地面。因为它旋转速度每秒钟约有一二百米，比十二级台风（33 米／秒）要快得多。因此它有巨大的破坏力。它可以把地面的建筑物推倒，把人畜以及其他大量物品卷向空中，带到远处抛落。这就是古代所谓'雨谷''雨钱'现象的真正原因。龙卷风如果伸入水域，就会把大量的水吸上空中，形成巨大的水柱，古人叫做'龙吸水'。"③ 对此，气象学家的解释更权威，龙卷风除了常来得突然，去得迅速，捉摸不定，特点还有多发于春末至夏末间，旺发带在华东、华南沿海一带，多发于中午 12 时至傍晚之间，因一天最高温度后

---

① 夏敬渠：《野叟曝言》第六十四回《浴日山设卦禳风　不贪泉藏银赈粥》，人民文学出版社1997年，第771—772页。
② 卢叔度辑校：《我佛山人短篇小说集》，花城出版社1984年，第176—177页。
③ 周桂钿：《天体奥秘的探索历程》，中国社会科学出版社1988年，第178—179页。

产生了不稳定空气,易形成雷爆而触发龙卷风①。

东汉王充《论衡·感虚篇》认为所谓"天雨谷"实来自大风,乃是别处谷粒"生于草野之中,成熟垂委于地,遭疾风暴起,吹扬与之俱飞,风衰谷集,堕于中国"②。而国外更有奇闻,说苏联一次龙卷风,把一个农妇谢莱茹涅娃及其大儿子和婴儿吹到了一条沟里,而她二儿子被风带到索加尔尼基市,不受任何损伤,"奇怪的是,他不是顺着风而是逆着风被吹到索加尔尼基市的"③。

总之,风灾、风神崇拜以及大风吹女故事母题是有意味的话题,蕴含着丰富复杂的民俗观念,不仅体现了风灾故事记载的多样性,也展示出小说、民间传闻所留存的传说史意义,可以看作也是诸多史料和正统观念的必要补充:"就最一般的意义而言,一旦各种各样的人的生活经验能够作为原材料来利用,那么历史就会被赋予崭新的维度。……在某些领域,口述史不仅能够导致历史重心的转移,而且还会开辟出很重要的、新的探索领域……这样历史写作本身的范围就变得广阔和丰富起来,其社会使命同时也会发生变化。简言之,历史变得更加民主了。君主的编年史也关注普通人的生活经历了。"④不管怎样,在多种多样的文本中,至少可以从中读解口耳相传的奇异经历故事与载录者、小说笔记文本间的互动关系,以及对普通人命运特别是民俗心理对女性遭遇的关心,且可以同正史同类、相近内容相比照。

除此而外,还应该特别认真思考的问题是,如何对待包括文学作品在内的民俗传闻,特别是与自然灾害、灾荒以及御灾应灾有关的能折射出民俗诉求的民间记忆。

首先,风灾、风神崇拜及其故事传说,显示了自然灾害、自然科学等与民俗文艺学内在相通的有机联系。文学中的民间信仰,令人更加不能忽视文学作品在灾害学研究中的重要性。苏联作家康·帕乌斯托夫斯基(1892—1968)小说《黑海》描写气象学家云格建议开凿穿山隧道,将寒风从河谷引入海湾,狂暴的风害被彻底制服。后苏联科学院讨论治理

---

① 吴越、沈明刚:《重视龙卷风灾害的研究》,杜一主编:《灾害与灾害经济》,中国城市经济社会出版社1988年,第290—295页。
② 黄晖:《论衡校释(附刘盼遂集解)》卷五《感虚篇》,中华书局1990年,第251页。
③ 金传达:《说风》,气象出版社1982年,第90页。
④ [英]保尔·汤普逊:《过去的声音:口述史》,覃方明等译,辽宁教育出版社2000年,第5—8页。

风灾方案恰有一个与小说主人公所提相似。因作家描写叙述之笔，就是在一个受到很大制约的民俗风物背景上运作的，"不论是自然科学家还是社会科学家通过认真阅读文学作品，都能获得有价值的收获"①。那么，细读明清诸多灾害、御灾载录和想象生发，能否得到预灾、应灾、赈灾等书写的启发？

其次，"大风吹来女人"母题具有生态美学价值，主要体现在对于生态环境现状的反思，母题反映出古人并未意识到风灾实为自然环境恶化的预警，而总在自然力面前心存侥幸。龚炜（1704—1769 之后）载录："七月十四日晚，飓风大作，庭树怒号，牖户如裂，夜更数起。昆治障墙，百余年来从未倾圮，至是塌尽。沿海漂没，甚于壬子。……浏河有一人乘茅屋，吹至海中，见一大艘，灯光荧荧，中有一袍带者，俨坐如大官，作检簿状，顾此人不在数中，急放回。其人如醉梦，顺流得达隩曲。一闽贾橐千金生理，尽散于灾民，豪举也。"② 以古代社会普遍性的简陋茅草房屋，人们对大风危害的体验、恐惧的感受一定比现代都市人要深切得多。

更有对于骤然来袭的沙尘暴载录，触目惊心。万历进士周玄暐《泾林续记》载，万历庚寅（1590）三月三日真武诞辰，神祠边演戏遇大风突袭：

> 忽见西南上黑气一缕，冲霄而起，初若臂，顷如柱，又顷如席，转盼间则弥漫天际，昏黑如夜，对面亦不睹。亟令燃烛至，其光若萤，仅照尺寸而已，众皆骇异。予令收囚入狱，退归私署，家人悉恐怖闭户。耳畔惟闻风吼，作波涛汹涌声。又时于暗中露光如电，其色殷红若血，旋即昏暗如故。复有声似骤雨下，而实未有涓滴也。朝来暑气尽消，冱寒如昔，复索绵衣服之。竟夕无光，至质明亦尚阴晦，微辨色，则庭前后俱积沙土厚尺许，向之蔽天而下者，盖此物耳。及视事，则里老等以昨方祝釐（祝福），风霾四起，咫尺莫辨，民妇散走坠水沟中，其以寒噤死者三人，余幸无恙。若长垣则人畜死伤以百计，东明则拔树发屋压死更多，其州县申报亦相类。③

----

① ［苏］苏霍金：《艺术与科学》，王仲宣、何纯良译，生活·读书·新知三联书店 1986 年，第243 页。

② 龚炜：《巢林笔谈》卷四《飓风成灾》，中华书局 1981 年，第 109—110 页。

③ 周玄暐《泾林续记》，王云五主编：《丛书集成初编》第 2954 册，商务印书馆 1939 年，第 41 页。

这实际上就是龙卷风挟沙尘暴袭来,人们不仅所有正常活动被打断,还要闭门躲避,不及避者伤亡很大,这才真正是风灾造成的灾难后果。大风可能还有雷电相伴,明末仍有对风灾后果的困惑——不同质地之物,损坏有别:"崇祯辛未(1631)六月庚戌,临颍有大风。林氏、杜氏等家产俱飘半空,铜铁器碎尽,瓷器独全。"[①]

大风吹来的幸运,在清末大风母题中,有时当事人演化为男性,似采借"才子佳人"小说惯写的周折。在《丰隆解厄》—《冯夷效灵》系列画中,某书生赶考误入寺院被困,幸逢狂风,吹至二里地外的一个小村落前叩开一农舍。农妇吩咐女儿烧火即外出;书生见女递茶水时流泪,追问后女称母非去借米,而是向和尚告密,外人误闯此地必不能生还。女问逃生后如何待我,书生言"当娶为妻室"。于是女让书生捆住自己,泣别,书生发愤考中进士,奏请毁寺诛恶,娶少女为妻[②]。

大风吹人母题并非都写能给人带来幸运,有的就是可怕的厄运。清末传闻浦东高家巷四通桥某家,有六岁、三岁及襁褓中三子,某天突狂风大作,飞沙走石,母亲忙出看,正玩耍的长子失去左脚,次子失去左手,回屋又见婴儿流血满面,三子不久就离开了人世[③]。然而在自然威力的震慑面前,"乐感文化"的民族性格,宁愿选择了盼望会出现奇迹,冥冥中总有神佑。

那么,如何思考、剖析小农经济制约下只顾眼前的惰性心态、侥幸动机,不能仅从理想期盼的普遍存在着眼。论者指出了生态电影创作的文化局限性,在于大团圆结局的危害:

> 实际上,彻彻底底的大悲大痛,所赋予我们的震撼力和感奋力有时是更加巨大的。特别是对于生态影视来说,打破"大团圆"的结局,以更加自然的方式展示不可逆转的生态悲境与生存悲情,将

[①] 谈迁:《枣林杂俎》义集《风》,中华书局2006年,第324页。按沈括载:"内侍李舜举家曾为暴雷所震。其堂之西室,雷火自窗间出,赫然出檐,人以为堂屋已焚,皆出避之。及雷止,其舍宛然,墙壁窗纸皆黔。有一木格,其中杂贮诸器,其漆器银扣者,银悉镕流在地,漆器曾不焦灼。有一宝刀极坚钢,就刀室(刀鞘)中镕为汁,而室亦俨然……穷测至理,不其难哉。"胡道静校注:《梦溪笔谈校证》卷二十,中华书局1959年,第656页。实为入户穿屋的球形闪电。

[②] 吴友如等:《点石斋画报》,大可堂版,1888年。

[③] 吴友如等:《点石斋画报》,大可堂版,1885年。

可能以更加撼人心魄的冲击力达到生态教益的效果。冯小宁《超强台风》的结局被刻意作了这样的安排：台风被战胜，警报解除，没有任何人员伤亡，甚至被台风卷走的一条小狗也奇迹般地得以生还。这种大团圆的结局实在是影片的一大败笔！甚至可以说，因为这种不可思议的处理，影片的生态警示价值立减八成。①

"大风吹女"母题具有难得的生态文化反思价值。母题客观暗示出，传闻载录并未意识到许多风灾，实为生态恶化的预警，而总宣扬自然力面前如何侥幸、幸而不死。这种灾害叙事"大团圆"的乐观期盼延续至今，有鲁迅关注的"改造国民性的"问题在。如何认识、分析小农经济制约下只顾当下、以逢灾不死为乐的"巨婴"思维，不能仅从喜闻乐见的合理性着眼。要引导透视现象背后的危机，提前应对。这正是母题所给予当今御灾的文化启迪。

---

① 刘文良：《生态影视的困惑与超越》，《光明日报》2011 年 3 月 15 日第 14 版。

第七章　火山地震灾难与地狱观念及其民俗言说

地震，属于与“大气圈灾害”（旱涝、冰雹、霜冻、雪灾、风灾等）、“生物圈灾害”（蝗灾、鼠灾、瘟疫等）对应的“地壳圈灾害”，也包括泥石流、滑坡等，令人类心灵极度震撼恐惧，而地震可分岩石构造活动产生的“构造地震”，与火山喷发导致的“火山地震”。火山地震叙事，还包括地震惨状描述、震灾过程与灾难现场感受以及海中火山爆发描写等。明清民间叙事往往还关注震前自然界、动物界异常表现及灾难后果、成因，很留心民间互救活动。而除了具体个别的火山地震，还有更大范围的影响甚至边疆、域外的火山地震。而在华夏之邦区域性的地震、火山喷发中，人们更多情况下所经历、感受到的只是房屋倒塌、地貌变化和人畜伤亡而已。

第一节　地震的在场感受与后果描述

地震发生时的外在表现是地动山摇，其过程或长或短，亦可能持续性与间断性叠加进行。其显见的结果是惊心动魄的墙倒屋塌，世界瞬时间面目全非，灾难的现场感受性极强，为史书《灾异志》的重要内容。

首先，被灾者在场感受的回忆。三河知县任塾《地震记》载，康熙十八年七月二十八日（1679 年 9 月 2 日）华北三河、平谷发生地震，他仿佛被推醒，“正倘恍间，忽地底如鸣大炮，继以千百石炮。又四远有声，俨数十万军马飒沓而至。余知为地震，蹶然起，见窗牖已上下簸荡，如舟在天风波浪中。跣而趋，屦仆，仅得至门，门启，门后有木屏。余方在两空间，砉然一声，而屋已摧矣。梁柱众材，交横门屏上，堆积如山，一洞未灭，顶耳牙齿腰肱俱伤，疾呼无闻者。……因扶伤出抚循，茫然不得街巷故道。但见土砾成邱，尸骸枕藉，覆垣欹户之下，号哭呻吟，耳不忍闻，目不忍睹。历废城内外计剩房屋五十间有半……"①载录者以限定性视角，声色并茂地再现了遭遇地震的实感，全城仅剩很少房屋，其惨烈可以想象。以顺时间次序声貌并具描述的，还有王培荀载道光九年（1829）某夜山东、山西发生地震，而白昼的地震与夜间感受不同：

> 余时居蒲台，夜将半，闻有声如车驰马奔轰轰，窗棂皆振，久乃知为地动。晓闻人言，大清河水泛滥如沸汤。吾淄动在白昼，几上瓶罍皆倾倒，山中动尤甚，经旬未息。博山马鞍山极高峻，明季孙文定公携家避兵其上，至是中裂，一半稍下坠，余一半如故。阅邸抄，山西磁州城垣、官署、民舍皆倾圮，地裂出水，传闻水中出异物。民以芦席野处，地数动不止，伤人畜无算，官为赈恤，亦非常之变也。②

其次，火山爆发及其带来地震惨状的描述与思考。嘉靖三十四年末（1556）陕西华县发生明代最大的地震，"山西、陕西、河南同时地震，声如雷，鸡犬鸣吠。陕西渭南、华州、超邑、三源等处，山西蒲州等处尤甚。或地裂泉涌，中有鱼物；或城郭房屋陷入池中；或平地突成山阜；或一日连震数次；或城郭房屋陷河。……河清数日。压死官吏军民奏报有名者八十三万有奇……其不知名未经奏报者，复不可数计"③。有博喻绘声，有视觉画面，统计受灾人数也较确切。杨锡恒《纪异》亦精当地描摹了康熙五十八年（1719）至六十年（1721），墨尔根东南部（今黑龙江省嫩江德都北）火山喷发直接引发地震："地乃天之配，其道宜安贞。胡然此一方，震动无时停？欻若飚风过，殷若雷车鸣。耳目尽骇眩，魂魄为之惊。初疑九轨道，毂击声喧轰。又如万斛舟，掀簸巨浪迎。一橼本如寄，欹仄劳支撑。上栋与下宇，岌岌忧摧崩。不已势将压，性命毫毛轻。闻诸古史册，其变在五行。迂儒守章句，白黑聚讼争。今方圣明世，灾祲何由生？此理不可晓，闲居细推评。"④作为一个关内被贬北疆的"流人"，

---

① 陈昶修、王大信等纂：《乾隆三河县志》卷十五《艺文志上》，国家图书馆藏，乾隆二十五年（1760）刻本，第19—21页。刘献廷亦载："康熙十八年七月二十八日巳时地震，京城倒房一万二千七百九十三间，坏房一万八千二十八间，死人民四百八十五名。"《广阳杂记》卷一，中华书局1957年，第14页。
② 王培荀：《乡园忆旧录》卷七《地震》，齐鲁书社1993年，第384—385页。
③《明实录·世宗实录》卷四百三十，上海书店出版社1984年影印台北"中央研究院"历史语言研究所1962年，第7429—7430页。
④ 姜兆翀编：《国朝松江诗钞》卷二十七，嘉庆十三年（1808）敬和堂刻本。

诗人不敢过多表示主观情绪和联想,只能尽量客观状写:

> 每当地震后,厥占应元冥。阴气盘地轴,欲奋难遽腾。小震则小澌,大震斯盆倾。屡试不可爽,历久信有征。艾河地庳下,溪谷流纵横。积涝成巨浸,势欲排丘陵。二麦既黄萎,稗稌类寸莛。惟菽稍有实,又恐秋霜零。谋生艰一饱,敢望仓箱盈。典衣入市廛,无处易斗升。来日信大难,寸心忧屏营。皇天本仁爱,视听非懵懵。万方悉在宥,岂独遗边氓。愿夺箕毕好,长放羲娥晴。庶使职载者,亦得安坤宁。①

当时,纳穆尔河(纳默尔河)支流白河被火山熔岩阻塞,形成五个如串珠般的火山堰塞湖(今黑河市五大连池)。火山喷发后,地震持续时久。上诗描绘了火山引发余震情况,记录了彼时当地百姓艰难境况,及流人的困窘与期盼赦归的心情。

嘉庆年间西清记载,黑龙江墨尔根(今嫩江县)东南,"一日地中忽出火,石块飞腾,声震四野,越数日火熄,其地遂成池沼。此康熙五十八年(1719)事,至今传以为异"②。此前在地震二三年后面世的《宁古塔记略》也载,圃魁(卜魁,今齐齐哈尔)"离城东北五十里有水荡,周围三十里,于康熙五十九年(1720)六七月间,忽烟火冲天,其声如雷,昼夜不绝,声闻五六十里。其飞出者皆黑石、硫磺之类,经年不断,竟成一山,兼有城廓,热气逼人三十余里,只可登远山而望。今热气渐衰,然隔数里,人仍不能近。天使到彼察看,亦只远望而已,嗅之惟硫磺气"③。

又,咸丰《盛京通志》卷十一载:"墨尔根东南地中起火,石块上腾,下成池沼。"④ 但仅凭这只言片语,很难看到火山爆发规模及破坏力。火山对人类社会的破坏力和范围,一般比地震来说相对较小,而火山爆发引发的地震、洪水等"次生灾",才把灾的程度与影响范围扩大化了。

其三,地震后期的连锁反应——灾后之灾及其派生的严重后果。对

---

① 张玉兴选注:《清代东北流人诗选注》,辽沈书社1988年,第420—421页。
② 西清:《黑龙江外记》卷一,王云五主编:《丛书集成初编》第3201册,商务印书馆1936年,第12页。
③ 吴振臣:《宁古塔记略·吉林外记》,王云五主编:《丛书集成初编》第3178册,商务印书馆1939年,第19页。
④ 吕耀曾等纂修:《盛京通志》卷十一《祥异》,国家图书馆藏咸丰二年(1852)刻本,第21页。

此，往往描述的是地震带来水井等民用设施的破坏、建筑物方位的移动变化，如陈康祺相信，康熙七年（1668）六月十七日戌时，"山东地大震，栖霞山震，沂水陷穴广数丈，民间有井倾仄不可汲，楼台南北易向者。见蒲松龄《聊斋志异》（按《聊斋》诞幻，其纪述灾异，有月日，必不谬）"[①]。但更复杂的是将地震作为不明伤害物、外敌入侵等征兆。如地方志记载嘉靖三十五年（1556）"三月地震。是岁，民间讹言：有海騆精，伏如萤，着人必死。城中家击金鼓，若防巨寇，夜不帖席。有道士符治之，官置之法，道士逸去，怪亦绝。八月，倭数千人由海入寇，省会四郊被焚，死者枕藉，南台、洪塘民居悉煨烬"[②]。

其四，不易观察、难于记载的海中火山爆发，也得到了有识之士关注。如张培仁详录了东海火山爆发奇异景观、巨大危害和时人传闻：

> 温州地气本暖，忽严冬骤热，重裘绵尽脱，尚觉炎蒸，须臾，天半渐有红气上冲，人益躁热，遥望海岛，踞一奇兽，类世所画贪婪状，遍身赤，仰首吐火，竟天皆红。无何，满城房屋，悉起烟焰，合郡呼号，忽海中二龙飞出，波涛震动，城堞欲颓，与物斗两时许，轰雷掣电，大雨倾注，一昼夜方止，计城中房舍人畜，烧毙震死者十之六七。似此奇灾，真从古未有见。越半月，有海船归云，某岛中二龙，一犰死崖下，龙皆大数百丈。犰死，鳞中火焰，犹熠熠也。[③]

今已没理由苛责，古人何以要用一种神秘信仰支配下的文艺话语，来形象化、艺术化地描绘这次灾难。无疑此处"鳞中火焰，犹熠熠"的巨大之"犰"，实即火山喷射岩浆给人的错视，"远观"之下得出的这类印象式结论，并非科学，却再现了火山灾害场景中目睹者的真实感受。

其五，关于地陷式的地震描述。如康熙三十四年（1695）乙亥六月初四日，陕西、宁夏等地山崩地陷，"上、中、下三卫官民田庐，压毁陷没

---

① 陈康祺：《郎潜纪闻》初笔卷十一《山东地大震》，中华书局1990年，第237页。
② 徐景熹修：《乾隆福州府志》卷七十四《祥异》，《中国地方志集成·福建府县志辑2》，上海书店出版社2000年，第430页。
③ 张培仁：《妙香室丛话》卷十四《温州异灾》，《笔记小说大观》第十八册，江苏广陵古籍刻印社1984年影印，第128—129页。《集韵》曰："犰，兽名，似犬，食人。"东轩主人《述异记》的异文称："康熙二十五年夏间，平阳县有犰从海中逐龙至空中，斗三日夜，人见三蛟二龙，合斗一犰，杀一龙二蛟，犰亦随毙，俱堕山谷。其中一物，长一二丈，形类马，有鳞鬣。死后，鳞鬣中犹焰起火光丈余，盖即犰也。"

者无数。是日变起仓猝,黑雾障空,天气惨淡,军民奔窜塞路,死者不可胜计。我郡有吴生德分者,向游四方,齿逾古稀矣,一武弁宦秦,遣使相订,恋其厚币,策蹇行。亦陷入地底,竟与之同祸。先是,卜日将发,宗党以其年老,且无子,互谏阻之。吴不为止,试叩日者。日者(占卜者)曰:'此行大不利,当闭门却避,不然,吾见其往而不返也。'至是其言果验"①。突出了地震发生前预言应验的神秘逻辑。

其六,作为灾民自述地震现场感受,每多与震后惨境叙述结合。蒲松龄精彩地刻画了人们惶急中避灾,忘记裸身的情状,此为康熙七年(1668)六月十七日戌时,作者忽闻有声如雷自东南来,向西北去,众骇异不解:

> 俄而几案摆簸,酒杯倾覆;屋梁椽柱,错折有声。相顾失色。久之,方知地震。各疾趋出,见楼阁房舍,仆而复起;墙倾屋塌之声,与儿啼女号,喧如鼎沸。人眩晕不能立,坐地上,随地转侧。河水倾泼丈余,鸭鸣犬吠满城中。逾一时许始稍定。视街上,则男女裸聚,竞相告语,并忘其未衣也。后闻某处井倾仄,不可汲;某家楼台南北易向;栖霞山裂;沂水陷穴广数亩。此真非常之奇变也。……此与地震时男妇两忘者,同一情状也。人之惶急无谋,一何可笑!②

亲感此灾,作者先闻怪声,再述感受,继而逃震,而后次第详写逃震灾民的情状、周围景物的变化、动物的表现,错落有致。又辅以妇女狼口夺儿,与前面的全景描写两相映照③。据年代接近的朝鲜李朝史料,康熙七年(1668)朝鲜燕行使者归国后奏折:"'郯城一州,地震压死者千余人矣。'皆曰:'诸处压死数千人。其他变怪,前史所无,此皆乱亡之兆。而蒙人又叛,清国必不支矣。'"④比较而言,文学作品结合个人体会,除了记述地震的惨烈景象外,也关注到被灾者慌乱与缺乏应灾技能训练,及其基本心理准备。

黄维申(1841—?)描绘友人作为亲历者感受的光绪己卯(1879)

---

① 董含:《三冈识略》续识略补遗《秦中地陷》,辽宁教育出版社2000年,第267—268页。
② 任笃行辑校:《全校会注集评聊斋志异》卷一《地震》,齐鲁书社2000年,第253—254页。
③ 蒲泽:《蒲松龄妙笔记地震》,《蒲松龄研究》2008年第3期。
④ 吴晗辑:《朝鲜李朝实录中的中国史料》,中华书局1980年,第3955页。

五月甘肃地震:"……忽然大地声如吼,城倾屋裂无处走。第宅簸摇避山野,山崩活葬深崖下。夫觅妻兮父寻子,哭声震天天不理。可怜阶州十万齿,三万余人同日死。阶州之牧名青天,各廨震毁兹独全。使君眷口得无恙,乃信廉吏天所相……可怜官民共颠蹶,骨肉转眼异存殁。纵得生逢犹恍惚,且各吞声图苟活。河被山湮流入城,汪洋忽讶洪涛声。劫数未满何可匿,不死震压死漂溺,阳侯作威势更猛,其不死者亦侥幸……"①先写闻声,再写地动摇撼的感觉,然后再写灾民亲人相呼的惨状,抒发自身的悲情感慨,这符合身临震灾者的主体感受。同时也提到即使清官,也没能使官府全能免毁,只是家眷无恙,以此足证"乃信廉吏天所相",廉吏天佑传统有所体现。

其七,对地震成因的民间思考。有的载录者在观察震灾之余,继续寻究灾害发生那个别中的一般,偶然中的必然,进而进行罹灾命定的推因。说地震前济南知府到城隍庙行香,至庙门知府皂隶忽然全都昏迷,某皂隶妻来看在庙中当差的亡夫(前夫):

> 前夫曰:"庙里进去不得,天下城隍在此造册。"《传异记》:宋熙宁中,恩州武城县有旋风自西南来,发屋拔木。县令一门及人民俱卷入云霄中,坠地死者不计其数。近道光庚寅之岁,直隶一带震裂不下千里,压死者以万计,然皆未有吹去衣服及肢体者。而此记言之凿凿如此。考《明史·帝纪》及《五行志》,并无五月初六日之变。然《明史》前后多脱误。如天启四年三月甲寅、六月六日丙子,京师地震,《帝纪》及《五行志》俱有之。独《志》言三年京师地震者三,而《帝纪》不载;《纪》言四年三月戊午夜京师地再震,《志》亦不载。庚申夜复震者三,而《志》但云庚申再震。则其不足征明矣。②

地震现况及其感受,史书所载多缺漏,而民间传闻可为补充。清末还有中外比较参证的,百一居士推因:"史言地震者不一,大率地中空虚,流走激荡耳。亦有因之成灾者。己卯四月十四日,金陵忽尔地震,屋瓦

---

① 黄维申:《报晖堂集》卷十三《逃禅集下》,广西师范大学出版社2007年影印,第93页。
② 朱梅叔:《埋忧集》续集卷一《地震》,岳麓书社1985年,第224—226页。

窗格及悬挂玻璃灯,均玎玎有声,片刻即止。十八日午后,复震,与前仿佛。此犹小焉者耳。日本于是岁十二月地震,始从东北而至西北,少停又震,从北而南,声势甚重,历二十秒始止。洋房各柱俱动,屋瓦俱有裂声,栋折榱崩,不一而足。西房巡捕房屋中,人均受坍塌之伤,甚异事也。虽曰地之升沉,于此可见,要其所以震者,则究不可理解矣。参气化者,当有说以处此。"[①]这体现了晚清中外交流时代视野开阔之后,人们的认识开始向科学、理性的方向思考。

此外,对于流星陨石造成的地震,也有实感载录:"道光丙午(1846),新秋后数日,夜将半,忽有大风骤起,势如山崩地裂。时伯兄也山卧病,大侄女侍疾未寝,风起时,适以开窗倾水,的见红光一团,其大如盆,赤气四射,疾若飞星,自北而南。后有流星万点,随之以落,其声如雷。地即大震,室中诸器,尽皆倾覆。时闻人喊马嘶,家家扶老携幼,开门奔避,盖虑屋宇之坍塌也。喧呶竟夜,天明始息,未知何祥?"[②]这类实录的真实性很强,也说明地震记忆会影响到其他多种震动的感知,经历者基本上会以果推因,归结到地震。

第二节　地震前兆、被灾者感受与自救思考

虽然地震的突发性强,但作为自然现象的显现过程,某些迹象其实早有显露,古代文献中也多有记载。如果能及时捕捉地震前兆,较好把握地壳运行规律,及时避开险境或许会减少人员财产损失。

其一,是震前山鸣和地下声响等自然界物理变化征兆。钱泳状写嘉庆二十年(1815)九月十九日山西解州各属及蒲州、同州一带地震,河南之陕州、阌乡、灵宝亦皆震,"惟解州为尤甚,民房城垣祠庙,倒塌无算,死者至三十余万人。惟关帝庙大殿五间,屹然不动。自九月起,或三四日一动,或数日一动,直到次年丙子春夏之交……其动时,如闻地中有波涛

---

① 百一居士:《壶天录》卷上,《笔记小说大观》第二十二册,江苏广陵古籍刻印社1984年影印,第126页。
② 毛祥麟:《墨馀录》卷十四《星堕地震》,上海古籍出版社1985年,第182页。

汹涌之声。人民男妇老幼俱露坐,富者用布帐遮风而已。更可异者,是年之十月十二日,中条山大鸣,绵亘黄河八百余里。十二月,甘肃省又有山移之异"①。

其二,作为地震前兆的动物异常表现及防震措施。钱泳还转录了群鼠渡江,把民俗记忆与当下灾情统观:"神宗四十五年(1617)江南鼠异,自五月下旬起,千万成群,衔尾渡江而南。嘉庆庚辰(1820)五月,瓜州、仪征一带,亦群鼠渡江。上年四五月间,河南开封府黑冈口一带,先有群鼠渡黄河。或言鼠属子水位,此水沴也。又六月廿六日,许州东北乡地震,倒塌瓦房九千一百余间……"②防震策略,也是地震叙事的核心构成之一。幸存者秦大可有体验:"居民之家,当勉置合厢楼板,内竖壮木床榻,卒然闻变,不可疾出,伏而待定,纵有覆巢,可冀完卵。力不办者,预择空隙之处,审趋避可也。"至于穴居之民,"谷处之众,多全家压死而鲜有脱者"③。但也有例外,提醒不应放弃救助。如乾隆三年十一月二十四日(1739年1月3日)宁夏的八级地震,"香山尤甚,窑居者多死。初,土人以窑覆,知不救。阅十余日,有掘窑搜物者,洞开而人犹生。问之,云探盆中粟嚼之不死"④。这些应灾实践带有合理性,至今仍在应用。这些应灾实践甚具实用性,晚清新闻画报仍借奥地利维也纳地震,特报道予以强调,如猫头鹰惊惶欲飞,獐鹿乱窜,高塔上鸽雀环飞不栖,驾马狂奔失前蹄或鸡飞狗叫等,皆为预先感知地震的来临⑤(图7-1)。

其三,地震的灾后之灾及其派生的严重后果。作为震灾特点之一,"我国地震次生、衍生、伴生灾害同直接灾害相伴为虐,也十分严重……在地震次生、衍生、伴生灾害中,首要的是地震水灾……因地震及伴生灾害水灾造成的饥饿、瘟疫等衍生灾害在1949年前的地震中也为数不少。如1925年11月13日江苏徐州(西北)5¾级地震及水灾,造成饥荒,

---

① 钱泳:《履园丛话》卷十四《祥异·山鸣地动》,中华书局1979年,第382—383页。
② 钱泳:《履园丛话》卷十四《祥异·群鼠渡江》,中华书局1979年,第389—390页。
③ 黄家鼎修、陈大经等纂:《康熙咸宁县志》卷八《艺文》,国家图书馆藏,康熙七年(1668)刻本,第55、54页。
④ 黄恩锡:《乾隆中卫县志》卷二,《中国地方志集成·宁夏府志辑5》,凤凰出版社2008年,第30—31页。
⑤ 吴友如等:《点石斋画报》,大可堂版,1896年。

图 7-1　鸟兽前知

死数万人"①。比较而言,震后之灾对被灾者的影响往往更为严重。所以,地震叙事也离不开这震后连锁之灾的描述。

关于震后洪水随之而来,据载北直隶同日地震二次,此后暴雨,"西山复发水,冲断芦沟桥两洞。长新店、良乡、涿州、商家林、单家桥、雄县、献县、任邱以上,俱被漂没,二十余日水始退。至如唐山、曲周、鸡泽、平乡、钜鹿,地势洼下,九月尽积水尚在,汪洋无际"。地震使人们失去了住所和基本生活资料,接踵而至的洪水则对幸存人畜财物彻底洗劫。董含的地震载录细致、认真,体会甚深:"己未七月二十八日巳刻,京师地震,自西北起,飞沙扬尘,黑气障空,不见天日,人如坐波浪中,莫不倾跌。未几,四野声如霹雳,鸟兽惊窜。是夜,连震三次,平地坼开数丈。得胜门下裂一沟,水如泉涌。官民震伤,不可胜计,至有全家覆没者。……山海关、三河地方平沉,为河环绕。帝都连震一月,亘古未有之变,举朝震惊,因下诏求直言。"②写出了地震过程中受灾者的细心观察、感受,声态并举,还揭示了震后需要及时泄洪等。

其四,地震也会带来河道阻塞形成堰塞湖、水井等民用设施破坏及建筑物方位变化等。"康熙七年(1668)六月十七日戌时,山东地大震,栖霞山震,沂水陷穴广数丈,民间有井倾仄不可汲,楼台南北易向者。见蒲松龄《聊斋志异》。(按《聊斋》诞幻,其纪述灾异,有月日,必不谬。)"③有时,地震还带来一些不可思议的自然现象。如震后河水沸腾,大地生白毛,这也可能与盛夏气候有关。如某年六月江浙地区地震,"自西北起,至东南,屋宇摇撼,河水尽沸,约一刻止。翌日,遍地生白毛。两越亦于是日地震。既而北直、山东、河南,皆以地震告。五省同日同刻,真古今异变"④。强调了地震灾难的受灾广泛性、瞬时性和连续性,有助于人们对地震灾难制定整体防护预案。

此外,就是在不同地域特征的比较中,对震灾成因的推究与疑惑:

---

① 楼宝棠主编:《中国古今地震灾情总汇》,地震出版社 1996 年,第 232 页。
② 董含:《三冈识略》卷八《地震》,辽宁教育出版社 2000 年,第 162 页。
③ 陈康祺:《郎潜纪闻》初笔卷十一《山东地大震》,中华书局 1990 年,第 237 页。
④ 董含:《三冈识略》卷五《甲辰至戊申》,辽宁教育出版社 2000 年,第 114 页。史载至正十八年五月,"山东地震,天雨白毛"。见宋濂等:《元史》卷四十五《顺帝纪》,中华书局 1976 年,第 943 页。

"闽、广地常动,浙以北则不恒见。说者谓滨海水多则地浮也。然秦、晋高燥无水,时亦震动,动则裂开数十丈,不幸遇之者,尽室陷入其中。及其合也,浑无缝隙,掘之至深而不可得。王太史维桢实遭此厄。则闽、广之地动而不裂者,又得无近水滋润之故耶? 然大地本一片生成,而有动不动之异,理尤不可解也。"① 而有的推测将震,受到了"妄言"惩罚:"有楚人某,赴察院呈称:'十月某日夜地震。' 御史人夫奏请究治,上命姑系之,以视验否。届期,都人竟夕不眠,予随张苏华、施竹虚、黄玉壶诸君,宿贾家胡同关帝庙,以方桌四列于庭,围以毡,铺层茵,于内趺坐,剧饮,达旦无事。翌日,御史大夫请究治某生罪,上命押回本籍地方收管,毋令出境。"②

　　对于无可摆脱地遭遇地震,人们也根据受灾体验追述。陕西华县大地震的十九年后,嘉靖三十四年十二月(1556 年 1 月)陕西华州大震,进士秦可大《地震记》述灾民的体会是动不如静:"卒然闻变,不可疾出,伏而待定,纵有覆巢可冀完卵,……富厚之家,房屋辏合,墙壁高峻,走未必出,即出,顾此误彼,反遭覆压……华州王祭酒,正罹此害。盖地震之夕,祭酒侍娱太夫人,漏下二鼓,太夫人命祭酒归寝,祭酒领诺,归未即榻而觉,乃奔出急呼太夫人。时太夫人已就寝睡熟矣,祭酒反被合墙压毙,太夫人虽屋覆而固无恙也。"又称,富平举人李羔与左姓亲戚一同会试,"抵旧阌乡店宿,联榻而卧,李觉地动,走出呼左,时左被酒寐闻未起",这奔出到屋外的李举人被崩崖压死,而那亲戚却因为"床榻撑支",只伤一指。证明地震卒然发生,"闻变不可疾出,伏而待定,总有覆巢,可冀完卵也"③。但这类经验对于那些"穴居之民"却不适用,如不出来就可能会"全家压死,而鲜有脱者"。这样的教训总结,注意到了西北地区居住的地域特征。

① 谢肇淛:《五杂组》卷四《地部二》,上海书店出版社 2001 年,第 71 页。
② 阮葵生:《茶馀客话》卷九《妄言地震》,中华书局 1959 年,第 235 页。
③ 黄家鼎修、陈大经等纂:《康熙咸宁县志》卷八《艺文》,国家图书馆藏,康熙七年(1668)刻本,第 55 页。

第三节　地震、主宰生死的冥间力量与阎王信仰

对于地震爆发的山摇地动和地陷屋塌,文献记录者往往将其归结为是冥冥之中的某种力量起作用,其中鬼神信仰、阎王信仰及城隍信仰均有潜在的影响,不可忽视。

一是,阎王及地狱信仰。地震常常被设想为冥间事先安排好的毁灭性事件,由冥使转述,当死者无可脱逃。似乎地震中遇难者,早已由冥间注定,悲剧命运不可逆转。康熙七年(1668)郯城地震,三十五岁的王士禛远在1500里外的京城,用"冥间早定"模式遥想揣测,对比古今,把当下与宋代地震联系,探讨深潜的规定性:

> 宋小说载,崔公谊为莫州任丘簿,熙宁初,河北地震,而公谊秩满,挈家南归。一日,宿孙村马铺中,风电阴黑,夜半有急叩门者云:"传语崔主簿,君合系地震压杀人数,辄敢擅逃过河,今已收魂岱岳,到家速来。"崔自度必死,乃兼程送妻孥至寿阳,次日遂卒。康熙戊申(1668),山东地大震,莒州尤甚。莒与日照县邻,地震之夜,凡日照人客莒者,皆从崩压中得不死,莒人客日照者皆死,信有定数。己未七月,京师地震,通州尤甚,死者凡数百人。[①]

蒲松龄也不会忽视这一众所关心的题材事件:"康熙二十四年(1685),平阳地震,人民死者十有七八。城郭尽墟,仅存一屋,则孝子某家也。茫茫大劫中,惟孝嗣无恙,谁谓天公无皂白耶?"[②]对地震后果特别是幸存者的伦理归因,往往与水灾等幸存缘由的归因趋同,与惩恶济善的总体时代舆论导向一致。

二是,鬼神信仰。凡是在劫难逃者,事先鬼神均以枷锁标识了,有时还令幼儿转告世人。《夜谭随录》对地震前兆的记述即民间信仰认为,幼儿眼中能看到即将身罹灾难者,正所谓"在劫难逃"。说老人相传,雍正庚戌岁(1730),京师地震前日,西城某人抱三四岁小儿入茶肆,刚入小儿

---

① 王士禛:《池北偶谈》卷二十《地震定数》,中华书局1982年,第477—478页。
② 任笃行辑校:《全校会注集评聊斋志异》卷三《水灾》,齐鲁书社2000年,第732页。

辄抱颈啼哭,他换了几处小儿还是啼哭：

> 其人以为异,问："汝平日极喜入茶社食蜜果,今日胡为乎尔?"
> 儿曰："今日各肆卖茶人,及吃茶人,皆各颈带铁锁,故不欲入。且
> 今日往来街市之人,何带锁者之多耶?"其人笑其妄,路遇一相识问
> 所之,白其故,大笑而去,儿哂曰："彼亦被锁,尚笑人耶!"其人归,
> 逢所知则告之。或言小儿眼净,所见必有因,伺之可也。小儿有堂
> 兄二人,儿亦惊其有锁。次日地大震,人居倾毁无数,凡小儿不入之
> 肆,无不摧折,竟无一人得免。二兄亦为墙所压。访所遇相识,已履
> 屋下矣。劫数之不可逃也,类如此。①

小儿虽表述不清,但民间许多地区的确有着"小儿能视鬼"的坚定信奉,由此也认为其往往有着特殊能力,能看清地震前一些人已被冥吏拴住,即将被带走。

三是,城隍信仰。叙事者认为遭遇地震者皆被城隍神登记注册,以皂隶之妻遇见亡夫的奇特经历,暗示冥间力量的真实存在。前举《埋忧集》诉诸受灾者视角,也叙述其接到冥界亲属的暗示："有一皂隶之妻来看其夫,见其前夫死已多年矣,乃在庙当差。前夫曰:'庙里进去不得,天下城隍在此造册。'"遇灾蒙难,劫数难逃的民间信仰,虽出自佛教果报宿命观念,却体现出民族应灾文化心理中的逆来顺受积习。

第四节　地震、朝代更迭与皇帝罪己传统

对火山地震的发生做社会政治伦理思考,以其陵谷巨变的暗示寓意,朝野震惊,这样的记载也比较多。因此,火山地震爆发后,当朝统治者往往会有所行动,如省行免役、整治吏治等,以顺应民心。

一是皇帝的罪己行为。地震以其猝发性、区域同震破坏力大和次生灾害多,所引发的社会惊扰、心灵震动相对巨大,更直接触发皇帝因灾害

---

① 和邦额:《夜谭随录》卷八《地震》,中州古籍出版社 1993 年,第 259 页。

而罪己反省。明代就十分赞同地震频发时皇帝亲自带头罪己,这也是一种亡羊补牢、无法之法。北宋宣和六年(1124)春,东都地震,"既而兰州地及山之草木,悉没入地,而山下麦苗,反在山上,驿书闻朝廷,徽祖为之侧席,时方得燕,兵衅日侈,上心向阑遇灾而惧,临朝谓群臣曰:'大观彗星之异,张商英劝朕畏天戒,更政事,虽复作辍,朕常不忘。'五月壬寅,遂罢经抚房,于是时事危一变矣,会遣右司郎中黄潜善按视,回乃没其实,以不害闻,天意遽回,六月诏天下起免夫钱图卒固燕,黄骤迁户部侍郎……"① 又《圣祖仁皇帝实录》卷十四载,康熙四年(1665)三月辛卯,"地震之异,意者所行政事,未尽合宜,吏治不清,民生弗遂,以及刑狱繁多,人有冤抑,致上干天和,异征屡告"②。《圣祖仁皇帝实录》卷八二称:"深思愆咎,悚息靡宁","力图修省,以迓天庥",从而"实修人事,挽回天心"。直隶三河、平谷,康熙十八年七月庚申(1679 年 9 月 2 日)地震后,次日康熙便下罪己诏:"朕薄德寡识,愆尤实多。遘此地震大变,中夜抚膺自思,如临冰渊,兢惕悚惶,益加修省。朕意中素有数事,使尔诸大臣、总督、巡抚、司道、有司各官,咸共闻知,务期洗心涤虑,实意为国为民。斯于国家,有所裨益,即尔等亦并受其福,庶几天和可致。若仍虚文掩饰,致负朕意,询访得实,决不为尔等姑容也。"③

　　二是,地震作为皇威不再的表征之一,暗示皇权可能会受到威胁。灾害之时君王"罪己"作为一种文化现象,由来已久。不过,更多的还是将火山地震这样的大型地质灾害,与人世变故对应起来。似乎人世间国家政治大事乃至国君本人的祸福命运(当然主要是祸),都与地质灾害有关,灾害乃是人世变故的必然性征兆。综合先秦史料的司马迁,在天人合一时代氛围下就曾描述:"(周宣王)四十六年,宣王崩,子幽王宫湦立。幽王二年,西周三川皆震。伯阳甫曰:'周将亡矣。夫天地之气,不失其序;若过其序,民乱之也。阳伏而不能出,阴迫而不能蒸,于是有地震。今三川实震,是阳失其所而填阴也。阳失而在阴,原必塞;原塞,国

---

① 惠康野叟:《识馀》卷四《黄潜善》,《笔记小说大观》第十二册,江苏广陵古籍刻印社 1984 年影印,第 372 页。
②《清实录》第四册《圣祖实录》卷一四,康熙四年正月至三月,中华书局 1985 年影印,第 215 页。
③《清实录》第四册《圣祖实录》卷八二,康熙十八年七月,中华书局 1985 年影印,第 1051—1052 页。

必亡。夫水土演而民用也。土无所演，民乏财用，不亡何待！昔伊、洛竭而夏亡，河竭而商亡。今周德若二代之季矣，其川原又塞，塞必竭。夫国必依山川，山崩川竭，亡国之征也。川竭必山崩。若国亡不过十年，数之纪也。天之所弃，不过其纪。'是岁也，三川竭，岐山崩。"①

据宋代类书《太平御览》的搜集，"地陷"屡发。《古今五行记》曰：夏桀末年，瞿山地陷，一夕为人泽，深九丈。其年为汤所放。《晋书》曰：武帝太康八年，宣帝庙地陷。其年七月，殿前地陷，方丈，深数丈，中有破缸。是时，帝不用和峤之言，而信贾充之佞。至十一年，惠帝立，王室大乱。又曰：惠帝时，五月，城中地陷，方三十丈，杀人。六月，又地坼，人家陷死。八月，地裂，广三十六丈，长八十四丈，人大饥。又上庸四处山崩地陷，广三十丈，长百三十丈，大水出，杀人。时贾后乱政。又夜暴雷雨，贾谧斋屋柱陷入地，压床帐。明年谧诛，天下兵乱，帝室从此微矣。又曰：怀帝时，洛阳地步广里地陷，出鹅三。又当阳地裂三所，广三丈，长三百步。时司马越专政，王室离败，死者万计。又曰：安帝时，山阴地陷，方四尺，有声如雷。后二年，西明门地穿，涌水毁门。太尉刘裕矫诏杀害朝士，俄而禅宋。……"②可见，这一人间灾祸对应地震（地陷）的类通思维模式，多么顽强与稳固！

三是，与地震相比较，火山喷发的威胁有直接与间接之分。对与地震密切联系的火山，较早就有某些共同的认知。《山海经·大荒西经》载："西海之南，流沙之滨，赤水之后，黑水之前，有大山，名曰昆仑之丘。……其下有弱水之渊环之，其外有炎火之山，投物辄然（燃）。"从下面"此山万物尽有"一句看，似乎已沉寂了许多年，然而却依旧"投物辄然"。其下郭璞注还提到了火山周围特殊动物的顽强生命力："今去扶南东万里，有耆薄国；东复五千里许，有火山国。其山虽霖雨，火常然。火中有白鼠，时出山边求食。人捕得之，以毛作布，今之火浣布是也。"③对此《梁书·诸夷传》根据唐前传闻描述中原周边地区时，详载："又传扶南东界即大涨海，海中有大洲，洲上有诸薄国，国东有马五洲。复东行涨海千余里，至自然大洲。其上有树生火中，洲左近人剥取其皮纺绩作布。

---

① 司马迁：《史记》卷四《周本纪》，中华书局1982年，第145—146页。
② 李昉等：《太平御览》卷八八〇《咎征部》，中华书局1960年影印，第3911—3912页。
③ 袁珂校注：《山海经校注》第十六《大荒西经》，上海古籍出版社1980年，第407—408页。

极得数尺,以为手巾,与焦麻无异,而色微青黑。若小垢泸,则投火中,复更精洁。或作灯炷,用之不知尽。"①而《拾遗记》的火山传闻采录,具有地理博物的眼光,也功不可没。说岱舆山"东有员渊千里,常沸腾,以金石投之,则烂如土矣。孟冬水涸,中有黄烟从地出,起数丈,烟色万变。山人掘之,入地数尺,得燋石如炭灭,有碎火,以蒸烛投之,则然而青色,深掘,则火转盛。有草名莽煌,叶圆如荷,去之十步,炙人衣则燋,刈之为席,方冬弥温,以枝相摩,则火出矣。南有平沙千里,色如金,若粉屑,靡靡常流,鸟兽行则没足。风吹沙起若雾,亦名金雾,亦曰金尘。沙着树粲然,如黄金涂矣。和之以泥,涂仙宫,则晃昱明粲也"②。

火山似乎还与天然气、石油等等的蕴藏有关系。于是明清对火山遗存的关注,基本替代了先秦时代对地震山崩的恐惧联想。徐霞客写崇祯十二年(1639)四月二十一日亲睹云南腾冲集鹰山(土语讹称打鹰山)火山喷发遗址:

> 其两峰之高者,左右皆环而止,唯中之伏而起者,一线前度,其东为笔峰、龍㟬,南为宝峰、龙光者,皆是脉也。土人言:"三十年前,其上皆大木巨竹,蒙蔽无隙。中有龙潭四,深莫能测,足声至则涌波而起,人莫敢近;后有牧羊者,一雷而震毙羊五六百及牧者数人。连日夜火,大树深篁,燎无孑遗,而潭亦成陆,今山下有出水之穴,俱从山根分逗云。"山顶之石,色赭赤而质轻浮,状如蜂房,为浮沫结成者,虽大至合抱,而两指可携,然其质仍坚,真劫灰之余也。③

这场爆发在万历三十七年(1609)的火山,使山顶的几个火山口变为陆地。徐宏祖对于火山与地震的时代考察实录,非常珍贵。就上述记载看,火山的间接影响是生态环境恶化,食物链断裂,危及社会安定。

四是,地震带来的地动山摇,也撼动民心与社会稳定。民间趁地震打劫与震时守望相助,备受关注。康熙十八年(1679)七月庚申地震,康熙诏令官绅富户捐资为灾民修屋:"两邻十家户,有互相存恤之义,可协助修理。如官绅富民愿捐资为贫民修理房屋者,该管官酌量奖励,其令

① 姚思廉:《梁书》卷五十四《诸夷传》,中华书局1973年,第788页。
② 王嘉:《拾遗记》卷十,中华书局1981年,第230—231页。
③ 徐宏祖:《徐霞客游记》卷八下,上海古籍出版社2016年,第497页。

都察院行五城御史遵行。"① 而震灾的特点与叙事还很留心民间互救,及时的救助马上会取得收效。

李约瑟博士认为:"关于中国人对火山现象的看法,当然是可以写一篇专论的。"② 据报道,国家地震局地质研究所火山研究主任许建东指出,我国受到监测的有六处火山:吉林长白山天池火山、长白山龙岗火山、云南滕冲火山、黑龙江五大连池火山、黑龙江镜泊湖火山和海南琼北火山,目前研究仍很不够③。而明清火山地震叙事,从结合观测尤其是了解应灾心理等来说,也需要认真总结。

火山地震作为突发性毁灭性巨大的灾害,因其源自大自然自身的无序运动,人力对抗作用甚微;而习惯性的地狱城隍及鬼神信仰,仅仅可以作为彼时大众的精神慰藉。因此,预测地震显得尤为重要。在科技极为发达的现代,学习掌握基本的地震常识、自救技能,是简单易行且效果显著的。

① 吴相湘主编:《康熙帝御制文集》第一册卷九《谕大学士明珠》,(台北)台湾学生书局 1966年,第 165 页。

② [英]李约瑟:《中国科学技术史》第五卷第一分册,科学出版社 1976 年,第 301 页。而俄罗斯汉学家王西里(1819—1900)1855 年,就撰写了《论满洲火山的存在》,描述了康熙六十年(1721)黑龙江五大连池火山喷发,参见阎国栋:《俄罗斯汉学三百年》,学苑出版社2008 年,第 77 页。据地质工作者确认,1719 年喷发的为老黑山,1720—1721 年喷发的为火烧山,仍保留较深的干涸的火山口,参见李鄂荣、姚清林:《中国地质地震灾害》,湖南人民出版社 1998 年,第 226 页。

③ 冯永锋等:《众说纷纭话火山》,《光明日报》2010 年 4 月 20 日第 10 版。

第八章　严寒、冰雪灾害的民俗记忆及民间想象

　　冰雪灾害是主要由于大量降雪、长时间积雪冰封造成危害损失的气象灾害。直到 1947 年至 1980 年,世界上自然灾害死亡人数之中,暴雪死亡人数排在第五位[①]。南北文化进一步融合的明清时期,这一本是北中国的一个主要气候特点为更多的中原人所关注。冰雪严寒(又称"冻灾")对野外作业的人们威胁很大。唐代西征军队被暴风雪冻死的历史性集体记忆,表明冰雪恐惧的持久影响。现代气象学家把严寒冬季定义为:"1. 华南热带近海面下雪。2. 长江中下游太湖、洞庭湖、鄱阳湖、淮河、汉水、黄浦江等封冻,江苏滨海结冰。3. 黄河下游部分河段(山东、河南)封冻,渤海部分海面封冻,黄河下游及以南地区井水结冰。"凡满足上述一种现象指标,该年即定为寒冬年[②]。另外,对农作物有严重影响的还有霜冻。冻灾严格说可分为霜灾、雪灾、冷灾、冻雨灾等,这里姑不加细分。比较而言,雪灾,因其空间构成要素中色泽莹透洁白的独特性与可想象性,不仅有现实的恐惧感与神秘色彩,也给予古代小说战争描写带来地域性民族民俗特征,如以华夏民族视角展示倭寇冻死的惨象,雪灾书写具有了民族情感,还成为叙事文本情节人物构设的背景。

第一节　冰雪灾害叙事与民俗记忆

　　首先,关于冰雪的民俗传闻突出了寒冷与死亡。《明史》将冰雪灾害归为"恒寒"一类,重在记载长时间冰雪严寒给人畜造成的伤害,也包

---

① Shah B. V., *Natural Disaster Reduction*, *"How Meteorological Services Can Help"*, WMO No.772, Geneva：World Meteorological Organization, 1989.
② 张丕远、龚高法：《十六世纪以来中国气候变化的若干特征》,《地理学报》1979 年第 3 期。由此,划分为三个寒冬期：1500 至 1550 年、1601 至 1720 年、1831 至 1900 年。

括突发性冰雪灾害。明代宗景泰四年（1453）冬十一月至次年孟春，"山东、河南、浙江、直隶、淮、徐大雪数尺，淮东之海冰四十余里，人畜冻死万计。五年正月，江南诸府大雪连四旬，苏、常冻饿死者无算。是春，罗山大寒，竹树鱼蚌皆死。衡州雨雪连绵，伤人甚多，牛畜冻死三万六千蹄。成化十三年（1477）四月壬戌，开原大雨雪，畜多冻死。十六年（1480）七八月，越巂雨雪交作，寒气若冬。弘治六年（1493）十一月，郧阳大雪，至十二月壬戌夜，雷电大作，明日复震，后五日雪止，平地三尺余，人畜多冻死。正德元年（1506）四月，云南武定陨霜杀麦，寒如冬。万历五年（1577）六月，苏、松连雨，寒如冬，伤稼。四十六年（1618）四月辛亥，陕西大雨雪，骡橐驼冻死二千蹄"[①]。严寒冰雪灾害，一般来说，属于突发性的季节性灾害。尽管现实生活中许多地区的人不乏严寒冰雪感受，毕竟达到致灾严重程度的不多，没有促成人们对严寒骤袭的应变紧迫感。过早、过大骤冷降雪，人们缺乏御寒措施，缺少御寒能力，在有限的交通条件下更有许多人在严寒骤降时，冻毙在野外。董含记载清初江南某地，"十八日午后，大雪达曙，厚二尺余，往来路绝。淀湖有十余人操舟而前，至中流，河水遂合，篙橹忽胶，去岸又远，一夕俱死。又有人亲迎，冻死于道"[②]。只因一场根本没有料到的严寒突降，就仿佛美国灾难电影《后天》（2004年上映）那样，处于野外的受灾者无助地陷于灾难境地。

康熙三年（1664）"三月，晋州骤寒，人有冻死者；莱阳雨奇寒，花木多冻死。十二月朔，玉田、邢台大寒，人有冻死者；解州、芮城大寒，益都、寿光、昌乐、安丘、诸城大寒，人多冻死；大冶大雪四十余日，民多冻馁；莱州奇寒，树冻折殆尽；石埭大雪连绵，深积数尺，至次年正月方消；南陵大雪深数尺，民多冻馁……五十七年七月，通州大雪盈丈。十二月，太湖、潜山大雪深数尺。五十八年正月，嘉定严寒，太湖、潜山大雪四十余日，大寒"[③]。

一般来说，冰雪严寒可分为冻灾、雪灾；而雪灾可分为"白灾""暴风雪灾"两种。白灾，主要指积雪厚且时间久，针对牧草遭大雪掩埋，放牧的家畜因吃不到草而冻饿致死；而暴风雪，则为大风与强降温同至，可

---

① 张廷玉等：《明史》卷二十八《五行一》，中华书局1974年，第426页。
② 董含：《三冈识略》卷五《大雪》，辽宁教育出版社2000年，第109页。
③ 赵尔巽等：《清史稿》卷四十《灾疫志一》，中华书局1977年，第1488—1489页。

能暴雪骤来,也可能持续时间较长,对人畜都有着严重危害。清初董含还描写了雪灾与天象的联系:"腊月二十八日,黑虹见。是冬严寒,大雪屡降,堆积至三四尺。登高四望,如玉树银田。或云,此丰岁之兆也。时一人往五里桥,为雪所压,村人见雪中有物动摇,亟趋视,则已僵矣。"①而在陕北榆林地区,崇祯四年(1631)冬居然下起了"色黑"的大雪,人畜死者过半,安定地区接连十四昼夜大雪,延长地区连雪二月,树木尽枯②。这实际上即当地燃烧石油等取暖、照明等导致环境污染的一种显现③。作为雪灾与环境污染的结合体,对人畜的伤害必定会更为严重。

其次,江南地区的雪灾,及夏天降雪的地域性季节性反常,持久传播。以明清小农经济下的交通、救援条件,一旦遇到大雪严寒骤然来袭,野外不及防备就难免冻毙之厄,特别是鲜有严寒经验的江浙温暖地区。钱泳(1759—1844)载友人陈春嘘任盛京锦县(辽西锦州)知县八九年,当地民家迎娶新娘忽遇大风雪,"由小路入一枯庙中暂避,谁知风雪更甚,计五日夜不止,至雪晴后,则已二十余日矣。两家始通音问,杳无踪迹,大为骇异,寻至数日方得之,计两家随从男女七十余人,皆冻饿死"④。稍后陈其元谈道光二十年(1840)冬的江浙雪灾时仍重提此类悲剧:

> 平地积四五尺,山坳处则丈许矣。湖港俱冻,至明年正月乃解。湖州安吉山中有寺,僧徒四人,其一人于雪甫作时下山抄化,为雪阻于山下村中;比雪消路通,则寺内之僧皆饿死矣。太湖中有一舟冻于中泓者匝月,冻解,船逐流下,舟内之人已尽毙,而瓮中米尚存其半,则以火种绝,不能炊而致死也。是年,江、浙二省均报雪灾。最奇者,陈春嘘明府昶宰奉天之锦县,有娶亲人途遇大雪,因相率入小路中古庙避之,雪甚,封山,迷不得出。到一月后,男女两家遣人四处觅之,则新妇及送迎之男女七十余人,皆饿毙庙中。春嘘往相验,为之惨然。⑤

---

① 董含:《三冈识略》续识略卷下《大雪》,辽宁教育出版社2000年,第262页。
② 袁林:《西北灾荒史》,甘肃人民出版社1994年,第1202页。
③ 史载宋元时当地即有石油井:"延长县南迎河有凿开石油一井,其油可燃,并治六畜疥癣,岁纳壹百壹拾斤……"孛兰肹等:《元一统志》卷四,中华书局1966年,第383页。
④ 钱泳:《履园丛话》卷二十三《奇案》,中华书局1979年,第625—626页。
⑤ 陈其元:《庸闲斋笔记》卷十《雪灾》,中华书局1989年,第244页。

对寒冷还是处于恐惧与无知状态,不免谈虎色变,广为传播说明了引起的震动之大,列入《清朝史料》,几乎一字不差[1]。在恐惧与无奈之中,时人也选择了祈求神灵,《聊斋志异》载骇人听闻的夏秋雪灾:"丁亥年(1707)七月初六日,苏州大雪。百姓皇骇,共祷诸大王之庙……"只因众人谄媚地齐呼"大老爷",大雪立止。而后作者补叙,此类气候异常事并非孤例:"丁亥年六月初三日,河南归德府大雪尺余,禾皆冻死,惜乎其未知媚大王之术也。悲夫!"[2]

其三,黄河的凌汛——寒冰漂流,造成河堤溃塌等次生灾。在严寒驱动下,有些河流也会给行旅带来危险,属于严寒催生的新灾害,而原生灾与次生灾合力,往往令被灾者遭遇更大伤害。刘鹗(1857—1909)写黄河凌汛,那河面不甚宽,两岸相距不到二里:

> 只是面前的冰,插的重重叠叠的,高出水面有七八寸厚。再望上游走了一二百步,只见那上流的冰,还一块一块的漫漫价来,到此地,被前头的拦住,走不动就站住了。那后来的冰赶上他,只挤得"嗤嗤"价响。后冰被这溜水逼的紧了,就窜到前冰上头去;前冰被压,就渐渐低下去了。看那河身不过百十丈宽,当中大溜约莫不过二三十丈,两边俱是平水。这平水之上早已有冰结满,冰面却是平的,被吹来的尘土盖住,却像沙滩一般。中间的一道大溜,却仍然奔腾澎湃,有声有势,将那走不过去的冰挤的两边乱窜。那两边平水上的冰,被当中乱冰挤破了,往岸上跑,那冰能挤到岸上有五六尺远。许多碎冰被挤的站起来,像个小插屏似的。看了有点把钟工夫,这一截子的冰又挤死不动了。[3]

"后冰"压"前冰",呈现出"重重叠叠""奔腾澎湃""有声有势",多么生动形象的黄河凌汛描写!如果仅仅是一道大自然生命运动的景观,从审美视角感悟大自然气势磅礴的威力,敬畏感必定油然而生。然而,经验性地联想到黄河凌汛如万马奔腾般地冲撞大堤,如此严寒带来的水

① 小横香室主人编:《清朝野史大观》卷四《清朝史料·雪灾》,中华书局1916年,第91—92页。
② 任笃行辑校:《全校会注集评聊斋志异》卷六《夏雪》,齐鲁书社2000年,第1564—1565页。
③ 刘鹗:《老残游记》第十二回《寒风冻塞黄河水　暖气催成白雪辞》,人民文学出版社1957年,第113页。

路结冰,水道阻塞,倘若没有充分的防御准备,及时避开或有效干预,简直不堪设想。灾难的承领者,一般是漂泊在外的行旅之人。

有些不常降雪的地区,大雪成灾也不可小看。如光绪庚寅岁(1890)十二月,大雪连降三日夜,州境大山"雪积盈丈,挑煤采樵之路填阒不通。外山平地,亦厚尺许。城内烟火凑密,寻常之雪,随落随消,无垫寸许者,此次厚至三寸,数日融未尽。乡野草庐,压裂者甚夥。牟麦戎菽之苗,死过重生。树折枝、竹断节者,一山一坞,几无完物。甚者,高下榕树,经雪而萎;有生百年大如圆囷者,亦憔悴死。且不止一地,由州达顺、保一路,无一榕有生气。问之友,川境皆然。以生于百年之物,至是坏尽,足征百年来无此大雪。或曰:此为黑凝毒寒之气,不惟伤物,且伤人。可谓非常之变矣"①。然而,就明清许多地区住房结构、建筑条件看,恐怕最大的问题,还是大雪猝降,压倒民宅造成死伤。道光二十一年(1841),两位闺媛描绘了初冬风雪灾,看杨素书《十一月五日纪灾》:

> 沈阴五日天地闭,万径苍茫麠玉戏。冷龙斗败鳞甲抛,愁挟罡风作威势。楼台倾覆垣栋摧,苦无双翮能逃避。东邻西邻尽哭声,儿觅阿翁昆呼季。明晨里正遍报灾,五百余人遭压毙。就中颇有未覆屋,危如累卵一丝系。冻痕迸裂瓦缝坼,屋溜淋漓横莫制。床幨湿黦睡无所,终宵兀坐频惊悸。人民蹭尪至斯极,禳灾到处穷牲币。或者天公抵兵劫,谶语分明征白地。或教滕六先告凶,肃杀西方兆金气。集泽哀鸿未尽远,自秋徂冬更加厉。拥衾卧听风霰声,独对寒灯心惴惴。②

五百多人被风雪灾吹折压覆的房屋砸死,房塌惨况可知。"哀鸿"作为流民逃难符号来自《诗经·小雅·鸿雁》,雪灾造成生活资料缺乏,"哀鸿遍野"的荒年即将临近。她的女伴沈兰的同题创作,也颇继承了乐府诗歌"感于哀乐,缘事而发"的贴近现实传统,描写更为细致传神:"风麠万片大于叶,乱扑红尘五尺雪。平川浩浩白上天,南北峰高望愁绝。千家键户断炊烟,冷魂冻裹兜罗绵。编茅小屋陡倾圮,妻孥号夜无安眠。得逃一息尚百幸,何况枕尸相接连。上盖堕瓦下冰垫,中有血肉无人怜。

---

① 丁治棠:《仕隐斋涉笔》卷四《灾变三类　各隶数事》,四川人民出版社1985年,第97—98页。
② 张应昌编:《清诗铎》卷十五,中华书局1960年,第504页。

玉川屋老危岌业,门阑半蹶柿半偏。便欲手把千尺帚,扫开万里顽云顽。呜呼! 天灾叠见人脆脆,却忆年年征瑞日。安得日轮高捧云衢彩,大地阳回龙战解。"[①]值得思考的是,两位女诗人也是雪灾幸存者,亲身体验了先雪后冰的叠加灾情,提示出两灾合力才是被灾者难以抗拒的直接原因。因此,女诗人习惯性地运用集体无意识,援引"兵劫""谶语""滕六""金气"意象表达出冰雪异常征兆,企盼天公借助与雪神"滕六"帮助人们度过天灾,躲避更大的人祸兵劫。

其四,雪灾的间接幸运者,正是俗语说的"人算不如天算"。通常冰雪叙事多状写冰雪严寒带来的灾难,但偶或也有冰雪大却因祸得福。清末医者毛祥麟记载:"江南地暖,松郡居海滨,东邻日出处,气候尤和。每岁雪时,大小皆以寸计。近惟咸丰十一年(1861)十二月二十七日,大雪三昼夜,深至四五尺。港断行舟,路绝人迹,老屋草房,率多压倒。时发匪分股陷川南,歇浦以东,皆为贼窟。方欲磨牙肆嚼,而为雪所阻,遂据巢不出。于是难民之乘机逃出者,以数十万计。其被虏者,日使服役,夜则闭置楼上。时以雪地无声,并免伤损,皆从窗中逃遁,因而得脱者,又不知凡几。盖天道好生,特降此雪,以拯民命也……"[②]突如其来的早春大雪在南方地区更缺少准备,更难应对,以至凶恶的匪徒也不得不改变劫掠预案,应了"天意"。

其五,御雪灾之法。冰雪派生出"次生灾害"主要是衣食缺乏,燃料缺乏,灾民冻饿难御。于是,救灾文献也列入"救水中冻死人法":"凡隆冬冒冰雪,或入水中冻死,急取绵絮盖煖,用热灰铺心脐间,可活。若遽用火烘炙,逼冷气入内,多不能生。"[③]带有实用性的操作方法,来自屡遭冰冻却得不到有效救治的教训。

第二节　冰雪叙事的民族风情与异空间观念

冰雪灾害的空间性特点是,由冰晶和冷气构成世界。这样晶莹剔透

---

① 张应昌编:《清诗铎》卷十五,中华书局 1960 年,第 504—505 页。
② 毛祥麟:《墨馀录》卷三《大雪》,上海古籍出版社 1985 年,第 35—36 页。
③ 石声汉校注:《农政全书校注》卷四十四《荒政·备荒考下》,上海古籍出版社 1979 年,第 1326 页。

寒气逼人的空间里，主体人思维与行动自成特色。但文本记载仍时时闪现着突出的民族性、超常人性及异空间神仙观念。

一是，对冰雪以神话化描述。春寒料峭，早春之寒伤人也常与人世间突发变故结合。清末上海著名的《申报》发表报评："乃近数日来，密雨斜风，不异隆冬时候。峭寒砭骨，非重裘无以适体。昨日清晨，李左车（雹神）税驾，始则渐渐沥沥，继则纵纵铮铮。未几，而滕六君（雪神）亦相继而至，'撒盐空中差可拟'，'未若柳絮因风起'，谢庭韵事，仿佛见之。起视鱼鳞万瓦，则已一白无垠。余琼海瑶台，同此幻境。或曰：近日倭奴以北洋冰泮，蓄意内犯，苍苍者故降严寒，以假手于官军。俾得聚而歼之也。洵若是，则天怒人怨，蕞尔倭奴，不亡何待！"① 这里的僻典"滕六"为雪神，牛僧孺《玄怪录》描述在霍山打柴的某人因病留宿岩穴，夜闻玄冥使者宣告明日刺史萧使君（萧至忠）来猎杀群兽，各有死法。群兽求助长人，被告知去找黄冠四兄："老虎、老麋即屈膝哀请，黄冠曰：'萧使君每役人，必恤其饥寒。若祈滕六降雪，巽二起风，既不复游猎矣，余昨得滕六书，知已丧偶。又闻索泉家第五娘子为歌姬，以妒忌黜矣。若汝求得美人纳之，则雪立降矣。又巽二好饮，汝若求得醇醪啗之，则风立至矣。'……"② 由此见出，这类表达的阐释不能限于明清，而有着文化史的渊源。故事中用女色诱惑雪神滕六降雪，阻止萧使君游猎以救护老虎、老麋，显出汉民族的实用性思维。

严寒的久远记忆至迟在汉代已有确载。《汉书》载天凤四年（17）"八月，莽亲之南郊，铸作威斗。威斗者，以五石铜为之，若北斗，长二尺五寸，欲以厌胜众兵。既成，令司命负之，莽出在前，入在御旁。铸斗日，大寒，百官人马有冻死者"③。《乐府诗集》卷二十一收录了南朝车敩《陇头水》"雪冻弓弦断，风鼓旗竿折"④、庾信《明君词》"冰河牵马渡，雪路抱鞍行。胡风入骨冷，夜月照心明"⑤、李白《王昭君》"燕支长寒雪作花，蛾眉憔悴没胡沙"⑥、杜甫《苦寒行二首》"汉时长安雪一丈，牛马毛寒缩

① 《雹雪纷飞》，《申报》1895 年 3 月 16 日。
② 李昉等编：《太平广记》卷四百四十一《萧志忠》引《玄怪录》，中华书局 1961 年，第 3606 页。
③ 班固：《汉书》卷九十九下《王莽传下》，中华书局 1962 年，第 4151 页。
④ 郭茂倩编：《乐府诗集》卷二十一，中华书局 1979 年，第 313 页。
⑤ 郭茂倩编：《乐府诗集》卷二十九，中华书局 1979 年，第 432—433 页。
⑥ 郭茂倩编：《乐府诗集》卷二十九，中华书局 1979 年，第 430 页。

如猬"[①]等追述,都真切描绘了冰雪严寒给人带有潜在且恒久的惧怕感受,也留下了相应的关于严寒的民俗记忆。

二是,与汉民族的冰雪描述相比较,他族的暴风雪又增添了死亡—重生记忆。而死亡—重生过程常常被仪式化叙述展演,英雄突破空间阈限,令死亡的兄弟和牲畜复活,开始新的生命历程。在北方游牧民族史诗中,那些冰雪灾害描述往往与英雄的"死而复生"母题相联系。研究者揭示出,蒙古国西部史诗《达尼·库日勒》故事中的英雄充当兄弟再生仪式的主持人,其背后拥有起死回生法术的是仙师(仙女)。英雄的兄弟和结义兄弟数次被杀害,家乡遭到了暴风雪灾害,除了英雄及父母、妻子与结义兄弟,其他的人与牲畜均被压在冰雪之下冻死。英雄达尼·库日勒前往遥远天界或他界求得永生圣水甘露,才屡次使死去的兄弟们返生,那些被压到冰雪下的冻死者和牲畜复活。再生仪式中英雄充当了连接神界与人世间的萨满巫师角色,史诗保留了求子母题、婚姻母题和征战母题[②]。显然,北方民族史诗中冰雪灾害的特定隐喻提供了重要的背景与前提,而仪式感的死亡与遥远天界的异空间存在,使英雄的超人特质和神圣感更加鲜明突出,更加不可战胜。

相对而言,冰雪灾害言说在中原汉族这里,往往突出了奇寒来临之际露天野地的羁旅行人是非常危险的,他们藏身家中也许才是最好选择。董含《三冈识略》留存了明末清初的严寒记忆:

> 腊月初四日,薄暮雪。翌日,雪愈甚,牛马缩如猬毛。旬有五日,寒威不解,滴水成坚冰,往来路绝。二十日,河始开。有夜航从浦东归,至鲁家汇,为冰凌(一作稜)撞破舟平,沉死者三十七人。廿八日,又大雪盈尺。居人手足皲瘃,阖户不敢出,冻死于道者,比比而是。据百岁老人云,有生以来所希觏也。[③]

冰雪灾害肆虐下不会有幸运者,其恐惧的成分相比之下要大得多。钱泳《履园丛话》写六月时节发生了反常的气候:"辛巳八月,余往邗上,得偏报,云探得督宪差官从北回南,于六月十六日路过山东西大道阴平

---

① 郭茂倩编:《乐府诗集》卷三十三,中华书局1979年,第498页。
② 乌日古木勒:《蒙古突厥史诗人生仪礼原型》,民族出版社2007年,第153—154页。
③ 董含:《三冈识略》卷十补遗《奇寒》,辽宁教育出版社2000年,第233页。

地方。是日天气奇冷异常,下雪五六寸不等,兖州府济宁一带皆然。"①

三是,作为民族记忆的延续。冰雪严寒,史不绝书。根据《史记·匈奴列传》《汉书·匈奴传》《后汉书·南匈奴传》等,林幹先生曾统计过一些自然灾害及瘟疫等对匈奴畜牧业的危害。公元前104年冬,前89年,前71年冬,前68年及公元46年前后,都曾发生过由于严寒、风雪等异常气候下牲畜大规模倒毙的现象,人的饥饿死亡也在所难免②。约翰·普兰诺·加宾尼(中世纪西班牙大主教)的《蒙古史》首章,曾以欧洲人对欧洲气候的参照,书写出蒙古高原的异常气候:"那里的天气是惊人地不合常规,因为在仲夏的时候,当别的地方正常地享受着很高的热度时,在那里却有凶猛的雷击和闪电,致使很多人死亡,同时也常常下着很大的雪。那里也常有寒冷刺骨的飓风,这种飓风是如此猛烈,因此有的时候,人们须付出巨大努力,才能骑在马背上。当我们在斡耳朵——这是皇帝和首领们的帐篷的称呼——前面的时候,由于风的力量太大,我们只得趴在地上,而且由于漫天飞沙,我们简直不能看见什么东西。那里在冬天从来不下雨,但是在夏季常常下雨,虽然雨是如此之小,以致有的时候连尘土和草根都没有润湿。那里也常常下大冰雹。当皇帝被推选出来举行登基典礼的时候,我们正在斡耳朵里面,这时下了一场这样大的冰雹,我们清楚地了解到,作为冰雹突然融化的结果,在斡耳朵里有一百六十多个人被淹死,此外还有许多帐幕和财产被冲走了。在夏季,也会突然很炎热,而突然间又非常寒冷。在冬季,在某些地区下着大雪,然而在其他地区只下小雪。"③可见,邻近的华北地区骤寒袭击,基本上为蒙古高原的寒流南下。

一个让中原人毛骨悚然的传闻成为古老的集体记忆,即唐代西征军队被暴风雪冻死,这口耳相传的灾害恐惧强烈而持久。唯有这样的冰雪灾难,似乎才符合中原民族对西北边疆难以预测的气候变化的想象、理解,有效建构冰雪地带遗留下的深固的民族集体无意识,以致对冰雪灾害传闻都达到了谈虎色变,甚至茫然不解的程度。明人旧事重提,惊心动魄:

① 钱泳:《履园丛话》卷十四《六月雪》,中华书局1979年,第390—391页。
② 林幹:《匈奴史》(增订本),内蒙古人民出版社2007年,第14—15页。
③ [英]道森编:《出使蒙古记》,吕浦译,周良霄注,中国社会科学出版社1983年,第6—7页。

　　天宝初,安思顺进五色玉带,又于左藏库中得五色玉杯,上怪近日西赆(赠送的礼物)无五色玉,令责安西诸番。番言比常进,皆为小勃律所劫,不达。上怒,欲征之,群臣多谏,独李右座赞成上意,且言武臣王天运,谋勇可将,乃命王天运将四万人兼统诸番兵伐之。及逼勃律城下,勃律君长恐惧请罪,悉出宝玉,愿岁贡献,天运不许,即屠城。虏三千人及其珠玑而还。勃律中有术者言:将军无义不祥,天将大风雪矣。行数百里,忽飓风四起,雪花如翼,风激小海水成冰柱,起而复摧。经半日,小海涨涌,四万人一时冻死,唯番汉各一人得还。具奏,玄宗大惊异,即令中使随二人验之,至小海侧,冰犹峥嵘如山,隔冰见兵士尸,立者坐者,莹彻可数。中使将返,冰忽消释,众尸亦不复见。[①]

　　传闻本晚唐段成式《酉阳杂俎》[②],基本上属复述。故事透露出上天对“无义”之军予以惩罚之意,其结尾还抱有怀疑之讥,其实暗示出一种不愿接受如此残酷现实的恐惧。在此,也有力地证实了如是暴风雪严寒的灾害,令人多么难忘而心有余悸!沧桑巨变,已阅六七百年时光还为人提起。

　　对异域空间中奇寒的夸示性描述,文化上的歧视性因素蕴含其中。在这一带有“异国情调”的冰冻记忆观照下,西北、北方之令人恐惧的严寒,成为中原冰雪叙事的一个“意识形态形象”。明代李诩《戒庵老人漫笔》转述了一位官员之语,对边塞严寒有深刻体验:“常州周约庵金曾镇抚延绥,言‘三边’寒甚,辽东第一,大同次之,真有堕指裂肤之惨。屋下皆有霜,盖寒气透彻故也。人出,军有受寒者,扶至家,渐以温物食之,若骤以火,则皮肉俱烂。晓开城门,不知者误以手候其锁,则皮皆去如灼。盖医家亦有‘寒极似火’之说。”[③]这样一种“严寒恐惧”,交织着严寒对于人体伤害的真切形容,已大大超过了唐代边塞诗人岑参《白雪歌送武判官归京》“将军角弓不得控,都护铁衣冷难着”的寒冷程度。而这种深刻记忆,在《水浒后传》等描写以突来的冰冻击退外寇时,还在继续重提。

---

① 惠康野叟:《识馀》卷四,《笔记小说大观》第十二册,江苏广陵古籍刻印社1984年影印,第368页。
② 段成式:《酉阳杂俎》前集卷十四,中华书局1981年,第133—134页。
③ 李诩:《戒庵老人漫笔》卷三《周尚书谈边境》,中华书局1982年,第99页。

第三节　雪灾与明清小说的民俗背景与应灾思维

雪灾,不过是雪下得大且持续时间长,然而伴随着气温骤降,却可能成为难以抵御的灾害。这特定的气候现象,在文学文本中不仅仅是衬托性的场景存在,而常常是能给予故事极具特色的民俗内涵与时代风采。比如古代小说中的战争描写,其中的冰雪书写,既突出了交战地——五原的异域风光——奇寒与冰雪,也表现了李文悦尚书御敌制胜的谋略,因势利导,利用自然气候的不利因素,转危为安。据裴铏《传奇》称,赵合曾见到抗击吐蕃三十万大军李文悦之魂灵诉冤,称功劳被宰相所掩盖,托为立碑:"我李文悦尚书也,元和十三年(818),曾守五原。为犬戎三十万围逼城池之四隅,兵各厚十数里,连弩洒雨,飞梯排云。穿壁决濠,昼夜攻击。城中负户而汲者,矢如猬毛。当其时,御捍之兵,才三千。……一夕,并工暗筑,不使有声,涤之以水。时寒,来日冰坚,城之莹如银,不可攻击。又羌酋建大将之旗,乃赞普所赐,立之于五花营内。某夜穿壁而夺之如飞,众羌号泣,誓请还前掳掠之人,而赎其旗。纵其长幼妇女百余人,得其尽归。然后掷旗而还之。时邻泾救兵二万人临其境,股慄不进。如此相持三十七日。羌酋乃遥拜曰:'此城内有神将,吾今不敢欺。'遂卷甲而去。"[①]当吐蕃兵将看到"城之莹如银"时,坚冰映日,银光闪耀,"众羌号泣","掷旗而还"。而相关文献记载并不少见,甚至颇有文采炫耀意味且叙事中心各有侧重。

其一,运用气温骤降描写,大力渲染野外应灾救灾艰难。清初小说写梁主率十万大军来寿阳阻淮水攻城,魏军降将领着三千多万民夫服役,辛苦异常:"此时正是四月间,忽一夜狂风陡作,滴水成冰,军士民夫,一时冻死了五万余人。王足也顾不得兵卒伤残,日夜并工……"可就在将近筑完之际,洪水突至,筑好的堤坝被一次次冲走[②]。古代战争多在野外,突遇寒流难以防御,而且经验式的生活习惯,非严寒季节一旦骤降严寒,一般不知如何防备也没有条件防备,死伤惨重近乎写实。

其二,凸显冰雪严寒气候对战争胜负的影响,表达某种不可抗拒之

---

① 李昉等编:《太平广记》卷三百四十七引《传奇》,中华书局1961年,第2749—2750页。
② 天花藏主人:《梁武帝演义》第十九回《圣主爱子立东宫　王足逢君筑淮堰》,春风文艺出版社1987年,第237—244页。

力及其某种必然性。《水浒传》写利用严寒季节大雪封地的地貌特征，巧妙施设陷阱，活捉敌方猛将：

> 当晚彤云四合，纷纷雪下，吴用已有计了，暗差步军，去北京城外，靠山边河路狭处，掘成陷坑，上用土盖。是夜雪急风严，平明看时，约有二尺深雪。城上望见宋江军马，各有惧色，东西栅立不定。索超看了，便点三百军马，就时追出城来。宋江军马四散奔波而走。却教水军头领李俊、张顺，身披软战，勒马横枪，前来迎敌。却才与索超交马，弃枪便走，特引索超奔陷坑边来。索超是个性急的，那里照顾。这里一边是路，一边是涧。李俊弃马，跳入涧中去了，向着前面，口里叫道："宋公明哥哥快走！"索超听了，不顾身体，飞马抢过阵来。山背后一声炮响，索超连人和马，攧将下去。后面伏兵齐起，这索超便有三头六臂，也须七损八伤。正是：烂银深盖藏圈套，碎玉平铺作陷坑。[①]

这里，"急先锋"索超，因"性急"而踏入陷阱，完成了一百单八好汉聚义梁山泊的百川归海式的人物命运构设，既推进故事情节发展，又顺应"天意"神力。

其三，雪灾的生成，偶或因大雪降临过早、御寒准备不足者猝然遭受冻灾，而战争文学叙事生发、强调了某种政治伦理——"天意"的支配力，御敌伤敌的自然恩赐是一场大雪。《封神演义》写两军交战值炎热之际，将士见发下棉袄、斗笠，不但不信，反而视为笑话。然而姜子牙作法，凛凛朔风三日，天落大雪："话说子牙见雪消水急，滚涌下山，忙发符印，又刮大风。只见阴云布合，把太阳掩了。风狂凛冽，不亚严冬。霎时间把岐山冷作一块汪洋。子牙出营来，看纣营幡幢尽倒；命南宫适、武吉二将：'带二十名刀斧手下山，进纣营，把首将拿来！'二将下山，径入营中。见三军冻在冰里，将死者且多。又见鲁雄、费仲、尤浑三将在中军。刀斧手上前擒捉，如同囊中取钞一般，把三人捉上山来见子牙。"[②]下一回小说则写岐山脚下结了冰，"五万人马，冻死叁五千，余者逃进五关去了"。可以说，此次作法施加严寒与敌军，基本上是不成功的，或者可以说仅仅限于退敌，而未能获取全胜。

---

① 施耐庵、罗贯中：《水浒全传》第六十四回《呼延灼月夜赚关胜　宋公明雪天擒索超》，上海人民出版社 1975 年，第 810 页。
② 许仲琳编：《封神演义》第三十九回《姜子牙冰冻岐山》，齐鲁书社 1980 年，第 371—373 页。

其四,夸大外敌不耐寒的习性,华夏中心主义的鄙夷式态度描写倭寇被严寒冻死。最有创意的,当首推《水浒传》续书中陈忱的《水浒后传》。对华夏之邦之外的其他民族之耐寒能力,小说极尽贬低之能事,在缺乏基本了解的前提下,以华夏中心主义的习惯性鄙夷态度来言说,如朱武与李俊听说倭丁极怕寒冷,见冰雪如蛰虫一般不敢动,公孙胜提议需要祈雪,李俊就请其作法:

> 那雪下了一昼夜,足有五尺多高。暹罗百姓自古不见这雪,尽皆骇异。那倭丁只怕冷,不怕热,从来没有寒衣。况是秋天到的,那(哪)里当得这般寒冷? 缩做一团,冻死无数在雪里。关白想道:"敢是上天发怒,不容我在这里! 下这什么东西? 再过两日,尽要冻死了!"遂收兵回去。在雪中一步一跌的,到南门,见战船多被烧坏,还剩几十个在海面上。叫黑鬼下海,推到岸边来。那黑鬼可以在水里过得几日的,只因雪天,海水都成薄冰,泅了去,如刀削肉一般,又冻死了好些。推得船来,关白同倭兵下船。谁知公孙胜先已料到,又祭起风来,一时间白浪掀天,海水沸腾,满船是水,寸步也行不得,只好守在岸边。三昼夜风定后,海水都成厚冰。关白和倭兵都结在冰里,如水晶人一般,直僵僵冻死了。[①]

小说中这些被严寒冻死的倭兵倭将,事实上被描写为并非生长于亚热带的暹罗(缅甸),而是日本列岛,又怎么经不起一场大雪? 于是描写大雪冻杀敌兵,就成为一种缺乏常识的虚构夸张,乃是对严寒持有恐惧心理的中原人,用自身不惯于耐寒的习性与心理推知的"意识形态形象"。值得注意的是,何以那些古来惯常印象得到了清代民俗记忆如是再造生发? 也靠近北方耐寒民族坐稳天下之后的"主流权力话语",对南方特别是亚热带民族的一种文化优越感。正是借助于这类地理优越感、适应气候的自信而展现出自豪自傲。这也当是对于气候变冷有了实际体验、参照视野扩大之后,清代人御寒自信心增强的别致书写。此外,严寒气候的着意点染铺叙也实现了自卑心理的超越。明代抗倭的民间传闻总结:"大概倭寇所恃者有三:一则勾连内地奸徒,暗通线索,熟悉路境;再则海口兵微,因得肆其出入;三则潜藏近岛,恣其劫掠,以为常计,

---

① 陈忱:《水浒后传》第三十五回《日本国兴兵拘衅　青霓岛煽乱奸师》,山东人民出版社 1981年,第386—387页。

官兵莫可伊何。"①而当严寒冰雪骤然来袭,倭寇这些有利条件都白费,岂不分明显示出一种"天意"? 小说所体现的民俗心理就如此赖于民间信仰而得到了满足。

主要吸收了小说中冰冻灾害书写的价值取向与形象学——"意识形态形象"的艺术刻画,在中日甲午海战(1894)亦即光绪二十年(1894)末的新闻画图中,更带有天灾伦理化的民族情怀:"倭寇侵我东北,残害我黎民百姓,掠夺我资源,暴行昭彰,天怒人怨。"十月初九关东大雪没膝,"倭奴无处蜷缩,有人倒毙于冰雪之中,其余苟延残喘,朝不保夕,都痛恨倭主"②。画面上六个在帐篷外的士兵,衣衫单薄,有的打着雨伞,有的倒地不起;帐内的则蜷缩一团,而雪还在下。1905年2月法国《小日报》注意到日俄奉天(沈阳)战争时防冻经验措施的差异,也印证了小说冰冻书写的真实性③(图8-1)。

其五,作为小说特定情节与人物形象构设背景的冰雪严寒,增加了作品的民俗画的色彩。例如,预示着忠臣受害的阴冷氛围,奸臣猖獗而阴气上升的暗示,正义力量、正面人物受到挫折与损伤摧残。明代神怪小说《封神演义》写忠臣比干被妲己陷害,即趁着寒流降临:"诗曰:朔风一夜碎琼瑶,丞相乘机进锦貂。只望回心除恶孽,孰知触忌伴君妖。剖心已定千秋案,宠妒难羞万载谣。可惜成汤贤圣业,化为流水逐春潮! 且说比干将狐狸皮硝熟,造成一件袍袄,只候严冬进袍。——此是九月。瞬息光阴,一如捻指,不觉时近仲冬。纣王同妲己宴乐于鹿台之上。那日只见:彤云密布,凛冽朔风。乱舞梨花,乾坤银砌;纷纷瑞雪,遍满朝歌。怎见得好雪……"④

大雪纷飞,视觉上在诗人看来具有一种似柳絮如梨花的动态美,对田家也是祥瑞,然而这里却被根据情节需要伦理化、社会化了。大雪严寒之际忠臣进献狐狸皮袍,却成了得罪妖精的严重事件,催发了忠良遭陷的阴谋和厄运。应该说,这有着跨文体的一个运用冰雪严寒母题表现

---

① 陈朗:《雪月梅传》第四十六回《岑御史遣将救吴门　刘副总统兵诛海寇》,齐鲁书社1986年,第371页。

② 吴友如等:《点石斋画报》,大可堂版,1894年。

③ 赵省伟、李小玉编译:《遗失在西方的中国史:法国彩色画报记录的中国1850—1937》(下),中国计划出版社2015年,第333页。

④ 许仲琳编:《封神演义》第二十六回《妲己设计害比干》,齐鲁书社1980年,第244页。

图 8-1　日军冻死

社会人事的诗学传统。《乐府诗集》解题称:"《北风》本卫诗也。《北风》诗曰:'北风其凉,雨雪其雰。'传云:'北风寒凉,病害万物,以喻君政暴虐,百亲不亲也,若鲍照《北风凉》、李白'独龙栖寒门',皆伤北风雨雪,而行人不归,与卫诗异矣。"[①] 可见这是黄河流域的中原人对冰雪严寒的早期隐喻。清初小说则描写天寒风大,刮下一场大雪来。造访朋友秦琼的樊建威,冒雪冲风,耳朵里颈窝里都钻了雪进去,冷气利害得口不能开:

> 乱飘来燕塞边,密洒向孤城外,却飞还梁苑去,又回转灞桥来。攘攘挨挨颠倒把乾坤压,分明将造化埋。荡摩得红日无光,威逼得青山失色。长江上冻得鱼沉雁杳,空林中饿得虎啸猿哀。不成祥瑞反成害,侵伤了垄麦,压损了庭槐。暗昏柳眼,勒绽梅腮,填蔽了锦重重禁阙宫阶,遮掩了绿沉沉舞榭歌台。哀哉苦哉,河东贫士愁无奈。猛惊猜,忒奇怪,这的是天上飞来冷祸胎,教人遍地下生灾。几时守得个赫威威太阳真火当头晒,暖溶溶和气春风滚地来。扫彤云四开,现青天一块,依旧祥光瑞烟霭。[②]

这里,近乎全方位地描绘了大雪严寒对于植物的危害、人与水陆动物的感受,未必全都契合生活真实。然而,来自《世说新语》"雪夜访戴"的"乘雪拜访高人"模式,却给了樊建威与秦琼两位侠义英雄相会,提供了多重烘衬,有特色的自然背景成为带有传统文化韵味的氛围。

其六,大雪迷路,也是个体灾难的一种,如何应对? 合乎民俗的文学想象便是,孝子会得到神奇的庇护。清初小说写曹士元万里寻父过了陈仓古道,迷路,"时值隆冬,又降下一天大雪,路上积有一尺余厚,寸步难行。见一土穴,只得暂避其中,还望雪住再行。那知风雪越大了,本是饥饿困乏的人,在土穴中足足又冻饿了两昼夜,弄得淹淹待尽,有一气没一气了"。这里,叙述者提示了此时此事的难得:"看官,你想地本偏僻少人往来的所在,又值此大风雪,那得有人走来搭救他? 就是一百个,要死五十双了……"强调天佑孝子,还要描写许多寒鸦聚集起来对着土穴哀鸣不已,"似有求救意思",这些寒鸦自然而然地被两个冒雪而归的好心

---

① 郭茂倩编:《乐府诗集》卷六十五《杂曲歌辞》,中华书局 1979 年,第 936 页。
② 褚人获编著:《隋唐演义》第十一回《冒风雪樊建威访朋　乞灵丹单雄信生女》,中华书局 2002 年,第 76—77 页。

人搭救①。故事预设背景条件需要蒙善人幸运搭救的关目,推重孝道的民俗心理得以体现。

有时,在意外冰冻成的天然隐蔽物中,还可以躲避可能受到的伤害,此为众所期盼的侥幸心理。清初,也正是在《隋唐演义》里书写严寒的褚人获,还重温了前明正德年间,文安县境内河水忽僵立的奇事:

> 是日天大寒,遂冻为冰柱,高五丈,围亦如之,中空而旁有穴。后数日,流贼过文安,民避入冰穴,赖以全活者甚众。

> 又万历间,杨舍居民夜闻河中有声,若众人呼喊状,意疑是盗。于隙中窥之,见隐隐有火光。明日,河中成冰一座,亭树阶级,阑干坡境,种种具备。城中好事者买舟往观之,蹑草履,可涉其巅。虽使人力为之,亦不能迅速曲折如此。经月始泮。未几而江陵败。此二事皆前史未之见,倘三伏得此销夏,不烦河朔饮矣。②

这可以说是气象学上所载明末“小冰河期”气候变冷的一个民俗实证。就故事而言,寒冷天气是被作为可利用因素,流贼借此逃窜抢掠,民众又借助冰穴保全性命。而“夜闻河中有声”“隐隐有火光”“河中成冰一座……”“未几而江陵败”则显然融合了“天意”及神秘力量。

有时,冰雪冻灾展示出的缺乏御寒抗灾常识,导致悲剧发生,促人思考陷入冻灾时的无效救助是否必要。说汉口做生意的兄弟踏上六十里归乡之途,遇风雪迷路,天暗,兄跌落山坡,身体冻僵,弟又不忍遵嘱独回,在被动地等待救援中,兄弟双双冻死③。画面展示冰天雪地中,兄跌落雪坑,帽子甩在一旁,弟欲救兄而无从下手,突出了冰雪灾害中面对冻僵者的无助感,也反映出兄弟共死生信条的伦理局限性(图 8-2)。在某些黄河以南尤其是江南地区,冰雪严寒较少出现,人们也就较为缺少防御经验及措施。相传金陵某猎户雪后路经野外,见芦苇中有一獐,就踏雪追捕,不料这獐之前隔着小河,积雪与岸边持平,猎户掉河里陷于地,幸获救④。

其七,多灾连发之后的冰雪严寒,是诸灾并起的一个方面,强调多种灾害接连袭来的严重性,即使巫术法师也很难对抗。《女仙外史》写建文

---

① 草亭老人编:《娱目醒心编》卷一《走天涯克全子孝　感异梦始获亲骸》,上海古籍出版社1988年,第12—13页。
② 褚人获:《坚瓠秘集》卷三《冰柱水山》,《笔记小说大观》第十五册,江苏广陵古籍刻印社1984年影印,第503—504页。
③ 吴友如等:《点石斋画报》,大可堂版,1886年。
④ 吴友如等:《点石斋画报》,大可堂版,1887年。

難兄難弟

五倫君臣遭際不可失朋友繫
散或無常父子夫婦丰世耳而惟
弟兄則自少至老直將一世故最
難得者為弟兄尒最易忽者為弟
兄耳此聞漢口有葉雜貨生意者
家在蔡甸雜鎮六十里除夕店務
畢兄弟相約冒風雪歸家鏡出玉
帶門便模糊不辨路徑再前天色
漸暗兄失足墮坡下雪墟路迷身
僵不能動屬弟獨自回家母苦守
并命弟不忍待援無人而俱斃世
有同室操戈者見之能無愧死

图 8-2　难兄难弟

二十二年（1420）先连雨后疫疠，入冬之后"谁料天道奇寒，阴霾蔽日，烈风霰雪，动辄兼旬，林木鸟兽，莫不冻死"。开春又大下一场冰雹，而后又遭亢旱，接着虫灾、人畜共生的瘟疫①。穿插在其他灾害之间的冰雪严寒，无可逃避也无法防御，直接侵袭着人身。而由于赈灾救众的持续，影响到"帝师"月君无暇考虑建文帝北伐之事，剑仙如何解救万民疾苦转为小说的叙事重点。

其八，对民众而言，应对突发的冰雪严寒，个体自救比较有效的是固有的生存经验。有的相关书写，提示了预防寒流来袭、防止意外冻伤的重要。如明代后期带有实录性的两个传闻，被时人继续传播："予里有嫁女于山中者，半道大雪，夜宿于所亲家。其家但知苏女以火，而喧杂中，遗婿僵坐客堂。女独曰：'婿有火乎？'家始火及于婿，得苏。周侍御言其里黄安有嫁女者，隆冬渡河，婿马惊堕，即起之，无衣可更。女令人尽去婿湿衣，而出绵被裹婿纳舆中，自乘马归，是夜婚合。……"如此行事被听到此事者认为是"贤智"之女，相信她们会受到夫婿的"终身笃爱有加"②。试想，如果没有这两位新娘的随机应变，及时地采取有效的御寒措施，就可能会发生新郎受寒而患重病的严重事件，问题的关键是，双方家中的上一辈人，居然没有应有的思想准备和应急措施！至少，这说明先前，人们对严寒可能带来的危害缺少体验和危机预案。而如此御灾得体的故事，传播了民间生存智慧、生活经验以指导青年男女。

何以明代中后期出现众多关于冰冻雪灾的灾难传闻？这与北中国明代后期的气候转冷有关。

据气象学家研究，明代后期天气总的趋势在转向寒冷，热带地区自16世纪开始出现降雪现象，到17世纪出现最冷的天气③。东亚地区也在经历着欧洲专家所称"现代小冰期"（Little Ice Age）约在1550（嘉靖二十九年）至1770年（乾隆三十五年），这种气候的异常带来了农作物因生长期缩短而减产，也带来了饥荒瘟疫的频繁与程度加剧，以及全球人

---

① 吕熊：《女仙外史》第八十五回《大救凶灾刹魔贷金　小施道术鬼神移粟》，百花文艺出版社1985年，第940—941页。
② 刘忭等：《续耳谭》卷一《新妇言动》，文物出版社2016年，第96—97页。
③ 竺可桢：《中国近五千年来气候变迁的初步研究》，《竺可桢文集》，科学出版社1979年，第486—487页。参见王育民：《中国历史地理概论》上册，人民教育出版社1987年，第220—221页。

口增长率的缓慢。有关专家甚至指出,这一时期是我国两千年来最为寒冷的时期,文焕然先生也注意到,华北在 1450 至 1550 年之后,寒冷月份明显增多。而 1550 至 1650 一百年间,气候较之前一百年又冷①。这种气候的变化,在史料中可以找到许多印证,如沈德符记载成化六年(1470)的清明节后三日都下大风,"从西北起,下雨如血,天色如绛纱,日色如暮夜,空中非灯烛不能辨,直至午未间,始开朗。后至隆庆元年(1567)丁卯二月十八日清明节,是日骤寒如穷冬,至晚大风雪,京师城内九门,凡冻死者一百七十余人;崇文门下,肩舆中妇人并所抱孩子俱僵死,并舆夫二人亦仆,俄亦僵踣不复活。去成化凡九十八年,暮春有此异事,不知征验何属"②。如果不是如此春寒突袭,那么,气候反常造成的灾难性事件,不会引起这样带有震撼性的实录。而从小说野史的冰雪灾害描写,还可以得到更多的印证。

欧洲研究者指出:"除了描写海上时常发生奇怪的风暴以外,小说中对天气的关注直到 18 世纪末仍然寥若晨星。"③ 这一断言主要针对欧美小说。而古代中国特别是明清小说,在御灾文化视野下的气候描写,多半要归结为冰雪严寒之类频发灾害及其文学书写、传播。相比于雹灾,雪灾严寒对人的影响持久、略微舒缓而更加难于解脱,不同灾害的特点也决定了文学书写的民俗风味特征。而相对于旱灾等空间叙事,其冰雪书写的空间观念与叙事特征,呈现出无往不在的弥漫性。冰雪茫茫,灾害主体的渺小、无力、无奈,相对于大风吹女书写的充满喜剧性和侥幸心理,又是大为不同,于是冰雪严寒的小说中语,体现了借用自然力以御敌的另外一种民间功利性期盼,更接近于对自然力的真切体认。

---

① 文焕然、文榕生:《中国历史时期冬半年气候冷暖变迁》,科学出版社 1996 年,第 122—129 页、第 161 页。

② 沈德符:《万历野获编》补遗卷四《清明日天变》,中华书局 1959 年,第 921 页。

③ [英]戴维·洛奇:《小说的艺术》,王峻岩等译,作家出版社 1998 年,第 95 页。

第九章　瘟疫、夜游神与御病灾
传说及瘟神信仰

流行性传染病,严格说来虽不属于自然灾害,但其恒久普遍地危害人类,无可争辩。瘟疫又往往因自然灾害而触发、加剧,属前者的"次生灾"。民间瘟神、病魔形象有服饰古怪的童子、鸭子、怪人等。御病传闻有送药神使、特效药、抗病新发现等。一方面既承认人力救助,另方面又恐惧天命鬼神。当事人亡亲可在冥间帮助患者摆脱厄运,对灾疫死者的伦理归因同冥狱"终极审判"结合,是鬼神信仰的一个分支。

第一节　病魔形象及其来源推测

小人"二竖",作为病魔的最初形象在《左传·成公十年》写晋景公病重,"求医于秦。秦伯使医缓为之。未至,公梦疾为二竖子,曰:'彼,良医也,惧伤我,焉逃之?'其一曰:'居肓之上,膏之下,若我何?'医至,曰:'疾不可为也,在肓之上、膏之下,攻之不可,达之不及,药不至焉,不可为也。'公曰:'良医也。'厚为之礼而归之。六月丙午,晋侯欲麦……将食,张,如厕,陷而卒"①。这里的病魔,具有对手良医的实力,也有对付良医的办法,而患者自己能感觉出它们的活动。

朱国祯(1558—1632)描写的疟鬼,因体型小而不能让魁梧的汉子生病:"疟鬼小,不能病巨人。故曰:'壮士不病疟。'晋人曰:'君子不病疟。'蜀人以瘃疟为奴婢疟。"②而一般来说,人们往往在灾异发生后,才推知当初一些征兆的含义:

---

① 杨伯峻编著:《春秋左氏传注》,中华书局 1990 年,第 849—850 页。
② 朱国祯编著:《涌幢小品》卷二十五《奴婢疟》,中华书局 1959 年,第 589 页。

湖广京山县蒋氏子,在家忽被人引出门,见门外数百小儿着各色彩衣,瞥焉不见,俄见地上插数百小红旗,旗上书"天下大乱"四字,蒋心动,俯首谛视之,乃冉冉映日而没。明夜梦至一处,所见符同。未几,里中疫病流行,蒋氏家口死者数十人,方知是疫鬼所为。①

似乎,疫鬼行事,需要一个见证人、目击证人来昭示于世,进行影响传播。病魔形象,在明清特别是清代人心目中,态势趋向变得丰富而具有多样化,大致可分为以下七种。

一者,是服饰古怪的童子。例如病人昏乱中的目睹,说苏州李氏妇客居于津,患疟疾昏晕,"昏乱中见一物如猫,跃登其榻。细视,乃一小童子,绿衣红裤朱履,头绾双髻。向之笑,辄寒热交作,至昏昏睡去,则不知何作矣。如是数夕,悟其为疟鬼。欲驱之而无术也。一夕,甫登床,作退缩状。妇返顾,见窗上有剖瓜刀一柄,因思必其所畏。次日,以刀置枕畔,果不敢近。妇取以掷之,物吱吱嗥叫而遁。自是病愈"②。此疟鬼形象,似直接来自魏晋小说写弘老患疟,经年不愈,"后独至田舍,疟发,有数小儿,或骑公腹,或扶公首脚。公因佯眠,忽起捉得一儿,遂化成黄鹂,余者皆走。公乃缚以还家,暮悬窗上,云明日当杀食之。比晓,失鹂处。公疟遂断。于时有得疟者,但依弘,便疟断"③。

二者,瘟神形象则是形貌怪异的人。如巨头赤发金目模样的,像许仲琳写瘟神吕岳是道人打扮,"穿大红袍服,面如蓝靛,发似朱砂,三目圆睁,骑金眼驼,手提宝剑"。而他变化之后则手持全套行瘟宝物,"随将身手摇动叁百六十骨节,霎时现出三头六臂,一只手执形天印,一只手擎住瘟疫钟,一只手持定形瘟幡,一只手执住止瘟剑。双手使剑,现出青脸獠牙"④。他手下四个门人是"瘟部中四个行瘟使者",兵器则与行瘟法器合而为一,"头一位周信,按东方使者,用的磬名曰'头疼磬';第二位李奇,按西方使者,用的幡名曰'发躁幡';第三位朱天麟,按南方使者,

---

① 钱希言:《狯园》卷十五《疫鬼一》,文物出版社2014年,第498—499页。
② 李庆辰:《醉茶志怪》卷四《疟童》,齐鲁书社1988年,第266页。
③ 李昉等:《太平御览》卷九二五引《录异传》,中华书局2000年影印,第4109页。
④ 许仲琳编:《封神演义》第五十八回《子牙西岐逢吕岳》,齐鲁书社1980年,第572—574页。

用的剑名曰'昏迷剑';第四位杨文辉,按北方使者,用的鞭名曰'散瘟鞭'……"①这影响到清代民间的瘟神形象,与舞台上该类形象互为影响参照。说同治时大疫流行,染上辄死,甲乙二人从城外夜归,"忽见灯烛辉煌,仪仗甚伙,数人舁一肩舆。舆中坐一人,头巨如斗,赤发云拥,金目电飞,状甚奇异。二人惊避道旁。众纷纷,向西而去,殆疫神也。未几,甲乙俱亡"②。两人同见同死,似所言不虚。而这一病魔导致生病乃至死亡的信奉,还被充分泛化。清末济公传续书写外国毒品鸦片,造成中国大陆沿海一带百姓们多患有"失血症",类似瘟疫患者症状。其推因,也被想象为是西海洋中映其利(英吉利)国两个怪人成立了"烟火教",在梦中吸食这些教民们精血,后者病状接近瘟疫初染到不治:"初起来的时候,但觉得头脑疼痛,到了后来,便四肢柔软,筋骨如绵,非但不思饮食,而且时时打呵欠,眼泪鼻涕一齐流出。再过数天,便觉得筋脉抽缩,坐立不宁,口中噌哼不止,就此死过去。死后面白如纸,全身鲜血都没有了。"③贩运鸦片来华的"洋鬼子",被国人"妖魔化"为一种吸血鬼,也以瘟魔疫鬼信仰为思维基础。

又,明代就有了瘟神"碧眼黄髯"的外族人形象。如《禅真后史》写山东博平州崇武县石鸣山下有一白衲道人,他夜见三人从山岩下行过,原来是火神、水神和瘟神,分别带有施灾器具和物资,这瘟神"身材虽觉矮小,面貌分外希奇,尖头阔额,碧眼黄须,脚短手长,背高腹大,身上着一件黄衫,两手揸着一个黄囊,腰系一个黄色葫芦"。原来他们是分头去人间降灾④。

三者,是身份不明的妇女(有时穿白衣)。实际上这是一种病魔(丧门神)的有意伪装,相传某年春,京营巡捕军夜宿棋盘街之西,一老人嘱:"子时,有一妇人通身缟素,自西徂东。汝切不可放过……"老人自称乃本境神祇,特来救此一方民众:

---

① 许仲琳编:《封神演义》第五十八回《子牙西岐逢吕岳》,齐鲁书社1980年,第572页。
② 李庆辰:《醉茶志怪》卷二《瘟神》,齐鲁书社1988年,第119页。
③ 无名氏:《四续济公传》第一百五十五回《施邪术百姓得奇症 闯官衙巡按问根由》,浙江古籍出版社1992年,第692页。
④ 清溪道人编次:《禅真后史》第三十九回《众冤魂夜舞显灵 三异物宵征降祸》,齐鲁书社1988年,第306—308页。

迨夜将半,果有一妇白衣泣诉,云归母家,不意夫死,急欲奔丧,
不避昏暮。逻者谨如前戒,坚持不允,妇亦暂退。迄漏五下,逻者偶
倦寐,俄顷,妇折而东矣。辄复旋返,蹴逻者醒,而告之曰:"吾乃丧
门神也,上帝令吾行罚,灾此一方,汝何听老人之言,阻吾去路? 汝
今逆天,灾首及汝。"言毕不见。逻者大惧,奔归告其家人,言甫终,
仆地而死。自后遂有疙瘩瘟、西瓜瘟、探头瘟等症,死亡不可胜计。[1]

瘟神出现,其中必有预先知情者(博物者或当地的土地城隍),但也许因
威能过大,防不胜防。故事异文还称崇祯十六年(1643)四月初一,明思
宗祭享太庙,中极殿旋风忽起,有白衣人随风出,行至大通桥二闸止。自
此瘟疫流行,每日死万余人。黄昏时街道上人鬼相杂,遇白衣者必死,以
至日暮人不敢行[2]。

四者,一些被不明身份的青衣人驱赶的鸭子或驱赶鸭子(鹅)的怪
人。也就是说,鸭子等家禽已被视为病原体,这应是源于生活经验的逻
辑推理。满族小说描写步军那木契冬夜打更时,见二青衣人,驱鸭数百,
欲过栅南去。"那叱曰:'此何时,尚欲过栅耶?'二人不应,辄驱鸭自栅
下过。那大怒,方欲阻之,而人与群鸭纷然在栅南矣,驱鸭径去,初无阻
碍。那大惊,毛戴,亟呼其伴告之,共相错愕。自是小儿多患痘疹,百无
一生。那所见殆非无因也。兰岩曰:'鸭为儿厉,诚不可解。'"[3]青衣,不
仅在阳间表示下层服务人员,还表示冥间的差役。鸭子,被当成痘鬼的
化身,主要危害小儿,且多为民间大面积蔓延的一种传染病,因此被解释
成是危害人类的团伙作案。另一传闻,证明上面兰岩的理解可能偏误,
驱鹅者才是瘟疫布放者,而所驱鸭鹅乃是小儿(患者)魂灵。佟世思《耳
书·婴儿鹅》还称:"某月夜醉游街市,见有长大人驱鹅数群,力恳得其
一,归放庭除间,明旦观之,则婴儿既死者。是年民间殇死者十七八。"[4]

五者,是把某种病根想象为一种"虫",如所谓痨虫、瘟虫等,往往是

---

[1] 胡介祉:《茨村咏史新乐府》卷下《京师疫》,《四库未收书辑刊》捌辑第26册,北京出版社
1997年影印,第7页。

[2] 沈颐仙:《遗事琐谈》卷三《灾异》,(台北)伟文图书出版社1976年据清钞本影印,第113
页。邱仲麟:《明代北京的瘟疫与帝国医疗体系的应变》,梁庚尧、刘淑芬主编:《城市与乡
村》,中国大百科全书出版社2005年。

[3] 和邦额:《夜谭随录》卷六《那步军》,中州古籍出版社1993年,第204页。

[4] 佟世思:《耳书》,金毓绂主编:《辽海丛书》第四册,辽沈书社2009年,第2601页。

慢性可感病症。《济颠语录》写济公为某女驱病,与此女贴着脊背坐了一晚,用自己体内三昧真火把那女儿脊梁内痨虫逼出。到了王梦吉《麴头陀传》第十八则写一个马姓妇女"淫心太重",十四岁至三十岁期间死了十个丈夫:"那知天地间最淫之妇,骨节中俱有瘟虫占住,一时勃发,连那妇人也由不得自己,所以寡廉鲜耻,做出许多勾当。"而济公也是为她驱虫,与她背靠背躺着,用体内三昧真火将那妇女红绿色的淫虫逼出,从此妇女性情变化,不过形容也跟着枯槁了①。这类对病人体中病虫的想象,与久远的体中生虫传说有传续关系,可以认定为较早来自佛经故事。不过,也往往有病者体中之虫与病魔形象并存的现象,如痨虫就可以有时是虫,虫是病魔的显形;而《济公传》里又是痨病鬼,伍元帅之女就不幸被痨病鬼纠缠,性命垂危。是济公作法收服,不料丫鬟点破窗纸,痨病鬼逃走,被济公追逐到郊外擒获。

有时,人们杯弓蛇影的猜测,也可能为事实"验证",类似的小昆虫,都可能被当成疫鬼,成为人们恐惧瘟神的证据。民国郭则沄(1882—1946)《洞灵小志》续志载录的民俗记忆可谓历历如目:

> 道光辛巳(1821)夏秋间大疫,几遍南北诸行省。陕省于八月初旬,忽哗瘟神已进潼关,次夕复讹言瘟神入城,倏忽横尸遍地。岳方伯(龄安)首当其厄。有人养草虫如纺绩娘,忽尾间出一小蛇,瓜果中亦恒藏毒物。人心惴惴,若不保朝夕。陈廉访(廷桂)诡词语诸绅曰:"昨梦岳方伯来言,渠现身为瘟神,当领疫鬼赴川,此处已免,烦谕知大众勿惧。"意借以安民也。然自是城疫果平,而由西门往乾州为赴蜀之路,则竟疫疠大作矣。绅民感岳方伯之德,纷纷祭赛,不知实廉访诡言之耳。②

真是"魔由心生""心病要用心药医"。疫鬼转移,虽会给畏惧瘟鬼的情绪以消减,但却削弱了科学认识瘟疫、探索疫情源头并及时自救的内驱力。

六者,是某地能征善战的勇将,或忠臣义士,死后往往被推测化身为

---

① 天花藏主人:《醉菩提传·麴头陀传》,人民文学出版社 2006 年,第 213—214 页。
② 郭则沄:《洞灵小志·续志·补志》,栾保群点校,东方出版社 2010 年,第 231 页。

瘟神。清代范祖述《杭俗遗风》载,瘟神实姓温的应试读书人,舍身救济苍生而壮烈牺牲:"地祇元帅,封东嘉忠靖王,姓温。传说为前朝秀士,来省中应乡试。寓中夜闻鬼言:'下瘟药于井中。'思有以救万民,即以身投井。次日,人见之,捞起,浑身青色,因知受毒。由是封神。五月十八诞辰,十六出会,名曰'收瘟',由来旧矣。其井即在其东牌楼神座下,庙名旌德观。"[①]

此类瘟神地域性强。民初杨琼《滇中琐记》亦载:"迤西之病瘟,人多自言见'杨骠骑'。杨骠骑者,名荣,杜文秀之骁将也,伪称'骠骑将军'。其为乱时,所至肆杀戮,迤西人民多受其殃,闻声为之胆落。病者言其扎营某处,其处瘟乃盛,或言明日移营某处,某处疫且及。又见其执册籍兵,籍有名者必病,病必死。或见其拉夫,被拉者有死有不死。迤南病者,则见'梁士美'。士美建水人,乱时率乡团保全迤南诸郡县,亦骁将也,死而为鬼。如此之厉,亦滇民之劫乎。"这类瘟神还可能偶或行善,清代平定新疆叛乱就有这样的瘟神"显灵"。古代战争以战将为主,而战死者多数是士卒,所谓"一将功成万骨枯",人们也就易于把埋骨沙场的士卒的命运归结到将帅上,从而产生了一种"顺接联想",似乎他们本身就是"凶神":

> 西夷变乱,贼锋颇锐,上下诏亲征,先命大将军统众十余万为前驱,旌旗蔽空,车从塞路。其地去京师辽远,苦于无水,或担负,或掘土饮其汁,食糗啖肉,士卒气愈壮。上一夕假寐,忽睹一神,身据甲胄,鞠躬拜跪曰:"帝此行,必大捷,当鼓行而前矣。"俄见云旗露旆,横戈跃马者,充斥前后,不计其数。上问曰:"尔何神?"曰:"臣痘神也,特来护跸。"拥众去。上醒,甚喜,果大败逆兵,因思神佑,遂加敕封。于是凡痘神庙俱行改建,塑冕旒像,丹腹一新。[②]

上述民俗叙事,实潜藏着一个因暴发天花而部落灭绝的悲剧故事。就如同北美印第安人一样,准噶尔部落因远离中原,本身缺少对流行病天花的免疫力,抵御不了外来清兵无意中所携天花病毒,暴发了大规模

---

① 范祖述:《杭俗遗风·时序类》,上海文艺出版社1989年影印,第15页。
② 董含:《三冈识略》续识略卷上《痘神》,辽宁教育出版社2000年,第247页。

的天花,失去了战斗力。于是这一悲惨的史实,就凝聚在"痘神助战"的民间传说中。

七者,则是不明身份的冥使形象。怪异的鬼神形象,可能与人不期而遇,不过吉凶与否,却不可一概而论。《醉茶志怪》称"夜游神,往往为人所遇",记载者自称听说过两事:"一在邑东关外崇宁宫前,有王某夜行,见墙阴一物如袱。俯视,乃巨靴,长约三尺许,举头则眉际复一靴,大亦相等。仰望一巨人坐檐际,高约数丈,叠腿而坐。踌躇间,忽有一人提灯笼而来,巨人抬其足,其人若未之见,匆匆遂过。王亦欲随之过,巨人仍以足挡之,相持数刻始不见。归家后,不数日而亡。殆衰气所感,鬼神揶揄之也。又某宦寓河北客舍,好摴蒲。正月间,访友人赌戏,归店时已三鼓,月色微明。至北关浮桥,见钞关东有巨人坐屋上,高以丈计,其服制仿佛纱帽宽袍,气象雄阔。某骇,几不能步,视所提之灯,光小如豆,踯躅不前。俄而不见。某归后,亦无恙。"[1]如果从医学病理学角度看,后者显然免疫力强;而前者则属于被传染病感染。至于如何及时疗治,则不一而足。像民间就流传以惊吓疗痘的妙方,《三异笔谈》还载,"于痘疹尤验"的清初名医秦景明,一次就授意僮仆调戏某女,该女受惊,原来他发现:"是将出痘,然毒伏于肾,见点复隐,则不可药。吾固惊之,俾毒提于肝,乃可着手。"他还能用掘坑喷药法疗救患痘疹的小儿[2],一些患者的幸运是经常被谈起的。

广义上的瘟神,则是多种灾害降临时,充当死神角色的。如《吴中杂志》载万历戊子(1588)王墓村民演戏赛神,实为对旱灾导致人口大规模死亡的记忆:

　　城中某某宴集李氏楼中,正欢洽间,忽闻烈风迅雷,撼木飘瓦。启牖视之,见朝天湖内,火大如罍,莹光烨烨,闪烁水面,须臾星散。遍湖南北村落,隐现百千灯火,鱼贯而行,逾时乃灭,众宾瞩目。次日,询诸父老,云:"是瘟部神放水灯,嘉靖某年间亦然,主旱疫。"是岁夏六月,亢旱,天行大作,吴民死者相枕藉,视嘉靖间尤甚。识者

---

① 李庆辰:《醉茶志怪》卷四《夜游神》,齐鲁书社1988年,第259—260页。
② 许仲元:《三异笔谈》卷四《秦景明》,重庆出版社2005年,第300页。

以为轮回中一劫数云。①

并非只有古代华夏之邦才有瘟神病魔的故事。欧洲俄罗斯民间就流传着女瘟神的传说,似乎也有着与一部分中国瘟神形象类似的正义感和同情心。人类学家指出,在把传染病描写为在大地上来回游荡者的一整类故事中,下列斯拉夫传说或许最为突出:

> 一个俄罗斯农民坐在落叶松的树阴下,太阳烤着他,就像火烧一样。他发现在远处有一个向前移动的东西,又一细看,看清了,这是瘟神,她高高的个子,身上裹着寿衣,正大步向他走来。他惊恐地想要逃脱,但是她用骨瘦如柴的长手抓住了他。"你知道瘟疫吗?"她问道,"那就是我。你背着我走遍俄罗斯,连一个村庄、一座城市都不放过,我需要到处拜访。至于你自己,你不要害怕,你会在垂死的人们中间仍然安全无恙。"她用长手抓住他,骑在了他的肩上。他动身上路了,他看见自己头上瘟疫那一副可怕的丑脸,但是感觉不到一点重量。他首先把她带进城市。在那里,他们看到了舞蹈,听到了愉快的歌声,但是,瘟神挥动着她的寿衣,高兴和愉快就消失了……他自己的茅屋就立在那小山丘上,茅屋里住着他的妻子、幼小的孩子、年迈的双亲。当他走近的时候,他的心里热血沸腾。当时他牢牢地抓住了瘟神,并同她一起沉入了波浪里。他沉向了水底,而她游出了,但是,他的大无畏的精神征服了她,她就逃往山林后面的遥远国度里去了。②

与古代中国的那些同类故事相比,上述故事中的俄罗斯农民,就不是在瘟神病魔面前表现得那么无奈,那么懦弱和恐惧,而是在最关键时刻充分发挥出个人的主观能动力量。这一点,毋庸讳饰,我们从同类型的俄罗斯故事中,更多地看到了亲情激励下的悲壮、勇敢和感人的自我牺牲精神,具有鼓舞人们善良战胜邪恶的气概。相比之下,则对于愚弱的国民性,应当继续进行必要的反思和批判。

---

① 褚人获:《坚瓠集》馀集卷一《瘟部神放灯》,《笔记小说大观》第十五册,江苏广陵古籍刻印社 1984 年影印,第 540 页。
② 〔英〕爱德华·泰勒:《原始文化》,连树声译,广西师范大学出版社 2005 年,第 243—244 页。

第二节　驱瘟除疫的"特效药"与送药使者

　　早自《山海经》即提示人们导致瘟疫发生的动物"其状如鸮,而一足、彘尾,其名曰跂踵,见则其国大疫"①。类似动物还有一些。在阴阳对举、两极对立思维支配下,瘟神,必然也有驱瘟之神作为克星。如唐代张读《宣室志》中的村人陈翁故事即出现了驱瘟之神,说云朔之间尝大旱,暑热时里人病热者上千,陈翁独行田间忽逢一人"仪状甚异,擐金甲,左右佩弧矢,执长剑,御良马,朱缨金佩,光采华焕,鞭马疾驰。适遇陈翁,因驻马而语曰:'汝非里中人乎?'翁曰:'某农人,家于此已有年矣。'神人曰:'我,天使。上帝以汝里中人俱病热,岂独骄阳之所为乎且有厉鬼在君邑中,故邑人多病。上命我逐之。'已而不见"②。陈翁传播了此事,从此云朔之间病热患者皆愈。与瘟神病魔形象相联系的,则更有关于医药经验与神秘崇拜的综合运用,被看作是抵御病魔来袭的有效武器,那就是特效药传闻。

　　首先,是神化了的送药使者,他们之所以被神化,归根结底还是因为所送之药十分灵验:

　　　　秀水祝宣臣,名维诰,余戊午同年也。其尊人某,饶于财。一日,有长髯道士叩门求见,主人问:"法师何为来?"曰:"我有一友,现住君家,故来相访。"祝曰:"此间并无道人,谁为君友?"道士曰:"现在观稼书房之第三间,如不信,烦主人同往寻之。"祝与同往,则书房挂吕纯阳像。道士指笑曰:"此吾师兄也,偷我葫芦,久不见还,故我来索债。"言毕,伸手向画上作取状。吕仙亦笑,以葫芦掷还之。主人视画上,果无葫芦矣。大惊,问:"取葫芦何用?"道士曰:"此间一府四县,夏间将有大疫,鸡犬不留。我取葫芦炼仙丹,救此方人。能行善者,以千金买药备用,不特自活,兼可救世,立大功德。"因出囊中药数丸示主人,芬芳扑鼻,且曰:"今年八月中秋月色大明时,我仍来汝家,可设瓜果待我。此间人民,恐少一半矣。"祝心动,曰:"如弟子者可行功德乎?"曰:"可。"乃命家僮以千金与

①　袁珂校注:《山海经校注》第五《中山经》,上海古籍出版社 1980 年,第 162 页。
②　李冗、张读:《独异志　宣室志》,中华书局 1983 年,第 23—24 页。

之。道士束负腰间,如匹布然,不觉其重。留药十丸,拱手别去。祝举家敬若神明,早晚礼拜。是年,夏间无疫,中秋无月,且风雨交加,道士亦杳不至。①

显然这是一个精心设计的骗局。但道士为什么能成功? 此故事暗示出,恐怖的瘟疫集体记忆令世人易于相信特效药的威力,即使是个骗局,也义无反顾地投入。

其次,是人为努力,未雨绸缪,能预先准备抗传染病的特效药。顾禄(1794—?)所言的"蚊烟"似主要应对疟疾:"男女佩戴避瘟丹,或焚于室中,益以苍术、白芷、大黄、芸香之属,皆以辟疫祛毒。又谓五日午时烧蚊烟,能令夏夜无蚊蚋之扰。"② 李庆辰的敏感则来自切身体验:"杨青驿某家场院,置碌碡一具。有闽人指谓村人曰:'此良药也,宜宝藏之,数年后,此地当有大疫,研服可以活人。'村人均未之深信。壬戌岁,邑患霍乱,传染辄死,巫医金穷于术,或取碌碡研而试之,奇效。于是全活甚夥。金石入药,亦理之常。而是人能预知将患大疫,不亦神哉!"③ 上述思路,并非全是清人发明,而是长期御瘟实践的经验结晶。《宋史》载:"初,陈宜中梦人告之曰:'今年天灾流行,人死且半,服大黄者生。'继而疫疠大作,服者果得不死。及(刘)黻病,宜中令服之,终莫能救。"④

相反,遭逢此兆,预防措施不及时,恐怕会演成悲剧。对性命攸关的瘟疫严重性,民间也持有"不可全信,又不可不信"的恐惧。说道光辛巳(1821)春夏瘟疫流行,从闽、粤、江、广向北扩散,七月京城大疫,每日死者千百:"其疾始觉胫痛,继而遍体麻木,不逾时即死。治者以针刺舌腭逮紫血出,再服藿香正气丸,始得无恙。然死者率多里巷小民,士大夫罕有染者。惟刑部侍郎觉罗承光,年逾六十,身素强健。清晨入署,闻有谈是疾者,力斥其妄。逾时觉不爽,即乘舆归,及抵家已卒矣。"⑤ 患者被传染后不同阶段的症状、有针对性的治疗方法,患者的主要社会阶层,都一一记录在案,且有概括描述,有个别案例,在冷静平实的叙述中,突出

① 袁枚编撰:《子不语》卷三《道士取葫芦》,上海古籍出版社1988年,第63—64页。
② 顾禄:《清嘉录》卷五《避瘟丹》,中华书局2008年,第120页。
③ 李庆辰:《醉茶志怪》卷二《碌碡》,齐鲁书社1988年,第114页。
④ 脱脱等:《宋史》卷四百五《刘黻传》,中华书局1977年,第12249页。
⑤ 昭梿:《啸亭杂录》续录卷四《瘟疫》,中华书局1980年,第497页。

了及时防治的重要性,是一则难得的灾疫史实录。

其三,则是抗病过程中的一些新发现,也是民俗传闻经常提起的。像那些具有意外疗效的特效药,它们显身,往往在不经意之中。李诩(1506—1593)告诫有的特效药看起来似很平常:

> 神仙粥方,专治感冒风寒、暑湿之邪并四时疫气、流行头疼骨痛、发热恶寒等症,初得一二三日,服之即解。用糯米约半合,生姜五大片,河水二碗,于砂锅内煮一二滚,次入带须大葱白五七个,煮至米熟,再加米醋半小盏入内和匀,取起,乘热吃粥,或只吃粥汤亦可。即于无风处睡之,出汗为度。此以糯米补养为君,姜葱发散为臣,一补一发,而又以酸醋敛之,甚有妙理,盖非寻常发表之剂可比也。屡用屡验,不可以易而忽之。①

将常见的粮食作为疗瘟特效药,暗示出瘟疫与饥饿灾荒相伴而生,抑或两灾叠加,可以混同对待的思路。说万历十五年(1587)有个到处卖羊毛的妇女,后不见,"继而都人身生泡瘤,渐大,痛死者甚重,瘤内惟有羊毛。有道人传一方,以黑豆、荞麦为粉涂之,毛落而愈,名'羊毛疔'"②。如同民间"偏方治大病"之思路。

不仅载录药方,更要详尽地列出药引子及其具体服用方法,这是与古代中医药文化密切联系的题中自有之义。在许多情况下,"特效药"带有边陲或外域的来源,体现或增强其"异国情调"的神秘色彩。清初传言疗治小儿痘毒的一种特效药,即产于云南边疆:"神黄豆,产滇之南徼西南彝中,形如槐角,子视常豆稍巨,用筒瓦火焙去其黑壳,碾作细末,白水下之,可永除小儿痘毒。服法:以每月初二日、十六日为期,半岁每服半粒,一岁每服一粒,一岁半每服一粒半,递加至三岁,服三粒,则终身不出痘矣。或曰:按二十四气服之,以二十四粒为度。云南赵玉峰(士麟)中丞、王子玠(瑜)刑部说。"③此奇异出产当为儿科常用药。

褚人获追述宋代秘方亦应对瘟疫风习:"孔平仲云:天行瘟气,人多遘疾。宣圣轸念世人,遗有良方,孔氏今经七十余代而不患时疾,用此方

① 李诩:《戒庵老人漫笔》卷三《神仙粥方》,中华书局 1982 年,第 118 页。
② 江瓘编著《名医类案》卷九《疔疮》,(台北)宏业书局 1971 年据清刊本影印,第 274 页。
③ 王士禛:《池北偶谈》卷二十二《神黄豆》,中华书局 1982 年,第 539 页。

也。其方：于每年腊月二十四日五更，取井花水，平旦第一汲者，盛净器中。计家中人口多少，浸乳香，至元旦五更，煨令温。从幼小起至长老，每人以乳香一小块，饮水三口咽下，则不染时症矣。"①其中的乳香药效是决定性的，如同鲁迅《百草园到三味书屋》讲的药引子，还神秘化地加上了一些附加条件，看出对"特效药"的殷切期许，有说服力地解释个别失败病例缘由。道光时吴炽昌也写乡人黄人突发痘疮，妻子请医开出药方，邻翁受黄妻之托代买。药铺伙计大意地将两包药的药签插反，使得黄大所服药物药效相反，然而黄大的病却被意外治好。后名医指点，才知确为庸医误用药方，若黄大真的服用了其所开之药必死②。药方不对症却出奇效，母题带有多方面的深刻寓意。

其四，就是试图在神秘力量的营垒中，也寻求人类自身的"同盟军"，作为弱势群体的染疫患者的"保护神"。宋代陶谷《清异录·熏燎门》载，鹰觜（嘴）香可辟瘟疫免灾："番禺牙侩徐审与舶主何吉罗洽密，不忍分判，临岐出如鸟嘴尖者三枚，赠审曰：'此鹰觜香也，价不可言。当时疫，于中夜焚一颗，则举家无恙。'后八年，番禺大疫，审焚香，阖门独免。余者供事之，呼为'吉罗香'。"③而宋代一些内陆地区所见的海边"怪物"，有时被当成能恐吓疫鬼的特效药，如沈括称："关中无螃蟹。元丰中，予在陕西，闻秦州人家收得一干蟹。土人怖其形状，以为怪物。每人家有病虐者，则借去挂门户上，往往遂差。不但人不识，鬼亦不识也。"④疫鬼不识怪模怪样的螃蟹，螃蟹就起到了特效药的效果。又李汝珍《镜花缘》虽以唐初为背景，反映的却是明清时期的民俗理想。小说写若花很担心到过"传染发病地"的那些外来人，因其缺少免疫机能，她听说怪症"出花""出痘"，外国人一到天朝每每患此症，久之我们海外五人，岂能逃过出痘之患？田凤翾提出用川练子煎汤洗浴的小儿方倍量用。秦小春建议叩拜"痘疹娘娘"：

---

① 褚人获：《坚瓠集》馀集卷二《乳香辟瘟》，《笔记小说大观》第十五册，江苏广陵古籍刻印社1984年影印，第548页。
② 吴炽昌：《客窗闲话》续集卷三《木芷治痘》，《笔记小说大观》第二十八册，江苏广陵古籍刻印社1984年影印，第147—148页。
③ 上海古籍出版社编：《宋元笔记小说大观》第一册，上海古籍出版社2002年，第133页。
④ 胡道静校注：《梦溪笔谈校证》卷二十五，中华书局1959年，第810页。

"妹子闻得世间小儿出花,皆痘疹娘娘掌管;男有痘儿哥哥,女有痘儿姐姐,全要仗他照应,方保平安……"红红道:"闺臣妹妹府上可供这位娘娘?"闺臣道:"此是庙宇所供之神,家中那得有此。"若花道:"妇女上庙烧香,未免有违闺训,这却怎好?"闺臣道:"上庙烧香,固非妇女所宜,且喜痘疹娘娘每每都在尼庵。去岁妹子海外寻亲,亦曾许过观音大士心愿,至今未了。莫若禀知母亲,明日我同五位姐姐央了婶婶一同前去,岂不一举两便。"①

痘神祭坛主要设立在尼姑庵,显然是因为这一流行病患者群是小儿为主,为了妇女们求助方便。痘神,在这里属于专司其职的保护人类患者的神祇,并且具有具体角色对应式的分工,应该说是社会需求量决定的。而许多尼姑庵,可能就以此作为重要的经济来源。袁枚注意到痘疹外来传染的根源,他引用了名医薛雪的考证:

"痘神"之说,不见经传。苏州名医薛生白曰:"西汉以前,无童子出痘之说。自马伏波征交趾,军人带此病归,号曰虏疮,不名痘也。"语见《医统》。余考史书,凡载人形体者,妍媸各备,无载人面麻者。惟《文苑英华》载:颍川陈黯,年十三,袖诗见清源牧。其首篇《咏河阳花》,时痘痂新落,牧戏曰:"汝藻才而花面,何不咏之?"陈应声曰:"玳瑁应难比,斑犀点更嘉。天怜未端正,满面与妆花。"似此为痘痂见歌咏之始。②

但由于痘神(痘鬼)对小儿威胁大,自《封神演义》痘神余化龙及其子的故事以来有地域广、功用多的泛神化倾向。吴汝纶称:"痘之有神,于古无考……大抵民间出痘,各祈土俗尊信之神,久乃相沿为故事。"③也常被当作不祥的凶神,行使伦理的奖惩功能。传闻某官之孙名曰"升

---

① 李汝珍:《镜花缘》第五十五回《田氏女细谈妙剂　洛家娃默祷灵签》,上海古籍出版社1990年,第362—364页。
② 袁枚:《随园诗话》卷二,王英志批注,凤凰出版社2009年,第25—26页。
③ 施培毅、徐寿凯校点《吴汝纶全集》卷四,黄山书社2002年,第264—265页。据考天花系刘宋元徽四年(476)由西域传入,明代弘治、万历起即京师流行,10岁以下儿童殇此疫最多。参见邱仲麟《华北的痘疫与痘神信仰(1368—1930)》,[法]吕敏、[法]陆康主编:《香火新缘:明清至民国时期中国城市的寺庙与市民》,中信出版社2018年。

官"，四岁时遇一恶鬼，"仿佛见形如人，靛面黑色，稍类世间妆塑魁星状，家人遂呼为'魁星'"。受惊吓后虽百般呵护仍染痘死，"乃知恶鬼即是痘司鬼神，来摄小儿，或云死于痘者来求受替也"[1]。再进一步就是奸邪者后代遭报，由痘神出手。为富不仁的商星"混名唤作天理"（丧天理），其子九岁染痘虽得良医施药好转，却因被犬惊吓仍"痘浆倒靥，浆水干涸，痰壅发喘"而死[2]，砸毁医家也无可挽回。而相传行善政的陆太守之女陆小姐，夭亡，上帝命其为冥司痘神，"往徽州司一路痘疫事"，贡士姚翌佐代为改葬而获"痘愈"的重酬[3]。

就连牛瘟，也是可以与"六畜瘟神"这样具体管事的神祇通融，得到其所珍藏的"特效药"的私密。蒲松龄《聊斋志异·牛瘟》写要有博济众生的同情心，治牛瘟的特效药方若秘不示人，会害人害己。六畜瘟神得盛情款待吐露了"苦参散"、壁虮土药效，告诫"广传此方，勿存私念"，陈华封却"欲专利"秘不肯传，于是自家牛也治而不效。故事强调违反瘟神"禁忌"药便不灵，有悖爱惜耕牛的民俗"神罚其私"。道光年间何守奇体会："一怀私意，则方遂不效，人之不可自私也如此。"[4]《韩方》篇也写这位农民得知厉声大叫"告诸岳帝"可吓走鬼，患邪疫者治愈父母后就"以传邻村"。至于疗牛瘟特效药藏"脑后之孔"则另有一番意味：

> 陈移灯窃窥之，见耳后有巨穴……有一物，状类小牛，随手飞出，破窗而去。益骇，不敢复拨。方欲转步，而客已醒，惊曰："子窥见吾隐矣！放牛瘟出，将为奈何？"陈拜诘其故，客曰："今已若此，尚复何讳。实相告：我六畜瘟神耳。适所纵者牛瘟，恐百里内牛无种矣。"陈故以养牛为业，闻之大恐，拜求术解。客曰："余且不免

---

[1] 钱希言：《狯园》卷十三《痘鬼》，文物出版社2014年，第422页。

[2] 清溪道人：《禅真后史》第六回《商天理肆恶辱明医　秋杰士奋威诛剧贼》，齐鲁书社1988年，第42—44页。

[3] 袁枚编撰：《子不语》卷八《黑煞神》，上海古籍出版社1998年，第161—162页。

[4] 任笃行辑校：《全校会注集评聊斋志异》卷五《牛瘟》、卷八《韩方》，齐鲁书社2000年，第1398—1399、2396—2397页。牛瘟在古代也是非常可怕的，蔓延很快，如1709到1714年间从俄国传播到西欧的牛瘟，杀死了150万头牛，参见［英］克莱夫·庞廷：《绿色世界史——环境与伟大文明的衰落》，王毅、张学广译，上海人民出版社2002年，第116—118页。从时间上看，这与蒲松龄描写的牛瘟发生的时间很接近。

于罪,其何术之能解? 惟'苦参散'最效,其广传此方,勿存私念可也。"言已,谢别出门。又掬土堆壁龛中,曰:"每用一合亦效。"[1]

这种藏有牛瘟种苗的隐秘处,小中有大、有光的空间观念,当来自西来佛经故事。《高僧传》等中古僧传多有所载。而明人《古今谭概》传扬:"唐时西域僧伽居京师之荐福寺,常独居一室。顶上有穴,恒以絮窒之。夜则去絮,烟气从顶穴中出,芬芳满室。石勒时,有佛图澄者,左乳旁有一穴,恒就水洗灌肠肺,以絮窒之。夜欲读书,辄拔絮,则光自穴出,一室洞明。"[2]似乎这类瘟疫种苗带有浓缩性,在如此似小实大的空间中,便携带,也易于四处散发,有时就连瘟神自己也不能完全控制。这样,似乎就解释了为什么瘟疫能很快地大面积流行,这与人类瘟疫颇有类同之处。而南宋即有"牛疫鬼"的信奉:"绍兴六年(1136),余干村民张氏家已寝,牧童在牛圈,闻有扣门者,急起视之,见壮夫数百辈,皆被五花甲,着红兜鍪,突而入,既而隐不见。及明,圈中牛五十头尽死,盖疫鬼云。"[3]

此外,就是注意揭示疗治瘟疫"特效药"的私密性质,以及配制、使用过程中的道德性与技术性之间的关联。在武侠小说的民俗叙事中,尚保留、再现着这类民俗记忆。

第三节　避灾、驱疫鬼和送瘟神风习

弗雷泽指出,民间宗教闹剧具有"准美学"意义,一是戏谑的哄闹,二是假装与化装。他描述了许多地区的普遍性的"替罪羊"及"送瘟神"的驱邪巫术:"把整个部落所有的妖魔或疾病带走的工具常常是一只动物或替罪羊……印度的巴尔人,马兰人以及克米人中流行霍乱时,他们用一只山羊或水牛——羊或牛都必须是母的,尽可能选用黑色的——,并拿黄布包一些谷子、丁香、铅丹,放在它背上,把它赶出村去。当把这牛或羊赶出村外之后,就再不许它回到村里来。有时候用红颜色在水牛

---

① 任笃行辑校:《全校会注集评聊斋志异》卷五《牛瘟》,齐鲁书社2000年,第1398—1399页。
② 冯梦龙编撰:《古今谭概》卷三十二《灵迹部·顶穴、乳穴》,江苏古籍出版社1993年,第663页。
③ 洪迈:《夷坚志》丙志卷十一《牛疫鬼》,中华书局1981年,第460页。

身上做一个记号，赶到邻村，由它把瘟疫随身带去。"在一些东印度群岛等临海的岛屿，把妖魔运走的工具最常见的是一只小船，当船要漂走时人们还喊道："病呵，离开这里吧；回去吧；你在这个穷地方干么呵？"在印度的旁遮普，"有个治牛瘟的办法是从卡马种姓里雇一个人，让他的脸背着村子，用烧红的镰刀给他烙印，然后叫他一直往林莽里走去，不许回头看，这样把牛瘟带走"。而中国送瘟神仪式的具体步骤被这样叙述："中国有一些土著部落，为了防止疫病，常挑选身强力壮的男人充当替罪者。此人脸上涂抹着油彩，做着各种令人可笑的动作，意思是要诱使一切瘟疫邪恶都附集在他一人身上去。最后男男女女敲锣打鼓，追逐他，飞快地把他赶出镇外或村外。"① 这一男人扮演的瘟神替身，当为造神运动产物，是一个被供奉收买的瘟神形象，为当地人带走了流行瘟疫。可见由动物转为人代替瘟神这一过程，是由经验认知转为人治的社会伦理，不再关注瘟疫的病痛疗救，而是借助瘟疫清除异己，整顿社会秩序。

宋代法贤传译《啰嚩拿说救疗小儿疾病经》，讲述印度史诗《罗摩衍那》中的十首罗波那，观察世间初生至十二岁小儿发现"幼稚痴呆之位，神气未足，鬼魅得便。有十二曜母鬼游行世间。于昼夜分常伺其便。或因眠睡，或独行坐。于此之际，现作种种差异之相，惊怖小儿令其失常。噉取精气，因成疾病，遂至殇夭"。于是哀愍同情小儿厄运的罗波那，昭示出"十二曜母鬼"名字，指出它们是散布病症的罪魁，还根据小儿年月时分所患疾状，有针对性地说明"救疗之法"，例如河岸取土做患小儿像，设种种香华及白色饮食乃至酒肉等，设七座幢燃七盏灯，复用白芥子野狐粪猫儿粪安悉香蛇皮、用黄牛酥、同和为香烧薰小儿，复用蓖麻油麻荆子或用叶及荜茇罗树叶嚩啰迦药如是五药以水煎之沐浴小儿……② 明清民间驱疫鬼风习中，其民间信仰与相关的宗教闹剧，有着丰富复杂的共同审美构成。

首先，根据疫鬼的行踪与相关规律，御灾防患未然，是染病者最理想的结局。从对患者及其家属命运关心的角度，民俗叙事有极大兴趣。说嘉庆十年（1805）成都等地街上弹有墨线痕，不知何异：

---

① ［英］詹·乔·弗雷泽：《金枝》，徐育新等译，中国民间文艺出版社1987年，第802—807页。
② ［日］高楠顺次郎等编：《大正新修大藏经》卷二十一《密教部》四，（台北）新文丰出版公司1990年影印，第491页。

询之居民,咸称本镇各街巷暨幽僻处皆然。成都、龙安、嘉定皆同日弹有墨线,不知何异也。至立夏后,民间疫病大作,四五月尤甚。成都省城各门,每日计出棺木八百四五十具,亦有千余具者。先是,三月初,简州刺史徐公鼎奉檄赴嘉定催铜,夜梦五人从东来,自称"行疫使者",将赴成都。问其何时可回,答云:"过年看龙灯方回也。"徐旋省,后适见瘟疫流行,忆及梦中语,即告制军,议以五月朔为元旦。晓谕民间大张灯火……如此半月,疫果止。①

上述民俗记忆,带有民间宗教信仰:相信瘟疫是瘟神预先策划安排的,有具体区域、暴发时间、罹难人数,期间还指派"行疫使者"巡视,而民间信仰支配下的张灯放花爆等仪式,就是驱逐疫鬼的应对举措。故事在"路遇鬼吏"的母题框架中展开,也写出了禳瘟疫的一个有效方式。

其次,利用某些辟邪之物进行驱邪。宝物崇拜是成功抵御瘟疫的一个解释,据医者周帷中说:"吴县三都陈氏,祖传古镜一具,径八九寸。凡患疟者执而自照,必见一物附于背,其状蓬首鼍面,糊涂不可辨。一举镜而此物如惊,奄忽失去,病即时愈。盖疟鬼畏见其形而遁也。世以为宝。至弘治中,兄弟分财剖镜,各得其半,再以照疟,不复见鬼矣。"②且击打金属器物发出较大的声音,以期惊走疫鬼。如瘟疫发生时,"民间终夜击铜铁器,以驱厉祟,声达九重,上不能禁"③。这与前揭把瘟神送走类似。

其三,借助于巫师之力与瘟神斗争。如周清原描写仙师马自然事迹,有些实属巫之行径,诸法术中有"浴儿免痘之法":"除夕黄昏时,用大乌鱼一尾,小者二三尾煮汤,浴儿遍身七窍俱到。不可嫌腥,以清水洗去也。若不信,但留两手或一足不洗,遇出痘时,则未洗处偏多也……马自然尝对人道:'人断不可食牛肉,瘟疫之鬼每以岁除夜行瘟,若不食牛肉,则善神守护,瘟疫之鬼必不敢入其门。我尝见不食牛肉之家,虽天行时疫,四围传染,此家曾不受害。如入瘟疫之家,男子病则立其床尾,妇人病则立其床首,便不传染。先以自己唾沫涂于鼻下隔孔之中;或以雄

---

① 钱泳:《履园丛话》卷十四《祥异·墨线》,中华书局1979年,第380—381页。
② 陆粲:《庚巳编》卷十《辟疟镜》,《明代笔记小说大观》,上海古籍出版社2005年,第708页。
③ 李逊之:《三朝野记》卷七《崇祯》,上海书店1982年,第41页。

黄为末,用水调涂其鼻;或以舌抵上腭闭气,则不染邪气。不可谋财,如起念,必招之。'又常以鸡鸣时存四海神名三七遍,曰东海神阿明,南海神祝良,西海神巨乘,北海神禺强,辟百邪恶鬼,令人不病疫。每入病人室,存心念三遍,口勿诵也。"[1] 这禁忌受佛教禁食牛肉主张影响,当被视为道教神仙巫术所受佛教浸染之例,同时佛教与道教咒语融会,"接触巫术""相似巫术"并用,清诗对"信巫不信医"不满,巫来敛财,事涉欺诈:

> 蚩氓信禨祥,安问扁与庐。谓逢梧丘鬼,争谒桑田巫。巫言神谴怒,性命在须臾。卖我粟与布,典我裳与襦。巫往市酒肉,人鬼恣啜餔。送巫方出门,已闻升屋呼。犹言祈赛迟,神心终不愉。不悟老巫诈,惟咎失缓图。怜此一日祷,早费十亩租。疑心畏瞰室,眩目见张弧。台骀岂为祟,夔罔尔何需。奔走哗伯有,叫嗓惊良夫。岂真山鬼灵,实由民俗愚。吾闻神正直,水旱有禜雩。索食呕泄间,此理诚已诬。寿命乃由天,运尽归黄垆。鬼岂能胜天,夭阏歼无辜。讵无鞠卿劾,亦有长房符。历阶首巫觋,收缚投江河。[2]

鬼神信仰的群体心理,给巫行其道打开市场,然而人们从以往不可胜数的痛楚经验中悟出,很难将瘟神消灭,似乎能驱除就很令人庆幸了。吴淮《驱疫行》写实与期盼结合:"东家小儿沸若狂,西家老妪焚香忙。六街如水疫鬼避,城隍神出驱瘟瘟。纸钱堆处高于山,享鬼赂鬼鬼益顽。故鬼拍手新鬼哭,啾啾唧唧城闉间。五门太保多如蝶,口作咒语手焚牒。但教出城莫入城,城外之鬼神无涉。神若有言人不闻,一城内外何区分。尔曹迁善但改过,天怒自霁消灾氛。城隍神回日未落,哭声又听城中作。"[3] 吟哦中流露出凄凉无奈。

其四,借助于贵人或地方保护神(方神)代为驱除疫鬼,也是御灾奇特想象之一。钱希言记载,江南东扬一带风行岁除夜"驱疫"习俗,萧山人、天官(吏部)尚书魏骥辞官退休在家,"忽于灯光中见有一群蓝缕(褴褛)疫鬼,纷然满路,往来冲突,如投奔状"。于是厉声叱责:"汝等小魅,

---

[1] 周清原:《西湖二集》卷三十《马神仙骑龙升天》,上海古籍出版社 1994 年影印,第 1298—1300 页。人民文学出版社 1989 年版此段被省略,参见该书第 497 页。
[2] 张应昌编:《清诗铎》卷二十四,中华书局 1960 年,第 879—880 页。
[3] 张应昌编:《清诗铎》卷二十三,中华书局 1960 年,第 872—873 页。

今夕且宿吾里中,明日可往西村土豪王家去!"说完,隐隐听到鬼啸,春天西村发生大疫,"凡王姓者皆遭疫死,孑遗无有矣,而尚书所居之境独安然,咸以魏公为神明"①。清代后期流传着社神保护一方百姓,运用了隔离法,奋力阻止外来瘟神进入本村:

> 御灾捍患,神道应然,所以血食一方,功德在民也。金陵南乡某,村农也。一夕间,天色惨淡,阴风刺骨,三更许,闻场上人语嘈杂,有万马奔腾之状,启户寂然。又闻锣声隐隐,若近若远,平明视田中禾稼,践踏有数十亩之阔,异之。时有某甲云:昨夜有邻村中酒归,蹀躞间为峻山所阻,思平日康庄,那有峰峦如壁,乃席地以观其变,旋见百步外有长髯神与一恶神往来格斗,似阻其入境者然。喧呶竟夜,向晨始去。乡民闻之佥谓疫神为社神驱逐,集赀酬报,相率不已。噫! 疫神果降耶? 天灾流行,所在多有,又岂社神能阻耶! 诬妄之言,安知非某甲创以惑人耶? 然而不为所惑者,盖亦鲜矣。②

社神形象描绘突出了"长髯"特征,当撷取了驱魔大神关公面貌,以期更为可信。关公因战神的威慑力还每多与民间龙崇拜等结合,集多神功能于一身,这一护佑当然取得了成功。胡朴安(1878—1947)采集,福建有专门的"香头"扮演瘟神出巡,而扮演当地城隍的香头迎接:

> 香头不啻神道之代表也。譬如省城隍途遇瘟部尚书,则城隍之舆停于路旁,尚书则停舆于路之中央。于是此城隍之香头代表本神,趋前行三叩礼,仍跪启云:"卑神不知圣驾到此,接驾来迟,罪该万死。要求殿下恕罪,并赐教训。"斯时瘟部尚书之香头凸肚而言曰:"免罪。今日本爵出巡,到贵城隍辖境之内,家家户户,信奉神圣,一路之上,祥光拥护,疫气全无,所以散疫小鬼,早已逃避外国,足见贵城隍办事认真,可嘉可嘉! 本爵明日面奏玉皇,还要保奏一本。"城隍香头跪云:"谢殿下栽培!"瘟部尚书之香头云:"这是本爵应分之事,不消谢得。此后务须益加勉力,不负玉皇万岁为要。

---

① 钱希言:《狯园》卷十五《疫鬼二》,文物出版社 2014 年,第 532 页。
② 百一居士:《壶天录》卷下,《笔记小说大观》第二十二册,江苏广陵古籍刻印社 1984 年影印,第 157 页。

去罢！"……香头代神发言，操不规则之官话，尤为可笑。且香头竟能借神权发行威力。有甲乙二人，甲为贵神之香头，乙为长爷之神脚，此二人素有仇隙，猝然遇于途中。甲问："尔游行街道，曾否遇见疫鬼？"乙答："殿下圣驾出来，他们岂能出现？早已远逃到外国去了。"甲问："尔游行路过何处道路？"乙答某处某处。甲云："尔这小小鬼役，胆敢胡说八道！本爵适某处经过，见有五个疫鬼，乃是有名余家五兄弟，最为厉害。本爵当用乾坤如意袋，将五鬼装入袋中。尔既从某处来，何以不见五鬼？你在本爵面前尚敢说谎！来，将他用铁链锁起来，带回殿中听候审办。"云云。嗣闻此代表长爷之某乙竟被棍责四十。当受责时，身上仍套长爷之神壳，抑何可笑！……闽人信鬼而畏官，久而久之，将两种心理合而为一，于是呼庙宇之木偶，皆施以官场之制度，致有此特别之怪现状。奇乎不奇！[①]

无非是借用此类似话剧般的表演，弘扬地方神祇的威能，以期震慑那些"散疫小鬼"闻风而逃。光绪十一年（1885）秋季瘟疫多发，汉阳一带最严重，新闻图画绘出了村中父老戴着迎神面具，或扮雷公雷婆，或扮判官，也有的扮阎王，四处巡游驱瘟消灾，文字介绍避谈效果，而坦承："傩以驱疫的风气古已有之。"[②]仍然运用着神秘信仰来驱疫避灾。

也有的是直接吓唬、驱赶疫鬼。清末纪实性小说写江南吴江多庙祝和妖巫依附神鬼，装点骗人："不曰'某庙神祇，某夕与疫鬼酣斗'，即曰'瘟神向某神借人数千，某神但许助资，不允借人'，嘱里人速助财帛。于是愚夫愚妇，争赍冥镪焚化，名曰'解钱粮'。"因当地血吸虫病流行，难于有根本的治理。不过，上述小说却有深刻的思考："尤可笑者，民间以疫鬼为'瘟将军'所司，每遇疫气盛行，必争先祷祀，甚且开捐募资，于夜间舁春申君出巡，俗称'现身会'。谓此会出后，可以免疠气，祛恶鬼，扮囚犯隶役，及种种鬼怪丑态者，有数十百人之多，或执钢叉，或握藤鞭，或拖铁链，凡过人家门首，每当户乱搠乱击，谓可吓鬼退鬼。当道者不惟不加禁止，反多捐资提倡，并于赛至各署时，设筵祭偶，犒赏随从，谓此实为民除疫之大德政，说者谓华官不以祛疫为政，将计就计，卸责于神，不啻

---

① 胡朴安：《中华全国风俗志》下编，河北人民出版社 1986 年，第 306—307 页。
② 吴友如等：《点石斋画报》，大可堂版，1885 年。

易地以处,使神为民牧,已为傀儡,立于无职任之地位,此诚五洲惟一之巧宦,可谓善谑不虐。"①根本上还是国民精神与文化素质问题,也与政府管理水平至为相关。这是非常清醒、有责任心的议论,可惜乱世遭逢中得不到应有重视。

在受灾对象的"选择性"来看,火灾、水灾等以其"水火无情",似乎都带有贤愚不分、善恶难辨的性质,而瘟疫却有着较大的选择性,《禅真后史》写白衲道人询问三个过路的神祇,所往者何地?所害者何家?所降者何祸?红髯者(火神)道:"大劫已定,一例施行,岂分善恶?"皂衣者(水神)道:"天庭限定,纤毫不能更动。无分好歹,一例施行!"他们对受灾对象都是一概而论,不加区分。白衲道人认为,这样"似乎善恶相混,灾祸并施,予心甚觉不平"。下一回写黄衣之神(瘟神)与其对话:

> 予奉天旨颁行,于五月初旬,博平四州二十三县遍行瘟疫。葫魅囊妖,各逞其力。凡一概忠臣孝子、义夫节妇,存仁积德之家,皆不敢轻犯。所侵摄者,都是那奸臣逆子、阴险作恶之门。葫芦、黄囊所贮药物,遍洒于诸州各县溪涧井河之内,除良善已外,服此水者尽罹灾厄。②

白衲道人何以应对?他大笑:"汝三神俱奉天庭差遣。水、火无情,不分善恶,一概施行,其非上帝好生之念,反不如瘟疫使者福善祸恶,其合天理,方显至公顺逆之报。"这种较为极端性的情况,体现了明人对灾害不同种类、不同性质及其危害方式的思考,说明水火灾害区分受灾者的困难。而许多故事表现出水火之灾也有力图让行善者避劫免厄的。

此外,清人还留心考察某些病因与避疫驱灾的方法。惠栋《九曜斋笔记》就从六朝志怪中寻究,辨析出年代可能要早:"魏文帝《列异传》曰:大司马河内阳蕤,字圣卿,少时病疟,逃神祠。有人呼:'杜卸、杜卸!'圣卿应曰:'诺!'起至户中。人曰:'取此书去。'得素书一卷,

---

① 壮者:《扫迷帚》第二十回《遭疫疠向瘟部乞怜　沿陋习请僧尼礼忏》,内蒙古人民出版社1998年,第592—593页。

② 清溪道人编次:《禅真后史》第四十回《散符疗疫阴功大　掘鼠开疑识见多》,齐鲁书社1988年,第309页。

皆谴劾百鬼,所劾辄效。"因此认为:"逃疟,已见汉、魏时,或谓始于高力士,非也。"① 小说《送瘟神》叙云南大理县左翁二子,长子九张刻薄,次子九思贤孝。左翁病亡,九张不理后事,九思安埋其父。九张令子狗儿放牛食兄田谷却被虎伤,一命呜呼;九张妻樊氏谋害兄子飞虎未遂,又扎瘟神草人于元旦送到九思门前。是年瘟疫大作,九思因敬瘟神而致富,九张迎瘟神牌而全家染病伤财。樊氏偷食九思家鸡被骨卡喉,受苦两年而自缢;九张携飞虎岩洞避雨遇狼,将飞虎推出喂狼但无恙,自己却被崩岩压死。后飞虎得崔天权传授兵法,攻打台湾时屡立奇功,被封威远侯。九思随崔天权云游,妻曹氏享高寿② 。敬奉瘟神,民俗故事显然是予以同情鼓励的。

有时,瘟疫被理解为一次劫难,所谓"在劫难逃"。不过也有事先安排好灾疫漏网者的:

> 东江米巷小贾卧家中,天未晓,有二人唤之出,而身即随之。二人缚置之车沟中。已,有小车来,正碾其脊过,若尚可任。辚辚声再起,则大车来矣。其人恐甚,忽有为远声者曰:"某无畏,此救汝命。"大车过而骨碎肉糜,背腹粘帖,痛不可忍,幸尚不死。天大晓,其家寻觅,起之沟中。旬日骨肉渐生,累月如故。病方起,而时疫大作,其家男女十余口,无一存者,独此人活。竟不知呼者二人为谁,而为远声者又谁也!沈泰履谈其所居巷事。置之死地而生,所谓"渡厄"者耶?③

这两个造成当事人遭遇车祸的瘟神使者,实际上正是用这种方式避免其死于瘟疫。所谓"小难避大祸",表面看来是制造了一起人身事故,却是为了让其"渡厄"。故事体现了"塞翁失马,焉知非福"的哲学思考。

寻究病因的神秘想象,事实上也往往有助于对驱除病魔的勘察。吕熊《女仙外史》就注意到人与家畜共同遭受的瘟疫,有时人类瘟疫,就来自家畜的"六畜瘟",惨烈而传染极快。"人家所畜鸡、豕、牛、羊之类,好

---

① 惠栋:《九曜斋笔记》卷一《逃疟》,刘世珩辑:《聚学轩丛书》第三集,广陵书社 2009 年,第 18 页。
② 竺青:《稀见清末白话小说集残卷考述》,《中国古代小说研究》(第一辑),人民文学出版社 2005 年,第 364 页。
③ 王同轨:《耳谈类增》卷十一《车沟中人》,中州古籍出版社 1990 年,第 89 页。

端端跳起来就死,那犁田的牛与驴,竟死得绝了种。纵有籽粒,也没牛来犁土;纵有金钱,也没处去买牛畜,这叫做'六畜瘟'。百姓都是枵腹的,眼放着这些畜类的血肉,怎肯拿来抛弃?排家列舍,煮起来,且用充饥。那晓得竟是吃了瘟疫下去,呕又呕不出,泻又泻不下,顷刻了命。"① 小农经济社会里,家畜瘟疫给予民众的压力相当大,情感伤害严重,有一种特别令人无助、无望而悯惜之感。

偶然之中得悉疫鬼秘密,对症下药,提前结束本地区瘟疫,民间认为是一种驱瘟智慧与幸运。说嘉庆乙丑(1805)三月,简州徐刺史鼎奉檄前往嘉定催铜:

> 夜梦五人从东来,自称行疫使者,将赴成都。问何时回去,曰:"过年看龙灯方回。"后徐回省,适见瘟疫流行,忆及所梦,告之总督。令府县晓谕民间,以五月朔大张灯火,如元宵故事。自锦江门以达盐市口,金鼓震地,灯火烛天,花炮烟火彻夜不绝。各官复捐俸,延僧道设坛诵经。如是者五日,时疫遂平。岂厉鬼亦可以术绐之耶?或曰,是良有司恫瘝在抱,足以感嘉祥而消沴气也。②

在寻究疫鬼根源时,由华夏中心主义观念也往往产生定向联想。袁枚传扬,乾隆二十年(1755)京师年老苗女幻化疫鬼作大鸟形状为祟,惊吓吸食小儿脑,幸亏后来地方官采取了断然措施:

> 京师人家生儿辄患惊风,不周岁便亡。儿病时,有一黑物如鸜鹆,盘旋灯下,飞愈疾,则小儿喘声愈急,待儿气绝,黑物乃飞去。未几,某家儿又惊风,有侍卫鄂某者,素勇,闻之,怒,挟弓矢相待。见黑物至,射之。中弦而飞,有呼痛声,血涔涔洒地。追之,逾两重墙,至李大司马家之灶下乃灭。鄂挟矢来灶下,李府惊,争来问讯。鄂与李素有戚,道其故,大司马命往灶下觅之。见旁屋内一绿眼妪,插箭于腰,血犹淋漓,形若猕猴,乃大司马官云南时带归苗女。最笃老,自云不记年岁。疑其为妖,拷问之,云:"有咒语,念之便能身化

---

① 吕熊:《女仙外史》第八十五回《大救凶灾刹魔贷金　小施道术鬼神移粟》,百花文艺出版社1985年,第941页。
② 余金(徐锡龄、钱泳):《熙朝新语》卷十六,上海书店2009年,第233页。

异鸟,专待二更后出,食小儿脑,所伤者不下数百矣。"李公大怒,捆缚置薪活焚之。嗣后,长安小儿病惊风竟断。[1]

还有的,则在晚清普遍性的一种排外思潮支配下,认为某些恶病为国外传染来的,这也当是一种谈虎色变的"意识形态形象",是仇外心理的一个副产品。徐珂用"豢洋鼠"讽刺那些豢养外来宠物者附庸风雅:"自黑死病传染全华,而国人名之曰'鼠疫',于是知鼠之当捕灭也,恶之益甚,不仅以其啮物也。患鼠疫者,发强热,身体生核,故又名'核子瘟',死者十人而九也。然见有洋鼠,辄爱其毛白体小,灵敏如人意,则又豢之,以为玩物。毛稚鸿曰:'此实以崇拜外人之故而及于其物也。'"[2]宠物可爱,实隐伏危机。进行瘟疫归因时,也沿袭着从病魔追因的思路,还称得上寻究出了部分病源。无可否认,国人不重视动物科学研究,防疫水平低下,瘟疫猖獗,直至清末伍连德(1879—1960)博士才以"隔离法"有效遏制了瘟疫蔓延,远在欧洲的法国画报注意到了防疫的一个重点,逃疫灾民被军队阻于长城不许入关[3](图9-1)。

第四节　好义救灾葬尸与民间救助及鬼灵崇拜

大规模瘟疫的暴发,与一般性自然灾害不同,如果不及时掩埋死者,可能再次传染扩散,带来更大的灾祸。因此,与瘟疫叙事交织并行,较多出现处理死者这一新的"传染源"的叙事,这类行为本身也成了救灾御灾的一个有机组成部分。

首先,面对灾害民俗心理是复杂矛盾的,既承认人力救助,另方面又恐惧天命鬼神。明末,从瘟疫肆虐冒险中救人的义士,一旦社会安定就被有心人传扬,《埋忧集》追忆崇祯辛巳年(1645)江苏吴江瘟疫的惨状:

---

① 袁枚编撰:《子不语》卷五《老妪为妖》,上海古籍出版社1998年,第101页。
② 徐珂编撰:《清稗类钞》第四册《讥讽类》,中华书局1984年,第1732页。
③ 赵省伟、李小玉编译:《遗失在西方的中国史:法国彩色画报记录的中国1850—1937》(下),中国计划出版社2015年,第415页。

图 9-1　逃疫百姓,被拦关外

尝有一家数十人,合门相枕藉死者。偶触其气必死。诸生王玉锡师陈君山一家,父子妻孥五人一夜死,亲邻无人敢窥其门。玉锡独毅然曰:"平日师弟之谓,何忍坐视耶!"乃率数丐入,一一棺殓之。有一子在襁褓,亦已死,犹略有微息。亲自抱出,药乳得生。陈赖以有后,而玉锡卒无恙。岂非人之好义,天亦不能为之制耶?后十七年,疫又作。有无病而口中喷血辄死者。相率祈鬼神,各家设香案,点天灯,演剧赛会,穷极瑰奇。庙中吏卒,俱以生人充之。时闻神语呼喝空中,枷锁捶挞之声。如是者将及一月。见《吴江县志》。与旧说所传"京师大疫,午后人鬼杂行街上,听之有声,逐之有影。肆中所收多纸钱,故必设水盆,命市者投钱其中"者正符。①

灾害凌迫,人们宁愿相信人力可以胜天,然而,又不敢不付出大量财力人力来祈愿于鬼神。预先祈禳,是为了避免瘟疫蔓延,然而,早年所做的善事善行,也可能在疫鬼袭来时发挥正面效力。纪昀载:"东光南乡有廖氏募建义冢,村民相助成其事。越三十余年矣。雍正初,东光大疫,廖氏梦百余人立门外,一人前致词曰:'疫鬼且至,从君乞焚纸旗十余,银箔糊木刀百余,我等将与疫鬼战,以报一村之惠。'廖故好事,姑制而焚之。数日后,夜闻四野喧呼格斗声,达旦乃止。阖村果无一人染疫者。"②相信所埋骨殖的鬼魂会来报恩,是基于阳世伦理。如此御灾传闻,有助于类似善行善事不断为民众效法,愈传愈神。

其次,是灾疫叙事中的当事人已死的亲人,一灵未泯,他们仿佛因自己的染病横死而深感不平,继续在冥间念及亲情,往往帮助在世的亲人摆脱厄运。如《子不语》又载杭城徐姓嫁女行回门礼,婚饮后未寝:

见四人下楼立灯前:一纱帽朱衣,一方巾道服,余二人皆暖帽皮袍,相与叹息。少顷,有女装者五人,亦来掩泣于灯前。有高年妇人指帐中曰:"可托此人?"纱帽者摇手曰:"无济。"且泣曰:"吾当求张先生存吾门一线耳。"互相劝慰,或坐或行。婿悸极,不能出声。迨五鼓,方相扶上楼。桌下忽走出一黑面人,急上梯挽红衣者

① 朱梅叔:《埋忧集》卷三《疫异》,岳麓书社1985年,第60页。
② 纪昀:《阅微草堂笔记》卷四,上海古籍出版社1980年,第69页。

曰："独不能为我留一线耶！"红衣者唯唯。时鸡已鸣，黑面人奔桌下去。婿候窗微亮，披衣入内，叩楼上何人所居，曰："新年供祖先神像，无人住也。"婿上楼观像，衣饰状貌与所见同，心不解所以，秘而不言。先是，徐家三子皆受业于张有虔先生，是年，张馆松江。五月中，以母病归，乞其弟子往权馆。徐故富家，皆不欲出。张强之，主人命第三子往。有阿寿者，奴产子也，向事张谨，因命同往。主仆出门，未二十日，杭州虾蟆瘟大作。徐一家上下十二口，死者十人，惟第三子与阿寿以外出故免。闻丧，归。婿以所见语之，徐愕然曰："阿寿之父名阿黑，以面黑故也，君所见从桌下出者是矣。"①

新年供祖先神像，足证保持祭祖仪式是危难时获得祖灵保佑的关键，此为明清的一种"民俗戒规"，在此被形象化、戏剧场面化了。

其三，地方神祇的护佑及其祷神信奉。御瘟驱疫往往突出了便于民众求助的地方守护神，如晚清新闻称，常州东门土地庙因瘟疫流行，烧香者更夥。某日土地神头像破碎，庙祝说梦见土地神说瘟神驾船两艘入境，土地神在驱瘟时，被疫鬼们恃众将头打破，于是当地凑钱修复了土地神像②（图9-2）。祖灵与地方神相辅相成，乡民所赖。

第五节　瘟疫灾难与惩恶扬善的伦理教化

瘟疫是较为直接侵害人生命的灾害，而且人为因素较大，因此，将瘟疫归结为有着较大主观选择性的灾害品种，是明清灾害文化的重要伦理内蕴之一，有意识地运用瘟疫恐惧进行教化与惩恶扬善的宣传，也是灾害叙事中的一个题中自有之义。

首先，是瘟神疫鬼惧怕孝子孝妇，想免于遭瘟就要注意持孝治家。清末小说写顺治十三年（1656），晋陵城东大起瘟疫，城外顾亚成妻子钱氏此前归宁母家已一月，老母力劝她勿归，免得被那"有牙老虎"的恶病传染，可钱氏坚持要回，言："男子娶妻，无非为翁姑生死之计，今者有病

① 袁枚编撰：《子不语》卷四《徐氏疫亡》，上海古籍出版社1988年，第83页。
② 吴友如等：《点石斋画报》，大可堂版，1896年。

图 9-2　土地驱瘟

不归奉事,与禽兽何异?"钱氏急归,同时:

> 家中病者似见一鬼,自外走入来报信,形影彷徨,急喊各鬼曰:
> "我等快的走出去,不宜在此也!"众鬼问其故,报信鬼曰:"今者孝
> 妇归家,诸吉神皆拥护而来,我等再留,有些不便。"各鬼慌忙失色。
> 有的想缩入床底下……报信鬼即奔,各鬼跟随而出。①

等钱氏入家到公公婆婆前,都说今日突然见好,可起身移步,食粥之后出了微汗都精神起来,于是家人把瘟疫鬼的话传给邻居们,男男女女"俱化为孝顺,此处百余年之久,瘟疫全无"。孝道,具体说是婆媳关系、媳妇孝敬婆婆,正是明清时代普遍关注的社会问题,如何在瘟疫应对措施上,寻找改良伦理教化的契机,成为小说作者的一个思考。而在如此线性对应的推因模式下,也很容易得出这样的解释:某地教化出了问题,不孝男女多了,则瘟疫就会大胆来袭;瘟疫发生,一个原因即上天对不孝者的警示。

其次,是疫鬼惧怕贵人。褚人获曾转述《碣石剩谈》的老故事,说明代正统年间:

> 丰城李裕为诸生时,落魄不羁。时当春月,偶至外家,会其家大疫,妇翁卧病在床。梦中闻数鬼私相告曰:"明日有吏部尚书至,吾曹可谨避之。一鬼曰:试往厨下空坛中少避可耳。"翁觉而异之。次早,会李候疾造其家,顾李素贫窭,外家多不为礼,此日闻其来,翁亟请入卧内,不言所以,第令书吏部尚书封条数张。……书就,令将厨下空坛,重重封讫,抛弃野间。李亦别去,妇家疾疫遂退,翁亦就痊。后李果登景泰甲戌(1454)进士,成化中,仕至吏部尚书。②

疫鬼畏官吏("贵人"),实为民间对仕途向往、对官僚系统的尊崇。这一信奉乃是官本位文化体现,并非明清自创,至迟当来自南宋民间传闻——疫鬼盘踞在受害者家知贵人将临,闻风而逃。说涂大经朝奉,当初被乡荐入京,途寓一宅,听到内间有多人呻吟,接待的老翁执礼甚恭,

---

① 邵彬儒:《俗话倾谈》卷四《鬼怕孝心人》,春风文艺出版社1997年,第80—82页。
② 褚人获:《坚瓠集》九集卷一《疫鬼避大冢宰》引,《笔记小说大观》第十五册,江苏广陵古籍刻印社1984年影印,第280页。

心疑而问,答家中正患瘟疫。涂彷徨要离开,但天色已暮,前有否旅店未可知,而此时仆人所奉食物的丰盛远超所望,都在挽留。涂耐着性子勉强听,自言自语莫非要病死路途,老翁闻即前拜而极力挽留:"秀才得非江西抚州人姓涂者乎?"涂答是,心念从未来此,远乡之人安能知吾姓氏? 翁遂详述:"吾官乃我家福星,我家六七十口,不幸一男自狱归,染因疾。今家众已死三分之二,独老夫先病而苏。昨夜忽梦数神道来,相将辞去,某试阳止之,神相顾曰:'不可居此矣,明日有抚州涂朝奉来,当急引避。'故从早泛扫敝家以待,果蒙赐临,幸为我小驻。"① 涂秀才虽略有理解,仍不信。任官归又经此地,翁举家出门迎谢招待更勤,翁云:"从吾官宿此之后,病卧者不药而愈,不敢忘。"这是典型的"疫鬼畏贵人"故事,大概疫鬼在诸民间鬼神中地位较低,特别畏惧见贵人,此时"贵人"自己尚不知未来将贵,而疫鬼却因自冥间来,已得悉"内部消息",力求避开。此与传统辟邪文化相关②。

其三,疫鬼惧怕兵器或相关的宝物。如宝剑即有"辟邪"效能,说是泰山之麓老道士藏有一把古剑,"可治百病,治疫疠尤验。某年,里中大疫,死亡无算,凡延道士者,必转危为安,仅以剑悬中堂俄顷而已。某姓一家数口,相继死,幼子年三岁,亦垂毙。道士仗剑至,怒目视榻上,半晌,子手足忽屈伸,索茶,饮以药,卒得不死。道士性风雅,筑楼三楹,颜曰'剑气'。风雨之夕,往往剑出匣三寸许,其铿如秋水也"③。

其四,瘟疫带来的社会恐惧,深入千家万户,也就常被用来震慑世间某种恶行的后果(对瘟疫成因的理性思考)。如鸦片,光绪年间小说《醒世新编》(《花柳深情传》)第九回写,隐仁梦见病重的父亲来床前嘱咐,子孙们皆被三件送命的东西所误:"头一件是鸦片,二件是时文,三件是小脚。"醒后知父已去世。小脚使得身体柔弱,容易生病,体质差;而小说后面又描绘:"城内大发瘟疫,吃鸦片人身体虚弱易于沾染,每日死人上千。"④

其五,将灾疫流行的现实同上苍惩治浇薄民俗的警示相结合。柳树

① 洪迈:《夷坚志》三志壬卷四《涂朝奉驱疫》,中华书局1981年,第1495—1496页。
② 王立等:《明清辟兵宝物母题、辟邪观念及其佛道渊源》,《山西大学学报》(哲学社会科学版)2020年第4期。
③ 徐珂编撰:《清稗类钞》第九册《艺术类》,中华书局1986年,第4169—4170页。
④ 绿意轩主人:《花柳深情传》第十三回《庆生机弟兄得窖　寻死路学究投营》,北京师范大学出版社1992年,第52页。

芳《纪疫》写辛巳（1821）六七月，江浙大疫，目惊心惨，他情动于中，深感"不能无诗"：

> 忆自甲戌（1814）秋，旱魃曾为虐。是冬盛疫火，入春尚如爝。讹言两年中，疫气相间作。厥后亦罔验，阴阳难揣度。比来屡丰年，户口占和乐。寻常餍膏粱，几不识藜藋。缘何至今夏，人死如陨箨。始从足上起，俗命曰钓脚。一冷脉垂绝，十指尽被缚。肠胃先已伤，肌肉登时削。往往一饭顷，便不可救药。人言鬼作祟，纵疫为击缚。何弗祷于神，群将性命托。箫管听沸腾，钲鼓看舞跃。奉牲极肥腯，设醴汰糟粕。朝入庙嬉游，暮归气已索。方知中有数，非鬼敢肆恶。死生岂细故，究谁主冥漠。君子先慎疾，沴气无由著。愚氓昧养身，易为寒暑薄。……振作自天心，聋瞆警木铎。或者役人疫，以惩薄俗薄。①

瘟疫至惨，诗人觉得还是离不开人们自身行为："何弗祷于神，群将性命托。"道出了求神祈愿不可少，不失为安宁人心的必要言说。有的善士也因积善得享高寿，如长沙朱雨田，自道光己酉（1849）赈水灾为善举，后历咸、同、光三朝，五十年中善行无数，他在郊外先茔旁奉母以居："年七十余矣，而神明不衰。中岁苦赢疾……自言生平所服大黄已在千斤以外，黄连等凉剂亦四万余帖，亦可谓异禀矣。寿至九十而终。"②

其六，瘟疫叙事中对流行疫病中死去的当事人，常常予以伦理归因，进行冥狱"终极审判"。其场面的展演颇有警示意味："疫气缠联……周鲲庄，一家七口俱毙，存一孱弱子，甥继，非其出也。有市牙赵某者，病疫，为鬼卒摄至冥司。一绯衣者坐堂皇上，先有二人参差伏阶下，视之，则素熟诸生诸某，后则其子也。绯衣者拍案大怒，数其刀笔构讼，喝卒以戈挦之，肠出于腹，其子为乞哀，曰：'尔助恶，亦无生理，差几日耳。'次及赵，卒亦捽而殴之，伤其目及臂。赵惺……日前已腹痛死，越数日其子亦毙。"③

瘟疫与人类生产方式、生活方式的变化有关。人类学家认为："与狩猎采集相比，农耕提供的食物花样较少，也不那么健康。人口密度的增加，则使以前几乎不存在的所谓'人群疾病'（crowd disease）成为可

---

① 张应昌编：《清诗铎》卷二十三，中华书局1960年，第872页。
② 吴庆坻：《蕉廊脞录》卷八《朱雨田》，中华书局1990年，第245页。
③ 龚炜：《巢林笔谈》卷六《瘟疫》，中华书局1981年，第145—146页。

能。驯养动物又使得动物传染病（zoonosis，动物疾病）作为新的通常致命的传染病，转移到人类身上。"① 伴随人口膨胀，明清家畜、家禽驯养递增趋向是不可逆的，瘟疫难防。关于疾病瘟疫的民俗信仰书写，以其距离人们的生命体验、生命价值本身十分贴近，其民间信仰具有恒定性、广泛性及些许的实用性，具有抚慰情绪、警世正俗的现实意义。

① ［法］伊懋可：《大象的退却：一部中国环境史》，梅雪芹等译，江苏人民出版社 2014 年，第93—94 页。此处译文应作"人畜共患传染病"。

第二编

灾害间的关联性及其民俗观念

第十章　水旱叠继、旱蝗、雹灾与瘟疫

对于多种灾害之间的互动关系,研究者在既有的区域、个案研究中常常不易展开。这里对特定灾害如水旱蝗雹等予以跨类探讨,既有助于揭示不同类型灾害间的内在联系,也能从中洞察某些共同性及其差异。而对于古人应灾行为系列记载的关注,意在揭示其御灾理念及生态思想。

灾害常常是天气和自然界多种生态要素共同异变冲击下的结果。就灾害发生与御灾历史经验而论,一种灾害的发生,往往会激发出相关联的其他灾害,如旱灾后的蝗灾、水灾,反之亦然。对灾害间的生发关联明清人如何认识? 有无有效应对措施? 相关文本又折射出书写者怎样的心态? 其中又蕴含了哪些民俗信仰? 具体个别的民间信仰之间有何错综复杂的关系? 而因此获得的救灾、应灾心理认知,以及灾后重建经验,不仅是本民族生存的宝贵教材,也是人类共同的财富。以他者的眼光考察 19 世纪中叶前的中国生态和气候状况看得更为清楚 :"最大的问题是干旱、洪水和蝗虫引起的不时发作的饥荒。中国北部和印度西北部特别多发周期性干旱,有时迟到的季风雨对拯救农作物为时已晚,雨量过大反而引发洪水而加剧灾情……中国北部和地处内陆的印度西北部十分接近主要季风气流带的边缘,受这种变化的影响特别严重。然而集中在这两个地区的大量农业人口,已经增长到了即使丰收年也仅仅能勉强维持的程度。干旱的发生并无严格规律,对上述两个地区来说,平均大约每三年一次,饿死数百万人的严重旱灾或水灾每 30 年一次。英国历史学家 R.H. 托尼形容中国农民好像生活在深及颈部的水中,最轻微的涟漪也可能淹死他。离海洋较远的地区,干旱也比较严重和频繁。对饥民的救济,包括免税和开仓抑价卖粮,也并非总能做得到 ;即使做了,其数量往往杯水车薪,无大帮助……"[①] 这里水旱蝗并提,察觉到几种主要自然灾害之间的有机联系,也涉及灾害发作的时间规律。

---

① [美]罗兹·罗菲:《亚洲史》,黄磷译,海南出版社、三环出版社 2004 年,第 76 页。

第一节　水旱关联及灾荒连年的异常表现

水旱灾害具有内在有机联系,具有连带性与可比性。水灾是猝发的,旱灾是持续叠加的。水旱灾害叠继发生,一般有两种情况。一是,水灾、旱象连年发生;二是,水、旱之灾几乎就在同年,轮番降临。

首先,水旱连年或同一年内连续发生,或先旱后涝,或先涝后旱,灾民经济状况更加普遍性地每况愈下,灾区由粮价上涨到无粮可售,当地民众处于死亡线上挣扎状态。蒲松龄《霪雨之后,继以大旱,七夕得家书作》诗咏:"当午青草燎烘炉,旱禾萎悴夜不苏。齐鲁千里百郡县,八十四邑莽为潴。高田苗瘠黄未死,酷阳收烬霪雨余。……今方秋成谷腾贵,市上斗米如斗珠。……"①写连绵霪雨之后,复加持续干旱。清初小说也描写先涝,后持续久旱:

> 却说绣江县明水一带地方,那辛亥七月初十日的时候,正是满坡谷黍,到处秋田,忽然被那一场雨水淹没得寸草不遗。若是寻常的旱涝,那大家巨姓平日岂无积下的余粮? 这骤然滚进水来,连屋也冲得去了,还有甚么剩下的粮食? 人且淹得死了,还讲甚么房屋? 水消了下去,地里上了淤泥,耩得麦子,这年成却不还是好的? 谁知从这一场水后,一点雨也不下,直旱到壬子,整整一年。……糠都卖到二钱一斗。树皮草根都刮掘得一些不剩。②

对于小说作者而言,小灾年年见,大灾三五年,被灾的惨状已经深入其心,如实摹写便足以震撼人心。《醒世姻缘传》以写实笔法表达出这灾荒仿佛是故意与"靠天吃饭"的农民过不去:"水灾→旱灾→连年旱灾→粮价上涨→缺粮断顿……""糠都卖到二钱一斗""树皮草根都刮掘得一些不剩",即使是殷实的小康人家,也经受不住连灾。不难窥测,叙事者是以描述模式表达质疑心理,自然灾害为什么会连续持久发作?

其次,水旱偏赶上同年发生,灾情惨烈而绵延,人的"生存"成为应

---

① 盛伟编:《蒲松龄全集》第贰册,学林出版社1998年,总第1822页。
② 西周生辑著:《醒世姻缘传》第三十一回《县大夫沿门持钵　守钱房闭户封财》,齐鲁书社1984年,第396—397页。

灾观念的核心。《石点头》就写出所谓赈灾大户其实后来已败落为穷户，根本无法拿出余粮赈灾。而灾害连续，可能就会把这类貌似富户的逼为穷户，连举人的"寡妻"也成为灾民，被逼为实现"救荒之计"而改嫁。说扬州一带，水灾后官府分派各大户出米平粜。卢南村拿不出来，只得变卖家产，但水灾后旱蝗疫疬又袭来，死者填街塞巷：

> 自大江以北，淮河以南，地上无根青草，树上没一片嫩皮。飞禽走兽，尽皆饿死。各人要活性命，自己父母，且不能顾，别人儿女，谁肯收留。……那时卢南村家私弄完，童仆走散。莫说当大户出米平粜，连自己也想要吃官米了。李月坡本地没处教书，寻得个凤阳远馆，自去暂度荒年。尝言人贫智短，卢南村当时有家事时，虽则悭吝，也还要些体面。到今贫窘，渐渐做出穷相形状，连媳妇只管嫌他吃死饭起来。且又识见浅薄，夫妻商议道："儿子虽则举人，死人庇护活人不得。媳妇年纪尚小，又无所出，守寡在此，终须不了。闻得古来公主也有改嫁，命妇也有失节，何况举人妻子。不如把他转嫁……且此荒歉之时，好端端夫妇，还有折散转嫁，各自逃命。寡妇晚嫁，是正经道理，料道也没人笑得。"骆妈妈道："此正是救荒之计。但媳妇平昔虽则孝顺，看他性子，原有些执拗，这件事不知他心里若何。如今且莫说起，悄悄教媒人寻了对头。那时一手交钱，一手交货，送他转身，那时省了好些口舌。"[①]

出卖女性被认为是一项"救荒之计"。灾害连连，写出了水灾后更有蝗灾暴发，灾民实在承受不了连灾不断，以至于社会伦理传统也会发生可怕的变异，儿赶考不归（"虚惊"的假消息），"连岁凶荒，家业尽倾，公姑乏食"，在"救饥无策"之际，"乡贡（此指举人）"父母竟要放下脸面急于把守节的寡媳改嫁，以换"百金财礼"维系自家生存。水灾继之蝗灾，生活来源断绝，生态环境遭到严重破坏，击破了被灾群体"恢复生产""继续活下去"的信心，遑论什么道德伦理与人情？

其三，在勘查灾情（查灾）时，水旱特征也常被放在一起比较。万维

---

① 天然痴叟：《石点头》第二回《卢梦仙江上寻妻》，上海古籍出版社 1985 年，第 33—34 页。

翰《荒政琐言》指出:"水荒一线,旱荒一片。此言被旱之甚于被水,然必有高阜之地可以免潦,低洼之地不忧暵干者,非可概论。水灾难勘,有大水一过无碍收成者,有稍被损伤减收分数者,有淹浸久而全荒者;旱灾则赤地干裂,禾苗枯槁,一望而知。如有地棍、经胥、保甲、圩长串通捏冒舞弊,即行查究。"[1] 这种水旱灾害特征对比,让人易于明了;对地棍、经胥、保甲、圩长等借灾营私层层舞弊的揭示,颇为警醒。吴元炜《赈略》则从成灾时间上比照,这也构成了报灾的紧迫性有别:"旱象成于逐渐,水灾起自骤然。旱则统邑,水多偏灾。毋论南北,时届小暑不雨,则旱灾已成,必须报出。水灾则随时具报。……"[2] 此与是否瞒灾、故意迟报有关。

其四,旱灾水灾生成要素的人为关联,天灾不止,导致信仰乱象,也导致心理异化及应灾行为失常。如明代万历乙酉年(1585)大旱,皇帝下诏修省求直言,上封事者以百计,唯独给舍胡汝宁特疏禁捕青蛙:"闻者大噱,因呼为'虾蟆给事'。其议诚鄙,然未有害也。近有上官大刊榜文,民间若擅行捕蛙,弹射野鸟者,着巡捕官提拿解县,问罪枷号。村民素以此为业,偶触厉禁,几殒其生,遂开诈骗之局。白捕四散下乡,每遇渔舟,辄诬为捕蛙,将擒送官。渔子(渔夫)慌惧求免,饱以酒肉,赂以银钱,必餍足而后释放,沿村遍野,无不被害。纲户皆撤业弃舟,至有求乞者……"[3] 大旱之下地方官以禁捕青蛙为名,实为禁渔,被灾者无以为生,导致灾情转重,灾民趋于赤贫。

关于"久旱防涝"俗谚,也透露了御灾民间记忆。民初赵焕亭(1877—1951)写某人在十多个村子商量联合祈雨时,突然拍膝大嚷:"你瞧咱们大家说了半天,倒把顶要紧的事忘掉咧。俗语云:'久旱须防涝'。您别瞧这当儿旱得冒烟,说不定下起雨来就没完,闹个发水秋涝儿,像咱红蓼洼北面那金塘堤,历年间都没培补,趁这当儿也该修理才是。"[4] 这是极其重要的灾害民俗经验。

---

① 李文海、夏明方主编:《中国荒政全书》第二辑(第一卷),北京古籍出版社 2003 年,第 468 页。
② 李文海、夏明方主编:《中国荒政全书》第二辑(第一卷),北京古籍出版社 2003 年,第 668 页。
③ 周玄暐:《泾林续记》,《丛书集成初编》第 2954 册,商务印书馆 1939 年,第 33 页。
④ 赵焕亭:《惊人奇侠传》第三十四回《耿先生占卦诧灾变　法兴寺祷雨闹神坛》,中国文史出版社 2019 年,第 191 页。

第二节　水灾与风灾的叠加及神化潜意识

作为常见的自然现象,或风在雨前,或雨后大风来袭。从灾害的行为特征来看,二者均属于突发性灾害。而风灾雨灾交相发生,其结果不仅仅是受灾者暂时性的生存资源破坏,而是自然生态体系的失序,并进而导致在地民众自然观念受到冲击,甚至将常见的自然现象也神秘化,为消极避灾寻求理由。

首先,突发性灾害(灾难)的神迹显现。水上交通中的风险、溺水灾难,用风灾的形式体现,这是人在旅途中遭遇风灾、水难的惯常气候书写。一个地方名人故事称,明代景泰二年(1451)进士余姚人戚澜,授翰林编修,丁艰服阕回京渡钱塘江,风涛大作:

> 有绛纱灯数百对,照江水通明,丈夫九人,帕首裤靴带剑,乘白马,飞驰水面如平地。舟人大恐,戚公曰:"毋惧,吾知之矣。"推窗看之,九人皆下马跪,公问曰:"若辈非桑石将军九弟兄耶?"应曰然。曰:"去,吾喻矣。"皆散。公命舟人返棹,曰:"有事,吾当还。"遂归。抵家,谓家人曰:"某日吾将逝矣。"及期,沐浴朝服坐,向九人率甲士来迎,行践屋瓦,瓦皆碎,戈矛旌帜晃耀填拥。有顷,公卒。后车骑腾踔,前后若有所呵卫者,隐隐入空而灭。后琼山丘文庄公夫人入京,舟过鄱阳湖,夜梦朱衣贵人来见曰:"吾仲深故人戚澜也,见为水神。昨奉天符,应覆数百艘舟,夫人慎毋渡。"觉,而舟子方解维欲行,夫人亟止之。瞬息大风,舟行者皆溺。[1]

这起水难多数人罹难,而幸运者得到了"水神"徇私照顾。质言之,故事是在解释突发性风灾起因。"桑石将军九兄弟"到"钱塘江"上,拜见"戚公",进士出身的"戚公"明了真相,及时现身,令风涛大作的钱塘江风平浪静。而点破真相的"戚公",归家不久仙逝:"后车骑腾踔,前后若有所呵卫者,隐隐入空而灭。"显见,水难的缓解常被认为是神迹显现。而有"功名"的进士却可凭个人交情来化解飓风危险,以世俗社会

---

[1] 陆粲:《庚巳编》卷十《鄱阳水神》,《明代笔记小说大观》,上海古籍出版社2005年,第710页。

伦理观念解释风灾的产生与消解,为被灾者的无能为力辩解。

其次,水灾和风灾的发生,都带有局部性与突发性,显示出多灾合力发威时,灾情扩大趋势的不可抗拒性。钱泳载嘉庆廿三年(1798)四月八日,京城忽来暴风,"俄顷之间,尘霾四塞,室中燃烛,始能识辨,其象甚异。圣心震惊,因降旨:近京之马兰峪、古北口、天津府等处,遍行查访。据马兰关总兵官庆惠奏:是日酉初南风,不过尘霾幛翳,旋有迅雷阵雨,倾盆而已。据古北口总兵官徐锟奏:是日酉初西南风,其色黑黄,闻有雷声,风气即散,小有阵雨,未能及寸。据天津长芦盐政嵩年奏:是日酉初,并无尘霾,室中明亮。北风大作,雨势滂霈,自宵达旦,亦无雷声。又据山东巡抚陈预奏:是日酉初,无风雨。至初九日卯寅时,大雨竟日,极为深透。合观各处奏报,情节不同。古人所谓'千里不同风',是其明验也"[①]。突发的风雨雷电,风霾大雨,神出鬼没,自然界的运行规则不可预测,正如"天意"难料一般。

其三,久雨后旱,久旱洪涝,有时会成为靠天吃饭的农民命运改变的推手。晚清李涵秋(1873—1923)写扬州廿四桥边一黄姓种田人,偏遇到由冬到春,无一点雨,不能种麦,四月底才降点雨,刚刚种上,"久晴之后,必有久阴",竟接连下了四五十天大雨,"田庐淹在泽国之中,一年收成,料想无望"[②]。为了生存,黄姓农户的儿媳妇去城里帮工,最后导致家庭变故。与前文"谁知世界上大富大贵,固然要有点福泽来消受他;就是这夫耕妇锄,日间相帮着辛苦,夜晚一倒头睡在一张床上,也是不容易的"相呼应,揭示出自然灾害也会导致平民百姓的人生变故,小农经济条件下,一般的小农是经不起如此折腾的。

因此,多灾并发,这样触目惊心的自然现象,是自然力量对象化展示的奇特方式,其意义内蕴值得深思:一是,明清生态环境无序变化的程度呈现扩大趋势,在"人类中心"意识持续下,支配着普遍性的获取、消耗自然资源的生产、生存,自然现象的风和水的运动因生态体系的人为调整,与自然状态相悖逆,原本调节生态平衡的自然运动衍化为更加频繁、剧烈的灾害甚至灾荒。二是,大自然以水旱两大主要灾害叠加的方式,展示其新的运行轨迹,世人或愚昧,或故意视而不见,不能准确把握自然

---

① 钱泳:《履园丛话》卷十四《祥异·尘霾》,中华书局 1979 年,第 388 页。
② 李涵秋:《广陵潮》第一回《避灾荒女仆择主　演迷信少妇求儿》,凤凰出版社 2014 年,第 1 页。

意识,被灾者往往只看到其破坏力,忽略了自身的反作用力,忘记了人毁林、烧荒、填湖等破坏生态的行为本身也在恶化自己的家园,也应承担调节平衡自然生态的责任和义务。自然灾害的"挑战",激发人的"应战",在明清日益作为常态化的日常生活构成,提示人们应爱护自然,多渠道地发展经济以改善生存处境。

连灾、多灾叠加,的确是对于受灾者承受力的严酷检验,但灾害频发也在大量减少着人口,也是社会变化的强迫性动力,连续大灾消减了自然生态资源消耗的压力,人员锐减,资源消耗也在相应减少,事实上也有助于加速生态恢复。

第三节　旱蝗之于旱灾、蝗灾的关系

夏明方指出:"受灾害影响最直接最明显的,就是人口质量的自然物质基础,即一定数量人口的肌体发育和健康水平。一般而言,灾害在这方面造成的后果,主要包括伤残、疾病和营养不良。伤残分为两类,一类是机械性伤残,一类是病理性残疾。前者主要是由地震、洪水、飓风、冰雹等爆发性灾害所致,后者通常是由疾疫和地方病造成的。"[1] 他进一步引用华洋义赈会的调查,1929 年西北 4 省旱灾期间,"病者 1400 万人","按照平时死亡疾病率,超过 25 倍"[2],指出:"灾害导致的病理性残疾者和患者的数目相比,它又显得微乎其微了。"民初县令蒋濂《临汾救荒记》载光绪丁丑大旱:"尸气之熏蒸化为沴戾,贫者既死于岁,富者复死于疫……"[3] 应当说,水旱蝗雹为主的诸般自然灾害,与人畜的流行疾病——瘟疫,具有一种共生、荣损互动的关系,明清人也惯于用生态体系伦理化的角度看待这些现象。

水旱蝗为"三大自然灾害",古语称"旱极而蝗",蝗灾与旱灾往往联袂而至。徐光启在《农政全书》引用玄扈先生(即徐光启本人)《除蝗疏》记述:"水旱为灾,尚多幸免之处。惟旱极而蝗,数千里间草木皆尽,

---

① 夏明方:《民国时期自然灾害与乡村社会》,中华书局 2000 年,第 119—120 页。

② 《申报》1929 年 8 月 17 日。

③ 刘玉玑等主修:《民国临汾县志》卷五,方志出版社 2016 年,第 591 页。

或牛马毛幡帜都尽，其害尤惨，过于水旱也。虽然，水旱二灾……殆由天之所设。惟蝗不然，先事修备，既事修救。人力苟尽，固可殄灭之无遗育，此其与水旱异者也。"①《明史》所载多处"大旱蝗"即为明证："（景泰）七年……六月，淮安、扬州、凤阳大旱蝗。……（天启）六年十月，开封旱蝗。（崇祯）十一年六月，两京、山东、河南大旱蝗。十三年五月，两京、山东、河南、山西、陕西大旱蝗。十四年六月，两京、山东、河南、浙江大旱蝗。"②干旱少雨时，河湖水位下降，那些退水区域尤其适宜喜低湿的雌蝗产卵及其幼虫成活，蝗虫数量为之骤增。从生物学角度看，干燥气候环境更适合蝗蝻的生长发育。此明清多载。

首先，持续的旱灾，植被遭损，蝗灾不仅易于出现，且更多地威胁到庄稼上。所谓"旱蝗"来由即此。旱灾，不应仅仅被看作是降水不足、蒸发过甚、气温偏高等导致的单纯的自然现象，而且也包括耕作方式、种植结构、水利工程、人口增长、地下水开采等一系列影响干旱危害的因素。而旱灾与蝗灾继发，危害严重，徐光启认为，凶饥之因有三："曰水，曰旱，曰蝗。地有高卑，雨泽有偏被。水旱为灾，尚多幸免之处；惟旱极而蝗，数千里间草木皆尽，或牛马毛幡帜皆尽，其害尤惨，过于水旱也。"③说明蝗灾更加剧了水旱灾害。明末清初，山东等地曾频繁地发生蝗灾。蒲松龄《救荒急策上布政司》为家乡告灾："山左之奇荒，千年仅见，而淄尤甚。……淄自六月不雨，直至于今，又加上虫灾，禾麦全无，赤地百里。民之饿死者十之三，而逃亡者又倍之……"④

《明史》载："……崇祯八年（1635）七月，河南蝗。十年六月，山东、河南蝗。十一年六月，两京、山东、河南大旱蝗。十三年五月，两京、山东、河南、陕西大旱蝗。十四年六月，两京、山东、河南、浙江大旱蝗。"⑤这里的"大旱蝗"，昭示出是发生了比大旱、大蝗更为严重的蝗灾灾情。古

---

① 石声汉校注：《农政全书校注》卷四十四《荒政·备荒考中》，上海古籍出版社1979年，第1299页。参见王永厚：《徐光启的〈除蝗疏〉》，《古今农业》1990年第2期。
② 张廷玉等：《明史》卷二十八《五行一》，中华书局1974年，第437—438页。
③ 石声汉校注：《农政全书校注》卷四十四《荒政·备荒考中》，上海古籍出版社1979年，第1299页。
④ 盛伟编：《蒲松龄全集》第贰册，学林出版社1998年，总第1383—1384页。蒲松龄还有《虫后仅余荞菽，而久旱又将枯矣。时雨忽零，奈数里外未之沾及。闻毕公漪对客雪涕，感而作此》一诗，见同书，总第1840页。
⑤ 张廷玉等：《明史》卷二十八《五行一》，中华书局1974年，第438页。

人常说"旱蝗相继",以此概括大旱之后的蝗灾。1935 年,研究就已揭示历史上蝗灾与干旱,两者关系密切[①]。国家气象局等编制《中国近五百年旱涝分布图集》,把气候干旱一个间接指标,定为蝗灾;陈玉琼等《历史自然灾害的相关和群发》(国家气象局研究院 1984 年)计算出干旱、蝗灾二者之间的相关系数为 0.534。

无疑旱灾与蝗灾带有因果链条。清代有识之士的概括,也是受灾、应灾的经验积累。同治时陈崇砥《治蝗书》概括精准:"蝗为旱虫,故飞蝗之患多在旱年,殊不知其萌蘖则多由于水,水继以旱,其患成矣。"[②]而针对华北地区更是如此:"凡是有严重旱灾的地方,往往也伴有蝗灾,以至旱蝗并提成为民国山东许多地方灾荒的一大特征。大旱之年,本来就收成锐减,大片大片飞蝗又在这时拥卷而来,肆虐田禾间。"[③]山东 1928 年旱灾的 50 个县即有 44 个县发生蝗灾。

美国学者指出北美大草原旱灾肆虐下,通常虫灾等危害就表现得更为激烈:"(尘暴)它是对一种生态顶级的真正否定,因为各种生命力量都不得不为争夺仅有的立足之地而斗争,以抵御各种自然力……掠过这片被烤焦的大地的成群的蝗虫和摩门螽斯,吃光了那点残留的庄稼……昆虫和啮齿动物正成倍地增长,加速了人类的毁灭。"[④]干旱,作为自然资源循环运作的关键性限制因素,不仅遏制绿色植物生长,也加剧了蝗虫的食物危机,而蝗灾肆虐又进一步大幅度扩展了旱灾的毁灭性危害。

其次,涝灾则明显地不利于蝗灾发生及持续。多种图表有说服力地标明,蝗灾高峰期在农历六月到八月间,旱灾与蝗灾的发生密切相关[⑤]。据沿黄河的 21 个县区统计,明末的 1616 至 1619 年持续干旱,蝗灾连年发生;1633 至 1636 年,1638 至 1641 年的 6 年大旱,也导致 1635 至 1641 年连续 6 年飞蝗成灾;而以孟县为例,近代 1898 年至 1967 年的 69 年中,有 26 个蝗灾年,而涝灾的 22 个年份里没有蝗灾载录,说明连续水灾不利于飞蝗发生,结论是:"干旱明显有利于飞蝗发生。而水涝对

① 陈家祥:《中国历代蝗灾之记载》,《浙江省昆虫局年刊》,1935 年。
② 陈崇砥:《治蝗书·治蝗论一》,国家图书馆藏光绪六年(1880)吴县潘氏滂喜斋刻本,第 1 页。
③ 谢秀珍:《灾荒、环境与民国山东乡村社会》,山东大学硕士论文,2005 年。
④ [美]唐纳德·沃斯特:《尘暴:1930 年代美国南部大平原》,侯文惠译,生活·读书·新知三联书店 2003 年,第 271 页。
⑤ 郑云飞:《中国历史上的蝗灾分析》,《中国农史》1990 年第 4 期。

飞蝗发生的影响作用则比较复杂,一般不利于当年飞蝗发生……"①研究者注意到:"历史资料表明,蝗灾与旱灾同年发生的几率最大,在清代的193次旱灾中,并发蝗灾的109次,1912—1948年间发生的35次旱灾中,伴有蝗灾的有29次……"②经统计,研究者还指出:"在年际尺度上,蝗灾规模与夏季的降水量呈显著的负相关关系,尤其是与前一年夏季降水量的负相关关系更为显著……夏季的干旱不仅有利于当年蝗灾的大规模爆发,也为下一年蝗灾的爆发创造了有利条件……"③

　　水灾、大雪出现时,蝗虫减少或灭绝。徐光启《除蝗疏》提示:"夏月之蝗子(卵)易成。八日内遇雨则烂坏,……故遇腊月春雨,则烂坏不成。"④过冬的蝗卵遇到严寒大雪、春雨,也多半烂坏。因而认识到蝗灾常伴随着久旱而来,这也曾引起研究者的重视⑤。清代治蝗实践中,人们就纷纷采用有效措施来对付蝗卵这一习性。如道光年间陈僅总结,蝗虫弱点是惧湿:"其性畏雪,有雪深一尺,蝗入一丈之语。若其地频为雪压,蛹子入土深厚,交春求出不能,则毙于穴内。"⑥更早些的经验,彭乘《墨客挥犀》卷五也载传闻:"蝗一生九十九子,皆联缀而下,入地常深寸许,至春暖始生。初出如蚕,五日而能跃,十日而能飞,喜旱而畏雪,雪多则入地愈深,不能复出。"⑦而大风雨、暴雨降临,就可在一定程度上予蝗虫以重创。如《宋史》载淳熙三年八月,"淮北飞蝗入楚州、盱眙军界,如风雷者逾时,遇大雨皆死,稼用不害"⑧。

　　再次,高温下生存的饥民,易于遭遇到瘟疫侵袭。对此,研究者曾根据光绪初"丁戊奇荒"这一案例,探讨山西灾区这类现象的多元发生。其中大旱导致瘟疫,就被概括为一是荒旱气温居高不下,饥民体质普遍

① 吕国强等:《河南省黄河流域历史上蝗灾发生与旱涝关系的初步分析》,《植保技术与推广》1993年第4期。
② 闫淑春:《我国干旱灾害影响及旱灾减灾对策研究》,中国农业大学硕士论文,2005年。
③ 张学珍等:《1470—1949年山东蝗灾的韵律性及其与气候变化的关系》,《气候与环境研究》2007年第6期。
④ 石声汉校注:《农政全书校注》卷四十四《荒政·备荒考中》,上海古籍出版社1979年,第1306页。
⑤ 汪子春、刘昌支:《徐光启对蝗虫生活习性的认识》,《生物学通报》1964年第3期。
⑥ 陈僅编述:《捕蝗汇编》卷一《捕蝗八论》,《中国荒政全书》第二辑(第四卷),北京古籍出版社2003年,第710页。
⑦ 赵令畤等:《侯鲭录 墨客挥犀 续墨客挥犀》,中华书局2002年,第330页。
⑧ 脱脱等:《宋史》卷六十二《五行一》,中华书局1977年,第1358页。

下降,抵抗力弱;二是水源缺乏,生态环境恶化,卫生条件极为恶劣;三是上年冬冻饿而死的饥民多数未及掩埋,腐尸病菌滋生导致瘟疫暴发;四是饥民频繁流动加速了疫病的流传[1]。据文献、气象资料以及地方志等统计,公元15世纪到19世纪"500年中,我国共发生了15次旱灾,其中14次旱灾有瘟疫相伴而生"。其中清代的有6次:1. 康熙五十九到六十一年(1720—1722)晋、陕、豫交界为中心,河南新郑瘟疫发生;2. 乾隆四十九至五十一年(1784—1786)黄河、长江中下游6省旱灾,苏北、河南蝗灾瘟疫伴生;3. 嘉庆十八至十九年(1813—1814)长江流域以北大旱灾,皖北、苏北瘟疫;4. 咸丰六至七年(1856—1857)长江中下游及淮河流域大旱灾,苏北瘟疫;5. 光绪二至四年(1876—1878)长江流域以北13省大旱灾,陕西、山西、甘肃等均暴发瘟疫;6. 光绪二十五至二十七年(1899—1901)北方大旱灾扩展到湖南、云南、贵州,宁夏瘟疫;等等[2]。似乎,干旱的周期,也与瘟疫的持续时间多呈正比。旱灾场面,往往有大群飞蝗为背景。每多"飞蝗蔽天""蝗蝻遍野"等夸张性形容。

最后,从历时性来看,古今人们早就关注了蝗灾与水、旱灾的内在联系。"旱极而蝗",旱灾因蝗卵未被水淹,导致蝗灾易于泛滥。而在江南山区开发过程中,干旱带来旱地农作物增加,南宋后江南种植业结构变化即旱作面积增大,也给蝗虫提供了更多喜食植物,"改变了蝗虫的生长繁殖的环境,蝗虫猖獗的可能性就增大了"[3]。大旱带来的蝗灾在明末庚申(1640)大灾中,有突出体现,旱蝗两者相伴而生。旱蝗并灾,几乎成为史书与其他相关文献的一个惯常表述[4]。明末张纲孙《苦旱行》咏:"田中无水骑马过,苗叶半黄虫咬破。五月不雨至六月,农夫仰天泪交堕。"本来,在雨水较多的季节,会因雨水冲刷减轻蝗灾,但旱灾加剧了虫灾的肆虐。从科学角度讲,蝗卵亦是生命体,需要呼吸和能量,而旱灾其实也一定程度上剥夺或减少了蝗虫食物资源,减少了其生存空间,所以蝗群

---

① 郝平:《山西"丁戊奇荒"并发灾害述略》,《晋阳学刊》2003年第1期。
② 李明志、袁嘉祖:《近600年来我国的旱灾与瘟疫》,《北京林业大学学报》2003年第3期。这里当是概数,夏明方指出仅晚清就有旱灾7次,"共死亡14102000人;水灾12次,死亡2020000人;地震2次,死亡63970人;疾疫12次,死亡438972人;飓风12次,死亡339000人……"《民国时期自然灾害与乡村社会》,中华书局2000年,第79页。
③ 郑云飞:《中国历史上的蝗灾分析》,《中国农史》1990年第4期。
④ 参见本书第三章第一节。

也常被记载进行疯狂的异地转移求食。

第四节　水旱之灾与瘟疫的关系

把水旱饥荒等灾害同瘟疫结合起来的现代研究,当始于邓云特(邓拓)先生,他在各时代多种灾害的表格中,把"流行病"与多灾并列[1]。而国外学者受此启发也指出:"饥荒、传染病和其他灾害的关联很容易建立起来。疾病的暴发可能在人们因饥荒而身体虚弱时,在社会结构崩坏而正常经济基础破坏时。"[2]

首先,水旱灾害导致饥民迁徙,而流民会滋生、加重瘟疫。一般认为,古代人口的迁徙流动(流民、商人、军队等)会导致特定区域内疫病流行,或因传播途径的便利而为疫病提供了大量易感染人群[3]。据宋初到清末(960—1911)时间段的统计,历史上蝗灾年频数与战乱年频数、疫灾年频数变化趋势相当一致,减灾能力有限,防疫能力薄弱[4]。因而大旱、水灾等,往往造成人口被迫迁徙,导致瘟疫发生或程度加重。瘟疫发生与水旱、蝗灾(乃至战争)等社会动荡因素也有着密切关系。

光绪四年(1878),就在北方五省的"丁戊奇荒"进入尾声之际,程文炳推介专用于救济患病灾民的《陪赈散》药方书:"盖大饥之后,必有大疫。人当冻馁之余,受症最易。"该书追寻"热疫"的病因:"夫热疫之病,皆因岁歉久困,饥寒所致也。久困于饥,则脾胃受伤而邪火上炎;久困于寒,则冷彻骨髓而肺肾受伤。肺伤则气衰,肾伤则水涸。饥寒伐其体,贫苦乱其心,烦恼百出,以伤其肝。是五脏之邪火为害,发而移热于六腑,一时不能畅达,凝郁蓄久而成热毒。此热疫之源也。每年自交春分,天气渐热,疫毒渐炽;一交秋分,天气乍凉,疫毒得凉即解。是热毒皆

---

① 邓云特:《中国救荒史》,商务印书馆1937年。

② [澳]费克光(Caeney T.Fisher):《中国历史上的鼠疫》,刘翠溶、伊懋可主编:《积渐所至:中国环境史论文集》,(台北)"中央研究院"经济研究所1990年。

③ 龚胜生:《中国疫灾的时空分布变迁规律》,《地理学报》2003年第6期。

④ 李钢等:《中国历史上蝗灾动态的社会影响及生态环境意义》,《地理科学进展》2010年第11期。

乘天时而发越,因名时疫。然亦有饱暖而其体虚者,每得自传染,故曰流行,又曰天行。非天之欲行此疫也,乃热病乘天之热而行耳⋯⋯"[①] 也道出了灾民(流民)体质下降后易染时疫的规律。如具有突发性特征的水灾,在无防御准备情况下,有机生命体极易死亡,导致更为严重的生态失衡与环境污染。在卫生与医疗条件不足时,瘟疫横行便不可避免。

其次,疫情一般具有季节性,旱涝、蝗灾、地震等之后常伴有疾病流行。据专家统计秦至清末,疫病除了 56 次时间不明确(占 22.5%),总频数 249 次中夏季频数最多(45.2%),春季次之(19.5%),秋季占 7.6%,而冬季最少(5.2%)[②]。那么,寒冷之于疾疫的阻遏、夏季旱涝对于蚊蝇滋生(传播传染病)的作用等,也当被视为考虑的因素。小说与回忆录中常见到灾后饥饿是一方面,而夺走灾民生命的,却多为受灾后体弱生疾特别是流行的疫病。一对英国医生夫妇记载了 1888 年奉天(沈阳)大洪水过后,"由于饥饿和食物不洁,热病以及相关疾病的发病率很高⋯⋯最为艰难的时期,是第二年夏季,青黄不接,灾民生活相当困苦。左宝贵将军常常急灾民之所急⋯⋯"[③]

水灾一般能加剧瘟疫灾情,而暴雨却可以适度缓解疫情。水灾多发生在汛期,气温升高导致细菌大量繁殖,瘟疫多发与难于控制。一般来说,旱灾往往会使瘟疫持续发作,各种传染疾病的昆虫愈加抢夺食物,肆虐成灾,而适时一场大雨则有洗刷、消毒作用,如晚明万历二十四年(1596)减灾的及时雨:

> 时岁大饥,疫病横发,经年不雨,死伤不可言。予如坐尸陀林中,以法力加持,晏然也。时旱,井水枯涸⋯⋯城之内外,积骸暴露,秋七月,予与孝廉柯时夏,劝众收拾,掩埋骺骼以万计,乃作济度道场。田即大雨,平地水三尺,自此厉气解。[④]

的确,作为水旱灾害的次生灾——瘟疫,趁灾民饥寒体弱,反而会

---

① 李文海、夏明方、朱浒主编:《中国荒政书集成》第八册,天津古籍出版社 2010 年,第 5243 页。

② 杨俭、潘凤英:《我国秦至清末的疫病灾害研究》,《灾害学》1994 年第 3 期。

③ [英]杜格尔德·克里斯蒂、[英]伊泽·英格利斯编:《奉天三十年(1883—1913)——杜格尔德·克里斯蒂的经历与回忆》,张士尊、信丹娜译,湖北人民出版社 2007 年,第 44 页。热病,这里主要指疟疾、伤寒等。左宝贵(1837—1894)时任奉天统领。

④ 印顺:《憨山大师年谱疏》卷下,国光印书局民国二十三年(1934)3 月初版,第 71 页。

持续性地蔓延,并随着灾民的逃荒迁徙而呈扩张趋势,而且杀伤力极强。特别是人畜交叉感染的流行性病毒,在科学不发达的古代,病毒性瘟疫,其神奇的威力,令人谈瘟色变。也就是说,灾情往往伴随着疫情,实际上许多瘟疫都是由其他灾害诱发的,而救灾分支之一即防疫。如论者所说:"无论是水旱地震或是风霜雨雪、病虫害等都有可能引发一个共同的后果,那就是饥荒。饥荒发生后,粮食产量不足,导致许多人饿死街头,腐烂的尸体无人处理,病毒细菌在空气中蔓延滋生,再加上当时的医疗卫生条件的落后,使得瘟疫迅速传播开来。"[1]

　　一般认为,在长江中下游,江边芦苇成了影响蝗虫南飞的屏障,大量芦苇给蝗虫提供了充分食物,阻滞其南飞[2]。实际上,瘟疫与水旱、霜灾等都有着继发性,一般来说,是水灾之后大疫来势迅猛,而旱灾之后则瘟疫持续较久。郭仪霄《秋疫叹》悲诉嘉庆庚辰(1820)夏旱秋疫,死者枕藉:

> 天地本好生,劫数凭谁补。阴阳一失序,造化难自主。今年值亢旱,数月失霖雨。炎敲铄肌骨,烦毒煎肺腑。自从入秋来,大疫遍蓬户。桁上无完衣,盎中无粒黍。残喘岂能延,哀哉命如缕。山墟药石贵,典衣聊相酬。黠贾混真赝,安望病可瘳。况无秦越人,补泻恣误投。病多时医竞,术浅贫家求。杀人以为利,庸医诚可愁。路逢白衣人,荷锄步层冈。逡巡草间卧,骨立面瘦黄。云是八口家,只身未罹殃。前日老父死,昨夜阿母亡。兄弟后先逝,藁葬南山阳。庭寂不敢入,灵座累相望。[3]

　　再次,神秘思维支配下的对水旱之灾的偶发性推因,可泛化为瘟疫起因的共识。清代传闻:"七里海边,有魅曰泥魅(小儿鬼)。状如婴孩,高二尺许,通体红色。每以湿泥投人,中之辄病。畏金铁,闻声即退。亦水鬼之类也。又有羊魅,状如小羊,长数寸。夜出水边寻食,不为人害。

---

① 姚延玲:《清代道咸同光时期的灾荒与救助——以山西省为例》,西北师范大学硕士论文,2009年。
② 章义和:《关于中国古代蝗灾的巫禳》,《历史教学问题》1996年第3期。
③ 张应昌编:《清诗铎》卷二十三,中华书局1960年,第870—871页。

乃羊骨浸水多年,受天地之精气而成者也。"[1] 这也是由旱魃而来的民俗崇拜,神秘成分更为丰富复杂。

甚至,有些原本是有益于御灾、减除灾害的行为,只因超出惯性积习,也往往被误解为瘟疫起因。久居中国的一位传教士剖析华北临清府乡村(河北中南部、鲁西、豫北)状况,载录直隶某村路边常积水,有老妇让家人挖了路边壕沟排水,全村受益,然而冬季盛行流感,数人被传染致死,"村民们开始躁动不安地寻找灾难的潜在根源,最终确认为是老太太家新修的那条公路"。于是村民们聚众将新公路铲平,以此对抗流感(当时被视为瘟疫)[2]。如此认识上的误区,体现出灾民往往看到的是眼前的危险,而忽视长久的卫生条件、环境的基本建设,与社会的医疗卫生体系建设、卫生观念的滞后是分不开的。

水旱之灾救济的范围相对集中,管理不当,赈济过程中也易发瘟疫。灾后的灾荒之于瘟疫属"多"与"一"的关系。明代钟化民《赈豫纪略》体会到:"大荒之后,必有大疫。况粥厂丛聚,传染必多,医药无资,旋登鬼录。……必修养生息数年,然后可复其旧也。"[3] 水灾,往往因灾民、流民的聚集污染了水源,造成饮水卫生问题,从而滋生出无法控制的瘟疫。

第五节　灾害迭现的生态因素与救灾观念的局限性

与人类旺盛适应力相比较,有些自然资源,包括生物链中的他类生命体,其适应力与抗破坏力要弱很多,更有些渐趋消亡,不可再生。对自然生态要素认知的局限性,限制了人对自身破坏力的认识与掌控,也限制了人对其他生命体的对象化认知,特别是缺乏同理心同情心。这在灾害归因推理时及救灾过程中,表现尤为突出。

首先,将灾害频现归因于怪异动物,体现出排斥异己物的狭隘生态观。比如想象中的瘟神,人们有时把瘟神设想为某种怪异可怖的动物,

---

① 李庆辰:《醉茶志怪》卷二《泥魅羊魃》,齐鲁书社 1988 年,第 132 页。李时珍《纲目·禽部·伯劳》:"继病亦作魃病。魃乃小鬼之名,谓儿羸瘦如魃鬼也。"

② [美]明恩溥:《中国乡村生活》,午晴、唐军译,时事出版社 1998 年,第 32 页。

③ 李文海、夏明方主编:《中国荒政全书》第一辑,北京古籍出版社 2002 年,第 279 页。

陈其元写家中前辈曾任川滇交界的打箭炉同知：

> 彼处人偶见蟹，称为"瘟神"，打鼓鸣锣，而送之郊外。方伯取而食之，人皆大惊，谓官能食瘟神，四境詟服。沈括《梦溪笔谈》云：陕西人家，收得一干蟹，怖其形状，以为怪物。而病疟者借去挂门上，往往遂差。[①]

如前述，川滇交界、陕西、甘肃等地的共同点都是远离大海，人们不曾见过"螃蟹"，便将其视为"瘟神"，虽有戏谑意味，但也暗示出生物知识贫乏的生态偏见，与灾害归因的错误观念，这也许会导致不能及时探寻瘟疫源头，贻误救灾良机。

其次，将多灾频发归因于众神缺位，是玉帝信仰体系的灾害化解读。作为自然神力的传统观念化身，玉帝体系的诸神以其自身力量表达着上天的道德意志。而人们在连续多种灾害面前往往无奈进而自责，认为是丢弃忠厚良行而轻薄恣肆，犯法违条，被下界神祇奏报了玉帝，显示出其认识与应灾策略的不可靠性。有文人感叹，瘟疫总是紧接着水旱而来，祸不单行：

> 单说这明水地方……致得玉帝大怒，把土神撵还了天位；谷神复位了天仓；雨师也不按了日期下雨，或先或后，或多或少；风伯也没有甚么轻飔清籁，不是摧山，就是拔木。七八月就先下了霜，十一二月还要打雷震电。往时一亩收五六石的地，收不上一两石；往时一年两收的所在，如今一季也还不得全收。若这些孽种晓得是获罪于天，大家改过祈祷，那天心仁爱，自然也便赦罪消灾。他却挺了个项颈，大家与玉皇大帝相傲，却再不寻思你这点点子浊骨凡胎，怎能傲得天过？天要处置你，只当是人去处置那蝼蚁的一般，有甚难处？谁知那天老爷还不肯就下毒手，还要屡屡的儆醒众生。……庚申十月天气，却好早饭时节，又没有云气，又没有雾气，似风非风，似霾非霾，晦暗得对面不见了人，待了一个时辰，方才渐渐的开朗。癸酉十二月的除夕，有二更天气，大雷霹雳，震電狂风，雨雪交下。丙子七月初三日，预先冷了两日，忽然东北黑云骤起，冰雹如碗如拳

---

① 陈其元：《庸闲斋笔记》卷十《少见多怪》，中华书局 1989 年，第 248 页。

的,积地尺许。①

叙事者的阐发当然与玉帝信仰有关,还展示与此关联的生态伦理观念:一是天灾是玉帝的旨意。当世人悖逆上天肆意行事,玉帝便以世间统治者的方式,收回本应属人间的共享资源以警。如若世人还不能及时悔悟,玉帝便以更令人震惊的方式——灾害叠加进行惩戒,"大雷霹雳,震雹狂风,雨雪交下""预先冷了两日,忽然东北黑云骤起,冰雹如碗如拳石的,积地尺许"。显然,面对水旱风雹更迭发生,单一应灾思维和手段是不够的。科学地认识生态要素的结构状态和自然运行规律,或许对有效御灾更为有利。

纪昀也引述,传闻落星石北的渔梁,当地土人世代擅其利,每逢岁时以特牲祭祀梁神,但他们却悔不该受到杀鸡取卵式的诱惑,自断乡里的宝贵资源:"偶有人教以毒鱼法,用荒花于上流捼溃,则下流鱼虾皆自死浮出,所得十倍于网罟。试之良验。因结团焦于上流,日施此术。一日,天方午,黑云自龙潭暴涌出,狂风骤雨,雷火赫然,燔其庐为烬。众惧,乃止。"② 作者痛斥:"夫佃渔之法,肇自庖羲;然数罟不入,仁政存焉。绝流而渔,圣人尚恶;况残忍暴殄,聚族而坑哉! 干神怒也宜矣。"这里,神以灾害形式表达对"土人"之"毒鱼法""绝流而渔""聚族而坑"的反生态行为的惩罚。这种雷火交加、燔烧房屋的惩戒,正是自然神力调适人间应有的生态伦理的利器。

其三,世俗的鬼灵信仰,有时会让道行高超的道士乘机炫技,可视为神灵缺位的应有补充。囿于科学认知条件,人们不能准确把握自然运行规律,亦无法及时有效地缓解灾荒时,"病急乱求医",能祛除"厉鬼"的道士往往会运用法术"斩妖除邪",解除灾害困扰。这是一种融合"怨恨"之情的民间信仰,"妖邪"以"怨而怒"的行为方式,比如"亢旱",干扰正常节令秩序,而道士则用巫术驱邪祈雨。胡文焕(约1558—?)运用传记笔法有重点、有选择地记载,儒生云从龙娶路遇的逃荒的珍娘为妻,得其激励后中试,任宛平令,珍娘又常劝谏:

> 每戒夫清廉恤民,无玩国法,内外称之。时邑中亢旱,祷祈无

---

① 西周生辑著:《醒世姻缘传》第二十七回《祸患无突如之理　鬼神有先泄之机》,齐鲁书社1984年,第342—344页。
② 纪昀:《阅微草堂笔记》卷十四,上海古籍出版社1980年,第329页。

应。适有武当山道士潘炼师能行五雷法，祈晴祷雨，斩妖驱邪，其应如响。吏卒白于云生，礼请之邑，结坛行事。师潜谓同僚曰："云大尹妖气太重，扫荡邪秽，天即大雨矣。"同僚白于云生，不以为信。炼师仗剑登坛，书符作法。少顷，玄云蔽日，雷雨交作，霹雳一声，火光迸起，大雨如注，四郊沾足。炼师请众官回衙以观异事。但见云生之室，枯骨交加，骷髅震碎，中流鲜血，而美妇不知所在矣……①

一向劝夫行善的美妇竟被打回原形。骷髅乃旱魃形态之一，在此道士除去"鬼妇"（旱魃）后，便即刻降雨，而云县令也由此免祸。整理者向志柱博士指出，此故事得安遇时改编为《百家公案》第七回《行香请天诛妖妇》。

其四，在众多的应灾、御灾实践中，也有偶或对主流民间信仰更加清醒理性的反思，总结出其实并非蝗神有灵，蝗灾并不以地方官员的清廉或贪鄙来加以区分。最初载录者以为："蝗之为灾，惟吾乡绝无，江以北渐甚。且其物之灵，若神鉴焉。宰廉则去，宰虐则聚。"然而情况有变，出现了令人惊异的事实："有邑宰素贪酷，民咸怨之。时飞蝗过境，宰知不免，预立逐蝗之物。既掘沟于田畦处，复制火物等器，待蝗至而攻之。蝗乃高飞疾过，毫无侵犯。宰喜，自以为获计，民虽喜田稻无伤，而窃讶蝗之无灵耶！无可，翌日，宰接檄调署某邑，接篆未既，蝗之遗灾，遍告殆尽。宰以甫抵任，政务忙促，未暇计及攻蝗，遂至参罚。旧邑得廉宰，上台闻之，颇加奖励焉。"载录者体会到："蝗之无灵，民窃讶之，特未能早知一着，扩而充之。知怨天忧人者，殆勿克略迟一步，以观其煞何如耳！"②认为需要从更长时段、更多的实例中来判定。

从被灾者这里已深切体会到水旱蝗三大灾等多灾之间的联系，并将其泛化。人类学家汇总了王永信对华北邯郸武安市固义村赛戏的研究，包括驱逐黄鬼这一泛神化的恶神："人们相信黄鬼是洪涝、干旱、虫灾、疫病等灾疫的人格形象，又是人间忤逆不孝、欺负弱小等邪恶势力的象征。这个黄鬼的形象是由一个只穿了黄色裤子的人扮演，同时他的头发、脸

---

① 胡文焕编：《稗家粹编》卷六《云从龙溪居得偶》，中华书局 2010 年，第 358—359 页。
② 俞梦蕉：《蕉轩摭录》卷六《蝗灾》，中州古籍出版社 2012 年，第 61 页。

以及其他身体部位也都被涂成黄色……黄鬼是个晦气的角色,妻子儿女双全的人,即使再穷也不扮演黄鬼。所以旧时的黄鬼,都是从乞丐或者抽鸦片者中寻找那些倾家荡产没有了生计的'大烟鬼'扮演……"①

　　总之,水旱冰雹蝗和瘟疫频繁发生交替发作的相关文献记载,除了上述阐发外,还有与之相应的问题是:一者,潜在影响的民间信仰,本质上是面对灾害而无能为力的常规性归因错误,是灾害成因的非同一性因素的同一化。比如玉帝信仰,人们相信玉帝(神)的力量恒在,神会以非常态的灾害如水旱冰雹等,显示其存在,暗示灾害的常态性。二者,因水灾而泛滥的瘟疫,延及水生动物,如水蛇、螃蟹之类。连类线性原始思维,一种民族潜意识,会阻碍古代官民以科学合理的方式改善环境。而更深层的问题是,以寻找替罪羊方式推卸破坏生态环境的责任,而不是解决真实矛盾。三者,以经验化、机械化的线性巫术思维,应对变化万端的自然灾害及其演化的社会灾荒,南辕北辙。两相结合,致使古人的御灾救灾模式陈旧迂腐,甚至不切实际,流于"面子工程",许多劳民伤财的河堤修筑就是如此。

---

① 范丽珠、欧大年(Overmyer):《中国北方农村社会的民间信仰》,上海人民出版社 2012 年,第 86 页。该调查取自杜学德:《武义市固义村迎神祭祀暨社火傩戏》,载杜学德等编:《邯郸地区民俗辑录》,天津古籍出版社 2006 年,第 54—67 页。

第十一章　水旱多灾、植被圈层
书写及神物观念

　　自然界的动植物、植被与灾害、救灾减灾关系极为密切。囿于万物有灵潜意识，动植物有灵异性几被普遍认同。动物的反常行为，可能就是某些灾害发作的征兆；而植物外在特征的某些变化，可能就是自然界变异的先兆，暗示灾害的出现。某些植物还可以作为缓解食物不足的自然资源。古人对此早有关注，记载较多。

第一节　树木植被状态与水旱灾害的关系

　　生命体与其生存环境关系密切，树木植被状态就是生态体系的晴雨表，直观地显示出生态环境是平衡还是失衡。生态环境要素失衡与否既是自然灾害的诱因，也是其结果。这在植被的生命力表征与种类中均有所体现。

　　首先，树叶能昭示水旱风雨灾象。如在云南，至迟明代就有了把树木的生长状态与水旱等自然灾害联系起来的观念："江川县北二十里双龙乡有古树，不知其名，春苗叶自南则旱，自北则雨。自东自西则风雨时，禾黍登。四围并发，则饥馑旱涝。验之不爽，亦不知昉于何代也。"[①] 明代中后期特别是清代以来不断垦荒，带来了植被大规模被破坏，直接影响到一些地区的气候，水旱灾害大幅度增加。而在西部有些垦区，人口拥挤导致灾情更为严重。国外学者看得更清楚："致使中国成为饥荒恶神常临之地，其根本之原因，实由于人口之过挤。""中国差不多真是打破一切法式的奇特的地方，因为在甘肃底穷乡僻壤的农村地方，受地

---

① 谈迁：《枣林杂俎》中集《荣植·古木》，中华书局 2006 年，第 452 页。

震之灾,倒反最重。"①人多地少,树少,那么人类对于树——林木的依赖关系,就变得更加要紧。

其次,神木崇拜所体现的巨木通神性,被传说其往往能自行,且与龙宫、洪水有内在联系。梁章钜追忆佛殿中巨木能自动搬运的"龙宫取木"传说:"嘉庆辛酉(1801),余在京过夏,是年京畿大水,顺天府属三河等县,水高数丈,有木直立水中而行。端与水平,端上恒有光,夜望若灯,或有龟鱼蹲其上。相传为龙造宫取木也。邑父老有知其事者,谓木取于平谷县深山中,或十余年,或二十余年,辄一取,其岁必大水。"于是,洪水与巨木——森林被砍伐活动构成了因果关系。他引一位老妪述幼时事,说某日有如木工模样者六七人,暮投村中求借宿都被拒,只有戚某家怜而留宿,但他们天明尚未起:

> 穴窗以窥,但见鱼鳖纵横于地,惊而退。乃遥呼曰:"日高矣!"顷之客出,故如昨也。临行,留一物,置檐间为谢,嘱勿移动。及水发,庐俱淹,此一家独无恙云。道光癸未(1823)夏,淫雨为灾,直隶百余州县,皆成巨浸。先是三月间,有十三人衣青,鞋袜襦裤皆一色,腰斧锯,过平谷西门外饭肆,各食素馒头,告主人以取木归,与前辛酉过其店者,形状相类,众皆惶惧,恐复被浸,至是果然。然则龙宫伐木,事有明征。……②

两事同为水族报恩,颇有隐喻意义:伐木工人被偷窥,原形均为鱼鳖(暗示将成为水中世界);离开后,在地居民果遭大水淹没。显然,龙宫修筑宫殿伐木,就这样成为现实生活中森林被伐、植被破坏导致洪水暴发的隐喻。但值得注意的是,前者提供食宿者免于水灾,而后者却全村人无一幸免。此故事在道德层面印证,与砍伐树木破坏生态环境相比较,提供食宿仅仅是小惠,岂能消解自然生态毁损所应施之罚?于是,故事就在传统水族获救报恩母题基础上,增加了生态恶化预警的意涵。

其三,有些植物能代替粮食菜蔬,荒年救急。明人总结"生态缓冲"

---

① [美]马罗立:《饥荒的中国》,民智书局1929年,第76页。
② 梁章钜:《归田琐记》卷七《神木》,中华书局1981年,第135—136页。

式的《救荒本草》,收四百余种,许多是地区性新物种①。引导的植物救荒研究热潮被李约瑟称为"食用植物学家运动",说明应灾救灾的地域性与因地制宜。有些植物本可食之物,因科技条件限制并未充分认识开发。而有些植物因实践(饥饿)经验而被认识,由此促进了推广利用。如宋代庄绰(庄季裕)《鸡肋编》就体察到一些野菜荒年可派大用场:"蕨有青、紫二种,生山间,以紫者为胜。春时嫩芽如小儿拳,人以为蔬。味小苦,性寒。生山阴者,可煅金石,叶大则与贯众、狗脊相类。取置田中,或烧灰用之,皆能肥田。又有狼衣草,小者亦相似,但枝叶瘦硬,人取以覆墙,又杂泥中,以砌阶甃,涩而难坏。蕨根如枸杞,皮下亦有白粉。暴干捣碎,以水淘澄取粉,蒸食如糍,俗名乌糯,亦名蕨衣。每二十斤可代米六升。绍兴二年(1132),浙东艰食,取蕨根为粮者,几遍山谷。而《本草》亦不载也。"②这类认知既有医药价值,也有食物价值。分类详细,又能与枸杞相比较,也是人们生存经验的积累。

也有的替代食物不免被美化、神化了。据《先曾祖日记》,天启七年(1627)镇江东北里徐山,遭蝗虫无收,某乡老夫妇难以度日想自尽,忽来一老人相劝:"无自尽,跟我来,有物与你食。"至一山,叫带锄挖土。贫老曰:"土岂能食乎?"老人曰:"挖下自有物。"将土挖开,果见有白粉石,"贫老口噙如粉……乡人争取,救活万人"。这位引领取救命之物的老人,被当成了神仙③。灾年野菜、白石代替食物救命,宋代王辟之记载确有此奇闻:"熙宁中,淮西连岁蝗旱,居民艰食。通、泰农田中生菌被野,饥民得以采食。元丰中,青、淄荐饥,山中及平地皆生石面。白石如灰而腻,民有得数十斛,以少面同和为汤饼,可食,大济乏绝。二事颇异,皆所目见。"④载录虽神奇色彩浓厚,但仔细辨析,"如灰而腻"的白石,或许就是一种"野生菌"——某种天然食材,若不是蝗旱大灾,人们熟悉的食物匮乏,又哪里会有机会发现新资源呢? 这也可以看作是认识自然物种的一种途径,虽属以解决饥饿为目的的消极参与,亦可作为后来经验被借鉴。

---

① 王锦秀、汤彦承译注:《救荒本草译注》,朱橚原著,上海古籍出版社 2015 年。该书 1406 年初刊,收有 414 种植物。
② 庄绰:《鸡肋编》卷上,中华书局 1983 年,第 9—10 页。
③ 赵吉士:《寄园寄所寄》卷五《灭烛寄》,黄山书社 2008 年,第 309 页。
④ 王辟之:《渑水燕谈录》卷九,中华书局 1980 年,第 119 页。

其四，植被如若遭到破坏，就会引发灾难。国外生态学论著指出："中国历史上森林植被破坏，以明清为烈，而其中尤以乾隆嘉庆两朝最甚，其主因有三：一，明清是人口的高速增长期，而乾嘉两朝最甚……第二，政府的政策不当……造成山区生态破坏的第三大因素是玉米之引种。"① 那么，山林荒地的新垦殖，带来的一个后果，就是山林的砍伐，毁林开荒。旧有植被遭遇破坏的警示，突出体现在树神遭害故事上。树神往往作为地方或家族宅居的佑护，形象地表现出人树共生共存的生态美学思想，用物以度，一旦过分伤害树神，人的家族悲剧则随之而来。钱希言写侍郎曹聘在治河任上，因母丧归获鹿家中。干旱里中无水，居民出钱买大户人家井水。公遂凿十四井于家，汲者络绎不绝，而阳宅地形从此残破。其宅旁有老柏树，公检历择日，将伐取其材。当夜公梦树神托形为绿衣老人登门求告："吾寿已千余岁矣，明公无遽相害也。不听，阴谴至矣。"公明日起而惊讶："树果有神乎？此必无之理也。吾志决矣。"其夜老人复见梦如初，曰："必伐我，将灭而家，先殛而子。"公大怒，睡中叱之去。明日早起，亟召匠工持斧执锯，立时伐取，树中血流，地为之赤。不久，公全家陆续死去②。

古代多水族、树神等托梦故事，然而两次托梦较为罕见，且其何必动怒，此就是一种官僚气焰、唯意志态度使然，于是树神代表的生态报复就以瘟疫形式，隐喻性地体现在肇事者家族上。这里全家病死的灾异，属干旱缺水的"次生灾害"，缺水→凿井（风水残破）→伐树（丧失了居宅保护神）→触犯禁忌→全家病亡。这与民间信奉的"宝失家败"母题联系，具有共同的警示意义③，不过树神复仇故事更多偏向在"生态预警"。从《狯园》故事看，先前这树神一直就是在与曹家及其宅居互相依存的，干旱带来的应灾方式不适当，付出的代价就是派生出无法抗拒的祸端。

外交家薛福成见多识广，亦载光绪辛巳（1881）三月，天津府署附近民居失火，烧死盐运私署书吏。因院中有老树挡光，欲伐，有人劝此百多年旧物不宜斩伐，但书吏不听，斧下"红水喷溢，殷如血痕"，书吏说常梦见白领老人手指他称要报仇。而火发恰在伐树处，两孙一仆遇难，邻屋

---

① ［美］赵冈：《中国历史上生态环境之变迁》，中国环境科学出版社 1996 年，第 27 页。
② 钱希言：《狯园》卷七《曹侍郎伐树报》，文物出版社 2014 年，第 216 页。
③ 王立：《中国古代文学主题学思想研究》第十二章，天津教育出版社 2008 年。

无恙。作者重提"凡百年以外老树,往往能为人祸福"的信奉,叙浙江义乌县令命伐大树旁出两枝,寡女呓语树神泄恨宣言后,采用"同态复仇"法,剪断其幼子左臂,"盖为树神所凭"。嘉兴陈某家老槐树神,化身"黑将军",先前呵护陈家使狐精不敢骚扰,一旦树遭伐,陈家则"亦渐衰替",先前"颇得树之呵护……陈氏数十年之盛衰,实与此树为始终云……彼违天地好生之德,肆意戕物,可以无伐而必伐之,则获祸宜矣"[1]。伐树造成了树神的报复,带有社会血属复仇中类似"族诛"的扩大化倾向。

故事的惩戒意义非常鲜明,似乎在告诫人们:人类,不过只是自然万物的一个有机构成部分,不能把人类价值凌驾于周遭万物之上,去单纯地驱使万物,甚至终结动植物的宝贵生命。要善待动植物,这其实也正是善待人类自身,否则难免会受到严厉的惩罚,追悔莫及。而这类故事,又与"宝失家败"母题在明清更加兴盛相关,构成了该母题的一个重要分支。

因此,种树造林,在熟悉地方水土的县令这里,务实地认为在这方面会有所作为。县令曹春晓《劝民种树谕》动情地劝导:"河邑山多土瘠,栽种树木可以佐耕耘之所不及。近阅沿河一带多植杨柳榆枣及桃杏海红大果等树。林木长成,岁获其利……若尔村落居民,或岭脚山陂,或田头地角,凡不可耕作之处,悉行栽植。审土性之所宜,勤加培护,乡邻互相戒约,毋得砍伐损伤。十年之计,树木百里之地成林,《唐风》之诗曰:'山有枢,隰有榆',不犹是古风欤? 况杏子、榆皮,取食可备荒年;柳枝、槐木,其材可作器用尔。素称勤俭,亦何惮而不为哉! 为此出示劝导,并饬乡保挨户传谕,各宜遵照,毋违此谕。"[2]民俗生态母题建构了地方官的生态意识,护林、保护植被,体现在御灾策略而得以在实用文件中表述。有形象,有说理,有严令,有落实。

第二节　水灾与蛟、海鹞辟蛟螭信仰

水灾书写常涉及蛟龙等神兽形象。这不仅仅是灾害发生时对奇异

---

[1] 薛福成:《庸盦笔记》卷六《树灵报仇》,江苏人民出版社1983年,第215—217页。
[2] 曹春睫编集、金福增重修:《同治河曲县志》卷八《艺文》,《中国地方志集成·山西府县志辑16》,凤凰出版社2005年,第271—272页。

现象的形象描述,也是水灾观念的艺术化表现,其中蕴含着深厚的民间信仰。薛爱莲"蛟"的定义及功能概括,主要根据唐代南方传说,言其类似鳄鱼神秘多变化:"蛟通常被视为一种龙,但有时它又会幻化成人形……实则'龙'的含义更为广泛;kraken 一词比较适合,它指的是一种威力无比的海中怪兽……而且,dragon 在我看来是一个总称,它不仅包括蛟,也涵盖了其他多种水中的怪兽……在远东地区,这些水中怪兽都被看作龙的化身。"① 相比之下,明清中原、北方民间信仰的蛟,则多被视为蓄意制造水灾的恶兽。蛟意象扭结着水灾(治水)母题,也构成了生蛟、寻蛟、除蛟直至异鸟辟蛟等连环系列。

一是,水灾被认为是蛟龙的恶意行为。论者注意到古人通常认为水灾是"出蛟",因此伐蛟也被人们认为是抗灾措施之一:"晋代时家居南昌的道教'净明道'创始人许逊为民伐蛟治水、除病的事迹的广泛流传,使得江西首府南昌一带一直将许逊当作治水除病、有求必应的神来供奉。""从实用或工程的层面看,伐蛟之术虽对水灾防治没有任何意义,却可以成为灾区民众精神的安慰。皇权对伐蛟之术的矛盾态度,反映的是清人现实与虚幻之间矛盾与彷徨。"② 《耳食录》写出了蛟制造水灾的威势、爆发力。说乾隆癸卯(1783)二月金溪北鄙崇岭崩,因大风雷雨冰雹,山下村子几为废墟,是蛟在作怪:

> 郡中故多蛟。某年小山出九蛟,得九穴,然不为暴。某年夏雨甚,邻里陈坊桥涨及于梁。有田父荷锄过桥上,见两巨蛇黄色,队行水中。随以锄击之,毙其一,致之桥上。闻者皆来观。已见上流有浮滓如席,去梁数丈,盘旋不前。——浮滓者,相传蛟属行水中,用以自覆者也。——于是观者皆走避,浮滓乃奔下,势若山裂,浪沸起,高丈许,梁不尽塌,涨亦顿落,而人无损者。若此皆不为民暴者也。③

这是一起蛟兴灾报仇的故事,妖蛟被人格化地描写成有情感、有智

---

① [美]薛爱莲:《朱雀:唐代的南方意象》,程章灿、叶蕾蕾译,生活·读书·新知三联书店2014年,第439—443页。
② 张小聪、黄志繁:《清代江西水灾及其社会应对》,曹树基主编:《田祖有神——明清以来的自然灾害及其社会应对机制》,上海交通大学出版社2007年,第145—148页。
③ 乐钧:《耳食录》二编卷三《蛟》,岳麓书社1986年,第208—209页。

谋,苦心孤诣地伺机复仇。说明对于蛟行为有细致观察:1.用洪水前后有关征兆的具体描述,有说服力地解释蛟兴洪水的推因(实际上蛟的活动是水灾构成的"果")。2.人格化地描述水灾祸首——蛟,"相传"强调了"谈蛟色变"的舆情,蛟这类水兽在水中"浮淬"之下,说明其具有灵性,会有意识地使用遮蔽物来进行隐藏,伺机要兴风作浪;甚至蛟还有善恶、"为民暴""不为民暴"之分,滔天之水是否伤人,就在其一念之中。3.介绍贤能之官发明了辨认大雪中"蛟窟"之法:"闻古老言:唐太守在吾郡时,选材官伙飞,教之伐蛟,其法不传矣。验蛟之法:于大雪时四山望之,无雪处,其下乃蛟窟。"①此为伐蛟(免遭洪水)的必要一步。因此,故事体现出消除洪水于未然的御灾思想。

二是,提前发现并杀死蛟龙则可以遏制水灾。灾害的发生有某些征兆,及时发现就可以预防。而御灾有功可得善报,作为民俗观念深深地留在民俗记忆中。如有的"女贵人"可能会成为幸运故事的主角,即无意中踩死了将出世的巨蛟,得免水灾。河南固始人王守毅(1791—1883)载,彭太夫人年轻时为婢,某夏日于宅后园游戏,她见地出泉水,就好奇地戏以足踏,"且泥涂其隙",水复出,再踏,"如是数四,水果止。越日,满城臭不可闻。居民相与寻觅,得诸彭园。气从穴出,尤臭不可当。聚工发掘,则巨蛟死焉"。这才说出缘故,主母惊讶:"婢乃踏死巨蛟,救活一城生命,阴德无量。况仅一婢,竟能踏死巨蛟,婢其有厚福乎!"遂劝封翁纳为妾,后生子为状元、宰相,诰封一品太夫人②。除蛟——御水灾,呈现出与"贫女旺夫""贵子来自母德"等母题的互动相通。强调出女性的御灾智慧和抗灾的及时性、全民性,以及持久性预防的问题,此似来自佛经母题的孳乳。

相反,如果对蛟仁慈,不能及时遏制就会成灾。恶蛟生命力的顽强

---

① 乐钧:《耳食录》二编卷三《蛟》,岳麓书社1986年,第209页。伙飞,又作次非,这里以勇士刺蛟暗喻除蛟。《吕氏春秋·知分》:"荆有次非者,得宝剑于干遂,还反涉江,至于中流,有两蛟夹绕其船……于是赴江刺蛟,杀之而复上船,舟中之人皆得活。荆王闻之,仕之执圭。"东汉高诱注:"鱼满二千近为蛟。"《说文解字》:"蛟,龙之属也。鱼满三千六百,蛟来为之长,能率鱼飞。"见陈奇猷校释:《吕氏春秋校释》卷二十,学林出版社1984年,第1346—1350页。隋唐时隶左右金吾卫(隋为左右候卫)者名伙飞,见《旧唐书》卷四十三《职官二》,中华书局1975年,第1834页。李白《观伙飞斩蛟龙图赞》:"伙飞斩长蛟,遗图画中见。"元好问《观浙江潮》:"伙飞斗蛟鳄,燃犀出麟介。"
② 王守毅:《箨廊琐记》卷七《记彭太夫人》,文物出版社2018年,第250—251页。

令人恐惧。说光州(河南)某人路拾一物,非肉非皮,圆而色浑朱,"映日视之,血痕缕缕。示人,无识者。以足蹴之,不破。挥以斧,如故也。掷诸置水缸中,则旋转上下,驶运如飞。越日偶视,已化形为守宫。纯赤,四足三爪,修尾,大逾拇指,潜伏水底。某以指敲缸作声,欲震动之。其物忽怒跃,见人作迎啮之状,状狞恶,大为骇异。才十五日,已尺余。闻人至,便腾起狞啮,不待敲声矣。一夕,风雨震雷,顿失所在"①。载录者提醒母题跨地域来源:"按,旌阳许征君所斩孽龙者本为慎郎,浴江中,因误吞朱果遂变孽龙。物殆其类欤?"

三是,异鸟出水灾将至,某些水鸟可捕食蛟。相传万历丁亥(1587)年间,秀水思贤乡有异鸟集于树,"人头鸟身,颔下有白须,竟日而去。其年水灾,次年戊子米贵,死者满道"②。民间还有海鹞辟蛟螭的观念,由此成功地制止水灾,堪称是具有生态学意义上的水鸟治蛟(水怪)传闻和信奉。这与沿海地区的某些实践经验有关,也是某些鸟类与其他动物之间的相生相克,蛟既为水患祸首,就有了水鸟治蛟的传闻。说郓郡某人买下一鹰:

> 其鹰甚神俊,郓人家所育鹰隼极多,皆莫能及,常臂以玩不去手。后有东夷人见者,请以缯帛百端为直,曰:"吾方念此,不知其所用。"其人曰:"此海鹞也,善辟蛟螭患,君宜于郓城南放之,可以见其用矣。"先是,郓城南陂,蛟常为人患,郡民苦之有年矣,郓人遂持往,其海鹞忽投陂水中,顷之乃出,得一小蛟,既出,食之且尽,自是郓民免其患。有告于嵩,乃命郓人讯其事,郓人遂以海鹞献焉。③

这里有三点值得关注:1.海鹞能抓食小蛟,致使蛟类灭绝,解除水灾经常发生之地的黎民忧患。2.蛟类的"天敌"事实上也是遭受水灾者的"宝",意味深长的是,这里的"识宝者"竟是外来者——"东夷人",似应为胶东沿海地区熟悉海鹞习性的人,这样看来,海鹞可以灭除蛟类,其实

---

① 王守毅:《籌廊琐记》卷四《记朱丸》,文物出版社2018年,第145页。
② 赵吉士:《寄园寄所寄》卷五引《涌幢小品》,黄山书社2008年,第279页。
③ 惠康野叟:《识馀》卷四,《笔记小说大观》第十二册,江苏广陵古籍刻印社1984年影印,第384—385页。

世人早就知晓,只不过是"邺郡人"孤陋寡闻,致使水患为害。3."邺郡人"如果早知神鸟海鹥可御蛟类,当不至于长期忍受水患洪灾之苦。可见"博物"知识可在有效应灾、御灾中发挥作用,《文心雕龙·神思》"积学以储宝"可作御灾济世之大用的新解读。

故事还突出了由"误认"、比较直到发现的过程。"东夷人",提示了黄河中下游到燕齐海滨的区域,也是蝗灾多发性地区,由此南渐吴越文化和楚文化地区。李炳海教授指出鸟类为少昊系统图腾,与古代仙道文化联系。《论衡·无形篇》称:"图仙人之形,体生毛,臂变为翼,行于云。"此为燕齐海滨延展的东北亚区域文化特色之一:"王充是东汉会稽上虞人,他家乡所画的仙人形象都是身生羽翼,像鸟类一样在天空飞翔。以此逆推,《山海经》提到的羽民,指的是长着翅膀的仙人,王充所见的图画就是根据羽民国传说创作出来的,羽民国是空间方位也正是王充出生的东南沿海一带,二者的地域是吻合的。弁辰汉魏时期位于朝鲜半岛南部,当地有这样的习俗:'以大鸟羽送死,意欲使死者飞扬。'(《三国志》卷三〇)弁辰先民有相当一部分是由吴越地区渡海迁徙到那里,也带去了东南沿海地区的成仙观念及方术。"① 而战国出现了"鹖冠"即武士之冠,"鹖冠在汉代又叫武冠,俗称大冠,其形制是在帽顶两侧各竖起一只翟翎,以此表现武士风度。雄鸟是勇敢、力量的象征,在阴阳学说中,它又被高度抽象,成了阳刚的象征物……"《尔雅·释鸟》:"鶦,王鸠。"郭璞注:"雕类,今江东呼之为鹗,好在江渚山边,食鱼。"因而他认为:"少昊氏把军事首领称为雎鸠氏,就是取它勇猛的特点。雎鸠能捕鱼,军事首领在战争中取胜时必有俘获。少昊氏称军事首领为雎鸠氏,也是多方面展开类比联想的结果。"② 那么,海鸟食蝗,体现出东夷鸟崇拜与灾害的民间御灾文化诉求的融合,而且其传承中可见强化、泛化的倾向,由于农事活动中蝗灾愈益严重,蝗灾时或蔓延趋向西南和距海相对较近的吴越地区。

海鹥辟蛟螭的信仰,也当来自对猛禽捕食蛇类动物的生活观察。洪

---

① 李炳海:《部族文化与先秦文学》,高等教育出版社1995年,第120—122页。
② 李炳海:《部族文化与先秦文学》,高等教育出版社1995年,第124页。

水肆虐,人们生发出"蛟螭"等水怪言说,甚至演化、变异成拥有双翅的水怪形象,如:"河决归德,冲没夏邑、永城二县。又高邮河水发,一水怪状类妇人,两角,腋有双翅,乘潮往来,所到之处,水即泛滥,淹没者甚众。"① 明清民间广泛信奉物必有克,多种文本有多样化的展现②,在御灾的身家性命大事的书写中,当然也需要禽类辟邪,有时,又因灾害猖獗无法遏制,被想象、推因为"正不胜邪""道高一尺,魔高一丈"。而鸟纹也是古代装饰艺术的重要构成,这里何尝没有一种辟邪的实用价值呢?

第三节　御灾措施与动植物的关系

鉴于多灾并发与植被圈层的此消彼长关系,如何正确处理御灾与动植物的生态关系? 应该说,应灾、防灾、御灾、赈灾等,根本上说,也是一个短期经济效应与长期经济利益问题,与灾区的地方经济以及人们的素质、文化观念、生活习惯等都有着密切联系,也包括可持续发展观念。明清民间信仰囿于当时的科学不昌明、认知能力差,因原有经验交错重复深陷"内卷化"行为模式与知识瓶颈③,受灾者限于饥饿贫困会消极待赈,依赖救济④,而赈济者也往往因缺乏经验,或权力有限,无从下手或知难而退,因而不能忽视那些有益于减灾、防灾、御灾的具体措施书写,及其包含的审美要素。

其一,御灾的本质是做好预灾、防灾的准备。在植被圈层里,洪水暴发前常有某些动物表现异常,如蟾蜍迁徙。"嘉庆己卯(1819)八月,河决,开封、兰阳一带,皆成巨浸。先是十日前,有大蟾蜍数千百头,随小蟾蜍几十万,自北而南,若迁徙状,人莫知其故。蟾蜍大者至四五六尺不

---

① 董含:《三冈识略》卷五《高邮水怪》,辽宁教育出版社 2000 年,第 106 页。
② 刘卫英:《古代小说中物性相克母题叙事的生态平衡机制》,《上海师范大学学报》(哲学社会科学版)2015 年第 3 期。
③ 李发根:《创新还是延续:"内卷化"理论的中国本土溯源》,《史学理论研究》2017 年第 4 期。内卷化(involution),又译"过密化",指长期从事一项相同工作,停留在一定层面,并无变化和改观,这种行为通常为自我懈怠和消耗。
④ 刘卫英:《明清御灾叙事对民众应灾心态的理性思考》,《上海师范大学学报》(哲学社会科学版)2020 年第 2 期。

等。亦是奇事。"①

从人类日常居住场所观察到灾兆,最具有代表性的还当为鼠预知灾异降临。歙县的传说称:"昔有奚奴临溪浣衣,闻水中语曰:'明日山水发,好上岸游游,讨替代。'惊奔而返。奴年十四,素木讷不苟言。时适祁门蛟患,古香颇有戒心。是夜,忽有鼠成群而集,呦呦唧唧,搅不成寐,益诧异。迨明日,疾风暴雨,溪水涨溢十余丈,庐舍淹没,死亡不少。杏花春雨楼水仅及楹,未至倾覆。盖鬼有'五通',能前知,鼠亦能前知来避水也。因忆乾隆四十五年(1780)二月,余友钱书田家鼠忽多,其书室听松楼、清咏斋,白昼鼠绕人足而行,几陈书籍高尺余,鼠匿其后,可以手攫。月余后,祝融煽虐,焚及楼墙而熄。嗣邻舍复建,渐散去。盖鼠来避火耳。"②故事从某一火灾个案出发,状写生活实况,真幻结合地把鬼崇拜与鼠的现实表现结合,将水中蛟与陆上鼠的预知水灾结合,而又把鼠能预知火灾作为旁证。民俗学家认为,此类传说多属纪实性的,"由于鼠的嗅觉、感觉特别灵敏,在风暴、瓦斯、地震、山洪暴发之时,常有异常的表现。人类常把鼠的异常活动看作是某些灾异的预报,把鼠在灾变中对人的某些帮助人性化,并赋予鼠以神性、灵性的光彩"③。那么,野兽的异常表现作为灾异预兆,何以罕有载录?以其远离人类生存圈,而且有时也是生态环境受到破坏的结果。严格说来,以动物异常表现来预灾,属经验式思维,可参照而不能依赖。但这体现出明清时期及时御灾、注意动物的敏锐与灵异并留意动物异常反应,值得参考。

其二,古来传承的有些御灾措施反而会破坏生态,诱发出次生灾害。如《蕉轩随录》担忧为杀死鳄鱼不惜施加矿灰,毁坏当地的生态环境和水质:"伯益掌火烈出泽而焚之,但云禽兽逃匿耳。禹治水,掘地而注之海,但云驱蛇龙而放之菹耳。韩昌黎作《鳄鱼文》,运其雷霆斧钺之笔,而鳄鱼竟徙……明夏侍郎(原吉)时鳄鱼复出,夏令渔舟五百只,各载矿灰,以击鼓为令。闻鼓声,渔人齐覆其舟,奔窜远避。少顷如山崩龙战,至暮寂然无声,鳄鱼种类皆死于海滨。……"④这里的"驱逐",是委婉有分寸

① 钱泳:《履园丛话》卷十四《祥异·蟾蜍》,中华书局1979年,第389页。
② 朱海:《妄妄录》卷七《鬼与鼠皆能前知水火》,文物出版社2015年,第145页。
③ 马昌仪:《鼠咬天开》,社会科学文献出版社1998年,第205页。
④ 方濬师:《蕉轩随录》卷五《驱鳄》,中华书局1995年,第158页。

的说辞,事实上此处鳄鱼就是被杀绝了。那么,别的水中生物不也都跟着灭亡了?这样岂不也破坏了植物的生存资源,危害了人类,显然,这类御灾措施,不能只因"古已有之",便也想当然地认为驱使动物避开人类就可以了,而对因此派生出的生物链断裂、生态平衡失调的结果及其他副作用,深不以为然。

有时,生态环境失衡,因遏制某灾而生新灾,有隐喻的形式体现。说天彭、汉繁连境观音泉,四季水涌,中有巨鳝长三尺余,尾端有锋,顶生二角。父老劝龚某勿捕,"此蛟龙也,毁之而泉必竭"。还有人劝说此灵物伤之有祸,"惟当诚而敬之",龚某不听[①]。巨鳝被杀后,果入梦怒责,龚某自詈而死。雷霆雨雹后泉亦自此干涸。作为生态主体的巨鳝,其生命体与泉水这一人类赖以生存的资源,相依相伴,"宝失家败"母题这里转为神鳝死则泉水涸,水兽除而旱灾生,故事具有"敬畏生命"的深意。

其三,有些灾害如水灾等因其突发性,明清多认识到不能只顾救灾,而忽略灾后之灾与人、动植物生存问题。不同灾害,赈灾的速度要求或有差别:"救灾的基本要素是迅速。尤其是水灾,具有突发性。若事先缺乏准备,临灾救济误时,待灾民四散流离,更难抚恤。清代救灾注重快速及时,定要加以处罚……"[②]其实《西游记》在展演孙行者成功祈雨法术时,并未避讳所造成破坏的代价,救灾又引发次生灾。行者到坛门外高台,见五大缸注满清水,水上浮的杨柳枝上托着铁牌,大仙执宝剑,念咒语烧符,而大圣元神赶到半空大吼,吓慌风婆婆停风,又吓走推云童子、布雾郎君。道士又招来四海龙王,孙行者约龙王们相助,果然国师不灵,行者后发制人成功祈雨,"龙施号令,雨漫乾坤。势如银汉倾天堑,疾如云流过海门。楼头声滴滴,窗外响潇潇。天上银河泻,街前白浪滔。淙淙如瓮捻,滚滚似盆浇。孤庄将漫屋,野岸欲平桥。真个桑田变沧海,霎那陆岸滚波涛……"[③]"摧林倒树"的飓风后又来雷雨,旱灾、飓风和大雷雨叠加发作。小说写出了一个是渐变式的旱灾,慢慢销蚀动植物的生存力;一个是突变式的风雨灾,瞬间改变动植物的生存状态,"万萌万物精

---

① 赵弼:《效颦集》卷下,古典文学出版社 1957 年,第 102—105 页。
② 李向军:《清代荒政研究》,中国农业出版社 1995 年,第 85 页。
③ 吴承恩:《西游记》第四十五回《三清观大圣留名　车迟国猴王显法》,人民文学出版社 1980 年,第 555 页。

神改,多少昆虫蛰已开",风雨有时也在催奋着自然界的生命力。

沿海与南方地区多出现的龙卷风,携风带雨,强化了"龙见而雩(雨)"等民间信奉,还带来新技术因素注入,激起人们以火器御风雨。如晚清澳门某日忽见"龙挂"由东而西,摄去屋顶许多,船只被毁数十,溺毙众多,"最奇者,有东洋车一辆,平空摄上,连人带车,高至丈许,突然坠下,车已齑粉;而坐客及御者俱未受伤。可谓幸矣!后此龙行至钦州相近,为该处兵船所见,亟开巨炮轰之,始免波及。当龙初起时,但见黑烟缕缕,横亘半天……"①借助于报纸、新闻图画的传播,启发人们的御灾想象有了新的延伸。

其四,广种博采,防患未然。明清农书量多意丰,白馥兰指出徐光启(1562—1633)《农政全书》中心题目之一,是主张农民要接受多样化作物品种,"种植那些在荒年能给人救命,在好年景能用作其他用途的作物。但是,农民经常拒绝新作物品种,其理由是作物离开它们的原产地就会长不好……他呼吁将水稻从江南引入到北方边塞地区,将热带的番薯和北方的芜菁引入到江南……徐光启用芜菁和番薯的例子来证实,只要有正确的栽培技术,植物几乎能适应所有条件"②。徐光启为此采录明初以来图文并茂的《救荒本草》等,针对农民务实、撙节等习惯,突出了预灾、减灾主题。《农政全书》"草部"取其"叶可食""实可食""叶及实皆可食"等救饥功能;"米谷部"的生(即徐光启本人)借此分类描述救荒植物产地、性状、加工食用方法及副作用等。其实有些即中草药与神物崇拜结合,如黄精苗救饥:"采嫩叶炸熟,换水浸去苦味,淘净,油盐调食。山中人采根九蒸九暴(曝),食甚甘美。其蒸暴:用甑去底,安釜上,装满黄精,密盖蒸之,令气溜即暴之。如此九蒸九暴,令极熟,不熟则刺人喉咽,久食长生辟谷。其生者,若初服只可一寸半,渐渐增之,十日不食他食。能长服之,食止三尺,服三百日后,尽见鬼神,饵必升天。又云,花实可食,罕见难得。"③

又何首乌条:"其为五十年者,如拳大,号山奴,服之一年,髭发乌黑。

---

① 吴友如等:《倔强性成:点石斋画报》(竹集),中国文史出版社 2001 年,第 11 页。
② [英]白馥兰:《技术、性别、历史——重新审视帝制中国的大转型》,吴秀杰、白岚玲译,江苏人民出版社 2017 年,第 249—250 页。
③ 石声汉校注:《农政全书校注》卷五十三《荒政·草部》,上海古籍出版社 1979 年,第 1564—1565 页。

百年如碗大,号山哥,服之一年,颜色红悦。百五十年,如盆大,号山伯,服之一年,齿落重生。二百年如斗栲栳大,号山翁,服之一年,颜如童子,行及奔马。三百年如三斗栲栳大,号山精,服之一年,延龄。纯阳之体,久服成地仙。又云,其头九数者,服之乃仙。味苦涩,性微温,无毒,一云味甘,茯苓为之使,酒下最良。忌铁器、猪羊血,及猪肉、无鳞鱼。与萝卜相恶,若并食,令人髭鬓早白,肠风多热。"[1]体现出一种兼容并包性,充分地吸收了既有仙道文化传统中的植物崇拜,扩展了对多数人来说可食之物的范围。另方面提醒误食有毒植物,如略早的王磐(1470—约1530)《野菜谱》(约正德年间成书)警诫:"有司虽有赈发,不能遍济,率皆摘野菜以充食,赖之活者甚众,但其间形类相似,美恶不同,误食之或至伤生,此《野菜谱》所不可无也。"[2]诸物遂成为涉灾救荒的系列文学意象。

其五,御灾思维,还特别关注选取道教文献,来佐证救荒植物的功能。徐光启区分了多地柏树的不同,称:"救饥:《列仙传》云:'赤松子食柏子,齿落更生。'采柏叶新生并嫩者,换水浸其苦味,初食苦涩,入蜜或枣肉和食尤好;后稍易吃,遂不复饥。冬不寒,夏不热。"[3]此救饥效用转换自李时珍(1518—1593)《本草纲目》的药用功能:"《列仙传》云:'赤松子食柏实,齿落更生,行及奔马。'谅非虚语也。"[4]谈赈灾求食,岂不也正是在谈服食养生?"齿落更生"本是仙人、求仙叙述的一个套语,是仙人、求仙叙述的一个套语,多个仙人曾被描述如此经历。而具有护堤等实用性功能的柳树,柳叶、树皮等也被饥荒时用来果腹,民国小说仍记述了这一御灾经验:"大恩要谢左宗棠,种下垂柳绿两行。剥下树皮和草煮,又充菜饭又充肠。"[5]同时,救饥食物的"物性相克"也是时常被关注的,如柏叶"畏菊花、羊蹄草、诸石及面曲"(前两样亦取自《本草纲目》)。又如薄荷"救饥……新病瘥人勿食,令人虚汗不止。猫食之即醉,

---

[1] 石声汉校注:《农政全书校注》卷五十三《荒政·草部》,上海古籍出版社1979年,第1578—1579页。
[2] 石声汉校注:《农政全书校注》卷六十《荒政·野菜谱》,上海古籍出版社1979年,第1769页。
[3] 石声汉校注:《农政全书校注》卷四十四《荒政·木部》,上海古籍出版社1979年,第1657页。
[4] 李时珍:《本草纲目》第四十四卷《荒政·备荒考中》,华夏出版社2011年,第1286页。
[5] 张恨水:《燕归来》第一回《玉貌同钦拆笺惊宠召　寓楼小集酌酒话评述》,安徽文艺出版社1986年,第1页。

物相感耳"①。这些朴素的物性认识部分地得之于饥荒体验,又增强了救荒的科学性、合理性并与中医药理契合。

其六,关注灾害迭现与植被圈内动植物的依存关系,增强御灾理性认识。郑樵认为:"析天下灾祥之变而推之于金、木、水、火、土之域,乃以时事之吉凶而曲为之配,此之谓欺天之学。"②认为以"灾祥之变"对应"时事之吉凶"无根据,不科学,是曲解自然现象。马端临称:"物之反常者异也。其祥则为凤凰、麒麟、甘露、醴泉、庆云、芝草;其妖则山崩、川竭、水涌、地震、豕祸、鱼孽,妖祥不同,然皆反常而罕见者,均谓之异可也。"③认为妖祥不同,"然皆反常",并不否认民间灾异恐惧及其神秘崇拜。徐光启倡导"兼种"以御蝗于未发作之时,引用王祯《农书》:"蝗不食芋、桑与水中菱芡,或言不食绿豆、豌豆、豇豆、大麻……凡此诸种,农家宜兼种,以备不虞。"④改良种植方法等。《荒政要览》引玄扈《除蝗疏》:"国家不务畜(蓄)积,不备凶饥,人事之失也。凶饥之因有三,曰水,曰旱,曰蝗。"⑤谈的都是对付蝗虫的御灾防灾措施。

此外,徐光启还总结前代文献预报风雨经验,留意某些鸟兽在风雨、干旱前的异常。承接唐代《朝野金载》的"鹊巢近地,其年大水",多样化展开"感物"思维并感同身受地去解悟动物预灾:"燕巢做不干净,主田内草多。母鸡背负鸡雏,谓之'鸡驼儿',主雨。吃井,水禽也,在夏至前叫,主旱……""獭窟近水,主旱;登岸,主水,有验。围塍(土埂)上野鼠爬泥,主有水,必到所爬处方止。鼠咬麦苗,主不见收,咬稻苗亦然。狗爬地,主阴雨。每眠灰堆高处,亦主雨。狗咬青草吃,主晴。狗向河边吃水,主水退。铁鼠,其臭可恶,白日衔尾成行而出,主雨。猫儿吃青草,主雨。丝毛狗褪毛不尽,主梅水未止。""水蛇蟠在芦青高处,主水。高若干,涨若干。回头望下,水即至,望上稍慢。水蛇及白鳗入虾笼中,皆主大风水作……"⑥这些经验式的灾兆现象,具有以果推因、文学想象的

---

① 石声汉校注:《农政全书校注》卷五十八《荒政·果部》,上海古籍出版社1979年,第1731页。
② 郑樵:《通志二十略·艺文略第八·灾祥略》,中华书局1995年,第1905页。
③ 马端临:《文献通考·自序》,中华书局1986年,第9页。
④ 石声汉校注:《农政全书校注》卷四十四《荒政·备荒考中》,上海古籍出版社1979年,第1306页。
⑤ 石声汉校注:《农政全书校注》卷四十四《荒政·备荒考中》,上海古籍出版社1979年,第1299页。
⑥ 石声汉校注:《农政全书校注》卷十一《农事·占候》,上海古籍出版社1979年,第271—274页。

性质,但切近农事体验实际而与一些农事谚语等互动,都旨在提醒民众重视预防水旱之灾,强化了人与生态共同体成员的亲和、共生关系。"玄扈"与前面的"生"等均徐光启本人的化身,后武侠小说家还珠楼主在作品中有七个化身,当沿自此。

主编《灾难学研究丛书》的李明泉研究员倡导灾难学是一门广涉多领域的学科:"灾难过程可划分为孕育期、潜伏期、爆发期、持续期、衰减期、平息期、恢复期、重振期;……从救灾行为上看,可分为自救、互救、援救、恢复、重建五种方式;从防灾减灾行为上看,可分为预测、预防、施救、善后、减灾五种方式。公共性、人本性、科学性、综合性是灾难学的基本学科特性。"① 这一总结特别带有实践意义,灾难学与明清御灾研究具有共通性,也提醒我们关注明清预灾、减灾、恢复重建的智慧。明清水旱多灾与植被圈层关系的理解与把握,带有早期史传文学带给实用性散文"实录""通古今之变"等书写轨辙,重"义理"而朴实无华,至少有两方面值得重视:一是尽可能地沿袭传统观念,循着古人农事经验继续观察,对无处不在的自然神力及其背后的神秘联系,保持敬畏之心,同时也重视运用"物性生克"等自然规律,未雨绸缪居安思危,以有效克服惰性而能动地防灾、减灾。二是运用科普图画等普及增强防灾减灾策略的理性认识和科技含量。对自然灾害与植被圈层生态的消长变化有理性且较科学的认知,但又不仅停留在消极利用上,暂时、部分地缓解灾情压力。此当与明清经验性知识的相对性与不可靠性有很大关系。

---

① 李明泉:《灾难的学术思考》,四川人民出版社 2011 年,第 12—13 页。

第十二章　水旱、兽灾与瘟疫叠继及物种克制观念

美国学者援引山西《运城灾异录》，注意到光绪初"丁戊奇荒"中狼群和鼠患，即使在 1878 年秋季丰收，饥饿威胁减弱后依然存在，1878 年到 1879 年冬天，狼成群结队地在街上漫步，老鼠的数量和个头也都有很大的增长，老鼠伤人并啃噬衣物，以至于时人悲呼"遭狼劫遭鼠劫，劫劫相连"[①]。但遗憾的是，对狼灾鼠患的成因及影响探讨不足。事实上，多属"次生灾"的狼群鼠患等，与水旱灾害常存在因果关系，而作为自然界的生命群体，其本能性行为动机带有接续性规律，其灾时异常行为值得分析与掌握。

第一节　灾害对生存空间的挤压与兽灾骤发

本可相安无事各自为政的野兽圈丛和人类生活圈，却突然莫名其妙地发生了竞争式交集。野兽离开山野侵入人类聚居地，分享人类的生存资源，甚至侵扰人畜性命。是什么原因导致野兽改变生存习性，选择与人类争夺领地资源且更为艰难的生存模式？这一改变与水旱等自然灾害有何关联？野兽进入人类聚居地，带来的仅仅是人的生存困扰吗？这对灾民的生存、生活与发展有无促进意义？事实上，自然界的生命群体因其生存繁衍的物种需要，往往本能性地带有栖息地领土地域意识。进化论认为是为了适应生存环境变化，而发生身体异变并相应地改变行为习惯。

首先，水旱灾害使生态环境恶化，动物迁徙，寻求食物和新栖息地

[①] ［美］艾志端：《铁泪图：19 世纪中国对于饥馑的文化反应》，曹曦译，江苏人民出版社 2011 年，第 58—59 页。

而进入村庄。最常见的是野狼和鼠类的迁徙与侵扰①。实际上,狼、鼠如此猖獗,都多半由于旱灾造成的原有山野空间生态条件恶化,缺少食物,导致这些野生动物南下迁徙到了关内山西一带。如鼠并非个头增大,而多为北来草原地区的黄鼠——外来动物,其凶猛程度超常。早自康熙年间《陕西通志》卷三十即载,崇祯十二年(1639)夏,陕西凤翔县"大鼠成群,食牛,入人腹食婴孩见肾"②。这哪里是本地鼠,而分明是从外地逃荒来的"异形鼠"。这一外来物种入侵有时先鼠侵后狼至,光绪五年(1879)在渭南,"多鼠食牛,噬婴儿,啮瓮破。……六年岁丰……多狼食男女孩童无算,且有入屋噬人者"③。前引山西"丁戊奇荒"中当地也经历了异鼠袭击,"木器、锡器、瓷器、瓦器均能咬破,夜间咬羊羔,咬雏鸡,上床咬小儿耳鼻。家室不安,昼夜不宁,人不堪其扰。于是制木猫、铁猫、砖猫,愈治愈多。后想出喂鼠之法,盆中贮饭,以木棍敲之,群鼠皆至,食毕而去,毫不畏人"④。这些疯狂的饥鼠是不畏惧猫的,很可能就是外来的野鼠。所载给群鼠喂饭的情况也是极少数富家而已。

而光绪五年(1879),同州府又出现了春季狼灾:"春狼益甚,三五成群,行路者多有戒心,人家鼠害尤多,一猫贵至六七百及千钱……"⑤同年五月十二日地震,"是岁多狼,噬人无算。又多鼠,食秋禾几尽,有人掘其穴,获粟六斗余"⑥。这直接牵涉不同灾害、原发与继发灾害之间的复杂关系问题。而狼的迁徙也因食物链——草原鼠类的迁徙追随而来。当然,旱灾、瘟疫等带来人的死亡,也吸引了狼群出山,1878年2月李提摩太(1845—1919)自太原南行,途中饿殍遍野,"就连豺狼也变得无所畏惧了。一天,我看到一只狼沿着大路行走,便大声吆喝,本想它会因为害怕

---

① 大型鼠类主要有旱獭和黄鼠。旱獭四肢粗短,前爪发达,善掘土。背毛黄褐或淡褐色,多以牧草为食;黄鼠,又称乌尔黄鼠、蒙古黄鼠、大眼贼、豆鼠子、禾鼠等。

② 贾汉复修、李楷纂:《康熙陕西通志》卷三十《祥异》,国家图书馆藏,清康熙六至七年(1667—1668)刻本,第22页。

③ 严书麐修、焦联甲纂:《光绪新续渭南县志》卷十一《祲祥》,《中国地方志集成·陕西府县志辑13》,凤凰出版社2005年,第647页。

④ 李凯朋修、耿步蟾纂:《民国灵石县志》卷十二《灾异》,《中国地方志集成·山西府县志辑20》,凤凰出版社2005年,第443页。

⑤ 饶应祺修、马先登等纂:《光绪同州府续志》卷十六《事征录》,《中国地方志集成·陕西府县志辑19》,凤凰出版社2005年,第629页。

⑥ 李体仁修、王学礼纂:《光绪蒲城县新志》卷十三《杂志》,《中国地方志集成·陕西府县志辑26》,凤凰出版社2005年,第423页。

而逃走,谁知完全相反,它站起来,盯着我,似乎不明白为什么有人敢跟它过不去"①。

其次,水旱等灾害,带来人类防御兽灾侵害的能力被破坏、减弱。水灾的特点是吞噬、冲走人的生命与财产,而旱灾、蝗灾等这种不是直接造成损害的,也会导致被灾者不惜一切地为了果腹而变卖资产,主要是房屋,这使得居民易于受到野兽的侵袭。如光绪初年连年旱灾造成"丁戊奇荒",灾民不得不拆房卖木料,是多么绝望!据《晋饥编》:

> 各村房屋拆毁者不计其数。晚宿高庙。本系大村,铺户亦均闭歇,房屋大半拆毁……又冬雪过大,天气严寒,穷人拆屋以易食,箱柜桌凳劈卖木料,每斤不过一文。……各村房屋拆毁殆尽。遥望一村约有数十户,及查至该处,仅存四五家,甚至有仅存一家者,有绝无一人者,惟见尸骨纵横,狼吞狗噬。拆屋以丰镇为尤甚,门窗柱木劈碎成柴,负至市镇始能变价,一屋之木仅值钱二三百文。②

用于居住的房屋与谋生店铺都被拆毁"易食",而许多被典当救急的物品,既价廉又根本不能被收回,被灾者的生活状况只能每况愈下,陷于绝境。灾荒,派生出更大的灾难,而且往往是让人们看不到希望的灾难性现状。这时,人类御灾能力大为下降,猛兽来袭,往往无家园墙舍的遮拦。

当常见的自然灾害,比如干旱,一旦持续发作,再与瘟疫结合,将会出现"人多相食,骸骴满道"的惨状。而失去家园"避灾"出走的难民,在应对饥荒困苦时非常脆弱。明代王同轨写万历己丑、庚寅(1589—1590)年间民众大批迁徙的惨景,实感强烈。说楚地大饥、瘟疫,而河、洛最甚,盖自北而南蔓延:

> 人多相食,骸骴满道。河、洛大家,携妻子,乘骡马,着绮缟,拥藏获,投楚山中。大族屯住糊口,莫有违慢者。其行又必捆载以往,相

---

① [英]李提摩太:《亲历晚清四十五年——李提摩太在华回忆录》,李宪堂、侯林莉译,天津人民出版社2005年,第112页。
② 李文海、夏明方、朱浒主编:《中国荒政书集成》第十册,天津古籍出版社2010年,第6638—6639页。关于拆屋度荒,可印证的还有鲁一同《撤屋作薪》:"撤屋作薪,雪霰纷纷。三间老屋昏无灯,朝撤暮撤屋昃破,灶下湿烟寒不温。大儿祖,小儿裸,余草布地与包裹。明日思量无一可,尚有门扉堪举火。"钱仲联、钱学增选注:《清诗精华录》,齐鲁书社1987年,第385页。

递迁徙而去。旱已始还，特以礼食耳。而其空囊倒困，无异劫也。千村万落，鸡犬无声。阖户死厉，弃骸无收。流亡满道，丧车塞途。始闻有鬻人油者，值极贱。而尚有大家成寄公之礼，以楚田土受旱，又通舟楫，不遽尽困也。嘉靖戊子（1528），楚大旱，先大夫瘗骼。及是，予率由之，日给钱殡者。簿记存焉，皆不下五六百。盖身两经焉。①

可以想象，流民在逃难之旅，猛兽的侵害是难于抵御的，或者说，体弱多病者基本上就是野兽的食物。

其三，旱灾常致使兽灾发生，并加重了兽灾的蔓延、肆虐程度。一般认为，狼在气候正常的年份多活动在草原地区，但草原区环境恶化，狼群就迁徙到邻近的农业区。特别是特大干旱来临，有着较强适应环境能力的狼，就可能进行远距离迁徙，同时旱灾造成的死尸横野，也吸引了狼群的出现②。如光绪四年（1878）内蒙古土默特左旗、清水河县、萨拉齐县等大旱，导致生态环境恶化；光绪七年（1881），晋中南、晋南狼群大规模出现，在临县，"县属五百余村被狼伤四千余人，经悬赏击杀，毙狼二百余只，后狼患方息"③。光绪六年（1880），灵石县的狼灾异常，令人对其物种本身增加了恐惧心理："狼之为物也，滋生甚繁，痘痊死者十之八九，所留者仅十之一二也。而是年之狼成群，至十二三只、七八只不等。草舍茅屋，固不足以避害，竟有深宅大院入室攫食小儿者……县属五百余村被狼伤者四千人，较之死于旱灾，其死尤为惨也。"④据研究，1877 至 1880年山西发生狼灾的有 34 个县，鼠灾有 30 个县，相比之下，上述具体的记载还算是管中窥豹。不光狼多，而且还表现得特别胆大、凶悍。传教士李修善 1879 年在山西平阳发放赈济时，曾目睹地上一个 17 岁女孩的血痕还在，"当着一个或更多的妇女的面，她被狼拖到了村中的广场。那些妇女不敢袭击畜生，只有眼睁睁地看着女孩被咬断咽喉并被吞食——只

① 王同轨：《耳谈类增》卷三十一《旱岁河、洛人入楚》，中州古籍出版社 1994 年，第 256 页。
② 温震军、赵景波：《"丁戊奇荒"背景下的陕晋地区狼群大聚集与社会影响》，《学术研究》2017年第 6 期。
③ 胡宗虞修、吴命新等纂：《民国临县志》卷三《大事》，《中国方志丛书》（第九册），（台北）成文出版社 1968 年，第 74 页。
④ 李凯朋、耿步蟾修纂：《民国灵石县志》卷十二《灾异》，《中国地方志集成·山西府县志辑20》，凤凰出版社 2005 年，第 443 页。

剩下躯干和一块大骨头"①。这是饥饿到极点使然,说明山林中它与同类已经找不到食物。

其四,比起吃人野狼,灾荒中鼠患却有其文学性与世俗化特点。

一方面是神化——飞鼠。鼠类的神化、传奇化相当一部分当起于飞鼠传说。计六奇记天启初年多灾多异兆,如陕西凤县山村出现了能飞大鼠,"食谷豆,状若捕鸡。黑色,自首至尾约长一尺八寸,横阔一尺,两旁肉翅,腹下无足;足在肉翅之四角,前爪趾有四,后爪趾有五。毛乃细软深长,若鹿之黄黑色,尾甚丰大。人逐之,其去甚速,若觉能飞,特不甚高。破其腹,黍粟谷豆饱满,几有一升,重三斤"②。如此细致描绘,隐喻出灾荒年间生态环境恶化、人兽争粮加剧的现实危机。明末传言流播到清代,"飞鼠盗粮"为清代历史演义频频出现的灾荒应对策略。《说唐全传》写李密惩戒昏君贪官,拯救饥民:"时值金墉大荒,米贵如珠。李密欲结民心,以为内助,下旨开仓结票,济饥民之难。不料开了东仓仓官门,只见许多怪物,形如老鼠,两肋生翅,吱吱的叫。一片声响,满仓飞出,成队而去,米粮全无一粒。仓官忙奏魏主,那魏主大惊,及开南仓、北仓、西仓,照样如此。俱被这群怪物,盗运了皇粮十五万石。看官,你道这个是什么东西,如此作怪?这个名为飞鼠。……"③《说唐演义后传》也写大唐君臣在木杨城面临粮草断绝,只听半空中天崩地裂响动,"只见半空中有团黑气,滴溜溜落将下来,跌在尘埃。顷刻间黑气一散,跳出许多飞老鼠来,足有整千,望地下乱钻下去,众臣大家称奇……"徐茂公解释这是"天赐黄粮到了",原来正是前年李密"纳爱萧妃,屡行无道,后来忽有飞鼠盗粮,把李密粮米尽行搬去,却盗在木杨城内,相救陛下,特献黄粮"。果然从地下三尺掘出了粮食,"尽是蚕豆一般大的米粒"④。说明了这能飞的鼠类所给予人脆弱神经的刺激,灾荒年景构成了特定的应灾想象。

---

① 巴新田:《李修善:传教士和圣人》,伦敦:Charles H.Kelly,1898,第201—202页。[美]艾志端:《铁泪图:19世纪中国对于饥馑的文化反应》,曹曦译,江苏人民出版社2011年,第59页。
② 计六奇:《明季北略》卷二《辛酉七年纪异》,商务印书馆1958年,第71页。
③ 鸳湖渔叟校订:《说唐全传》第四十三回《李密投唐心反复　单通招亲贵洛阳》,上海古籍出版社1995年,第256页。
④ 鸳湖渔叟校订:《说唐演义后传》第五回《贞观被困木杨城　叔宝大战祖车轮》,上海古籍出版社1995年,第25—26页。说书人误把李密欲结民心开仓济饥民,盗魏主之粮,说成是李密之粮被盗;"皇粮"误为"黄粮",带有说书艺术介入的印记。

清末新闻图画绘,棉花商刘某把一千三百大洋交到江宁水西门行保存,某夜刘某闻柜中有声,忙把行主范某喊来,钱都不翼而飞,柜锁门窗无损。不久隔壁失火取行中水缸救火,水干而大洋如数露出,范某坚不承认,案无定论。然而,前画却描绘了从水缸到墙洞之间有六十多只老鼠忙碌,暗示是老鼠所为[①]。这里的画面呈现与介绍文字不一致,说明画家依旧把这一民事纠纷理解为"飞鼠盗粮"般的灵兽搬运。甚至这还影响到对粮仓失窃的一种想象推因,乃至就连与鼠类形貌有相似点的肉食动物黄鼠狼,也被指认盗粮。说百余只黄鼠狼从天津北门外东聚楼饭馆结队迁徙到万有栈仓库,而城西李家楼李某查库发现少库粮,于是他愤而指挥家人对黄鼠狼进行"象征性讨伐",以柳条抽向空中,竟然听到了哀告求饶声,黄鼠狼现出原形。画面上是一些黄鼠狼从墙上、屋顶到地面轻盈行走状[②],成为"飞鼠盗粮"的空间再现。然而谁能担保,这不是侵吞库粮者利用民间飞鼠盗粮信仰,来暗中捣鬼呢? 将灾异作为一种资源,假托小说等多有传扬、众所认同的飞鼠盗粮,来编故事,"合理"解释了所缺库粮的去向。

另一方面,是把鼠类的变色变巨视为灾异征兆。因鼠类与人类经常有近距离接触,相互更为熟悉与了解。某些实录性强的文献资料,借以果推因的叙述,表达某些民俗观念。说渭南地区在光绪三年二月十一日下午,"天色先黑后红黄,至申正渐明。华麓道士获一鼠,巨如兔,剥其皮见有翅,始知其为飞鼠。又闻市间有卖飞鼠者,乃大旱兆"[③]。这里,天象与人世的异常事件对应,鼠灾发生又被推究是旱灾起因,虽因果倒置,毕竟注意到异鼠入村是因山林中的生态危机。

其五,体现兽灾与旱灾联系的还有野猪、猴类等成灾,也主要是由于山林干旱而起。如光绪三年(1877)山西安泽县,"山猪为灾,伤禾稼。大祲(饥荒)之后,深山林菁茂密之处地多荒芜,有所谓山猪者出焉。按,山猪一名豪猪,《山海经》云'出竹山,白毛大如笄而黑端';又……邑东南北山野间多有之。十数成群,践食田禾,所过为空,所谓懒妇猪者。近

---

① 吴友如等:《点石斋画报》,大可堂版,1887年。

② 吴友如等:《点石斋画报》,大可堂版,1889年。

③ 饶应祺修、马先登等纂:《光绪同州府续志》卷十六《事征录》,《中国地方志集成·陕西府县志辑19》,凤凰出版社2005年,第626—627页。

是农人患之,往往群伏田畔,持械狙击,得辄脔食之,其肉亦殊不恶,然产育极多,卒不能制。为害甚烈,故东北乡一带,靠山之田,被灾尤剧云"[1]。所谓"懒妇猪"取自岭南传说,宋人范成大《桂海虞衡志》称:"懒妇似山猪而小,喜食禾。田夫以机轴织纴之器挂田所,则不复近,又'猫猪'。"猫猪指豪猪,这里泛指野猪。有时,相对独立的而人烟稀少的空间内,因无天敌,可能迅猛地出现兽灾。光绪十年(1884)在太湖中的洞庭东山,发现野猪筑巢繁衍,成群结队啃食稻谷,甚至拱食新葬尸骨。接报告后官府派兵丁、猎户搜捕,画面呈现了人们簇拥着三百多斤的野猪,大如水牛,十几个壮汉抬着;远处是有人跪在衙门案前似在请求庇护,在场兵士多有肩背火枪者,夸张之中也带有那种喜悦、表功和鼓励倡扬之义[2](图12-1)。应该说,这也是掌握对付兽灾的先进武器之后一种自信、立威的表现。

有时,一些奇怪的不被人们了解的物种,也侵入人类的聚居区。叶梦珠(1623—?)记载崇祯十七年(1644)甲申六月,华北的邑城有物如猴,"辄向人家窃食,逐之即不见,或一家一日数至,或数家同日同时各至,于是同相震响以惊走之,金竹之声相闻者,数日不绝。未几,嘉定县有黠奴聚党,向家长索还身契,稍迟则抢掠焚劫,逼辱随至。延及海上,凡被猴之家,往往受奴仆之祸……六月,亢旱。直至冬至不雨,井汲俱竭"[3]。外来不明动物来袭,正是周边地区干旱到了一定程度、生态环境严峻的表现。这可怕的异常动物的异常活动,又带来了社会秩序的异常,主仆人伦关系的恶化,预示着有重大的社会变动即将发生。

有效防御自然灾害,有时甚至会恶化生态环境,比如消灭狼群,但从中却可以窥见灾害民俗记忆存在的超时空性,及其在御灾救灾行为中的潜在影响。特别是当人们缺乏粮食等食物时,对"飞鼠盗粮"的津津乐道与向往,蕴含了对"神秘力量"的崇拜之情。

---

① 杨士瑛、史标青修,王锡祯纂:民国《重修安泽县县志》卷十四《祥异志·灾祥》,国家图书馆藏民国二十一年(1932)铅印本,第11—12页。
② 吴友如等:《点石斋画报》,大可堂版,1884年。
③ 叶梦珠:《阅世编》卷一,中华书局2007年,第16—17页。

图 12-1　剃洗野猪

第二节　鼠为人患等兽灾与鼠疫传染病的联系

环境史研究指出:"老鼠生性机敏、狡黠,偷粮毁物、传播鼠疫,具有惊人的繁殖力和破坏力,自古被视为身具百害的'耗虫'……然而另一方面老鼠又扮演着兆示吉祥的角色,主要是由白鼠体现出来……"[1] 的确,明清流传着"有白鼠处即有藏(财宝)"的俗谚和多文本的白鼠与银子互化故事,但灾害文学中的鼠却主要指的不是家鼠(当然也传播灾疫),而是野生的黄鼠以及土拨鼠等啮齿类动物。

鼠疫最突出地体现出人受到动物牵累而蒙难。清代白族诗人师道南(1772—1800)实录出由鼠及人的传播过程:

> 东死鼠,西死鼠,人见死鼠如见虎;鼠死不几日,人死如坼堵。昼死人,莫问数,日色惨淡愁云护。三人行未十步多,忽死两人横截路。夜死人,不敢哭,疫鬼吐气灯摇绿。须臾风起灯忽无,人鬼尸棺暗同屋。……人死满地人烟倒,人骨渐被风吹老。田禾无人收,官租向谁考。[2]

此诗被认为写在乾隆五十六年(1791)鼠疫流行时,"是人类历史上第一次用文字细致记述死鼠与鼠疫发病关系的诗歌,在文学上、医学上都有重要价值"[3]。尽管人鼠时有争斗:鼠啮人物品、窃人食粮,人捕鼠杀鼠,但毕竟数千年来人鼠仍共存共生,但进入明清,鼠疫,却被人得知——鼠成为不知不觉中连夺人命的恶兽,这该是令人多么难以接受。

① 侯甬坚等编著:《中国环境史研究》第三辑,中国环境出版社 2014 年,第 286 页。
② 师道南:《鼠死行》,师范编:《鸿洲天愚集》,嘉庆九年(1804)二余堂刻本。
③ 周锦国:《清代白族诗人师道南及其名作〈鼠死行〉评析、考订》,《民族文学研究》2013 年第 1 期。而山西潞安十七年(1644)秋大疫,"(病者)先于腋下股间生一核,或吐淡血即死,不受药饵,虽亲友不敢问,有阖门死绝无人收葬者"。乾隆《潞安府志》卷十一《纪事》,凤凰出版社 2005 年,第 146 页。清末流行病防治专家伍连德认为:"关于鼠疫症状的资料中,有一条关于 1644 年山西东南部潞安(长治)鼠疫流行的记载特别重要,地方志的作者不仅记载了患者项部和腋下长有硬血块,而且还记载患者会突然吐血死亡。据我所知,这是目前有关中国肺鼠疫的最古老的记载。"伍连德:《鼠疫概论》(英文版),卫生署上海港国家检疫站 1936 年,第 14 页。参见 Mark Gamsa, *The Epidemic of Pneumonic Plague in Manchuria 1910-1911*.Past & Present, Volume 190, Issue 1, February 2006, Oxford University Press, pp.147-183。

　　鼠疫,是一种通过鼠类在人类聚居区域传染的可怕的瘟疫。长期以来,关于生肖文化的文化史研究中,罕有提到瘟疫肆虐时鼠类的情态与功能,这也是民族"乐感文化"价值取向之于研究者取材、文献处理方法与阐释"先入为主""选择性记忆"的一个体现。人们较多谈到的是老鼠娶亲、飞鼠盗运贪官钱粮之类的桥段,而罕有触及鼠类传播鼠疫的相关文献。而这方面,著名的神话学家、民俗学家马昌仪先生是一个例外,她的专著设专节讨论了鼠是传染疾病的祸种,以及灭鼠、镇鼠、辟鼠等习俗,视野开阔,材料扎实而丰赡[1],这里在靠近灾害的方面略加补充。

　　较集中描述鼠疫发生、感受及想象的,还有晚清俞樾追记同治初滇中遭疫大乱。劫后余生的居民"扫除骸骼,经营苫盖",时常遭遇"大疫",疫情发生似有规律。为便于分析,特划分五层:

　　　　(1)疫之将作,其家之鼠无故自毙,或在墙壁中,或在承尘上,人不及见,久而腐烂。人闻其臭,鲜不病者。(2)病皆骤然而起,身上先坟起一小块,坚硬如石,颜色微红,扪之极痛。旋身热谵语,或逾日死,或即日死,诸医束手,不能处方。有以刀割去之者,然此处甫割,彼处复起,其得活者,千百中一二而已。(3)方疫盛时,村民每于夜间见鬼火百千,成队而行,近之则闻锣声、鼓声、铃铎声、吹角声、马蹄声、器械摩扪声,月夜并见有旗帜之象。又往往有人忽然倒地,如酣睡者,越日而苏,辄言有兵马经过,被其捉去搬送什物,至某处而返。(4)又或言令其荷送传牌,牌上大书"某官带兵若干,赴某处,仰沿途供应如律"。及数日之后,其所言某处某处,无不大疫矣。(5)疫起乡间,延及城市,一家有病者,则其左右十数家即迁移避之,踣于道路者无算,然卒不能免也。甚至阖门同尽,比户皆空,小村聚中绝无人迹。[2]

　　描写1862年之后发生的鼠疫,且特意标明是云南人马星五观察(驷良),"为余说如此,盖其所亲见也",当没有多少水分。第一层,是在疫区中人们眼中所见蔓延在鼠类身上的疫情;第二层,鼠疫在染疫之人体上

① 马昌仪:《鼠咬天开》,社会科学文献出版社1998年。
② 俞樾:《右台仙馆笔记》卷十六,齐鲁书社1986年,第378—379页。

的症状，由轻到重，罕有幸免；第三层，描绘夜间——隐喻冥间世界在辛苦地收集患者亡魂；第四层，补充上面，强调"冥使"在辛苦地落实预期实施的疫灾；第五层，描述鼠疫由乡村到城镇的路径，说明其难于幸免的严重程度。

　　这次鼠疫在浙江衢州流行时医生雷丰记载，咸丰八年（1858）至同治元年（1862），"大兵（太平天国军）之后，继之凶年。沿门阖境，尽患瘟疫。其时丰父子诊治用方，皆宗又可之法也。更有头面、颈项、颊腮并肿者，为大头瘟。发块如瘤，遍身流走者，为疙瘩瘟。胸高胁起，沤汁如血者，为瓜瓤瘟。喉痛颈大，寒热便秘者，为虾蟆瘟（一名捻颈瘟）……此皆瘟疫之证，与温病因时之证之药，相去径庭，决不能温、瘟混同而论也。因忆又可著书，正崇祯离乱之凶年。鞠通立论，际乾隆升平之盛世。一为瘟疫，一为温热，时不同而病亦异。由是观之，温病之书，不能治瘟疫；瘟疫之书，不能治温病"①。

　　而在北方的许多农耕、游牧地区，人们本来是与家鼠野鼠尚能相处下去的。鼠类存粮，甚至能给处于饥困的人类解救危机。如唐昭宗天复年间（902—904）陇右（甘肃）秋稼甚丰，"将刈之间，大半无穗。有人就田畔劚（大锄挖）鼠穴求之，所获甚多。于是家家穷穴，有获五七斛者，相传谓之'劫鼠仓'。饥民皆出求食，济活甚众"②。而清代诗歌中也咏灾民们"野蔬采堇荼，掘罗及雀鼠"③。荒年更经不起"鼠耗"，饥民们只能到野外搜罗鼠类窃夺的粮食。这多半是偶然情形下因遇灾而产生的人鼠争粮之事，很可能是由干旱地区闯进求生的外来鼠类所为。

　　在蒙古地区，人们似对于鼠类就没什么恶感。明代小说写永龄庵有妖怪迷人，问可曾见，麻旭刺答已除，说夜闻叫喊出瞧，"见一黄鼠，嘴尖耳大，其形若豕，遍体黄毛光亮，追逐小徒。幸小徒有些膂力，拿一条木棍，与他厮斗，被咱一剑斩之。小徒剥其皮，剔其骨，炙其五脏，烹其肉。

---

① 雷丰：《时病论·附论》，于伯海编：《伤寒金匮温病名著集成》，华夏出版社1998年，第1076页。
② 鲁应龙：《闲窗括异志》，中华书局1985年，第19页。
③ 张宝森：《悔庵诗存》卷上《河南饥》，《清代诗文集汇编》第768册，上海古籍出版社2010年，第629页。

其味似饴,其色如玉,饱食一月,便宜了哈焦"①。而从小说作者接着写"众人抚掌大笑,方知是老鼠作怪",可见出对于"黄鼠"(野外)与一般家居的"老鼠"并不加以细分。

在经常"转场"的草原牧民这里,几乎所有"家鼠"其实都是野鼠(多为黄鼠)。察哈尔草原《硕鼠救屋主》故事称大雨连日,里屋跳出一只小猫大的老鼠,瞪眼睛望着人吱吱尖叫着蹿出,老白全家出屋追,刚出门土坯屋倒,全家免灾②。至于草原上的野鼠,"漠北多有之,蒙古名曰鄂和托纳,每取草实藏穴中以为食"③。平常年景人类捕食野鼠已成习惯,如研究者指出的:"黄鼠主要生长在内蒙古及东北一带的草原附近,栖居于较坚实的沙土地区……草原、荒漠地区食物种类不够丰富,同时,这里的黄鼠较多,味道肥美,便成为当地人的优良食材。"④ 因而,虽人们都认可野鼠本身染疫,但人很快也就跟着被染疫。却不知明代有的小说就已注意到其中介环节——马,亦为宿主。

明末小说《禅真后史》以唐末为时空背景,写黄鼠克制战马。说苗将骨查腊败逃至金泉山下被一汉手持木匣拦路,揭开匣盖,"跳出一串黄鼠来,满地打滚。骨查腊那马见了,蓦地里打了一个寒噤,浑身黑毛根根竖起,把四只蹄子一堆儿蹲倒,伏地不动。……那汉子就是关赤丁,喝叫军汉一齐攒杀上来。骨查腊下马抵敌,一连砍翻十余个官军。关赤丁臂伤一刀,死不肯退。骨查腊怒目嚼齿,横冲直撞,拼命杀出"。秋侨等饮酒时细问:"此马见了黄鼠惊伏不动何也?"关赤丁答曰这马出自西域哈烈国,"路遇虎豹则相斗,逢蛇虺必践啮","但所畏者,惟黄鼠耳",这黄鼠有甚技能连马都畏惧呢? 关赤丁言这西域黄鼠:

> 那鼠扁头搭耳,细齿长唇,吐舌如蛇,飞行似箭,穴于沙土之中,遍处皆有。黑夜间钻入马耳内,扑食其虮,直钻耳根深底,其虮不尽不止。故马屡被鼠伤,血肉淋漓,数日不吃水草,伤重死者有之。凡

① 清水道人编次:《禅真逸史》卷四第十七回《古峥关啜守存孤　张老庄伏邪叛正》,黑龙江人民出版社 1986 年,第 259 页。
② 铁木尔布和主编:《察哈尔右翼中旗民间故事》,内蒙古教育出版社 2013 年,第 182 页。
③ 徐珂编撰:《清稗类钞》第十二册《动物类》,中华书局 1986 年,第 5551 页。
④ 李珊珊:《中国古代食鼠现象的时空演进与影响因素研究》,《贵州文史丛刊》2021 年第 3 期。

牧马番奴,白昼寻睡,夜则坐守。特觅咱这里黄鼠骇之,畜生果惊伏不动。北方俗谚云:"君子弱白丁,良马畏黄鼠。"咱收买马时,番人说知其故。若非此法钳制,必被骨查腊走脱矣! [1]

"黄鼠钻进马耳里捕食虱子",此为得于自然灾害的一种"物性相克"生态智慧[2],在此被用于战争描写之中,就如同小说中秋侨所说的:"凡天下至凶之物,必有制伏者。聆君之言,足广识见。"这一运用草原生物黄鼠来对付战马的招数,可能带来、加剧疾病传染的代价。

至于土拨鼠(旱獭),也在草原居民的食谱中。研究者注意到,元代饮膳太医献给皇帝各种肉食品包括羚羊、熊、各种鹿、虎、豹、土拨鼠和许多禽类等野生动物[3]。在生态环境相对还算较好的岁月,基本上人鼠尚能互容共存。但20世纪初期的鼠疫却让人们谈虎色变:"旱獭,形状略似獭而不入水,好穴居,东三省及青海之北柴达木多产之。宣统辛亥(1911),东三省大疫,开万国防疫会于奉天,认旱獭为传疫之源。会员察验,以为旱獭所生之蚤,能传染腺百斯笃(鼠疫)、肺百斯笃(鼠疫)之病。"[4]

在胪列、强调"灾异"的史书叙事里,绝大多数篇幅呈示出了灾害的现象,及其时空中发生次数之频繁、发生地区的覆盖面之大,水、旱、蝗灾等皆是。而至于令人们头痛而难根除的鼠灾,则即使在史传中,也因较为接地气而较明显地体现出一些地方色彩和动物特性:

> 康熙二十年(1681)五月,巴东鼠食麦,色赤,尾大;江陵鼠灾,食禾殆尽。二十一年,西宁鼠食禾。二十二年夏,崇阳田鼠结巢于禾麻之上。二十八年,黄冈鼠食禾,及秋,化为鱼。二十九年,孝感鼠食稼。四十二年,西乡、定远厅遍地生五色鼠。四十七年,黄济鼠食禾。……五十二年五月,高淳、丹阳有鼠无数,食禾殆尽。六十一

---

① 清溪道人:《禅真后史》第三十一回《黄鼠数枚神马伏 奇童三矢异僧亡》,齐鲁书社1988年,第238页。

② 刘卫英:《古代小说中物性相克母题叙事的生态平衡机制》,《上海师范大学学报》(哲学社会科学版)2015年第3期。

③ [美]尤金·N.安德森:《中国食物》,马孆、刘东译,江苏人民出版社2003年,第70页。《饮膳正要》,忽思慧撰,成书于元朝天历三年(1330),为世界上最早的饮食卫生营养专著。

④ 徐珂编撰:《清稗类钞》第十二册《动物类》,中华书局1986年,第5520页。

年夏,延安田鼠食稼。……①

野鼠品种繁多,人们不识,而误把偶入城市村镇中的野鼠当成了普通的家鼠之大者,其中就可能包括草原黄鼠,甚至土拨鼠之类。何以如此重要的野鼠、旱獭罕有载录?古代中原人的模糊思维中它们都属于"野鼠",而几乎不做细致区分。

现今一般认为鼠疫在我国有十大自然疫源地,其中北方有松辽平原乌尔黄鼠、甘宁黄土高原阿拉善黄鼠和乌兰察布高原长爪鼠等疫源地,而明代后期华北鼠疫两次大流行被推测为起源于乌兰察布高原长爪鼠鼠疫疫源地。该地区为河北、陕西、宁夏接壤的边缘地区,靠近蒙古国的部分直到20世纪60年代末70年代初,仍有动物鼠疫大流行,有锡林郭勒北部的布氏田鼠、南部的乌尔黄鼠鼠疫交叉或重叠流行等②。旱獭的穴居习性与其成为鼠疫"宿主"有直接关系:"鼠疫菌能够在这特定的环境下得以保存下来。旱獭洞穴一般比较深,能够保持其较为恒定的'小气候'。蒙古旱獭的每个家族,常有几个到十几个洞穴,各洞之间有明显的跑道,洞穴可分为'冬眠洞''夏居洞'和'临时洞'……"③黄鼠则为"次要宿主",而"捕獭人"身上常携带着染疫的多种群"寄生蚤",清末东北沿着铁道线扩散的鼠疫即是主要通过捕獭人传播的。传染病学家伍连德(1879—1960)博士指出,1898年之后,"在蒙古、贝加尔湖区和满洲西北部的大片土地上,腺鼠疫是啮齿类动物中的地方病。在这

① 赵尔巽等:《清史稿》卷四十一《灾异二》,中华书局1977年,第1589页。
② 张芳等:《内蒙古高原长爪沙鼠鼠疫自然疫源地现状分析》,《中国地方病防治》2020年第3期。
③ 方喜业:《中国鼠疫自然疫源地》,人民卫生出版社1990年,第109—110页。明末小说《禅真后史》可证明代已发现草原鼠类的洞穴情况,该小说第四十回写武库丢失了兵器上的铁,只有杆棒堆积,瞿琰寻觅到贴墙屋柱边小穴,光溜溜似有物出入。令军校用铁锹掘至五尺多深,"其穴又转一弯,就随弯揭下去数尺有余,又转一弯……随弯曲曲,共有七个穴道,约有三丈之深,只见一坑,方圆九尺五六,四围光洁可爱,中间横铺一榻,乃红土堆就的,宛似人家床帐。瞿琰看了,更是惊异,上前细看,土榻之上,居中乃三片赤泥,侧通一窍……动手拨开赤泥,只见二鼠端伏于中。但见:'深坑屈曲,赤土玲珑。蹲卧处光净无尘,出入径峻嶒有景。圆耳细目,视听极聪;平额阔唇,行藏最滑。淡青头尾,似断续之云;洁白身躯,如平堆之雪。'那二鼠猛然见了瞿琰,急纵身跃起,早被军校举布袱罩了……"小说第四十一回交代:"原来此二鼠名为鼮鼠,声鸣如磬,嚼铁如泥,载于古书圣典。"该鼠之肠"用文武二火煅炼,取蒸池之水淬砺,和以九炼纯钢,自成宝剑二口,可名无价之珍"。后依此果然造出了两把宝剑。清溪道人:《禅真后史》第四十回至四十一回,齐鲁书社1988年,第315—316、317—319页。

地区,有一种像猫一样大的山拨鼠,叫旱獭(tarabagan),它们的毛皮吸引许多猎人前来。这些动物在四至九月间最为活跃,这时它们离开洞穴活动。……这些地区的居民能够辨识旱獭发生瘟疫的迹象。受感染的动物眼睛会瞎掉,并且被健康的旱獭逐出洞外,毫无目的地徘徊。中国的捕兽人也能够从它们的叫声分辨出有病和健康的动物。健康的会发出'布巴布巴'的叫声,好像中国北方话'别怕'。有病的则默不出声。……"①这种情况,极大可能是发生了草原干旱,生态变得脆弱,乏食的土拨鼠、黄鼠流窜到了邻近草原的农耕垦殖地区,混迹家鼠之中而导致鼠疫的传播。

第三节　兽灾过程中物种间的"天敌克制"

如上所述,几乎整个康熙时代,鼠灾基本上就没有停顿过。于是,偶或的"天敌克制"就显得非常可贵和具有生物学价值。

一是,清末某区域流传着鹰食田鼠的传说。传说乾隆二十五年(1760)五月,"池州田鼠丛生,有赤鹰来食之,遂灭"②。草原上鹰捕鼠,当为习见,在这里则强调了鼠灾之盛,以及天敌赤鹰的杀伤力之大。

二是,狼群可以很大程度上消减鼠患。对于狼的捕鼠之功,不能低估。在植被破坏鼠患危害甚烈时,狼却能将其活力降低之,"一只狼一年,仅从夏秋两季捕捉老鼠的数字就是相当惊人的。由此可见,评价狼的功与过应一分为二。更主要的是应加以制止对狼的滥肆扑猎"③。应当说,这是 20 世纪 90 年代之后兴起的疫病社会史研究中,一个值得关注的问题。在地广人稀的西北地区,兽灾集中体现在狼灾。狼能吃人畜也

---

① Wu Lien Teh（伍连德）, "Address", Report of the International Plague Conference, Manila : Bureau of Printing,1912, p.20.（《国际鼠疫会议报告》,马尼拉：印刷局；原发表于《柳叶刀》,1911 年 4 月 29 日）

② 赵尔巽等:《清史稿》卷四十一《灾异二》,中华书局 1977 年,第 1590 页。

③ 孙若泉:《狼是怎样吃林中老鼠的》,《野生动物》1991 年第 5 期。狼能捕鼠的旁证,是犬捕鼠,徐珂载:"青海之犬有二种,一猎犬,性极驯,善捕狐兔及野鼠；一家犬,巨者大于驴,能追及豺狼噬杀之,狐兔闻其声即遁。""同治癸酉（1873）,宁波江北岸裕顺洋行有西犬如葵,异常神骏,且能捕鼠,日夕所获,不下十数。"徐珂编撰:《清稗类钞》第十二册《动物类》,中华书局 1986 年,第 5531、5534 页。

会杀鼠。狼群为患，甚至被加以神秘化书写："乌鲁木齐军校王福言，曩在西宁，与同队数人入山射生。遥见山腰一番妇独行，有四狼随其后，以为狼将搏噬，番妇未见也，共相呼噪，番妇如不闻。一人引满射狼，乃误中番妇，倒掷堕山下。众方惊悔，视之，亦一狼也。四狼则已逸去矣。盖妖兽幻形，诱人而啖，不幸遭殪也。岂恶贯已盈，若或使之欤！"①

灾害之中猛兽异乎寻常地袭击人的猖獗，当被视为极度的饥饿所致。而艺术性夸张描述则是对狼灾恐惧心理的世俗化宣泄，有某种神秘因素在起作用。狼为代表的食肉动物对于生物圈中鼠类等克制、控制，是有利于生态平衡与植被保护的。从生态实用主义的角度看，这样的理解是有说服力的：

> 所有的食肉动物，大的或小的，不仅是对野生的食草类动物如鹿，而且也是对有破坏性的啮齿动物如鼠、犬鼠、小鼠和田鼠的一种重要的抑制力量。……没有这样一种有效的天敌，啮齿动物就可能遍布这个世界，这样就不得不用更多的毒药来解决其他毒药制造出来的不平衡。从根本上讲，自然的虫害控制系统要比生物调查局所设计的任何东西都安全、有效和便宜。②

北方山村、草原居民有一种生存方式是靠狩猎谋生，那么，狼皮、狐狸皮、熊皮、虎皮之类都能御寒，制作皮衣、皮帽子、皮褥子等，一般也是能卖好价钱。狼等野兽的出现，反映出猎人的存在意义；一如鼠能反映出狼的存在及其价值。这就如同生态学论著所言自然界中大小群落的"层创进化"现象："鹿能反映狼的存在（反过来亦然）；鸟能反映树的存在，海草能反映潮流的存在。"③

三是，狼群吞噬人、兽尸体，可有效地消减瘟疫的暴发与传播。据阳曲县尉光绪五年（1879）的书信称："去年春夏，瘟疫大作，死亡者不知凡几。即就省城及城外二三里内，无主并无力殡葬者，经局收埋一万二千

---

① 纪昀：《阅微草堂笔记》卷十五《姑妄听之一》，上海古籍出版社1980年，第387页。
② ［美］唐纳德·沃斯特：《自然的经济体系：生态思想史》，侯文惠译，商务印书馆1999年，第327页。
③ ［美］唐纳德·沃斯特：《自然的经济体系：生态思想史》，侯文惠译，商务印书馆1999年，第377页。

有奇,官场道府至佐杂教官病故者将及三百人。"① 此时,最紧迫的一个应灾策略,即决不能忽视被灾人畜尸体处理,而狼群扩大活动圈对于减轻、遏制瘟疫灾害有不应忽视的重要作用。尸体来不及处理,引发瘟疫,早已引起赈灾官员的警觉,如光绪年间嘉善县令江峰青指出:"夏秋之际,烈日熏蒸,农人力作之余,汗流气喘,腠理开通,尸气触人,必为瘟疫。……夫死不成殓,可惨者仅一人也。若以尸气酿为疫气,则生者亦致之死也。"这也成为生存环境保护的一个重要问题②。由此引发的"灾异"也属于灾害带来的次生灾害之一,如研究者指出的:"狼群为了生存而到处觅食,吃掉了很多人和动物的尸体,吞食了很多老鼠等动物。狼群的异常行为在维持它们生存的同时,使瘟疫传播的速度减慢,避免了更大瘟疫的流行,降低了瘟疫带来的灾难。……"③

此与深层生态学的核心观念不谋而合,即:每一种生命形式在生态系统中都有发挥其正常功能的权利,或如纳斯所说的"生存和繁荣的平等权利"④。纳斯和其他深层生态学家把生物平等原则建立在所有存在物都拥有的这样一种权利——即生存、免遭过度的人类干扰的自由及追求其幸福的"与生俱来的""内在的"或以往哲学家所说的"天赋的"权利基础之上;这对于把西方自由主义与环境伦理学结合起来是非常重要的⑤。

而人所共知的被灾情形,基本是只顾眼前所面临的生命威胁、生存危机,遑顾其他!如水灾发生之后,由于庄稼被摧毁,灾民们因栖居地丧失而多在较为干爽处聚集起来,饥饿寒冷造成饥民普遍性的体质下降,特别易于发生瘟疫。而大量人畜尸体往往掩埋不及时,病菌进入水源之中,民众缺少野外生活经验,也缺少烧水的柴草和基本卫生习惯,势必增加了瘟疫滋生。这不仅仅是村落居所被毁,卫生条件恶化,更重要的是还有缺乏科学知识而导致的不良卫生习惯问题,属于应灾知识匮乏。而此时狼群等出现,客观上帮助人们清除了尸体等瘟疫来源,这未尝不是

---

① 《申报》1879年3月12日。

② 冯贤亮:《坟茔义冢:明清江南的民众生活与环境保护》,《中国社会历史评论》第七卷,第178页。

③ 温震军、赵景波:《"丁戊奇荒"背景下的陕晋地区狼群大聚集与社会影响》,《学术研究》2017年第6期。

④ 纳斯:《肤浅的生态运动与深层长远的生态运动》,《研究》1987年春季号,第95—100页。

⑤ [美]R.F.纳什:《大自然的权利:环境伦理学史》,杨通进译,青岛出版社1999年,第177页。

一件有益的事情。

虽然，狼群鼠群可帮助被灾人部分地消除瘟疫等源头，但虎狼等猛兽依旧是人类生存圈的凶险捕猎者。而如何正确应对兽灾，其实一直受到重视，如《宋史·五行志》就记载太平兴国三年（978），"（川东）果、阆、蓬、集诸州虎为害，遣殿直张延钧捕之，获百兽。俄而七盘县虎伤人，延钧又杀虎七以为献"[①]。在生存资源有限的情形下，杀死虎狼等凶猛伤人野兽成为首选，而造成的生态失衡问题则被暂时忽略。

除了伤人性命，兽灾还与瘟疫暴发有关，有的动物自身就携带某种传染性病毒，这对于动物自身的存活或许并无关碍，而一旦咬伤人畜就可能发生病毒传染，最常见的就是鼠类媒介。家鼠和野鼠自身就可能携带鼠疫病毒，无可逃避的鼠害，成为鼠疫病来源，持久地成为明里暗里威胁人生命的可怕近邻。如直到民初，处于晋西吕梁山的临县，土瘠民贫，西山一带人民穴山而居，终年不见日光。一家同窑，牲畜鸡豚亦并养于窑内，秽气污浊，米粟在旁，尤引鼠类繁殖，因此数年间（1918—1929）该处数次发生瘟疫，虽派医防制，终不能铲除净尽[②]。因而灾民居住条件、生活习惯与卫生状况亟须改善。实地调查者还警告："该处每秋村中发现腺鼠疫之先，其四周邻近所产之啮齿动物，尤以老鼠对于疫学传染上有密切关系。老鼠必利此疫之传播。山边所筑之房屋多属巢形，而供给各村之谷米，各处皆是。除此家鼠外，各地松鼠产生甚多。"[③]

综上，水旱、兽灾和瘟疫有着内在关联性，常常交替发作。虽然对于野兽而言，比如狼，适当的迁徙也有助于狼群的强大，令其更能适应物竞天择的自然选择，甚至抵抗突发的自然灾害侵扰。而就人类而言，为避免狼灾的发生，也会适时调整与野生动物非此即彼的对抗关系，避免一味捕杀野兽的内卷式系统困境，缓解关键因素间的矛盾，探寻多方共赢的生存规则。

---

① 脱脱等：《宋史》卷六十六《五行四》，中华书局 1977 年，第 1451 页。参见梁诸英：《正史所见晋唐宋元时期"虎患"》，《东北师大学报》（哲学社会科学版）2013 年第 1 期。
② 赵儒珍：《临县防疫记》，《医学杂志》第二十二期《报告门》，1931 年。
③ 伍连德：《华北鼠疫之研究》，《中华医学杂志》第十五卷第三期，1929 年。

第十三章　冰雪、大风、地震与瘟疫的关联及多神观念

气温下降,特别是骤然寒流来袭,会导致一系列灾害的发生。从气象学角度看,寒流侵袭常常伴随大风和严寒,甚至骤降大雪。而异常天气又往往是自然环境发生巨变的前兆,比如地震前奏。作为一种预警现象,与大众的某些民间信仰相契合,比如神的惩罚以及巫术的"相似律"观念等。对此,明清人多有关注并予以载录,更有人加以合理阐发。

第一节　冰雹、寒流、水灾、火山喷发及巫术思维

冰雹在一年四季中均有可能出现,与气流运行关系密切,且无地域限制;而冰雪往往出现在北方的寒冷季节,与温度下降关系密切,冰雪世界里生命运动缓慢。突发的冰雹与持久的冰雪,二者所造成的伤害都触目惊心,形成灾害的关键性因素及其相互间关系也较早受到关注。

其一,明代人已在思考雹灾与其他灾害的关系,以至于用巫术"相似律"来推究某一怪异现象与雹灾成因的关系。嘉靖初,灵寿县民刘月家里雄鸡产卵,县令查看是一个软壳蛋,不久发生雹灾,"大者如牛头,小者如杯盘。有人拾得二雹,正如鸡卵,积数日不消,置水中不沉,观者日众。县尉不能禁,遂击破之,其中皆水,更无他异"[①]。梁代沈约记载:

> 按刘向说:"诛罚不由君出,在臣下之象也。"……董仲舒曰"凡雹皆为有所胁,行专一之政"故也。吴孙权赤乌四年正月,大雪,平地深三尺,鸟兽死者太半。是年夏,全琮等四将军攻略淮南、襄阳,战死者千余人。其后权以逸邪,数责让陆议,议愤恚致卒。与汉

---

① 杨仪:《高坡异纂》卷中,王文濡辑:《说库》下册,广陵书社 2008 年,第 997 页。

景、武大雪同事也。赤乌十一年四月，雨雹。是时权听谗，将危太子。其后朱据、屈晃以近意黜辱，陈象以忠谏族诛，而太子终废。此有德遭险，诛罚过深之应也。晋武帝泰始六年冬，大雪。泰始七年十二月，大雪。明年，有步阐、杨肇之败，死伤甚众。泰始九年四月辛未，陨霜。是时贾充亲党比周用事。与鲁定公、汉元帝时陨霜同应也。①

雹灾频繁，如鄂尔多斯地区东部，清代曾发生雹灾 82 次，平均每 3.3 年发生一次，西部发生雹灾 62 次，平均每 4.3 年发生一次。而从清初到清末，鄂尔多斯高原东部和西部霜雪灾害"频次呈明显上升的趋势，东部发生雹灾次数明显高于西部，东部和西部都以中度雹灾为主，重度雹灾发生次数东部高于西部……"②而在北方，雹灾多与冰雪灾害负面影响融合。乾隆时传闻兵部郎中常某之仆在梦中被人捉进一官署：

> 主者呼之入，与一囊，命之曰："汝将此囊中物散布，某屯若干，某堡若干，勿得多寡任意。"又与一大羊为坐骑，复戒之曰："手寒则于羊身频拭之。"仆既出，骑羊背，耳中但闻风声，凡所经历之处，取囊中物如主者言散布焉。颇觉入手甚寒，终不知为何物也。既苏，闻某屯、某堡皆下冰雹，方悟，而手已冻坏。盖仆性强忍，频拭羊身之戒未之听也。③

这里的"下雹之羊"，实为唐代柳毅故事的布雨之羊——"雨工"的翻版④，增加了手触羊背与手冻坏的细节，体现出高空酷寒危害。说明东北地区人们对寒冷冻伤体验深切，以重温雹灾体验而引起联想。上文借助官仆之口转述雹灾的成因，暗示遭遇雹灾之地、轻重程度乃是上天"命中注定"之事，而下雹多少、轻重早就设定。在防御上，人们"性强忍"的性格特征也被作为御灾能动力量，代价是被冻伤。

---

① 沈约：《宋书》卷三十三《五行四》，中华书局 1971 年，第 959—960 页。
② 祁子云：《水涝灾害、霜雪灾害及雹灾研究》，陕西师范大学硕士论文，2013 年。
③ 阿桂等修、刘谨之等纂：《乾隆盛京通志》卷一百八《杂志》，《中国地方志集成·辽宁府志辑 2》，凤凰出版社 2009 年，第 617 页。
④ 李朝威写柳毅路遇妇人（龙女）牧羊，女曰"非羊也，雨工也""雷霆之类也"，再细看，"皆矫顾怒步，饮龁甚异。而大小毛角，则无别羊焉"。出自李昉等编：《太平广记》卷四百一十九引《异闻集》，中华书局 1961 年，第 3411 页。

其二,雹灾与水灾也有着密切的互动关系。冰雹本身就是水的固态,雹灾多在水灾之前,直接带来的相关灾害就是洪灾。根据我国明代的雹灾数据库,定性描述转化为定量描述,分析结果为:"不管发生几级雹灾。都最易下雨,形成大雨雹灾害……出现的时候,应同样考虑到其他如暴雨、狂风、雷电等强对流天气灾害造成的危害,这些研究结论可为雹灾与其他阵性天气的预测、预防提供可靠的依据。"[①]清初吕熊写建文二十二年(1420,永乐十八年)春,水灾、风雪与瘟疫肆虐,天降众灾:

> 从上元下雨起,直阴至五月初旬,田畴浸没,庐舍冲塌,陆地竟可行舟,百谷不能播种。偶尔晴霁,返似亢阳为祟,湿热交蒸,疫疠大行,兵民俱病,却像个天公知道月君有伐燕之举,故降此灾殃以止遏他的!……谁料天道奇寒,阴霾蔽日,烈风霰雪,动辄兼旬,林木鸟兽,莫不冻死。过了残冬,是建文二十三年(1421,永乐十九年)。大下一场冰雹,无多的麦穗,尽被打得稀烂。连忙插种秋稼,又遭亢旱,月君祈得甘霖,方幸收成有望。不意禾根底下,生出一种虫来,如蠹之蚀木,只在心内钻啮,虽有三千绣花神针,若要杀虫,就是杀禾,竟施展不得。又像个天公为月君道术广大,故意生出这样东西来坏他国运的。月君尽发内外帑藏,多方救济,仅免于流离载路。……初时这些愚民,只道女皇帝是位神仙,风、云、雷、雨,反掌就有,怕甚水旱灾荒?到这个地步,方知天数来时,就有八万四千母陀罗臂,也是遮不住的。[②]

这里水、旱、疫疠、奇寒、霰雪、冰雹、虫和"六畜疫"等灾,在两年内轮番发作,且随着季节变化节奏步步紧随,叙事者显然是站在"主流话语"立场上,将灾害归因于月君起事的"逆天"——非正当性导致的天灾惩治,予以确认,极言这惩治的范围递进式扩大化,及其循环性质:"尤可怪者,人家所畜鸡、豕、牛、羊之类,好端端跳起来就死,那犁田的牛与驴,竟死得绝了种。纵有籽粒,也没牛来犁土;纵有金钱,也没处去买牛畜,这叫做'六畜瘟'。百姓都是枵腹的,眼放着这些畜类的血肉,怎肯

---

① 张立等:《明代雹灾的关联信息挖掘研究》,《四川大学学报》(自然科学版)2014年第5期。

② 吕熊:《女仙外史》第八十五回《大救凶灾刹魔贷金　小施道术鬼神移粟》,百花文艺出版社1985年,第940—941页。

拿来抛弃？排家列舍起来，且用充饥。那晓得竟是吃了瘟疫下去，呕又呕不出，泻又泻不下，顷刻了命。"如此瘟疫殃及家畜，且家畜之肉为饥民食用即送命，是先前罕见的凄惨至极之事，具有毁灭人信心的震撼力。如此借助"天意"，来围堵能力有限的"月君"女神，体现出借用瘟疫灾害的灾难力已无所不用其极。

薛均《雨雹行》也展示出咸丰甲寅六月安泽高城一带"禾麦全无"等惨状相映的空中图景，核心为雷霆："黑云压山山欲颓，雷霆精锐走其内。一阵狂风卷地来，飞石扬沙昼如晦。冰雹满地不可数，知是水边蜥蜴吐。天公此戏亦酷哉，破块不杂一点雨。初似圆珠隳檐楹，继如银丸滚窗户。间有大者卵似鸡，树木半折强支拄。恍若白龙斗战场，刀斧矢石纷纷舞。敲金戛玉全不闻，击掷崩催声甚苦。须臾水晶满地浮，已将尺余积平畴。沟浍填盈深数丈，牛羊什百逐奔流。此时老农肠欲断，麦田黄云望不见。可怜良田正怀新，赤地漫漶玉一片。生理莫遂饥寒躯，况复追可欠官租……"[1] 诗人认为，狂风飞石扬沙都是"天意"，责问雹神李左车"何忍乎不闻"，进而感喟"天公此戏亦酷哉"忍心让"老农肠欲断"，暴雨冰雹瞬间令被灾者顿陷困境。

其三，寒流、雹灾也与火山喷发相关。大规模火山喷发会导致相当范围地区降温。如研究者指出，华夏环境恶化明显的清代嘉庆、道光时期（1791—1850），年均气温较今低 0.8℃，出现降水量随之不均匀等状况。1815 年，松巴瓦岛坦博拉（Tambora）火山喷发，居有史以来之最，尘埃弥漫，太阳光线减少，北半球气温剧降，15 年间中国大陆气候波动[2]。嘉庆末至道光元年（1821）多地出现寒潮，至道光十一年（1831）特大寒潮袭击全国，东北至广东多地大雪大冰，多地在秋后、初春大雪[3]。本书第八章引述的钱泳、陈其元记载的道光时送亲队伍途遇大雪封路的悲剧，道光二十一年（1841）杨素书的纪雪灾诗，均因大雪超出了生活经验。作为民俗记忆，民国武侠小说《蜀山剑侠传》写铜椰岛方圆千里，一旦穿通会引起"毒火上冲霄汉"，"热浪毒气流播所及，天时必要发生剧

① 杨士瑛、史标青修，王锡祯纂：《重修安泽县县志》卷十六《艺文》，国家图书馆藏民国二十一年（1932）铅印本，第 21 页。
② 张丕远主编：《中国历史气候变化》，山东科学技术出版社 1996 年，第 388—390 页。
③ 朱浒、黄兴涛：《清嘉道时期的环境恶化及其影响》，《清史研究》2016 年第 5 期。

变,水、旱、瘟疫、酷热、奇寒,种种灾祸相次袭来。……此岛远居辽海,相隔最近的岛屿也有四五千里之遥,并还无什人烟,只有鸟兽生物栖息其上"[1]。隐喻东北亚地域主要的火山群——长白山及渤海湾地震带,而长白山万历二十五年(1597)、康熙四十一年(1702)都喷发过。这一灾害对气候影响的隐喻应予警醒。

其四,对冰雹的载录,往往只突出了降雹砸伤了人畜,砸毁禾稼,而忽视了冰雹所挟低温对于禾稼的致命毁伤。其实大量冰雹来袭,瞬间气温骤降并持续地毁伤禾苗庄稼。据载正统五年(1440)六月山西行都司及蔚州"连日雨雹,其深尺余";八月庚辰保定大雨雹,深尺余,均言"伤稼"。景泰五年(1454)六月,易州大方等社"雨雹甚大,伤稼百二十五里,人马多击死";六年闰六月束鹿"雨雹如鸡子,击死鸟雀狐兔无算",伤稼在不言之中。以下记载的字里行间,也可以看出明写的是力度,暗写的包括了对禾稼致命的冰冻:"成化元年(1465)四月庚寅,雨雹大如卵,损禾稼。五月辛酉,又大雨雹。五年闰二月癸未,琼山雨雹大如斗……崇祯三年(1630)九月辛丑,大雨雹。四年五月,襄垣雨雹,大如伏牛盈丈,小如拳,毙人畜甚众。六月丙申,大雨雹。七年四月壬戌,常州、镇江雨雹,伤麦。八年七月己酉,临县大冰雹三日,积二尺余,大如鹅卵,伤稼。十年四月乙亥,大雨雹。闰四月癸丑,武乡、沁源大雨雹,最大者如象,次如牛。十一年六月甲寅,宣府乾石河山场雨雹,击杀马骡四十八匹。九月,顺天雨雹。十二年(1639)八月,白水、同官、雒南、陇西诸邑,千里雨雹,半日乃止,损伤田禾。十六年(1643)六月丁丑,乾州雨雹,大如牛,小如斗,毁伤墙屋,击毙人畜。"[2]足见,冰雹灾害的描述,表述上是突出了垂直砸下来的威力,而隐含着的是骤然低温对于禾稼的杀伤力很大。因此,不能仅仅从"雹击"的单纯角度,来理解雹灾的伤害,其派生出来的"次生灾"也应被关注和预防。

其五,雹灾作为上天惩戒人世的力量,还可能同俗世的邪恶方,构成"以毒攻毒"的镇压。因此,后世有时与下雹类似"雨粟""雨豆"等现象,被解释成上天对瘟疫的遏制、对饥民的恩赐,或者"上天有好生之

---

[1] 裴效维、李观鼎编校:《还珠楼主小说全集》总第七卷,山西人民出版社、北岳文艺出版社1998年,第3356页。
[2] 张廷玉等:《明史》卷二十八《五行一》,中华书局1974年,第429—433页。

德"。《壶天录》还称："丁丑十月间,黄陂县夜雨粟,形如小米,其色黑,平积二寸余厚。按黄陂是岁春后缺乏雨泽,早晚禾皆无收,天其欲助穷民之饥而后雨之耶? 是岁温州城亦于十月中雨红豆,色则红紫不一,形亦不甚匀圆,大小与绿豆相仿。有识者谓:'是豆可治时症,病人吞服辄效。'温郡时适瘟疫,先则昏眩吐泻,继则腿脚吊缩,不过一昼夜便死,能延缓二日者可疗,天其以此豆救灾耶? 事或有理,殊不解。"① 尽管载录者也认同"别处粟豆吸入云中,随后落下"猜测,但在多灾多难的民俗心理系统中,病急宁可乱投医,灾害频发又无奈之时,宁愿相信是"上天意志"救度灾民,借此就可能顺利度过灾害困境。

第二节 雹灾、冰雪与大风、干旱、瘟疫及戾气想象

就气象学视角看,干旱常常是持续高温、蒸发量大的一个必然结果,伴随而生的可能是大风、沙尘等异常天气。当然,与其有机互动的还有冰雹,因大风气温冷热交替,雹灾突发进而诱发水灾,多灾轮流发作,灾情更为严重。对此相关记载较丰富,而其中所蕴含的民间观念特别是"戾气"想象更值得深味。

一是,突发而触目惊心的大风与沙尘暴,可能是怨戾之气的淤积和释放,是上天对某些尸位素餐者道德失范的警告与惩戒。如清代写兰仪厅司马某公,不遵兄嘱而冷落侄子,致使侄哀号离去,于是梦兄嫂怒称报复。次日巡视河堤时,"暴风骤起,扬沙簸尘,声如山崩海立,对面不可见人……风起愈暴,人不得立,目不得张,出屋庐不得以跬步"。竟吹了一日夜,他全身被沙埋住,"仅露首面,目瞑口张",风住呼救才被掘出 ②。能吹"一日夜"的沙尘暴,已不仅仅是对某人的道德惩戒,而是整个生态体系遭受重创的关键性因素现象。而且,大风兴起并能持续,本身就与植被遭破坏、树木稀少互为因果,使局部小环境水量稀少。

二是,雹灾发生往往与大风相关,突发雹灾常引发洪水,有时也伴随

---

① 百一居士:《壶天录》卷上,《笔记小说大观》第二十二册,江苏广陵古籍刻印社 1984 年影印,第 124 页。
② 王守毅:《箬廊琐记》卷七《记风埋厅官》,文物出版社 2018 年,第 244—245 页。

泥石流。作为一种综合性灾害,已有研究者指出:"冰雹几乎都伴有大风和暴雨,并且降水时间短(十几分钟至几个小时)、强度大,往往是雹后发洪水,冲毁土地、庄稼,造成人畜伤亡等重大损失。"①雹灾的突发性,及其次生灾的洪水或者泥石流和山体滑坡,使应灾措施难以有效发挥作用。

三是,雹灾异象,还可能是旱灾的前兆。超常态的雹灾往往会诱发民间想象,这不仅仅是简单的好奇心,而是经验式民族记忆。计六奇(1622—1656)记载:"丁丑闰四月初十戊申,山西汾州府武乡、沁源二县,大雨雹,大者如象,次如牛,是年大旱。"②科学地讲,"如象""如牛"的大冰雹在空中是难以形成的。记载或许有一些夸张,但显然是自然异象,一种对生存环境将发生大变故的自然昭示。对此,如果能仔细观测,结合生活经验,将可以有效应对灾荒的发生。

四是,大风、尘霾与雹灾前后叠加,有时还被看作是社会动荡的征兆,成为历时性间接经验式的谶纬解释。而雹灾可能引发风灾与环境污染。载崇祯五年(1632)五月,"大同、襄垣等县雨雹,大如卧牛,如石,且径丈,小如拳,毙人畜甚众。六月初八日庚戌,临颍县雷风,忽风霾,倾楼拔木,砖瓦磁器翔空,落地无恙,铁者皆碎。山东徐州大水。霾,风而雨土也。晦者,如物尘晦之色也。雹,雨冰也,盛阳雨水温暖,阴气胁之不相入,则转而为雹。风霾雨雹,总是阴晦惨塞之象。而雹大且径丈,尤史书不经见者。至于磁瓦无恙、铁者皆碎,则又屈子所云'黄钟毁弃,瓦釜雷鸣'之谓也。天盖明示以玉碎瓦全之意乎?是时贱者得志、贵者沦亡,兆于此矣。予每于卷末以志异附之者,知天变人乱,亦会当劫运耳"③。上述点评,契合把灾害发生归结为社会乱象征兆的传统思维模式。

这里有某种值得关注的现象,即明末大风灾发生得更为频繁,且与其叠加的次生灾也花样翻新,何以如此? 一方面,对灾害的关注度得到了提升,不仅是对灾害本身的观察,还扩大到其间的关联性,如大风与虫灾、火灾的关系,朱国祯颇有感受:"辽东广宁等卫,狂风大作,昼暝。有黑壳虫堕地,大如苍蝇,久之,俱入土。又数日,钻土而出,飞去,薨薨如蝗。沈阳、锦州城垛墙为大风所仆者百余丈,野火烧唐帽山堡,人马多死

① 耿占军:《浅析清至民国陕西雹灾的发生特点》,《唐都学刊》2014年第1期。
② 计六奇:《明季北略》卷十三《志异》,商务印书馆1958年,第233页。
③ 计六奇:《明季北略》卷七《志异》,商务印书馆1958年,第136页。

伤者。成化二十三年（1487），浙江景宁县屏风山有异物成群，其状如马，大如羊，其色白，数以万计，首尾相衔，从西南石牛山浮空而去，自午至申乃灭。居民老幼男女，无弗见者。耆老梁秉高言，正统间亦有此异，地方不宁。本县频年旱灾，民力耗竭，复见此物，莫不震惧。"[1] 另一方面，囿于科技生产力的局限，以及大众的科学认知不足，观察者虽能在比较中发现其经验性规律，察觉其孵化演变过程："黑壳虫堕地，大如苍蝇，久之，俱入土。又数日，钻土而出，飞去，蠓蠓如蝗"，却无法预防。

五是，高压气旋形成的龙卷风、台风，明清人们的直观感受，仍离不开龙崇拜心理定势的认知局限。"龙蛇之孽"《明史》多载，明武宗正德十三年（1518）五月十五日，"常熟俞野村迅雷震电，有白龙一、黑龙二乘云并下，口中吐火，目睛若炬，撤去民居三百余家，吸二十余舟于空中。舟人坠地，多怖死者。是夜红雨如注，五日乃息。十四年四月，鄱阳湖蛟龙斗。嘉靖四十年（1561）五月癸酉，青浦佘山九蛟并起，涌水成河。万历十四年（1586）七月戊申，舒城大雷雨，起蛟百五十八，迹如斧劈，山崩田陷，民溺死无算。是岁，建昌民樵于山，逢巨蛇，一角，六足如鸡距，不噬不惊，或言此肥蟥也。十八年（1590）七月，猗氏大水，二龙斗于村，得遗卵，寻失。十九年六月己未，公安大水，有巨蛇如牛，首赤身黑，修二丈余，所至堤溃。三十一年（1603）五月戊戌，历城大雨，二龙斗水中，山石皆飞，平地水高十丈。四十五年（1617）八月，安丘青河村青白二龙斗"[2]。

而另外一些故事复杂而神奇，较多表现古人对大风神奇力量的想象，并渗透了崇尚教化、礼佛敬道的伦理教义。《蕉轩随录》仅掺杂了异域神秘感："按：韩女被风吹九十里，徐吉一时许二百里，此中国与沙漠形势不同。古称风灾鬼难之域，信然。又按：辽开泰七年（1018），节度使勃鲁里至鼻洒河，遇雨，忽大风飘四十三人飞旋空中，良久堕数里外，勃鲁里幸免。时一酒壶在地，竟不移。袁、纪二公均未曾引及也。"[3]《熙朝新语》则予幸运孝子以伦理归因："康熙间，泰安知州某行泰山下，忽见片云自山巅下，云中一人端立。初以为仙，及坠地，乃一童子也。惊

---

① 朱国祯编著：《涌幢小品》卷二十七《物异》，中华书局 1959 年，第 644 页。

② 张廷玉等：《明史》卷二十八《五行一》，中华书局 1974 年，第 439—440 页。

③ 方濬师：《蕉轩随录》卷五《大风》，中华书局 1995 年，第 167 页。

问之,曰：'曲阜孔姓,方十岁。母病,私祷泰山府君,愿殒身续母命。母病寻愈,私来舍身岩欲践夙约,不知何以至此。'知州大嗟异,命舆载之以归。"[1]明清时期风灾与教化倡扬俱增互激,方有孝子得风救美谈。而两灾合叙那水灾更可怕,说乾隆丙午（1786）四月初八日未刻起风龙阵,"石家桥至沈渎、官塘一带,拔木发屋者不计其数……又有二人自运河塘上同行,皆飞上天,一堕吴江,一堕常熟,各伤折一手一脚。更有奇者,即于是月十四日晚,马桥、板村、鸿山一路发水,顷刻二三丈,居人逃避仓皇。凡草屋土室,尽为漂没。至吾家西庄桥,水势略缓,然亦至门槛而止。此故老所未闻也"[2]。这里的大风是与大雨联袂而至的,很可能即台风。晚清叙事则留意受灾者的感受,邵进《纪异》称光绪四年（1878）六月初十有二龙从西北飞来,风雨晦暝,龙尾摇拂,"满村屋瓦乱飞,墙垣崩颓声、林木摧折声、波涛沸涌声、禽畜昭号声、男妇喧扰声与风声、雨声、雷声相应,共坏民庐舍数十家,佛寺一座,寺中字纸库岿然独存"[3]。以在场性的多音响交织共鸣,烘托暴风雨的破坏力之大,而主掌此灾的龙神却对于佛经有所戒惧。

六是,冰雪加剧兽灾,而瘟疫引发疫疠之气。山林、草原中兽类难于觅食,进入人类聚居区域,体现出冰雪灾害促发兽灾。据佟世思《耳书》载："甲寅正月十八夜,皖城大雪,雪中人迹遍民舍,而虎踪倍之。"[4]因此,人兽冲突的发生或加剧,来自气候,草原狼南下为灾也有这个因素。切莫以为有了冰雪天气当年就不会有瘟疫,很可能水灾、瘟疫连续发生,疫疠之气更胜。明代黄暐《蓬窗类记》载景泰甲戌年（1454）吴地多雪,"正月望日,一夕积七八尺,比晓,城郭填咽,民居被压,欹侧者覆,缚茅者栋穿檐之绵,而瘠者咸折,通衢委巷,僵而卧者,比比皆是,突而烟者十二三而已。郡守陇右汪浒以为祥,命抟雪为狮……自春徂夏,淫雨连绵,海潮湖水相泛溢,膏腴千顷为巨浸,桂玉腾价,民庶艰食,疫疠大作,死者无算……豪门富室亦不保,未几,汪亦告殂"[5]。这多半是与水灾

① 余金（徐锡龄、钱泳）：《熙朝新语》卷六,上海书店出版社 2009 年,第 95 页。
② 钱泳：《履园丛话》卷十四《祥异·风龙阵》,中华书局 1979 年,第 371 页。
③ 刘崇照纂：《光绪盐城县志》卷十六《艺文》,《中国地方志集成·江苏府县志辑 59》,江苏古籍出版社 1991 年,第 320—321 页。
④ 金毓绂主编：《辽海丛书》第四册,辽沈书社 2009 年,第 2602 页。
⑤ 江畬经选编：《历代小说笔记选》（明·第一册）,商务印书馆香港分馆 1933 年,第 44 页。

之后,饮用水污染、被灾者体质下降、聚集机会增多有关。

旱灾增加了起火机会与毁灭度,令人焦躁不安,大风也往往被诉说为无情地加剧火势迅猛及其危害程度。《水浒传》写英雄起事本来就是因旱疫之灾肆虐而起,小说引首就写北宋嘉祐三年(1058)春,江南到两京盛行瘟疫,"无一处人民不染此症,天下各州各府雪片也似申奏将来"。这才有了洪太尉奉诏来请张天师,天师禳灾;而洪太尉不听天师之劝,执意入山,误纵一百单八个"魔君"。又杨志诸押送生辰纲,在干旱炎热中走了十四五日,在"祝融南来鞭火龙,火旗焰焰烧天红"的背景下,那挑着一副担桶(酒)的汉子(即白日鼠白胜)唱:"赤日炎炎似火烧,野田禾稻半枯焦……"[1]也分明是旱灾的真切写照,在这样非正常的年景下,最炎热的季节里,杨志手下的军汉们苦于酷热,口渴难熬,而杨志的性情也变得特别焦躁,发火打人。小说第四十一回写火烧黄文炳家是"狂风相助",第一百八回写柴进等火烧糜胜,也是"风助火势,火趁风威",这部小说名著中对于流民积习、情绪宣泄纵火无度等反生态的描写,有许多就是借助于不同灾害之间关系、灾害对人的折磨导致心理、行为异常来表现的[2],值得从古代灾害史、灾害对于个体、集团人文情怀的破坏等角度,进一步发掘。

另一方面,对灾害之间联系的不察、误判,也影响到御灾、赈灾的不当、不及时、不作为。作为源远流长的农业大国,从不忽视对气候变化的及时观测。像气候变冷影响到了某些灾害如旱灾发生严重,早就引起了史学研究者的关注。如隋文帝开皇十四年(594)旱灾关中尤甚,甚至全国"人多饥乏",隋文帝却没有开仓救灾,因当时气候变冷引起的农业灾害,在表现上没有洪水、干旱那么直观:"政府很难甄别农业歉收的真正原因,很容易误认为没有精耕细作……气候变冷期再叠加上洪水和干旱引起的破坏力就更大。由于隋朝没有应对气候变冷引起的农业灾害及其衍生灾害的应对措施,政府的不作为再加上征高丽时的繁重徭役,造

---

[1] 施耐庵、罗贯中:《水浒全传》第十六回《杨志押送金银担　吴用智取生辰纲》,上海人民出版社 1975 年,第 182—186 页。

[2] 刘卫英等:《火攻、纵火及火观念的生态化审视——从〈水浒传〉到还珠楼主》,《中华文化论坛》2017 年第 9 期。

成了农民对政府态度逐渐改变,从支持到逃避直至反抗……"①但何以在明清却出现许多不察与误判状况呢? 这既是科学认知能力局限性的现实表现,也与久灾疲惫懈怠、御灾策略失当等有关。灾害频发,使得自然异常衍变为生活常态,无力解决任其自然发展。

第三节　地震、水灾、火灾之关系与诸神信仰

明代嘉靖三十四年十二月(1556 年 1 月)陕西关中的 8 级大地震,据研究,不仅引起了如秦可大《地震记》所载社会秩序混乱:"时地方乘变起乱……如渭南之民抢仓库"②,且导致瘟疫。其实,地震、社会骚乱与瘟疫是互动生发关系,一损俱损。只是当地震发生时,理性而合理的救援措施,理论上是能够缓解社会动乱以及瘟疫等次生灾的发生,但实际情况往往比较复杂。就相关记载看,常常呈现下列特征:

一是,地震引发地下水的上涌或异常。水灾往往在震后发生,较有代表性的是乾隆三年(1738)十一月二十四日银川、平罗等地震,据当时的奏折描述:"地中黑水带沙上涌,亦有陷入而死者。城垣亦俱塌墁,且城根低陷尺许……而平罗、新渠、宝丰等处,平地裂缝,涌出黑水更甚,或深三五尺、七八尺不等。民人被压而死者已多,其被溺、被冻而死者亦复不少……再新宝、平罗等处被溺而死者,其尸冻住冰中,亦令各该委员备带冰钻,凿冰抬出,给银埋葬。尚有全尸俱在冰沙之内无从寻觅者……"③又有在水淹后又地震,如顺治十一年(1654)六月初八夜西安地震,"秦州(天水)为甚,震百余日,山皆倒置,水上高原,城郭、衙舍一无所存者,自是或数月震,经年震,大小震凡三年乃止"④。此前张瀚早注

---

① 程明道:《北魏至盛唐的社会主义萌芽——兼论气候变化对社会发展的影响》,人民出版社 2012 年,第 78—79 页。
② 黄家鼎修、陈大经等纂:《康熙咸宁县志》卷八《艺文》,康熙七年(1668)刻本,国家图书馆藏,第 54 页。
③ 乾隆三年(1738)十二月二十日《川陕总督查郎阿等为报办理宁夏震灾赈济情形事奏折》,中国第一历史档案馆《乾隆三年宁夏府地震史料》,《历史档案》2001 年第 6 期。
④ 贾汉复修、李楷纂:《康熙陕西通志》卷三十《祥异》,康熙六至七年(1667—1668)刻本,国家图书馆藏,第 23 页。

意到嘉靖三十四年（1555）"乙卯冬，地震渭南、华州等处。余自蜀出陕，经渭南县，中街之南北皆陷下一二丈许。东郭外旧有赤水山，山甚高大，渭水旋绕山下，每出郭时，沿山傍水而行，今山冈陷入平地，高处不盈寻丈，渭水北徙四五里，渺然望中矣。过华州华阴，觉华岳亦低于往昔。陵谷之变迁如此。山西猗氏、蒲州、潞村、芮城等州县地震四五日，有一日四五动者。平地倏忽高下，中开一裂，延袤数丈，惟闻波涛奔激声，近裂处人畜坠下无算。房屋振动，皆为倒塌，压死宗室、职官、居民以万计"①。

地震还往往伴随着或引发洪水等次生灾害。董含记载："淮安同日地震，声若雷吼，行人如立洪涛中。安东县城垣、官署、民房，一时俱倒。地裂水泛，一望成巨浸。巢县、和州、泗水、徐州，庐舍尽塌。桃源、宿迁，震死五六百人。清河、邳州，全没。白祥河地陷一孔，涌出黑沙。赣榆县民，竟无噍类。"②地震引发了地壳变动，河堤崩裂洪水四处蔓延，"先是六月十四日，淮水暴涨。宝应、高邮，石塘俱坏。黑夜遇变，淹死者无数。翌日，浮尸蔽河而下，柳榆高者，仅露其杪。至十七日地震，河堤崩坏，水势益汹涌。济河而上，伊、洛之间，蛟龙突起。黄河董口，水涸沙生，将来运道大为可忧，此谋国者所当亟计也"。汛期地震带来的次生灾的复杂性更应重视。而灾害发生时的"声若雷吼""地裂水泛"，灾后"水涸沙生"等自然异象也诱发并强化了神明想象与蛟龙崇拜。

二是，地震常常伴随着水灾，有怪异动物——蛟龙出现。人们往往认为地下水的升沉变化与蛟龙活动有关。言外之意是蛟龙欲飞升上天，导致地震，如康熙十一年（1672）地震，"木门里平川沉没，汇为巨浸，汪洋若海，俗呼为'海子'。至雍正四年（1726）春月，雷雨，见烟雾中有蛟龙飞出之状，水遂涸。至今皆为良田"③。彭崧毓《渔舟纪谈》载道光二十四年（1844）云南大关迎送娶亲的队伍，"男女三十余人皆压于村店之内，新妇在外仅伤颅，守舆之夫亦折一股……山陷于地成一潭，深不可测，或曰是蛟也"④。地震山崩如造成堰塞湖，传播过程中的描述就更令人触目惊心："地震之后，山裂水涌，滨城河渠失其故道。上下游各处，节节

---

① 张瀚：《松窗梦语》卷五《灾异记》，中华书局 1985 年，第 100 页。
② 董含：《三冈识略》卷五《淮凤地震》《河堤崩坏》，辽宁教育出版社 2000 年，第 114 页。
③ 邱大英：《西和县志》卷四《纪异》，康熙二十六年（1687）刊本，第 9 页。
④ 谢毓寿、蔡美彪主编：《中国地震历史资料汇编》三册下，科学出版社 1987 年，第 914 页。

土石堆塞,积潦纵横。"① 随时有雨后决口之险。

康熙七年(1668)六月十七日戌刻,山东、江南、浙江、河南诸省,同时地震,"山东之沂、莒、郯三州县尤甚。郯之马头镇,死伤数千人,地裂山溃,沙水涌出,水中多有鱼蟹之属。又天鼓鸣,钟鼓自鸣。淮北沭阳人白日见一龙腾起,金鳞烂然,时方晴明无云气云"②。董含记载:"山东自六月十七日戌时起,连地震数次,自北而南,其声若雷,城墙颠仆,文庙亦毁。其被灾地方,济南、兖州、东昌等五十九处。沂州、郯城,死伤尤众。利津、沾化,钟鼓自鸣。莒州马嵍山崩,沿河地中作声,或井中涌出黄沙。又蛟龙群飞,爪破山石,往来路绝,怪异不可名状。"③ 这里的记载特别明确地提到蛟龙独现或群飞现象。叙事者对此特别关注是不难理解的,在人畜难以抗拒的地震中,能特立独行的动物,自然应当是灾害的始作俑者,至少应当是灾害发生的推手,这也合乎"顺势巫术"思维的逻辑推断,是古已有之的思维模式。如魏晋时期,据《太平御览》搜集,"地陷"传说就是显例。"《隋(梁)书》曰:梁武帝普通二年(521),始兴郡石鼓村地自开成井,方六尺,深三十丈。侯景篡梁,升御床,床脚陷入地。后景被杀。崔鸿《十六国春秋》曰:前凉张天锡三年四月,延兴地震陷,水出。又曰:前赵刘聪末年,武库地陷,深一丈五尺。时中常侍王沉、中宫仆射郭猗皆宠幸用事。聪游宴后宫,或百日不出。沉等奢僭贪残,贼害良善。御史大夫陈玄达谏,聪不从,玄达自杀。又曰:后秦姚泓永和元年,秦州地陷裂,岩岭崩坠,人舍坏。是年为宋高祖所擒,斩于建康市。又曰:前秦苻坚末年,洛阳地陷。坚后伐晋败焉……"④ 对此,民间有名的"陷湖"故事描述方圆四十里下陷为湖,其实就是:"特指由地震引起的地陷水涌、山崩海啸、大地塌方等突然降临的灾异现象。"⑤ 属有关地震等多重灾异的伦理叙事。

---

① 《万国公报》第 558 期,1879 年 10 月 4 日,第 65 页。
② 王士禛:《池北偶谈》卷二十二《地震》,中华书局 1982 年,第 523—524 页。
③ 董含:《三冈识略》卷五《山东地震》,辽宁教育出版社 2000 年,第 114—115 页。
④ 李昉等:《太平御览》卷八八〇《咎征部》,中华书局 1960 年影印,第 3911 页。
⑤ 何红一:《灾异、征兆、牺牲——从"陷湖"传说到"献身"故事》,《华中师范大学学报》(哲学社会科学版)1994 年第 2 期。此说由刘守华先生研究《猎人海力布》故事的科学史价值首发:"鸟兽来预报地震的过程……内蒙草原上发生的一次相当强烈的地震。"洪水为地震涌水。

　　三是,地震的次生灾害火灾,与地震一样具有极大毁灭性。而这些又常常与人们对灾害形成的关键要素认知不足有关,更是缺乏科学指导的生活习惯的结果。而有时震灾后的"次生灾害",因多灾叠加,扩大了地震的伤害程度。成书于乾隆二十年(1755)的汪绎辰《银川小志》载:"宁地苦寒,冬夜家设火盆,屋倒火燃,城中如昼。地多裂,涌出黑水,高丈余。是夜地动不止,城堞、官廨、屋宇无不尽倒。震后继以水火,民死伤十之八九,积尸遍野。暴风作,数十里尽成冰海。"平罗县破坏尤甚,新设宝丰、新渠两县县城覆没,"是日,地忽震裂,河水上泛,灌注两邑,而地月中涌泉直立丈余者,不计其数,四散溢水深七八尺以至丈余不等。而地土低陷数尺,城堡房屋倒塌,户民被压溺死者甚多。……新渠县城南门陷下数尺,北城门洞仅如月牙,而县属商贾民房及仓廒亦俱陷入地中,粮食俱在水沙之内,令人刨挖,米粮热如汤泡,味若酸酒,以不堪使用……惠农、昌润两渠俱已坍塌,渠地高于渠岸。自新渠而起二三十里以外,越宝丰而至石嘴子,东连黄河,西达贺兰山,周回一二百里,竟成一片冰海"[①]。次生灾害造成富饶的一方已"非复向时饶洽之象",死亡五万多人多半是水灾、火灾造成的,存粮被毁、缺乏食物也直接导致人畜死亡。

　　对于毁灭性的灾害如火灾、地震等,经验式的记载不仅有切身的直观性警示意义,也有利于预防灾难的发生。而文献中所蕴含的神秘信仰,如火神崇拜、蛟龙信仰和玉帝信仰,则能缓解被灾者的精神压力,有利于度过灾害风险期。蓬蒿子写雪神滕六奉玉帝旨下雪积四五尺,街巷及荒郊僻壤皆有巨人、牛马脚迹,人们猜测:"大凡变异之事,虽则一时露形现迹,终是使人将信将疑,今亦不必深求细论。只是一个在人自己谨身修德,庶可化灾为福,转祸成祥。如或放逸为非,便是个和风甘雨,景星庆云,也变做了厉气妖氛,慧孛灾沴。"[②]但社会各阶层仍作恶不止:"县里书吏大尹亏耗一二万金,特别是水旱灾情,这些黠民猾吏,图霸欺凌,夤缘作弊,将荒熟颠倒报来,被灾的有屈无伸;放债的哪管尔卖妻卖子,借财的拼命图赖……说不尽世人奸恶,所以年来水旱频仍,飞蝗损

---

① 汪绎辰:《乾隆银川小志》,宁夏人民出版社2000年,第256页。
② 蓬蒿子编:《新世鸿勋》第二回《滕六花飞怪露形　蚩尤旗见天垂象》,上海古籍出版社1991年影印,第21—22页。

蚀,瘟癀传染,疫疠流行,兵戈日炽于荆襄,饥馑洊臻于齐鲁。"①这里道德化伦理化的灾害归因,有助于灾后社会的规范整饬与民众教化。

四是,与地震直截了当的崩塌破坏不同,冰雪是作为自然力量的另一种显现——以洁白晶莹的美丽景色,遮蔽着令人恐惧的形成过程,特别是气温下降至奇寒状态。在无人居住的深山中,则更会因冰雪而成灾。地理学家、旅行家徐霞客(1586—1641)对气温骤降,就有着实地体验。1616年早春他游历安徽白岳山,这不过是海拔300至1000米的小山,而不料登山次日,即"满山冰花玉树,迷漫一色",过一天,"梦中闻人言大雪,促奴起视,弥山漫谷矣……"又过一天"青天一色,半月来所未睹,然寒威殊甚。方促伯化共饭。饭已,大雪复至,飞积盈尺",接下来一天,"雪甚,兼雾浓,咫尺不辨。伯化携酒至舍身崖,饮睇边饮边看元阁。阁在崖侧,冰柱垂垂,大者竟丈"②。此山在安徽休宁,为亚热带气候,冬季很少降雪,据研究,如气温不在零下20摄氏度,是难于形成如此之大冰柱的。这一年徐霞客在阴历二月初三至十一(约阳历3月中旬)到了黄山,在海拔600米的汤池,大雪没脚趾,到了慈光寺(旧名珠砂庵)。"比丘为余言:'山顶诸静室,径为雪封者两月。今早遣人送粮,山半雪没腰而返。'余兴大阻,由大路二里下山,遂引被卧。"再从左上行,"石峰环夹,其中石级为积雪所平,一望如玉……数里,级愈峻,雪愈深,其阴处冻雪成冰,坚滑不容着趾。余独前,持杖凿冰,得一孔置前趾,再凿一孔,以移后趾。……松石交映间,冉冉慢慢地僧一群从天而下,俱合掌言:"阻雪山中已三月,今以觅粮勉到此。公等何由得上也?"③如此大雪漫山,冰滑难行,如果没有攀登经验和足够的食物储备,在古代的交通条件下,外出旅行与深山中的寺庙道观,该会遇到多么严重的困难与危险?因此,在缺少远行经验的送婚队伍遇到类似严寒气候袭来时,是肯定难于应付的。

此外,地震火山与寒冷亦有关联。从气象科学的角度看,这应该是地质调整的大地现象。据气象学家研究,1645至1715年间,正是Maunder

---

① 蓬蒿子编:《新世鸿勋》第二回《滕六花飞怪露形　蚩尤旗见天垂象》,上海古籍出版社1991年影印,第26页。
② 徐宏祖:《徐霞客游记》,上海古籍出版社1981年,第10—12页。
③ 于希贤:《徐霞客对十七世纪大雪奇寒记载研究》,《地理研究》1993年第3期。

Minimum（蒙德极小期，即太阳活动非常衰微期），国内气候奇冷，"8级以上大地震频频发生，飓风、海啸次数增多，火山活动加强。……大量陨石坠落。所以这段时间有人称之为'小冰河期'或'明清宇宙期'"①。逢此时期，地球的表现则是多灾频现，然而就所见的文献载录看，明清人们普遍感到对灾异的发生无能为力，亦无良策主动消解。因此，大地震、飓风与冰雪寒冷叠加发生，对受灾主体常常是毁灭性打击，令人丧失重建家园的能力与信心。

综上不难见出，灾害的发生——救灾——另一种或几种灾害（次生灾）的叠加出现，循环往复，从未间断过。对于开放式、循环叠加的灾害存在模式，经验式的观察记录与分析，仅仅是探寻解决当下问题的慰藉方式，比如神秘力量的想象以及戾气征兆。而认同灾害的非常态，将非常态的灾害视为生态运行的组成部分，也就是说与灾害始终同行，或许是理性且有意义的选择。

_____

① 宋燕等：《小冰河期气候研究回顾和机理探寻》，《气象》2003年第7期。

第十四章　告灾新闻图画、画像崇拜与募捐传播效应

　　关于告灾的图像叙事,古代经历了一个由娱神祈免灾,到实实在在地求助社会赈济的过程。1932年,郑振铎先生运用民俗学、人类学理论,揭示了商汤桑林祷雨所蕴含的人神、君民等多重关系,认为古代帝王也是祭师王,"不仅要负起大灾异、大天变的责任,就在日常的社会生活里,他所领导的也不仅止'行政''司法''立法'等等的政权而已……他要为了人民们而祈祷;他要领导了人民们向宗教面前致最崇敬的礼仪"①。汉代画像石《升仙图》就有了雷神乘舆、头戴鱼形冠的河伯一起"降雨除旱"的图像;《鱼伯出行图》(《雷神出行图》)也有雨师驭车,蛇身车轮状,体现出祈雨与升仙同行②。东汉王充《论衡·雷虚篇》对于当时流行的雷神图画描绘的名实相副问题,提出质疑:"……天不说,不降雨,谓雷天怒,雨者天喜也。雷起常与雨俱……图画之工,图雷之状,累累如连鼓之形;又图一人,若力士之容,谓之雷公,使之左手引连鼓,右手推椎,若击之状……飞者皆有翼,物无翼而飞谓仙人。画仙人之形,为之作翼。如雷公与仙人同,宜复着翼。使雷公不飞,图雷家言其飞,非也;使实飞,不为着翼,又非也。夫如是,图雷之家,画雷之状,皆虚妄也。"③至明清时期,赈灾成为朝廷的头等大事,又往往不堪重负,全民赈灾已成时代亟须。而灾情图画,一种无须文字的直观告白,老少咸宜,配以文字,不仅能简捷明了呈现灾害险情,还可做跨时空交流,以正效应模式催发、扩大募捐义赈传播力度。

　　古代中国的"图",在英国美术史家科律格看来,涵盖了视觉表达所

---

① 郑振铎:《汤祷篇》,古典文学出版社1957年,第24页。
② 牛耕:《试析汉画中的〈雷神出行图〉》,《南都学坛》1990年第4期;王煜:《也论汉代壁画和画像石中的鱼车出行》,《考古与文物》2013年第3期;郝利荣、杨孝军:《徐州汉代墓葬画像中自然灾害题材的图像表现——以徐州汉画像研究为例》,《文物世界》2015年第1期。
③ 黄晖:《论衡校释(附刘盼遂集解)》卷六《雷虚篇》,中华书局1990年,第299—305页。

有形式:地图、图画、画作、图示、肖像、图表、图案等,均可统摄到"象"这一概念下[①]。而以图画为核心、以图示、图案为辅助的赈灾图画,可以说充分借助了中古汉译佛经以来的佛典故事插图、壁画,以及明清以来通俗小说古代图文相应互动的叙事传统[②]。晚清的告灾、赈灾新闻图画,其传播速度之快、鼓动性影响力之大,不仅是新闻史上的创举,更开启了图文并举书写现代化的进程。

第一节　"流民图"到"铁泪图":图文呼应的天灾呈现模式

晚清时期,借助国外传来的先进的照相石印技术与报纸传播媒介,灾情图、流民图的绘制、刊刻骤然增多。这是图画反映现实生活的叙事传统的延续,也是图画叙事艺术及传播效果的时代新动向。

其一,"流民图"本是摹状苦难的传统传播模式,一种无须文字的瞬间识记。古代史传有绘功臣图像入麒麟阁、凌烟阁以表功、怀念的传统[③]。至于"流民图"的产生,与北宋光州蝗灾有关,北宋名臣郑侠(1041—1119)曾以《流民图》批评王安石变法[④]。光绪初年(1876—1879)山西等华北五省"丁戊奇荒"后,多省发布告灾求赈图画,《申报》等报刊对于灾荒、赈灾的报道[⑤],配上了这些灾荒惨景、赈灾告急图画加以发行。人类学家指出,中国的汉族是农业民族,"历史上因自然灾害、政治变故、战乱,还有人口增长、土地短缺以及田赋难于承受,曾引起农人有规则或无规则之迁徙。既有举族行动,又有单家独户的移民。汉语

---

① Craig Clunas, *Pictures and Visuality in Early Modern China*, London :Reaktion Books, 1997, pp.102-111.

② 可分为"绘本小说""插图小说",参见乔光辉:《明清小说戏曲插图研究》,东南大学出版社2016年,第47页。

③ 如甘露三年(前51)刘询(汉宣帝)将十一功臣画像入麒麟阁,有霍光、张安世、韩增、赵充国、魏相、丙吉、杜延年、刘德、梁丘贺、萧望之、苏武。贞观十七年(643),李世民(唐太宗)为怀念众功臣元勋,在凌烟阁内绘二十四位功臣真人大小的图像。

④ 林秋明:《郑侠与〈流民图〉》,《福建乡土》2010年第6期;林宜陵:《郑侠〈流民图〉事件与相关诗歌探微》,《中文学术前沿》2014年第1期。

⑤ 如《阅河南奇荒铁泪图书后》,《申报》1878年3月15日;《许王合作流民图》,《申报》1931年9月1日。

口语中'逃荒'和'逃难'（包括战乱）已是民众十分熟悉的词语，表现断了生计之后趋利避害的行为方式"①。虽然流民逃难还有其他原因，但因灾害被迫离开乡土的逃灾、逃荒却无疑占较大比例。图画真相，与文字记载呼应。

其二，"铁泪图"，立此存照，往往某一幅图突出一个灾情、赈灾主题，是寓意丰富的灾情图画。"铁泪图"得名，据考来自近代画家吴昌硕（1844—1927）的《登楼》一诗，诗中有句："海内奇荒悲铁泪（丁丑戊寅间河南山西大饥刊"铁泪图"劝赈），吴中淫雨病春花。山民何处为生计，已过清明未采茶。"而苏州桃花坞协赈公所编《齐豫晋直赈捐征信录》（谢家福主持）收录表现四省灾情与赈灾的"铁泪图"五组：豫饥铁泪图16幅、中州妇幼图8幅、仳离啜泣图8幅、晋赈福报图8幅、天河水灾图20幅②。

特别需要提到的是，此前谢家福（1847—1896）与画家田子琳设计刊刻了《河南奇荒铁泪图》劝赈书，这12幅版画为：《借贷无门，卖田拆屋》《树皮草根，剥掘充饥》《遍地哀鸿，觅食露宿》《卖男鬻女，饥肠分离》《饥寒难忍，悬梁投河》《饿殍载涂，争相脔割》《冻饿临盆，母子俱死》《白骨遍野，饿鬼夜号》《孝子节妇，忍饿吞声》……《善士解囊，诸神赐福》等③。这位画家田子琳曾参加《点石斋画报》的创作，该刊1884年创刊，据考，他于1884年5月后的两年，为多产画家，画作数量仅次于吴友如、金蟾香，高于周慕桥④。

几乎同一时期的文学描写，与图画互动生发，强化灾荒记忆。如小说中就有灾荒食人的惨象描写，说水灾过后树皮草根都被刮掘光，冬里又冷得异常，十室九空，"起初不过把那死了的尸骸割了去吃，后来以强凌弱，以众暴寡，明目张胆的把那活人杀吃。起初也只互相吃那异姓，后来骨肉天亲，即父子兄弟，夫妇亲戚，得空杀了就吃。他说：'与其被外

① 庄孔韶：《银翅：中国的地方社会与文化变迁：1920—1990》，生活・读书・新知三联书店2000年，第21页。
② 李文海、夏明方、朱浒主编《中国荒政书集成》第八册，天津古籍出版社2010年，第5389页。
③ 王一村：《清末民间义赈中的灾情画——以"铁泪图"为中心的考察》，《农业考古》2016年第4期。
④ ［德］鲁道夫・瓦格纳：《进入全球想象图景：上海的〈点石斋画报〉》，《中国学术》第八辑，商务印书馆2001年。

人吃了,不如济救了自己亲人。'那该吃的人也就情愿许人杀吃,说:'总然不杀,脱不过也要饿死;不如早死了,免得活受,又搭救了人。'相习成风……一个四十多岁的妇人进县里告状,方递了状走出去,到县前牌坊底下,被人挤了一挤,跌倒了爬不起来,即时围了许多人,割腿的割腿,砍胳膊的砍胳膊。"[1] 这种结合灾区惨象的景物描写,连同具有聚焦性质的妇孺被食场景,成为灾情程度之骇人听闻的新闻采集实录模式。亦有运用歌谣咏叹、表达对于受灾者的哀悯、同情,在光绪初年以山西、直隶为中心的"丁戊奇荒"之后纷纷涌现。如李锡麟《入囤词》,咏灾民为解全家饥困被迫贱卖已聘女,亲人别离场面甚为悲楚:

> 早来媒氏持庚纸,谬说郎君前日死。原聘须偿女应嫁,两家戚好今休矣。闻云气绝几昏迷,切切哀哀向母啼。从教饿死皆由命,争忍生儿卖小妻。母言儿命真成苦,此事耶娘那得主。退券分明媒责聘,贫家财物将安取?况经三日断炊烟,若耶忍死迫黄泉。为儿好择门楣婿,余价还希得两全。清晨卖女言初出,午后媒来五六七。风流不是贩花人,河北才郎求正室。耶娘忍泪促儿妆,珠雨全消脂粉光。母曰十千身价少,所欣生女得佳郎。沉痛生人作死别,亲前泣拜肝肠裂。养儿只博十千钱,形影从此成隔绝。回头别弟语依依,好傍耶娘莫更违。他时长大来河北,未必相逢是与非。出门但见人欢笑,心疑轻薄何年少?半日驱车已一程,路逢耳语如心照。……未卜此生置何许,余生无日报恩深。[2]

然而,诉诸视觉景观的图画,能更直观展现出最有表现力的离别惨状,令人有类似惨状无往不在的联想。

其三,选取灾荒中背离人伦的惨烈画面,表达最可怕的灾荒场景、最令人肠断的人间苦情。此类图画是以具体生活细节展示灾荒的可怕后果,图画往往配有主题词及情况说明。主题词多以四言、八言概括的语言模式,庄严古雅,言约义丰,可远祧多用于上古祭祀的四言诗。而明代

---

[1] 西周生辑著:《醒世姻缘传》第三十一回《县大夫沿门持钵　守钱虏闭户封财》,齐鲁书社1984年,第397—398页。

[2] 光绪《凤台县续志》卷四《艺文词》,《凤台县志·点校简注本》,三晋出版社2012年,第678页。

宫廷实录也有类似表达。史载万历年间,山东举人张其猷所绘《东人大饥指掌图》:"各为诗咏之,有'母食死儿''妻割死夫'之语,见者酸鼻。"该图书序详解:"又行半日,见老妪持一死儿,且哭且烹,因问曰:'既欲食之,何必哭?'妇曰:'此吾儿,弃之且为人食,故宁自充腹尔。'"① 这种四言概括、点题的方式,也为《点石斋画报》所大量采用。不论是主题词还是说明文字,所关联的主题人物主要是母与子、妻与夫等人伦至亲,以"母食死儿"等骇人听闻的表述概言之,真是令"铁人"也会泪目,极具震撼力。

其四,各级官员赈灾图画,重在传达"替天代赈"主旨。图片上官员形象往往体态丰腴,从容稳健,随从衙役显得干练敏捷而活跃。图画还当与官员体察灾情的奏折书写习惯相关——虽灾情惨烈但仍可救助并能顺利度过。因此,灾情图画既是灾害的现场展示,也是思维缜密的政治策略表现,图画意象的设置剪裁得当,主次分明,主旨明确。如官员杨光第上奏关外一带连年荒歉导致的农民疾苦:"去岁始而亢旱,继而霪雨雹灾,又于七月廿六七日严霜早降,禾稼尽萎,幅员数千里籽粒无收,以致各处粮价昂增四倍。……荞花禾梗购用斗称,草根糠皮无处搜罗,甚至卖妻鬻女接踵于途。年轻妇女价仅大钱五六千文,十二三之女孩仅一二千文,中年妇女、十数岁之男孩,以之送人亦无受主。……(丰镇)各村房屋子拆毁殆尽。遥望一村约有数十户,及查至该处,仅存四五家,甚至有一村仅存一家者,更有村无一人者。惟见残垣破壁,尸骨纵横。所可惨者,边地尸骸狼吞狗噬,见之触目伤心。……查历各村,既无鸡犬之声,难觅升合之粟。即有数顷田地之家,现食荞花禾梗,草根糠皮煮食,有此食者尚是大户。所有牲畜渐就变卖,今日之极贫,即从前之富户。其次等之家,尚无荞花禾梗煮食,甚至食马粪,食死人肉,面目浮肿,不像人形……再下之户,去冬饥寒交迫,早已尽填沟壑,不可数计……光路过阳高,见灾情亦属相等。去冬食死人肉已不一而足。阳高前令尹既未报灾,又未请赈……昨过石头沟,见有卖男孩者,因数天无人受主,回家后竟将此孩残食。噫!父母忍心,一至于此,言之可惨。食死人肉无

_____

① 《明神宗实录》卷五百四十二"万历四十四年(1616)二月丁未",(台北)"中央研究院"历史语言研究所校印,1962年。

处蔑有。今晤管颂生兄,方查户回,云过高庙地方,先一日见庙旁两人倒卧,后见此一人将彼尸火烤,割腿上之肉而食,斥之不去。并闻九道沟有一人连食死人肉七个,而自身仍死。……三月初一日二道沟灯下拜发。"求生无望才拆房,这被《点石斋画报》剪裁用于《山西灾状》图的文字说明[①]。作为视觉艺术的图画,图画者的情感倾向性就寓含在画面构设中。因此,对《山西灾状》的合理剪裁,正突出了造成灾荒惨景之重点在于官员的瞒灾不报。

最后,则是民间自救互助的图画场景。一是换工自救,一是互救,如善良的富人家用铜钱买救妇女儿童。图画上,灾荒中救助他人者常常会获得好报,有鬼神庇护。如图 32《感恩赎女,罗拜冥中》"抛将十斛明珠,归此一双素璧",被赎买走的女儿有了活路,父母情愿"生生世世,誓结草兮无穷"[②]。这在重视积阴德、获冥报的晚清,无疑是非常有吸引力、鼓动力的,而更具新闻传播效果和社会效应。

第二节　赈灾宣传画:《点石斋画报》的新闻功能

晚清时期,与西学东渐遥相呼应的改良运动及新生活运动,多以民众喜闻乐见的艺术形式呈现,图书画报以其直白易懂而大行其道。作为《申报》的附属出版物,《点石斋画报》所展示的内容更是丰富驳杂,既与时俱进,贴近生活,又极好地结合了绘画艺术的审美效应与新闻传播性。论者曾将《点石斋画报》题材分为 13 类,其中第 11 类:"人民灾难。多为灾情报道,如《洪水为灾》《饥民戴德》《悉力捕蝗》《当妻谈新》《把屋伤人》《吴大中丞勘水纪事诗图》等。"[③]而本书则可进一步细分主题。

一是,赈灾新闻成为一个凝聚人心的时代课题。光绪十年(1884),吴友如所绘的《点石斋画报》(1884—1898)甫一创立,就选用了古代御

---

① 杨光第:《山西放赈报灾惨状公函》,《申报》1893 年 5 月 10 日,参见陈平原、夏晓虹:《图像晚清》,百花文艺出版社 2001 年,第 74 页。

② 李文海、夏明方、朱浒主编:《中国荒政书集成》第八册,天津古籍出版社 2010 年,第 5420 页。

③ 张美玲:《〈点石斋画报〉视野下晚清女性生活形态探究》,福建师范大学硕士论文,2011 年。

灾最有代表性的仪式场景——《京师求雨》(该画报甲十一)。对于图像配文字来呈现某一城市(区域)别样的风俗画、风俗志(还有《佛寺晒经》《庙祀财神》《验收驼马》),这幅求雨的场景居首。陈平原将这类描摹与表现世俗生活的风俗画历史,追溯到宋代张择端《清明上河图》,而在汉代画像石中已开始,"表面上,这些图像也有时间、地点、人物,具备所谓的新闻三要素。可明眼人一看就明白,'事件'本身无关痛痒,作者真正关心的,是作为背景的'风土人情'……所着力描摹的,便是北京特有的'风情'"[1]。图画将求来生福报、求财、经商与禳灾求雨并列,均视为生活常态,融经验与科学认知于一体,意味深长。

二是,关注灾区民众的真实生活,提供舆论和社会力量支援被灾者。《点石斋画报》与《申报》(创刊于1872年)均为英国商人美查创办,在依托《申报》作为其副刊存续的15年内,出版528期,近5000幅图,发行量由起初的3000多份,一再加印,至1990年已超过7000份,以上海为中心分布全国。画报的主绘、主编吴友如,也由此名气很大,艺术生命力很久,画报由点石斋石印书局印刷[2]。由于办报方针为"选择新闻中可惊可喜之事绘制成图,并附事略",贴近现实的灾难、御灾、赈灾图画报道,也就成为一项重要题材、母题,也属于一种与赈灾文字搭配的"副文本"之一。如《洪水为灾》(甲八)、《广东水灾》(丁九)、《饥民戴德》(丁一)、《悉力捕蝗》(丁十二)、《当妻谈新》(庚七)、《埼屋伤人》(庚十二)《吞赈惨报》(庚十)等。有时还系列连载,如《吴大中丞勘水纪事诗图》(寅六)载该大员亲赴粤省水灾地区赈救灾民的途中见闻,图画与诗作辑成专号,画图连载,体现出赈灾官员不辞辛苦、忧民爱国情怀。

三是,新闻图画直接起到了募捐广告的作用。《广东水灾》(丁九)所配文字为:"……现先酌垫付款项,汇解广东,向来经办协赈各省之爱育堂,经手放赈。如有各省善士,慨助捐款,可托上海四马路浦滩电报局对门,招商局楼下报总局王心如先生,代为汇解。"

四是,对于不合理的御灾方法、趁赈灾横行不法的现象进行揭露。如《捕蝗新法》寓庄于谐,似誉实讽,绘官员们在八蜡庙庄严地观看供

---

[1] 陈平原:《左图右史与西学东渐——晚清画报研究》,生活·读书·新知三联书店2018年,第386—387页。

[2] 俞月亭:《我国画报的始祖——点石斋画报初探》,《新闻研究资料》1981年第3期。

神:雄鸡血滴白米上,以此"丹砂"来分赐洒之灭蝗,正话反说:"自能不捕而灭",实际上在质疑:"鸡是昆虫克星,难道蝗虫连鸡血也怕,真是一物降一物也?"[1]《营勇犯奸》一幅则画出少女被搂抱、掩袖哭泣状,披露金陵某营勇到各乡搜捕蝗蝻时,轮奸一民女,并对岘帅谕令"皆处极刑"称快[2]。

主绘、主编吴友如的贫苦出身,使得其更能体察民生疾苦。民国著名编辑、教育家郑逸梅(1895—1992)在《吴友如和点石斋画报》一文如是回忆:"吴友如,江苏元和人,名嘉猷,从小死了父亲,很是孤苦,由亲戚介绍在阊门城内西街云蓝阁裱画店做学徒。……吴友如在这书画氛围中,瞧得多了,也能动笔描摹。附近有位画家张志瀛,看见他的作品,认为笔致不俗,可以造就,便尽心竭力的加以指导……吴友如的声名一天天大起来,甚至清朝王室也招他绘画。吴费了几个月工夫把画完成,因不惯束缚,急急的南还。他路过上海,这时申报馆附近的点石斋,正发行点石斋画报,便请他担任绘画主干。"[3]而吴友如长期生活在都市的下层,体察民生疾苦,对于表现灾荒苦难的细节,犹有擅长,如鲁迅所了解和赞赏的,"……吴友如画的最细巧,也最能引动人。但他于历史画其实是不大相宜的。他久居上海的租界里,耳濡目染,最擅长的倒在'恶鸨虐妓''流氓拆梢'一类的时事画,那真是勃勃有生气,令人在纸上看出上海的洋场来"[4]。

台湾学者指出了《点石斋画报》的告灾、赈灾图景,不过是其丰富的社会、文化图像的一部分,侧重原始状貌的真实传达,"呈现给一般读者的,其实还是一幅完整未经割裂的传统式文化图像。对这些图像的文字解说,虽然略显古奥而不可能被一般民众所理解,但基本上,不论是文字或图像的内容,都是一般下层民众日常生活中再熟悉不过的情境。就如同传统方志或志怪小说中魔幻、怪诞的描述,如实地呈现了传统民众的文化想象和日常生活,《点石斋画报》借着夸张而具体的意象,用一种

[1] 吴友如等:《点石斋画报》,大可堂版,1892年。
[2] 吴友如等:《点石斋画报》,大可堂版,1892年。
[3] 郑逸梅:《书报话旧》,学林出版社1983年,第84—87页。原载上海《新民报》晚刊,1956年11月4日。
[4] 鲁迅:《朝花夕拾·后记》,《鲁迅全集》第二卷,人民文学出版社2005年,第338页。

看似现代的技术,重复着方志和志怪小说对传统社会魔幻而逼真的记叙"①。可见,从小说母题角度对于应灾、御灾、告灾进行跨学科跨媒介探讨,在学理上是可行的,而新闻图画事实上与野史笔记、通俗小说等,所侧重的告灾、赈灾效率等社会功能是共同的。

此时,据蔓延北方五省的"丁戊奇荒"还不到十年,较之同治十二年(1873)的江浙干旱也刚刚过了十年,人们对于由北方到南方的旱灾仍心有余悸。冠名"京师求雨"的图画,表现出了群体参加的盛况,马拉的轿车,说明还有外国使节的参加,其背景有河流、平房,有船有桥,没有高大的宫殿,显然是在郊外,人们远程前来参加。其代表了晚清华北地区的求雨仪式,为国外研究论著所选取引用②。

五是,指导民众科学常识,提供解决实际疾病的有效之策。针对流行性疾病如"天花"的预防,《点石斋画报》也敏感地介绍西医接种牛痘,创立才一年,1885年即刊载《诚求保赤》③,引起各省大吏纷纷筹资开办此类预防接种,因前来接种儿童多,医生岑春华在英租界诊所免费接种牛痘。

六是,传达大众情怀,阐扬同理心同情心,如因缘善报、慈悲心等。《点石斋画报》的成功很得认可,论者特别指出其还表现了"驱逐瘟疫"的御灾题材,即《文昌逐疫》(总号242-7,戊戌集2-15,1890年11月8日出版,张淇画),画面上的人群声势浩大,中杂有穿官服者,表现出官府组织了这一御灾活动。他点明了新闻媒体毕竟以营利为目的,该刊"各种腥煽惊悚的社会新闻,固然符合了现代新闻的某些特质,为都市消费者求新求变,永远处在饥渴、欲求状态下的官能需求,提供了一个稳定的管道。但传统志怪、果报、灵异小说式的情节,在夸张的图片配合下,不论就强度和力度而言,可能更能达到诡异、刺激的目的。题材虽旧,却更符合商业新闻腥煽的诉求"④。显然,灾荒之中众生尤其妇孺的各种惨象,

---

① 李孝悌:《走向世界,还是拥抱乡野——观看〈点石斋画报〉的不同视野》,《中国学术》第十一辑,商务印书馆2002年。
② [美]艾志端:《铁泪图:19世纪中国对于饥馑的文化反应》,曹曦译,江苏人民出版社2011年,第252—256页。
③ 吴友如等:《点石斋画报》,大可堂版,1884年。参见陈平原、夏晓虹:《图像晚清》,百花文艺出版社2001年,第279页。杨慧丹:《娱乐与启蒙——市民文化生成中的〈点石斋画报〉研究》,《创意与设计》2018年第2期。
④ 沈冠东:《〈点石斋画报〉图像叙事中语言与时空表达的关系研究》,中国科学技术大学博士论文,2017年。

非常刺痛读者同情心、怜悯情怀，论者在这里居然运用了"腥煽"一词，血腥的煽情在于，以"丁戊奇荒"卖儿卖女、灾民食人为核心的灾情呈现，与每个人、每个家庭和孩子相关的"驱逐瘟疫"的御灾题材，都属于这类"商业新闻"。黄协埙《淞南梦影录》载，媚香楼主人李佩兰，琼姿玉质，"尤喜赒人之急"，被称为"红妆季布"，一次豫中饥荒，"某绅士绘《铁泪图》，募人捐赈，佩兰阅之恻然，立输番银三百圆，并丐云间（上海）荟红巢主代撰小启，劝姊妹行协助，其《启情文》交至，哀艳动人，爰录之云：'金迷纸醉，南邦歌舞之场；雨苦风凄，北地流离之会。灾难虽由天意，补救要在人为。凡在同伦，咸深悯恻……"① 因而，不可忽视画面直观的表现功能，以及触发的共鸣感、想象力，须知当时许多读者，就是靠这以图为主、图文并茂的《点石斋画报》，最为真切地了解到几百里外、千里外的灾情和灾民惨状的。应该说，清末民初赈灾募捐的成功，离不开这些图像的新闻效应、传播与感染力。

陈平原的研究专著第一章《图像叙事与低调启蒙——晚清画报在近代中国知识转型中的位置》，介绍了 1879 年 6 月 19 日上海《申报》刊载《寰瀛画报》光绪五年四月广告，其中即有《中国山西饥荒出卖小儿图》②。此时距《点石斋画报》诞生的 1884 年，还有五年，但已体现出画报"必须与新闻结盟，表现中国读者关注的'时事'"。须知灾情、御灾无疑也是都市民众最热切关注的新闻热点之一，市民与乡村密切联系，许多市民即由乡村来，栩栩如生的灾荒图画，常常令观者有感同身受的切肤之痛。因而画报对于告灾、赈灾的感召力不可忽视，同时也扩展了赈灾视野，交流了赈济经验，同时增进了全民赈灾的同情心与凝聚力。

第三节　告灾、求赈图画的主题表现与类别

新闻时事成为图画主要题材，更不乏社会政治内容。比如自然灾害与灾荒图画，以受灾惨状、哀情示人，强调弱者需要赈济救助，赈灾图画

---

① 江畬经选编：《历代小说笔记选》（清·第五册），商务印书馆香港分馆 1933 年，第 1338 页。
② 陈平原：《左图右史与西学东渐——晚清画报研究》，生活·读书·新知三联书店 2018 年，第 12—13 页。

具有灾情通报、赈灾新闻的巨大社会功能。在这一点上,赈灾图画对于唤起中外多阶层、多层次赈灾响应,起到了有效的推动作用。以《齐豫晋直赈捐征信录》为例,光绪三年(1877)五月,其卷首《四省告灾图》即为《东赈雁塔图》,图上开宗明义,标明"救人一命胜造七级浮屠",浮屠即塔。宣示了赈济施救与佛教普度众生、慈悲为怀思想的联系、借助。孔飞力指出过清代后期民俗心理的亲佛倾向:

> 到十八世纪六十年代,僧道人员中的很大一部分其实就是形形色色的乞丐。不管官方对此如何加以反对,以僧道的衣衫举止在外行乞,是人们所熟悉的,甚至还为民众所尊重。一位十八世纪的观察者指出,那些鄙视一般乞丐,连一个铜板都不会给他们的富人,却会把自己兜里的每个铜板都扔进乞僧的碗中,以便为来世积德。①

积德行为,就把拥有一定赈救资源、能力的施赈主体个人与其来生福报,系为一种有机的因果关联,暗示他们遇到了一个为自己、子孙家族"买好运"的机会。

以下60余幅图画,整体的中心目的,事实上就是祈告社会灾情之酷烈、受灾黎民在煎熬的苦况,引发施赈的悯惜同情。告灾图,力图带有一定情节地、较全面地展现旱灾及黄河水灾的惨烈,倡导赈灾并宣传行善得报,蕴含着同情饥民、援手行善的图文主题,呼唤全社会捐助赈灾,救民于水火。

一是旱灾展示,仍旧罗列灾情持续性严重、引发次生灾荒的标志性惨象。图2《豫饥铁泪图》组图标"久旱不雨,下民悔祷"②,图3《树皮草根,剥掘充饥》,图4《借贷无门,卖田拆屋》(图文:"旱灾之后,薪桂米珠……数间破屋,几亩荒田。亦短价轻售,甚至求售不得,遂作饿殍,其情又惨矣。高堂华屋中人能弗怦怦心动耶?"),图5还配以文字:"同衾同穴,愿偕白头,至于计无复之,不得不忍为此……从此天涯幼子,谁为乳哺?牵衣歧路,哭断肝肠,悲莫悲兮生别离,信哉!"③(图14-1)

---

① [美]孔飞力:《叫魂:1768年中国妖术大恐慌》,陈兼、刘昶译,上海三联书店1999年,第58—59页。
② 李文海、夏明方、朱浒主编:《中国荒政书集成》第八册,天津古籍出版社2010年,第5390页。
③ 李文海、夏明方、朱浒主编:《中国荒政书集成》第八册,天津古籍出版社2010年,第5393页。

夫妻生别稚子悲啼

图 14-1　夫妻生别,稚子悲啼

悲惨的还有下一步离乡之后，图6《四野流离，转填沟壑》绘者负老抱幼，漂泊山水荒途，配文："……求一栖止所不得，求一啖饭所不得，幕天席地，吸露餐风。饥寒中人，疾疠易作，跋涉数十百里，仍不免作沟中瘠、异乡鬼也，噫！"图7《扶亲乞食，孝子呼天》表达"饥乌中夜声啾啾，负衰亲兮行道周……"，已望家门，而门内还有老老小小在期盼乞食者归。图8《遗弃孤儿，哀寻爹娘》状"雏鸿最惨"①（图14-2）。

而图9《鹄面鸠形，迎风倒毙》状踽踽道旁者弃讨饭棍倒毙的瞬间，图10《饥寒交迫，悬梁投河》状萧然四壁、力尽计穷状。图11《饿殍载途，争相脔割》绘食人场景。图12《遍地尸骸，鸟兽啄食》状绘一面是掩埋不及，一面是乌鸦、"狗彘夺食"尸骸。那么归乡者面对的是什么呢？图13《给种资遗，田荒屋圮》描绘了灾后衰败。兼有图14《得雨垦荒，农器典尽》的丧失农具的困境。图15是《盼望秋成，屈指期远》。这些都很容易催发观图者身临灾区、身履险途的"二度体验"。

二是赈灾果报。图16《思诏蠲赈，万民感戴》表达"自今以后，所生之日皆朝廷再造恩也"。图17《善士解囊，诸神锡福》状获赈灾民对恩人"降福赐祥"之愿。之后是灾荒对人伦关系、社会秩序的破坏之烈，与饥民食人：图18《情急背聘，卖女他方》状婿家"贫不能纳"的飞絮遭风之惨。图19《遗腹独子，远卖求生》状为娘割爱放弃抚孤的凄楚。图20《穷途分娩，将婴弃水》仿佛重绘了王粲《七哀诗》"抱子弃草间"的悲剧。图21《道路孤儿，黑夜诱杀》绘出地狱般的灾区逃荒不易。图22《饿亲垂毙，杀女堕刃》状饥民万般无奈之际心灵搏斗的瞬间。图23《持钱赎命，已受宰烹》绘出了一面屋外"取钱往赎"归，一面屋内女子"已游釜中"的痛惜。图24《人肉充肠，转眼疫死》描绘了循环灾难。

接着又是果报：图25《全人后裔，天赐嘉儿》绘出梦境：对收养孤儿的善人必得善报的祈愿。"行善得善报"如同不能停止的旋律，募赈画图需要时时拨动心弦，时时回响着这一旋律。吴炽昌载"抑己尊人"的郝连大娘面对群狼，救邻子归，而把亲子扔下：

> 其家山居，夫以樵为业。大娘生一子，甫周岁，归宁父母，住有日矣，忆及家事欲回，时值农忙之际，其弟侄皆在田间，无送之者。

---

① 李文海、夏明方、朱浒主编：《中国荒政书集成》第八册，天津古籍出版社2010年，第5396页。

图 14-2　遗弃孤儿, 哀寻爹娘

有邻人子，年十四五，其母倩令送女，大娘偕之行。绕溪越岭，人迹罕到处，有群狼来扑，邻子倒地，大娘急呼曰："此子不可食，是邻家倩来者。请以吾子易之。"遂投其孩童于地，而与狼力争邻子。狼竟舍之，扶邻子踉跄而归。其夫见大娘颜色惨变，询得其故，携枪往捕，至其处，见群狼环伺之，其子端坐于中，挖地抟土为戏。狼见人来，跳跃而去，乃抱其子归。夫妇互庆，明日送邻子归，述之，通邑称异。未几，邻子赴野拾菜，竟为狼食，村人益神大娘，死而庙祀之，凡有遇虎狼者，大呼"郝连大娘"，则必有旋风护之，至今香烟犹盛。①

故事被新闻画报配图与文字缩写，绘图《郝连大娘》（图14-3）遂广为传播②。这一小说中舍己儿救邻子的伦理传奇，也就成为清代后期至清末赈灾新闻努力捕捉、传扬的佳话。

然而，"道德感兽"母题在新闻画报中有时被质疑。大量的生活实践和野兽伤人传闻，使明清人们对德化的幸运信而又疑，这就是画报屡屡报道猛兽也时常无情地伤人致死构成兽灾的原因。画报描绘宜昌南门外的长江岸边，某日拉纤某甲忽被一豸从后袭击，甲无利器不能抵御，而船上人只能眼巴巴地大呼而已，"豸不稍却，未几直啮甲臀，立时倒毙"，等船靠岸，豸已逃走③（图14-4）。

三是灾荒与卖儿卖女，及女性的命运。有的属于连环画系列：图26《仳离啜泣图》状"妇女就鬻，生还绝望"的场面。下面则是图27《鬻为人妻，故夫痛哭》绘失去妻子的故夫抱着孤儿在荒坟前。另一方面，则是轮蹄羁旅，图28《痛哭思家，中途被笞》中的飞絮转蓬般的妇女，她们一群被鞭打，一群在旁偷看。图29《旧族名门，辱为妾婢》绘出灾异中女性地位处境的今昔落差。更惨的是图30《诱卖娼寮，日受鸨逼》绘落难女性忍辱偷生，终究不堪忍受而做坠楼人的情状。图31《义不受辱，一死完贞》绘出的是女灾民投井自尽。

赈灾图画的一个重要主题，直指逃荒弱势群体中女性的命运。清末小说对此也不约而同地觉察到。如《儿女英雄传》写张老夫妻携女儿投

---

① 吴炽昌：《客窗闲话》初集卷四，《笔记小说大观》第二十九册，江苏广陵古籍刻印社1984年影印，第126—127页。王立：《狼口救邻子故事考论》，《名作欣赏》2021年第4期。
② 吴友如等：《点石斋画报》，大可堂版，1892年。
③ 吴友如等：《点石斋画报》，大可堂版，1891年。

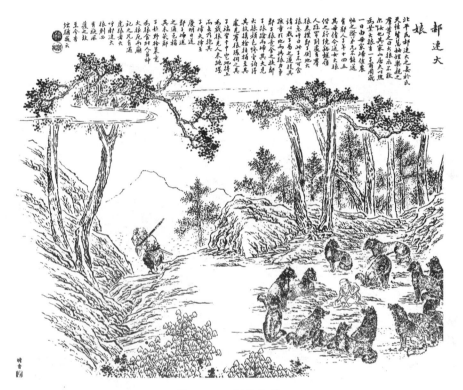

图 14-3 郝连大娘

图 14-4　豺啮舟子

京东,彼此岔过去未遇。詹典到家"正碰见荒旱之后瘟疫流行……在途中本就受了些风霜,到家又传染了时症,一病不起"。妻子发送丈夫,银子所剩无几,带个十来岁的儿子勉强度日,听乡亲们说张老实上京东投亲,半路招了北京官宦人家的女婿,想自己无依,孩子又小,便搭船上京,投奔张老:"安老爷,安太太是第一肯作方便事的,便作主给他留下,一举两得,又成全了一家人家,正叫作'勿以善小而不为',你看他家总是这般的作事法,那上天怎的不暗中加护?"① 灾害带来的次生灾害——疫病等,导致即使间接受灾者也可能家破人亡,尤其是妇女儿童也跟着生计无着,流离失所。人在难中,家庭破碎,面临最大的问题是生存,此时不是赈济点钱财、一顿饱饭的眼前困境,而是今后的生存条件,赈灾图画可谓抓住了故事的核心与要点。

接着又是善行获果报的展演提示。图32《感恩赎女,罗拜冥中》是感谢被赎买走的女儿有条活路,表达心愿:即使死后也忘不了报此恩德。图33《全人名节,文闱显报》绘出的,也是对恩人最衷心的祝愿。还有字画图34《行道有福》,其时在光绪己卯(1879),"丁戊奇荒"后描绘的。

四是历史上赈救得报的证据。有的图画虽没标题,呈现出的文字配图,左右图文相应,力图对应历史上救灾的真人实事。图35绘掘出瓮银场面,解说为徐孝祥20年前灾时曾将瓮银"粜米以济之"。图36绘状元游街,解说南宋时沙县人倪闪状元及第,是因绍定四年(1231)他赈济灾民,"活者万计"。图37绘一老者抱小儿,家人环列。图说是南宋祝染五十无子,"亲族凌辱",尽发藏金赈济,第二年即生子,后状元及第,天榜言"赈饥之报"。图38绘太原布商刘全顺被神相看出一月内大限,但他馨尽家财赈济旱灾,面相改变,八十岁时"子登甲榜"。图39绘宋代青州知县富文忠劝民赈济流民,后与文彦博同为相,寿八十。还有图40绘本朝河南按察使张孟球年荒食菜粥,带动富户赈济灾民,五个儿子都登第为官。图41绘南昌医者熊兆鼎卖田赈灾,寿八十"授福建城隍神"。图42一面绘李文璧是丧父在托梦,嘉庆丙子(1796)岁饥,父梦中告诫要施加赈济;另一面绘饥民得赈粥,而父梦示已托生富贵人家。画面中昭示施赈后,行善得福报就在来生。

---

① 文康:《儿女英雄传》第三十二回《邓九公关心身后名　褚大娘得意离筵酒》,上海古籍出版社1991年,第417—418页。

　　五是水灾展示,罗列灾情严重的一些现象。《天河水灾图》组图43,绘出了直隶《七年积荒,棉饼度生》(因蝗虫不食棉花),难以下咽的喂牲畜之物,变成了"求之不得"的度荒食品。继而图44《河水复漫,秋熟淹没》演示的是连续水灾,五六月连雨水溢,"入秋更甚,秋禾尽陷……",希望落空。更有甚者,图45《尸随波流,饱藏鱼腹》绘出了一片泽国之中大鱼食人的可怖场面。水灾规模的多年不遇,表现在图46《棺木漂翻,骨髓飘散》的旧坟冢惨状。图47《登屋攀树,黑夜号呼》绘出了爬到树上、屋顶幸存的灾民,有老有小,呼救无门。图48《一片汪洋,树边认路》绘出了饥民在泽国中探路,凶险环生,多有失足者,以致"此路正与黄泉相等"。这一组图,描绘出水灾这种突发性灾难与避灾、逃灾之难,且自救缺少条件与效率。

　　六是恢复生产生活的困难。图49《断炊停机,破屋愁叹》写纺纱织布为生的饥民的"坐困情形",他们恢复生产困难,生计无着。难乎其难的又在于,灾害的肆虐又是持续性的,图50《冲风冒雨,泥水淋漓》状绘冒雨乞食者的辛酸。图51《白头父母,哭失儿孙》描摹了遭灾之时年迈的父母高堂,更是倚门无助,他们还宁愿沉浸在当初与子女分别那一幕的回忆中,无奈失望渐变为无望。仿佛是平行式蒙太奇的画面叠加,另一方面,可怜的孩子们如何呢? 图52《黄口孤儿,哀寻爹妈》,绘出灾后遗孤之多,他们有赖于"重生父母"收养。其中,寡妇、幼子是更加悲惨的,她们被绘入了图53《携孤乞食,倒毙街头》一幅中,母倒则子亡。更有那些无助的产妇、婴儿,如图54《穷檐坐草,母子俱亡》,图上一弯冷月高悬,倡扬有心人"恤产保婴"。瞻望茫茫前路,继续生存之路维艰,55《卖妻鬻女,临别牵衣》一幅是对众饥民情态各异的展示:有被夺儿的,有被拉走不愿离去的,有被棍打的;而船发在即,此刻的生离可能就是一世的永诀。

　　七是无可逃避的寒流来袭,饥寒交迫,雪上加霜。图56《雪夜冰天,死亡枕藉》则是冰雪严寒中,灾民炊烟断绝,瑟瑟发抖紧相偎傍的场面。图57《穷途无告,冻饿自尽》画面的诉求绘出了解救危难的紧迫性,呼唤绅士收养饥民,功德无量。图58《愁云泣雨,神鬼夜号》则是对灾情恻隐哀悯的移情写照,"感时花溅泪,恨别鸟惊心",雨中那骨瘦如柴的灾民,下一步眼看便会"为狗彘所食"。下一副图59《遍地冰海,春熟绝望》则描绘春寒场景,冬去春来怎么样呢? 积水成冰,收成落空,表达、预示着可怜的灾民们希望成空,自救无路。

　　八是继续强调赈救与果报。图 60《宪恩奏赈，万民感戴》绘直隶被灾地方官请赈，带来欢声载道 ① （图 14-5）。官吏与饥民的胖瘦对比，富有深意。图 61《以工代赈，口碑百世》绘出官员来函称，直省水灾后，壮者修堤，老弱灾民帮助查赈，深得民心。图 62《乐善不倦，福报无涯》绘写南中善士对于连年受灾的直省，不遗余力地"协赈"，诚祝赈济者富贵长寿，福禄子孙。

　　这 62 幅画图，如果不算卷首的塔与中间的字画，严格说来恰好是 60 幅，仿佛取其暗祝灾黎"六六大顺"，早日脱离苦海之意。总体上，分布着受灾、应灾、御灾、赈灾以及施善得报等若干类别，也是代表了清代赈灾图画、灾害文化的若干模式类型、民俗观念以及民众的心理期盼。图画的主题是很鲜明的，旨在突出两点：一是灾情惨烈状况，激发他者的同情心悲悯心；二是救灾得善报观念，救人其实也是在救己，善待自己的家人与儿孙。主题突出的是赈济观念，其实并不新奇，甚至有些老套，可面对惨烈的灾害、饥荒，又能表达些什么呢？借助图画的直观简捷艺术特征，运用图画意象化的妇女儿童的弱者特征，表达出被灾者亟须救助的强烈愿望，其震撼力与感染力超越时空阈限，直达阅读者的灵魂深处，效果也是显而易见的。

　　最后，不能不提到图画中反复出现的两个视觉语言符号，这不仅仅是绘画艺术技巧问题，而是绘制者的观念所在。如（图 60，本书图 14—5），一是画面上被灾民众的身形，普遍弱小，衣衫褴褛。二是赈灾主体是各地官员，官员的形象都画得身着官服，富态而壮硕。一幅图画中，正面端坐的往往都是"大人"，身材略小的衙役站一旁，比起灾民来官吏总是高大有神；对面的灾民则相对瘦小、低矮，相当于师爷、衙役的三分之二，还不及坐着的官员高。美术史家巫鸿曾将宗教美术作品分为"偶像型"与"情节型"，指出其中蕴含的礼仪，"偶像型"存在将观众目光引到中心偶像的"视觉中心"问题，"偶像式与叙事性绘画的最本质差别还在于绘画与观众之间的关系。在叙事性绘画中，主要人物总是卷入某种事件，其形象意在表现彼此的行为与反应。这种结构实质上是闭合式（self-contained），其含义由绘画体系自身表现，观众只是旁观者而不是该体系的组成部分。在偶像式绘画中，中心偶像被表现成一位正面的庄严的

① 李文海、夏明方、朱浒主编：《中国荒政书集成》第八册，天津古籍出版社 2010 年，第 5448 页。

图 14-5　宪恩奏赈,万民感戴

圣像,毫不顾及环绕的众人,却凝视着画像以外的观者……"① 至于那种"情节型"的似总在行动状态中,向画面的左或右行进,人物互有关联。告灾、流民图当属于、接近"情节型",而募赈、表彰赈灾官员的图画则为"偶像型",以期突出官员及其代表的赈灾主体力量的重要性。而这,也受到了古代宗教美术的较为直接的影响。

这样的图画意象比例构设,呈现出作为弱势群体的灾民情状,侧重写实,一方面表达出灾害面前被灾民众的弱小无力,另方面也只能被动忍受灾荒饥饿的折磨,从而反衬出赈灾官员的强大、主宰力与可依赖性。同时也暗含着,官员们正在"替天代赈",是"上天有好生之德"的现实化再现;官员奉旨赈灾,既是为官职责所在,能为民请命,也是个人品格高尚所在,的确值得感恩戴德。早期的赈灾图画,表现的主流是正面的——救民于水火的清官,在在皆是。

此外,灾情呈现也往往是在警示民众,现实中的异常气候现象,可能并非像诸如"大风吹来女人"那样带给人幸运,而可能是非常凶险造成破坏,警示切莫抱侥幸心理,要及早采取预防措施② (图 14-6)。

第四节　灾情与赈灾图画的超时空交流效应

据研究,清代因生产和社会发展(河工图)、政治需求(纪功图)、国贸交往、相关技术手段更丰富,清代画图不仅内容包罗万象,"而且记实性突出,形象肖似逼真。西洋焦点透视技法在中国的使用,对绘制记实性绘画有直接的推动作用"③。然而面对灾情宣示、赈灾需要所提供的新的母题,赈灾画图,却与大多数绘图不一样,主要是针对的读图者是有同情心的社会大众,特别是都市及其邻县的各阶层民众,图画以其超时空的交流感染力量,唤起他者的同情与帮助,以帮助饥民渡过难关。

首先,图画无须文字的情感互动方式,首要的在于考虑多数受众

---

① [美] 巫鸿:《礼仪中的美术——巫鸿中国古代美术史文编》,郑岩等译,生活·读书·新知三联书店 2005 年,第 360—361 页。
② 吴友如等:《点石斋画报》,大可堂版,1892 年。
③ 刘潞、郭玉海:《清代画图与新修清史》,《清史研究》2003 年第 3 期。

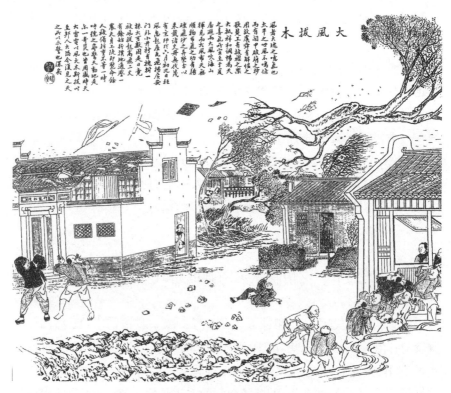

图 14-6　大风拔木

的较低文化程度。白描式的画面，原始而简捷，易于捕捉主题观念。明清社会特别是流民图、赈灾图流行的晚清直到民初社会，其文盲比例之高，远非今日所能想象，也是图画在灾害学、御灾活动传播的重要地位和特殊功能所在。据光绪举人、倡导白话文运动的先驱裘廷梁（1857—1943）的调查，"他郡县吾不知，以无锡言之，能阅《时务报》者，士约二百分之九，商约四五千分之一，农工绝焉。推之沿海各行省，度不甚相远"①。应对"丁戊奇荒"这样范围广大、持续数载的特大灾害，赈灾新闻图画实属应运而生，力求最大限度地调动朝野全部力量施加赈济。《点石斋画报》甫创立，就呼吁"真正的君子"以赈济山东、江西水灾为己任，像丝业公所施翁等人那样出钱、出粮、出衣赈济各方灾民②（图14-7）。

其次，相对低成本、超时空的传播手段。与同样注重主体展演力量的戏剧相比较，图画不仅创作成本低，而且照相石印技术等所需成本较低，制成图册或依附于报纸，其接受的成本也低，可不受时间、场所等限制，随时随地观看阅读，还可以反复阅读，持续传播、保存。陈铨教授曾从中欧比较文化的眼光，来评论晚清民初的戏曲表演，提醒应注意表演者自身的文化程度所带来的戏曲文辞特点："中国戏子多半不能读书识字，文字稍为雅驯，内容稍为深邃，他们就不懂，所以一演起戏来，他不知不觉地总想把鄙俚不通的词句来代替它。一直改窜到同通常民间剧本差不多一样，他们才算满意。元剧有一部分我们现在还能保存原文，但是它们早已经同剧台分了家，它们已经变成图书馆书架上的装饰，真正戏台不需要它们，因为它们太文了，太通了，太深了，戏子们所需要的只是一些鄙俗不通的剧本。"③许多今天看起来语词很雅驯的戏文，实际上属于案头文学，真正在表演传播过程中，是要俚俗化口语化的。然而，图画却更为直观，如时人对于画报传播接受效果的推重：

① 上海图书馆编：《汪康年师友书札》，上海古籍出版社1986年，第2625页。
② 吴友如等：《点石斋画报》，大可堂版，1884年。
③ 陈铨：《中德文学研究》，辽宁教育出版社1997年，第51页。陈铨（1903—1969），"战国策派"主干，德国基尔大学博士，其博士论文《中德文学研究》为早期重要的比较文学研究论文，颇受中外推重。

图 14-7　棉衣助赈

最容易感动人的，第一是戏曲，第二就是图画。北城慧照寺，乐众阅报社门口，贴着我们《北京画报》，见天有许多人，围着观看。那天有一老者，看到华工受苦那段，不由的大哭。本来是啊，同是中国人，看见同胞的那样苦情，再要是不动心，那还算是人吗？①

"见天"即每天，阅图本身就是一种娱乐和审美，既体现了"寓教于乐"的传统功能，所选择的画面所展示的内容本身又是一种情感态度——同情华工遭遇；"掉眼泪"是同情心的外化与直接表现，也有着汉魏六朝"以悲为美"的评价寓意，"感人"便是艺术表现成功的突出标志。

其三，告灾、赈灾新闻图画，既是传统艺术形式的延续，也融入新内容新形式新观念。19世纪末中国报纸的社论，其认识具有一定的代表性："古人之为学也，必左图而右史，诚以学也者，不博览古今之书籍，不足以扩一己之才识；不详考古今之图画，不足以证书籍之精详。书与画，固相须而成，不能偏废者也。"② 这引起了研究者的重视。

《点石斋画报》主绘吴友如早逝，但其所精心绘制的新闻图画，民初以降仍旧非常受欢迎。晚年他还为著名报刊政论家、思想家，曾漫游欧洲的王韬（1828—1897）《后聊斋志异》（即《淞隐漫录》）绘图（1921年光华书局石印本），可见为人们所看重。鲁迅对吴友如的画作非常熟悉，《北平笺谱》序："光绪初，吴友如据点石斋，为小说作绣像，以西法印行……"还提到《女二十四孝图》（1892），还有《后二十四孝图说》都是吴友如画。"就我现今所见的教孝的图说而言，古今颇有许多遇盗、遇虎、遇火、遇风的孝子，那应付的方法，十之九是'哭'和'拜'。中国的哭和拜，什么时候才完呢？"③ 鲁迅对于灾民一味地哀哭、祷告，颇有不满，这种不满和批评，是他对奴性人格批判的一部分，但却不应就此否定赈灾图画的时代功绩。

尽管版画构图基本上属于中国传统的"散点透视"，强调步移景换的

---

① 《看画报掉眼泪》，《北京画报》第16期，光绪三十二年（1906）九月上旬。参见陈平原：《左图右史与西学东渐——晚清画报研究》，生活·读书·新知三联书店2018年，第303页。
② 《论画报可以启蒙》，《申报》1895年8月29日。参见陈平原：《图像叙事与低调启蒙——晚清画报三十年》（上），《文艺争鸣》2017年第4期。
③ 鲁迅：《后记》，《莽原》半月刊第二卷第十五期，1927年。

艺术效果,线条也较为简单,属于白描,与工笔图像有别,但也起到了图像写意的功能,往往能在有限的空间画面中,展现不同视点的观察对象。有时还显得内容更为丰富,还更加传神。尤其这些告灾、赈灾图画,体现出的是画家们对饥民、灾区惨状的闻听、想象,主要体现出局外人的理解与愿望,也是一种导向式的情绪引领,特别是许多告灾图、赈灾图都题有文字,加以点醒,凝聚画面所可能带有的不确定性、发散性,引导观众、读者的定向理解、联想。这就取得了画家潘天寿《中国画题款研究》所指出的:"(题款)以补图画功能之不足,这就是吾国绘画史上发展题款的最早事例与发展题款的主要原因。"[①] 图说,成为对于读图者的必要导读。

其四,世界性的赈灾视野与文化交流的多向性,提倡中外沟通,共同、共情地御灾行赈。台湾近代史家王尔敏(1927—　)指出《点石斋画报》的特色:"西洋生活中种种活动,其重点尤在于有异于中土礼俗之特色。……但凡新事物、新行动之向国人展布,自然开通国人知识,使民间倾慕于现代生活,接受新事物。这种伟大的启蒙诱发,自当归功于英国商人美查在华做此文化传播事业,实是功德匪浅。"[②] 这里提到的英国商人美查(Ernest Major)(1830—1908)即《申报》的主要创始人,而《点石斋画报》正是该报副刊。该报曾报道治疗鼠疫的"奇效"药:1895年广东香港等地"核疫"(鼠疫)流行,法国医生尤新考察出核内有毒虫能传染人,把毒虫寄回法国研究出医治法,经动物试验奏效。一次见牧师时给染此病的书童打针,次日早书童症状全消[③]。

新闻画报还报道墨西哥某省大旱,官员召绅士商人商议,大家对如此虔诚祷雨上帝仍无动于衷很愤恨,通过决议:如八日无大雨,全省人不入教堂;十六日无大雨,全省教堂、修道院都烧毁;二十四日无大雨,全省神教人员全部枪毙。会后第四天果降大雨[④]。这实际上是以国人咒龙、鞭龙的思路来揣测、处理人与旱灾主导者天神的关系,新闻画报的选择、导向符合人类学家对国人强制性求雨的概括[⑤],还附加宣传了信教求雨

---

① 潘天寿:《潘天寿美术文集》,人民美术出版社1983年,第120页。
② 王尔敏:《中国近代文化生态及其变迁》,百花洲文艺出版社2002年,第417页。
③ 吴友如等:《点石斋画报》,大可堂版,1896年。
④ 吴友如等:《点石斋画报》,大可堂版,1892年。
⑤ 〔英〕詹·乔·弗雷泽:《金枝》,徐育新等译,中国民间文艺出版社1987年,第111—112页。

成功的灵验、福祉。

其五,这类新闻画报还有效地唤起、呼应了小说题材、中外舆情等关注赈济,增强了来华外交官、传教士及其眷属的同情心、博爱情怀。《西童跳舞》描绘法租界工部局近因俄国歉收,在大自鸣钟花园举办舞会来筹款,"观者纳钱而入。至期,有西童百余人在大厅内,或戴独角帽,或穿二色衣,有以少扮老的,还有手持刀剑打闹为戏的。忽出一西妇,挽着一男一女,俄而又放手。孩子们以两人为一队,时而如穿花粉蝶。时而又翻起了筋斗。观者皆拍手称奇,可谓别开生面"[①]。如此新闻效应,使"义演"活动持续多年,倡导一种国家之间赈灾互助的风习,也有助于民众特别是中外儿童培养博爱济众的品格。几年后的光绪三十二年(1906)起,点石斋陆续分期刊出了小说《九尾龟》,小说中的中外赈灾者,个个宅心仁厚,切实赈济民瘼,并沿此现实题材拓展。

小说生动描绘了外国使节夫人赈灾。当运河失修,淮海洪灾发生,陈宫保称中国人"究竟没几个肯出大钱的",劝慈善家孙观察把"寓沪的西人也拉进会里头去",孙说服了英国的哈罗利夫人,后者自信"英国人都有仗义好善的性格",即去见工部局总董事喀伦达立夫,其"也十分赞成这桩义举,又和各国领事商量了一回,大家都是十分高兴,拍手赞成。并且那十三国领事都情愿叫自己的夫人也在张园里头设肆售物,把卖出来的钱都交在中国慈善会里头去,拨作徐、海、淮、扬的赈款,尽个邻国的义务"[②]。于是开"赈荒赛珍会"及时筹到了赈款。

作为告灾、赈灾重要分支的新闻图画,是对于文字"目治"的一种补充和替代。许多新闻图画扩展、深化了来华外国人的眼界与思考,克里斯蒂注意到,英国报纸报道了1888年夏的奉天大水灾,作为外国医生的他,为路人之于发病者的"冷漠"辩护:"多少世纪以来所养成的习惯是什么? 当地的法律又是怎样规定的? 这种作为,或不作为的背后隐情又是什么? 事实是,当地的法律规定:曾经为某人提供过住房、食物和服务的人,如果某人死去,这个人要对死者负责。如果没有亲戚朋友前来

---

① 吴友如等:《点石斋画报》,大可堂版,1891年。

② 张春帆:《九尾龟》第一百八十八回《悯哀鸿仁人兴义举　泛明湖好景入诗囊》,上海古籍出版社1994年,第881—884页。

认领,这个人必须承担死者的丧葬费用。"① 如高道台的女儿就因支付死者丧葬费的问题,被其亲属围困,不得不又付出几百两银子。如果没有新闻画报的高效率、大面积的信息传递,及其图文相映对中外语言障碍的冲破,就很难对赈灾实施的复杂性有深入的认识。朝戈金指出 :"人类的信息技术一旦从耳治发展到目治,并且两者并行发展后,目治符号的地位就不断提高。加上人们掌握语言的能力是伴随着成长自然完成的,不像文字的学习要经过长期专门的训练,这就造成了语言能力和文字能力的落差,形成仰视文字能力的社会文化心理。社会各界尤其是知识界,推波助澜地强化了对口传文化的忽视和对书写文化的尊崇。"② 因而,从告灾、赈灾的新闻效应来看,画图的"看图说话"在一定范围内、一定程度上,也促进了"耳治"在告灾、赈济新闻跨地域传播中的作用。

在欧洲,如彼得·伯克所言:"我们与图像面对面而立,将会使我们直面历史。在不同的历史时期,图像有各种用途,曾被当作膜拜的对象或宗教崇拜的手段,用来传递信息或赐予喜悦,从而使它们得以见证过去各种形式的宗教、知识、信仰、快乐等等。尽管文本也可以提供有价值的线索,但图像本身却是认识过去文化中的宗教和政治生活视觉表现之力量的最佳向导……图像如同文本和口述证词一样,也是历史证据的一种重要形式。"③ 在晚清近代新闻史上,灾荒、赈灾新闻图画是一个空前创举,依托于民间信仰、大众习俗,以图画真相,立此存照,凝固的不仅是灾荒事象与民族记忆,也是震撼的灵魂的艺术化投射。大众喜闻乐见、清晰明了的绘画艺术,有效地传播赈灾新闻,也蕴含着现代化进程中科技进步、社会发展以及理性表达的某些必然要素与发展趋势。

---

① [英]杜格尔德·克里斯蒂著、[英]伊泽·英格利斯编:《奉天三十年(1883—1913)——杜格尔德·克里斯蒂的经历与回忆》,张士尊等译,湖北人民出版社2007年,第44—47页。
② 朝戈金:《口头传统在文明互鉴中的作用》,《中国民族报》2019年5月24日。
③ [美]彼得·伯克:《图像证史》,杨豫译,北京大学出版社2008年,第9页。

第三编

御灾策略、神秘思维与民族性

第十五章　灾害的预测、防范及连类思维

　　自然灾害的发生发展过程中,往往伴随着某些征兆的出现。如何及时捕捉到灾害征兆? 如何准确把握分析征兆的寓意? 这之中,观察者的某些连类思维、主观推断常常起决定性作用。而对灾害征象的观察与分析,将有助于及时救灾,或有效避免灾害副作用。因此,对与灾害相伴而生的神秘思维的肯定与运用,未必都是负面消极的,往往还促进着灾兆的观察、利用和做有价值的传播。连类思维的物理基础就是自然恒定运动与生态一体化,如水旱之灾就有着内在联系。又如民间的龙崇拜,就与水旱之灾密切相通,亢旱时祈祷便可行云布雨,涝灾时又制约着风雨洪水,有分工,有合作。赵世瑜指出过的遍布北方的各种各样龙王庙,可为最好的佐证:"龙王庙的名目应该是最多的,无论江、海、河、湖、溪、泉、井,只要是有水的地方,多有龙王庙存在。泛而论之,有所谓龙神祠、龙母庙、五龙庙、九龙神王庙、昭泽龙王庙、白龙王庙等,不胜枚举;比较知名的如金龙四大王庙,祭祀的是专门保佑运河畅通的龙神。由于农业在传统中国的社会中扮演着举足轻重的角色,无论旱涝,农业都会受到极大影响,北方往往干旱少雨,南方经常发生洪涝,因此信仰龙神以禳灾祈年,便成为全国的普遍现象。"[①]古代御灾思维中一些经验式信奉甚夥,蕴含着深邃的民族文化观念。

---

① 赵世瑜:《狂欢与日常——明清以来的庙会与民间社会》,生活·读书·新知三联书店 2002 年,第 62—63 页。赵翼:《陔馀丛考》卷三十五《金龙大王》:"江淮一带至潞河,无不有金龙大王庙。按《涌幢小品》,神姓谢名绪,南宋人,元兵方盛,神以戚畹,愤不乐仕,隐金龙山,筑望云亭自娱。元兵入临安,赴江死,尸僵不坏。乡人瘗之祖庙侧。明祖兵起,神示梦当佑助⋯⋯永乐中,凿会通渠,舟楫过河,祷无不应,于是建祠洪上。隆庆间,潘季驯督漕河,河塞不流,为文责神。有书吏过洪,遇鬼伯,擒以见神。神诘之曰:'若官人,何得无礼,河流塞,亦天数也。为我传语司空,吾已得请,河将以某日通矣。'已而果验。于是季驯事之甚谨⋯⋯(本朝顺治二年十二月,封黄河神为显祐通济金龙四大王之神,运河神为延休显应分水龙王之神)。"见该书,中华书局 1963 年,第 761—762 页。

第一节　捕捉征兆、灾害预测与隐喻想象

以人文情怀观照动物世界的精微变化，将动物行为做人化解读，谶纬神学观念在灾害征象阐释中的应用，是社会伦理扩大化的御灾表现。比如地震中的动物预警，有家畜与一般动物之分。如地震前预感到房屋即将倒塌，义狗报信、义犬救主，这是中外多民族认同之事[1]。感知震前征兆的还有鼠类、禽类等。比较而言，家禽家畜的反常行为易于捕捉，相对熟悉也易于理解某些不同寻常行为的寓意；而水兽野兽异常行为则不易辨析，甚至判断失误。对那些神仙人物的预警，则需要有特异功能或能沟通人神关系者来解读。

其一，地震之前，鸡犬报信。明初入滇的李浩（1354—1444）《三迤随笔》载云南大理传说称，得宽捕鱼时见一鸡一犬在河岸相斗，"忽现黄狼扑鸡，犬立与黄狼斗，鸡啄黄狼，黄狼目伤而逃"。此时一樵夫来，鸡犬化为二少年拜问："本主何往？"樵夫称亥时地将大动，正在发愁如何解救万民。二少年提出要分头行事，高声鸣叫以报警，这时樵夫告知得宽自己是洱海河神段赤诚，"吾当为万民作想而告河东诸民。汝心地善良，立即到河东诸邑部，今夜不能入室。今夜之震，十室九倒。吾苦求海鳌，海鳌性恶暴，时黄狼即海鳌义子，鸡犬为河东金山、石洞山山神，刚才戏斗耳"。得宽及时地通报了诸位部族长，而戌时果然"鸡犬狂鸣惊跳"，亥时果然发生地震，十分之九的百姓见鸡犬不安而逃出屋门，"民畜皆安"[2]。

明初张继白《叶榆稗史》写云南大理北的叶榆有位杨景浩善占卜，能观天象。元末至正初年（1341）地震前三天，"杨景浩见天有云气如线，南北相牵，曰：'三日后，日落地震，当防之。'入夜，见东北现五色光焰，曰：'大震起于马鞍山，南银厂当覆。'功（段功总管）疑信，令飞马报，勿下洞背墙二日，以防地震。次日果震，洞倾。榆地震而倾五百余户，伤亡数十人，皆未信浩言者"[3]。

---

① [加]斯坦利·科伦：《狗智慧：它们在想什么》，江天帆、马云霏译，生活·读书·新知三联书店 2007 年，第 108—111 页。
② 顾希佳：《中国古代民间故事类型长编》（明代卷），浙江大学出版社 2012 年，第 387—388 页。
③ 顾希佳：《中国古代民间故事类型长编》（明代卷），浙江大学出版社 2012 年，第 394 页。

成化十六年（1480）四月初二日，云南丽江军民府巨津州雪山移动。十七年六月十九日戌时，大理府地震有声，民物摇动，二次而止。鹤庆军民府本日亥时，满川地震，至天明，约有一百余次，次日午时止廨舍墙垣俱倒。压死军民囚犯皂隶二十余人，伤者数多；乡村民屋倒塌一半，压死男妇不知其数。丽江军民府通安州，本日戌时地震，人皆偃仆，墙垣多倾。以后昼夜徐动约有八九十次，至二十四日卯时方止。各处奏报地震，无岁无之，而云南之山移地震，盖所罕闻者，故记之①。《明季北略》载明末辽东守土不利，朝中忠臣受害，而四方多处地震，往往有征兆。如天启三年（1623）有的震前或震时有声，如云南洱海卫、大理府地震，"北来南去，有声如吼"；"应天府地震，声如巨雷，两个时辰方止"②。

清人还注意到《明史稿》中关于地震灾害的记载。明神宗四十五年（1617）江南发生了"鼠异"，即鼠群的异常活动，"自五月下旬起，千万成群，衔尾渡江而南"。而到了嘉庆庚辰（1739）五月，瓜州、仪征一带，"亦群鼠渡江。上年四五月间，河南开封府黑冈口一带，先有群鼠渡黄河。或言鼠属子水位，此水沴也。又六月廿六日，许州东北乡地震，倒塌瓦房九千一百余间，草房一万六千九百四十余间，压死男妇四百三十余口，被压受伤者五百九十余名。见《邸报》"③。传闻的来源都十分确凿。

其二，根据天象与飞禽、水兽的状态，预测大风即起，洪水将暴发，大灾降临。清代小说《野叟曝言》借此以问答来打造正面人物们的博物，或来自观察，或来自书典、童年听闻等，均为"有心人"的，除了前引水夫人的"鸠知雨，鹊知风。鹊不避人而群飞入房，必有疾风"之外：

> 素臣道："孩儿夜观乾象，见岁星、箕宿光芒四射，飞荡异常，亦系大风之兆。"田氏道："数月以来，天气闭塞，塞久必通，其为风兆可知。"素娥道："今年厥阴司天，原主有风。"湘灵道："《天外奇谈》载：西晋时，有鹊数万，飞入人家，即有三日大风，拔木飞石，吹居民数百家入海之变。"璇姑道："奴幼时，闻乍浦地方有大风，吹人上天，吹屋入海，也说是三日前有飞鹊之异。"难儿道："奴见鹊飞入

---

① 陆容：《菽园杂记》卷七，中华书局 1985 年，第 92 页。
② 计六奇：《明季北略》卷二《辛酉七年纪异》，商务印书馆 1958 年，第 70—71 页。
③ 钱泳：《履园丛话》卷十四《祥异·群鼠渡江》，中华书局 1979 年，第 389—390 页。

房。袖占一数,风起应在戌时,至次日辰时即止,主有大灾。二相公
当设法禳救。"①

这里的某些定规,似乎还有些古板,但至少还是说明重视灾前的征
兆。有的所谓征兆,其实未必有道理,更谈不上连类思维,如《聊斋志
异·水灾》写康熙二十一年山东大旱,大雨后乃种豆,有老叟"暮见二牛
斗山上",宣称:"大水至矣!"携家搬迁,"村人共笑之"。很快就暴雨如
注,平地水深数尺。

洪水前兆,多为怪异水兽的活动被观测到,多与"发蛟"的信奉相
关:"己未秋,江南江鸣,水立如山,久之乃复其故。又顺天府东安县河
水暴涨,居人见水中有物如蛟龙,而目赤色,后有白马随之,目亦赤,随涨
徐去。"②然而,现实中洪水前一些反常现象,人们也可能不知何故,只感
奇怪。如嘉庆己卯(1819)八月,黄河决口,"开封、兰阳一带,皆成巨浸。
先是十日前,有大蟾蜍数千百头,随小蟾蜍几十万,自北而南,若迁徙状,
人莫知其故。蟾蜍大者至四五六尺不等。亦是奇事"③。

其三,灾兆人所不识,黎民百姓往往需要仙道之士的提醒,但扶乩也
不可全信。俞樾记载,扬州包某酷信扶乩之术。一日箕仙告之,某日扬
州有水灾,"汝宜早为计",包疑信参半,因正是秋汛淮水上涨之时,就备
舟携眷属离开。阴晦大雨,江中风浪很大,到了京口,风停雨霁,扬州并
无水灾,原来是箕仙"以其屡渎,故戏之也"④。

其四,有时灾害又是不可预测的。钱泳体会到,种种灾害征兆未必
都能应验,他归纳出嘉庆十九年的反常现象:如正月夜有月华,五月途闻
蟋蟀声,六月初一日蚀七分,中伏日寒冷异常穿皮衣,"地生白毛。江南、
安徽、浙江三省皆然。七月初一日夜,太白经天。十四日,荧惑入斗牛
度。十六日,狂风拔木。十七日夜,雨雪,河南尤甚。十八日夜,天雨血。
凡有白罗衫、白手巾在露天者,皆为之红。自五月至八月,水望西流。
种种奇异。然是年仅旱灾,米价每石至五千六七百文,秋收不登而已。

---

① 夏敬渠:《野叟曝言》第六十四回《浴日山设卦禳风 不贪泉藏银赈粥》,人民文学出版社
1997年,第771页。
② 王士禛:《池北偶谈》卷二十五《江河之异》,中华书局1982年,第606页。
③ 钱泳:《履园丛话》卷十四《祥异·蟾蜍》,中华书局1979年,第389页。
④ 俞樾:《右台仙馆笔记》卷七,齐鲁书社1986年,第157页。

二十一年冬,月华更甚。皆以为明年必又旱,讵于正月起至十一月,零雨间作,天无十日晴,稻谷俱腐,柴薪大贵。真天之不可测也"①。众多征兆,最后仅应在了旱灾上。如此认识,强调了征兆寓意的偶然性,其实也部分地说明即使捕捉到了自然异兆,也很难推断出将发生哪一种灾害,毕竟"天意"难测。而事实上,更本质的问题在于,对自然现象的审视缺少必要的科学知识与必须的科技手段,在揣测"天意"时,又缺乏科学推理的思维模式。

第二节 种树御灾、设置义仓的恒灾观念

对农耕民族来说,土地墒情良好,是秋收富足的基础,如何保持水土自古以来便极为重视。具体而言就是采用一些切实有效的措施,改善环境,保护水资源,这也是减少水旱灾害的根本有效办法。但如何防御灾害的发生与灾荒扩大,还有一个简捷有效且从古便有的办法,即设置义仓,集中全社会的有效资源,预防灾害的发生。有道是"预则立,不预则废",与自然界循环运行相呼应的恒灾观念,有助于防灾于未然与减少荒政损失。

一是,沿河种树,不仅可防范河决水灾,也会降低旱灾威胁,并为治河提供材料。小说写清官于公做出如此功利万载的决策,得益于巡视黄河河南段时的留心计划。他开始只是想到等农事闲时令民采取青柴芦草等物,堆积近水处备卷扫之用,后来才真正重视到了树木遏洪水水势的功能:

> 堤旁种树,以固根基。每五里立一铺,专人看守。少有坍损,即时修补,至今保全水患之功甚大。公每见河南、山西大路遥远,当暑热炎天之时,商贾往来,又无遮阴少息之处,多有喘渴中暑而死者。公甚怜之,乃使人夹道两旁,排种柳树极多,不三五年间,柳树渐长成阴。公又于大路中筑高埠数十处,旁边多开濠堑,亦种柳树万株。或三里、五里,浚开一井于路,连开数百余井,一则透泄黄河水势,

---

① 钱泳:《履园丛话》卷十四《祥异·天不可测》,中华书局1979年,第382页。

一则住民与行人得水以济其渴。又于井畔通造一亭,与往来之人憩息。至今柳树合围成阴,行人得水以舒吻渴。古迹犹存,实万代之绩也。①

在赈灾荒政经验中,种树是一个重要的治本之策。不仅是抵御水旱,也有一个保护植被的持久问题。从树林被毁的角度,明代弘治年间兵部尚书马文升,即敏锐地感受到了危机,在实地考察中他的感受更加深切:"自偏头、雁门、紫荆,历居庸、潮河川、喜峰口,直至山海关一带,延袤数千余里,山势高险,林木茂密,人马不通,实为第二藩篱……今以数十年生成之木,供官私砍伐之用,即今伐之十去其六七,再待数十年,山林必为之一空矣。"②

森林被过度砍伐损毁,是明清生态环境恶化的重要原因之一,由此带来的水土流失、水旱频繁加剧和人与自然、动物关系紧张乃至气候恶化等一系列恶果,自大象等动物逐渐从许多地区退出可见。如欧洲环境学家指出的:"认为中国古典文化的原核部分有敌视森林的情结:与中国人的相应思想比较而言,上古印度的信仰中蕴含着对树木和森林的更深刻的敬意。……随着佛教的传入,印度人情感中对待森林的某些积极元素或许也被带了进来。佛教习俗在抵挡典型地施加于森林的压力方面具有重要作用……"③ 明清人们也愈加清楚、痛切地认知,并试图扭转。

清末陈炽(1855—1900)在英国传教士李提摩太影响下,特别提出了中原汉唐以后"民不知种树之方,官不知严伐树之禁"的危害性,他指出解决生态环境恶化问题,根源是兴修水利和植树造林,尤其后者是当务之急。"树木之本能,吸土膏,烂砂石,故细根入地,硗确可变膏腴;树木之枝,能收秽额,化洁清,故绿荫宜人,贫病顿成殷富。且天气下降,地气上升,而万木之阴别饶润泽,长林之内,自致甘霖,水旱遍灾,不能为

---

① 孙高亮:《于少保萃忠全传》第十传《于院示捐资劝谕　众民诵赈济歌谣》,人民文学出版社 1988 年,第 49 页。
② 马文升:《为禁伐边山林木以资保障事疏》,陈子龙等选辑:《明经世文编》卷六三,中华书局 1962 年,第 528 页。
③ [法] 伊懋可:《大象的退却:一部中国环境史》,梅雪芹等译,江苏人民出版社 2014 年,第 83—84 页。参见王立:《南亚树木崇拜和佛经母题对于树神传说的触媒》,《中国人民大学学报》2001 年第 2 期。

害……"[1] 有用之材出售之后，还要及时补种。对于水土保持，道光时户部郎中梅曾亮，了解安徽棚民时亦得到了第一手材料："未开之山，土坚石固，草树茂密，腐叶积数年可二三寸许。每天雨，从树至叶，历石罅，滴沥成泉。其下水也缓，又水下而土石不随其下。水缓，故低田受之不为灾，而半月不雨，高田犹受其灌溉。今以斧斤童其山，而以锄犁疏其土，一雨未毕，砂石俱下，奔流注壑涧中，皆填污不可贮水，毕至洼田中乃止；及洼田竭而山田之水无继者。是为开不毛之土而病有谷之田，利无税之佣而瘠有税之户也。"[2] 实在是抓住了环境恶化的病因，具有治灾治本的针对性。

二是，利用民间原有的"善有善报"因果观念，设置"义仓"，储粮备荒。《于少保萃忠全传》还特别注意书写于公出榜安民，称已为防"饥荒之岁"，每县设置二仓：尚义仓和平准仓："义仓即贤良捐资输谷之仓。平仓即丰年贱价买进，若遇凶年，照昔贱价平粜者。即于仓前立碑勒名大书某人捐贷若干，某人输粟麦若干，计全活人若干，不但立碑建坊旌奖，亦在在口碑，为人传诵……" 平准仓，主要是丰年买进储藏，凶年贱价救急，"差人于成熟处收买粟麦，如湖广、四川等处，皆起本院勘合公文，备书救灾恤邻，无遏籴等语……其买籴来上仓粟谷，公算其盘费，点折虚耗，皆公自蠲资，赔补其数，置之仓廒。若遇凶年，乃分次贫、极贫，谅人计口给与"[3]。特别注意到把好具体的执行这一关。

三是，储备人力资源，应对突发兵灾人祸。灾害变故与其他祸患具有的共同性还在于，其实逃荒与逃难能提高人的体能也是一种御灾资源。汉代王莽找文公推测历运之数，文公心知当大乱，"乃课家人负物百斤，环舍趋走，日数十，时人莫知其故。后兵寇并起，其逃亡者少能自脱，惟文公大小负粮捷步，悉得完免。遂奔子公山，十余年不被兵革"。战乱与荒年都是考验人体力的艰难岁月，文公全家老小负重锻炼增强体能，

① 陈炽：《续富国策》卷一《农书·种木成材说》，赵树贵、曾艳丽编：《陈炽集》，中华书局1997年，第151—153页。
② 胡双宝：《一百五十年前的防洪保田之议：梅曾亮如是说》，《中华读书报》1998年9月16日11版。参见马雪琴：《明清黄河水患与下游地区的生态环境变迁》，《江海学刊》2001年第5期。
③ 孙高亮：《于少保萃忠全传》第十传《于院示捐资劝谕　众民诵赈济歌谣》，人民文学出版社1988年，第46—48页。

为负粮入山避难提前准备,而"习韩诗、欧阳尚书,教授常数百人"的廖扶则做另一种关键性准备——存储生存物资:"逆知岁荒,乃聚谷数千斛,悉用给宗族姻亲,又敛葬遭疫死亡不能自收者。"[①]兵灾常常与自然灾害及人祸有密切关系,也有的是流寇侵袭,是典型的次生灾害。怎样才能及时预警? 如何应对? 逃跑躲避仅仅是一种消极应付措施,如前文中,在自然灾害发生时,就能见微知著,预测灾荒及连类发生的兵寇流窜劫掠,及时训练家丁以应敌。既有效地应对灾荒,又尽力维持宗族共同体以自保,还注意到了及时掩埋死者以避免瘟疫流行,保持生态环境。这是防灾经验也是连类思维的有效运用。

第三节　节水、储水、储粮与防灾备荒习俗

有些自然资源具有不可再生性,如珍奇物种,一旦灭绝便不可复制。而有些资源虽非稀有但不可或缺,如水、树木植被等。因此节约与合理利用资源则尤显重要。古人的一些措施比较理性而实用,其中既隐含着命运与定数传统观念,也显示出民间防灾备荒靠"贤人"。比如灾前预防有劝民节约、备荒与访查户口三项,备荒主要为"三仓"(常平仓、社仓和义仓)建设等[②],曾为湖南宁远知县、道州牧的名吏汪辉祖(1730—1807)在《学治续说》针对"社、义二仓之弊"指出,"行之不善,厥害靡穷。官不与闻,则饱社长之橐。官稍与闻,则恣吏役之奸"[③]。不能只图名而在务实,依赖管理者之"德行"。考察劝民节约的问题,而不能指望着全靠这个来御灾。

---

① 范晔:《后汉书》卷八十二《方术列传》,中华书局1965年,第2707、2720页。
② 常平仓:"汉耿寿昌请令边郡筑仓,以谷贱时则增价而籴以利农,谷贵时则减价而粜以利民,名曰常平仓。"载徐光启《农政全书》卷四十五《荒政备考下》,上海古籍出版社1979年,第1315页。隋文帝开皇五年(585)工部尚书长孙平奏:"古者三年耕而余一年之积……运山东之粟,置常平之官,开发仓廪,普加赈赐。少食之人,莫不丰足。"于是朝廷奏令诸州百姓及军人,劝课当社,共立义仓。收获之日,随其所得,观课出粟及麦,于当社造仓窖贮之。后关中连年大旱十几个州大水,高祖乃命分道开仓赈给。见《隋书》卷二十四《食货志》,中华书局1973年,第684页。后世社仓、义仓有所侧重,由社司管理的义仓即社仓。
③ 汪辉祖:《学治臆说·学治续说·学治说赘》,王云五主编:《丛书集成初编》第892册,商务印书馆1939年,第10—11页。

首先,储水备旱。伴随着明清一些地区生态环境的急剧恶化,人口迅速膨胀,常年缺水和季节性严重缺水的问题变得尖锐。这一因为缺水导致的生存危机,使得生活用水在人们的日常生活中变得地位突出起来,一种面对挑战的"应战",在一些地区形成普遍性的应对措施。于是储水风俗生成。清初小说形象展现人们在有水之时把水看轻是不对的:"你却不知道那水也是件至宝的东西,原该与五谷并重的,也不是普天地下都一样滔滔不竭的源流",因此平日要注意珍藏:

> 就是济南的合属中,如海丰、乐陵、利津、蒲台、滨州、武定,那井泉都是盐卤一般的咸苦。合伙砌了池塘,夏秋积上雨水,冬里扫上雪,开春化了冻,发得那水绿威威的浓浊,头口也在里面饮水,人也在里边汲用。有那仕宦大家,空园中放了几百只大瓮,接那夏秋的雨水,也是发得那水碧绿的青苔,血红色米粒大的跟斗虫,可以手拿。到霜降以后,那水渐渐澄清将来,另用别瓮逐瓮折澄过去,如此折澄两三遍,澄得没有一些滓渣,却用煤炭如拳头大的烧得红透,乘热投在水中,每瓮一块,将瓮口封严,其水经夏不坏,烹茶也不甚恶,做极好的清酒,交头吃这一年。如河南路上甚么五吉、石泊、徘徊、冶陶、猛虎这几个镇店,都是砌池积水。从远处驮两桶水,到(倒)值二钱银子;饮一个头口,成五六分的要银子。

此外还描述了储水的"加热消毒法""封闭保存法"等。为了强调储水习俗普遍,小说还列举山西"没水的去处比比都是"。如距潞安府百里的平顺县"离城五里外,止有浅井一孔,一日止出得五桶水,有数:县官是两桶,典史教官各一桶,便也就浑浊了。这是夏秋有雨水的时节,方得如此;若是旱天,连这数也是没有的。上面盖了井庭,四面排了栏棚,专设了一名井夫昼夜防守,严加封锁。其余的乡绅士庶休想尝尝那井泉的滋味,吃的都是那池中的雨雪。若是旱得久了,连那池中都枯竭了,只得走到黎城县地方。往来一百六十里路,大人家还有头口驮运,那小人家那得头口,只得用人去挑。不知怎样的风俗,挑水的都尽是女人。……看了这等干燥的去处,这水岂是好任意洒泼的东西?"[1]郑重其

---

① 西周生辑著:《醒世姻缘传》第二十八回《关大帝泥胎显圣　许真君撮土救人》,齐鲁书社1984年,第361—363页。

事地提出储水、节水的民俗问题,特别是保存水质的方法,可谓经验之谈。尽管这是在一个神秘思维支配下的果报故事结构中提出,却不掩合理因素。

清初御灾一个重要思想,是掘井开源与截流限用。清初姚碧《荒政辑要》倡掘井的重要性、土色与水质的关系:"凡水利之所穷者,惟井可以救之。水窖水库,亦井之属。故《易》称:'井养而不穷。'……""掘井及泉,视水所从来,辨其土色。若赤埴土,其水味恶。赤埴黏土也。中为甓为瓦者,是散沙土,水味稍淡。若黑坟土,其水良。黑坟色黑稍黏也。沙中带细石子者,其水最佳。"①

限用,相信人生用水有一定的数量限制,也是节水思想来源的一个有机构成。清人还注意宣扬个体生命拥有资源的有限性。褚人获重申唐代《录异记》故事,称咸通末年(874)洛城李生教书糊口,有妻和一子一女。某日赴北邙山玄元观与契贞先生李义范辞别,"问其'将安适耶?'生曰:'某受命于冥曹,主给一城内户口逐日所用之水,今月限既毕,从此辞世,非远适也。'因曰:'人世用水,不过日用三五升,过此即有减福折算。切宜慎之!'可见人生自有定限,故宜惜福。即水亦不得过用,况其它乎?"②把个体每日、每月所用的水规定出有限"定数",暗示人们耗费水资源不可过多,有定量,这也是水资源等减少、生存环境恶化之后,一种必须的应战需要所致,即与道教主张人生"算"的有定数相关,而过度耗费"定数"则不祥。

对优质淡水资源的珍惜,在干旱缺水时,才能更深切体会。而以类相吸的思维,又信奉祈雨离不开存水。徐倬《祷雨词》曾咏"门前瓶甒贮清水,借与天公作雨施。……"③就是说平时所贮清水,旱时可用来充当宝贵的引雨之水。在久旱缺水地区更需要采取多种节水方法,甚至形成特定民俗与用水模式。如赵翼谈缺水地区改善水质、废水循环利用:

① 李文海、夏明方主编:《中国荒政全书》第二辑(第一卷),北京古籍出版社 2003 年,第 858—859 页。
② 褚人获:《坚瓠集》广集卷六《给水》,《笔记小说大观》第十五册,江苏广陵古籍刻印社 1984 年影印,第 430 页。按,此处有缩写,原文见《太平广记》卷一百五十七"定数":"'……今月限既毕,不可久住。后三日死矣。五日,妻男葬某于此山之下,所阙者顾送终之人。比少一千钱,托道兄贷之,故此相嘱,兼告别矣。'因曰:'人世用水,不过日用三五升,过此必有减福折算,切宜慎之。'……"(中华书局 1961 年,第 1131—1132 页)
③ 张应昌编:《清诗铎》卷十五,中华书局 1960 年,第 491 页。

甘肃地少水,水甚珍。余尝遣一仆至皋兰,每宿旅店,有一盂水送客盥面,盥毕不可泼去,店家澄而清之,又供用矣。凡内地诸水不通流者,谓之"死水",久则色变,且臭秽不可食。甘省独不然,土井、土窖绝不通河流,但得水即藏入,虽臭秽弗顾也。久之,水得土气,则清彻可饮矣。余友章湖庄铨为宁夏守,为余言:"甘省处处以得雨为利,惟宁夏不惟不望雨,且惧雨。缘地多碱气,雨过而日晒,则碱气上升,弥望如雪白,植物皆萎。故终岁不雨,绝不为意。然宁夏稻田米最多,则专恃黄河水灌注。水浊而甚肥,所至禾苗蔬果无不滋发,不必粪田也。田水稍清则放之,又引浊水。田高水下,水能逆流而入于田。"亦事理之不可解者。①

其次,储粮节粮。作为农耕民族的古老生存智慧,储粮备荒是"民以食为天"的一个重要民间御灾积习,《逸周书·文传》即引《夏箴》:"小人无兼年之食,遇天饥,妻子非其有也;大夫无兼年之食,遇天饥,臣妾舆马非其有也。"②注引孔晁语:"古者国家三年必有一年之储,非其有,言流亡也。"这是多么大的危机感!道出灾害多发的华夏之邦,古人已明白储粮备荒的不可忽视。除了一般性的仓储之外,某些地区还有特殊性的节粮风俗,如明清仍相传储米妙招:"天津人每当腊月极寒冷之时,用好米,不拘多少蒸之,蒸到极透,然后铺摊于芦席之上,冷透而晒干之。收贮于磁缸之内,藏于干燥之处,可至数十年不坏。凡年老体弱及有病之人,以此米煮饭食之,最益脾胃……""腊月碾米,可以久藏不坏……非如春、夏、秋三时所碾之米,不但不能经久,且易生虫蛀也。"③

世世代代苦旱等带来饥饿煎熬的感受,明代李诩就留意搜集这类储粮文本。嘉靖三十八年(1559)己未,旱荒异常,其乡有备办呈文奏县,"其呈模写民艰,可谓曲尽",摘要以期预灾备荒之助:"某等住居去城百里之外,绝不通潮,离水一丈有余,最称高阜。自夏初而不雨,三时之望已孤,入秋来尚愆旸(阳气过盛),千里之迹如埽,鸠语不闻于泽畔,龟文尽见于田中。上以求之于天,而祷雨不应;下以求之于地,而掘井无泉。

---

① 赵翼、姚元之:《檐曝杂记　竹叶亭杂记》,中华书局 1982 年,第 75—76 页。
② 黄怀信等:《逸周书汇校集注》卷三,上海古籍出版社 2007 年,第 245 页。《太平御览》《玉海》等引此,下有:"国无兼年之食,遇天饥,百姓非其有也。"
③ 胡朴安:《中华全国风俗志》下编,河北人民出版社 1988 年,第 49 页。

腹内者尽被抛荒,野无青草,沿河者虽经插莳,田起黄埃。一粒虽秀,而无水以浸其根,终为空合;三眼俱齐,而无日以待其长,纵雨无收。晚莳者,以根老而尚青,名虽稻而实则草也。早耘者,以根嫩而先死,岂非谷之不如稗乎?间有豆苗几邱,复遇昆虫为变,大者先食其叶,名为荳牛,小者继食其花,呼为荳虱。目下虽云未槁,秋来总是无成。"①可以看出如下几点问题:

1. 受灾者缺少备荒预警的准备,旱灾来袭拙于应对,因循常例,客观上加剧了灾害的严重性;

2. 只是想到了"求天""掘井""抢种"等常规御灾方法,未得实效;

3. 更没有料到,害虫猖獗更断绝了豆苗等杂粮的救急,水中鱼鳖亦空,"壮者则趁工于水乡,图升合之粟而积劳以死,老弱则枵腹于户内,无瓶罍之积而待哺以亡。鱼鳖则尽于河中,鸡犬则空于闾里"。在这种动植物生态濒于灭绝之时,灾荒更扭曲人的灵魂,逼良为匪,社会秩序与人文环境也随之变得凶险异常:

> 水路绝而客商不至,生路难寻;人心变而移兑不通,盗心顿起。或十日方成一布,晨出而见夺于强暴之徒,或廿钱籴得一升,夜归而不到于妻孥之口。黑夜则穿窬接迹,白昼而抢夺成群。大兵之后而遇凶年,民有七亡而无一得,饥馑之余而遭盗贼,民有三死而无一生。况二麦罄于车厡之余,种子谁能复办?衣服尽于典卖之后,祈寒何以克当?明年之荒歉可知,今岁之三冬难度,岂暇顾夫父母,亦奚有于妻孥?贸贸然来悲号道路,怏怏然去颠踣沟渠。目击伤心,耳闻酸鼻。欲入城而诉旱,饿殍岂能行百里之程?思赴台而告荒,糟糠何以供一朝之费?②

简直是一篇《哀江南赋》。灾荒带来的次生灾害之一,是道路交通的危机四伏,逃荒往往变成了万劫不复的灾难,逃无可逃,阻断灾民的生活出路,解构了基本的社会人伦关系,摧毁了他们继续生存的信心。纵使载录者感慨:"即令他人诵之,便欲流涕,何况经历者乎?"也仅是同情悲

---

① 李诩:《戒庵老人漫笔》卷四《己未岁荒》,中华书局 1982 年,第 136 页。
② 李诩:《戒庵老人漫笔》卷四《己未岁荒》,中华书局 1982 年,第 136—137 页。

悯,无能为力。

从饱暖之时不知节省的角度,清初小说抨击那些挥霍粮食之辈。说丙辰年秋雨之后遭严霜,晚苗冻烂,小米小麦渐涨到了二两一石,刚一季没收就致荒如此的缘由"却是这些人恃了丰年的收成,不晓得有甚么荒年,多的粮食,大铺大腾,贱贱粜了,买嘴吃,买衣穿。卒然遇了荒年,大人家有粮食的,看了这个凶荒景象,藏住了不肯将出粜;小人家又没有粮食得吃,说甚么不刮树皮、搂树叶、扫草子、掘草根?……这人好了创疤,又不害疼,依旧照常作孽"[1]。愤世嫉俗,却实在是民间对灾荒痛楚体会深切之语。而清官廉吏,身体力行倡扬节俭家风,"于清端罗田之治,备载政书,稍谙掌故者,耳熟能详矣。既贵而后,清操如故。康熙二十年(1681),公方以兵部尚书总督江南、江西,在官日食粗粝,佐以菜把。年饥,屑糠杂米为粥,举家食之,客至亦以进,谓曰:'如法行之,可留余以振饥民也。'"[2]

值得注意的,还有敦促民间移风易俗,养成节约粮食的理性倡导。徐时栋(1814—1873)即批判那种抛弃食物的浪费之举,《岁时记》云,岁暮留宿岁饭,至新年十二日则弃之街衢,以为去故纳新也。按,此风大恶。稼穑惟宝,忍弃之耶?今北方亦不甚爱惜饭米,食余,每任意倾弃之。吾乡人惜饭与惜字等。饭碎落地,小儿亦知拾取。若见粒米狼戾,辄谓其家不祥也。除日亦为宿岁饭,取米蒸之,摊令略燥,名曰'饭富'。'富'字取美名,其实盖是'饭脯'。以干饭比之干肉耳。新岁朔日以后十余日不复煮米作饭,即以饭富入水,下釜中为食。俟饭富食尽,始依常煮生米也"[3]。针砭抛弃剩饭等恶习,提倡珍惜每一粒粮食,特别是注意从幼儿就养成这一好习惯。在资源有限的生存环境里,传统与现实之于粮食的节俭态度,尤其与明清以降灾害频发、民众饥饿感受及"不安全感"有关,众多个体的生存需要,构成了力倡节约民习的呼唤。

再次,选择其他可食植物,替代或掺入粮食中。作为明清御灾方略之一,这也是充分利用民间搏节、节俭的习俗,即荒年"瓜菜代"的一

---

[1] 西周生辑著:《醒世姻缘传》第二十七回《祸患无突如之理　鬼神有先泄之机》,齐鲁书社1984年,第343—344页。

[2] 陈康祺:《郎潜纪闻》二笔卷三《于清端畛念饥民》,中华书局1984年,第362页。

[3] 徐时栋:《烟屿楼笔记》卷一,鄞县徐氏蓬学斋1928年,第5页。

个来源。徐光启《农政全书》在总结前人经验基础上,还倡扬笋粥法、淡黄薤煮粥法等,这样就增加了粥的数量。他引《吴兴掌故》"尝见山僧作笋粥,幽尚可爱",引僧人诗"我本无根株,只将笋为命",还提醒用姜、茱萸酱消解笋的毒性。淡黄薤煮粥则是贮菜叶于缸中,滚热水调麦面浆浇其上,六七天后变黄色微酸,以此按比例熬粥,"充塞饥肠,聊以免死"。

此法当来自民间早有的节粮经验,元杂剧武汉臣《老生儿》杂剧第二折言:"你若是执性愚顽……我着你淡饭黄薤,一直饿你到老。"明代陈汝元《金莲记·焚券》言:"风雨萧条,衡门暂留,黄斋白饭度春秋。"亦作"黄斋淡饭",泛化为形容粗劣饭食。冯梦龙《醒世恒言·李汧公穷邸遇侠客》写房德"日常不过黄斋淡饭,尚且不自全,间或觅得些酒肉,也不能勾趁心醉饱。今日这番受用,喜出望外";《醒世恒言·赫大卿遗恨鸳鸯绦》写:"那香公平昔间,捱着这几碗黄斋淡饭,没甚肥水到口,眼也是盲的,耳也是聋的,身子是软的,脚儿是慢的。"都是明清日常生活的真实写照。但灾荒年这种"节流"的运用,正为得是细水长流,渡过难关。就连道教宗尚的辟谷方,也被徐光启想到了,"用黄蜡炒粳米充饥,食胡桃肉即解"。还有生服松柏叶法、食草木叶法,等等。徐光启引卞同《救荒本草·序》的总结:"植物之生于天地间,莫不各有所用。……《本草》书中所载,多伐病之物,而于可茹以充腹者,则未之及也。"[1] 而顾景星(1621—1687)讲自身体验:"顾子归里岁丁壬辰(1652),饥馑无食,藜藿之羹,并日不给。偕妇于野,采草根实苗叶,遂不死焉。鼓腹自得,各为赞之。"他记载的野菜达四十四种之多。这些野菜有毒的需要处理,"爰有地菇,蒸湿所溉。鸡距獐头,以拟形味。毒或中人,猝亦难治。饥腹神明,服之不祟"[2]。有的具有药用功能,"龙牙马齿(马齿苋),药草之英;杀虫消渴,破疝摧症。我有大症,不可以惩。龙叔抱病,文挚望明"。可在饥饿灾荒时充饥的野菜,也需要在平素了解。顾景星还注意到,灾荒促使人们迫切需要丰富草木博物知识,在充饥的同时,可能会因此疗病健体,"药苗可饵,十有其六。以病得仙,因饥辟谷。茵陈术艾,逸人所

---

[1] 石声汉校注:《农政全书校注》卷四十五《荒政》,上海古籍出版社 1979 年,第 1325—1327 页。
[2] 顾景星:《白茅堂集》卷四十三《野菜赞》,国家图书馆藏乾隆二十年(1755)顾氏刻本,第 3—4 页。

服。除瘠开明，不逮甘菊"。

第四节　及时补种、接受外来物种及其实用心理

就如何应对自然灾害缓解粮食不足生存压力而言，靠天吃饭的古人已陆续有一些成熟的做法。主要是利用植物生长习性、生长周期，培养食品资源代用品，在农耕时代是比较理性而合乎农业科学的御灾策略。

一是，利用原有耕种习惯，灾后及时补种粮食。《荒政琐言》提出须根据地域特征来制定具体补种措施："北地夏至后乏雨，不能栽种禾黍，惟劝种荞麦蔓菁；南方除禾稻外，如绿豆、赤豆、萝卜之类尚可补种。旱灾待雨可以车戽之处，借工本以济乏力。水灾急宜疏消，使田禾涸出，受伤尚少，否则再为翻犁耕种。亡羊补牢，未为晚也。"[1] 这之中便包含主张种植抗旱作物的思路。

有些习成显效做法如借种、补种等，具体如吴元炜《赈略》收录乾隆十八年（1753）的《雹灾酌借籽种口粮议》："应请通饬各州县，嗣后出借被雹地方民人籽种，统照定州之例，查明被雹地亩，如在十亩以下者，借谷三斗；二十亩以下者，借谷五斗；三十亩以下者，借谷八斗……"[2] 又《荒政辑要》的行之有效之法："溪涧泛溢涸出田地，泥沙淤积，应酌借工本，令业户疏浚补种。"《赈纪》收有奏折，称赈粮之后，"又赖圣主福庇，被灾各处于八月二十三四、九月初六等日连得渥雨，民间乘雨种麦，官为借种，广行劝谕，所种倍于常年，来春生计有资，民情益用安定"[3]。

二是，大力推广外来御荒高产作物，如甘薯（番薯、红薯）、马铃薯等。对于甘薯的种植，为明代后期（16 世纪末）由南洋引入福建、广东，自南向北传播。徐光启《农政全书》列举"番薯十三胜"即有可当米，"凶年不能灾"。《备荒琐语》在详介栽种甘薯方法前，引《稗史汇编》强调其生于朱崖（海南岛），"海中之人，皆不业耕稼，惟掘地种甘薯，秋熟收之。蒸晒切如米粒，作饭食之，贮之以充饥，是名'薯粮'。……海中之人，寿百

---

① 李文海、夏明方主编：《中国荒政全书》第二辑（第一卷），北京古籍出版社 2003 年，第 468 页。
② 李文海、夏明方主编：《中国荒政全书》第二辑（第一卷），北京古籍出版社 2003 年，第 704 页。
③ 李文海、夏明方主编：《中国荒政全书》第二辑（第一卷），北京古籍出版社 2003 年，第 539 页。

余岁者,由食甘薯故耳"。而甘薯最大的特点是产量大,能水旱后种且耐蝗灾,"若旱年得水,涝年水退,在七月中气后,其田遂不及艺五谷。……计惟剪藤种薯,易生而多收。至于蝗蝻为害……惟有薯根在地,荐食不及"①。从而种甘薯被推举为"救荒第一义也"。说明在御灾赈济的视野中,推广高产抗灾质素的作物,得到何等重视。直到 20 世纪《中国救荒史》忧国忧民的作者还撰文重申甘薯的食用与药用价值②。

三是,吃糠咽菜(野菜)果腹。如蒲松龄《糠市》诗咏灾荒之际,"千里无乐土,升粟百钱直。城中聚糠市,人众道路塞。筥(圆竹筐)携而囊负,如蚁迁其国……冬春将如何,念此心悲恻"③。改变居民饮食习惯是一件艰难的事情,但处于如同《亥子饥疫纪略》搜集的《丙子纪事竹枝词》咏叹的生存状况:"委壑填沟成裸葬,犬吞狸食算全归。可怜野殍同鸠鹄,不及荒郊野兽肥"④,灾荒中人的生存条件都不如野兽,还不应防患于未然吗? 更有甚者,一旦饥民到了如上惨况,追悔莫及,"纷纷就食走他乡,千百生灵绝可伤。父母不存男女散,何如故土得偕亡?"与其成为饿殍,就不如顺应地方清官与有责任感的士绅们的号召,借鉴外来、外乡经验,及早改变种植和饮食习惯。因此,以灾荒恒久存在的自然运动观,从生物进化维度看,被灾是生发创新的良好契机,是社会习成观念改变的一个开始,当合理利用,以推动社会健康有序地进步。

---

① 李文海、夏明方主编:《中国荒政全书》第二辑(第一卷),北京古籍出版社 2003 年,第 835—836 页。其主要观点当来自徐光启《农政全书》卷二十七《树艺·甘薯》,但缓解人口压力和减轻灾情的同时,也造成原生植被遭破坏,对生态环境和遗传多样性等带来不利影响,参见王思明:《美洲原产作物的引种栽培及其对中国农业生产结构的影响》,《中国农史》2004 年第 2 期;邵侃、卜风贤:《明清时期粮食作物的引入和传播——基于甘薯的考察》,《安徽农业科学》2007 年第 4 期。但此推广也有负面影响:"十八世纪时期,以输入的新奇作物开垦山坡荒地,造成长江、汉水流域土壤冲蚀、河川淤积,而造成环境严重损害。……"[英]邓海伦(Helen Dunstan):《十八世纪中国官方对环境问题的看法与政府的角色》,杨俊峰译,刘翠溶、伊懋可主编:《积渐所至:中国环境史论文集》,(台北)"中央研究院"经济研究所 1990 年。

② 马南邨:《甘薯的来历》,《北京晚报》1961 年 10 月 27 日第 3 版。

③ 盛伟编:《蒲松龄全集》第贰册,学林出版社 1998 年,总第 1828—1829 页。

④ 李文海、夏明方主编:《中国荒政全书》第二辑(第一卷),北京古籍出版社 2003 年,第 659 页。

第十六章　赈灾侵赈叙事及其民间信仰

　　明清时期的赈灾常常是以官府为主导的体系性行为,地方官是直接参与者。种种社会或政治经济原因,形成了难以根除的赈灾积弊,如办赈贪墨"潜规则"、赈灾不善始善终等,正所谓"有灾必有弊"。同时,在地方官的赈济行动中,受专制体制掣肘,不能及时有效,往往引发大面积灾荒。而关于地方官越位赈灾极为有效的传闻及其文学书写,是救灾不及时有效与期盼民间清官能吏的艺术写照。侵赈冒赈有如贪财害命,冥法审判的文学想象有民俗心理的作用,借助冥报观念想象发泄对侵赈冒赈的不满,暗示敬畏神灵的必要性。而更具警示意义的是,明清小说展示的地方官贪冒或者越位赈灾的现象,折射出反复乖张应灾行为的内心利己利他规则的混乱。

　　赈灾——社会救助,是御灾的重要构成。赈灾不能善始善终与不赈灾没区别。而伴随赈灾资源的运用,办赈贪墨为"潜规则"也必然体现出来;所谓"有灾必有弊",同时地方官赈济,受专制体制掣肘。侵赈者阴司控告,囤粮者也被闹赈者借神恐吓。民俗心理还设想冥司审判,并借助侠客想象发泄对侵赈冒赈的不满。清人指出:"国家荒政十二:一救灾,二拯饥,三平粜,四贷粟(收成在八分以上加息,七分免息,六分缓半,五分以下缓,灾重者丰收亦免息),五蠲赋,六缓征,七通商(禁遏籴),八劝输(过三百石奏奖),九严奏报之期,十辨灾伤之等,十一兴土功使民就佣,十二反流亡,使民生聚。……"[①]可见灾害发生,地方官推行荒政措施,还是有不少应当做的事务。不过,由于许多原因,操作得当、善始善终非常不易。有鉴于此,明清小说灾荒与赈灾书写则既具补史书之缺的实证意义,也可部分揭示灾害频仍境遇下的社会心理与民间信仰。

---

① 俞正燮:《癸巳存稿》卷九《荒政》,辽宁教育出版社2003年,第266页。据统计,今搜集到的汉代以来荒政书即411部,明代41部,清代352部,辑佚书目65部(明代38部,清代16部),约476部,还有译著或外人编撰的中文著作15部,参见夏明方:《救荒活民:清末民初以前中国荒政书考论》,《清史研究》2010年第2期。

第一节　赈灾积弊与勤政恤民美政理想

文献载录中的灾害,既是自然现象的再现,也是社会体制与制度的多棱镜,适时有效地折射出社会百态。灾害发生,也是官僚豪绅借机敛财、侵吞的机会与福音,借灾侵吞使得灾难更为剧烈。《清史稿》指出嘉庆时期"当时吏治积弊,有'南漕北赈'之说,南利在漕,相率讳灾……知县李毓昌,以不扶同侵赈致祸……"[①] 辛亥革命前后的革命派,认为赈恤是统治者"邀弋美名"的手段,孙中山指出:"中国所有一切的灾难只有一个原因,那就是普遍的又是有系统的贪污。这种贪污是产生饥荒、水灾、疫病的主要原因";"官吏贪污和疫病、粮食缺乏、洪水横流等等自然灾害间的关系,可能不是明显的,但是它很实在,确有因果关系。这些事情决不是中国的自然状况或气候性质的产物,也不是群众懒惰和无知的后果。坚持这说法,绝不过分。这些事情主要是官吏贪污的结果。"[②] 如黄河水患,就给大批治水官吏提供了发财机会。观鲁《山东省讨满洲檄》揭露,受"黄灾"最甚的山东省,"谋差营保"的官吏们甚至议论:"黄河何不福我而决口乎?"有的还暗中破坏百姓自筑堤坝,制造灾患牟利[③]。对中国问题极有研究的罗素甚至诙谐地指出:"孝道利家的最好方法则是受贿和耍阴谋。"[④] 切中要害。但结合具体的灾害问题上,可能更为复杂。

第一,皇帝勤政恤民,推行荒政的政治理想。赈灾不仅事关国计民生,也具有检验朝廷行政效率、督促皇帝勤政的功能。有时从中发现的皇帝的情感意识,也是难得的民俗资料。如在赈灾文件中,道光皇帝有时就表现得非常动情,如道光十三年十月庚戌,谕军机大臣等:"朕勤恤民隐,惟日孜孜,遇各省水旱,该抚等奏请抚恤,无不立沛恩膏,分别蠲缓给赈。第思国家旷典,所以惠黎元,而非以饱溪壑,如果实惠及民,虽多费帑金,朕亦何吝!……而该督抚等又不肯为国任怨,不以国计为亟。是国家徒有加惠之名,而百姓无受惠之实,无非官吏私充囊橐,大吏博取

---

① 赵尔巽等:《清史稿》卷四百七十八《循吏三》,中华书局 1977 年,第 13039 页。
② 孙中山:《中国的现在和未来》(1897 年 3 月 1 日发表),《孙中山全集》第一卷,中华书局 1981 年,第 89 页。
③ 李文海:《清末灾荒与辛亥革命》,《李文海自选集》,学习出版社 2005 年,第 446—453 页。
④ [英]罗伯特·罗素:《中国问题》,秦悦译,学林出版社 1996 年,第 30 页。

声誉,尚复成何事体!”[①] 这决不能看成是虚情假意,当与一些官员的廉政、捐产救灾等具有社会影响的个人行为,一并综合起来考察。但又据研究者考察,夏实晋《避水词》“御黄不闭惜工材,骤值狂飙降此灾。省却金钱四百万,忍教民命将换来”,其本事是咸丰元年八月(1851 年 9 月)黄河在江苏丰县北岸决口,宽 180 余丈,原因是河工大员为省工料费而随意改变合龙旧制。道光二十三年(1843)夏中牟县黄河决口从百丈到 360 余丈,事故与河道总督慧成等玩忽职守、贪渎搜刮有关,朝廷以“糜帑殃民”将慧成革职,“枷号河干,以示惩儆”。而何栻《河决中牟纪事》的揭露更为深刻:“……生灵百万其鱼矣,河上官僚笑相视。鲜车怒马迎新使,六百万金大工起。”[②] 灾害发生,是官僚豪绅借机敛财、侵吞的机会与福音,借灾侵吞使得灾难更为剧烈。显然,皇帝勤政恤民理想遭遇到习惯性“应灾执行力”瓶颈。

第二,免除或降低赋税,以经济手段调动民间助赈力量。用免征税银等方式来鼓励受灾之后的民间贸易,部分地赈灾、减灾,非常有效。据称:“乾隆三年(1738),畿辅歉收,米价昂贵,谕督抚及司榷官,将临清、天津二关米豆船免其纳税。至通州、张湾等登陆处所,旧有米豆杂粮落地税银,亦著免征。俾远近商贾,贩运日多,闾阎可无乏食之虞。”[③] 高税负下的绝对贫穷,使普通大众更加缺乏应灾能力。对此,鼓励、总结和表彰退隐官员与缙绅阶层人士赈灾的功绩,往往成为朝廷一种具有明确导向性的行为。“仁和监生陆曾禹纂《救饥谱》三卷,乾隆四年经给事中倪国琏奏进。上嘉其有郑侠绘图入告之意,赐名《康济录》,剞劂颁布焉。”[④] 在具体操作步骤上,赵慎畛记载乾隆三年(1738)三月二十日,五城停赈,“奉旨:天气渐热,贫民不便聚集一处,自应散归种地佣工。着每名再行赏给口米一斗,以资前途食用,交五城御史司坊官按照食粥人数

---

① 《清实录》第三六册《宣宗实录》卷二四四,道光十三年十月,中华书局 1986 年影印,第 662—663 页。乾隆皇帝对侵赈冒赈也不手软,如乾隆四十六年,七年前甘肃全省官员借捐监冒赈案发,涉案 200 多人,被处置 170 余人(30 多人亡故、监故、自缢、战殁),处斩官犯 56 人,免死发遣 46 人,革职杖留 10 人,革职回籍永不叙用 18 人,革职追用缴银 40 余人,仅 1 人举供有功从宽留用。参见卢经:《乾隆朝捐监冒赈众贪案》,《历史档案》2001 年第 3 期。

② 李文海:《晚清诗歌中的灾荒描写》,《清史研究》,1992 年第 4 期。

③ 赵慎畛:《榆巢杂识》上卷《粮船免税》,中华书局 2001 年,第 57 页。

④ 赵慎畛:《榆巢杂识》上卷《救饥谱》,中华书局 2001 年,第 63 页。

散给,毋致遗漏"。虽然皇帝及相关荒政策略多管齐下,但灾害演变成灾荒事件仍层出不穷,这与传统社会深在问题有关。

赈灾免捐降低赋税赈灾政策及其仁政定位、评价,影响到了应灾民俗心理,小说名著《红楼梦》也涉及这一问题。远道而来的吉林黑山村庄头乌进孝,自称遭了涝、雹之灾,克服困难来交租。乌进孝作为旗籍贵族经营田庄的"庄头"、代理人,其实是一个"外派"管家,全面监管佃户生产、收租、派劳役等事项,"地租庄子银钱出入,每年也有三五十万来往",富有经验的贾珍对货单不满,抱怨"今年你这老货又来打擂台(耍花招、弄虚头)来了",嫌少。"我算定了你至少也有五千两银子来,这够作什么的!如今你们一共只剩了八九个庄子,今年倒有两处报了旱涝,你们又打擂台,真真是又教别过年了。"乌庄头解释三月到八月连雨,秋收时一场碗大的雹子,"方近一千三百里地,连人带房并牲口粮食,打伤了上千上万的,所以才这样。小的并不敢说谎"[1]。心虚的乌进孝恰恰在夸大灾情,农谚"雹打一条线",雹灾面积那么大?而"碗大"也未必然。贾珍体会到乌庄头"冒灾",耍滑头,夸大雹灾规模与淫雨时间,利用逢灾低赋的惯常政策,来为少交租编理由。

第三,借赈灾、应灾和被灾名义谋权谋财或徇私泄愤,几乎均为道德缺失官僚的思路与行为出发点。《绿野仙踪》写冷于冰早年任幕僚,得严世蕃赞赏并获严嵩看重代拟奏章。一次山西巡按御史张翀急奏请赈告灾,解救"易子而食"的灾黎。严嵩与张翀有私怨,借口是"清平圣治之世,何出此诳诞不吉之言",即令下敕山西巡抚方辂参奏张翀"捏奏灾荒,私收民誉",坐实张翀生事欺君之罪。而于冰提出命巡抚"先开仓赈饥,且救急眉",并称已劝绅士富户捐助,严饬各州县查明极贫次贫人口册籍、用银米数目,遭到严嵩怒斥未能遵"妾妇之道"来当幕客,并拿掉了于冰所中榜首[2]。

借赈灾一些贪官趁机侵吞银两,"吃灾""卖灾",虽也每遇正直官员举报朝廷严厉制裁,但积弊成风很难根除。如治河,顾炎武指出:"天启

---

[1] 曹雪芹、高鹗:《红楼梦》(庚辰本)第五十三回《宁国府除夕祭宗祠 荣国府元宵开夜宴》,人民文学出版社1996(2版),第741—742页。参见刘卫英:《虐食与狂欢:〈红楼梦〉饮食书写的观念性异化》,《哈尔滨工业大学学报》(社会科学版)2018年第5期。

[2] 李百川:《绿野仙踪》第三回《议赈疏角口出严府 失榜首回心守故乡》,岳麓书社1993年,第14—16页。

以前,无人不利于河决者。侵克金钱,则自总河以至闸官,无所不利;支领工食,则自执事以至于游闲无食之人,于是频年修治,频年冲决,以驯今日之害,非一朝一夕之故矣。"① 可是直到清末,上述状况愈演愈烈。欧阳昱评论河政(治河):"自来国家发河工银,河督去十之二;河道、河厅、师爷、书办、胥役,以次亦各去十之二。银百两,经层层侵剥,仅有二十余两,为买料给工费。加之,罚轻赏重。决口时,河员俱革职,令效力赎罪,极之充发而已。及合龙后,又皆开复赦归。善夤缘者,甚反得保举进职。故选官得河员者,莫不贺曰:'此发财升官之要途也!'"②

林则徐治河则十分严明:"道光辛卯(1831),林文忠公则徐擢东河总督,奏言秸料乃河工第一弊端,其门垛滩垛并垛诸名目,非抽拔拆视,难知底里。遂将南北十五厅各垛逐查,有弊者察治,所属懔然,岁省度支无算。得旨,谓向来河臣从未有如此精核者。"③ 也说明利用治河贪污,形成种种弊端解决之难,阻力之大。史家指出,号称"东南三大政"的河政奢靡,构成"南河风气"如治河中心清江浦城市畸形繁荣,治河成本耗费连年攀升,导致乾嘉社会风气进一步窳坏④,非常有道理。

高俸禄养廉实收效甚微。清初曾非常留意赈灾官员待遇问题。但较多注意的,是不能因赈灾让官员减少收入。雍正元年(1723)九月丁亥即禁止官吏捐俸工银赈灾:

> 谕户部:江西巡抚裴度疏称:请捐俸工银两,赈恤被水居民。夫官吏俸工,特为赡养伊等家口而设,原不可少。纵将通省官员俸银捐助,为数亦属无几,有何裨益? 至若胥役工食,亦尽行捐出,何以令其应差行走? 如果民遇灾祲,该督抚即应奏闻,动支正项钱粮。若遇水旱微灾,不无赈恤,或修理堤岸城垣之小费,该地方大小官员有愿出己资,捐助效力者,何必具题! 即欲报闻,亦止可另行折奏。着该部行文直省督抚,凡地方遇有公事奏请捐助俸工之处,永行停止。⑤

---

① 黄汝成集释:《日知录集释》卷十二《河渠》,上海古籍出版社 2014 年,第 742 页。
② 欧阳昱:《见闻琐录·河员侵吞》,岳麓书社 1987 年,第 167—168 页。
③ 徐珂编撰:《清稗类钞》第三册《吏治类》,中华书局 1984 年,第 1254 页。
④ 王振忠:《河政与清代社会》,《湖北大学学报》(哲学社会科学版)1994 年第 2 期。
⑤ 《清实录》第七册《世宗实录》卷十一,中华书局 1985 年,第 203—204 页。

　　研究者指出:"官员自愿捐俸赈灾毕竟是一种美德,所以,清中后期,官员自愿捐俸赈灾的风气还是相当盛行,并且得到皇帝认可和民众的颂扬。例如,'(嘉庆)二十二年(1817)六月连日大雨,德化、德安蛟水陡发……巡道任兰佑捐恤各穷民银三百七十两,知府朱桀、知县邹文炳复捐银抚恤';'(嘉庆)十六年五月彭泽十二都株木冲,夜二更,蛟起,山石崩落如雨,村舍漂没无数,男女溺死者十六人,知县秦树庆捐廉赈济'。"①的确,实际上在赈灾过程中表现出来的正直官员的爱民美德,也是民族宽厚善良传统的一个体现,不能仅仅以为官角色的要求而视之,也是需要予以充分肯定的。

　　第四,在赈济操作过程中来剥削、收回扣。民初小说的一则民俗材料以第一人称自述叙事,描绘了县衙御蝗措施给乡村地保带来"回扣"。说县里发下捉蝗告示:捉到蝗虫一双,赏钱十文。老地保四乡贴布告,又接洽乡董收买,可是见卖蝗人多,他就暗暗核计:"何不打他一个折头,落得赚些回扣? ……我既做个小地方,吃些小回扣,也不算什么。我就此把蝗虫大跌其价,每只跌到三个大钱……听得知事老爷明天要来调查了,我就立时的涨价,仍旧照官价收买。"可是又出现了新问题,"那些多事的人"发现,收购来的一半是"稻和尚"(与蝗虫相似),向知事提出来,却不了了之。文本结尾具有强烈的讽刺性,老妇听完丈夫(地保)自述,一面把大把铜元拾起一面说:"多谢知事老爷! 多谢蝗虫老爷!"②办理购蝗的地保一心只想借机渔利,"收的时候,也知道有稻和尚在内,只是我若剔下来,自然蝗虫要少了。蝗虫收得少了,我的回扣自然也少了。我心里只恨蝗虫出得太少,巴不得遍地飞蝗,我就可以发一注大财"。而作为监管人的知事,也顺着说:"这稻和尚看来也不是好东西。"邀功充数之心与地保谋利合拍。这与古代将帅杀良冒功陋习多么类似!

　　这一带有"报告文学"特征的新闻,乃是明清悬赏(收买)治蝗弊端的真实写照,与奖掘蝗卵以预灾操作中"侵赈"的特点有关,荒政文件那披肝沥胆的文字可为印证:

---

① 张小聪、黄志繁:《清代江西水灾及其社会应对》,曹树基主编:《田祖有神——明清以来的自然灾害及其社会应对机制》,上海交通大学出版社 2007 年,第 131—132 页。
② 瘦蝶:《蝗虫之利》,《礼拜六》第六十三期,1915 年 8 月。

盖飞蝗遗子，多在坚硬之地，挖掘为难。一斗遗种，几费人工往返，换米又耽时日，倘再留难挑剔，而交者更观望不前。至扑捕蝗蝻，莫不急于求多，若令其送验给赏，势必压前待后，及至网载送官，半多臭腐；发乡掩埋，又费人力，此办理所以不善也。故必官亲赴乡，随时随地督率查验，则无此病。然或以事属繁重，虽轻骑灭从，而分路弹压督催，不能不多拨兵役，按例发给工食。乃或稍失觉察，则此辈之叫嚣隳突，有甚于蝗，亦不可不防其弊。然则何为而可？曰：官亲赴乡，随处设厂，广延绅衿耆老，分司其事，联络主伯、亚旅同任其劳，指陈利害，明定赏罚，不必多派兵役，而民自力不必琐屑查验，而民不欺，则事成而弊绝矣。

噫！蝗蝻之食民食，犹虮虱之嗫人血，譬如吾有赤子襁褓遍虮虱，啼号呵痒，莫自为计，吾能不为之扪捉殆尽而后已乎？抑何不视百姓如吾赤子而为之怦怦然心动耶！①

亲民敬业的官员，力图对同僚、属下晓之以理，动之以情，以期提高效率，减少赈济资源流失，而这对那些本来阖家饥寒交迫中的掘蝗贫民，对于那些经济困乏、无安全感的下层吏役，能否奏效？除了亲力亲为严加监控，实在别无良法。

第五，捏报灾情，或隐瞒灾情不报，也是赈灾之弊的题中自有之义。小说补充瞒灾史料的民间视野非常可贵。如乾隆间小说写登州府下的宁海、莱阳、招远等数县先旱后涝，宁海知县王翼无奈屡禀上台，要开仓赈济："上台俱以偏灾，未经奏闻，不得擅动仓廪。王公无奈，因捐己俸，四门煮粥救饥，明知人多力薄，只得自尽此心。谁知到五、六、七月，阴雨连绵，处处俱成巨浸，凡种秋苗，尽行淹死。八、九月间，水还不退，麦难下种，且亦无种可下。民间卖男鬻女，四散流离，骨肉不保，以致抢夺频闻，盗贼生发。各县申报，上台都以偏灾不敢申奏，只令州、县善为安抚……"② 因此，研究者将清代御灾弊端概括为：讳报或捏报灾情，审户弄虚作假，需索与勒价，明克暗吞，此外还有土棍和不法监生捣鬼等。这

---

① 陈崇砥：《治蝗书·治蝗论一》，国家图书馆藏光绪六年（1880）吴县潘氏滂喜斋刻本，第3—4页。

② 陈朗：《雪月梅传》第四十一回《红娘子得婿毕良姻　丑奴儿诉亲求说客》，齐鲁书社1986年，第324页。

些都妨碍了正常赈灾工作的进行。这些,清代防弊违例的处理有:对办赈迟缓拖延的处理,对虚报灾情和勘报不实的处理,办赈不利玩忽职守的处理,对贪贿蠹民的惩处等①。一般非常严厉,也取得了一些效果。不过,御灾弊端仍此伏彼起,几乎无法禁绝。

第六,鱼肉饥民式的懒政、怠政。在赈济具体实施时,也会发生秩序混乱、踩踏死伤,甚至在官吏维持秩序时被误伤等弊端。陈康祺记载嘉庆年间赈济的规模及管理不善,认为这是造成赈济过程中挤踏、火灾等悲剧原因之一。说嘉庆乙丑(1805)浙西水灾,杭、嘉、湖三府赈粥:

> 分男女两厂,择佛寺立大芦蓬,无雨淋日炙之苦。道路出入次第,皆以木栅梆炮位为号令纪律,日赈数万人,无拥塞之虞。有疾者给以药,老病废疾别有厂,妇女有厕蓬,数月中无一人死于厂者。其煮粥浓厚,以立箸不倒、裹巾不渗为度。司事与饥民同食之,无一盎饐餲者,民情欢悦。时阮文达抚浙,所谓实心行实政也。今年直隶旱暵,闻天津粥厂,多冻饿践踏死者,而蓬席遭焚,数千灾黎,燔于一炬。②

设立粥厂聚集众灾民,往往发生大规模火灾、踩踏。这警示了大规模赈济,就是一把双刃剑,组织措施不利,随时可能灾上加灾。阮葵生《赈粥谣》描绘争抢一粥之施的惨剧:“可怜一勺浆,泥沙杂糠秕。……今朝去不返,举室仓皇俟。俄闻邻家哭,争诉邻翁死。众足践如虋,肉血饱蝼蚁。又闻寡妇儿,脑裂缘鞭棰。长官戒拥挤,杖下多新鬼。”③视饥民如蝼蚁的吏治观念,此为真实写照。

从小说所叙实行赈济的具体细节,也可看出这类悲剧肯定频频发生,以至成为清官良臣的赈灾经验和特别值得褒奖的负责任之举。长篇小说《野叟曝言》写东方侨提出煮赈一事面临的困难,担心赴领者多,会拥挤倒仆哄闹,素臣回答的解决措施是几乎同时、次第进行的六步:

---

① 吕美颐:《略论清代灾赈制度中的弊端与防弊措施》,《郑州大学学报》(哲学社会科学版) 1995 年第 4 期。

② 陈康祺:《郎潜纪闻》初笔卷四《赈粥良法》,中华书局 1984 年,第 88—89 页。民国高迈《煮赈考》亦倡导煮赈能救急、活人多而方法至简,只要革除积弊,处置得当,很有作用。载《文化建设》第 3 卷第 7 期,1937 年。

③ 张应昌编:《清诗铎》卷十六,中华书局 1960 年,第 541 页。

第一步,是与第二步同时进行的,要尽快。"当先会县公,但说明设法公捐,不动丝毫国帑,却不要他派差出票,反致掣肘滋事。一面于亲族宾从中,择其信慎有才者,分路挨村,查造贫户生名死口确册;一面差人买木做棺,买米备赈,多雇人夫,连夜敛埋……如今先着他搬运银两过来,老先生当上紧赶办,早一刻,则灾民生死俱免,迟一刻,则灾民抛露饥寒也。"①

第三步,防止救灾物资涨价,分头采买。"木牙遇此风变,木价已长,当趁此未甚长时分,遣十人同时入店,同时交易,使彼各不及知,各幸其货早脱,再贩渔利。而一店买完,即十店买完,无从抬价矣。"

第四步,是煮赈时的力求均匀、讲究秩序。"煮赈之法,惟在分而速;查验之时,即按口给与粥筹,红绿分记,循环去来,赴厂领粥。各厂须于大寺院中安设,前开一门,令其鱼贯而入;内于厢户或廊阶,横设档木,档木之内,连排一二十缸,随空处交筹,即此领粥换筹;粥杓分设大口一杓小口一杓,计口数杓与;领换既毕,即令由后门而出,不使复走前门;如此,是人既分散,事复疾速,无从哄争矣。"

第五步,与上同时进行的全程监控。"最要留心的,是煮粥夫役,最善偷米。不监看下锅,则干米必去;但监看下锅,则湿米必去,粥遂稀清;若再暗用石灰稠粥,以遮盖偷米之迹,更要坏人。闹厂之事,亦往往由此。非选择妥人,刻刻监看不可。"煮粥赈粥,实在是救灾操作过程中的一项技术性很强的"良心活儿"。一方面是分配时的秩序维护很大程度上靠排队规则、分配均匀、领取后离开路线的安排等;另一方面还要特别小心煮粥夫役偷米,因为掩盖偷米就要掺杂石灰使粥变得跟原来一样稠,会对人体造成一定程度的伤害。无疑,这都是赈灾过程中经历诸多弊端的经验之谈。

最后一步,立即亲自搬运预留的大量藏银,秘密到位。"素臣疾忙回家,将不贪泉内之藏银发起,命庄仆二十人,各用稻箩,每箩装银十锭,上盖破衣,先发二万两进城。吩咐未能,在路与庄仆说,银子是东方侨窖藏,与我无涉……"上述措施需要尽心尽力的执行者,才能取得预期满

① 夏敬渠:《野叟曝言》第六十四回《浴日山设卦禳风　不贪泉藏银赈粥》,人民文学出版社1997年,第774页。

意的收效。"东方侨收了银子,依了素臣指画,分头查办。他原是一个有作用的大臣,又肯实心经理,做得井井有条,不遗不滥。把一县灾民,都向沟壑中移置衽席,从白骨上生出肌肉来,那一种感恩之念,也就非常激切。"[①]何为如此? 真实原因到底是什么? 受灾是全民的,执行者也多是缺粮户。赈济过程中吏治导致的弊端多多,"执行力"的负面一端,不胜枚举。如王嘉福《官米谣》揭示赈粮被随手作假:

> 昨日籴官米,市估吞声吏胥喜。
>
> 今朝官米粜,饥民垂泪吏胥笑。
>
> 长官中坐吏两边,东门验票西收钱。
>
> 一升米入饥民手,册上开除报一斗。
>
> 何来乡愚惨颜色,却道糠秕不堪食。
>
> 吏怒告官官答民,吏言官听称官仁。
>
> 日午官归吏分粟,运取公然论釜斛。
>
> 年丰那得身家肥,但愿来年再赈饥。[②]

　　歌谣生动地描绘出"硕鼠"们在施粥过程中,具体的"执行者"在长官的暗示与纵容下,偷工减料,瞒数虚报,而后暗地中饱私囊的卑劣无耻。这些仓中硕鼠,反倒因为灾年饥荒而有了捞取私利的有利机会,饥民反成了他们的衣食父母。

　　第七,"廷杖"震慑下的短期行为。明后期已有人认为赈灾有效性不能持久。祁彪佳(1602—1645)指出,如果赈济半途而废,可能与根本不赈灾并没有本质的区别。"救荒者类普而赈贷之耳,然或资给于目前而匮乏于后日,是则中途弃之,似不救等耳。司成倪公乃立'人救一命'之说,自夏及秋,使必免于沟壑。夫使普救千万人而复捐委者,何如崇救一二人而必使生全乎? 然今明旨,裨好义绅富,养活饥民,各以口计者,正此意也。"[③]赈济开始阶段的"普而赈贷",很可能只是敷衍朝廷的表面文章,如不坚持,则与不赈救等同。这里展现出两个问题:

---

① 夏敬渠:《野叟曝言》第六十四回《浴日山设卦禳风　不贪泉藏银赈粥》,人民文学出版社 1997 年,第 775 页。

② 张应昌编:《清诗铎》卷十六,中华书局 1960 年,第 547 页。

③《祁彪佳集》卷五《救荒全书小序·宏济章》,中华书局上海编辑所 1960 年,第 108 页。

1. 赈灾属于一种持续性工作,后续环节出现问题,也会前功尽弃。

2. 半途而废或朝廷不作为的赈灾,同与日俱增的灾情结合,其后果是难以想象的。

柏杨先生力图揭示封闭性应灾的局限性,针对明末北中国的旱、蝗大灾:"普通情况是,水灾的面积比较小,而旱灾一旦形成,即赤地千里,寸草不生。旱灾必然引起蝗灾。灾难于是扩张到旱灾以外地区,使千里之外的青青麦禾,数天之内,被吃个精光。"地方官马懋才的奏章说:"……我的家乡延安府,自去年到今年,一年没有落雨,草木枯焦。八九月间,乡民争着采食山中的蓬草,虽然勉强也算作谷物,实际上跟糠皮一样,味道苦涩,吃了仅能免死。到了十月,蓬草食尽,只有剥树皮来吃,所有树皮中唯榆树皮最为上等,但仍要混杂其他树皮同吃,也不过稍稍延缓死亡。到了年终,树皮又被吃完,只有挖掘山中的石块来吃,石块冷硬,其味腥涩。只一点点,即可吃饱。但数天之后,因不能消化,就腹部发胀,无法大便,下堕而死。一些不甘愿吃石块而死的乡民,只好集结起来当强盗。另一些稍有积蓄的家庭,被抢劫一空,也变成饥饿的群众。他们知道当强盗是犯法的,非死不可,但他们与其坐着等死,宁愿当强盗犯法被处死,即令当鬼,也愿当一个饱死鬼。"[①] 群众武装领袖中,张献忠和高迎祥最著名,他们正是马懋才说的陕西省安塞县饥民。后者在春秋时期就有发生过:"晋侯问师旷:'卫人出其君,不亦甚乎?'师旷回答说:'或者其君实甚……夫君,神之主也,民之望也。若困民之主,匮神乏祀,百姓绝望,社稷无主,将安用之,弗去何为?'"这一观点在中国历史上经常被付诸实践,被认为造成了民间太多的叛乱[②]。因此,生产模式单一,遇灾就易于全部沦陷,导致无力救灾;地方官吏贪鄙,蔑视饥民的生命存在,这些都发人深省。

第二节 预灾机制的缺失与清官能吏期待

灾害的发生与灾荒的出现本非线性因果关系,而灾荒的形成往往

---

① 柏杨:《中国人史纲》,同心出版社 2005 年,第 377 页。
② [英]罗伯特·罗素:《中国问题》,秦悦译,学林出版社 1996 年,第 28—29 页。

与人及政治体制、社会制度有关。能否有效预灾、有效赈灾是避免灾荒发生的关键所在。明清相关文献记载也表明其复杂多变性,大致可概括如下:

首先,捏灾冒赈的直接副作用。对于特定的灾害多发地区,久而久之的赈济,也造成了冒赈侵赈等恶行的多发现象,累积成风。"甘肃捏灾冒赈、侵销监粮,官斯土者,视为积习,鲜不分肥罹害。黄安张君秉坤三选甘肃令,皆托病去官,不报灾请赈。具此大见识,而知几勇退,甚合于君子明哲之义矣。其孙名锡谦,有隽才,乙丑进士,官庶吉士。"① 地方小吏如此行为的严重后果之一,就是信用危机,使灾害得不到有效防御与及时救助。明中叶戴冠称天顺年间,苏州守邢公发出奏折未得及时回复,迫不得已启动了赈济。"岁侵民饥,公具疏闻于朝,乞行赈贷。都御史韩公雍时家居,语之曰:'公必须报可而后行,民已为沟中瘠矣。且擅发之罪不过收赎,以数斛赎米而活百万生灵,何惮而不为哉!'语未毕,邢公大悟,即日发官廪以赡民,所全活者甚众。"② 显然,这是一个极有意义的成功救灾案例。载录者戴冠是江苏长洲(常州)人,曾任浙江绍兴府儒学训导,后罢归乡,这一记载可信。而更值得注意的是,载录者紧接着就力图找出史书根据,此举按说值得肯定。"尝读晋史《外戚传》,王蕴为吴兴太守,郡饥,蕴开仓赡恤,主簿执谏,请先列表上待报,蕴曰:'百姓嗷然,道路饥馑,若表上须报,何以救将死之命乎!专辄之愆,罪在太守,且行仁义而败,无所恨也。'于是大赈贷之,赖蕴全者十七八焉……"③ 史书正统地位,使得"以史为鉴"成为一个不争的律令,权威话语,所昭示的不仅可行,更应钦佩。但实际上,敢于"顺乎民心"发赈的官员凤毛麟角。

在赈灾较受重视并且有效率的清代,冒赈被视为更为严重的事情。

---

① 赵慎畛:《榆巢杂识》下卷《张秉坤知几》,中华书局 2001 年,第 152 页。
② 戴冠:《濯缨亭笔记》卷二,齐鲁书社 1995 年,第 150 页。
③ 王春瑜主编:《明史论丛》,中国社会科学出版社 1997 年,第 424 页。原文载结局颇为曲折:"王蕴……补吴兴太守,甚有德政。属郡荒人饥,辄开仓赡恤。主簿执谏,请先列表上待报,蕴曰:'今百姓嗷然,路有饥馑,若表上须报,何以救将死之命乎!专辄之愆,罪在太守,且行仁义而败,无所恨也。'于是大振(赈)贷之,赖蕴全者十七八焉。朝廷以违科免蕴官,士庶诣阙讼之,诏特左降晋陵太守。复有惠化,百姓歌之。"房玄龄等:《晋书》卷九十三《外戚传》,中华书局 1977 年,第 2420 页。

较有代表性的是乾隆对捏造灾害冒赈的严惩。乾隆四十六年（1781）查出此前七八年藩司王亶望获批甘肃各州县重开捐监后，令将所捐豆麦改为折色银两，捏报旱、雹、霜等灾，各级官员分赃，甘肃八年内亏空八十多万银，粮近 20 万担，乾隆惊为"从来所未有"，"其奇贪肆黩，真有出于意想之外者"，下令处死各级贪官 56 人，遣放 46 人，案犯之子 11 人被远发伊犁为苦力①。此类事对赈灾潜在的干扰更是危害深远。从体制下帝王心态看，如此冒赈贪墨也是窥察乾隆对灾民的关心，投其所好。"纯皇忧勤稼穑，体恤苍黎，每岁分命大吏报其水旱，无不见于翰墨。地方偶有偏灾，即命开仓启廪，蠲免租税，六十年如一日。甘肃大吏以冒赈致罪……"②虽有夸张，的确也是乾隆甚为震怒的一个来由。

其次，等级森严，"社义"二仓的御灾功能往往失灵。赈灾不是一朝一夕的事情，长期进行的赈济工程，具体操作者的素质决定了其"执行力"：

> 弥灾平憾，皇仁已极靡加，而我新阳独在糊涂帐里，吃昏闷苦，何也？盖县主某，悉以其事委之三吏，三吏用事，而新政不可复问矣。予作《伤鹿城诗》，有"广收金粟治田园，回头笑指街前骨"句，书其实也。崑邑许侯较慈惠，而太翁又能道之以善，故治荒迥别，吏亦视新阳未减。③

有效的赈灾，首要的是尽快实施救助，使灾民衣食饱暖，及时安定民心。救灾如救火，因此雍正乾隆间成文的《大清律例》规定："天下有司凡遇岁饥，先发仓廪赈贷，然后具奏，请旨宽恤。"④那么，何时发放？如灾荒持续而外赈不到，未必越早越好。发与不发，赈济多少，还是本地官员最了解。汪辉祖（1731—1807）《学治续说》"社义二仓之弊"条指出民间设立义仓，如不严加管理，也会滋生种种侵夺贪蚀之弊。"设积贮于民间，社义二仓尚已，然行之不善，厥害靡穷。官不与闻，则饱社长之囊。官稍与闻，则恣吏役之奸。盖贷票之户，类多贫乏，出借难缓须臾，还仓不无延宕，官为钩稽，吏胥规费，笔钥之司，终多赔累。故届更替之期，畏

---

① 《清实录》第二三册《高宗实录》卷一一四〇，乾隆四十六年九月，中华书局 1986 年影印，第 256—260 页。参见王金香：《乾隆年间灾荒述略》，《清史研究》1996 年第 4 期。
② 昭梿：《啸亭杂录》卷十，中华书局 1980 年，第 333 页。
③ 龚炜：《巢林笔谈》卷六《办赈贪墨》，中华书局 1981 年，第 147 页。
④ 《大清律例》，法律出版社 1998 年，第 192 页。

事者多方规避，牟利者百计营求，甚有因而亏那，仅存虚籍者，此社长之害也。其或勤捐之日，勉强书捐。历时久远。力不能完，官吏从而追呼，子孙因之受累。此揭户之害也。此等良法，固不宜因噎废食，究不容刻舟求剑。欲使吏不操权，仓归实济，全在因时制宜，因地立法。旧有捐置者，务求社长得人，为之设法调剂，捐户如果无力完缴，亦不防据实详免。若本末捐设，断不必慕好善虚名，创捐贻思。"①

因此，最有效的是皇帝直接下谕赈济，或地方官直接行使职权，着手有效的救济。乾隆二年（1737）为了便于应对突发灾害而题准："地方倘遇水灾骤至，督抚闻报，一面题报，一面委官量拨存公银，会同地方官确察被灾人家，果系房屋冲塌无力修整，并房屋虽存，实系饥寒切身者，均酌量赈口安顿。如遇冰雹飓风等灾，其间果有极贫之民，亦准其一例赈口。"②《榆巢杂识》曾赞叹："嘉庆六年（1801）十月，上念京畿被水，灾黎御寒无具，谕提督置棉衣六万二千余件，分遣大臣设厂监放。穷檐老幼，悉被春温，实从来所未有。"③而《冷庐杂识》则追溯了赈粥活动来自明末，效果非常直接而广泛："担粥法始于明季嘉善陈龙正，简而易举。道光癸巳，林文忠公抚吴，冬荐饥，仿行此法，雇人挑赴各城，以济老弱贫病，活人无算。"④的确，灾害来临，是墨守成规，还是冒着风险当机立断地破格、越位及时救灾，也是对地方官员责任心的考验。《清稗类钞·吏治类》传扬："张九钺，字度西。宰南丰时，岁叹，请平粜。部例，大县存七粜三，张骤半之，上官严檄切责，幕僚以为病。张曰：'积贮，民命也。吾能墨守旧制，坐视民饿死耶？'仓米绌，则劝邑绅捐助，牒买邻境，米麇至，全活者多。南昌西北滨彭蠡湖，秋潦为灾，力请赈，亲履勘散给，昼夜驻墟上，凡六阅月，动帑十二万有奇。"⑤相关的民俗叙事对于这类官员显然是力挺褒扬的。

其三，"多重身份"的地方官员，"越位"甚至抗命施赈的艰难与危

---

① 汪辉祖：《学治臆说·学治续说·学治说赘》，王云五主编：《丛书集成初编》第892册，商务印书馆1939年，第10—11页。
② 官修《大清会典则例》卷五十四《户部·蠲口·救灾》，《文渊阁四库全书》本。
③ 赵慎畛：《榆巢杂识》下卷《救济灾民》，中华书局2001年，第134页。
④ 陆以湉：《冷庐杂识》卷三《担粥》，中华书局1984年，第176页。
⑤ 徐珂编撰：《清稗类钞》第三册《吏治类》，中华书局1986年，第1257—1258页。

险。有时地方官吏既是灾民的"父母官",也沦为被灾者。因此其善念下"越位"赈济的超常行为,所蕴含的意义并不那么简单。国外研究者指出:"显然,当百姓遭受自然灾害后,必须迅速进行救济和援助。灾害拖延的时间越长,恢复正常秩序所需要付出的努力就越大,而成功的机会可能会越少。"问题是依靠奏折按程序层层上报,官僚组织制度会耽误时间,如1594年河南旱灾,"当户部接到一位官员送来的'饥民图',开始考虑对策时,灾荒已经充分蔓延了。当钟化民作为钦差到达河南时,局势已经变得更糟。派遣一个被赋予全权的高级官员是避免灾区与京城之间的信息联系拖延迟误的一种方式,特别是那个时期,当时还没有像'奏折'这种正式程序"[1]。这样,湖北荆南道道员俞森在缓慢的通讯渠道、严格的仓储规定下,只得冒险预先发放了赈济口粮。其先做后奏、越位赈济等也就不仅是责任心驱动下的爱民行为,也蕴含了对上级官员反应迟缓的不满。

　　小说《歧路灯》对卓异的赈灾实施记忆亦十分留心。季刺史开仓煮粥时,有经验的仓房老吏暗地说:"这个事体不妥。仓廒乃朝廷存贮的谷石,向来平粜以及还仓,出陈以及换新,俱要申详上宪,石斗升合勺,不敢差一撮儿。今年荒旱,民食艰难,大老爷就该申详,批准方可开仓。如何擅开,每仓各出三分之一煮起粥来? 虽说是一片仁慈心肠,只恐上游知道,差位老爷下来盘查这谷石向那里去了。说是煮粥救民,又有劝捐在内混着。总之少了谷石,却无案卷可凭,这就是监守自盗的匮空。我这老仓房熬的五年将满,眼看着考吏做官,只怕先要拿我吃官司听审哩。你们不信,只等省城有个官来,就不好了……"[2] 不顾个人安危救民的季刺史,幸亏遇到了好官谭绍衣,百姓有"来摘印"之忧,谭观察的"田野考察"所得及时而有实效,老民称道:"俺们这郑州,有句俗语:'郑州城,圆周周,自来好官不到头!' 等了有些年,像今日俺们这位太爷,才实实在在是个好官……"这刺史因连年年成不好,"把脸瘦了一多半",做出冒

---

① [法]魏丕信:《十八世纪中国的官僚制度与荒政》,徐建青译,江苏人民出版社2006年,第79—82页。

② 李绿园:《歧路灯》第九十四回《季刺史午夜筹荒政　谭观察斜阳读墓碑》,中州书画社1980年,第879—880页。

险违章赈救之举。

徐昆以"司马"称之的宁海州（牟平）亲民之官龚大良亦然：

值岁歉，谷涌贵，民不得食，诣州求贷。格于例，不许。乃相率
而求龚君，龚君曰："管钥非吾所司，然若皆吾赤子，忍视若死而不
救欤？"商诸州长，不果发。龚君曰："愿将管钥付我，民能偿，固善；
不则擅发之罪，以身殉之。"乃发粟如干（若干）石贷贫民，民赖以
活。州长闻诸上官，龚君亦以征还（收回）自任。会岁复不丰，偿者
少，州长以惠不己出，请参赔。龚君故贫不能偿，乃鬻衰马与钗珥为
代偿计，而富绅倡义得合尖（凑够）。上官嘉其贤，荐知胶州。去之
日，百姓扶老携幼，攀留百里，立碑署左，建生祠三里亭，至今香火不
绝。时康熙四十三年（1704）也。碑载龚君政迹尚多，独赈荒事较
略，盖当时有所避讳而然。①

在官大一级压死人的等级集权体制下，即使当地居民幸遇爱民的县令，作
为一个想要赈济持续有效的官员，越位行事也会受到种种"程序"掣肘，
艰难乃至付出高昂代价。龚大良是幸运的，其所冒的风险也极大。而《雪
月梅传》描写的王知县就凶险多了："如今百姓遭此饥荒，人民离散。既为
民父母，岂忍坐视！现今仓中存贮小谷五千余石……拼着捐己囊赔补，也
不过三千余两。我明日亲自查明户口，尽数赈济。一面报明上台，情愿捐
资如数买补，何如？"他因把粮仓中仅有的存粮赈济灾民，并"报明上台，
情愿捐资如数买补"，可还是遇到了上级官员的挟嫌参劾，丑类纠集无赖
乘机劫掠。由于民俗心理的需要，小说用私自赈灾补救上司瞒灾不报的
好官死后获任本地城隍，来进行价值彰显②。新闻画报又报道宛平的庄、钱
两家世交，庄在温州任官，想以十万元赴台湾购米，以缓解当地灾荒，但上
级官员不允，他很难过。钱得知言："你不惜功名，我何惜性命！我愿替你
去台湾把米运回来。"③（图16-1）随即庄擅自起出库银，钱连夜动身出海，

① 徐昆：《遁斋偶笔》卷上《龚君赈荒》，周光培编：《清代笔记小说》第二十六册，河北教育出
版社1996年影印，第69—70页。
② 陈朗：《雪月梅传》第四十二回《发仓廪宁海救饥民　纠丑类青山放响马》，齐鲁书社1986
年，第326页。
③ 吴友如等：《点石斋画报》，大可堂版，1898年。

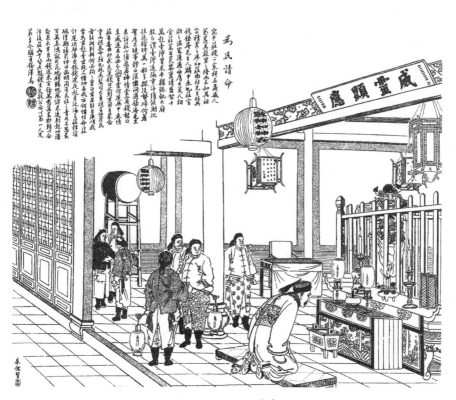

图 16-1　为民请命

半月内数百万斤米运来,数郡饥民赖以活命。这是多么大的功德!

因此,擅自赈灾,承担经济责任,往往是偏远地区地方官不得已为之。卓有成效后往往会大受嘉赏:"毕沅抚河南,乾隆丁未(1787),湖北荆州府江水暴涨,堤溃城决,淹没田庐,人民死者以数十万计。七月朔,得襄阳飞信,即日先发藩库银四十万两,星夜解楚赈济,并即奏闻。高宗大加奖赏,不数日,擢两湖总督。"① 但所受挫折也是刻骨铭心的,甚至不被官场规则所默许。民众大约更期盼有担当能救民于水火的清官能吏,明清现实中也确实有,当代作家仍在书写特殊年代里干部冒险向国库(粮站)"借粮"以救灾民生命事②。

其四,与上述相连互动的,是明清涉灾小说及相关载录,还注意揭示清官赈灾时的"自律",自觉抵制"潜规则"。《歧路灯》中的谭绍衣观察就弃公馆而住城隍庙,婉拒典史的盛邀,还以身作则,讲求"荒年杀礼",饮食节俭,令速撤下筵席,只肯吃"伏酱一碟,时菜二盘"。研究者指出,他这是力破官场陋俗,以救灾事大,拒绝客套,属亲民爱民的循吏③。而有的地方官员,还能因御灾的民间信仰,有意识地调整自己的行为方式,从应灾、御灾的大局出发,这也说明民间对官员以"天谴"为警钟,回归"爱民"为本的殷切期待。俞梦蕉写某邑宰耽于诗酒,公案牍堆前勿问:

> 适书纸宴客,误写"燕"字。客复书戏之曰:"蒙招饮,缘雨阻。果欲某至,请将燕字作题,诗佳即至。"宰捷书云:"掠归波面淡,裁去雨身迟。"客喜曰:"非燕子,怎索出这好句。"宰笑曰:"若非燕剪,剪断此雨,难邀二客之至。"各大笑,剧饮。不期是岁大旱,宰出求雨不至。民讥之曰:"雨已剪断了,那(哪)得复有雨!"宰闻之,悚然,遂废诗酒,而勤厥政矣。④

故事提醒,在灾害多发地区为官,岂能耽于诗酒为乐,而应时刻居安思危,将如何应灾、御灾作为头等大事,一旦发现灾情,应及时注意到民间舆情警示,认真检点自身,回到勤政保民正路上来。

---

① 徐珂编撰:《清稗类钞》第二册《度支类》,中华书局1984年,第540页。
② 张一弓:《犯人李铜钟的故事》,《收获》1980年第1期。
③ 杜贵晨:《论古代小说中的爱民主义——〈歧路灯〉》,《河北学刊》2013年第1期。
④ 俞梦蕉:《蕉轩摭录》卷六《剪雨》,中州古籍出版社2012年,第183页。

第三节　侵赈冒赈的冥法审判与冥报观念

与赈灾复杂过程相呼应的是,惩治侵赈冒赈的冥报观念与民间信仰。何以如此,是因为冒赈的案件屡屡发生,不仅灾民深受其害,甚至有些清官廉吏也沦为受害者。

嘉庆十三年(1808),淮、扬大水之后,朝廷不惜数十万帑金,赈济灾民,但为赈济弊端,朝廷委派新进士、试用知县即墨人李毓昌前往查赈,却发生了被毒死的"冒赈大案"。赵翼《檐曝杂记》载,山阳县王伸汉冒开饥户,领赈银入己,李毓昌遍往各乡村查赈,查出浮开饥户无数。伸汉惧,提出分肥,李不受。置酒饯别当晚,毓昌暴卒于公馆,淮安知府王毂来验时,口尚流血,竟仍以颈有绳系上报"自缢":

> 家人李祥、顾祥、马连升皆雇募长随,并伸汉拨来听差人包祥,亦长随也。棺敛毕,皆散去。未几,毓昌有叔李泰清来省视,见遗衣有血痕,颇疑之,密访亦有所闻,遂赴京以身死不明控,都察院具奏。上命山东巡抚吉念,提尸柩来济宁检验,口内尚有血痕,通体骨青黑,的系中毒。捕获五长随鞫讯,乃知伸汉贿嘱诸长随,乘其主酒渴,饮以鸩;又绳系颈,若自缢者。上大骇怒,以为从来未有之奇。诸长随皆凌迟处死……其余查赈徇隐之同知、教官,皆连坐,分别定罪。加赠李毓昌官知府,其继子李希佐钦赐举人,一体会试。赴京控告之李泰清,亦赏给武举人。又御制五言排律三十韵以旌异之,颁诏天下。各地方官谅无不警惕矣。①

这一案例的儆世意义非常重大。办赈贪墨现象的普遍性存在,成为明清赈灾惯常"潜规则"。赵翼指出此案具深远的震慑、预警作用,要严加改进:"放赈时,虽有委员监放,既赈后亦有委员覆查,然官吏不肖者多,或徇隐,或分肥,终属有名无实。……发赈之前,先将饥户姓名,并人口之多寡、赈期之久暂,分贴此数十处聚集之所,使人人皆得见之。事后抽查,亦易见虚实。则地方官自无从浮开饥口,即无从虚领赈赉,不防弊而

---

① 赵翼、姚元之:《檐曝杂记　竹叶亭杂记》,中华书局1982年,第112—114页。

弊自绝。"社会的反应则仍是更多地、习惯性地诉诸民间信仰,诉诸神秘力量。广为流传的多版本的李毓昌故事,无疑可以反映此种民俗心态。

首先,故事突出了受害者夫人的异梦、鬼魂诉冤,诸仆被严刑儆世。缪荃孙(1844—1919)编纂的江苏地方志《李毓昌查赈被鸩案》颇具文学性细节与审美想象。写查赈官员李毓昌被侵赈的山阳知县王伸汉毒杀,串通淮安知府以自缢状禀报。毓昌族叔李泰清迎枢回籍得伸汉赠路费银一百五十两,但泰清刚刚持丧归,毓昌妇即感异梦提醒,查见行箧内皮裘血迹,开棺始知乃被毒身死。泰清上控都察院,上谕山东巡抚吉纶解众犯办理。验石遍体青黑,毒伤致命有据,案子属实。伸汉、李祥等仆均被严刑责打后凌迟处死,二官王伸汉斩立决,王谷绞立决,伸汉长子发乌鲁木齐当差,总督以下皆贬谪有差。特旨赠毓昌知府衔;赐其嗣子希佐举人,泰清亦赐武举人;清仁宗嘉庆御制《悯忠诗三十韵》勒石表墓以旌之①。这起侵赈窝案,伸汉侵冒赈银供认三万三千余两,知府王谷收银二千两,总查员同知林永升得银一千两,从九温、南峰等得银数百两。惟教谕章家麟查赈委员,未得银,所开户口亦无浮冒,擢为知县。江南大吏被谕旨严斥为形同木偶的无用废物,而李毓昌则屡被褒谕,赐恤致祭,准令家属自行建祠。故事化的地方志体现出民间鬼神信仰传统对于侵赈案传播的介入,这与史传文学而来的梦幻申冤母题接轨②。

徐珂从野史角度亦重视案发细节中的民间信仰作用。李毓昌被害十二天后,其叔泰清被告知毓昌自缢,得伸汉馈百金,而夫人林氏夜梦毓昌诉冤,即检遗箧,发现蓝表羊裘多皱痕,若仓卒所置,襟袖有异色,濯以水,水赤,嗅之臭而腥,分明是血,骇而奔告泰清诉亡夫冤枉。启棺验尸,心腹指尖皆青黑色,泰清乃以雪冤自任,控之都察院,得旨,由山东巡抚吉纶提尸棺详验具奏,伸汉闻之,遍赂上下。验之日,巡抚以次咸集,以水银洗刷,遍体青黑;复蒸骨见两胁两锁子黑如墨,实被毒身死。各犯入京交刑部讯问,冤始大雪③。作为赈灾史重大事件的李毓昌故事,在朝廷

---

① 缪荃孙等纂修:《江苏省通志稿·司法志》第二卷《刑案下》,江苏古籍出版社1991年,第254—255页。

② 王立:《梦幻伸冤及其惧复仇之心理恐慌症》,《辽宁师范大学学报》(社会科学版)2001年第6期。

③ 徐珂编撰:《清稗类钞》第三册《狱讼类》,中华书局1984年,第1084—1085页。

惩办案犯及牵连官员的处理叙述中,有意强化了事件转机重要关目乃民间鬼神信仰。赈灾积弊之深,冤魂雪怨的必要性,值得重视。

其次,侵赈冒赈等假借灾荒肥己的恶性事件,在"人治"的明清时代,被民俗心理中的神秘崇拜充分地演绎,成为带有惩戒性、宣泄民愤的民俗传闻,故事有较为稳定的类型化模式支撑。

一者,侵赈者往往被受害灾民到阴司控告,但由于贪官那阳世的孝子以自残方式求告,又被放回阳世,说出真相原委才死去。如此果报模式,同时具备了传播广泛、顺应民心的特征,而以鬼责阴谴,表达民俗心理对于侵吞赈济银两物资的痛恨,这是清后期官场常见之事,如学问品行不错的卢止泉,其子任山阳县教谕帮办水灾赈务,侵蚀银四百两寄家,止泉疑之,贻书信诘问从何来,教谕答以友人资助:

> 未几,其仆忽见数差人汹汹入门,迹之不见,而教谕陡晕绝。半日而苏,始知以侵赈事为饿死者所控,城隍颇庇之,故得生。越数日,仆复见前差人于大门外,教谕又晕绝,似死非死,数日不苏。教谕之子极孝,于神前哀祷,烧一指以致诚,家人不知也。一日,教谕忽起坐,众皆惊喜,则摇手曰:"未也。前日控案城隍断后,诸饿者不服,再控于冥王。王讯之确,谓侵蚀赈银,当付油镬。欲解衣就烹,忽复呼上,谕以'尔子在阳世为尔烧指,孝心感格,免尔鼎烹之罪,然不能不死。暂令回生,布告大众,以赈务之银不可侵蚀'。"如此言毕即死。众索其子手视之,则一指已烧去过半矣。于是人共悯卢子之孝,而恨教谕之贪也。[①]

即使家有孝子血诚救父,也免不去侵赈官吏的罪行追责。故事创意在于,借助于打造贪官家中的孝子形象,构成一种难得的参照与正邪对立冲突,展示冥使阴狱的公正严明,给予作恶者心理震慑,这与传统文化心理及其正义复仇习俗密接[②],在赈灾济困、惩治侵赈得到朝野极大重视的语境中传播扩散。

---

① 陈其元:《庸闲斋笔记》卷五《侵赈之报》,中华书局 1989 年,第 107—108 页。
② 王立:《冥法与复仇——复仇主题中冥法对阳世之法的补弊纠偏》,《中国文学研究》1994年第 1 期。

二者,还有一种特殊的神秘主义的形式,即借助神灵恐吓粮主,迫使粮主拿出存粮,曲折反映了不满于囤积余粮者的民间积愤,囤积居奇者因布施米粮而免祸。纪昀转述了狐仙代为行使赈灾的民间传闻,说有人富甲一乡,积粟千石,而遇岁歉,却闭仓不肯粜:

> 忽一日,征集仆隶,陈设概量,手书一红笺,榜于门曰:"岁歉人饥,何心独饱?今拟以历年积粟,尽贷乡邻,每人以一石为律。即日各具囊箧赴领,迟则粟尽矣。"附近居民,闻声云合,不一日而粟尽。有请见主人申谢者,则主人不知所往矣。皇遽大索,乃得于久鐍散屋中,酣眠方熟。人至始欠伸。众惊愕掖起,于身畔得一纸曰:"积而不散,怨之府也;怨之所归,祸之丛也。千家饥而一家饱,剿劫为势所必至,不名实两亡乎?感君旧恩,为君市德。希恕专擅,是所深祷。"不省所言者何事。询知始末,太息而已。然是时人情汹汹,实有焚掠之谋。得是博施,乃转祸为福。此幻形之妖,可谓爱人以德矣。所云旧恩,则不知其故。或曰:"其家园中有老屋,狐居之数十年,屋圮乃移去。"意即其事欤?①

以"狐报恩"风趣之举,表达赈灾闹赈的民俗心理。与狐仙讲究分寸的一贯行事原则类似,深谙富户性情的狐仙,采取"先斩后奏"式手段让富人散粟,以解灾荒面临"焚掠"之危,实为解救当地广大灾民饥困,是救灾闹赈群体心理的一个奇特民间信仰。赈灾,在这里成为一种事实化了的民俗模式,而作为民间赈灾话语的小说,实际上也体现了叙述者的主体选择,如民俗学者所言:"主体对民俗模式的认知和实施都进行现实条件的选择。个人的选择首先是由个人的视界所造成的。……人们各有一定的视阈。有些人对一些民俗模式视而不见,而有些人却对他们特别关注。人们往往有自己的兴奋点。"②在喜谈狐鬼仙怪的明清小说家那里,吸纳灾民疾苦、赈灾之弊的传闻,也就必然把狐鬼崇拜纳入赈灾民俗话语之中,以非理性表达理性的态度。

三者,惨烈的冥间报应,有时甚至祸及后代子孙。赈灾有效的民俗心理需要,设想出对侵赈冒赈者予以冥审,甚至子孙家族受惩。这方面,

---

① 纪昀:《阅微草堂笔记》卷二十三,上海古籍出版社1980年,第544页。
② 高丙中:《民俗文化与民俗生活》,中国社会科学出版社1994年,第162页。

对社会、百姓危害最严重的,也是最令人痛恨的,莫过于那些灾害来临之际,趁火打劫、雁过拔毛的贪官,于是陈其元实录王伸汉侵赈案,作为劝善惩恶"备忘录"。说有作为"过来人"的老者,自言为官数十年,具有丰富阅历:"见官而贪墨者,其终未有不溃败者也,然总无逾于侵赈报应之速而且酷也",这就将侵赈冒赈果报,摆到一个极其重要的位置上,他认为何以王伸汉辈贪赈必子孙绝灭,而好官必得荫福子孙,"盖贪赃枉法,害止一人、一家,侵赈则害及万众。朘民以富,而谓己身及子孙可长享之,有是理乎?"① 载录者意犹未尽:"此二事皆果报彰彰,在人耳目前者。天道甚迩,可不感动警畏哉!"侵赈遭果报,仿佛阳世残忍的"族诛"般酷刑,契合普遍性灾害民俗心理,表明为官贪墨行径令世人激愤,觉得非如此不足以震慑那些黑心的贪赈官吏。

私藏水灾赈灾银的县丞偏偏被水吞噬,体现出民间一种"同态复仇"逻辑②,展示"人在做,天在看"的归因:于赈灾亏心则死于灾。道光辛丑(1841)夏,黄河决于祥符口,城内外皆成泽国,田庐、男妇漂没不可数计。大府下发银子赈济,使某县丞李某主持赈灾事,李某领赈银四万,却先将二万藏匿于家,持二万前往:

> 时遍地皆水,由城堞上登舟,忽遇暴风舟覆,救者得某丞尸,失其左腿,银则尽数捞出。核之领数,仅得其半,其事遂上闻。大吏委员察其寓中,则二万银在焉。时吾乡叶小庚先生(申荄)守河南,与某丞有旧,凡在长江大河因公身没者,例得恤典,某丞之子求叶代请于大

① 陈其元:《庸闲斋笔记》卷十一《赈灾果报》,中华书局1989年,第264—265页。与此对应的是大力表彰:"其有于赈务能加意者,享报亦必丰。则举二事可鉴焉:广东颜中丞希深,乾隆时官平度知州,因公事赴省,适遇大水为灾。低区尽没,民皆登城以避。顾无所得食,哀声嗷嗷太夫人闻而恻然,因命尽发仓谷,煮米赈济,全活者数万人。巡抚以不俟奏闻擅动仓谷,特疏参奏落职。高宗览疏,怒曰:'有此贤母、好官,为国为民,权宜通变,该抚不加保奏,翻加参劾,何以示激劝乎?'乃特旨擢希深知府,毋逾三品,封为淑人。天下群颂圣天子之明焉。后希深官至巡抚,子检由拔贡官直隶总督,孙伯焘由翰林官闽浙总督。其孙曾至今蕃衍,登科第者极多,称巨族矣。湖南萧状元锦忠之封君,道光时,官直隶知县。会秋月被水,已逾报灾之期限,不能奉准。封君乃将征存之银,悉以赈抚。其未输者,亦焚串免其征。民大感戴,而封君则以亏帑监追。上司怜其爱民被罪,令通省官代为设法弥补。比亏清出狱,而锦忠状元及第之报至矣。"
② 古巴比伦《汉穆拉比法典》、古印度《摩奴法典》均有同态复仇的具体规定;古犹太人法律也有:"以命抵命,以眼还眼,以牙还牙,以伤还伤,以皮带抽打还打",而古代史传、汉译佛经、明清小说到现当代武侠小说等多有跨此类个案。参见王立、刘卫英:《传统复仇文学主题的文化阐释及中外比较研究》,北京师范大学出版社2011年。

府。既入省垣，稔知其颠末，乃叹曰："此孔门所谓以身发财也，死已晚矣。"此事闻之小庚之子旭昌，盖目睹其事，且云某丞李姓也。^①

民间信仰无疑是将李某溺水解释为遭到精准报应所致。故事常把赈灾中的贪吏与廉官进行对比。如采蘅子写有两县令，同办赈务，一贪一廉。事前同在城隍庙起誓：不私一钱，行为却相反："赈毕，廉者无私，贪者腰累累矣。回寓三日，以暴疾殂。廉者往吊，忽家人驰报：'幼公子惊风晕绝，请即归！'廉者闻之，泪莹莹欲坠，盖恐贪者之累己，共受冥责也。急趋回寓，延医诊视，乃上等天花，名为惊痘，心始安。可见善恶之报，捷于影响。"^②这里明写廉官，暗写贪官：廉官的担心受到连累，说明赈灾贪污事易受冥罚天谴，也暗示出贪官的必然结局。

总之，从赈灾的文学描述、故事传播与荒政文件等综合观之，传统荒政（赈灾）弊端展现了朝廷法令、执行者个人道德良知与民间舆情的多元组构。古代荒政实践表明，赈济资源的掌握者，事实上并不在朝廷，而主要是在"执行者"——各级官吏直到庄主、粥厂胥吏（衙役）乃至民夫等。多重敬畏之心如何体现？具有同情心、同理心是基本的，还需要责任心与奖惩制度的落实。

哲学家、经济学家约翰·穆勒（1806—1873）指出："即便撇开人的同情心具有更广阔的范围不谈，只凭借优越的智力，一个人便能够领悟到，他本人与他所属的人类社会之间存在着利益的一致，因此任何威胁到一般社会安全的行为，也会威胁到他自己的安全，从而引起他自卫的本能……"^③因而有效的监督是必要的，对如何有效运用资源的权力更为重要，需要非一次性的"倒查"和不断的赈灾记忆重写传播。

---

① 梁恭辰：《北东园笔录》续编卷六《匿银丧命》，《笔记小说大观》二十九册，江苏广陵古籍刻印社1984年影印，第284页。
② 采蘅子：《虫鸣漫录》卷一，《笔记小说大观》第二十二册，第347—348页。
③〔英〕约翰·穆勒：《功利主义》，徐大建译，上海人民出版社2007年，第52页。

第十七章 索赈、闹赈与换工自救的 应灾心态

灾害是一种自然存在,也是一种社会存在,必然会由此而生成正负社会效应,而对民众心理等在生命财产损毁同时,陆续产生难以估量的文化影响。因此,客观正确认识古代灾害派生的诸多负面社会现象、心理现象,也是灾害民俗学研究不可或缺、很有价值的内容。诚然,无辜的被灾者是值得悯惜、同情的,然而这并不意味着对因受灾勃发的人性丑恶一面,就刻意回避、回护。应该说,对被灾者素质、劣根性的评判,往往很难系统地得到及时记录和整理,而我们从相应的文学文本中检视,虽然零散,也可窥见一斑。

第一节 消极索求赈济和趁灾敛财

被灾民众如何应对突发的自然灾害?他者又如何有效救助?在荒政中一直备受关注。灾害带来社会秩序的紊乱,乞丐、盗贼丛生,如《明史·河渠志》载崇祯四年(1631)夏,"河决原武湖村铺,又决封丘荆隆口,败曹县塔儿湾大行堤……伏秋水发,黄、淮奔注,兴、盐为壑,而海潮复逆冲,坏范公堤。军民及商灶户死者无算,少壮转徙,丐江、仪、通、泰间,盗贼千百啸聚"[①]。而灾害又暴露、滋长了民众"索赈"寄食心理。

首先,消极索赈,比如水灾难民。有道是"旱灾一片,水灾一线",但水灾具有突发性和破坏的彻底性。而救灾能否及时,能否善始善终,这不是哪个个体能够左右的,因此,"自救"逐渐得到了明清赈灾民俗模式的青睐;而自救效果,也因主体观念、行为的不同而有所区别。一些被灾者出于懒惰被动的心理,一味等待救助,甚至依赖不劳而获,也会客观上

---

① 张廷玉等:《明史》卷八十四《河渠二》,中华书局1974年,第2072页。

加大灾情的程度,最后恐怕还是难逃厄运。清末小说对这一灾害派生的民俗现象有所披露,对一些被灾者角色被动等救,因灾"躺平"不作为,进行了痛切抨击。说老残找不到船的原因是这些船都送馒头去了,老残又问送馒头给谁:

> 翠花道:"馒头功德可就大了! 那庄子上的人,被水冲的有一大半,还有一少半呢,都是急玲点的人,一见水来,就上了屋顶,所以每一个庄子里屋顶上总有百把几十人,四面都是水,到那儿摸吃的去呢? 有饿急了,重行跳到水里自尽的。亏得有抚台派的委员,驾着船各处去送馒头,大人三个,小孩两个。第二天又有委员驾着空船,把他们送到北岸。这不是好极的事吗? 谁知这些浑蛋还有许多蹲在屋顶上不肯下来呢! 问他为啥,他说在河里有抚台给他送馍馍,到了北岸就没人管他吃,那就饿死了。其实抚台送了几天就不送了,他们还是饿死。您说这些人浑不浑呢?"老残向人瑞道:"这事真正荒唐! 是史观察不是,虽未可知,然创此议之人,却也不是坏心,并无一毫为己私见在内。只因但会读书,不谙世故,举手动足便错。孟子所以说:'尽信书则不如无书。'岂但河工为然? 天下大事,坏于奸臣者十之三四,坏于不通世故之君子者,倒有十分之六七也!"①

这种消极等待别人"送馍馍"的懒汉灾民,不仅缺少自救意识,更缺乏开始新生活的勇气与应有胆识。有他们自身原因,也与缺少引导和协助有关。《老残游记》情节和人物描写,是赈灾民俗的记忆主体情感与立场的艺术化折光,也是退隐官员无可奈何的哀叹。这种情况很难避免,康熙九年进士,曾任江南嘉定知县的陆陇其(1630—1692)主张,要树立灾民继续生活的信心,提供必要的生活资源、生产条件,"其有水火延灾,人民离散,设法钱米借贷若干,使之整理室庐,兴复生业,其不被害。上户量力借贷,给与民生,许其一月之后日偿若干,却以所偿者偿之。若但知赈给,不为谋生,此曾南丰所谓'日待二升之廪于上,势不暇乎他为',吾恐官之所给无已时,而民之不复业如故也。其有旱涝伤稼,民食用艰

---

① 刘鹗:《老残游记》第十四回《大县若蛙半浮水面　小船如蚁分送馒头》,人民文学出版社1979年,第136—137页。

者,当劝谕上户各自贷给其农佃,至秋成计贷若干,官为给券,仰作三年偿本主,其逃逋负者,官为追督惩治,盖田主资贷佃户,此理当然,不为科扰"[①]。这里吸收了北宋曾巩的赈灾智慧,把"灾害→受灾→受灾者困难→解决困难"看成一个整体架构,通盘考虑,否则各行各业都因灾而废,赈济何用? 可见陆陇其对宋代赈灾思想的继承发挥,有承先启后之功。

毫无疑问,被灾者在可能情况下适当自主自救,是及时有效的应灾御灾过程中,一个不可忽视、实有长效的环节,特别面临水灾这样刻不容缓的灾害,限于交通等困难,外援往往并不能迅速施加。而也正因为被灾者本身的正确态度与行为,外在力量的救灾赈济才可能变得更有价值、更有意义。可是,不容置疑的是,一些被灾者却因为得到赈济,而反倒滋长了不劳而获、伸手索要的恶习,这恶习也许并不是灾害来临时才形成,但却在灾害发生时暴露得极为充分。这一受灾赈灾过程中发生的现象,虽属落后地区的局部现象,却摇撼了赈灾救难工作的公正性和普世性,使得有限的救灾物资变得更加难于公平分配。

其次,是应付差事或乘机敛财。如果说应付差事是缺乏社会责任感,那么,趁机敛财则是由灾而荒的可怕推手了。比如捕蝗,这原本被认为是官府渗透到乡村社会的一种政府控制机制,但因差役素质导致"执行力"差反而造成了"扰民",乃至上下勾结,营私舞弊,祸患横生。乾隆十七年(1752)监察御史周焘指出,蝗灾来时,"有司纵不爱民,不能不畏处分,畏处分,即不得不张皇扑捕。于是差衙役,纠保甲,拨烟户,设厂收买,似亦尽心竭力,不敢漠视矣。然有业之民,或本村无蝗,拨往别处扑捕,惟惧抛荒农务,往往嘱托乡地,勾通衙役,用钱买放,免一二人为卖夫,免一村为卖庄。乡地、衙役,饱食肥囊,再往别村,仍复如故。若无业奸民,则又以官差捕蝗,得日食工价为己利。每于山坡僻处,私将蝻种藏

---

① 陆陇其:《莅政摘要》卷上《赈恤篇第十一》,《官箴书集成》编纂委员会编:《官箴书集成》第二册,黄山书社 1997 年影印,第 629 页。曾南丰,即曾巩(1019—1083),这句话只引了半句,见曾巩《救灾议》:"今河北地震、水灾,所毁败者甚众,可谓非常之变也。遭非常之变者,亦必有非常之恩,然后可以振之。今百姓暴露乏食,已废其业矣,使之相率日待二升之廪于上,则其势必不暇乎他为,是农不复得修其畎亩,商不复得治其货贿,工不复得利其器用,闲民不复得转移执事,一切弃百事,而专意于待升合之食以偷为性命之计,是直以饿殍之养养之而已,非深思远虑为百姓长计也。"《曾巩集》,中华书局 1984 年,第 150—151 页。

匿,听其滋生,延衍流毒,待应差扑捕之时,蹂躏田畴,抢食禾穗,害更甚于蝗螟"[1]。为了应付官府御蝗"任务",竟培育蝗螟以备交差,以公谋私,捕蝗变得事与愿违,反倒助长蝗灾孳生。这既可视为小农经济条件下缺少公德心的劣行,也是区域经济不发达的镜射反应,因为物的构设,也是实施个人自由投射的一个积极方式。捕蝗等活动中体现出小农心理的自私、短视,蒲松龄即主张捕蝗:"……必纠合邻村,掘壕数处,并力逐杀,务使尽绝。要知邻禾既尽,我亦不免,勿谓螟不在我田亩,遂袖手旁观,窃幸旦夕之无事也。其或田主因我苗已尽,不愿逐螟者践踏其地,当禀邑令明文,必勿听其禁止。若求邑宰委官遣役督催打之,其人尤易集,螟尤易平。"[2]他深切了解捕蝗之弊,实因劝说难以奏效,才建议诉诸行政手段。晚清新闻画报还在揭露此类御蝗层层加码"派任务"谋私利的弊端[3](图17-1)。

赈灾具体实行过程中,恶差虎吏作为具体执行力推行者,也视此为肥差。姚镇《官赈谣》描绘:"饥民半死赈始闻,县官运米县吏分。饥民如魑吏如虎,魑欲饱食虎大怒。红旗驱入圈牢中,分米点筹何匆匆。吾君半石谷,吾民一箪粥,饥民腹未饱,县吏食不了。至尊九重那得知,活我百姓良有司。有司不救填壑死,壑中亦有宦家子。"[4]虽然官吏自认为如"虎"一般的威风,但在灾荒面前其实就是如"魑"一般的大众。因此,"有司不救填壑死,壑中亦有宦家子"把官吏黎民书写为一个"共同体",说出了灾害降临时应取的御灾态度。

其三,赈济不力,强梁横行,成为趁灾敛财的又一可怕模式。地方上刁恶之徒,乘荒难混乱发灾荒财,几乎是与灾害相伴生的一个社会丑恶现象,吴世涵《闹荒》一诗对"闭粜""闹荒"两种常见现象,体察得深刻而形象:

> 闭粜乃恶富,闹荒亦奸民。奸民何为者? 一二无赖人。平时既横恣,睚眦在乡邻。一旦遇岁歉,乘势煽诸贫。号召百十辈,徒侣来侁侁。武断市上价,搜索人家囷。既以泄其忿,兼可肥厥身。众人

---

① 周焘:《敬筹除螟灭种疏》,《皇朝经世文编》卷四十五《户部二十·荒政五》,《魏源全集》第十五册,岳麓书社 2004 年,第 451—452 页。
② 蒲松龄:《农桑经·打螟》,盛伟编:《蒲松龄全集》第叁册,学林出版社 1998 年,第 2320—2321 页。
③ 吴友如等:《点石斋画报》,大可堂版,1892 年。
④ 张应昌编:《清诗铎》卷十六,中华书局 1960 年,第 547—548 页。

图 17-1　查蝗舞弊

米未粜,奸人已千缗。众人腹未饱,奸民酒肴陈。事势偶相激,抢夺遂纷纭。救荒在安众,贫富情皆均。闭粜贫民惧,禁闭令宜申。闹荒富民恐,止闹非无因。此辈弗惩创,酿祸岂为仁。[①]

乘势煽动,聚众抢掠,饥寒交迫的灾民,其原本就有的"仇富心理",在灾荒之时更易爆发,产生一些越轨行为,但一般都有带头闹事的。而有些"恶富"的囤积居奇(有时也属于一种"自我保护"),也往往免不了触发群体流血事件和过火行为。据报道,光绪二十三年(1897)夏蜀东饥荒,两湖之米和上游的成都等地米运来,"以致成都米价由五百文涨至九百文,省垣贫民过多,殊有不可支持之势,相约成群,名曰'吃大户',在四川各富户需索钱米,虽经地方官饬役弹压……然流民仍有抢劫、拐带等事[②]。以至于许多流民在凄苦的漂泊之中沦为乞丐或强盗。有时,灾荒也是山林之盗成为市井之盗的成因之一,《办理流民赘说》称逃荒饥民为盗,扮乞丐"路中求乞,至夜间皆寓于小客栈,男女杂坐,饮酒食肉,共相取乐……"[③]为了便于监管,也为减少瘟疫传染、民事纠纷的可能性,赈粥的规模也有限制:"州县之大者,设粥厂数百处,小者亦不下百余处,多不过百人,少则六七十人,庶釜爨便而米粥洁,钤束易而实惠行。"[④]

由于官府的财力、精力被赈灾、平乱等牵扯,地方上的蟊贼兴风作浪,趁火打劫,使饥民采用"越轨"的方式更可能活下来,于是铤而走险的不逞之徒纷起。康熙四十二年(1703)起淄川酷旱三年,蒲松龄心情沉重地叙述:"有村廿余家,仅余四扉未阖,而盗日横,惧孤,亦他徙,一村遂空。是时十分淄,耗者死二而逃三,存者人三而贼二。五月底犹不雨,存者亦渐逃,惟贼不逃,如虱附物,物虽瘠,未死,尚可附也。道殣无人瘗,禽犬分葬之,人俭而畜丰矣。郡城为流人所聚,国若焦。"[⑤]

因而,灾逼流民为盗,也具有群体心理传染效应。灾荒破坏力带来整体社会秩序的紊乱,如"丁戊奇荒"后《盗劫》一诗咏:"维彼丑跳梁,

① 张应昌编:《清诗铎》卷十四,中华书局 1960 年,第 464 页。
② 《流民为患》,《申报》1897 年 8 月 17 日。
③ 《办理流民赘说》,《申报》1879 年 8 月 21 日。
④ 陆曾禹:《钦定康济录》卷四《赈粥须知》,《中国荒政全书》第二辑(第一卷),北京古籍出版社 2003 年,第 429 页。
⑤ 盛伟编:《蒲松龄全集》第贰册《康熙四十三年记灾前篇》,学林出版社 1998 年,总第 1024 页。

货财其所好。乘此年岁荒,纠约克期到。倡乱始于秦,风声传口噪。平时不遂心,一旦源源报。游手广招来,贫氓为向导。父兄聱聒中,亲友难忠告。拥入富豪家,囊倾尤箧倒。人逢贼便懦,贼比人还傲。若辈亡命徒,性情原桀骜。许多迫饥寒,覆辙甘同蹈。……"① 陆续灾荒后饥民为了生存,纷纷越轨行劫,原本占比较小的盗贼数量骤增,实为灾逼民反,也是对朝廷赈济不利的。

灾害带来的民生状况极其严重,情况有时又非常复杂。某些正常社会环境下的民俗事象,灾害之时可能成为一种触发悲剧的活动。朱绶《断结行》描写嘉庆丙子(1816)年间,邳州"大饥"中迎亲遭劫悲剧,运用乐府诗歌"感于哀乐,缘事而发"传统,不亚于小说表现力:

> 緪尔寡女丝,弹我断结行。断结者为谁?邳州新妇不识姓与名。冬十一月鸡狗鸣,红毡车子来亲迎。亲迎奈何当此日?邳州大饥,人不得食。(一解)

> 新妇辞六亲,掩涕上车去。此日邳州人食人,娶妇亲迎一何遽? (二解)

> 马在前,车在后。披红毡,娶新妇。新妇车,大道口。民耶盗耶刃在手,夫婿仓皇弃车走。(三解)

> 新妇前致辞:"胡乃迫我为?汝曹利我有,脱我腕钏,拔我头上钗。"虎狼眈眈,侧睨人肉。新妇白璧躯,安能坐受汝曹辱! 求死不得当如何?结带解带心咨嗟。(四解)

> 心咨嗟,新妇志已决。结带复解带,好言断带当断结。持刃来,持刃来,白日照耀,青天崔巍。愁甘寸寸锉妇骨,妇身有心心有血。(五解)

> 彼饥者民,何为乎?令牧不恤灾,新妇罹此辜。昨闻中丞造赈册,吁嗟乎! 新妇不闻表贞石。(六解)②

此诗带有对灾害时节如何处理婚丧嫁娶重大活动的批评和反思,诗序称:"村落有劫者劫新妇车,夺钗钏衣裙尽,将去袒,袒带为多结。邳

---

① 艾绍濂等纂:《光绪续修临晋县志》卷二《祥异续下》,《中国地方志集成·山西府县志辑65》,凤凰出版社2005年,第416—417页。
② 张应昌编:《清诗铎》卷二十,中华书局1960年,第724—725页。

俗:婿解结。新妇佯语:'结易断耳,畀我刃。'授刃,遂揸胸洞而死。"严格说,这是一起女性反暴的事件,其民俗内核在"女性智慧",无奈中这一智慧被用到了自杀。人的基本生存需要得不到满足,平素的自律和社会规范都不会起作用。饥民已到了"人食人"程度,可是这家迎亲者却还如同平常年间迎亲,不料饥民行"盗贼"之举。饥荒情境下这伙"盗贼"并非图财,而为果腹,他们要吃的是新娘那新鲜的人肉。诗作两次发问:"亲迎奈何当此日?""娶妇亲迎一何遽?"表露对这次迎亲不合时宜的质疑。实际上,明代已有灾荒中食人现象的思考。说万历戊子岁(1588)三吴大旱,武林某妇薄暮独行,被群丐剜啖其肉;一送饭童子被饥饿之母以女儿相许,载录者感慨:"夫人为同类,谁忍食之。又无可食而甘死,情斯穷矣。即老人年近百者,亦谓未睹云。"① 皆是灾荒背景下"丛林法则"践踏社会伦理的显证。

另外,趁着灾荒饥馑贩卖人口,牟取暴利,其实也往往是在大灾酝酿过程中就开始之事,而主要的贩卖对象即弱势社会群体——妇女、儿童;主要销售地点是一些富庶地区。清末"丁戊奇荒",《旱荒续闻》报道:"有一日前后共见女子十二人已为人买定带去。次日,在临朐山内小客店住宿,见有男子七八人皆贩卖人口者……"② 《灾区惨况》称黄河决口后,来自决口处的一位见证者告诉友人:"周家口上下汪洋一片,竟如大海无涯,乡民死者十有七八,其幸免于厄者多上高山暂避。匪徒四出,攫取妇女,用船装往他埠。将姣好者售钱入己,橐老丑者推坠水中,此种情形直令闻者伤心,见者坠泪,谁为民牧竟置若罔闻耶?"③ 灾害中的无助者,因这类趁火打劫、落井下石的行径而更显得无助,人为的社会因素增大了灾害的伤害力度。国外学者曾援引徐咸的研究:"饥荒很少是一种突发性的灾难。它通常需要数月的时间积聚而成,直至天旱或水浸持续到超越农民所能承受的程度,而私人的粮食贮存以及用作种子的谷物被渐渐地耗尽。饥荒发生时,很多人已无力购买商人所运来的谷物,特别是按饥荒时所出售的价格去购买。当饥荒程度加深,甚至一个如海盐县那样在经济上紧密协调的地区也不能期望引入商品化的谷物。除非政

---

① 刘忭等:《续耳谭》卷四《荒异》,文物出版社 2016 年,第 285 页。
② 《旱荒续闻》,《申报》1876 年 6 月 27 日。
③ 《灾区惨况》,《申报》1887 年 11 月 9 日。

府或有钱的慈善家出钱资助购买和运输,商品化的谷物才会流入一个饥荒袭击的地区,然而这些津贴往往来得太迟而不能产生作用。在饥荒地区,唯一有利可图的交易是人的买卖,正如徐咸指出,区外的掮客,以每人数千文的价格,大量购买妇人、女孩及少量的男童,然后将他们运往大商业中心——苏州,并将之卖为娼妓、妾侍及奴仆。这是一种有利可图的贸易,而被卖出者也部分地得以继续生存。"[①]可怕的是,有时还形成了一种产业链。而这一产业一旦形成,就好比地下一股浊臭的暗流,不可能自净,很难根除。

第二节　闹赈、骗赈与纠集团伙外出"逃荒"恶习

　　灾害激发了隐伏的旧有社会矛盾,也会触发新的社会问题,闹赈往往是赈灾措施实行过程中的题中自有之义。而闹赈又每多与蒙骗活动紧密相连。人性中不善的表现,在此正是以反社会的丑的行为方式展现出来。

　　首先是"闹赈",小说《绿野仙踪》描绘出赈灾过程中群体恶性事件的突发性起因。饥民的确需要赈救,但一些饥民饥寒中对赈济望眼欲穿,闻赈灾消息便急来抢夺,酿成悲剧。"火神庙外众饥民,各呼兄唤弟,觅爷寻儿,吵闹起来。内中有好事奸民,见庙门紧闭,便大声倡率道:'我们被这大风刮的又冷又饥,这冷秀才观放着几十万银两,坐在庙中,毫不怜念。等他放赈,等到几时?不如抢他个干净,便是歇心。'那些少年不安分人,听了此话,齐和了一声,打倒庙门,一哄而。跑至殿中,一无所有,个个失色。那庙外饥民见有许多人入庙抢夺,谁肯落后?"应该说,所谓"好事奸民"是很难从灾民中剔除的,他们平时隐藏很好,时机来到才会煽动越轨。于是灾民们乱成一团,造成挤踏事故后又哄抢店铺:

　　　　顷刻将四面庙墙搬倒,弄得原在庙中的出不来,挤到庙前的又
　　　入不去,乱叫乱嚷,踏伤了好些。闹了好半晌,内外传呼,方听明白

---

① [加]卜正民:《纵乐的困惑——明代的商业与文化》,方骏等译,生活·读书·新知三联书店2004年,第114—115页。

冷秀才并箱笼银物都不见了。一个个又惊神道怪，互相归怨起来，都说是将救命王活神仙冲散。内中又有几个大叫道："冷秀才也不知那去了，我们从今早到此刻，水也不曾吃口，眼睁睁就要饿死。关外的铺户并富家，断抢不得，何不将饼面饭食铺子，大家抢了充饥。"众饥民又齐和了一声，先从东关外抢起，吓的满城文武官将四面城门紧闭。没有一顿饭时，四关外饭食铺子，俱皆抢遍，端的没饶了一家，只闹到日落方止。^①

哄抢，是灾民聚集时得到了即将获赈消息，群体心理互相感染，而又没及时得到满足，越轨行为得以爆发。而群体性"哄抢"又与个体"恐惧"心理有关，被灾者因天灾遭刺激，伦理上更没道德底线；在"希望与恐惧的情绪"夹击下，结合"知识的缺乏，和心灵的软弱无力"等弱点，处于灾荒造成的社会秩序的混乱中，人们更少受到约束，行动更缺乏理性^②。这一场面描写，从另一维度警示了赈灾秩序与效率的重要，赈灾的及时性如果未把握好，很可能就是酿成大规模群体事件的起因。小说带有写实性，李提摩太记录山东赈灾值五月底无雨，民众开始不安，"一群妇女蜂拥进一位富人的家里，占领了它，在那儿生火做饭，然后又拥到另一家吃下一顿饭。男人们看到这种办法很不错，便组成了五百余人的群体，一个村子一个村子地劫掠取食。了解到这种无法无天的状况，山东巡抚摘去了青州知府、益都知县的顶戴，告诫他们如果不能维持社会秩序，就免去他们的官职"^③。接着他就看到一群孩子采野菜，有的已中毒浮肿。

　　乡村"莠民(土棍、二流子)"危害不可低估。正如姚碧《荒政辑要》概括的，"更有一种刁民，非农非商，游手坐食，境内小有水旱，辄倡先号召，称报灾费用，挨户敛钱，乡愚希图领赈蠲赋，听其指挥，是愚民之脂膏已饱奸民之囊橐矣……迨勘不成灾，或成灾而分别应赈不应赈，若辈不能随其所欲，则又布散传单，纠合乡众，拥塞街市，喧嚷公堂，甚且凌辱官

---

① 李百川：《绿野仙踪》第三十九回《贴赈单贿赂贪知府　借库银分散众饥民》，岳麓书社 1993年，第 238 页。
② ［荷兰］斯宾诺莎：《伦理学》，贺麟译，商务印书馆 1997 年，第 207 页。
③ ［英］李提摩太：《亲历晚清四十五年——李提摩太在华回忆录》，李宪堂、侯林莉译，天津人民出版社 2005 年，第 79 页。

长,目无法纪"①。灾荒削弱甚至瓦解了正常的社会秩序,刁民裹挟着饿得走投无路的受灾者,极易做出铤而走险之事。

其次是"骗赈",其常常与集团性逃荒相关联。光绪五年(1879)刊行的独逸窝退士编《笑笑录》称引《丹午杂记》的笑话,说明民间对捏荒之类荒唐事情的共识:

> 有告荒者,官问:"麦收若干?"曰:"三分。"又问:"棉花若干?"曰:"二分。"又问:"稻收若干?"曰:"二分。"官怒曰:"有七分年岁,尚捏称荒耶?"对曰:"某活百几十岁矣,实未见如此奇荒。"官问之,曰:"某年七十余,长子四十余,次子三十余,合而算之,有一百几十岁。"哄堂大笑。②

笑话,是民间传播很广的一种通俗文艺形式,表层结构下常常隐含着深刻的民俗心态和社会心理。明清救灾叙事中,出现如许民间笑话,也见出谎言骗赈的普遍性,其可悲愤之处则在于大众"见怪不惊",乃至将其纳入可笑之列。而这则笑话,又被著名相声大师侯宝林等艺术理论家著作收入,说明流传很广,寓意丰富,至今仍活在民俗记忆中③。

在晚清民初佚名的公案小说《林公案》中,清官能吏微服私访,了解当地利用朝廷赈灾,恶势力集团网罗民众无灾之时外出"逃荒"的恶习,非常具有文化反思价值。清官发现"骗赈"属于一种"田野调查",往往从发现当地怪异反常现象而起。冒充商人私访,林公发现同一片田地,昨天见很好的稻苗,今天忽变成汪洋泽国。而后"忽见酒肆门前人声嘈杂,走过许多难民,扶老携幼,宛如乞丐"。于是林公(林则徐)知江北当地"特别风气"原是有组织的活动:

> 有一班难民,视逃荒为一种好生意,本则经商开店,恐怕蚀本;耕种田地,恐遇荒年。逃荒一事,既不须资本,而且到处有里镇乡董,招待食宿,临行还有银钱相赠,因此本处有几个不肖的武举人文秀才,既没有本领巴图上进,便抛弃了正当职业,情愿做逃荒难民头

① 李文海、夏明方主编:《中国荒政全书》第二辑(第一卷),北京古籍出版社2003年,第763页。
② 王利器辑录:《历代笑话集》,上海古籍出版社1981年,第518—519页。
③ 侯宝林、薛宝琨、江景寿、李万鹏:《相声溯源》(增订本),中华书局2011年,第41—43页。

脑,空手出门,满载而归,由是习成风气,荒年固然要出去逃荒,就是熟年,也要做成荒年,出走逃荒。①

一者,多数有地的参与者是被强制的。"那逃荒头脑,就同着保正来干涉,不许栽种,说是此项田亩已经注入荒册,呈报省宪,不消耕种,将来自有赈款发给你们的。你若顺从他们便没事,若不顺从,他们到了夜间,就打通堤岸灌水入内,好好的熟田,变成了满水荒田。你若到县里去告状,那状词送进,如石投水,凭你三张五张诉状,连批语都没有一字。原来一班猾吏、劣绅、土棍、地保,通同一起,朋比为奸,靠着逃荒赈济为唯一收入。南京制台派着委员查办,也被他们弄得叫苦连天,故像今年本来不是荒年,也照样的要报荒请赈。"陈登泰《逃荒民》一诗形象描绘了何以不知廉耻地、季节性地外出乞讨:"有田胡不耕?有宅胡弗居?甘心弃颜面,跟跄走尘途。如何齐鲁风,仿佛凤与庐?其始由凶岁,其渐逮丰年。岂不乐故土,习惯成自然。高秋八九月,禾黍既登场,麦田亦已种。绸缪裹糇粮,扃我白板门。辇我只轮车,约略挈家具……"② 那么,何以他们非要离开故乡,远走他乡?是干什么去呢?是灾荒时节留下的思维与行为惯性,遭受过饥饿折磨的他们非要去找寻更多的新资源。"借问何所往?乐国即所耽。或在蒙之北,或在江之南。"于是诗人呼吁要及时发现苗头,采取多项措施:"必挽颓败风,无为积重难。激之以廉耻,温之以阳春。水旱一见告,汲汲为拊循。饥者为之食,寒者给衣裈。游惰惩以法,柔懦加之恩。三年或不效,十年当还淳……"该诗采用设问,自问自答,说明这一灾害民俗现象很严重,引起了时人的焦虑。可是这陋俗难改,因为其中的内幕很复杂,是游惰之徒借灾荒敛财的社会丑恶现象。

二者,即上述所说的不逞之徒借灾兴事,甚至无灾而人为地聚众流徙他乡造灾,强迫家道小康、不专靠种田生活的人群一起逃荒。《林公案》揭露那些离开热土"逃荒"的人很多是被逼无奈、被迫离乡,因他们赖以生存的田地资源被凭空掠夺消耗后,"土棍就率领无数难民,赶来食宿,把你家中存储的米粮,吃个干净,这个叫做'吃大户',逼得你走投无路,不得不跟着他们去做逃荒的难民。因跟他们打伙同行,家中可免骚

---

① 佚名:《林公案》第十七回《酒客忘形说出逃荒恶习　吏胥结党串吞赈济巨金》,吉林文史出版社1987年,第92页。

② 张应昌编:《清诗铎》卷十七,中华书局1960年,第563页。

扰，回家时还有银米分派，因此习成风气，有许多身家殷实的农民，也成群结队地出去逃荒，一面由地保土棍串同漕书猾吏，向府县衙门报荒请赈，等到上司核准，拨款赈济，那一班'荒虫'，便先期赶回家乡领赈。如此一来，逃荒竟有两宗收入，比较种田的出息多上几倍，并且不劳而获。如此情形，又哪得不要十年九荒呢？"① 对此，收入《清诗铎》（1869 年面世）的吴世涵《流丐》一诗，也揭示流丐中有因灾荒被催逼、裹挟的：

> 居民已嗷嗷，流丐复四集。百十成其群，布满乡与邑。借问从何来？滁、凤与宣、歙。连年遭水旱，少壮得失业。逃荒遂至此，冀得赈穷之。其中有良家，逢人掩面泣。自云不愿来，无奈众迫胁。流离诚可悯，男女何冗杂。尤多黠猾徒，犷悍不知法。藉兹逃荒众，遂以逞奸侠。荒野及穷村，往往肆行劫。吾邑久被灾，民食百不给。那堪此辈至，取求日纷沓。寄语长民者，厪心善抚辑。速为遣之去，留我烝民粒。②

滁州、凤阳等地的水旱灾患，造成大量"流丐"，其中的不法之徒占据主导，不容得受裹挟者不随之走村过镇，能要则要，能抢则抢，被强制入伙的良民非常痛苦，还无法摆脱。这真是良民的灾难，反成强徒的狂欢，而"长期持续地没有财产安全，毁灭了勤劳精神。这不仅破坏了国家的力量，甚至毁灭了越出野蛮的愿望"③。

三者，更有甚者，还形成了体系性地对付朝廷派委员复勘灾区的招数，也是一种"瞒上不瞒下的勾当"，这里对地方官有所回护和美化，实情可能他们未必不知。《林公案》还揭露出赈灾过程中"执行力"的问题，当林公又问道："朝廷拨款赈济，何等郑重，要派委员复勘灾区，调查灾户，编造灾民户口册，发赈又有委员会监察，司事按名发给，他们怎样舞弊呢？"对如此细密操作也会有漏洞，有些不解：

> 义生答道："这也是一种'瞒上不瞒下'的勾当，莫说朝廷不会得知，就是省方大吏，也蒙在鼓里，那一班吞没赈款的猾吏、土棍、劣

---

① 佚名：《林公案》第十七回《酒客忘形说出逃荒恶习　吏胥结党串吞赈济巨金》，吉林文史出版社 1987 年，第 93 页。

② 张应昌编：《清诗铎》卷十七，中华书局 1960 年，第 563—564 页。

③ ［英］约·雷·麦克库洛赫：《政治经济学原理》，郭家麟译，商务印书馆 1983 年，第 48 页。

绅、恶保,手段通天,每次赈款,少至二三万,多至十数万,由他们暗中把持包办。造册时,把家丁佃户混入丁册;领款时,派流氓乞丐,持票代领;复勘时,拔去熟田中的禾稻,连夜灌水满田,变作荒田。百计把持,就是龙图再世,也难扫清积弊。至于他们领到的赈款,不论多少,概作田份分派,灾民一份,逃荒头脑与该区地保合一份,土棍和劣绅合一份,猾吏和漕书合一份。国家岁縻巨款,尽行饱入奸宄的私囊……"①

特定体制下的自上而下的赈灾方式,催生了一系列链条上的"利益阶层"共同体,他们结为"死党",瓜分利益,而"闹赈风潮"也是因"换了他人代办"导致他们"利权旁落",由这些坏人教唆鼓动的。

而小说对"闹赈"风潮的文学化书写,更为形象地说明集团性有预谋、有计划"闹赈"的复杂社会动因。说候补知县李家驹被委派到里下河一带查勘被淹田地,亩数不符;次日复查被灾户口,只查两村,"忽然有许多被灾妇女和儿童赶到,齐声高嚷要饿死了,专待赈款救命。委员还要复勘复查,挨延时日,等到发赈,我们早已饿死。一边说,一边抛砖掷泥,把轿子打坏,又有十几个泼辣农妇,声言要把委员拖去咬死。李家驹见难以理喻,只好回船,恐怕闹出大乱子来,马上回省请示。林公点头道:'可见背地里必有劣绅、土棍教唆,否则乡村妇女决无如此胆量,现在势非彻底清查不可。'"显然,假造受灾的"荒虫"们,属于有组织的"集团作案",也是灾荒派生的社会乱象。一般来说,只有经过了"受灾→获得赈济→再次受灾→再次获赈"的反复过程,而州县到朝廷又满足于赈灾收到良效的夸饰回馈,才会滋长特定地区某些坏人赈灾牟利的恶习。清官能吏如人类学"田野作业"一般,深入民间冒险微服私访,的确勘察出利用赈灾生事的许多弊端。朝廷赈灾救灾政策措施,被乡里坏人利用,一批批"荒虫"鼓捣出"次生灾"以假乱真,形成人为的"灾民"大量涌入别的地区,造成"灾民潮",如同社会毒瘤一样蔓延传染,非常可怕。

或许,这也是社会进步必须付出的代价,一如正是善恶相伴,黑白相

---

① 佚名:《林公案》第十七回《酒客说出逃荒恶习　吏胥串吞赈济巨金》,吉林文史出版社 1987年,第 93—94 页。

生,丑与恶同样具有其存在价值一样。"畸形和罪恶具有一种价值,类似自然界里明与暗相辅相成,或者绘画上的光影比例。易言之,它们显示整体的和谐。有些人则说,甚至怪物也是美的,因为他们有生命,有生命者对整体的和谐就有贡献;罪孽的确破坏事物的秩序,但秩序可由惩罚来重新树立,因此下地狱者正是和谐定律的例证。"①其真实价值正在于镜射出吏治与荒政的不足之处,在纠偏矫正过程中,提升执政者的认识与辨别能力。

明清赈灾经验,还特别注意可能越轨犯禁的不稳定因素:"少壮男子不散,必为盗于地方。""若乞丐,又立花子厂,不得与流民共食。"②需要把一般的流民与沦为乞丐的,区别赈济。

此外,则是由于灾民自身的某种原因,赈济工作开展不力。这主要由于来自不同社会角色的特点,限制了享领赈济的有效性。如清人就总结明代后期的赈济经验,注意到某些灾民如少妇、学究等角色,自尊心强,羞于亲身前来,或老人小儿力弱不能来粥厂。"老病之父母,幼弱之小儿、羞怯之妇女,饿死于家,其谁看管?"因而提出了"挑担就人赈粥法",就有必要去登门送或代领,"挑担上门,量给之"③。而限于人力,赈济时还鼓励甚至奖赏有行动能力的女性,尽量能亲自到场,尽量减少她们来的次数。"少妇、处女初次到厂吃粥之后,当给半月之粮,令其吃完此米,再到厂中来吃一次,如前给之。后皆仿此,不可令彼含羞忍耻,日日到厂,挨挤于稠人广众之中也。"应该说,这也考虑到不便明说的女灾民体弱、小脚而行动不便的因素。

这样带有人文情怀的赈济,难怪出现了下面这一卓有成效的、值得清人追述的赈灾民俗记忆,万历二十八年(1600,应为二十二年)河南大饥,"郭家村刘一鹗,既贫且病,嘱其妻:'与其相守而俱亡,何若自图生计?'其妻泣曰:'夫者妇之天,死则俱死耳。宁忽相弃乎?'后赖御

---

① [意大利]翁贝托·艾柯:《丑的历史》,彭淮栋译,中央编译出版社 2010 年,第 46 页。

② 陆曾禹:《钦定康济录》卷四《赈粥须知》,《中国荒政全书》第二辑(第一卷),北京古籍出版社 2003 年,第 430—432 页。

③ 陆曾禹:《钦定康济录》卷四《赈粥须知》,《中国荒政全书》第二辑(第一卷),北京古籍出版社 2003 年,第 430—431 页。

史钟化民令县官多设粥厂,食之而得生"①。的确,如神宗万历二十二年(1594)钟化民(1545—1596)上奏《河南救荒疏》:"臣仰体德意,赎还民间荒年出卖妻孥四千二百六十三名。皇上全人父子、兄弟、夫妇之伦,离而复合,断而复续,骨肉肺腑之亲,无悲思哀痛之惨矣。但赎还之后,不知其终保完聚否?倘糊口无资,后相转贸,如梦中午会,觉后成空。思及于此,不觉泪下。惟帝念哉!"②

赈粥操作可是个良心活儿,饥荒年无良的积弊自不可免。光绪十六年(1890)面世的《粥夫》是经验之谈:"粥夫差来数有八,粥头这厮先狡猾。窃柴伎俩固可诛,偷米情形亦当杀。不念灾民宜悯怜,一心只把穷人刮。上下其手散不均,暗地人情施巧黜。偶有饥民争多寡,立时面孔如罗刹。更防米囤盗空虚,早晚委员劳伺察。若辈无有别法惩,三木囊头双足刖。"③多环节蚕食救命之粥,防不胜防,怎不令人激愤而无奈。

甚至,赈粥之时还要考虑到这一细节:"旧传新锅煮粥、煮饭、煮菜,饥民食之,未有不死者,故厂中须用旧锅。万一旧锅不足,须将新锅或向庵堂寺院,或向饭铺酒家,换取旧锅备用,庶不致损人之命。"④应当说,这种赈粥操作称得上特别人性化,体现出明清赈灾运作中的人文精神。

然而,安置饥民、外来逃荒者更要考虑持续性。张春帆(?—1936)写尽管运河重要但灾情多发,"一班百姓,还大家只说天公降饥荒,没有一个知道是运河年久失修,以致湖水顺势灌入的缘故。那淮、扬一带的居民,都是穷苦的多,富饶的少,那里禁得起这样的年年饥馑、岁岁凶荒?自然便都是流离转徙、奔走道路起来。一个个都是扶老携幼的望着镇江府、常州府、长江下流一带的地方来逃荒就食。……设了几个粥厂,

---

① 吕坤:《赈粥法》,《中国荒政全书》第二辑(第一卷),北京古籍出版社 2003 年,第 434 页。类似的羞耻心理主要表现在年轻妇女,"以少年妇女出头露面,有志者羞愧饮泣,愚痴者习成无耻,甚至……调戏挨挤",因此主张由家人代领赈济,见《皇朝经世文编》卷四十二《赈粥不如散米说》。钟化民是万历八年进士,赈灾名臣,史载其曾巡按山东,"岁旱,请蠲振先发后闻",很有胆识;万历二十二年(1594),"河南大饥,人相食,命化民兼河南道御史往赈。荒政具举,民大悦。既竣,绘图以进。帝嘉之,褒谕者再"。见《明史》卷二百二十七《钟化民传》,中华书局 1974 年,第 5971—5972 页。称"万历二十八年",似有误。
② 李文海、夏明方主编:《中国荒政全书》第二辑(第一卷),北京古籍出版社 2003 年,第 381 页。
③ 李鸿逵:《黄村放粥记》,《中国荒政书集成》第九册,天津古籍出版社 2010 年,第 6593 页。
④ 李文海、夏明方主编:《中国荒政全书》第二辑(第一卷),北京古籍出版社 2003 年,第 433—434 页。

按日施粥,但是不能持久的"①。

第三节　"换工自救"、工赈之艰及克难而进之法

有证据表明,以工代赈,换工自救,这一赈灾措施具有可持续的意义,北宋范仲淹首倡此举。罗大经《鹤林玉露》载吴中大饥。范文正公指示趁着荒岁价廉,诸寺庙可大兴土木,又建仓廒吏舍,奏称此举"正欲发有余之财以惠贫者,使工技佣力之人,皆得仰食于公私,不至转徙填壑。荒政之施,莫此为大……"②这一举措有着多重意义,一是灾民可获得饮食,二是募集劳工难的问题得到解决,三是原有社会秩序能有效维护,四是减少区域灾情的扩大化。

首先,是工赈——寓赈于工的内容与伴随工程承揽的问题。具有倡导并践行之功的是万历御史钟化民救荒。"令各府州县查勘该动工役,如修学、修城、浚河、筑堤之类,讨工招募,以兴工作,每人日给米三升。借急需之工养枵腹之众,公私两利。"③至清代雍正年间工赈制度渐渐臻善,乾隆初兴盛,工赈工程分官修、民修;参与的工匠、工程质量等要求也随之愈加严格。

孔飞力指出,祁彪佳(1602—1645)帮助有粮者与需要救助者度过饥馑的实践经验"是将饥馑救助与民兵防护联系起来……接受了救济粮的家庭应当挑选健壮男丁去当地方民兵。这就是为防护而团结的办法(团结防护之法)。民兵的勤恳和忠顺不是自然产生的,而是获得救助的一个条件。这样一种制度将使村民内部消除阶级对抗,同时,它还具有

---

① 张春帆:《九尾龟》第一百八十七回《甘同梦永夜听鸡声　困洪波长堤成漏泽》,上海古籍出版社 1994 年,第 879 页。

② 罗大经:《鹤林玉露》甲编卷三《救荒》,中华书局 1983 年,第 52 页。荒政较为完备后,明末张岱《夜航船》卷七《政事部》仍提起"竞渡救荒"的佳话:"(北宋)皇佑二年,吴中大饥。范仲淹领浙西,发粟及募民存饷,为术甚备。吴人喜竞渡,好为佛事。淹乃纵民竞渡,太守日出宴于湖上,自春至夏,居民空巷出游。又召诸佛寺主僧谕之曰:'饥岁工价至贱,可以大兴土木之役。'于是诸寺工作并兴。又新仓廒吏舍,日役千夫。两浙大饥,唯杭宴然。"

③ 陆曾禹:《钦定康济录》卷三《临时之政·兴工作以食饿夫》,《中国荒政全书》第二辑(第一卷),北京古籍出版社 2003 年,第 348 页。

防御外来盗匪的好处"①。即后来的所谓"有钱出钱,有力出力"。此举虽被标举为"荒政之施,莫此为大",但具体实行过程中究竟怎样呢? 问题多多。尤其在明清地方官贪污腐化成风的情况下,更发生一些前所罕见之事。梁章钜写其闻父亲谈起嘉庆十九年(1814)为漕帅时,江北遭旱灾,由淮城催漕至袁浦,"中途有饥民万余拦舆乞食,势甚汹汹。时漕艘衔尾而北,水浅船迟,公立发令箭传谕各押运文武官,令每船派添二十人帮纤。适江南十余帮在境,恰有五百余艘。俄顷之间,万余饥民皆安插得食,欢声雷动。此所谓'猝然临之而不惊'者,而处置裕如,已隐成莫大之阴德。他人当此,鲜有不张皇失措者矣"②。说明面对动荡的灾民群体,赈济施行成功实并不容易。

其次,尤其可怕的是,如影随形的灾害恐惧销蚀了被灾民众重建家园的信心,这是天灾与人祸夹击下恐惧心理的折射,不可低估。早年灾害学研究论著就指出,工赈有多重效益:"救灾之法,莫善于工赈,召集壮丁之被灾者,授以工作,记工授食,老弱之父母,无力之妇孺,亦可间接得食。如此办理,不从事于工作者,无以度日,非真贫者不能授赈,冒名欺诈之事,即可杜绝;而不良之徒,向以乞丐为生者,亦不能分润毫末。"③然而其正面效益之外,复杂的赈济救灾即使较为切实可行,也不能理想化。

新城知县刘大绅转任曹县知县后,遇旱灾更重,偏巧赶上河督檄修赵王河决堤,"集夫万余人,以工代赈,两月竣事,无疾病逃亡者。既又檄办河工秸料三百万,大绅以时方收敛,请缓之。大吏督责益急,将按以罪,请限十日,民闻,争先输纳,未即期而数足"④。工赈对民心集拢、社会效率的促进十分明显。但如此工赈成功,作为报喜不报忧的幸运故事,进入史书"循吏"褒扬的,毕竟还是为数甚少。关于工赈的层层盘剥、灾民实惠难得以及工程质量差等腐败现象,乾隆皇帝曾屡屡愤慨,如:"得

---

① [美]孔飞力:《中华帝国晚期的叛乱及其敌人》,谢亮生等译,中国社会科学出版社1990年,第35页。参见《祁彪佳集》卷六《治盗议》,中华书局上海编辑所1960年。
② 梁章钜:《北东园笔录》续编卷一《阮阁老》,《笔记小说大观》第二十九册,江苏广陵古籍刻印社1984年影印,第260页。
③ 黄泽苍:《中国天灾问题》,商务印书馆1935年,第87页。
④ 赵尔巽等:《清史稿》卷四七七《循吏传二》,中华书局1977年,第13032页。

旨:好,知道了。虽云以工代赈,亦不可听不肖属员冒销侵蚀,则工不固而民亦鲜得实惠,将两无功矣。”①

可见灾荒之后,“换工自救”措施实行的困难。灾荒造成了人口减少、劳动力紧张,因此劳力市场供需关系的变化,也带来了多数灾民奇特的“应灾心理”,劳动力报酬的期望值被人为提高了,劳动的动机与目的也有违常理。《醒世姻缘传》写大灾过后的劳动力状况:“谁知好了年成,人又死了一半,以致做短工的人都没有。更兼这些贫人,年成不好的时节,赖在人家,与人家做活情愿不要工钱,情愿只吃两顿稀粥。如今年成略好得一好,就千方百计勒揸起来,一日八九十文要钱,先与你讲论饭食,晌午要吃馍馍蒜面,清早、后晌俱要吃绿豆水饭。略略的饭不象意,打一声号,哄的散去。不曾日头下山,大家歇手住工。你依了他还好,若说是‘日色见在,如何便要歇手?’他把生活故意不替你做完,或把田禾散在坡上,或捆了挑在半路,游游衍衍……大家哄得一齐走散,急得那主人只是叫苦。”② 这是被灾者不满情绪的反映,也是小团伙合谋要挟的陋习。往往是灾害造成了被灾个体得过且过心理,情绪上“非常态化”。一者,面对生产资料、生活资料缺乏,社会正常秩序被打破,曾受灾害折磨过的人,仿佛惊弓之鸟,不再奢望生命的长度,倒更加不适当地珍爱起“生命的密度”。于是,个人口腹需求和对他人的责任感,都发生了难于预料的“逆向”变化。“劳力者”社会阶层,以其所受教育缺乏,目光相对短浅,可能出现更多的失控状态。二者,被灾者对“生的恐惧和死的恐惧”及其无奈心理的对象化反射,正如心理学家贝克尔所言:“我们就能理解,生存悖论意味着什么:使我们苦恼的东西的确是不和谐的东西,是如此这般的生活。”③ 三者,被灾者责任感与义务感消失。“为人公正作为一种正义性质的义务,其意思是在处理眼下的特定情况时,只考虑那些被认为应当予以考虑的因素,而不受其他任何会导致不同决策的动机的

---

① 《清实录·高宗纯皇帝实录》(三)卷二二五,乾隆九年九月癸卯条,第914页。参见周琼《乾隆朝“以工代赈”制度研究》,《清华大学学报》(哲学社会科学版)2011年第4期。
② 西周生辑著:《醒世姻缘传》第三十一回《县大夫沿门持钵　守钱房闭户封财》,齐鲁书社1984年,第407页。
③ [美]恩斯特·贝克尔:《拒斥死亡》,林和生译,华夏出版社2000年,第38页。

影响。"[1] 当被灾民众因自然无常而无力应对,引起的恐怖感,促使其以反常的行为逻辑虚度残生,得过且过、无节制的消耗多成为常态。赈灾系统如处理不好,小生产"共同体"的主人破产,雇工也跟着失业,灾民增多。

再次,是维持灾前的有关企业,让它们继续满足一些民众自食其力的需要,解决灾民的温饱。如山东的卧牛山纺织局是潘振声所创建,该工厂接纳了很多寡妇、孤儿及赤贫之人共一千余家,让他们工作,发给工钱,救活了不少人。但由于开支大、黄河洪灾,不得不遣散部分人员,尚存八百余家,四千余人,于是新闻画报善意地提醒,他们若被"(纺织局)遽加遣散,后果不堪设想。希望广募集资,使纺织局得以维持"[2](图17-2)。

工赈,是帮助灾民继续通过自身的劳动来生存的。历史上曾关注对灾民基本劳动资源的提供、生存活动的重启。开皇年间关中连年大旱,而其他许多州大水,百姓饥馑,"高祖乃命……发广通之粟三百余万石,以拯关中,又发故城中周代旧粟,贱粜与人。买牛驴六千余头,分给尤贫者,令往关东就食"[3]。但明清时灾民众多、灾情严重之时,则"买牛驴"之类的措施,有时很难施行,需要多方筹措。

---

① [英]约翰·穆勒:《功利主义》,徐大建译,上海人民出版社 2007 年,第 46 页。
② 吴友如等:《点石斋画报》,大可堂版,1892 年。
③ 魏徵等:《隋书》卷二十四《食货志》,中华书局 1973 年,第 684 页。明代祁彪佳《救荒全书》曾予留意收录,见李文海、夏明方、朱浒主编:《中国荒政书集成》第二册,天津古籍出版社 2010 年,第 516 页。

图 17-2　孤寡衔恩

第十八章　赈粥施救的具体操作
与危机应对

赈粥,充分利用了被灾者内心"不患寡而患不均"的古训,将其作为逻辑前提,如何与"面子人情"的基本人情世故结合在一起? 赈粥施行者在大量实践经验教训中总结,充分考虑到了这一群体活动、群体心理,体现出便于进行有效管理、监控与受赈者的相互制约。"金粟周贫""费少济多""加惠寒士"等导向,则力图加强实施过程的变通性、灵活性与感召力。

为了生存需要,被灾者有时会衍生出超常态的贪婪心理与反社会行为,比如冒赈、排挤部分流民等。如此,灾害所带来的救灾措施施行的复杂性、困难的程度,可能超乎通常的理解和想象。如明代孙绳武《荒政条议》中的体会,粥厂设立应选择相距不远不近,"立为施赈煮粥之处,大抵相距不过十五里"①。对于随意、混乱地享领赈济的问题,潘游龙《救荒》注意到秩序的重要性及其解决办法:"今既每方二十里,则以当中一村为爨所,州县出示此方,东至某村,西至某村,南至某村,北至某村,但在此方之内居住饥民报名者,方得每日至中村就食,令保甲察之。不在此方之内者,令还本方,不得预此方之食。"② 这些管理措施可借国家机器以力约束,而更重要的是,能激发被灾者的自主精神,焕发族群的生命意识。

第一节　强行标记的"均平法则"与共情共命

明代何淳之《荒政汇编·煮粥第八》强调赈粥不易,实聚集人群,危

---

① 李文海、夏明方主编:《中国荒政全书》第一辑,北京古籍出版社 2002 年,第 591 页。
② 李文海、夏明方主编:《中国荒政全书》第一辑,北京古籍出版社 2002 年,第 639 页。

机四伏:"盖饥馁强饭,则疾易生。病夫群居,疫疠殊惨,延染无宰,可虑哉!且一闻煮粥,远近驰赴,无论颠连,过路日聚,繁供日溢,骤而已之,赢者毙,强梁者生他心矣,故得善事者主之,所济殆无量焉。"①

为体现均平而同时煮赈,避免受赈者分身重领,薄厚不均。曾任万历时米脂知县的孙绳武,在《荒政条议》提出"分煮赈以周物情"的原则,首要考虑以饥民为主体。"大抵大饥之年,宁以官就民,毋以民就官。夫次贫利用赈,极贫利用粥,均之不可废者,而总之无令太远。其在城治者,或粥或赈,无所不可。惟于村落小民,须酌量道里之中,立为施赈煮粥之处,大抵相距不过十五里,因保甲严密之法,审得真正饥民,愿粥者粥,愿赈者赈,不可使粥者冒赈,赈者冒粥。其设粥须用鳞次挨坐之法,务令各饱而无不均之叹。给赈须用计日顿给之法,务令休息而无奔走之虞。至于稽侵渔、清诈冒、赡流徙、防疾疫、禁抢夺、劝耕作,法尚多端,总即此煮赈而推广之。惟良有司设诚致行,自有所济,无难事也。"②

崇祯时陈龙正《煮粥散粮辨》将赈济对象分城乡,又细加类分为:受灾农民、流民、城市小商贩、衙役、读书人、乡绅等;"惟农最劳,惟农最贫。居乡者,大抵农夫,居城市者,大抵工商贾,又宦仆衙役,十居其三。故凶年转徙沟壑,乡民为多,饿死于城市者,不一二见。惟卖菜者流,最无本业,亦须赈农之暇,然后及之。……大约上官抚循千里,则煮粥最善。凡系饥荒之地,同日举行,使饥民各从本乡就食。若散粮,则贫富难知,贫之中,极次又难辨,故煮粥胜于散粮……小荒先散粮于乡村,大荒兼煮粥于城市,当道会期而煮粥,乡人画地而散粮。"③以期发挥煮赈普惠而操作时又分别兼顾的优势。

另一方面,则是提醒在操作时适当打破绝对平均,照顾灾时需要优待的特殊对象。万历二十七年(1599)岁饥施赈,陈继儒《煮粥条议》规定:"凡远近有体面人如学究、医生之类,以绝粒为苦而又难于到厂,当给竹筹,烙铁印记,即托人代领,不必亲至。"④这一导向,具有深远的社会意义和战略眼光。

---

① 李文海、夏明方主编:《中国荒政全书》第一辑,北京古籍出版社 2002 年,第 232—233 页。
② 李文海、夏明方主编:《中国荒政全书》第一辑,北京古籍出版社 2002 年,第 591 页。
③ 李文海、夏明方主编:《中国荒政全书》第一辑,北京古籍出版社 2002 年,第 729—730 页。
④ 李文海、夏明方主编:《中国荒政全书》第一辑,北京古籍出版社 2002 年,第 515—516 页。

利用赈灾强化乡民凝聚力，不致因灾而离开本土熟悉的"共同体"，成为游民，保持各处一方的稳定性，也会防止可能的重复"冒领"。如发放救济金时手上涂墨，仍洗掉后再来，"每当干干净净的手伸出来，我们就会怀疑这些人早已领过救济金，只不过用力把墨汁洗掉罢了。这样，我们只继续向剩下的那些依旧脏兮兮的手上发救济金"。而具体操作时又采取灾民坐在原地，把赈银直接发到手的做法："人们是那样安静，就像在参加一场宗教仪式"；"数千遭受饥饿之苦的贫民感激地接受了这些小小的捐助……"①这类具有赈灾技术含量的操作，也包括传教士们后来是先调查灾区，记下灾民名字，发给票证，而后凭票领取。而一旦米粮能运进灾区，则将发放金钱改为直接发放米粮。英国人李提摩太为代表的传教士赈灾，提高了赈灾神圣性，体现了人道本质宗旨，并改进了技术操作策略，给清朝官员提供了令其感佩的实施赈灾智慧。

激发"物伤其类"的怜悯情感，破除族群间堡垒，唤醒被灾者互救意识，是应对混杂在灾民中的外地人的良方。曾任大名府知府、保定知府的方受畴（？—1822）在《抚豫恤灾录》中记录的办法是："凡有境内乏食鳏寡残废老幼男妇概行收养。其过往饥民、外来流丐，另设一厂，广为施赈。"②应该说，这是成功地采取了"熟人社会"的特点，运用合理化、便于被接受的方式对灾民"分而治之"，以便在赈济时不至于造成混乱和重复发放、过度赈济。原因之一是赈粮有限，减少重复赈济也是限制赈济覆盖面和延长维持时间的一个关键。另一方面，有心理学家认为人对自身的恐惧，"通常与对外部世界的恐惧同构和平行"③，囿于对世界与他人认知的局限，"非我族类，其心必异"亦存在。

而面对"熟人社会伦理"的另一面或曰弊端，郑观应先生还注意到："若散给粮食设立粥厂，尤不宜用本地人为司事，恐因情通弊。"④这当然是特别有针对性的经验之谈。对此魏秀仁（1818—1873）披露了粥赈

---

① ［英］李提摩太：《亲历晚清四十五年——李提摩太在华回忆录》，李宪堂、侯林莉等译，天津人民出版社2005年，第82—89页。但这也并不意味着不出弊端，如地方衙役经手，则"每每私将灾票售卖，名曰'卖灾'；小民用钱买票，名曰'买灾'；或推情给予亲友，名曰'送灾'；或恃强坐分陋规，名曰'吃灾'。至僻壤愚氓，不特不得领钱，甚至不知朝廷有颁赈恩典……"见《录副档》，道光二十九年九月九日方允折。
② 李文海、夏明方主编：《中国荒政全书》第二辑（第三卷），北京古籍出版社2003年，第157页。
③ ［美］恩斯特·贝克尔：《拒斥死亡》，林和生译，华夏出版社2000年，第59页。
④ 夏东元编：《郑观应集》下册，上海人民出版社1988年，第1121页。

"甘露疗饥丸"等不当措施后，也写道面对粥厂前上万饥民，"道路矢秽，人气熏蒸"，提督采秋深知"从来办赈，最怕中饱"，特派可靠之人设立熬粥处，"红豆管带二百健妇熬粥，四百个健妇担粥，四百个健妇押送。每厂担粥三担，专给那老弱困惫的人，每日就也照粥厂卯申两次开锅"①。然而，赈粥也是一项技术性强、人命关天、需要严格守责任心的细活儿。

第二节　饥民"久饿贪食"的教训及有效赈救策略

"久饿贪食"造成的"骤饱"伤人，赈灾反而害民，成为赈灾实践过程中一个惨痛教训。早在明代赈济活动中，就已发现这一问题很严重。明末张萱（1558—1641）《西园闻见录》卷四十《蠲赈前》载，王锡爵曾亲见一些枵腹已久而骤然进食的悲剧，"一饱而死者，累累相藉"；而骤饮滚烫的热粥，也使人性命不保，很可能造成致命的伤害，崇祯庚辰（1640）年浙江海宁县双忠庙赈粥，"人食热粥，方毕即死。每日午后，必埋数十人。与宋时湖州赈粥，粥方离锅，犹沸滚器中，饥人急食之，食已未百步而即死者无异。后杭人何敬德知之，遂于夜半煮粥，置大缸中，明旦分给，死者寡矣"②。这都是一些赈粥实施时的具体细节，地方官赈济实施者如果不负责任、漫不经心就可能使赈济事与愿违。

"急食"骤饱而毙，被作为一个带有规律性的现象，由民俗文本敏锐地揭示出来。乾隆间《歧路灯》写谭绍衣道台视察"地瘠民贫"而"不知节俭，家少储积"的郑州，在十里铺看到郑州正堂季刺史的劝赈救灾告示：

> 千虑万筹，了无善策。不得已，不待详请，发各仓廒十分之三。并劝谕本处殷富之家，以及小康之户，俾令随心捐助。城内设厂煮粥，用度残羸。又谁知去城窎远者，匍匐就食，每多毙倒中途，是吾民不死于家，而死于路也；馋饿贪食，可怜腹枵肠细，旋即挺尸于粥厂灶边，是吾民不死于饿，而死于骤饱也。况无源之水，势难常给。

---

① 魏秀仁：《花月痕》第四十九回《舍金报母担粥赈饥　聚宝夺门借兵证果》，人民文学出版社1987年，第394页。此处写推广的"甘露疗饥丸"为苎根、草根与蔗浆、蜂蜜调制的特供，"天下饥，何不食肉糜，自古是有此笑话"。

② 陆曾禹：《饮定康济录·垂死饥人赈粥法》，《中国荒政全书》第二辑（第一卷），北京古籍出版社2003年，第433页。

禾稼登场尚早,吾民其何以存?①

偏偏许多饥民死于得到赈济之时,岂非与无知无识无关?赈济者缺乏常识和基层赈灾经验,也应负有很大责任。于是爱民的谭道台情不自禁感叹:"此又放赈官之所不知。即知之,而以奉行为无过者。真正一个好官!"

如果不知这样盲目放赈的后果,很可能会事与愿违,因此放赈官员需了解这种赈灾常识,才算真正做到了为民负责。如赈灾的延误导致连番灾情更加严重,乾隆《荣河县志》追述明万历十四、十五年当地连旱,"公私空匮,民食草叶木甲,僵尸相望,生者无复人色,流移窜亡皆毙于他境。十六年(1588)夏大熟,饥民偶获饱食,死者复十之三四。瘟疫死者又无算,至不相吊问。十七年,狼食人无数,逾城伤人……"②设若及时做出相应的预案,至少能减轻灾情。

恐慌性行为的另一表现即是民众的暴饮暴食,虽本质上属久饿本能,更成为应灾无序的现实表现。小说《醒世姻缘传》则从受灾饥民的角度,刻画饿久了"骤饱"伤人具有很高比率,而官府相关宣传,多半根本没有收效,因长期饥饿之人急于果腹,从不曾梦想能有足够食品慢慢食用,也想不到要改变平素饮食积习:

> 县官恐怕那饥民饿得久了,乍有了新麦,那饭食若不渐渐加增,骤然吃饱,壅塞住了胃口,这是十个定死九个的。预先刊了条示,各处晓谕。但这些贫胎饿鬼,那好年成的时候,人家觅做短工,恨不得吃那主人家一个尽饱,吃得那饭从口里满出才住。如今饿了六七个月,见了那大大的馍馍,厚厚的单饼,谁肯束住了嘴,只吃了半饱哩?肯信那条示的说话?恨不得再生一个口来连吃才好。多有吃得太饱,把那胃气填塞住了转不过来,张了张口,瞪几瞪眼,登时"则天毕命之"! ③

---

① 李绿园:《歧路灯》第九十四回《季刺史午夜筹荒政　谭观察斜阳读墓碑》,中州书画社1980年,第878页。素有研究的杜贵晨教授指出,这一描写与作者曾任贵州思南府印江县知县,有"兴利除弊,爱民如子"的贤能循吏经历有关,"李绿园中国古代唯一写过完整长篇小说的有举人功名的知县,也是唯一有举人功名做过知县的长篇小说小说作家……"参见其著《李绿园与〈歧路灯〉》(增改本),中州古籍出版社2019年,第1—2页。
② 杨令琢纂修:《荣河县志》卷十四《祥异》,故宫博物院编:《故宫珍本丛刊·山西府州县志》第2册,海南出版社2001年,第275—276页。
③ 西周生辑著:《醒世姻缘传》第三十一回《县大夫沿门持钵　守钱虏闭户封财》,齐鲁书社1984年,第406—407页。

　　这里提示了赈灾操作环节上一些具体问题,除了救济地点过远,难于解近渴,还特别强调要注意"馋饿贪食"而死于"骤饱"的严重现象。古代中医理论有"虚不受补"说,正与此密切联系。一者,体力劳动为主的饥民,一般久已养成了进食很快的饮食习惯,久饿体弱,胃肠功能已承受不了"暴饮暴食"了;二者,由于久饿无食,饥民们虽已吃得很饱,但因久饿所伤,感觉却仍是远没有吃饱,不肯停嘴;三者,是出于"吃那主人家一个尽饱"的习惯和"不吃白不吃"的占便宜心理,以及受众人一起"抢吃"的情景感染,有时还造成踩踏。愚昧无知的饥民,实际上根本不听、不相信官方的什么"晓谕",仅靠具体条文是不能控制的。于是,排队限量领取,是操作之必须。

　　一些经常救助饥饿者的成功经验和血泪教训,也是为明清人乐于传播。徐光启"疗垂死饥人法"曾援引滨海传闻:"边海有失风船,飘至塘。船中人饿将绝者,急与食,往往狼吞致死,有煮稀粥泼卓(桌)上,令饥人渐渐吮食之,尽生。饥肠微细,不堪顿食也。"[1]赈灾官员陆曾禹记载:"边海有失风船飘至塘,船中人饿将绝者。急与食,往往狼吞而致死。后有煮稀粥泼桌上,令饥人渐渐吮食之,方能得生。盖饥肠微细,不堪顿食也。"[2]又嘉庆十六年(1811)刊本小说亦载"救饥良法"故事,某人和同伴们遇飓风,上岸后获救于一老人,众人枵腹数日告饥,老人却先让他们饮少量酒;众告以不足,老人复入内房,久出,每人只给不满一杯的米汤,众人沉沉睡去一炊黍时,每人粥只一碗。天明后也给一点粥,一直到次日才给饭吃。众人多没听懂,也没听进去,大致是说:

　　　君等腹饥,我一见面,即已尽知,但胃虚肠枯,遽行饱啖,必致毙
　　命。所以入门即下钥者,恐君等外出求食也。先饮以酒者,少滋润
　　其肠也;次饮以米汤者,略开通其胃也;后给以稀饭者,渐养复元气
　　也。我在此遇被难者,不知凡几,皆用此法救之。[3]

① 石声汉校注:《农政全书校注》卷四十五《荒政·备荒考下》,上海古籍出版社1979年,第1326页。
② 陆曾禹:《钦定康济录·垂死饥人赈粥法》,《中国荒政全书》第二辑(第一卷),北京古籍出版社2003年,第436—437页。
③ 青城子:《亦复如是》卷三,重庆出版社2005年,第65—66页。据台湾学者研究,清后期越南山西阮进士《异闻杂录》转录了这一传闻,参见陈益源:《越南汉喃研究院所藏〈异闻杂录〉全文校录》,《中越汉文小说研究》,(香港)东亚文化出版社2007年,第149—151页。感谢益源教授赠书。

叙述的不确定性、模糊性,却恰恰印证了此故事跨时空传播之广。故事的意义在于这案例对急救久饿之人的实用,甚至是生死攸关的价值。载录者感慨实为经验之谈:"凡久饥之人,肠胃虚无一物,虽空实窄。骤与饱食,内难包容,气因食隔,不能通行,顷刻毙命者多矣。忆乾隆四十三年戊戌(1778),吾乡大荒,饿死者横藉于路。先母性好施,有丐者以饥告,当与饭一碗;食讫,行未半里,先叶婶母又与饭一碗;食之,出门不远死矣。此'久饥不可饱食'之明征。观老人所为,真救饥之良法也。"①

此外,赈粥掺假可致死害命。话本写万历年间,江西南昌府进贤县,木匠张权之子廷秀勤苦读书,有向上之念:

> 谁想这年一秋无雨,做了个旱荒,寸草不苗。大户人家有米的,却又关仓遏籴。只苦得那些小百姓,若老若幼,饿死无数。官府看不过,开发义仓,赈济百姓。关支的十无三四,白白的与吏胥做了人家。又发米于各处寺院煮粥,救济贫民。却又把米侵匿,一碗粥中不上几颗米粒。还有把糠秕木屑搅和在内,凡吃的俱各呕吐,往往反速其死。上人只道百姓咸受其惠,那知恁般弊窦(产生弊害的漏洞),有名无实。②

甚至,有的用来解救饥民的药剂,也可能事与愿违,因饥民虚弱体质而造成生命危险。而由于久饥的灾民往往不顾赈粥质量,弊端多生。胥役掺假就是一个恶劣表现,惠士奇(1671—1741)《荒政》载:"赈恤多虚,撩以石灰,揉以糠核,名为活人,其实杀之。又壮者得歠(羹汤),而不能及于细弱羸老之民,近者得餔,而不能遍于深谷穷岩之域。活者二三,而死者十七八矣。"③ 这样也就难怪出现陈份《煮粥歌》悲叹的赈粥不良后果:"东门煮粥在较场,白骨累累青冢荒。西门煮粥开僧舍,红蛮鸳瓦晶晶射。……煮粥吏,监粥官,吏侵米,法不宽。官侵米,吏无权,侵米一斛十万钱。初煮粥以米,再煮粥以白泥,三煮粥以树皮。嚼泥泥充肠,啮

---

① 青城子:《亦复如是》卷三,重庆出版社 2005 年,第 66 页。
② 冯梦龙编:《醒世恒言》第二十卷《张廷秀逃生救父》,上海古籍出版社 1992 年,第 256—257 页。
③ 贺长龄辑:《皇朝经世文编》卷四十一《户政十六·荒政一》,《魏源全集》第十五册,岳麓书社 2004 年,第 308—309 页。

皮皮有香。嚼泥啮皮缓一死,今日趁粥明日鬼。"[1]

　　道出煮赈克扣的弊端。阮葵生《赈粥谣》也披露了煮粥质量、粥厂秩序问题:"可怜一勺浆,泥沙杂糠秕。上疗父与母,下逮妻与子。今朝去不返,举室仓皇徙。俄闻邻家哭,争诉邻翁死。众足践如齑,肉血饱蝼蚁。又闻寡妇儿,脑裂缘鞭棰。长官戒拥挤,杖下多新鬼……白杨风萧萧,路绝乌鸢喜。"[2]饥民悲惨地死于赈济过程中,富有同情心的亲民官员,就采取让手下人"亲尝试药"的方法,检验能否为饥民所承受。有这一极其必要的救饥经验:"承询带来'不饥丸',吴福堂兄曾试食一丸,饱闷异常,因之卧病,至今方愈。久饥之人,肠胃浅薄,断非所宜,万万不可再来。"[3]

　　救人是赈粥的前提和终极目标。对实际操作的描述,揭示出久饥状态下骤然接触食物,普通灾民难以避免的"骤饱"现象。受灾者个人的道德与人性问题,成为赈灾文本书写的一个关注点。然而从御灾习俗和灾害文化心理探究的角度,必须要从灾害所给予受灾者造成的全方位危害来考虑。明代汪天锡就特意规定"赈济法"具体为:"给米者,午即出,日得一食,则不死矣。其力能自营一食者,皆不来矣。比之不择而与,当活数倍之多也。凡济饥,当分两处,择羸弱者作稀粥,早晚两给,勿使至饱。俟气稍完,然后一给。第一先营宽广去处,切不得令相枕籍;如作粥,湏(须)官员亲尝,恐生及入石灰,不给浮浪,无此理也。盖平日当禁游惰,至其饥饿,哀矜之一也。"[4]而到了煮赈济荒最为完善的乾隆朝,则相关程序说明灾民骤饱致伤的现象,引起了广泛重视。粥锅旁边张贴告示,切实可行:

　　　　凡食粥者,身寒腹馁,必然之势。身寒则热粥是好,腹馁则饱餐自调,殊不知此皆杀身之道,立死无疑。故赈饥民,其粥万不可过热,令其徐徐食之,戒其万勿过饱,始可得生。赈粥时,尤须大书数纸,多贴于粥厂左右,上书:"饿久之人,若食粥骤饱者,立死无救;若食粥太热者,亦立死无救。"尤当令人时时高唱于粥厂之中,使瞽

---

① 张应昌编:《清诗铎》卷十六,中华书局 1960 年,第 540—541 页。

② 张应昌编:《清诗铎》卷十六,中华书局 1960 年,第 541 页。

③ 苏州桃花坞协赈公所编:《齐豫晋直赈捐征信录》,《中国荒政书集成》第八册,天津古籍出版社 2010 年,第 5591 页。

④ 汪天锡辑:《官箴集要》卷下《救荒篇》,中国商业出版社 2019 年,第 194 页。

目者与不识字之人皆知之，庶可自警。否则，乌能知其久饥与不久饥，而岂可概薄其粥，令其不饱哉！不论官赈民赈，皆宜如是。人之生死系焉，仁人幸无忽也。①

救人、解救濒死之饥民，才是赈灾的根本目的。如此或正或反，反复叮咛，恰恰说明了具体办事人员，普遍形式化地把赈灾做成表面功夫，导致朝廷花费粮银不少，而饥民死者，偏偏就是倒在了赈济的现场。

如此，就出现了荒政文献中对于因赈粥不利而诸官吏遭报的黄牌警示。黄贻楫辑《救荒法戒录》载，官吏干面子活的"摆拍"式赈粥表演，有上级勘察的信息传递，有群众演员和物资配备：

> 明季岁荒，州县官赈粥，仅务支饰。探听勘荒官明日从某路将到，始连夜于所经由处寺院中设厂垒灶，堆储柴米盐菜炒豆，高竿挂黄旗，书"奉宪赈粥"四大字于上，集村民等候。官到，鸣钟散粥；未到，则枵腹待至下午；官去，随撤厂平灶，寂然矣。后流贼所过州县，官弃城而逃，隐匿山谷间，全家饿毕者不可胜数。②

掩盖真正切实有效的赈粥，导致众官吏弄虚作假后全家遭报应。而前举海宁双忠庙赈粥和先前湖州赈粥的过热，饥民急食致死，相关责任人的下场如何呢？"在事官神不加详察，赈务未毕，亦多恶死。"③传闻被朝廷文件确认的"文化记忆"宣告公平：天理昭彰，报应不爽。

第三节　自尊拒赈、感恩、救灾获罪及其伦理困惑

考察受赈心态，是成功有效率的赈济不可缺少的多元多维文化思考。接受、配合赈济，救灾才能及时而不至于事与愿违，而且受赈后感恩也无疑会促进赈济一方保持积极性、利他之心与使命感。

---

① 陆曾禹：《钦定康济录·煮粥须知》，《中国荒政全书》第二辑（第一卷），北京古籍出版社2003年，第433页。
② 李文海、夏明方、朱浒主编：《中国荒政书集成》第十一册，天津古籍出版社2010年，第7862页。
③ 李文海、夏明方、朱浒主编：《中国荒政书集成》第十一册，天津古籍出版社2010年，第7862页。

首先,身在难中的被灾者在面对赈济时的尊严、感受,明清赈灾文化颇多关注。计六奇较早写出了被灾女性的自尊自重,以悲情故事描述出灾荒流离即使富家、官宦之后也免不了病死穷途。记述明末崇祯庚辰(1640),山东诸省皆积岁旱荒,流民都来南都乞讨,当时书铺廊下卧一秀士,旧衣裹巾,旁边少妇耳垂银珰,端庄娴雅,向往来者伸扇乞钱,说山东某巨族之女,嫁夫才五天就相携行乞到此。夫亦官宦家读书子弟,忍饥冒寒染病不起。有人劝少妇何不改嫁,得银调理夫病,两命俱活,但少妇坚持"与失节生,宁守义死",她感到夫病重,有饮食药饵也希望不大,一旦夫亡,"誓不独存,奈何徒丧廉耻乎?"有人问,何不以耳上银珰换吃的,她答曰此夫家聘物,不忍弃。听到的人竞相施助,妇就购一棺藏在寺中,看夫吃一粥,自己也吃;夫不食,自己亦不食。十天后粮绝夫死,妇殓葬举衣兜土晕倒死,"路人高其义,共买棺,与夫同穴,殡焉。耳上银珰尚在"[①]。载录者感慨:"江左贵人之妻女失节败闲,恬不知耻者,观此掩面矣!"被灾妇人保持着士人阶层的尊严,代表了读书人家眷蒙灾受难后"渴不饮盗泉水,热不栖恶木阴"的人格高标,也反映出个体角色长期固化、应灾能力弱化以及临灾如何调整的问题。

明清灾荒中人物角色构成,较之早期不食"嗟来之食"的个别事例,有很大的扩展延伸与复杂化。在考察粥厂时勤政的官员即以此为例,强调:"谨按:礼貌之于人大矣哉!士君子当死亡之际,略不自贬以偷生,曾子论之素矣。故钟御史河南赈粥、赈银,独加厚于寒士,不与庸众同之。盖以扬目而视之者,未必不谢之而宁死也。"[②]赈济的目的决定了手段,如何在满足一时衣食温饱的同时注意心理上的感受,在等级制森严的社会形态里,就应充分注意到被赈济者作为弱势群体的角色特征,从而有所区别地掌握分寸,这当为对赈灾实践经验在深层次上的提炼总结。原有一定资产、有一定社会地位家庭的年轻女性,更少出门经验和心理承受力,更难于承受荒年劫难。《竹叶亭杂记》也描述:"有被荒女子,年未及笄,与幼弟乞食于村馆中。适先生外出,借笔题云:'沿门乞讨施恩少,仰面求人受辱多。欲赋归来归不得,临流怅望涕滂沱。'题毕挥

---

① 计六奇:《明季北略》卷十六《山东丐妇》,商务印书馆1958年,第287页。
② 李文海、夏明方主编:《中国荒政全书》第二辑(第一卷),北京古籍出版社2003年,第331页。

泪而去。先生归见诗,询诸弟子,追之不及。次日,闻人报有女子与幼男死于河中。"①程趾祥的异文说晋省(山西)旱灾,上海有女流民背贴一诗向世人诉苦:"萧条行李此经过,只为天灾受折磨。踏破绣鞋埋雨泞,花残云髻入风波。沿门乞食推恩少,掩面求人忍辱多。遥念故乡何处是?夕阳回首泪滂沱。"②两诗中诗句有三处重合,很可能是同一故事。年轻女性逃荒主要还有乞食的心理压力,那难言的屈辱与无助、无望。

其次,被灾者对赈济的知恩图报。古代报恩伦理的逻辑是"受恩必报",但施人之惠者当不望回报,此为赈济实施中尊重受赈者尊严的一个前提。在此,《左传·宣公二年》发端的"一饭之恩必报"母题,具有饱经灾害、饥荒忧患民族的代表性与扩散力。一者,赵盾故事系列展示出危急中被曾有一饭之惠的"饿人(齐人灵辄)"解救,遍载于《春秋公羊传》《吕氏春秋·报更》《史记·晋世家》《淮南子·人间训》直到敦煌写本伯2524等,终为更细致形象的文本重建③。二者,秦穆公以马肉济三百野人系列,有《吕氏春秋·爱士》《说苑·复恩》《史记·秦本纪》《淮南子·氾论训》《韩诗外传》到萧绎《金楼子》等,皆载。三者,伍子胥故事描述其逃生时乞食于渔人和女子,也属于这种性质的一饭之恩。也是突出了受恩者的窘迫处境,往往是濒临饿死,一饭之恩,就不仅仅是一顿饱饭的问题,而实乃救命之恩,有了维系生命的分量,具有起死回生的意义。应该说,直到明清赈济实践中的能臣循吏,才将母题这一意旨明确化。在讲述公叔文子因凶饥年济粥给饿者,得到贞惠文子谥号的故事后,陆曾禹《钦定康济录》强调:"人当饥馑之时,得惠一餐之粥,即延一日之命。此后得遇生机,皆此一餐之力矣。故为力少而致功大,以此定谥也宜矣。凡当凶岁,人可不以文子之惠为惠哉!"④该书成为钦定的荒

---

① 赵翼、姚元之:《檐曝杂记　竹叶亭杂记》,中华书局1982年,第152页。
② 程趾祥:《此中人语》卷五,《笔记小说大观》第二十四册,江苏广陵古籍刻印社1984年影印,第224页。
③ 杨伯峻编著:《春秋左传注》,中华书局1990年,第659—662页。参见王立等:《"一饭之恩必报"母题之演变——报恩与饥饿文化关系新探》,《河北学刊》2021年第1期。
④ 李文海、夏明方主编:《中国荒政全书》第二辑(第一卷),北京古籍出版社2003年,第331页。《礼记·檀弓》:"公叔文子卒,其子戍请谥于君,曰:'日月有时,将葬矣,请所以易其名者。'君曰:'昔者卫国凶饥,夫子为粥与国之饿者,是不亦惠乎?昔者卫国有难,夫子以其死卫寡人,不亦贞乎?天子听卫国之政,修其班制,以与四邻交,卫国之社稷不辱,不亦文乎?故谓夫子贞惠文子。'"

政文件,体现出饮食文化、赈灾传统与文学叙事的结合,从深层上支撑了"一饭之恩必报"母题,可以说较为有效地借用了报恩母题的文学资源。

其三,救灾措施未受当道者认可,反而获罪,这简直是一种奇特的文化悖论。毛宗岗父子改编的《三国演义》写于吉采药,在阳曲泉水得天书《太平青领道》,获法术施符水。天旱,吕范建议请令于吉祈雨以赎罪,孙策遂命人从狱中取出于吉,令登坛求雨。吉即沐浴更衣,"取绳自缚于烈日之中。百姓观者,填街塞巷。于吉谓众人曰:'吾求三尺甘霖,以救万民,然我终不免一死。'"孙策亲至坛中下令午时无雨即焚死于吉:

> 将及午时,狂风骤起。风过处,四下阴云渐合。策曰:"时已近午,空有阴云而无甘雨,正是妖人!"叱左右将于吉扛上柴堆,四下举火,焰随风起。忽见黑烟一道,冲上空中,一声响亮,雷电齐发,大雨如注。……于是众官及百姓,共将于吉扶下柴堆,解去绳索,再拜称谢。孙策见官民俱罗拜于水中,不顾衣服,乃勃然大怒,叱曰:"晴雨乃天地之定数,妖人偶乘其便,尔等何得如此惑乱!"掣宝剑令左右速斩于吉。众官力谏,策怒曰:"尔等皆欲从于吉造反耶!"众官乃不敢复言。策叱武士将于吉一刀斩头落地。只见一道青气,投东北去了。策命将其尸号令于市,以正妖妄之罪。[①]

不可仅把上述当成"小说中语",那些被视为"非正统"的赈济者,哪怕诚心诚意且取得了显著实效,也往往避免不了因救灾招致的悲惨结局,但孙策也因此受到恶报。

近代许指严(?—1923)记载,有救灾大功大德的传教士,在山西受到怎样的不应有的虐待:

> 时洋教士及华人入教者被杀之惨,暗无天日,有目击者尚能言之。大教堂中英教士某者,为毓所诱擒,复逃出,号于众曰:"昔年晋省大饥,赤地千里,吾输财五六万,活数千人,于晋亦不为无功。今独不能贷一死,让我他往耶?"时左右皆拳匪党羽,方鼓兴若狂,无一人为教士缓颊者,且无力者恐祸及己,亦不敢有言,卒为拳匪所

---

① 罗贯中:《三国演义》第二十九回《小霸王怒斩于吉　碧眼儿坐领江东》,上海古籍出版社1991年,第166页。

戕。又，一英妇挟抱婴儿出，跪于道左，言："吾施医药，岁治数百人，今请贷吾母子一死。"语未绝，卫兵以梃击之，仆于地，兵推置火中，儿已宛转烈焰中矣。妇奋身复出，兵仍推之入，与其儿同烬焉。①

这是怎样的一种不可思议的惨象！如果没有对普通人广泛的同情心，何谈赈灾救荒、恢复正常社会秩序呢？

灾难自救中的伦理困惑，也是由于在缺乏资源、无法可想的窘迫之时，个体生命与社会伦理信条难以两全。具有现代性的学者俞樾（1821—1907）谈到英吉利国帆船夭仙尼号，于同治十三年（1874）四月中开往亚甸途中失火，舟师放三小艇救生，凡三十一人登艇，一艇独后失联。"粮食俱尽，死者二人，尚存六人，惟饮咸水度日，中有一人创议曰：'同死无益，苟一死而五人得生，是亦杀身成仁也。'乃相议以人为粮，削木为筹，掣得最短者任众杀食。已而创议之人掣得最短之筹。时有同载之水手名阿加士蔑剌者，自以饮卤水多，恐不能活，愿代之死，而掣得短筹者执不可。乃杀而饮其血，食其肉，五人遂不死。越数月，英国又有一大火轮船于亚非利加洲之南失火。二人逃小艇中……饥甚，竟食其同伴者以延残喘。观此二事，亦见航海之险矣。按晋杨泉《物理论》，汉末有管秋阳与弟及伴一人避乱俱行。天雨粮绝，谓其弟曰：'今不食伴，则三人俱死。'乃与弟共杀之，得粮达舍。后遇赦无罪。孔文举论此，以食之为是。梁元帝《金楼子》则以文举之论为悖逆之言。夫弱肉强食，禽兽之事，使饥而相食，则人何以异于禽兽乎？"②把灾荒中的食人现象，进行中外类比，可见同中有异。灾荒危难视域下进行伦理道德的判定，尚需要从灾害伦理的角度深入探究。

总之，对于无法回避的自然灾害，被灾民众往往表现出消极应付，或者主动出击以致成为灾荒的可怕推手，文学文本在给予恰切的揭露和评判的同时，也折射出更深层的个体心理与多维的社会心态。对此更值得

---

① 许指严：《十叶野闻·毓屠户》，中华书局 2007 年，第 102 页。毓贤后被革职充军新疆，光绪二十七年（1901）被处死。

② 俞樾：《右台仙馆笔记》卷二，齐鲁书社 1986 年，第 30—31 页。原文为："或说人须才学，不矜资素。余谓不然。昔孔文举（孔融）有言：三人同行，两人聪隽，一夫底（低）下，饥年无食，谓宜食底下者，譬犹蒸一猩猩，煮一鹦鹉耳。此盖悖道之言也，宁有是乎！……"许逸民校笺：《金楼子校笺》卷四，中华书局 2011 年，第 862—863 页。

做进一步思考：一者,被灾民众的反常行为往往是持久而反复的特定情景的心理反应。马斯洛认为："令我们矛盾不已的,引起我们的幻想和恐惧的,驱策我们并使我们不得不加以防御的,正是我们内部的神性。人之基本困境的一方面就是：我们既是蛆虫又是神。"[①]二者,动机不纯的社会组织具有潜在影响,比如"吃大户"与集团性逃荒,亦即社会群体的场力作用,而被灾者往往仅仅只是平庸的组成部分。一如社会学家诺斯指出的"从某种意义上说,组织是一种工具,个人利用这个工具去提升他们的生产能力,去寻求和建立与他人的互动和联系,去协调个体与群体的行动,去支配或强迫他人。在不同的社会,组织工具的范围大小以及可用程度也是不同的"[②]。但灾荒时期,国家作为"利维坦"式的强力组织者,如何能与时俱进地更有效地维护与恢复原有社会秩序,有效杜绝无秩序社会组织的无序扩张,则是应灾的关键。三者,与灾害的常态性一样,被灾者的利己行为是本能存在的自然反应。如同斯多葛派的奥勒留曾说："丑与不完美就像面包上的裂痕,对整条面包的赏心悦目也有贡献。……丑放在一个整体的脉络里就不再丑,还对宇宙的和谐有贡献。"[③]那些被灾者因恐惧与私利而生发的反社会不道德行为,往往是人的自私本能。

　　因此,如何引导大众,将自然灾害视为自然运行的一种存在模式,予以接受与探究,理性地将灾害纳入正常生活中,用理性来指导、调整。也就是说,灾害对于自然界,正如"永嘉移民潮"和"靖康移民潮"之于民族形成史[④],这些历史存在周期性的闪回,正应了治乱交替的"循环史观",罗素曾说："我们首先应该明白的是：中国必须自救,而不能依靠外人。"[⑤]这不仅是明清赈灾实践的结晶,更是古代中国御灾文化留存的宝贵精神财富。

[①] [美]恩斯特·贝克尔：《拒斥死亡》,林和生译,华夏出版社2000年,第58页。
[②] [美]道格拉斯·C.诺思等：《暴力与社会秩序》,杭行等译,格致出版社、上海人民出版社2013年,第9页。
[③] [美]翁贝托·艾柯编著：《丑的历史》,彭淮栋译,中央编译出版社2010年,第30页。
[④] 李济：《中国民族的形成》,江苏教育出版社2005年,第297页。
[⑤] [英]罗伯特·罗素：《中国问题》,秦悦译,学林出版社1996年,第190页。

第十九章　士绅助赈、仙道救急及其民俗观念

　　明代社会对一些受灾个体被动地等待救援,未做出应有的主动御灾行为,非常不满,而作为赈灾组织者的官方则会以封号和旌表方式鼓励民间赈济 [1]。比较而言,民间助赈精准有效,因熟知民风习俗,能讲究救灾捐助策略而不伤受灾主体自尊,维护被救助者"面子"。其中地方乡绅阶层作为民间赈灾的主力军,熟悉灾情,运作高效,可成为官府赈灾结构的有力补充。灾害的频繁发生、灾荒的深远影响,以及赈济救助的实际需要,滋生了豪侠期盼与神奇想象,这也是对侵赈冒赈等恶劣现象不满的文学表现,以及实现获得救助愿望的民俗心理显现。而侠客与清官联盟的最大成效,莫过于灾荒之际助推清官惩贪济民。然而,这方面的研究还很不够,如论者正确指出的:"对江淮水利治灾应灾的研究,以前的学术成果虽然很多,但多放在农业经济开发或水利开发的框架内进行分析,这样很难凸现出水利治灾应灾的意义。对江淮仓储备荒和禳弭信仰等方面的研究,学界几乎没有什么关注。对江淮官民抗灾和救灾的研究,以前的研究难见系统性,就是已有的成果也把研究视线过多地停留在官府的荒政措施上,而对民间个人和民间组织的抗灾救灾力量没有寄予足够的重视。" [2] 这里就明清时期,乡绅阶层、豪侠义士在民间自救中主体性功用、社会影响做详尽分析,以探索民间应灾的有益经验。

第一节　士绅助赈活动的民俗记忆

　　民间助赈,在小农经济、零散的居住分布且交通不便的古代,非常重

---

[1] 如景泰元年(1450)三月乙巳,"户部奏:福建广东缺粮,欲行本处并附近三司会同镇守巡抚等官,劝谕军余民舍人等,有能纳米三百石以上,立石题名,四五百石以上,请敕旌异,千石以上,给冠带,以荣终身。从之"。《明英宗实录》卷一九〇,(台北)"中央研究院"历史研究所 1962 年,第 3897 页。

[2] 张崇旺:《明清时期江淮地区的自然灾害与社会经济》,福建人民出版社 2006 年,第 39 页。

要。当然能够具有施赈条件的,主要还是地方上的乡绅阶层,特别是退职、退休的官员。而明代民间救灾主要有捐钱、衣谷,开办义仓、赈粥等,清代也大致如此。乡绅是传统乡村持久的伦理仲裁者,也是有效的地方稳定力量,而救灾乃是乡绅践行的慈善事业中的重要构成部分①。事实上,不论从救灾官员素质还是救灾物资(仓储功能衰败)看,仅靠常平仓难于及时有效进行赈济:"每遇凶年,小民不曾得借贷颗粒,且并社仓而无之。仅有常平仓谷,前后任尚算交代,小民亦不得过而问焉。盖事经官吏,则良法美政,后皆归于子虚乌有。""社仓之法,有借无还,今日风俗,诚然如此。澄弟所见,良为洞悉时变之言,此事竟不可议举行,王介甫(王安石)青苗之法所以病民者,亦以其轻于借而艰于还也。"② 社仓此弊亦常平仓之弊,被灾受赈岂有归还之理? 此为赈灾操作环节上的经验之谈。而明清小说中的乡绅赈灾故事,作为民间记忆的文学表现,正是民俗心理的有效反映。

一是,士绅助赈义行的神化色彩。传闻大学士潘芝轩就曾因首倡蠲赈并救助灾民,获神赐明珠,显示了民俗心理期盼和赞赏:

> 道光三年夏,公先以大司徒忤旨家居。适江浙大水,饥民乞食载道。公首倡蠲赈,每自辰至午,至者人给一升,过午则止不给。一日已交未初,饥民皆散去。忽有白发老妪携青布囊龙钟而至,阍者拒之,妪号泣不肯去。阍者不得已,走告公。公恻然,命呼之入,视其囊仅容升许,且中有一孔。量与之,至斗余不足。妪止之,曰:"足矣。公乐施如此,天必赐福。"遂携其囊而去,并无泄漏,惟案上遗米数合。公呼仆拾取,则粒粒皆明珠也。其大者圆湛如戎菽,或疑此妪为菩萨化身也。③

二是,士绅助赈与地方官赈灾有本质的不同。日本学者注意到,参与救灾的社会阶层中,乡绅中一些积极行侠仗义者,是不可忽视的一支

---

① [加]卜正明:《为权力祈祷:佛教与晚明中国士绅社会的形成》,张华译,江苏人民出版社2005年;梁其姿:《施善与教化——明清的慈善组织》,(台北)联经出版事业公司1997年,河北教育出版社2001年;[美]包筠雅:《功过格——明清社会的道德秩序》,杜正贞、张林译,浙江人民出版社1999年。
② 张雨苍选注:《曾国藩家书选》,商务印书馆1947年,第81页。
③ 朱梅叔:《埋忧集》卷八《遗米化珠》,岳麓书社1985年,第153页。

社会力量,"所谓义绅乃是对有财力、有名望家族之绅士(绅董、乡绅),于饥馑等非常之时为救济穷民而豁出家财尽力者的称呼。通常义绅与官方是合作的,不过,与官方合作不是作为义绅的绝对必要条件"①。因此常会引发地方官的不满甚至破坏阻挠。

　　清初小说就描述开封府杞县李尚书之子李岩,疏财仗义。荒旱连年时,县官不知抚恤百姓却暴打粮户,李岩用自家稻谷赈灾,好事之徒乘机起哄:"那晓得这个知县,心中反怪李公子多事,反出一面硬牌,来禁百姓。"于是李岩作《劝赈歌》鼓动各家赈济:

　　年来蝗旱苦频仍,嚼啮禾苗岁不登。
　　米价升腾增数倍,黎民处处不聊生。
　　草根木叶权充腹,儿女呱呱相向哭。
　　釜甑尘飞爨烟绝,数日难求一餐粥。
　　官府征粮纵虎噬,豪家索债如狼豺。
　　可怜残喘存呼吸,魂魄先归泉壤埋。
　　骷髅遍地积如山,业重难过饥饿关。
　　能不教人数行泪,复思还成点血斑。
　　奉劝富家同赈济,太仓一粒恩无际。
　　枯骨重教得再生,好生一念感天地。
　　天地无私佑善人,善人德厚福长臻。
　　助贫救乏功勋大,德厚流光裕子孙。②

据考,这首《劝赈歌》被计六奇《明季北略》卷二三抄录,甚至金庸《碧血剑》第七回也全诗照录,只是稍加改易,由袁成志的大师兄黄真来当众放声咏唱③。柏杨《中国人史纲》予以吸收,称李岩因赈灾惹怒地方官,遭陷害而投靠李自成起义大军④。

　　何以士绅有时不与地方官合作? 一个主要原因是地方官的贪鄙不

① [日]崛地明:《光绪三十二年江北大水与救荒活动》,张永江译,李文海、夏明方主编:《天有凶年——清代灾荒与中国社会》,生活·读书·新知三联书店2007年,第353—381页。
② 蓬蒿子编:《顺治过江全传》第五回《李自成纠凶谋叛 李公子发粟赈济》,春风文艺出版社1996年,第384—387页。
③ 龚敏:《小说考索与文献钩沉》,齐鲁书社2010年,第124—125页。
④ 柏杨:《中国人史纲》,同心出版社2005年,第378—379页。

法,不开仓救济饥民。乡绅们不理解地方官的"救灾的善政",力度有限而又惜财,抵触赈济募求,清初小说也予关注。说是明水一带先是大雨,接着又大旱,知县求贷派人遇阻:

> 　　姚乡宦的伎俩穷了,把缘簿仍旧交还了典史。典史又持了缘簿,到各举人家去。乡宦如此,那举人还有甚么指望?内中还有几位说出不中听的话来,说道:"这凶年饥岁,是上天堕罚那顽民,那个强你赈济?你力量来得,多赈几时;自己力量若来不得了,止住就罢,何必勉强要别人的东西,慨自己的恩惠?我们做举人在家,做公祖父母的不作兴我们罢了,反倒要我们的赈济,这也可发一大笑!"说得那典史满面羞惭……典史又把缘簿送与教官,烦他化那富家士子。过了几日,教官叫道郭如磐,山西霍州人,自己出了五两。两个生员,一个是尚义,一个是施大才,都是富宦公子,每人出了三钱,——那又完帐了学里的指望。那些百姓富豪,你除非锥子剜他的脊筋,他才肯把些与你;但你曾见化人的布施,有使锥子剜人肉筋的没有?——所以百姓们又是成空。①

士绅非官非民,处于社会结构的夹心层,恐惧官方的迫害,更恐惧灾民的劫掠。在灾荒连年达到吃人的程度时,乡绅们没有安全感,持守钱粮以求自保,可以理解。

　　清末小说从另一维度描绘了秀才李岩因赈灾而被逼反的过程。李岩家道颇殷实,"为人却有点慈祥",常周济乡里人,"恰那时又值荒年,附近李岩乡里一带又遇亢旱,百物不生,穷民流离,相属于道。李岩心殊不忍,即具禀县令,诉称地方亢旱情形,贫民无食,求县令开仓赈济"②。而县令周鉴殷,初置之不理,后李岩求见时表现得非常不耐烦,嗔怪他不理解"做官的难处"并训斥:"你看年来西北各省,那一处没有灾荒?若处处皆要赈济时,那有许多闲钱籴米行赈呢?"无奈争个半红脸也无用,李岩便把所有家财一概发放,"尽充饥赈"。可在众多饥民面前,似杯水

---

① 西周生辑著:《醒世姻缘传》第三十一回《县大夫沿门持钵　守钱虏闭户封财》,齐鲁书社1984年,第404—405页。
② 佚名:《吴三桂演义》第五回《愤县令李岩从乱党　破神京闯逆掳圆姬》,齐鲁书社2004年,第39—45页。

车薪,许多饥民赶到李岩门口求赈,他只好把自己的委屈说出,并说了县令逼责自己的话,饥民们愤怒地聚集,拥至县衙求赈。而那周县令竟禀上司称李岩"散家财买民心,志在谋乱,又集聚多人闹官哄署,要激变举事",上司责令要缉拿李岩治罪,李岩走投无路,只得追随李自成、张献忠造反。小说状写出地方士绅在对待赈灾问题时,不可避免与官府发生冲突,矛盾激化无法控制,不得不铤而走险。

三是,美化并传诵士绅赈灾的德行。对于某些历史名人侠义赈灾的叙述,乃是民俗记忆道德化的重要构成。崇祯末年乱世遭逢江南灾荒,尤其是崇祯十三年谷价大涨,人多相食,年轻的"明末四公子"之一冒襄(字辟疆,1611—1693)在如皋县城设立四个粥厂,请地方亭长和耆老协助赈灾,救活多达数十万众,以至于次年他赴南岳省亲(父身陷即将被农民军攻破的襄阳),出现了"督赈四耆老率饥民数千人相送河干"的场面[1]。后来他还曾数次赈灾,甚至为此还染上了瘟疫,侥幸活下来。显然,冒辟疆的赈灾义举与其后来的声望直接相关,两年后的崇祯十五年,三十二岁的他就被总督漕运的史可法特疏奏荐为监军,后又有多人疏荐,他皆坚辞不就。明末清初江南享有盛名的冒辟疆,救灾成为人生的重要活动。

四是,赈灾义行能改变厄运。晚清小说写湖州归安县财主王柱伟娶妻,前后生下九子,只是他半世未做好事,赶上饥荒,妻徐氏建议买米赈济,于是设两大粥厂,方圆一二百里饥民纷来如蚁,直到五月中旬田禾将熟才各自归家。众人和柱伟夫妻都认为会修善得福。不料赈灾后这九子因各种缘由都死了,众人怪天眼无珠。这时请来"观音大士",童子扶乩,告知因上辈人贪利刻薄,今生即发下"九魔":"是天上之扫把星,人间之败家精也。……其实俱是亡家贼子,将来长大,赌当花销,奸淫邪盗,种种献丑,玷辱门风,以报你父一生阴谋暗算之罪。岂料你夫妻发念,大结善缘,动地惊天,救人数万。上帝将九魔收回,天上赐过五个好仔,另有两个文曲星降世,显你门庭。"[2]后果生五子,二孙还中了会元、进士。因赈灾善举改变了家族厄运,属于民间故事"改运"母题,要债鬼能得以摆脱,是一重酬赏;而再生下来孝子贤孙,则是双重酬赏。小说的新

---

[1] 冒广生编:《冒巢民先生年谱》,北京图书馆出版社2001年,第415—416页。
[2] 邵彬儒:《俗话倾谈》卷三《九魔托世》,春风文艺出版社1997年,第69—74页。

创性在于,通常只是善事善报,而这里却因赈灾善行而避免了九子败家惨祸,劝善意义更具有"爆料"的新闻性。

五是,文人赞美义埋饿死者,以文纪念善行。乾隆五十一年(1786)诸省旱灾,江苏如皋县流民聚集,随之而来的瘟疫,"当事者不暇问",这时震泽蔡闻齐先生"发恻隐之心,恤生哀死,别民与士而赈之,又别士与民而瘗埋之。故文士义冢乃他邑所无,前代所未有,而先生独创焉"①。可这样以一人一家之力的赈灾活动,在范围较大的灾害面前又能解决多少问题?不过,说起乡绅赈灾之功,不能离开古代乡土社会的运行机制,的确就如同兴建水利设施一样,"水利设施或其他公共建筑,是由官员出面协调,但是无论这些工程由官或由绅指导,在执行中总是绅士承担主要负担"②。

龚炜也叙述了某地台风造成巨灾,"当事大开仓实,船粟往哺,而民情刁恶,反傲天灾凌官长,镇洋冷侯几被侵,崇川亦屡哄,及抚宪至乃止"③。灾后物资缺乏,人心浮动,也不排除为非作歹之徒推涛助浪,此时幸得一闽贾做出"橐千金生理,尽散于灾民"的豪举。这类民间义举时有发生,在具体赈济过程中还派生出一系列急人所需的民俗期盼。

毋庸讳言,较为自觉、主动地开仓解囊赈灾者,毕竟现实中是少数,程智仞《荒政论》言:"富家之好施者十中一二,悭吝者十居八九。"也不排除其对上(当地官府)、对下(乡里民众)邀名吊誉的名利之图、结交官府期求及自保愿望。又《康济录》载清代官府在劝赈时称:"穷民无事,衣食弗得,法网在所不计矣。故盗贼蜂起,富户先遭涂(荼)毒,而饿殍以丧残生,为害可胜哉!今劝富户治塘修堰,饥者得食,富室无虞,保富安贫之道也。"④这是实际操作过程中非常必要的"自身安全"提示,当然为的是让富户们认清形势,做出助赈的明智抉择。

总之,以多种模式对地方士绅御灾济众善行予以表彰,甚至神化,是赈灾民俗记忆的一个传统项目。"行善必获善报"更为赈灾的急需唤起。

① 嘉庆《如皋县志》卷二〇,江大键:《文士义冢碑记》,《中国方志丛书》(第九册),(台北)成文出版社1970年,第1960页。
② 张仲礼:《中国绅士》,上海社会科学院出版社1991年,第55页。
③ 龚炜:《巢林笔谈》卷四《飓风成灾》,中华书局1981年,第109页。
④ 陆曾禹:《钦定康济录》卷三《临事之政》,《中国荒政全书》第二辑(第一卷),北京古籍出版社2003年,第350页。

南宋洪迈载青田县水灾,某富户见全邑人骑屋叫呼,即命子弟驾船往来十余返,悉脱沉溺之祸。次日水退,邑成大沙碛,自家居宅未受损,"有阴德者必获天报,独未知之云耳"①。遇灾救人者,亦是自救家族。而在明清更将此类善人善举载录、复述,作为伦理标举张扬。研究者将城乡缙绅积极参与救灾的动机,概括为社会危机激发的忧患意识,希望借此缓和主佃冲突,借此实现经世济民的政治抱负等②。乡绅御灾义举,不仅是官方御灾应灾的结构性补充,提高了家族声望,也强固了乡邻互保情谊。

第二节　助赈操作的"分寸感"与民间规则

与传统文化精神一脉相承的是赈灾伦理观念,赈灾过程尤其不能忽视乡土社会赖以存在的结构基础,这在明清文学中亦多有体现。

首先,是有秩序讲礼仪的赈灾。一般来说,就赈灾主体而言的救助模式有二:一是政府救助。根据实施的时间,有灾前预先设立救助、灾害发生同时赈济和灾后赈济。有的灾害如具有持续性的旱灾、蝗灾,赈济时可能灾害还在持续;水灾以其突发性则往往灾后施加。如能够较为直接解救饥民生命的赈粥,即可分为正赈前、正赈中、正赈后三种。"正赈"是凡遇水旱不分对象地概赈(急赈、普赈);而当灾害刚刚发生时,未等勘灾报灾完毕就要紧急救济,为正赈前的赈粥;正赈之后又持续较长时期的,为正赈后赈粥。而日常救济中也有赈粥,有的季节化为"冬赈"③。二是民间团体救助,例如:1.政府对乡绅的劝赈,有时官绅联合实施赈济;2.地方乡绅自发实施的赈济活动;3.一些社会团体的赈济活动。下面着重讨论地方乡绅的助赈。

民间协助赈济,也不能不讲究具体名目、步骤和操作方式。古来士阶层早有"不食嗟来之食"的传统,如果不注意到特定对象,可能会好心办坏事,事与愿违。因此,救灾捐助而又不伤受灾主体自尊的考虑,也是

---

① 洪迈:《夷坚志》支戊卷六《青田富室》,中华书局1981年,第1094页。
② 赵昭:《论明代的民间赈济活动》,《中州学刊》2007年第2期。
③ 陈红:《论清代的赈粥》,辽宁师范大学硕士论文,2008年。

一种维护被救助者特别是下层读书人"面子"的民俗话语：

> 宁都谢渭公性慷慨，家素饶，每约己利人，而不欲人知之。荒年则谷减其价，而增其斛。有士人贫且病，而岁复窘之，几于袁安之僵卧，渭公欲苏其困，而嫌于无名。稔其家多花，乃拉从弟某载酒共往观之，招主人剧饮尽欢。徐出白金十两，市兰数盎以归。花之值无几，而渭公于是物又非素所好，阴以行其周急之意，而阳复予以可受之名。其诚心曲术，可谓忠厚之至矣。记之，以为好善乐施者法。①

灾害频仍，以至于社会舆论把赈灾济困作为人的善良"人性"、道德品格的一个直接表现，而对于那些施善不图报的"纯粹利他"者，就尤其推重标举。甚至通常情况下较低的社会角色，以其正直侠义，或有时也在大灾大难中被激发出良知，做出了侠肝义胆之举，参与到赈灾的行列。如妓女，赈灾义举使其社会评价提高了：

> 德、景间有富室，恒积谷而不积金，防劫盗也。康熙、雍正间，岁频歉，米价昂。闭廪不肯粜升谷，冀价再增。乡人病之，而无如何。有角妓号"玉面狐"者曰："是易与，第备钱以待可耳。"乃自诣其家，曰："我为鸨母钱树，鸨母顾虐我。昨与勃谿（争吵），约我以千金自赎。我亦厌倦风尘，愿得一忠厚长者托终身，念无如公者。公能捐千金，则终身执巾栉。闻公不喜积金，即钱二千贯亦足抵。昨有木商闻此事，已回天津取资，计其到，当在半月外。我不愿随此庸奴，公能于十日内先定，则受德多矣。"张故惑此妓，闻之惊喜，急出谷贱售。廪已开，买者垒至，不能复闭，遂空其所积，米价大平。谷尽之日，妓遣谢富室曰："鸨母养我久，一时负气相诟，致有是议。今悔过挽留，义不可负心。所言姑俟诸异日。"富室原与私约，无媒无证，无一钱聘定，竟无如何也。②

为了及时有效地赈济，这位义妓带有欺诈性质的行为也被御灾叙事宽容化、侠义化了。转述者犹感不足，为了强调传闻的真实性，还援引

---

① 陈其元：《庸闲斋笔记》卷六《好善乐施之法》，中华书局 1989 年，第 134—135 页。
② 纪昀：《阅微草堂笔记》卷十八引，上海古籍出版社 1980 年，第 445 页。

了同一事件的异文,大发赞叹:"此事李露园亦言之,当非虚谬。闻此妓年甫十六七,遽能办此,亦女侠哉!"义妓赈灾的可贵之点在于,她是在大灾之年救困济难的同时,还把握分寸地惩戒了那些重灾面前囤积粮谷者,虽然采取欺骗手段,也是不得已为之。而这所谓的"欺骗",由于动机效果的正义和无可争辩,不就具有令人肯定的聪慧和喜剧意味吗!

其次,合乎经济利益的有限度、有实效的赈济措施。早自明代后期,在一些地区,就出现了拥有资财的田主,为了自身利益而赈济佃户的现象,以及晚明时代就有"田主赈济佃户"的救荒主张[①]。而国内的研究者也指出:"租佃制度的发展和变化,提高了佃户的地位和经济力量,削弱了他们对地主的封建依附,地主不可能再像过去那样,单纯凭政治的宗法的力量对农民进行剥夺,不得不更多地借助于经济手段。雇佣劳动制的发展更加强了这一趋势……这就使江南地主在灾荒来临时,主动提出赈济自己的佃户,以此稳定主佃关系,维持现行的经济秩序。"[②]这也是具备赈济条件的田主自身权益受到侵害时的有利选择,毕竟此类定点赈济既透明又是一项情感投资,有利于经济利益关系的稳定运行。

赈济具体实施过程中,民间力量、善良与正气,有助于保障灾民得到应有实惠。这一问题晚清小说继续表现,说明始终存在的问题其实一直没有得到解决。说荷生等探望采秋时,只见一路粥厂,倒毙极多:

> 又见那粥厂门前,饥民四集,每厂约有整万,人多路狭,推排积压,老弱困惫的,不得半碗入口,尽多跌倒,爬不起来。而且道路矢秽,人气熏蒸,远远的就不堪入鼻。采秋听说,向荷生道:"我闻古人赈饥,合要使分。你说那担粥的法最好,我三年提督的俸银,留着何用?这会兵荒马乱,也不是斋僧侫佛时候,我便将这担粥的法,行一个月,借此做我娘的冥福。"语毕,珠泪双垂。荷生忙道:"好极。明天我就替你效劳吧。"采秋道:"不忙。从来办赈,最怕中饱,'壮哉雀鼠','哀此惸独',我们不犯着吃这亏。你的权重事多,这琐屑也

---

① [日]森正夫:《十六至十八世纪的荒政和地主佃户的关系》,《日本学者研究中国史论著选译》第六卷,中华书局 1993 年。
② 伍继涛、阎建新:《明后期江南地主救荒思想探源》,《华东师范大学学报》(哲学社会科学版)1988 年第 2 期。

不合大将军斤斤计较,我专派红豆办此事吧。"春纤、瑶华也道:"极
是。"于是聚宝门边,特设个熬粥所在。红豆管带二百健妇熬粥,
四百个健妇担粥,四百个健妇押送。每厂担粥三担,专给那老弱困
惫的人,每日就也照粥厂卯申两次开锅。①

粥厂路窄拥挤、老弱无助、卫生状况恶劣的展示,照应着人物谈话中
的办赈"最怕中饱",即执行赈济者中饱私囊。尽管也有上千人在尽心尽
力地劳作,但小说生动地描写出,赈灾之时"执行力"的操作特别重要。
在此,久做幕僚的魏秀仁(1818—1873)自况体小说的深切体会转为赈
粥的写照,昭示出:依旧不是也不能仅仅靠朝廷赈济制度,还是要依靠所
凭借的官员与臣属的和谐关系、有效的监督机制,有良心的"办事人"才
行。小说写出了赈粥——从死亡线上拉回濒死的饥民之艰辛,体现了担
任过巡抚幕僚、有基层赈灾经验的作者那悲天悯人的人文情怀。

其三,以政治嘉奖强化士绅的身份地位与社会功用。虽然士绅的赈
灾经常会游离于地方官的权力控制,但曾经是专制体制内一分子的士绅
们,还是能自觉地与朝廷保持一致,朝廷也对乡绅赈灾褒奖(赐予匾牌、
建牌坊,甚至封官)鼓励有加。《大清会典则例》载顺治十年(1653)士
民捐助赈米五十石或银百两者,地方官予匾旌奖;捐米百石或银二百两
者,给九品顶戴,捐多者,递加品级。顺治十一年(1654)题准,现任官员
并乡绅捐银千两、米千石以上者,纪录一次;生员捐米三百石,准贡;俊
秀捐米二百石,准入监读书。康熙七年(1668)覆准,满洲、蒙古、汉军并
现任汉文武官弁,捐输银千两或米二千石者,加一级;银五百两或米千
石,纪录二次;银二百五十两或米五百石,纪录一次;进士、举人、贡生捐
银及额,出仕时照现任官例议叙;生员捐银二百两或米四百石,准入监
读书;俊秀捐银三百两或米六百石,亦准送监读书;富民捐银三百两或
米六百石,准给九品顶戴;捐银四百两或米八百石,准给八品顶戴。乾隆
四十一年(1776)议准,绅衿士民有于歉岁出资捐赈者,准亲赴布政司衙
门具呈,并听自行经理,事竣由督抚核实。捐数多者,题请议叙;少者,给

---

① 魏秀仁:《花月痕》第四十九回《舍金报母担粥赈饥　聚宝夺门借兵证果》,人民文学出版社
1982年,第384页。魏秀仁曾为山西巡抚王庆云的幕僚,后王庆云调四川总督,离去后又返
回入其幕中。《花月痕·自序》言:"见时事多可危,手无尺寸,言不见异,而肮脏抑郁之气无
所抒发,因遁为稗官小说,托于儿女之私,名其书曰《花月痕》。"

予匾额。若州县官勒派报捐,或以少报多,滥邀议叙者,从重议处①。根据不同社会角色的主要需要,来予以褒奖,也期图发生有赈济能力者纷纷效法的社会效应。这样的官方褒奖,不能不对民间助赈产生极大的促进作用。

受灾百姓的惯常民俗心理,还往往期待着借助于缙绅阶层来缓解天灾:“闻晋祠刘君夙池于前数日赈济东庄、万花堡、蒿荒儿三村被灾黎民五石米,三村人数共四百来名,每人领一升三合米。富饶之家,本该如此。”②至于灾荒时的救济行为,研究者称乡民中可产生强烈的谢恩之心,在非常时期产生巨大效果,使得救济者和被救济者形成精神的结合③。

杜敬轲(Jack L.Dull)《中国政体之演化》指出:“缙绅在明清时期的政治生活中扮演了重要的角色。地方上有无数事务是负担过重的县官既无时间也无精力去对付的。这些事务包括维持孔庙和佛寺,赈灾救饥,指导水利建设,调解地方纠纷等。缙绅们被请来主持上述及其它工作,这些工作在以前总是地方官员的责任。”④而实际情形可能要复杂得多,至少如前所述,民间的神仙崇拜、侠义理想等,也在灾害降临之际更加被激活。《绿野仙踪》等小说中的冷于冰们,还要经历一个由秀才至缙绅阶层的预备队,到亦仙亦侠的转变过程,他们济民救众的社会责任感不是削弱而是增强了。

其四,士绅与地方官吏有限度互利式的合作。地方乡绅阶层的赈灾活动可为官府有力补充,这与“官本位”政治体制有关,赈灾毕竟还是离不开朝廷与官府,特别是“视民如子”的皇帝。一旦发生饥荒,皇帝就出面赈济,往往首先调拨粮商前来,如川陕总督佛抡《筹秦第四疏》言:“谨陈潼关收粜米粮,请敕邻省督抚动帑,招商贩抵关,亟济被灾兵民事。户部议于潼关地方,选委贤能道厅等官,酌动捐纳银两,随米价消长收买。再令直隶、山东、河南、山西、湖广五省督抚,各动库银十万两,招殷实商人给发,令于粮贱处,无论米谷麦豆,收买抵潼关粜卖,其多出利息不计,

---

① 昆冈等修:《钦定大清会典则例》卷二百八十八,商务印书馆光绪三十四年至宣统元年(1908—1909)再版,第3页。

② 刘大鹏:《退想斋日记》,山西人民出版社1990年,第60页。

③ [日]谷川道雄:《中国中世社会与共同体》,马彪译,中华书局2002年,第203页。

④ [美]罗溥洛主编:《美国学者论中国文化》,包伟民、陈晓燕译,中国广播电视出版社1994年,第80页。

止将原给本银收取可也。旨依议。"①

也有的因灾而免税："国家粮仓打开。灾民免征赋税,甚至获得金钱上的救济:这样,皇帝在某种意义上代替了保护生灵的天公。他把慈善的特权占为己有,不允许他人分享。有一次,某省遭灾,一些商人表示愿意出资救济,但这个建议被皇帝愤怒地否决了。"实际上,虽然有皇帝的救济粮,中国人仍有许多人饿死②。也与传统社会政治体制的运行机制有关,据研究:"地方官吏被赋予如此之大的自由处理一切事务的权力之后,在很大程度上,每一个行政区域就像村社一样,形成了一个自治单位。实际上,上级官吏只对某些事务及其处理的结果负责,至于所采取的手段和措施则由下级官吏们自己选择。他们必须在辖区之内维持社会秩序、主持正义。尤其至少不能让百姓的不满捅到京城。……这种官吏自由处事所导致的结果有两方面。如上所述,一方面,它使地方官府拥有很大自由的同时,还必须考虑民心所向;另一方面,它又为贪官污吏的滥用职权徇私舞弊提供了可乘之机。此外,它还有一个非常自然的结果,就是公众对暴政的批评和指责往往集中在某个具体的官吏身上,而不会寻根溯源找到皇帝的头上。因此,中国的政治体制不是很严密的一个组织,其具体的政府行政职能的运作非常松散。当容忍到了一定程度时,中国的老百姓会很快作出反应,表达他们的抱怨和不满。"③

不同地区的乡绅整体素质有差别,研究者指出:"华北的乡绅层多无力独自支持义仓的运转。华北乡村的乡绅地主并不像江南那样富裕,数量少、富裕程度低、文化水平差使得这个阶层在经营义仓、社仓时总是发生管理不善和亏损现象。""国家对乡村仓储的干预有正负两方面的作用。在捐谷方面,政府的倡捐对仓谷的积累固然有积极的作用,但当政府对仓储系统的管理干预过多,如统一调拨捐谷或胥吏层参与管理,都会打击乡绅地主在捐谷和管理方面的积极性。由于腐败和乡绅的无能使管理成本增高,义仓系统就会崩溃,其表现的特征是仓谷又集中到县城。……当官方大力提倡时,乡绅出力,义仓可兴。时间稍长,胥吏自利,

---

① 刘献廷:《广阳杂记》卷四,中华书局 1957 年,第 172 页。
② [法]佩雷菲特:《停滞的帝国——两个世界的撞击》,王国卿等译,生活·读书·新知三联书店 1995 年,第 133 页。
③ [美]何天爵:《真正的中国佬》(Real Chinaman),鞠方安译,中华书局 2006 年,第 27 页。

再加上北方灾重,存谷的供给少而灾民的需求大,仓储系统又会崩溃。"①

可以说,明清"人治"的政治形态,在灾害、救灾的严峻挑战面前,地方官员的一切表现都与自己的政绩评价相关,尤其是明清时代,缙绅阶层的监督和许多大型群体事件发生,都因灾害降临处于赈灾之时而变得敏感和不稳定。如此状态,既有地方官吏的首鼠两端,也有士绅的畏首畏尾。而经济基础决定赈灾质量,而相当于"中产阶层"的乡绅的数量和文化水平,也是检验和决定一个社会赈灾能力的重要因素。

第三节　仙道救难、侠客助赈的民俗期盼

在灾情危急、赈济不利之时,政府、士绅之外的第三种力量——仙道与侠客便以委婉有趣的形式显现出来。因此,受灾思超人,就不再是大众的潜意识,而是对侵赈冒赈等恶劣现象的不满,也是对单一枯燥的生活与生产模式的不满。而明清文学中的多样表现,正是对被灾民众向往物质丰富、技术发达新生活的艺术化对象化反映,与惨烈的被灾生活形成鲜明对照,折射出希冀获得多方救助的民俗心理。

从受灾者角度来说,对灾后命运的期待,怀有"大难不死必有后福"的信奉。往往写被灾者因神仙救难、救助而幸免罹灾,因此而得遇机缘,更好地成长。水灾也给予名师择徒机缘②,《说岳全传》写岳飞出生不久即遇到水灾,作为外来饥民母子流落到汤阴,得遇江湖上的名师周侗,看出岳飞禀赋卓异而收为徒。清代历史演义直到民国武侠小说又多由此展开"英雄磨难"的母题。如说起狄青九岁时,此地赤龙作孽,某日母子忽听狂风与喧闹声,不想大水涌进,母子漂流两处:

> 即将西河一县反坐洋湾,不分大小屋宇,登时冲成白地,数十万
> 生灵俱葬鱼腹,深为可悯……公子被浪一冲,早已吓得昏迷不醒,哪
> 里顾得娘亲,耳边忽闻狂风一卷,早已吹起空中;又开不得双目,只

---

① 王建革:《清代华北的灾害与乡村社会:一种周期性调控系统的作用》,复旦大学历史地理研究中心主编:《自然灾害与中国社会历史结构》,复旦大学出版社 2001 年,第 234—258 页。

② 王立:《民国武侠小说中的"师傅求贤徒"母题》,《中华文化论坛》2013 年第 4 期。

听得耳边风声呼呼作响,不久身已定了。慌忙睁开二目四边一看,只见山岩寂静,左边青松古树,右边鹤鹿仙禽,茅屋内石台石椅,幽雅无尘,看来乃仙家之地。心中不明其故。见此光景,心下惊疑之际,不觉洞里有一位老道者,生得童颜鹤发,三绺长须,身穿八卦道衣,方巾草履,浑然仙气不凡。公子一见,慌忙拜跪于洞外,口称:"仙长原来搭救弟子危途也。"老道人听了,呵呵冷笑道:"公子,若非贫道救你,早已丧于水府了。你今水难虽离,但休想回转故乡了。"[1]

这里的灾害——御灾模式蕴含着"仙师救灾"母题,意义非常丰富。一是,"仙师"能妙变急需的食品。仙道以法术救急,解决食品短缺,是地方官赈灾模式陈旧无效,个体无力自救又急需摆脱灾害恐慌的心态的折射。明代有仙道之士解救灾民传说:

> 滋阳县大饥,众皆欲携老幼逃散。忽一羽士,星冠挂瓢剑过之。指一隙地曰:"此下有土饭可食。"忽不见,众骇之,掘地尺余,土皆碧绿色,微有谷气。饿者捧而吞之,腻如稠面,下咽甚适,众争啜至饱。一方数千人皆取给焉,地成坑,且数亩,深可二丈,独不蓄水。易岁,麦将熟,羽士忽至,俯地若有所拾。坑已满,再掘,仍沙土,不可食矣。余友庄复我为崇仁令,云县亦有此异,此皆出事理之外。或曰:"仙人点土为饭,犹之乎点铁成金也。"然金之所点,三千年后,犹能误人;饭之所济,救人死生之际,其功尤大,其德尤远。凡仙人必积功德而后可成,可久。若夫斋僧衬施,乃饶裕人装饰,好名图报,其意有在,恐不足为重轻也。[2]

与饥民吃的"观音土"相比较,"土皆碧绿色,微有谷气。饿者捧而吞之,腻如稠面,下咽甚适,众争啜至饱",而"易岁,麦将熟……再掘,仍沙土,不可食矣"。仙人可"点土为饭",乃是文学化、美化了真正的饥荒、苦难和死亡。1878年初李提摩太从太原南行,"看到有人磨一种软的石块,有些像做石笔的那种材料,磨成细粉后出卖,每斤卖到三文钱。掺上一

---

[1] 李雨堂:《万花楼演义》第三回《奸用奸谋图正士　孽龙孽作陷生灵》,上海古籍出版社1995年,第19页。

[2] 朱国祯编著:《涌幢小品》卷二十九《土饭》,中华书局1959年,第692—693页。

点儿杂粮、草种和树根，可以做成饼。我尝了一点这种干粮，味道像土，事实上这也是它的主要成分。吃了这种东西之后，许多人死于便秘"[①]。因而，如此一时之"饱"恰恰是致命的，被灾者愚昧、无奈、无助才是真实的灾情惨象。无可否认，明清以农业为主的生产模式下，救灾及时且物资丰富很难实现，只有扩大生产规模，增加经济模式，或许能部分解决大量饥民的饮食问题。

从赈灾方式的角度来说，则主要体现为神仙与豪侠义士合作，以妙方神技及时相助被灾民众。此类故事存在很久，早在宋代就曾流传着侠士惩治骗人的巫师用苏合香丸煮热水，为姊姊一家驱除瘟疫[②]。此处豪侠既救亲，亦向骗钱害人的巫师和信巫的愚昧社会风气行使正义。而明清灾害降临之际出现的侠士，则多带有超现实的色彩，他们施展身手也显示出超人的能力，兼具以神力神技救民于水火的"现代思维"。这里举出荦荦大者七种：

一是，"蒲团"镇压"水火二神"（瘟神）。明末《禅真后史》亦写山东博平州白衲道人，修行岩下将及百载。一次赶上火神、水神、瘟神三位夜间路过，他问明水火施灾，都因"水火无情，不分善恶，一概施行"，而瘟神则有所区分："忠臣、孝子、义夫、节妇，存仁积德之家，皆不敢轻犯。"当黎明快到，就两手攥住红、黑（火神、水神）二人抵死不放，只黄衣者脱身而去。红黑二神大咤，他却笑道："我只为生灵救释水、火二难，便将我万刀加身，轰雷击首，亦所甘心，岂虑天庭之责？"最后二神无奈，只得撇下火轮、皂旗、红黑二囊而去。白衲道人把二神施灾器具埋藏，用蒲团覆之，昼夜坐其上，救了临淄一州房屋，并淮河千万人性命[③]。白衲道人修行近百年，当然知道拦阻水火二神，是要冒着风险的，二神威胁："误了我等大事，岂不惧天曹谴责乎？"可他却为解救众生灵，甘愿冒险，完全是利他的侠义之举，就连红黑二神"意欲行凶脱走"也无奈，因"奈何这老子道高德重，难以相犯"。小小"蒲团"借助"道高德重"之躯，成功阻止了

---

① ［英］李提摩太：《亲历晚清四十五年——李提摩太在华回忆录》，李宪堂、侯林莉译，天津人民出版社 2005 年，第 110 页。

② 洪迈：《夷坚志》补卷二《陈俞治巫》，中华书局 1981 年，第 1558—1559 页。

③ 清溪道人：《禅真后史》第三十九回《众冤魂夜舞显灵　三异物宵征降祸》、第四十回《散符疗疫阴功大　掘鼠开疑识见多》，齐鲁书社 1988 年，第 306—310 页。

一场大灾难。

二是，"绣花针"祛除蝗虫与符箓驱鼠灾。侠客救灾的前提，是朝廷救灾不足，地方乡绅等社会赈济也缺乏，即清初长篇小说《女仙外史》第九回《赈饥荒廉官请奖，谋伉俪贪守遭阉》。小说写饥荒降临之时，蒲台合县绅士仅仅捐献百金，于是才有了唐赛儿的挺身而出，凭借"三千绣花针"，"合县灾民，我当一人赈济"。关心百姓疾苦的主导思想，在这里将侠客崇拜与御灾（赈灾）民俗模式熔铸一处。说建文九年秋九月，济南、泰安一带虫灾聚集，月君朝见玉帝，行九拜礼，而后命满释奴于车中取出一湘妃竹方朱盒儿，看是五彩丝缕，寸寸截断，实为三千绣花针，"朕在丹田炼成如丝。能刺人咽喉，贯穿肠胃而死；若抛向百万军中，立时可歼。但有干天怒，必遭殛罚，永劫沉沦，不可儿戏。今唯用以杀戮害苗之虫，一针可杀数千，三千神针，可杀无量恒河沙之虫矣。朕志在救民，虽有谴责，亦所甘受"。她在一座九仞高台上行法，向着四面八方，分匀洒去。彩丝万道，如日芒射目，不能仰视。月君喝令："神将随着，俟虫灭尽收缴。"那三千绣花针，都飞向各处有虫的所在。而后收了法术，谕令京尹高不危："行文晓示百姓知悉，不消两个时辰，诸虫杀尽，然已经受灾，也只好救得大半。"月君还宫后又下诏："蠲免税粮三分之一。"[1] 这里体现的程序是先要请示玉皇大帝，因蝗灾天降，要取得万神统领玉帝的准许，而在运用法术和"绣花针"神器剿灭蝗灾后，还要以蠲免当地税粮的方式来救灾。符箓驱鼠的唐代故事也重新受到关注。如冯梦龙《古今谭概》写马湘（仙人马自然）南游时闻常州城鼠多，便到此处书一符令贴于壁，一大鼠率群鼠无数，出城门远去，城中鼠绝[2]。

三是，以"法术"向"天"借粮食与金银。《女仙外史》写水旱瘟疫肆虐，数十万民众求救，月君急令手下两位剑仙慰谕五日内求天雨粟，地产金。采纳鲍师建议，曼陀尼作保，向须弥高顶九华珠阙、至圣至神刹魔大法主姊姊求贷银二百万两，为建文皇帝赈恤灾黎之用。这借券中债

---

① 吕熊：《女仙外史》第四十八回《炼神针八蜡咸诛　剪仙蠹万民全活》，百花文艺出版社1985年，第546—548页。

② 冯梦龙编撰：《古今谭概》卷三十二《灵迹部》，江苏古籍出版社1993年，第671页。原出自《续仙传》李昉等编：《太平广记》卷三十三引，中华书局1961年，第211—212页。

主、借主、中人、保人一应俱全，"古来未有之奇券"。而后召集群臣，令照救语写发各郡，并谕六卿，会同京兆尹齐向行阙后殿北檐下正西方掘藏，果得如数的黄金、白金，贮大司农库。"自后，凡属饥民之家，每晨釜中有米，篚中有银，取之无尽，用之不绝，而库内所贮金银，暗暗逐日减去矣！向来百姓都知道帝师法力与佛菩萨一般，恬不为怪，唯有感恩称颂……"① 月君采用按灾民所需分配的措施："天雨粟，地产金，无界限，尔民争。孤有法，与汝分，无彼此，最公平。每一日，每一人，米十合，银二分。若一家，有十人，米一斗，银二星。度残岁，到新春，不与富，只与贫。"天雨粟，本来在汉代到宋代，偏重在反常天象，预示着战乱将要发生。《淮南子·本经训》载仓颉造字，"天雨粟，鬼夜哭"，东汉高诱则诠释，这是弃耕作之业，而从事诈伪之术，锥刀之利所致，"天知其将饿，故为雨粟"②。史书《灾异志》将这类异象作为灾异的一种。南宋洪迈载乾道四年春，舒州大雨，"城内外皆下黑米，其硬如铁，嚼碎米粒，通心亦黑。"时人怀疑是先前运米舟覆没于江，"因龙取水行雨而卷至也"③。在《女仙外史》这里，被借用为月君以仙术搬运来解民饥荒的民俗积存。

可相佐证的是，清末上海《申报》附图报道了湖南醴陵冬日下雨，时人细看却是微泛红色的粟米，"居民们马上取出盛器来接。这一场粟雨仅下在方圆六七里范围，却让人'收获'了八佰余担，人们欢声雷动：'天拯我也！'"④ 对此，不可忽视天人相应的传统遗存。画报绘贵州青溪县光绪十六年（1890）也降粟雨，不知凶吉与否，民间把这谷子呈官府验证。画面上是数间茅屋下十多个乡民扶老携幼，或观看或指点疑惑，只有一壮男子、一老姬在扫米，群鸡在啄食，而天还在持续下米。图画附文指出："天上下的并非都是雨。夏朝下金雨，商末下血雨，汉武帝时下鱼雨，如此等等，不一而足。还有下人面豆的，其豆如人面。相传仓颉造

---

① 吕熊：《女仙外史》第八十五回《大救凶灾刹魔贷金　小施道术鬼神移粟》，百花文艺出版社1985年，第942—949页。
② 何宁：《淮南子集释》卷八《本经训》，中华书局1998年，第571页。
③ 洪迈：《夷坚志》丙志卷十二《舒州雨米》，中华书局1981年，第466页。但黑米后世有时被民间猜测为瘟疫由来。说高州曾下黑豆、黑米，"随即疫症流行"，琼州十月夜里下雨都是黑米，"不知此番是福是祸，其实是大风将外地'黑粟'刮来此地罢了"。见吴友如等：《点石斋画报》，大可堂版，1891年。
④ 吴友如等：《点石斋画报》，大可堂版，1894年。而乐善好施的老妇，也在"风雷大作"之时，不期然而然地突然"仓中米积如山，约有千百担"。众乡邻在获赠米时，都称"福从天降"。

字成功后，就有'天雨粟，鬼夜哭'的民谣，可见不吉利……"[①]此时距北方五省"丁戊奇荒"后才十多年，如此消息真不能作乐观之想，也说明汉代以来有关"天雨粟"之类传闻，一直具有凶吉兼备的多元灾异文化内核。

四是，运用法术——"搬运法"，大量盗取"贪官"的白银（不义之财）。乾隆间小说《绿野仙踪》写出了仙侠惩贪官与赈救灾民并举。说兰州、平凉三府地方，连年荒旱，灾民饿死不知有多少。侠客冷于冰了解到本地官府不赈济灾民的缘由，是因为朝中严宰相"最爱告报吉祥事，凡百姓的疾苦，外官们总不敢奏闻，恐怕严宰相恼了。头一年荒歉的时候，地方官还着绅士捐谷捐银赈济。第二年，各州县官因钱粮难比，将富户们捐助的银两米谷，不过十分中与我们散一二分，其余尽皆克落在腰内。今年连一家上捐的也没有了"[②]。平凉道府"冯剥皮"吩咐属下州县只报七八分收成，以在上司前显他的德政才能与巩昌、兰州二府不同。于是冷于冰拘来地方诸神将百姓造册，他张贴告示聚集灾民，面见平凉府知府冯剥皮，说让百姓自写家口数目，投送火神庙内，按户酌量分散救灾银两。老于贪墨的冯剥皮，惶急中道出了地方贪吏冒赈的一系列对抗朝廷赈灾的阴招：

> 如此办理，势必以假乱真，以少报多。可惜年兄几两银子，徒耗于奸民之手。于真正穷人，毫无补益。依我愚见，莫若先委官吏，带同乡保地方，按户口逐一查明，登记册簿，分别极贫、次贫两项，而于极贫之中，又分别一迫不可待者，再照册簿，每一户大口几人，小口几人，另写一张票子，上面钤盖图章，标明号数，即将票子令本户人收存，俟开赈时，持票走领。年兄可预定极贫大小口与银若干，次贫大小口与银若干，先期出示某乡某镇百姓，定于某日在某地领取银两，照票给发。若将票子遗失，一分不与。迫不可待者，即令官吏带银，于按户稽查时，量其家中大小人口若干，先与银若干，使其度命。即于票子上，批写明白，到放赈时，照极贫例扣除前与银数给发。如

---

① 吴友如等：《点石斋画报》，大可堂版，1890 年。
② 李百川：《绿野仙踪》第三十九回《贴赈单贿赂贪知府　借库银分散众饥民》，岳麓书社 1993 年，第 233 页。

此办理,方为有体有则。再次百姓多,官吏少,一次断不能放完,即做两次三次何妨?若年兄任凭百姓自行开写户口,浮冒还是小事,到分散时,以强欺弱,男女错杂,本府有职司地方之责,弄出事来,其咎谁任?依小弟主见,年兄共有多少银两,都交与小弟,小弟委人办理。不但年兄名德兼收,亦可以省无穷心力。未知高明以为何如?①

此乃地方官员赈灾操作时捣鬼营私的"经验之谈",非常典型。奸民冒领、多报人口和灾情,自不可免,然而这又何尝不是地方官员们垄断救灾物资、多吃多占的有力借口?所谓赈灾过程的"执行力",就在这种避免赈灾冒赈弊端的合理理由下,无限增强,无非是千方百计将救灾钱物巧妙地、合理化地攫为己有。小说第三十九回还写出了对仙侠惩贪官赈灾民的期盼。冷于冰吩咐猿仙不邪用搬运法,以白面捏成的一百多个老鼠画符施咒,将冯剥皮赃银都变成白老鼠,隔窗隔户地飞走,"见一缕青烟,或断或续,从西南飞来,内有数十万白老鼠,落在庙前,皆成银两,惟白面做的老鼠,仍旧还复本形"。冷于冰估计,有十七万余两,他将冯剥皮并各官送的酒食等赏给众游魂,又将诸神招来,领银去分散给饥民。"为救群黎役鬼神,私银不敷借官银",人神仙侠合为一流的故事情节,构成救灾惩贪鲜活生动的民间信仰表现。

仙侠行使"飞鼠盗粮"的法术神通救灾。这是一个值得注意的文学化个案,与上面法术类似,也是赈灾民、惩贪官一举两得。可以说,作为神魔小说、历史演义与通常世情小说所面对的一个严重现实问题、时事映像,《说唐全传》写李密赶上"金墉大荒"也采用飞鼠盗粮之术,结民心而济饥民之难:

> 不料开了东仓仓官门,只见许多怪物,形如老鼠,两肋生翅,吱吱的叫。一片声响,满仓飞出,成队而去,米粮全无一粒。仓官忙奏魏主,那魏主大惊,及开南仓、北仓、西仓,照样如此。俱被这群怪物,盗运了皇粮十五万石。看官,你道这个是什么东西,如此作怪?这个名为飞鼠。盗运皇粮十五万石,原来自有着落的。到后来尉迟恭兵下荆州,被水围在樊城,缺了粮草,却在城上掘蒿为食,不意之

---

① 李百川:《绿野仙踪》第三十九回《贴赈单贿赂贪知府　借库银分散众饥民》,岳麓书社1993年,第236页。

中掘出三万皇粮,救了众军性命。[①]

王进驹教授认为,《绿野仙踪》属乾隆时期自况性长篇小说,其又是道教修行小说的一个新发展。其中主要人物之一的冷于冰(或温如玉或两人同时)寓有作者李百川自己的生活经历在,是作者的理想化身[②]。而事实上,小说又寓含着一个忠奸复仇的潜在结构——秀才冷于冰,功名断送于奸臣遂生修道之心,修道才使他具有济世救民的本领,此与"学技复仇"母题如出一辙;修道之后因为对待灾民受难的态度不同,是自然灾害的发生加剧了社会矛盾,冷于冰与奸臣贪官阶层的矛盾激化,遂以法术劫夺贪官的银子,也是借惩贪以惩奸(冯剥皮是京城赵文华的亲戚,而赵是严宰相的红人),赈灾过程中的斗争遂成为与严氏父子政治斗争的直接体现。与侠客赈济期待相联系的是疗救瘟疫的需要。

五是,以"符箓治病"救度遭受瘟疫之苦的民众。瘟疫多为灾害派生的次生灾害,威胁有区域性、突发性和全民性,救病义举的传播效应和群体整合作用,也往往是民间秘密组织赖以起事的契机,也是其发展壮大的外驱力。如小说《归莲梦》写明末大旱,济南、兖州一路寸草不生,几年后"因饥荒之后百姓流离困苦,饥一顿饱一顿,顶风冒雨,不得安宁。又兼官府征粮甚急,没有一刻心安,因此,城中乡村,个个都染疟疾。一寒一热,都是疟鬼作祸。请医吃药,并无一个愈可……"于是曾蒙活佛赠天书的女大师发迹在即,她张贴了疗病告示,病者蜂拥,不收酬报:

　　求符的便挨挤庙门,打发不开。……自此以后,来拜莲岸者日多一日。一半是治疟,一半是求助。莲岸一一打发得清清楚楚,并不烦人守候,把一个冷庙弄得如墟市一般。那时官府也有闻得的,怪他聚集人众,出示禁止。争奈小民俱是饥困余生,见了赈助的人,就如亲生父母,官府虽是禁缉,不过拿来打责,难道有好处与他的。譬如笼中之鸟,拘得他身,拘不得他心,所以莲岸的声名大著。[③]

其实,这只不过是利用灾害民俗心理笼络人心、聚合徒众起事的众多多发性事件之一而已,也体现了早自东汉末年黄巾起义以降与道教崇拜密

① 鸳湖渔叟:《说唐全传》第四十三回《李密投唐心反复　单通招亲贵洛阳》,上海古籍出版社1995年,第256页。
② 王进驹:《乾隆时期自况性长篇小说研究》,中国社会科学出版社2006年,第251—271页。
③ 苏庵主人:《归莲梦》第一回《降莲台空莲说法》,春风文艺出版社1984年,第10—11页。

切相连的符水、天书等救灾民俗记忆^①。

六是，以"祖传秘方"救济灾民。小说《镜花缘》写唐敖揭了治水黄榜，"此时众百姓闻得有人揭榜，登时四方轰动，老老少少，无数百姓，都围着观看"，群情振奋，都期盼"不辞劳瘁，特来治河"的天朝义士"除患"^②。尽管唐敖提出请大家到朝前哭诉，放了被立为"王妃"的妻舅，没获成功，还是率直地提出了建设性意见。下回写唐敖连次出城看河，了解到堤岸、河身"既高且浅，形像如盘"情况，提出解决方案，还把船上所带的可以造器具的生铁献出来。开河之后他早出晚归，日夜辛劳，百姓们"人人感仰"，以至于攒凑银钱，仿照唐敖相貌，立了一个生祠；又竖一块金字匾额，上写"泽共水长"四个大字。小说还写出了多九公捐献药方救人的事迹，他在唐敖劝说下，放弃了先前的顾虑，以救人济众的侠义慈悲为重，决计"将祖上所有秘方也都发刻，以为济世之道"，他侠肠大发："就以今日为始，我将各种秘方，先写几张，以便沿途施递，使海外人也得此方，岂不更好！"于是在救灾解难视野上，小说赋予了这些中华侠义之士以超越国界、民族的博爱之心。

七是，因善心赈济救急而得好运。这在"善心得好运"类型中很突出。如说程时用（1536—？）《风世类编》写万历丁亥（1587，万历十五年）灾荒减产，米价高。有一家粮将尽，"誓妻孥共食而死"。毒饭将熟，赶上里役上门索丁钱，里役远来饥饿见饭想吃，其人说"非君所食"，里役发怒，才诉原委。里役惊讶地埋掉毒饭说吾家尚有五斗谷，可随我归取，不料拿出谷，则五十金在里面，里役曰："吾贫人，安得有此？此殆天以赐若。"两下皆推辞，最后各分一半，两家渡过了难关^③。灾荒降临时，民间的侠义互助，也得到了御灾叙事的倡扬传播。

此外最普遍的是"乡绅之侠"的"演戏赈济"。如画报报道汉口某绅董氏借安徽会馆雇班演戏，请各地慈善人士付费看戏，集资用以赈济营口灾区^④（图19-1）。

上述"官侠""绅侠"与江湖侠客的义举是互动影响的。龚鹏程教

---

① 王立等：《〈三国志通俗演义〉天书、符水母题的佛道文化内蕴》，《辽宁师范大学学报》（社会科学版）2004年第5期。

② 李汝珍：《镜花缘》第三十五回《现红鸾林贵妃应课　揭黄榜唐义士治河》，上海古籍出版社1990年，第223—224页。

③ 程时用、潘士藻：《风世类编　闇然堂类纂》，文物出版社2018年，第126—127页。

④ 吴友如等：《点石斋画报》，大可堂版，1888年。

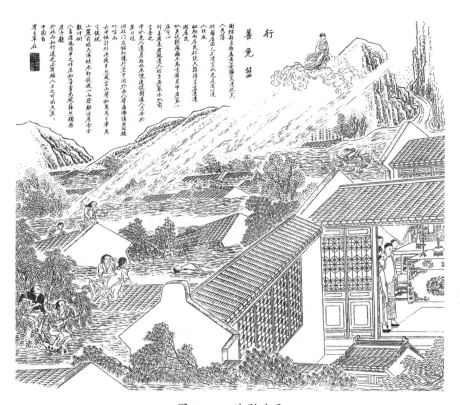

图 19-1　演剧劝赈

授指出,清代侠义小说的侠客"实际上却常是王法外的强梁,是血气之勇、意气之豪的好汉,他们并不服膺名教,并无理性与价值的判断……侠客的原始盲动力量,必须要在清官所代表的清明道德理性精神控制、导引之下,敛才就范,才可以表现为理性。"他一再强调:"清代侠义小说是民间文学,不是文人小说";"侠义小说的作者,在清代包括了旗人、女子、书商、专业编书人以及像俞樾这样的大儒。流通出版《续小五义》的潘伯寅则为京朝大老。但它的基本形态是民间文学,大部分与说唱关系密切。"[①] 因此,作为备受青睐的赈灾第三种力量,文学文本中的仙道与侠客,除了主体性地帮助清官断案、解民倒悬,以及侠客与清官联盟在灾荒之际助清官惩贪济民之外,侠客与贪墨官吏斗争的同时,实际上也是在实行清官角色通常情况下履行的使命。而不被重视的又一维度则是,文学文本中对象化书写的民俗期盼意义。如果说,地方士绅是物质性救助,而豪侠与神仙的救灾则是双重满足,并在更深广层面上展示了被灾者的精神需求,以想象的慰藉与满足感,展示大众期待的新生活。

　　总之,在灾害无可避免的现实世界中,民间自救的第三种力量应当得到切实利用,特别是地方士绅主导下的应灾与善后工作,对解决被灾大众的实际生活有巨大意义。虽然陈其元等人的带有实录性的记载比较明显,而李百川的小说描写则略微隐晦曲折一些,但他们均属文人,都不同程度上吸收了民间传闻。后者尤其是在小说情节中根据他所理解的侠客角色功能,有机地融入了民间的赈灾心理和民间信仰。当然作为现实生活的对象化,文学文本中所展示的法术、法宝、神力和神技,还暗示出一个更为重要的问题,即明清时期社会生产与生活结构过于单一,致使灾害发生后,被灾者只能祈求皇帝与上天,却无力自救。而神仙道士的奇异功能正是对单一生活的复杂想象,民众超越现实生活的前瞻意识与现代意义值得深思与借鉴。对非农业生产模式,比如贸易、科技等新的经济模式的渴求,说明现有的以农业为主的生产模式不能满足生活需求。

---

① 龚鹏程:《侠的精神文化史论》,山东画报出版社 2008 年,第 163 页。

第二十章　匿灾讳灾与灾害叙事中的
复杂国民性

　　天灾发生被认为是惩罚人间罪恶、问责人事,必然导致地方官员对灾害的隐匿不报,是为"匿灾"。匿灾与地方官德行止灾信奉,互动互补。匿灾根源在于,将灾害责任归结到地方官的道德与行事上。为避免追责,他们不顾灾情是否能自救而匿灾。上行下效,一些州府官员不报灾害于朝廷,县令一级也往往藏匿灾害消息。官员以德行驱灾的习俗,也派生和加剧了匿灾习俗模式,形成了古代灾害文化的"人治"特征。

第一节　报喜不报忧:讳灾匿灾的风习与机制

　　灾害经济学基本原理首要一点即"灾害在经济发展过程中不可完全避免",具体说其包含有两层意思:"(1)自然界的各种灾害是无法完全避免的;(2)各种灾害的坏影响是无法完全避免的。……还不存在任何情况下人能去灾、人定胜灾的客观必然性。灾害无法完全避免,既有自然演替规律无法改变的因素,又有人们对制止灾害力所不能及和治灾经济效果的因素。"[①] 因此事实上并不存在因人的主观意志行为,导致自然界某种灾害避免或转移之事。尽管明清朝廷和各级地方官,也采取了程度不同、方式多样的赈灾救济措施,一定程度上缓解了灾情和民众痛苦,然而,"报喜不报忧"的民族积习,不可能不从处理灾害消息的态度上反映出来。

　　报灾是赈济灾民的第一步。清初顺治十年(1653)即规定,夏灾限六月中,秋灾限九月终,逾期一月者,巡抚、道府州县各官罚俸禄,超过一

---

① 杜一等:《灾害经济学是一门经济学新学科》,杜一主编:《灾害与灾害经济》,中国城市经济社会出版社1988年,第18—19页。

月各降一级,迟缓已甚者革职①。在施行中完善,到顺治十七年(1660)上谕:"定迟报夏秋灾处分例,州县官逾限半月以内者,罚俸六个月,一月以内者,罚俸一年,一月以外者,降一级,两月以外者,降二级,三月以外者,革职。抚按道府官以州县报到之日为始,若有逾限,照例一体处分。"②乾隆四年(1739)山东巡抚硕色匿灾,称收成良好,左都御史陈世倌将调查情况上报,乾隆皇帝怒曰:"地方水旱灾荒,抚绥安辑,乃封疆大吏之责。硕色稍有人心,何至粉饰蒙蔽至此!"③于是又派人巡访。之所以留下一段不短的时间,与"勘灾"及交通状况有关。清廷规定,据田地收入成灾被划分为十个等级,十分为颗粒无收,九分指仅收获十分之一,以此类推,再经过"审户"即查明应赈济的人口状况,勘灾结果便直接作为赈灾时发放"赈票"的依据。而发赈,则是灾民按照所持赈票来领取赈灾物资,而除了官员亲临现场,朝廷还规定赈灾物品数、户口、姓名、日期等均必须及时刊布,防止赈济物资被贪墨。

首先,民俗叙事展示出匿灾、讳灾,作为御灾责任人的地方官极端不负责任的行为,往往会加剧灾情危害。康熙、雍正时大臣田文镜(1662—1732),即因如实奏告山西灾情,深得雍正皇帝信任,为后之表率。"雍正元年以内阁侍读学士告祭华岳,回京时面奏山西荒歉情形,直言无隐。命赴山西赈济平定等四州县,即授山西藩司,旋调河南。久之,特授河南、山东总督。眷遇之厚,同时疆吏罕有其比。及卒,赐谥端肃,于河南省城建立专祠,并准入祀豫省贤良祠。文镜在豫治吏严,一疏参劾辄十数员……"引起不少官员痛恨,而乾隆曾嘉许:"当日鄂尔泰、田文镜、李卫,皆督抚中为皇考所最称许者。"④《清史稿》称雍正元年:"命祭告华岳。是岁山西灾,年羹尧入觐,请赈。上谘巡抚德音,德音言无灾。及文镜还,入对,备言山西荒歉状。上嘉其直言无隐,令往山西赈平定等诸州

---

① 《清实录》第三册《世宗实录》卷七九,顺治十年十一月至十二月,中华书局1985年,第623页。明朝洪武十八年规定:"灾伤去处,有司不奏,许本处耆宿,连名申诉,有司极刑不饶。"参见李鸣:《明朝救荒立法述略》,《现代法学》2005年第22期。

② 《清实录》第三册《世宗实录》卷一三四,顺治十七年四月,中华书局1985年影印,第1038页。

③ 《清实录》第一〇册《高宗实录》卷一一八,乾隆五年六月,中华书局1985年影印,第721—722页。

④ 方濬师:《蕉轩随录》卷十《记田督事》,《蕉轩随录·续录》,中华书局1995年,第400—401页。

县,即命署山西布政使。文镜故有吏才,清厘积牍,剔除宿弊,吏治为一新。自是遂受世宗眷遇……" 即使他这样以严酷著称的能臣,晚年仍有隐匿受灾程度之事。

道光皇帝曾追忆:"从前乾隆、嘉庆年间,捏灾冒赈之案,无不尽法处治,今十数年来,各省督抚未有参劾及此者,岂今之州县胜于前人乎? 总缘各上司惮于举发,故虽百弊丛生,终不破案,实为近来痼习。"① 乾隆皇帝予以严厉整治,乾隆十七年(1752),"向因蝻蝗贻害田禾,立法扑捕,自守令以至督抚,责成定例綦严,乃因严于参处……如该督抚实心督率,该属员实力奉行,则有蝻孳而田主不报,夫役受值而扑捕不力,岂有不行惩责之理!"② 嘉庆七年(1802),山东巡抚和宁因事前失于查勘,事后隐匿不报,导致该省 50 多个州县大面积遭受蝗灾,被革职发配乌鲁木齐。

《大清会典则例》吏部九十四《处分例》的案例富有戏剧性。嘉庆九年(1804),京城一带发现飞蝗,皇帝令颜检将直隶地方蝗蝻情况查明具奏。"旋据该督奏称,均已扑除净尽,并称飞蝗只食青草,不伤禾稼,本不成话。嗣于前二十九日,朕斋戒进宫,披览章奏,适一飞蝗集于御案",后又在宫内发现十几个蝗虫,嘉庆即令重新检查,才得知大兴、宛平、通州、武清等州县确有飞蝗灾害。

其次,匿灾、讳灾,与地方官员德行能遏止消减灾害的信奉,彼此有机联系,互动互补。"天灾来自人事"思维模式,构成无可置辩的上对下的"问责"。雍正皇帝指出:"从来天人感召之理,捷于影响,凡地方水旱灾祲,皆由人事所致。或朝廷政事有所阙失,或督抚大吏不修其职,或郡县守令不得其人,又或一乡一邑之中人心诈伪,风俗浇漓。此数端者,皆足以干天和而召灾祲。"③ 他还认为:"朕尝言天人相感之理捷于影响,督抚大臣等果能公忠体国,实心爱民,必能感召天和,锡嘉祥于其所辖之地。"④《谕旨》二函布兰泰六也称:"何等督抚即有何等年岁,天道随人,实令人可畏之至! 直省督抚中气度褊狭,昏聩懵懂,未有如莽鹄立、布

①《清实录》第三六册《宣宗实录》卷二四四,道光十二年十月,中华书局1986年影印,第679页。

②《清实录》第一四册《高宗实录》卷四二四,乾隆十七年十月上,中华书局1986年影印,第547页。

③《清实录》第七册《世宗实录》卷五九,雍正五年七月,中华书局1985年影印,第901页。

④《清实录》第八册《世宗实录》卷八五,雍正七年八月,中华书局1985年影印,第140页。

兰泰者,甫任湖南而水患至,调抚江西而旱灾临,冰雹屡报于甘肃,如此响应,奇哉奇哉!"这也不能不成为某些地方官员匿灾的原因。彭孙贻(1615—1673)《客舍偶闻》载,山东灵山卫(今山东胶南东北)地震后,载录者声称"聊举十一以见地震之稀有",实际上不满于上奏的缩水:

> 东抚初奏已详,翻清书(满文)者惮于全录,部臣亦厌言灾异,节去州县所报,略概抚臣看语奏闻,廷论藉藉。东抚再疏,始奉议恤德音,内遣二章京踏勘山东。章京入东境,见城郭人民之亡羔者,谓奏报之非实。抚司大弥缝之,乃无言。又东抚胪报极详,然尚有奏报所未尽者,如郯城李家庄一镇,并陷凡数千家,不见奏中。有客自李家庄来者,未至里余,臭不可闻。一村俱死,无收瘗者;复前数十里,寄村姬豕牢下宿,遂忍饥一日。……①

称语言表达受满语限制是虚,不敢写为实;揣测"厌言灾异"上意的朝臣还要删节;"极详"是以大量细节掩盖"陷凡数千家",而描述嗅觉感受和猪圈中忍饥,更凿实了现场考察的准确可信。研究者指出:"地方官匿灾不报的原因很多。有的是为了宣扬政绩,灾歉也说是丰收;有的是为推卸失察的责任,便包庇属下,讳言灾荒。清代到了嘉庆、道光时期,讳灾的事情渐渐多了。有一年大兴、宛平两地春收不过二三分,而地方官竟报八分。这两个地方是皇帝出巡经常路过的地方,就敢如此讳饰,若是偏远地区,地方是否闹灾,恐怕即使是本省督抚,也不一定清楚了。"②

其三,把灾害发生同地方官政绩、人格评价对应,造成了匿灾不报现象。对于匿灾现象何时轻重的说法不一,有的称明初匿灾现象就很严重,当然还有故意迟报、所报不实的,以至于屠隆深刻揭示:"吏好谈时和年丰以约声誉,而讳言饥荒水旱以损功名,故恒有匿灾异以不闻,甚或饰饥荒为丰穰。"③不过也有的认为明代中后期更加严重,明中叶后一些地方官员"遇灾不行申达,既灾之后,犹照旧惯,追征税粮"④。陈子龙还曾

---

① 彭孙贻、杨士聪:《客舍偶闻·玉堂荟记》,燕山出版社2013年,第19页。
② 李向军:《中国救灾史》,广东人民出版社、华夏出版社1996年,第44页。
③ 屠隆:《荒政考》,《中国荒政全书》第一辑,北京古籍出版社2002年,第191页。
④ 陈子龙等选辑:《明经世文编》卷一四九,中华书局1962年影印,第1482页。

引《林贞肃公集》曰:"陕西、山西、河南连年饥荒,陕西尤甚,人民流徙别郡京襄等处日数万计,甚至阖县无人,可者十去八九……而巡抚、巡按三司等官,肉食彼土,即知荒旱,自当先期奏闻,伏候圣裁,顾乃茫然无知,恝不加意至若此,尚尤顾盼徘徊,专事蒙蔽,视民饥馑而不恤,轻国重地而不言。"①

前车后辙,清代一些地方官员出于担心考评不理想,也希图每多瞒灾匿灾,有的还试图在瞒混之中取悦上苍,期盼减轻灾情,这一机巧动机,来自深恐激惹天怒的心理。灾害发生,最常听到的话语是"黎民何辜?"牵涉灾害成因追索。所有灾害中,以其突发性和震撼力,地震最能给君臣以震慑。如康熙十八年(1679)京师地震,上谕吏部等衙门:

> 自古帝王抚育万方,兢兢业业,勤求治理,必欲阴阳顺序,和气迎庥。或遇灾异示儆,务省愆思过,实修人事,挽回天心。兹者地忽大震,盖由朕躬不德,敷治未均,用人行政,多未允协。内外臣工不能精白乃心,恪尽职掌,或罔上行私,或贪纵无忌,或因循推诿,或恣肆虐民,是非颠倒,措置乖方。大臣不法,小臣不廉,上干天和,召兹灾眚……②

于是康熙接着又召集臣下传谕,他"勤思召灾之由,力求弭灾之道,约举大端,凡有六事"。

即具体化为:民生困苦由于官吏科敛,大臣朋比徇私,用兵地方扰民,外官不关心民生疾苦,执法官吏徇私枉法,满洲奴仆欺负民人。因此上干天和,导致灾害发生。因此,有清一代,政事阙失可以致灾,成为无可回避的灾害推因:"天变之兴,皆由人事之应,未有政事不阙于下而灾眚见于上者。"③有了这样的思维定势,宽缓刑狱就成为几乎所有地方官员避免因灾被"追责"的解救妙方:"尚德缓刑之世,偶有灾沴,犹必省政事之阙失,而刑狱犹加之意焉。"于是,讳灾成风,"地方遇灾不报,则民隐不上闻,膏泽无由下究,以致道馑相望,盗贼司目,往往酿成事端,而朝

---

① 陈子龙等选辑:《明经世文编》卷八六,中华书局1962年影印,第767—768页。
②《圣祖仁皇帝圣训》卷十《敬天》,康熙十八年己未七月庚申,钦定《四库全书》本,第6页。
③《光绪朝东华录》,中华书局1958年,第1401页。

廷不知也。……是讳灾者,国家之大患也"①。清代"因灾恤刑"也构成一种制度,似乎由此便可取悦上苍,减轻灾害②。从把关于灾情的负面事实尽力缩小、淡化这一点来说,"因灾恤刑"与匿灾是具有某些共同点的。

匿灾不报,与地方官员考评业绩联系起来,还会形成某些地区相沿成风的恶劣传统,而乡绅作为民众群体的代表,往往还会与地方官意见相左,吴世涵《报灾》就揭示出浙东地区某些官员的瞒上欺下:

> 遇灾虽无异,所报有不同。大郡常报歉,小郡常报丰。大郡歉不报,荐绅不肯从。小郡若报歉,官长不相容。连年天降灾,旱暵偏浙东。今岁旱尤甚,烈日焦秭稑。昨闻邻邑人,报灾县庭中。并遭官长骂,谓汝何欺蒙。此郡数十年,不曾报灾凶。今岁虽小旱,未必害耕农。高田或稍歉,低田仍芃芃。自可相衰益,岂遂原野空。汝辈还乡里,可告诸老翁。救荒吾有术,报灾甚无庸。明旦官下乡,驺从何雍雍。非为勘灾至,催科惊耆童。③

匿灾,直接造成了非但没有及时救济,还要照常缴纳租税,天灾人祸,百姓苦难加深加重。诗歌作为一种民俗记忆的实录,活灵活现地展示了地方官的"权力话语"指鹿为马。一般认为,光绪初"丁戊奇荒"就与官吏匿灾直接有关,此前山西、直隶已大旱两年,官吏却仍催纳赋税如旧,"仓库所存无几,而待赈之民无算,杯水车薪于事何益!故曾中丞(曾国荃)履任不得已奏请发银发照,欲救活无数之灾黎也,然而晚矣"④。因此,《女仙外史》写旱灾后"过不几日,各府告旱的表章,都是求帝师'大沛甘霖'的话。又有满释奴飞报:'文武百官与数万士民,在阙下恳求帝师敕令龙王行雨,皆拥集候旨。'"⑤本属御灾正常情况写照。

其四,与上面相联系,匿灾讳灾也跟古代的检灾制度有关系。如明

---

① 杨景仁:《筹济编》,《中国荒政全书》第二辑(第四卷),北京古籍出版社2003年,第288—289、56页。
② 赵晓华:《清代的因灾恤刑制度》,李文海、夏明方主编:《天有凶年——清代灾荒与中国社会》,生活·读书·新知三联书店2007年,第163—176页。
③ 张应昌编:《清诗铎》卷十六,中华书局1960年,第533页。
④ 《申报》1877年11月23日。
⑤ 吕熊:《女仙外史》第四十五回《铁公托梦志切苍黎　帝师祈霖恩加仇敌》,百花文艺出版社1985年,第512页。

代把宋代灾伤的三等划分,改为极灾、次灾两个等级(轻灾、重灾),重灾
十到八分,轻灾七到五分,而赈济对象有极贫、次贫、稍贫之分。"不能举
火者,谓之赤贫;稍能自食而蓄积不多及生齿繁盛者,谓之次贫;赤贫者
(赈济)以斗计,次贫者以升计。"① 有限的赈灾资源要做到较为合理的分
发,其间更加细化的事物又存在许多弊端,为了谨慎小心就不能绕过检
灾这一环节。万历九年(1581)的规定责任人具体明确,时间却近乎不
切实际,题准地方上:"凡遇重大灾伤,州县官亲诣勘明,申呈抚、按。巡
抚不待勘报,速行奏闻;巡按不必等候部覆,即将勘实分数作速具奏,以
凭覆请赈恤。至于报灾之期,在腹里地方,仍照旧历,夏灾限五月,秋灾
限七月内。沿边如延宁、甘固、宣大、山西、蓟密、永昌、辽东各地方,夏灾
改限七月内,秋灾改限十月内。俱要依期从实奏报。如州县、卫所官申
报不实,听抚按参究;如巡按报灾过期,或匿灾不报,巡按勘灾不实,或具
奏迟延,并听该科指名参究。又或报时有灾,报后无灾,及报时灾重,报
后灾轻,报时灾轻,报后灾重,巡按疏内,明白从实具奏,不得执泥巡抚原
疏,致灾民不沾实惠。"②

　　这就出现了救灾与行政效率之间的矛盾:有此时间规定不无根据,
效率低下又属实际情况。而救灾如救火,哪里能等得及?报灾则必定要
派生出下一步的勘检灾况、检灾是否准确真实等一系列问题,麻烦丛生,
以至于有的当政地方官宁可选择了匿灾,索性不作为。

　　舆论监督,在匿灾方面所起作用较为突出。如1906年的长江洪水
被知情不报,"哀鸿遍地,待哺孔殷,县宰某大令竟匿而不报,乱民多有乘
机启事者,富民恐遭波及,竞谋迁地为良矣"。而且据研究,比起"丁戊
奇荒"的评论集中于政府不作为及其弊端,1887年黄河洪灾偏重报道救
灾,此次《申报》更为直言不讳指出政府救灾不力,成为导致灾情严重的
一个重要成因③。因此,匿灾很大程度上,当然就是为了避免朝廷乃至皇
帝的怪罪追究。

　　其五,朝廷一人说了算的体制机制,很容易使得主政者成为"洞穴

① 张陛:《救荒事宜·踏勘法》,《中国荒政书集成》第一册,天津古籍出版社2010年,第404页。
② 申时行等修:《大明会典》卷一七《灾伤》,中华书局1989年,第117页。
③《黄冈县令匿报水灾》,《申报》1906年9月4日。参见夏燕燕:《从灾荒报道看〈申报〉的民
　生关怀意识——1872—1908年〈申报〉灾荒报道研究》,安徽大学硕士论文,2010年。

人",即多数情况下只听到令人高兴的信息,或对于不利信息的有益、令人高兴的阐释。"因为他周围聚集着大量以窥测他心思为生的人。即使是最愚蠢的人,也知道谀言比批评更容易入耳。因此,最高权力所有者很容易被大量的信息所洗脑。"研究者以此指出较为极端的个案——乾隆晚年(1781)发现的甘肃"冒赈案"就带有几个特点,腐败者结成利益集团有攻守同盟,"窝案""串案"等,涉案者县令以上就多达113人,彼此形成具有紧密人身依附性质的关系网 [1]。甚至认为正直敢谏的官员尹壮图的"负面报道"以偏概全,无比愤怒,为了面子,下旨让被开仓盘查的地方官预先准备,以至于证明了并无贪冒现象。

诚实官员在临灾时,倘若"众人皆睡我独醒",便会被那些"装睡"瞒灾的同僚坑害。吴趼人借弓兵口称颂蒙阴县令蔡侣笙,沂州蝗灾,蔡县令垫钱"到镇江贩米来蒙阴散赈",救活了本县和邻县几十万百姓。但这个被地方父老冒雪涕泪相送的"好官",却为此而获罪革职。据述农陈述,四月里闹蝗虫,"侣笙便动了常平仓的款子,先行振济;后来又在别的公款项下,挪用了点。统共不过化到五万银子,这一带地方,便处治得安然无事。谁知各邻县同是被灾的,却又匿灾不报,闹得上头疑心起来,说是蝗虫是往来无定的,何以独在蒙阴?就派了查灾委员下来查勘。也不知他们是怎样查的,都报了无灾。上面便说这边捏报灾情,擅动公款,勒令缴还。侣笙闹了个典尽卖绝,连他夫人的首饰都变了,连我历年积蓄的都借了去,我几件衣服也当了,七拼八凑,还欠着八千多银子。上面便参了出来,奉旨革职严追。上头一面委人来署理,一面委员来守提。你想这件事冤枉不冤枉!" [2] 相关祭祀习俗,是趋吉辟恶心理趋向的形象体现和行为实践。《墨子・天志》称:"天子有疾病祸祟,必斋戒沐浴,洁为酒醴粢盛,以祭祀天鬼,则天能除去之。"《风俗通义・祀典》也指出雄鸡崇拜缘由:"鸡主以御死辟恶也。"而一旦在某些地区发现灾异,神秘主

---

[1] 张宏杰:《饥饿的盛世:乾隆时代的得与失》,湖南人民出版社2012年,第268—273页。即乾隆三十九年(1774)甘肃布政使王亶望谎奏连年大旱,需施行以献出粮食捐监生来赈灾(操作中以银代粮),数年筹集银近三百万两,二十七万多人捐了监生,以甘肃各级官员造假报销账私分银,乾隆四十二年朝廷曾派人来查,但朝内有人通气,各州县官员串通造假,轻易瞒过。

[2] 吴趼人:《二十年目睹之怪现状》第一百八回《负屈含冤贤令尹结果　风流云散怪现状收场》,人民文学出版社1978年,第893—895页。

义思维寻究缘由,不免迁怒于当地的地方官员。在古代信息交通不便,
"天高皇帝远",灾害发生之时隐瞒不报,也往往成为地方官员利益危机
顾虑下的最终选择。

第二节　赈灾叙事中的人性复杂表现及其思考

通常来说,多年来对于灾害民俗的研究,多关注灾害的可怖、被灾群
体与个人遭受苦难之酷烈、深巨,如何赈济灾民、恢复生产等,而从被灾
主体一方来说,被灾、救灾、荒政等诸多消极负面的表现,所暴露的人性
异化的丑陋,则往往被忽视。如相关的研究史有此客观的总结:"对荒政
群体的研究也是偏重于封建帝王和士大夫,对于其他群体和普通居民的
关注也不多。对救荒活动的成效往往褒扬和肯定过多,对救荒不当的教
训注意不够。类似的诸多问题都需要在实际的研究中做综合的全面考
察。"[1]因此,必须注意小说材料的价值。

首先,是对被灾者劣根性及人性扭曲的揭露。灾害带来物资匮乏、
社会混乱、官府暂时性失控,人性之中最丑恶、无耻甚至残忍的部分,也
往往借机暴露,本能的就是趋利避害。小说写崇祯元年(1628)七月廿
三日,濒海的浙江多地,台风带来洪灾与海潮。大灾来袭,有临危救人
的,也有不逞之徒乘乱打劫,"……翻覆了多少人家,争钱的,夺货的,也
惹出多少事务!内中却有个设意谋财的,却至于失财、失妻;主意救人
的,却至于得人得财……"[2]突如其来的灾害,最能检验人性善恶。自私
如朱安国,发水难财,只顾捞取财物甚至图财害命,为此失去了已聘的未
婚妻;而善良的朱玉则因水中救人,得娶美妻并获财富。小说虽也表达
了对心地善良获好报的信奉,但现实生活中哪会应然性地及时兑现? 理
想与现实间的反差本是经常存在的,然而灾害母题的伦理话语,总顽强
地突出线性对应式的"人为"与灾害"天谴"的逻辑,将偶然归于必然,
强调惩恶济善毫发不爽。

---

① 邵永忠:《二十世纪以来荒政史研究综述》,《中国史研究动态》2004 年第 3 期。
② 梦觉道人、西湖浪子辑:《三刻拍案惊奇》第二十五回《缘投波浪里　思向小窗亲》,北京大
　学出版社 1987 年,第 268—278 页。

　　赈灾活动中,也有骗子利用受灾民众急于获赈的心理,冒充放赈者捞钱捞物、混吃蹭喝等。光绪十九年(1893)十月下旬,天津就有冒充司事者到城放赈,未查户口即宣布给人多之户发钱,贫困户群至却宣布要先交五百钱,而后才可登记。此时三河头闻讯,驱车来迎"委员"们,却发现他们正在吃面,疑心顿起,经查是骗子,逃走六人,捉获二人被送县署[1]。借赈索贿,利用朝廷赈济政策行骗,必遭严惩,画面形象地描摹出骗子身着官服,道貌岸然,煞有介事。

　　其次,因御灾除害的方式不得法、不适当,导致生态环境的破坏。如为了剿灭兴风作浪的水兽,运用带有技术含量特制物品与工具,简单易行有效果。嘉庆时汪寄(约1796年前后在世)小说写治河接连遭遇水兽捣乱,用特制倒须钩铁链剿灭蠡湖之蛟,设多门大炮轰灭诸水怪。在合适地段几次下桩不成,工长告知因"下系白鼋穴窟",于是武侯想出搜而除灭的"断绝之法",准备数十只旧船载生石灰万石,用桐油石灰弥补船缝,于船首、腹、尾各做巨孔塞絮:

　　　　泊鼋窟边,曲围如新月。又于堤上堆砌石灰五千石,一面令将各船孔塞絮掣去,使船溟没,一面令千人将堤上石灰同时推入河中。顷刻如汤滚沸,蒸气成云。乃令快船持钩于下流守待。约有半个时辰,只见小小大大熟鼋翻浮漂出。钩捞上岸看时,俱已煮烂。愈后愈大,临了,白鼋方才仰翻浮出,竟有七尺,浑身白毛。众人发喊道:"老白翻肚矣!"数钩拖到岸边,水湖令将白鼋解开,肚内金物约有升余。[2]

　　灭鼋时不顾毁坏水质的反生态行为,是人类中心主义的思维,只顾眼前逞一时之快而不顾长远的做法,虽说为遭遇水难的死者行使了"正义"的复仇,其实意义不大,而代价是一大片水域的水生动物灭绝,遭到破坏的水质很久也不能恢复。又《徽州府志》载嘉靖十七年(1538),江西婺源多虎,"伤男妇二百余口,捕猎无策,民皆焚山逐虎,延烧苗木不啻亿万。又久不雨,麦无收,城东西俱失火,烧民居六百余家"[3]。这里表现

[1] 吴友如等:《点石斋画报》,大可堂版,1894年。
[2] 汪寄:《希夷梦》第三十二回《念疾苦一辆寻源　审形势三年奏绩》,辽沈书社1992年,第521—522页。
[3] 马步蟾修、夏銮纂:《道光徽州府志》卷十六《杂记·祥异》,《中国地方志集成·安徽府志辑50》,江苏古籍出版社1998年,第516页。

出人们在遭遇野兽侵犯时的直接应对措施,为减少自身伤亡,就仿照小说中的火攻方法,杀死野兽的同时也导致山林毁坏,以致水土流失,气候干燥,生态灾难发生后又恶性循环。

其三,人性劣根性导致黑恶势力乘灾劫掠。借灾敛财满布在赈济的多种方式、各个环节中,无孔不入。即使在人命关天的危急时刻,也有见死不救、斤斤计较者,而黑恶势力也趁机肆虐。《野叟曝言》写江里大船被风雨掀翻,船底朝天,上爬有多人颠簸着要被裹下水,"港内纷纷撑出小船,都去捞抢席板货物,不去救人"。素臣急喊救起一人送银五两,"听有银子,便都摇近大船,把船底上的人,争先抢救;再顺便捞些什物,一齐收港,围着素臣领赏。共救起十三个人,该六十五两银子……"但素臣临时只凑了六十两,恶霸"秃老虎"再三再四不答应,还劈胸把文虚揪住骂,而众船户中"原有有良心的,却怕这秃子,不敢说公道话儿"。有个获救者说情,才把那锭大银(五十两)拿走,让众船户分那十多两银。还是小仆锦囊出手点穴,制服秃子,击退赶来纠缠的秃子婆娘。众船户至此还要求助素臣:"秃老虎是港口一霸,今日吃了这亏,怎肯干休?请相公进村去,见一见坊长,便脱我们的干系!"[1]

御灾救难之时,也往往是平日久积矛盾爆发之时,如上冲突表现具有某种共性与多发性。乾隆年间万维翰《荒政琐言》深切体会到,在民食不足,卖儿鬻女之际,总是会有一班恶徒从中把持取利,"或强分身价,或包价转贩,或不令亲属见面,远售与闽广客商,或诱引拆卖发妻,总使一散而不能复聚。此等名为救急,实属惨毒,急宜访拿严禁。至于无食之人,若令子女饿殍相守以死,亦所难行。只许在三五百里内典身服役,买主觅认识之人作保,三面成交,亲族送至本主,地头媒保不许分肥。仍俟岁丰力裕,备价取赎。先须切实示谕,省事端,亦积阴德也"[2]。因此,文素臣的施银救人是一方面,也不能忽视其中一些黑恶势力的乘机要挟,兴妖作怪。清末就新闻图画描绘,汉镇从仁堂赈粥的三个伙计,乘灾谋色,偷得粥票数十张,潜至老官庙河边棚户区,以此诱奸民女,不料民女

① 夏敬渠:《野叟曝言》第六十三回《老虎欺心献毛鳖　小儿饶舌得银蛇》,人民文学出版社1997年,第759—762页。
② 李文海、夏明方主编:《中国荒政全书》第二辑(第一卷),北京古籍出版社2003年,第478—479页。

不为所动,齐声叫喊,三人被众人围住遭到痛打①。为了激起人们对粥厂施赈秩序、暗藏危险的警惕,一部分画面是民众挥拳怒向三个歹徒,同时另一部分画面则展示出,两个歹徒正在无耻地拉扯着妇女,提示着读者注意赈粥背后所隐藏的罪恶。

非常时刻的灾害成为个体人性的试金石,也正因为有了灾害的存在,人性弱点才得以暴露、放大,从而引起人们重视。尽管灾害发生是区域性的,但灾害折映出的国民劣根性则一,由此多在特定区域内产生群体心理"感染""暗示"效应:

> 直隶近于皇都,民多舍本而图末,平安之日,舟车辐辏,易于获利,以为可以长享,每每习于游惰,而且作奸犯科,所在多有。秦俗强悍,类多攘夺颠越之举。而山西一省,半因贸利而种莺粟,弃其稼穑之本业,顾目前之利而不顾后日之患,一遇凶年,家无积谷,顾此莺粟,不可以代米麦之用而果腹焉,则悔之无及矣。豫省本多务本之人,近年以来,亦渐流于游惰,莺粟之种虽不如晋,而其浆亦有流传于他处者,则亦不为少也。积久不返,天怒神怨,乃大降罚,旱魃为虐,以代鈇钺,盖其所以惩之者,果矣。②

乘灾害发生图财害命打劫的,懒惰、耽于安乐不知贮存备荒的,种植鸦片放弃稼穑本业的,等等,这些居安不思危的根源,都属缺少长远眼光、缺少深思反省的国民性负面传统。对不积贮备荒的批评,民国就有:"中国之富首推山西,然至今日,其全家饿殍,异地流离之苦,亦首推山西。"深层的根源被推究为:"大抵晋人平日仅重银钱,人人收藏以图利息,至于粮食无人积储,故一旦遇灾,以至困苦如此耳。"③虽有些片面,应该是对所有人、所有地区加强应灾公德教育的警钟。

其四,灾荒导致饥饿之人的人性丧失,乃至出现了害人、吃人现象,甚至吃自己的亲人。更有甚者,发生了夫妻之间构成了"吃"与"被吃"的关系,于是山西临汾竟传出人变狼吃人的传闻。说崇祯年间大饥:

> 县东二十里棘璧庄,牧竖名苍苍者,姓失,每夙出莫还。其妻

---

① 吴友如等:《点石斋画报》,大可堂版,1898年。
②《申报》1878年7月13日。
③《申报》1878年5月23日。

问曰："而夙出莫还,顾安所得食乎?"曰:"食人。"妻曰:"人可食与?"曰:"明午且食汝。"妻惊问故。曰:"前过土地祠,见狼皮一,偶憩其上,忽寝熟,既寝变狼。不知其为狼也,出而食人。傍晚至祠,皮蜕复人,我亦不知其为人也。日复如是。明午且食汝,汝恐不免。虽然,吾弗忍,诘朝(清晨)可束刍为汝状,纳豕肚其内,汝必无出。"言毕径去。妻惊疑甚,走告邻媪,且信且否。第曰:"汝试为之。"其妻如其言为备。越明日,键户牖以觇动静。日亭午,果有一狼跃墙入,频以头触户牖,弗得入。转转束刍攫食殆尽,复跃墙出。其妻大呼邻众,邻众沓至,内有壮者尾其后,妻亦随之。至祠见狼方伏地,妻猛扑,尾绝,跋胡(指狼)载奔。自是不复归舍。乡人后见狼无尾者即呼其名,掉头去,不顾亦不噬。迄今父老犹能道之。①

无法忍受的饥荒、基本生存条件丧失导致的无助、绝望,构成了"灾害迷失"的社会心理,从而滋生出象征性的特有灾害习俗,此当从佛经母题而来的披虎皮"化虎"信奉孳乳②。民国地方志的传闻事实上借助于"民俗记忆",完成了人性变为兽性象征书写的两个嫁接:一是同历史上较多出现的"人化虎"故事嫁接,置换出"人化狼";二是将刚刚过去不久的光绪初年"丁戊奇荒"引发大规模狼灾的记忆,嫁接到了对于明末灾荒惨况的追溯上,借古讽今。而空前的饥荒灾难,延伸了旷日持久的旱灾之心理挫伤,构成了"变狼食人"故事的接受场域。食人习俗,许多民族蛮荒时代都存在过。然而古代中国,灾害饥馑频繁之甚,"易子而食"形容出灾害对人性的异化程度:"自春届夏,东郡大荒,人相食,草根木叶,一时俱尽。行旅皆结队而过,如单行或三四人作伴,甫出门即被啖。"③

遭灾导致人性扭曲,于灾荒时食人肉,甚至以亲人充饥,多有所见。饥荒时抛弃子女,卖儿卖女,更是为生存所迫的无奈之举。建安诗人王粲《七哀诗》描述:"路有饥妇人,抱子弃草间。亲戚对我悲,朋友相追攀。顾闻号泣声,挥涕独不还。'未知身死处,何能两相完?'……"纪

---

① 光绪《曲沃县志》(1880年)卷三十二,《中国方志丛书》(第四九册),(台北)成文出版社1976年,第1—2页。

② 王立、铁晓娜:《〈聊斋志异·向杲〉化虎复仇故事的中印文学渊源》,《华南师范大学学报》(社会科学版)2008年第1期。

③ 董含:《三冈识略》卷八补遗《山左饥荒》,辽宁教育出版社2000年,第176页。

昀也记载崇祯末河南山东大旱、蝗灾，"草根木皮皆尽，乃以人为粮，官吏弗能禁。妇女幼孩，反接鬻于市，谓之'菜人'。屠者买去，如刲羊豕。周氏之祖，自东昌商贩归，至肆午餐，屠者曰：'肉尽，请少待。'俄见曳二女子入厨下，呼曰：'客待久，可先取一蹄来。'急出止之，闻长号一声，则一女已生断右臂，宛转地上，一女战栗无人色，见周并哀呼，一求速死，一求救。周恻然心动，并出资赎之……"① 清末北方五省的"丁戊奇荒"不久，1879 年 6 月 9 日《申报》刊载《寰瀛画报》，其中《中国山西饥荒出卖小儿图》绘有灾民夫妻推车，上躺着一大一小两个孩子，状生离死别的凄惨场景。《申报》附图报道还往往把"食人"与其他类似现象放一起总说。如将山东饥民惨象画面上分为四组：（1）一饥民倒地奄奄一息，另一饥民在啃食他的腿充饥；（2）一卖熟食的把垂死者肉和内脏割下煮了出售，"也算是一垂毙之人以疗未毙之人"；母亲纷纷卖子是让小孩有条活路——（3）有以一个馒头换一个男孩的；（4）也有以六千钱换十几个孩子的……② 画图题目是"东灾告急"，以最为直观性的画面，展示了灾荒的严重性，以求赈济。

赈灾复杂性，更表现在如何保护那些弱势群体。有赈灾经验的欧阳兆熊运用承包法，培养"护工"感情，使乳媪不忍虐待婴儿。他注意到，本地育婴堂乳媪百余人因皆有子女而哺乳亲生的，暗中以饭汁喂所养婴儿，致其瘦弱濒死，就改进方法，"凡送婴女来堂者，给予腰牌，按月领钱六百文，并给以衣裙绵絮，仍交本妇自乳。抚养既久，母子之情益笃，断无有忍弃之水滨者……"③ 如此收到实效，一是有婴儿存活才能领资助的约束；二是培育感情激发"保育员"的慈母天性；三是降低开支，亦无冒领之弊。然而他也披露出"各处育婴堂皆不甚得法"的疏失现状。事实上整个赈灾实施仍存在诸多漏洞，缺乏慈悲之心与管理者的"仁术"。

第三节　善行得报故事在灾荒中的传扬

对赈灾活动产生直接影响的传统思维中，"果报"观念显得尤为突

---

① 纪昀：《阅微草堂笔记》卷二，上海古籍出版社 1980 年，第 28 页。
② 吴友如等：《点石斋画报》，大可堂版，1889 年。
③ 欧阳兆熊等：《水窗春呓》卷上《育婴变通善法》，中华书局 1984 年，第 20 页。

出。相关文献记载也证实了"善行得善报"世俗观念的有效鼓动力量。因此,作为赈灾救灾策略,及时发现爱民护民官吏典型,予以推重颂扬,既给赈灾要员树立行为规则,也给被灾民众重建家园以信心和力量。

其一,自觉地运用前代御灾书写的文献与思想资源,来为当下御灾官吏及下属赈灾人员鼓劲,试图从根本上调动赈灾者的积极性。陆曾禹《钦定康济录》,缩写史传中带有强烈报恩伦理的故事,作为赈灾指导:

> 隋房景为齐州主簿,多惠政。景远平生重然诺,好施与。岁祲,设粥通衢,存济甚众。平原刘郁,路经齐充,遇劫贼将杀之。郁呼曰:"与君乡近,何忍见杀!"贼曰:"若乡里,亲亲是谁?"郁曰:"齐州房主簿是我姨兄。"贼曰:"我食其粥得活,何忍杀其亲?"遂还郁衣物,蒙活者二十余人。(谨按:善之感人,如风之偃草,未有不从之而披靡者也。故虽盗贼,不昧其良,赈救其可缓乎?主簿赈粥,得救其亲;设令景远自遇,化盗为良,岂其所难!可见粥之活人,感恩者切。食禄者何不稍分肥甘之万一,以延枵腹之残喘哉?)[①]

救灾官员陆曾禹深切体会到尽心尽意赈灾何等重要,身处赈灾第一线的他,精选出历史上这类感人的故事,每一则都运用"谨按"解读赈灾故事那感发人性的力量,穿透社会阶层、时空阻隔的报恩情怀,以劝善期待充分调动官吏们的责任感与恻隐之心。遭灾与救灾,作为群体社会的超常态时期,正常的社会秩序被打乱,"他律"的效能受到削弱,人们的"自律"也必然相应地受到影响,有些不逞之徒也要趁此机会损人利己,为非作歹,一些下层民众自私自利的劣根性也会充分地暴露出来。

灾难下的人性闪光与伦理倡扬,是另一个值得关注之点。宋濂(1310—1381)有意味地追忆元代故事,说"粗知书,克修妇道"的刘氏"一日地震屋坏,压叔龄不能起,家复失火,叔龄母前救不得,欲就焚。叔龄望见,呼曰:'吾已不可得出,当亟救吾母。'刘谓夫妹曰:'汝救汝母,汝兄必死,吾不用复生矣。'即自投火中死。火灭,家人得二尸烬中,犹手相握不开"[②]。至正二十年(1360)大饥,李仲义妻刘氏闻丈夫将被烹

---

① 李文海、夏明方主编:《中国荒政全书》第二辑(第一卷),北京古籍出版社2003年,第331—332页。故事见北齐魏收(507—572)《魏书·房法寿传》。
② 宋濂等:《元史》卷二百《列女一》,中华书局1976年,第4497页。

食,急忙来泣告救夫,甘愿替代。"刘氏曰:'吾夫瘦小,不可食。吾闻妇人肥黑者味美,吾肥且黑,愿就烹以代夫死。'兵遂释其夫而烹刘氏。闻者莫不哀之。"①这些强固的民俗记忆具有"夫为妇天"的伦理指向,不仅成为对灾害习俗的回忆与重温,且较为直接地构成明清被灾者苦难体验的参照、灾害叙述的着眼点和结撰模式。

其二,曾在灾前、灾中或灾后行使善行者,必当善有善报。前引彭太夫人为婢时,无意中踩死巨蛟,"救活一城生命,阴德无量"。后来被翁纳为妾,生子为状元宰相,诰封一品太夫人②。又说浙江新昌黄婆滩遭水灾,民众流离失所,前此某道士告知居民洪水将至,人们不听;而向来行善积德的甲某也不忍弃产离乡,道士就让他在厅堂铺上红毡,打开大门,半夜洪发邻舍均被冲垮,而甲某之宅无恙③(图20-1)。

其三,那些富有同情心、责任感的地方官,常作为仙道异人赈灾救难的承领者,这是灾害叙事中人们喜欢谈论的话题之一。登封梅知县,值大旱麦已枯,只有荞麦可种,就拿出俸禄劝民待雨补种。某日祷雨忽遇一隐士,不赞同补种荞麦,而指一孤树称"君欲活民,必须此物":

> 梅急往视之,见平地长白菜一茎,肥大异常,亲拔而收之。隐士忽不见。烹之,香美异常。急令民间收菜子,自括私宅银章酒器与内人簪珥之属,市得数百斛,散各乡社。民间得者亦称是。又三日,率众诅龙潭,以激神怒,大雨如注。因令百姓菜、荞并种。复大旱四十日,前苗尽槁。久之,忽霪雨无常,枯荞无一生者,而菜勃然重发,逾二尺,过常年数倍。民收菜,曝干充栋,得以卒岁。此事甚奇。④

故事道出了减灾御灾的及时转产,只看当下不行,需要另辟思路。改种白菜,是取其生长过程耐涝;就如同诅龙,是激怒龙以期尽快降雨,而通常思维并非如此。故事还形象地连带提出,父母官、御灾责任人,仅有同情心、责任感也是不够的,需有更多智慧、前瞻性和相关农业种植知识,需要魄力打破常规,尝试新物种种植方法。舍此,持"多一事不如少一事"态度,则推脱拖延,瞒灾不报。

---

① 宋濂等:《元史》卷二百一《列女二》,中华书局1976年,第4510页。
② 王守毅:《筝廊琐记》卷七《记彭太夫人》,文物出版社2018年,第250—251页。
③ 吴友如等:《点石斋画报》,大可堂版,1889年。
④ 朱国祯编著:《涌幢小品》卷二十九《山子道气》,中华书局1959年,第688—689页。

图 20-1　行善免灾

其四，寻求精神脊梁的民俗想象，大树忠臣孝子化为抗灾英雄。神秘力量的及时赶来驱邪救善，与民俗心理中的英雄崇拜结合，灾难降临时的心理需要顿时将其呼唤出来，成为受灾难民的救星。借助于历史题材中的灾害叙事，小说揭示与"金龙四大王"齐名的忠臣祖统制，人格道德在御灾中葆有余威，战疫驱蝗。说元大德元年（1297）明州瘟疫竟起，死者众多：

> 祖统制附神在人身上，教百姓尽饮庙内小井中之水，饮者瘟疫即时而愈。次年瘟痧又来，居民都见祖统制率领阴兵与瘟痧之鬼大战，瘟痧之鬼战败而逃，竟保平安。一年蝗虫蔽天，官府捕捉蝗虫，日日限定斗斛，不及数的便加责罚。百姓苦不堪言，遂到庙中泣诉，霎时间大风呼呼数阵，蝗虫飞积庙前，其高数丈，并不飞动。居民遂尽数搬去输与官府，得免责罚，余外蝗虫自投海水而死。……又有妖蝴蝶大如巴斗，螫着身体，即时昏晕而死，死者无数。百姓遂事之如神明，把这个妖蝴蝶迎进庙中，香花灯烛，供养虔诚，若少不虔诚，便立刻螫死。祖统制附身在太保身上，把手扑而死之，从此百姓平安。地方耆老卓在明等将此事奏闻，元朝遂敕封"昭烈侯"。①

"昭烈"是仁君刘备（玄德）的谥号，有"显赫"之义，这里成为对赈灾有功官员的高度赞誉。可见，灾害叙事在审美功能上，印证并强化了忠奸善恶映衬对比思维及其表述方式。实物救灾，只是解决当前危机，使灾民不至于处于扭曲人性，才是根本。据研究，唐中叶开始，朝廷将平民百姓作为赈救重点，实物救灾对象重心下移；而国家救灾职责唐宋从中央下移地方，地方政府也逐渐引导富民参与救灾，救灾主体呈现由地方政府向富民群体转移的特征②。有经济实力和号召力的乡绅富民是地方百姓的领导阶层又处于民众之中，引领着灾民趋于恢复正常人性，地方官实际上不能越俎代庖。南宋欧阳守道（1208—1272）高屋建瓴地指出："官于荒政类亡具也，而劝粜为第一策。"③中肯地直陈"救荒之法，惟有劝分"。富民们赈灾的积极意义在于，本身又维持物价平稳，平息灾害恐慌，在利

---

① 周清原：《西湖二集》卷二十九《祖统制显灵救驾》，人民文学出版社 1989 年，第 479—480 页。
② 薛正超、陈智丹：《唐宋富民与国家灾荒救济重心下移》，《光明日报》2009 年 8 月 25 日第 12 版。
③ 欧阳守道：《巽斋文集》卷十七《吉州吉水县存济庄记》，《文渊阁四库全书》第 1183 册，（台北）台湾商务印书馆 1986 年影印，第 10 页。

人过程中提高自家族威声望,给子孙留善缘,对明清劝赈理念有启发。

其五,对灾荒中见义勇为者获得报恩的美好期盼。解鉴(1800—?)的聊斋体小说《益智录》讲述了祖代孙向济困者在科场中报恩,将科举与侠义赈灾获报结合。说聂文焕获同里富室及诸戚友资助,赶考途遇年少男女二人哀哭,问,男名雷发声,女为妻汤氏,"年凶岁饥,势难两存,因鬻妻各寻活路。生离难堪,不禁过伤"。得知卖身银十五两,而他们出于饥饿之中,"银到手,如饭到口,腹饥难忍,不得不籴吃买烧",已无法赎身,聂慨然倾囊助,而雷也深感"误君考程,于心不安"。聂归家宣称失银,富室及戚友仍赠金劝再次赴考。聂入场后困倦入睡,梦一"服明朝衣冠"者赠全场文诗,获录乡荐。会试又得梦前人赠文诗,举进士。归途中巧遇雷发声,喜称经营了产业,邀至家酬谢恩人,室壁卷画忽绳断,露出雷家先人之像,正梦中二次赠文诗之人。其原来是雷的祖父,前明官翰林院编修,乃是"祖代后人报君德也",后聂官至太守,携雷至任,托以重务。胡元峰高度评价这一灾荒困苦中的善行:"知全人骨肉者,其德最卓,其效亦最奇。"[1] 灾荒苦难之际,救人骨肉至亲分离之善也是公认的积"阴德",必得回报。

灾荒语境中的奖励赈救传说,往往是凡施赈济民则必得善报的。新闻画报描绘客居上海的广东人谭某,家有狐患,出二百两银助赈,请封翁作法驱邪。因赈灾利于百姓,封翁勉力而为,作法焚化赈银之票,"忽见一团黑气从屋内滚出,谭家的狐患从此遂绝"[2] (图20-2)。

明清应灾、御灾实践故事的民间书写,体现出超越灾害学的难得的认识价值,如同论者所总结的:"灾难给学术研究提供了一个不可多得的平台,平时不容易看到的、涉及人类社会本质一些基本命题的行为,可以在灾难过程中充分体现。另外,通过解读分析灾难及其民众和各级政府对它的反应,也可以帮助决策者和救援机构在日后灾难发生时,克服以往救灾赈灾中的弊病,更为有的放矢地进行灾后重建";"民间的历史记忆是痛苦的记忆,留下来的往往是最刻骨铭心的事实与瞬间。"[3] 当然,这些还远不能算作是全部。

---

① 解鉴:《益智录》卷三《聂文焕》,人民文学出版社1999年,第80—81页。
② 吴友如等:《点石斋画报》,大可堂版,1888年。
③ 范可:《灾难的仪式意义与历史记忆》,《中国农业大学学报》(社会科学版)2011年第1期。

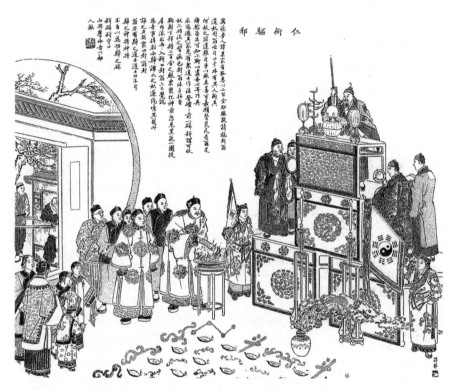

图 20-2　仁术驱邪

第四节　灾荒、逃荒中结恩报恩书写及其局限性

古代报恩文化是伦理型文化的重要分支,带有"以德报德"的正义性,也因其芜杂和必报之期,具有难以回避的民俗习惯、时代局限、认知悖论等特征。一直以来,由于需要强调民族精神的侠肝义胆,人们往往更多侧重于弘扬渲染报恩的合道德性伦理价值,知恩图报行为的诚信、侠义之可歌可泣,而有意无意地忽略了报恩故事书写中隐含的一些利己动机、异常期待心理,特别是作为行为主体,在"一报还一报"的因缘链接中,族群思维惯性的强大掌控力,潜在地销蚀着社会法则与伦理规范对个体的影响力,带有交换性质的特征及其局限性①。

灾荒、逃荒中的遇到救助、衔恩酬报,是古代应灾、御灾文学与侠义报恩母题交叉融合的重要书写,先前罕有人注意,这里姑且名之为因灾结恩报恩母题,也有着一些与整个报恩伦理类似的规则及其局限性。

首先,是赈灾、行善的常态性、普遍性与获得"社会酬赏"的偶然性、个别性幸运巧合的关系。王兆云(？—1601)《白醉璅言》载,袁忠彻致政(退休)归四明,当地一位年迈参政官来贺,搀扶他的童子衣褴褛,貌古怪。袁凝视那童子。参政怪而发问,袁答曰我看此儿,"他日之贵显,当轩轾于公",参政不信。这位童仆,后来虽因顽皮不端被逐出门,但他诚实忠厚,困苦时还能归还一位妇女的失物(金银)。碰巧这是一位要前往京城为夫申冤的妇女,由于失财得及时归还,案子昭雪成功,这位就连童仆都当不成的孩子,竟然幸运地成为妇女的丈夫——四明指挥使的嫡子,继承了官位②。故事折映出,偶然的一念之善,可能会系于别人的身家性命,也可能会使自己因此得到幸运之神的眷顾。

其次,灾荒中女性命运的问题。少女嫁给偶遇的善人,女性报恩的无奈选择与价值体现,也因灾而"施小报大",以自身为报答救命之恩的资源,是否能从根本上改变受灾女性的命运? 说光绪初,直隶大荒(丁戊

---

① 刘卫英等:《义利之间:明清小说恩报叙事的复杂性》,《山西大学学报》(哲学社会科学版)2018年第6期。
② 褚人获:《坚瓠集》广集卷五《丐儿还金》引,《笔记小说大观》第十五册,江苏广陵古籍刻印社1984年影印,第419页。

奇荒)时,兄嫂二人携妹至天津求食。日暮时途遇卖糕者,嫂饥,兄即买糕。但只是夫妇共食,妹在旁啜泣,卖糕者的一念之善使事情发生戏剧性陡转:

> 卖糕者大不忍,乃推车就女曰:"吾糕垂尽矣,所值无多,以畀汝,不责值也。"已而三人食毕,兄嫂起而召妹偕行。女曰:"前路茫茫,行将安住? 往而无食,亦无生理。吾受此人一饱之恩,不如从彼去,免为兄嫂累也。"卖糕者大喜曰:"吾固无妻者。得此女为妻,何幸如之! "转求之兄嫂。兄嫂曰:"既彼此皆愿,吾何间焉? "卖糕者乃以车载女,并招兄嫂同至其家。翌日成礼,扫旁舍居其兄嫂。其家固不甚贫。有骡二头,分一与其兄,使赁于人而食其值焉。①

灾荒挤压下基本的人伦纲常无情破裂,手足至亲不如路人。少女从兄嫂吃糕的表现,看出了自己未来厄运,只能断然自救——嫁给陌路相逢的卖糕者。此举不仅以自身为资源实现感戴救命大恩,还宽厚地给了兄嫂一份继续活命的资本,载录者俞樾客观展示了美丑比照的逃灾剪影,只赞叹了少女之美善、卖糕者厚道:"余谓此女颇有识见,而此卖糕者亦长者也。萍水相遇,遂成伉俪,颇非偶然。安知其子孙不寖昌寖炽,成一大族,而推本所自,传为美谈乎? "可是,子女多了就能在天灾袭来时成功应对吗?

有的逃灾传闻称,某饭摊来了位十六七的少女,饭后计值十八文。女自述下游遭水灾逃出,匆匆未带钱,家人很快能到。摊主令其坐门外等待,"及暮未至,观者如堵,女默无言"。在围观者聚集的窘迫情境中,有位丝店少年问知缘故,慨然代偿其饭钱,由于男女都年少,授受不便,就转而央求一老翁代付。"女酬肆讫,尾少年至丝店,店主诘之。女曰:'逃灾行已二日,再行亦无所归。然不能无故受少年恩,计不如嫁之。'店主语少年,辞以贫,女搟袖露金钏三,曰:'不足忧也! '店主嘉之,遂邀街邻为之撮合。"富家女蒙难,遭遇拿不出普通一顿饭钱的尴尬,只因身在逃荒之旅。故事暗讽饭摊主人缺少恻隐之心、围观路人冷漠的同时,采

---

① 俞樾:《耳邮》卷二,《耳食录·耳邮》,岳麓书社 1986 年,第 361—362 页。

蘅子不禁盛情点赞："此女观人于微,不动声色,亦智矣哉!"①

灾害之际走投无路,幸获"完全利他"者——善心人的相助,载录者总是着眼于受赈、获救少女的见识、果断,然而,这太艰难的抉择,似不能全由被灾少女来承领,家庭责任缺失恰恰反映了礼崩乐坏,灾时基本人伦关系破裂,社会救助体系亦无效率。

第三,道德御灾法。诸如割股疗亲的道德母题也介入灾害故事中。《野叟曝言》第一百二十九回水夫人病重时,文素臣之子文龙以自己的肉煮汤给她喝。这引人佳评:"值得注意的是,水夫人说这个汤十分香美,身体也立刻神奇地好起来。听说水夫人爱喝这种汤后,素臣的妻妾和女仆也纷纷效法文龙……尽管水夫人严厉反对,但是这种异端疗法的奇效却证明,作为一种孝行,它是有价值的。最终证明文龙所选择的权宜之举具有正当性的是他的祈祷终止了一场长时间的干旱(水夫人生病时它已经在困扰着北京了),一场持续七天七夜的大雪就是对他的回报。"②尽管有了上述的一些局限性,不可否认,在这个古老而多灾多难的土地上,因为有种种灾荒、苦难而增多了施赈、结恩的机遇与佳话。

女性的道德与被灾后尊严持守,也是应灾道德母题感人泣下的一支。求赈也往往未必能如愿获赈,可能还会因此遭遇冷遇甚至羞辱。光绪初"丁戊奇荒"中以刘姓妇女第一人称咏叹的《荒年歌》③,描述了"失去一切存活家庭成员的"绝望中年轻妇女向过路男子哭诉,在窘迫与孤独中女孩和妇女"试图'无耻地'向路过的男人卖身",国外学者认为这"暗示着家庭和传统道德秩序的崩溃","在饥荒中决定饿死或自杀而不是失贞,属于广义的'寡妇贞节狂热崇拜'的一部分,它在清代达到顶峰……18世纪,当地县志中贞洁寡妇传记的数量剧烈地增长,纪念道德妇女的贞节牌坊数量也是如此。到了19世纪中期,对于当地士绅和向

---

① 采蘅子:《虫鸣漫录》卷二,《笔记小说大观》第二十二册,江苏广陵古籍刻印社1984年影印,第363页。

② [美]艾梅兰:《竞争的话语——明清小说中的正统性、本真性及所生成之意义》,罗琳译,江苏人民出版社2006年,第198页。

③ 《荒年歌》:"那(哪)一家财东家把我怜念,我情愿嫁与你事奉榻前,或为妇或做婢我都情愿,那怕你做使女作为丫环。白昼间我与你捧茶掇饭,到晚间奴与你扫床铺毡。他言说粗细活我都能干,论大小我今年二十零三。清早起我与你织布纺线,黑夜间做针工早起迟眠。每一天喝面汤只是两碗,不吃馍净喝汤心里喜欢。不偷吃不游门看守家院,生产个好孩子站立面前。"张博文、王满仓编:《运城灾异录》,运城史志办1989年,第110页。

上流动的平民家庭来说,对贞节寡妇的表彰已经成为家庭地位的重要表达"①。然而,这一现象并不仅在清代后期如此,明代笔记也早就关注到这类因灾荒发生的社会现象,只不过"社会救助"并未对这类年轻妇女受赈、救助的特殊性做好应有的应对措施。如万历九年、十年(1581—1582),山西连年大旱,百姓多受灾而死。仅平凉、固原、城外掘万人大坑即三五十处,都满。万历十六年举人朱国祯(1558—1632)留下了年轻女性生命最后的剪影:

> 有一富家女,父母饿死。头插草标,上街自卖。被外来男子调戏一言,惭甚,自撞死。有一大家少妇,见丈夫饿垂死,将浑身衣服卖尽,只留遮身小衣,剪发,沿街叫卖,无有应者。其夫死,官差人拉在万人坑中,少妇叫唤一声,投入坑。时当六月,满坑臭烂。韩王念其节义,将妆花纱衣一套救之,妇言:"我夫已死,我何忍在世饱饭!"昼夜哭,三日而死。②

巨灾致被灾者命悬一线,这两位长期优裕生活中的女性,岂不都期盼救助,怀求生渴望?但在前者,遇到"外来男子"(很可能也是逃荒者)的调戏——语言暴力,她承受不了这从未有过的精神刺激,只能以死抗议;在后者,忍辱含垢偕夫艰难同行,虽希望之光愈益暗淡仍在坚持,然而一旦夫死,就放弃了继续活命的机会。对于她们来说饥饿还不算最难熬,最后击碎求生信念的是失去自尊与亲人。灾害苦难中女性的生命脆弱,在此呈现为玉碎的坚强。试想,如果"富家女"在被调戏时看客中有行侠仗义者,引家中相依为命者,后者更讲究一些救助的方式、场合(选择在晚上周边无人时,"三日"的时间不短),有更会办事老母接入家中抚慰,恐怕就不会眼睁睁地看着她们走向绝路。

第四,惩恶扬善,对灾难中见死不救者谴责,对济难善行褒奖。乾隆年间多处为官的王椷,曾记载浙江民间故事,说余姚的兰山遭遇风暴潮溃堤,洪水大至:

---

① [美]艾志端:《铁泪图:19世纪中国对于饥馑的文化反应》,曹曦译,江苏人民出版社2011年,第198—201页。
② 朱国祯编著:《涌幢小品》卷二十七《水旱》,中华书局1959年,第645—646页。

有村人女,插簪翘乘椟浮于水,冀人之援而赠之也。一少年泅水至,悉拔其钗环而去,女哀祈之,弗顾。寻漂值淤州,乃得生。逾年,出嫁邻村某氏子。吾乡婚娶行亲迎礼,新妇梳妆时,必延婿入,俟妆毕始启行。女窥婿,即曩之少年也,愤填胸臆,痛数其罪而詈之,毁妆誓死,坚不肯行。父母劝谕百端,不听,竟却其婿,为尼以老。少年悔恨发狂死。[1]

民俗学家关注到,清代余姚故事《只捞衣箱不捞人》被《中国民间故事集成·浙江卷》收入,"其情节与此文相似,当地还有据此情节改编的戏曲《三篙恨》,在民间颇有影响"[2]。此当来自明末拟话本。说崇祯元年(1628)七月,浙江沿海发生了狂风暴雨、潮灾洪水。海宁县北朱安国,为人"暴戾奸狡",两年前与袁花镇郑寡妇女儿定亲,出了聘资。而他的族叔朱玉,比他小两岁,虽穷而"做人忠厚"。大水灌流,朱安国立在船上捞余漂来物,只见水上漂过两个箱子,上骑着个十七八岁女子,一老妇人扑在箱上呼救(实为郑家母女)。安国却心生恶念,以篙将老妇一搠,二人滑落水。少女喊:"大哥,没奈何,只留我性命,我将箱子都与你,便做你丫头,我情愿。"安国看到女貌美,又想若留了她,讨箱子讨人命,就狠心一篙把箱子一掀,女也随波而去。安国抢到箱子,而女漂到了朱玉家,获救。并诉说在那大树下,"船里一个强盗把我母亲推下水去,又把我推落水中,箱子都抢去。是这样一个麻脸,有廿多岁后生。如今我还要认着他,问他要。只是我亏你救了性命……我没人倚靠,没什报你,好歹做丫头服侍你罢"[3]。而朱玉是很理性的:"那人抢你箱子,须无证见。你既已定人,我怎好要你",给她做饭、晒衣,并无他心。水退后,善良的朱玉在娘舅和众人"撺掇"下与获救少女成亲。朱安国"劫贼反诬"告状,被

① 王槭:《秋灯丛话》卷十四《却婚为尼》,黄河出版社 1990 年,第 236 页。潮灾,指海水上陆造成沿海生命财产损失的严重海洋自然灾害,分为风暴潮灾(多台风引起)和地震海啸两类。中国沿海是仅次于孟加拉湾的第二大风暴潮重灾区,钱塘江河口为世界著名强潮河口(包括嘉兴),"在天启四年(1624)以后直至明朝灭亡,其间又曾有段潮灾相对多发的时期……根据文献记录,海宁潮患尤烈。"王申等:《明代(公元 1368—1644)钱塘江河口潮灾时空分布及其影响因素》,《古地理学报》2019 年第 4 期。
② 顾希佳:《中国古代民间故事类型长编》(清代卷),浙江大学出版社 2012 年,第 238—239 页。
③ 梦觉道人、西湖浪子辑:《三刻拍案惊奇》第二十五回《缘投波浪里　思向小窗亲》,北京大学出版社 1987 年,第 269—278 页。

核实判作："知图财而不知救人,而已聘之妻,遂落朱玉手矣。是天祸凶人,夺其配也……"最后懊恨成病几死。小说以善恶形象的鲜明对比,写出了人们面对灾难中的行为才决定灾后得失:"狠心贪财的,失人还失财;用心救人的,得人又得财。祸福无门,唯人自召。"

第五,赈灾制度、习俗等还往往泛化为应灾社会心理,恩及禽兽。如白鼠告饥的传奇性故事,具有鼓励满社会增强"敬畏生命"广泛同情心的劝诫意旨。北京的满族官宦世家子震钧(1857—1920),曾倾情追忆家族兴旺缘由,竟是当年高祖母慈悲之怀,恩及家中的鼠所致:

> 余家旧居,在西单牌楼马尾斜街。自七世祖处士公(讳常喀)蛊世,先高祖农部公始四龄,家业为族人所攘。老仆郑姓奉高祖奔戚某家,为之延师课读,驯至成立。公幼慧,十二学成,十四遂为戚家课其幼子。后学者益众,名大著,为蒙古公聘课其子,即前卷所记贝勒单巴多尔济也。公授徒于外,先高祖母以勤俭持家,率仆妇郑,以针黹佐薪水,恒至丙夜。先祖兄弟七人,皆太夫人出。方幼弱,夏夜一炕不能容。太夫人布席于地,勤女红。一夜忽来白鼠赤睛,向太夫人人立而拱,仆妇骇绝。太夫人曰:"鼠饥求食耳。"取物饲之,鼠始去。后太夫人寿八十四,殁时恭慎公官侍郎矣。[①]

这是饥馑之时,鼠为某家族佑护的故事母题,也不排除是以果推因,但宁愿如此。这有说服力地表明应灾、御灾文化的深固,似乎通灵之鼠,也知告灾;成功获赈,而人类的家族吉运也为此得到庇护。故事隐喻意义具有指向人兽共同体互利互惠的可贵生态思想。

第五节　地方官善行感天传统与匿灾的社会根源

匿灾,主要为避免朝廷乃至皇帝的怪罪追究。上古以降,天子喜趋吉辟恶久矣,相关祭祀习俗,就是这一心理趋向的践行。明清朝廷还设定有遇灾蠲免租税的规定,赵慎畛称:"我朝每年冬月,谕各省督抚,有被

---

① 震钧:《天咫偶闻》卷五,北京古籍出版社 1982 年,第 121 页。

灾应加赈者,预奏,俟新春元日降旨蠲缓。虽一隅偏灾,亦惠所必施。锡福春祺,率成常例。"[1] 又如乾隆皇帝被认为是:"忧勤稼穑,体恤苍黎,每岁分命大吏报其水旱,无不见于翰墨。地方偶有偏灾,即命开启仓廪,蠲免租税,六十年如一日。"[2] 就是除了免租税之外还可能得到赈济的粮食,那么,地方官为什么还要匿灾、讳灾呢?

首先,匿灾的深远根源,在于将灾害体现出来的天意责罚,归结到地方官德行上,这是一个古远的约定俗成传统。根本上说,还是"善行感天""恶行天怒"的两极对应思维模式。这一观念似乎来自对天意降灾的恐惧。《尚书·金縢》载周公辅佐武王、成王,武王病重时周公愿以身代,史官奖祷词载入箱内以金縢加固。成王即位,流言称周公将篡,只好避位,适逢风雨雷震,国人大恐,成王集众臣打开金縢,才明白天灾缘由,于是成王谢罪,周公复位,天象恢复正常。本地灾害得免,多被解释为官员积善所致,史传的贤人政治书写建构了传统。较早的"蝗不为灾"见《后汉书·卓茂传》,写东汉平帝时天下大蝗,"河南二十余县皆被其灾,独不入密县界",因密县令卓茂在任期间"教化大行",蝗也不来捣乱。个案被上升到了普遍性的高度,遂成为德行感化异类的范例:"'凡人所以贵于禽兽者,以有仁爱,知相敬事也。今邻里长老尚致馈遗,此乃人道所以相亲,况吏与民乎?吏顾不当乘威力强请求耳。凡人之生,群居杂处,故有经纪礼义以相交接。汝独不欲修之,宁能高飞远走,不在人间邪?亭长素善吏,岁时遗之,礼也。'人曰:'苟如此,律何故禁之?'茂笑曰:'律设大法,礼顺人情。今我以礼教汝,汝必无怨恶;以律治汝,何所措其手足乎?一门之内,小者可论,大者可杀也。且归念之!'于是人纳其训,吏怀其恩。初,茂到县,有所废置,吏人笑之,邻城闻者皆蚩其不能……数年,教化大行,道不拾遗。平帝时,天下大蝗,河南二十余县皆被其灾,独不入密县界。督邮言之,太守不信,自出案行,见乃服焉。"[3] 宋均迁为九江太守,他停止设槛阱阻虎灾的宽纵措施,奇迹发生:

---

① 赵慎畛:《榆巢杂识》下卷《冬月奏赈》,中华书局 2001 年,第 218 页。

② 昭梿:《啸亭杂录》卷十《纯皇爱民》,中华书局 1980 年,第 333 页。据清史学家对乾隆朝蠲免钱粮问题的研究,很大部分是因灾蠲免,见常建华:《清代的国家与社会研究》,人民出版社 2006 年,第 120—171 页。

③ 范晔:《后汉书》卷二十五《卓茂传》,中华书局 1965 年,第 870 页。

下记属县曰："夫虎豹在山，鼋鼍在水，各有所托。且江淮之有猛兽，犹北土之有鸡豚也。今为民害，咎在残吏，而劳勤张捕，非忧恤之本也。其务退奸贪，思进忠善，可一去槛阱，除削课制。"其后传言虎相与东游度江。中元元年，山阳、楚、沛多蝗，其飞至九江界者，辄东西散去，由是名称远近。浚遒县有唐、后二山，民共祠之，众巫遂取百姓男女以为公姬，岁岁改易，既而不敢嫁娶，前后守令莫敢禁。均乃下书曰："自今以后，为山娶者皆娶巫家，勿扰良民。"于是遂绝。①

这一习俗也可能是童男童女祭妖来源。兽灾的因人事而盛行或消减，即某一动物物种离开特定地区，体现了动物有灵观念同"官员善行感天"模式的融合，或曰是后者在前者中的体现及有效拓展。如某地虎灾停止，因有了江陵令刘昆。"时县连年火灾，昆辄向火叩头，多能降雨止风……先是崤、黾驿道多虎灾，行旅不通。昆为政三年，仁化大行，虎皆负子渡河。帝闻而异之。二十二年，征代杜林为光禄勋。诏问昆曰：'前在江陵，反风灭火；后守弘农，虎北度（渡）河，行何德政而致是事？'昆对曰：'偶然耳。'左右皆笑其质讷。帝叹曰：'此乃长者之言也。'顾命书诸策。"②"虎皆负子渡河"成为理想吏治、清官能臣业绩的隐喻言说。

官员善行，致使其祈天有灵，天降甘霖灭火。唐修《北史》将此类奇迹归结为官员的道德感召。"张季珣……累迁并州司马。及汉王谅反，遣其将刘建攻之，纵火烧其郭下。祥见百姓惊骇，其城西有王母庙，登城望之，再拜号泣曰：'百姓何罪，致此焚烧？神其有灵，可降雨相救。'言讫，庙上云起，雨降而火遂灭。士卒感其至诚，莫不用命。援军至，贼退。以功授开府。"③免于水灾，则见于《北史·循吏传》。说辛公义迁并州刺史。他先前任岷州刺史就非常亲民，到并州一下车，先至狱中，露坐牢侧，亲自验问，断狱非常有效率：

罪人闻之，咸自款服。后有欲诤讼者，乡间父老遽相晓曰："此盖小事，何忍勤劳使君！"讼者多两让而止。时山东霖雨，自陈汝至于沧海，皆苦水灾。境内犬牙，独无所损。山出黄银，获之以献，诏

---

① 范晔：《后汉书》卷四十一《宋均传》，中华书局 1965 年，第 1412—1413 页。
② 范晔：《后汉书》卷七十九《儒林列传》，中华书局 1965 年，第 2550 页。
③ 李延寿：《北史》卷八十五《节义传》，中华书局 1974 年，第 2860—2861 页。

水部郎娄崱就公义祷焉，乃闻空中有金石丝竹之响。[1]

正史所记，或可为民俗传闻的改写，互为表里，而六朝志怪不免与此相互生发。如干宝《搜神记》卷二六载求雨、驱蝗、逐虎三灾并除，都与正直能干的地方官身体力行相关。首先，是官员冒着生命危险发誓，精诚祷雨，以积薪自焚祈天。"谅辅……夏枯旱，太守自曝中庭，而雨不降；时以五官掾出祷山川，三日无应，乃曰：'辅为郡股肱，不能进谏纳忠，荐贤退恶，和调阴阳；至令天下否滆，万物燋枯，百姓喁喁，无所告诉，咎尽在辅。太守内省责己，自曝中庭，使辅谢罪，为民祈福，三日无效。今敢自誓：至日中雨不降，请以身塞无状。'乃积薪柴，将自焚焉。至禺中（近午）时，山气转起，雷雨大作，一郡沾润也。"[2]

其次，与上面相对应，既是凭借官德驱蝗，倘若该人离职，蝗灾则会再度复发。干宝《搜神记》称后汉徐栩执法详平，"为小黄令，时属县大蝗，野无生草，至小黄界，飞过不集"[3]。而谢承《后汉书》载徐栩因蝗离境恢复上级的信任，"时陈留遭蝗，过小黄，飞逝不集。刺史行部，责（徐）栩不治。栩弃官，蝗应声而至。刺史谢，令还寺舍，蝗即皆去"[4]。蝗虫不来危害当地，被书写为看贤明官的面子，它们随时洞悉该官员是否还在当地父母官的职位上。再就是断狱清正，伦理辐射力能感猛兽离开贤官辖区。"王业，字子香，汉和帝时为荆州刺史，每出行部，沐浴斋洁，以祈于天地：'当启佐愚心，无使有枉百姓。'在州七年，惠风大行，苛慝不作，山无豺狼。"[5] 有的佚文也保存着"官有德政"的民俗记忆，如荆州刺史王业"卒于支江，有三白虎，低头曳尾，宿卫其侧。及丧去逾州境，忽然不见。民共立碑文，号曰：'支江白虎'"[6]。猛兽之于贤官的态度，一似蝗虫群的去留选择。

人事之中尤以民间冤情构设，最易引起天怒。《旧唐书·刑法志》："冤人吁嗟，感伤和气，和气悖乱，群生疠疫，水旱随之。"柳宗元曾对此

① 李延寿：《北史》卷八十六《循吏传》，中华书局 1974 年，第 2884—2885 页。
② 李剑国辑校：《新辑搜神记·新辑搜神后记》，中华书局 2007 年，第 425 页。
③ 李剑国辑校：《新辑搜神记·新辑搜神后记》，中华书局 2007 年，第 428 页。
④ 汪文台辑：《七家后汉书》，河北人民出版社 1987 年，第 137 页。
⑤ 李剑国辑校：《新辑搜神记·新辑搜神后记》，中华书局 2007 年，第 428—429 页。
⑥ 李昉等：《太平御览》卷八九二《兽部四》，中华书局 1960 年影印，第 3960 页。

表示疑问："曰'然则致雨反风,蝗不为灾,虎负子而趋,是非人之为则何以。'余曰:'子欲知其以乎？所谓偶然者信矣。必若人之为,则十年九潦八年七旱者,独何如人哉！其黜之也,苟明乎教之道,遂去古之数可矣。反是,则诞漫之说胜,而名实之事丧,亦足悲乎！'"[①]否则,一旦发生天灾,执政者就应该从自身寻找原因,检点失察之处,房玄龄编《晋书》称:"秦、雍二州地震裂,水泉涌出,金象生毛,长安大风震电,坏屋杀人,坚惧而愈修德政焉。"[②]对此近年已有研究者注意[③]。

兽灾、蝗灾(以及瘟疫)等体现出来的灾害客体(灾害制造一方)对灾害主体(受灾者)的选择,合乎人间伦理的支配规则,也具有空间性质。灾害体现出上天赏罚的无往不在,允为"人在政存"的人治社会特征。《左传·僖公五年》即有所谓:"鬼神非人实亲,惟德是依。故《周书》曰'皇天无亲,唯德是辅。'又曰:'黍稷非馨,明德惟馨。'"[④]上天只助有德者,光明之德行才能馨香远播,灾害客体能动选择灾害主体被确认并合理化。《礼记·中庸》重申"为政在人":"子曰:文武之政,布在方策。其人存,则其政举(推行);其人亡,则其政息。"[⑤]作为古代贤人政治的重要构成的"人在政存"观念,推展到灾害文化中,演变成受灾与否由"灾害主体"自身德行所决定,而"灾害主体"法人代表即任上的地方官。这一方水土一方人有否灾害,就是"上天之眼"察照地方官德行的反应。因此,形成了古代灾害文化的政治化与"人治"伦理特征。

"灾害客体",对灾害主体选择方式的不同,也值得注意。相对来说,兽灾蝗灾往往具有自发性;而瘟疫则属承领冥间指令的外派性。无论何种,仿佛均有对当地官员德行的一个必备"考察"过程。如此一来,谁能提前获悉冥使(蝗神、瘟疫使者等)莅临本地的信息,采取适当对策,就特别重要。《聊斋志异》中的《牛癀》《柳秀才》及卷一《雹神》诸篇可资证实,路遇(迎候)灾害客体(瘟疫使者、蝗神、雹神等)祈免灾,该是多么有效的"跑步免灾",既为一方生灵(不限于黎民百姓)成功避灾,又得贤官

① 柳宗元:《柳河东集》第十六卷《褕说》,上海人民出版社1974年,第296—297页。
② 房玄龄等:《晋书》卷一百一十三《苻坚载记上》,中华书局1974年,第2889页。
③ 李道和:《岁时民俗与古代小说研究》,天津古籍出版社2004年,第425页。
④ 杨伯峻编著:《春秋左传注》,中华书局1981年,第309页。
⑤ 阮元校刻:《十三经注疏》,中华书局1980年影印,第1629页。

之美誉。属古代应灾习俗中强大的、主流化的民间信仰。

再次，地方官匿灾与其懒散、殆政也密切相关，他们不愿因承领赈灾的后续工作而权力分散，"多一事不如少一事"地应付，不作为。这牵涉"丁戊奇荒"中对"无偿放赈"问题的批判。艾志瑞曾揭示晚清中国灾荒与意识形态之间具有微妙关系——官员救荒中"无偿放赈"，不要求灾民做工以偿还赈济，指出1878年英国报纸有编辑对此警告："不教育人民自食其力他们会变成流浪汉和乞丐。"呼吁清政府应以英属印度为榜样，设置一些公共性工作而不是简单地放赈了事；称只有利用灾民的劳动力，才能确保"慈善的礼物绝不会浪费在不该接受的人身上，不会使穷民因为游手好闲而不诚实劳动谋生"。这一反对无偿放赈观点，也附和了19世纪在印度、爱尔兰赈灾的英国官员的主张，他们确信应把慈善给予值得帮助的、具有自食其力品质而不是懒惰、依赖性强的穷人[1]。从前面赈灾官员遇害的"窝案"故事可了解，在具体赈灾过程中，"官"每多被架空，实际操办的是执行力阶层"吏"，其中不少人贪婪、冷血，很难被监控。这就提出了赈灾效果的问题，赈济实际上也是一个优化国民素质或相反的过程，如果赈济不合理成了"优汰劣胜"——老实人饿死而刁钻无赖存活，那赈灾于社会的意义也就大打折扣。

因此，匿灾不是只表现在瞒灾，而是对奏报、赈济的模糊化态度，往往是在拖延、迟滞。这一问题，宋代苏轼、朱熹等已深感困扰。明代丘濬（1420—1495）所编的务实求用之书，着眼赈灾之弊的现实，继续追索苏轼提出的何以救荒仓粟发之迟的老问题。"所以迟者，其故何在？盖以有司官吏惟以簿书为急，不以生灵为念，遇有水旱灾伤，非甚不得已，不肯申达，县之上郡，郡之上藩府，动经旬月，始达朝廷。及至行下，遣官检勘，动以文法为拘，后患为虑，因一之诈，疑众皆然，惟己之便，不人之恤，非阽于死亡，狼戾惨切，朝廷无由得知。及至发廪之令行，赍银之救至，已无及矣。"[2]在层层上报、层层拖延时，地方官左顾右盼，揣摩各层官员意向，顺水推舟地"走程序"，也是官场惯例在明清报灾过程中的常态化表现。

---

① 李文海、夏明方：《天有凶年：清代灾荒与中国社会》，生活·读书·新知三联书店2007，第512—513页。

② 丘濬：《大学衍义补》卷十六，中州古籍出版社1995年，第263—264页。

第二十一章　冤死天示灾异传说
与"天人相应"传统

晚清新闻图画曾广为传播风灾及其来由,仍认为气候"祥和调畅,为天之喜气所宣",而大风扬砾飞沙等,是上天在向人们发出警告:"京师于六月初九日,狂风忽起,屋瓦飞扬。广安门外小井村有槐树一株,大可数围,是日竟被风拔起,高飞二丈有余,始行扑地。适压一农夫身上,陡即毙命,余人被伤,轻重不等。一时呼号之声,惊天动地,是亦一奇灾也。昔周盛时,天火雷电以风,大木斯拔,以至邦人大恐。今复见之,天之所以示警也深矣!"① 这一"天怒兴灾"的信奉可谓由来久矣,戏曲民俗的传播推动作用甚大,如关汉卿《窦娥冤》写窦娥临刑前发出三桩誓愿:血洒白练、雪飞六月、亢旱三年。监斩官也说"这死罪必有冤枉"。这一民俗母题是丧悼文化习俗与复仇主题结合的产物。冤死天示灾异,是个体生命遭遇不平,引发自然灾异和怪异事件,此外还往往有"冤死尸不腐""尸痕不灭"等描述。该母题本土早有,中古汉译佛经故事与中土旧有习俗融汇,形成了恒久的民俗记忆与顺接联想。

第一节　冤死天怒母题在中土史乘典籍中的基本表现

华夏古人的农耕民族经验式思维,惯于将种种自然界灾异,与人世社会"多难"现象对应,引发出对人的命运的关注和思考。《诗经·小雅·十月之交》即载:"十月之交,朔日辛卯,日有食之,亦孔之丑(凶恶)。"邓云特《中国救荒史》统计,《春秋》载日食36次,地震5次,山崩2次,大水9次,大雨雪3次,大雨雹3次,虫灾14次,物异5次,火灾10次。在"天人合一"类化思维支配下,冤死天怒,仅从国别文学来说,也

---

① 吴友如等:《倔强性成:点石斋画报》(竹集),中国文史出版社2001年,第75页。

是由史入文,文献典籍中广泛分布的神秘信仰与书写策略,即《管锥编》说的"史有诗心"。对命运的言说,开始以关注国运为重心,汉代后母题才逐渐向关注个人的命运转移,双线发展。

《史记·周本纪》载伯阳甫曰:"周将亡矣。夫天地之气,不失其序;若过其序,民乱之也……夫国必依山川,山崩川竭,亡国之征也。川竭必山崩。若国亡不过十年,数之纪也。天之所弃,不过其纪。"① 根据是周幽王二年地震,三川枯竭,岐山崩。此本《国语·周语》,说明先民对"山崩川竭"的异常地理变迁,联系到人类社会,是国运不祥预兆。《史记·吕太后本纪》载赵王刘友被谗遭幽禁,死前发誓:"为王而饿死兮谁者怜之! 吕氏绝理兮托天报仇。"死后十二日,日食,昼晦:"太后恶之,心不乐,乃谓左右曰:'此为我也。'"②

人们因异常天象而心理恐慌。《淮南子·览冥训》把个体生命的情感命运联系到异常自然现象:"昔者师旷奏白雪之音,而神物为之下降,风雨暴至,平公癃病,晋国赤地;庶女叫天,雷电下击;景公台陨,支体伤折,海水大出。"高诱注云:"庶贱之女,齐之寡妇,无子不嫁,事姑谨敬。姑无男有女,女利母财,令母嫁妇,妇益不肯,女杀母以诬寡妇。妇不能自明,冤结叫天,天为作雷电,下击景公之台。"③ 苌弘、邹衍等忠臣之枉死,也被认为是引天发怒的根源。《庄子·外物》叙述:"外物不可必(强求),故龙逢诛,比干戮,箕子狂,恶来死,桀纣亡。人主莫不欲其臣之忠,而忠未必信,故伍员流于江,苌弘死于蜀,藏其血三年而化为碧。……"④《吕氏春秋》也指出苌弘不当其罪而被杀,血三年化为碧玉⑤。忠臣冤死后出现异常现象,上天对人世不平有所反应,又曲折而强烈地表达出怨恨不平,控诉忠臣被谮遭害,以致上天发怒不按季节地降严霜。

常璩《华阳国志》载,周赧王十四年蜀侯恽祭山川,献馈于秦昭襄王:"恽后母害其宠,加毒以进王。王将尝之,后母曰:'馈从二千里来,当试之。'王与近臣,近臣即毙。王大怒,遣司马错赐恽剑,自裁。恽惧,

---

① 司马迁:《史记》卷四《周本纪》,中华书局1959年,第145—146页。
② 司马迁:《史记》卷九《吕太后本纪》,中华书局1959年,第403—404页。
③ 何宁:《淮南子集释》卷六《览冥训》,中华书局1998年,第443—444页。
④ 陈鼓应注译:《庄子今注今译》,中华书局1983年,第702页。
⑤ 陈奇猷校释:《吕氏春秋校释》卷十四《必己》,学林出版社1984年,第826页。

夫妇自杀。秦诛其臣郎中令婴等二十七人。蜀人葬恽郭外。十五年，王封其子绾为蜀侯。十七年，使闻恽无罪冤死，使使迎丧入葬之郭内。初则炎旱，三月后又霖雨；七月，车溺不得行。丧车至城北门，忽陷入地中。蜀人因名北门曰咸阳门，为蜀侯恽立祠。其神有灵，能兴云致雨，水旱祷之。"①该书卷八《大同志》还载太安二年夏四月，隐居白鹿山，高尚皓首不预世事的隐士刘敝，遭妖言所诬被杀，"杀之日，雷震人，大雨，城中出水"。

刘向始将官员于定国作为一个智者，称他从自然灾异现象中发现了人世"孝妇"冤情。自此，昭雪反常天象昭示的民事纠纷之冤抑，成为早期清官显示洞察力、办案效率的业绩②。《汉书》本传写东海孝妇被冤杀郡中枯旱三年，后太守至卜求其故，于公曰孝妇不当死，"前太守强断之，咎当在是乎？"于是杀牛、亲临拜祭孝妇冢，表彰其墓，"天立大雨，岁熟，郡中以此大敬重于公"③。干宝《搜神记》将此故事敷衍："太守即时身祭孝妇之墓，未反而大雨焉。长老传云：孝妇名周青。青将死，车载十丈竹竿，以悬五幡。立誓于众曰：'青若有罪，愿杀血当顺下；青若枉死，血当逆流。'既行刑已，其血青黄，缘幡竹而上极标，又缘幡而下云尔。"④孝妇周青事也是因结尾补叙了周青临刑血逆流的异事，构成了一个共性认知模式，于是"冤感天怒"母题，成为一种以特定区域的村落生活为中心的、以孝妇为对象的传说记忆母题，更有理由成立⑤。

宋代郑克编的断案书亦充分注意到此类冤案对自然界影响："后汉上虞有寡妇，养姑至孝。姑以寿终，而夫女弟先怀嫌恨，乃诬妇厌苦供养，加鸩其母。官吏不察，户曹史孟尝言于太守，亦不为理，遂以冤死。郡中连旱二年。"⑥范晔《后汉书·循吏列传》更翔实地称继任太守刘丹访询，孟尝代为辩冤，列举东海孝妇事，刘丹刑杀讼女，祭孝妇墓，天应时

---

① 刘琳校注：《华阳国志校注》卷三《蜀志》，巴蜀书社1984年，第199—200页。
② 向宗鲁校证：《说苑校证》卷五《贵德》，中华书局1987年，第108—109页。
③ 班固：《汉书》卷七十一《于定国传》，中华书局1962年，第3041—3042页。
④ 李剑国辑校：《新辑搜神记·新辑搜神后记》，中华书局2007年，第149—150页。周青事本《法苑珠林》卷四九引，还见于《太平御览》引王歆《孝子传》《天中记》等。
⑤ 参见万建中教授对该孝妇故事的田野作业调查和精彩阐发，见万建军等：《中国民间散文叙事文学的主题学研究》第八章，北京大学出版社2009年，第294—341页。
⑥ 郑克编撰、刘俊文译注点校：《折狱龟鉴译注》卷一《释冤上》，上海古籍出版社1988年，第3页。

下雨。此遂成为史传叙事模式之一。《后汉书·霍谞传》写十五岁的霍谞面对诬陷舅舅宋光案，也引述冤致大旱事："昔东海孝妇见枉不辜，幽灵感革，天应枯旱。（宋）光之所坐，情既可原，守阙连年，而终不见理。呼嗟紫宫之门，泣血两观之下，伤和致灾，为害滋甚。凡事更赦令，不应复案。夫以罪刑明白，尚蒙天恩，岂有冤谤无征，反不得理？是为刑宥正罪，戮加诬侵也。不偏不党，其若是乎？明将军德盛位尊，人臣无二，言行动天地，举厝移阴阳，诚能留神，沛然晓察，必有于公高门之福，和气立应，天下幸甚。"① 此案竟由此得结。然而，孝妇冤死，咎在个别枉杀无辜的官员，于众多百姓何干？也跟着遭受旱魔的肆虐？对此晚唐杜牧《祭城隍神祈雨文》深感不平："东海孝妇，吏冤杀之，天实冤之，杀吏可也，东海之人，于妇何辜，而三年旱之？刺史性愚，治或不至，厉其身可也，绝其命可也，吉福殃恶，止当其身。胡为降旱，毒彼百姓？"② 认为这种上天体现的惩罚泄怒方式，实际上是不公平的。也就是说，在试图惩治不平的同时，又制造了新的不平。

《春秋公羊传》明言灾异之事达 51 次以上，而仅僖公十五年、宣公十五年，把灾异阐释成是由世上人君的行为而来，具有明确的"天戒之"含义。而且《春秋公羊传》并非何休说的"其中多非常异义可怪之论"，还是比较谨严质实的③。《初学记》注引《淮南子》佚文："邹衍事燕惠王尽忠，左右谮之，王系之，仰天而哭。夏五月，天为之下霜。"④《吕氏春秋·应同》："类同相召，气同则合，声比则应"；《制乐》载文王曰："夫天之见妖也，以伐有罪也。我必有罪，故天以此罚我也。"⑤ 董仲舒《春秋繁露·必仁且智》也认为：

> 灾者，天之谴也；异者，天之威也。谴之而不知，乃畏之以威。《诗》云："畏天之威。"殆此谓也。凡灾异之本，尽生于国家之失。国家之失乃始萌芽，而天出灾害以谴告之。谴告之而不知变，乃见怪异以惊骇之。惊骇之尚不知畏恐，其殃咎乃至，以此见天意之仁

① 范晔：《后汉书》卷四十八《霍谞传》，中华书局 1965 年，第 1615—1616 页。
② 何锡光校注：《樊川文集校注》第十四，巴蜀书社 2007 年，第 895 页。
③ 徐复观：《两汉思想史》第二卷，华东师范大学出版社 2001 年，第 202—203 页。
④ 徐坚等：《初学记》卷二《文选·求通亲表》，中华书局 1962 年，第 31 页。
⑤ 陈奇猷校释：《吕氏春秋校释》卷十三、卷六，学林出版社 1984 年，第 678、347 页。

而不欲陷人也。谨案灾异以见天意。天意有欲也,有不欲也。所欲
所不欲者,人内以自省,宜有惩于心;外以观其事,宜有验于国。故
见天意者之于灾异也,畏之而不恶也,以为天欲振吾过,救吾失,故以
此报我也。《春秋》之法,上变古易常,应是而有天灾者,谓幸国。①

　　董仲舒发挥了邹衍的阴阳五行和天人感应的符应说,构造出天人感
应的神学目的论体系。的确,从今天的角度看,未必尽合乎科学,但何以
当时得出这些认识?如李泽厚先生指出的:"中国长期以来是小生产的
农业社会,而农业生产与自然关系极大,所以人们很注意与自然界的关
系,与自然界的适应。为什么有阴阳五行呢?为什么汉代董仲舒以及后
来许多人老注意阴阳五行呢?那就是重视天与人的关系。天就是自然,
人就是人类。我觉得这是中国哲学史上和文化史上很重要的一点。尽
管它强调的是人顺应自然,但毕竟注意到人必须符合自然界的规律,要
求人的活动规律与天的规律、自然的规律符合呼应、吻合统一,这是非常
宝贵的思想。"②而从灾害文学史、灾害伦理的文化史来看,这一观点是绝
大多数赈灾书写、故事传播的逻辑前提。

　　也许是神学宣传在东汉帝王权臣这里做得太过,纬书《春秋·潜潭
巴》亦断言:"疾风拔木,谗臣恣,忠臣辱。"③以致《后汉书·方术传序》
称光武即位,求天下有道之人。"光武尤信谶言,士之赴趣时宜者,皆骈
驰穿凿,争谈之也。故王梁、孙咸名应图箓,越登槐鼎之任。郑兴、贾逵
以附同称显;桓谭、尹敏以乖忤沦败。自是习为内学,尚奇文,贵异数,
不乏于时矣。是以通儒硕生,忿其奸妄不经,奏议慷慨。以为宜见藏摈。
子长亦云:'观阴阳之书,使人拘束而多忌。'盖为此也。"④东汉王充责难
天气寒温实往往并不与人君喜怒对应:

---

① 苏舆:《春秋繁露义证》卷八《必仁且智》,中华书局1992年,第259—260页。注引《左传》
　　宣公十五年:"蝝生不书,此何以书?幸之也。"《春秋繁露·同类相动》还说:"美事召美类,
　　恶事召恶类。"《易·乾凿度》则称:"物感之动,类相应也。"
② 李泽厚:《关于中国美学史的几个问题》,《美学与艺术演讲录》,上海人民出版社1983年,
　　第207—208页。
③ 李昉等:《太平御览》卷八七六引纬书《春秋·潜潭巴》,中华书局1960年影印,第3886页。
　　又引《六韬》:"人主好田猎毕弋,则岁多大风,飘牛马,发屋拔木,民人飞扬数十里。"同卷,第
　　3889页。
④ 范晔:《后汉书》卷八十二《方术列传》,中华书局1965年,第2705页。

当人君喜怒之时，胸中之气未必更寒温也。胸中之气，何以异于境内之气？胸中之气，不为喜怒变，境内寒温，何所生起？六国之时，秦汉之际，诸侯相伐，兵革满道，国有相攻之怒，将有相胜之志，夫有相杀之气，当时天下未必常寒也。太平之世，唐、虞之时，政得民安，人君常喜，弦歌鼓舞，比屋而有，当时天下未必常温也。岂喜怒之气，为小发，不为大动邪？何其不与行事相中得（相合）也？①

这一问题值得这样严正论列，说明在打破一种“说寒温者”所持“以类相招致”的既有传统。

冤感天怒意识主要定型于汉代。道教经典《太平经》卷九十六相信，风雨者，乃天地之忠臣：“受天命而共行气，与泽不调均，使天下不平。比若人之受命为帝王之臣，背上向下，用心意不调均，众臣共为不忠信，而共欺其上，使天下惘惘多变诤，国治为之危乱。”②《老子想尔注》也声称：“道设生以赏善，设死以威恶。”然而积善功德，则“其精神与天通，设欲侵害者，天即救之”③。天灾灵异宣示，不仅冤情为世所共知，最大限度地渲染扩散了冤情的社会反响，且事实上整个社会都在被迫承领冤案后果，看似于情于事有点不公平，而又正是以这种不公平的方式——所有社会成员都受惩来昭明：每个人都有罪！冤情的负面影响得以扩大，影响不可延续，不可容忍。如此又符合神灵施报于人类的无法抗衡性质，以此后果向所有的社会成员施压，让他们成为灾害主体全身心地体察冤死者带来的惩罚，同情死者，感受到平反和补偿不容回避的迫切性。应该说，民俗信仰借助“天谴神怒”暗示正义必须实现。

女性蒙冤感发天地震怒，在传媒不发达时代，是极具有新闻性的社会事件，深入人心引人同情，缘其宗法制背景下习俗深层产生的弱者性别认同感。该母题体现一个核心关目，向来为研究者忽视，就是原告何以总是苦主之女？儿媳为何总是蒙冤被枉地被“恶人”先告？贪婪昏庸的执法者为何总是听信苦主之女诬告？讼女，作为虚构案情的原告，常占据主动、有利位置，往往最终获胜，与宗法制度、父系大家庭的结构相

---

① 黄晖：《论衡校释（附刘盼遂集解）》卷十四《寒温篇》，中华书局 1990 年，第 626 页。
② 王明编：《太平经合校》卷九十六《六极六竟孝顺忠诀第一百五十一》，中华书局 1960 年，第 406 页。
③ 饶宗颐：《老子想尔注校证》，上海古籍出版社 1991 年，第 25、8 页。

关。血缘亲疏,在此起决定性作用,纵使儿媳已是婆家成员,姓婆家姓,但仍被宗族视作"外人",儿媳权利与价值依托在儿子身上,一旦丈夫亡故便打了折扣。某种意义上说守寡后对婆婆她尽其孝道,亦在力图保持夫亡后在夫家的地位。毕竟夫为妇天,作为外姓人的"她者"弱势关键时就显露出来,以致被一旁觊觎久矣、同公婆(舅姑)有直接血缘关系的"女"挟恨构陷,甚至因家产争夺而被置之死地。

相关传闻在大倡孝道的西晋渐趋稳态化。干宝载晋建武元年(304)六月扬州旱,"丞相府斩督运令史淳于伯,血逆流,上柱二丈三尺,其年即旱,而太兴元年六月又旱。杀伯冤之后旱三年,冤气之应也"①。怨气郁结,凝结为物,不可消解的民俗信奉,成为《搜神记》的博物故事,即汉武帝东游所见的当道怪兽。"其身长数丈,其状象牛,青眼而曜睛,四足入土,动而不徙,百官惊惧。东方朔乃请以酒灌之,灌之数十斛而怪物始消。帝问其故,答曰:'此名为患,忧气之所生也。此必是秦家之狱地,不然,则是罪人徒作之所聚也。夫酒是忘忧,故能消之也。'帝曰:'吁!博物之士,至于此乎!'"②

名士多被害的西晋社会悲剧,凝结在早期文学母题中。《晋书》载:"机既死非其罪,士卒痛之,莫不流涕。是日昏雾昼合,大风折木,平地尺雪,议者以为陆氏之冤。"③此其当本《世说新语·尤悔》注引《陆机别传》:"成都王长史卢志,与机弟云趣舍不同。又黄门孟玖求为邯郸令于颖,颖教付云,云时为左司马,曰:'刑余之人,不可以君民!'玖闻此怨云,与(卢)志谗构日至。及机于七里涧大败,玖诬机谋反所致,颖乃使牵秀斩机。先是,夕梦黑幔绕车,手决不开,恶之。明旦,秀兵奄至,机解戎服,箸(著)衣帻见秀,容貌自若,遂见害。时年四十三。军士莫不流涕。是日天地雾合,大风折木,平地尺雪。"④

此类事后世仍称得上史不绝书,成为文史并俱的一个书写模式。《隋书》载梁天监十五年(516),"荆州市杀人而身不僵,首堕于地,动口张目,血如竹箭,直上丈余,然后如雨细下。是岁荆州大旱。近赤祥,冤

---

① 李剑国辑校:《新辑搜神记·新辑搜神后记》,中华书局 2007 年,第 239 页。按,其本事亦见王隐《晋书》,及范晔《晋书·五行志》中的《刘隗传》《郭璞传》及《宋书·五行志》等。
② 李剑国辑校:《新辑搜神记·新辑搜神后记》,中华书局 2007 年,第 423 页。
③ 房玄龄等:《晋书》卷五十四《陆机传》,中华书局 1974 年,第 1480 页。
④ 余嘉锡笺疏:《世说新语笺疏》,中华书局 1983 年,第 897 页。

气之应"。临刑血涌,与当地旱情,递相示现。刑罚酷暴也会引起上天不满,说陈太建十四年(582)七月,建康西至荆州江水赤如血;祯明中,自方州东至海,江水赤。下引《洪范五行传》"法严刑酷,伤水性也",《京房·易占》"水化为血,兵且起",从而说明:"时后主初即位,用刑酷暴之应。其后为隋师所灭。"①李肇《国史补》也称,李锜被擒时有一侍婢随,"锜夜则裂衿自书筹榷之功,言为张子良所卖,教侍婢曰:'结之衣带,吾若从容奏对,当为宰相,扬、益节度,不得,从容受极刑矣。吾死,汝必入内,上必问汝,汝当以此进之。'及锜伏法,京城三日大雾不开,或闻鬼哭。宪宗又得帛书,颇疑其冤,内出黄衣二袭赐锜及子,敕京兆府收葬之"②。浓雾鬼哭,都印证了李锜未来得及申明的冤枉。北宋刘斧写司马戡行刺,遭炀帝所幸朱贵儿痛斥,但行刺者仍坚持"愿得陛下首以谢天下",帝叱曰:"汝岂不知,诸侯之血入地尚大旱,况人主乎?"③符合苦主身份越高、复仇力度越大的传统复仇逻辑。

可见,神学氛围浓郁的汉魏晋南北朝,直至唐宋,"冤死致天怒"的呼声虽然微弱,却很普遍,折映出一般人对客观外界自然现象的联想式认知方式。后世持久沿用的仍是冤死致天怒的神秘思维。

"冤死天怒"母题的发展,带来了唐宋以降相关民俗母题的交叉综合。晚唐还在谈论唐初《朝野佥载》民间传说,说肃州敦煌人鲁般在凉州造浮图(佛塔)、木鸢,击楔子三下可飞回。"无何,其妻有妊,父母诘之,妻具说其故。父后伺得鸢,击楔十余下,乘之,遂至吴会。吴人以为妖,遂杀之。般又为木鸢乘之,遂获父尸。怨吴人杀其父,于肃州城南作一木仙人,举手指东南,吴地大旱三年。卜曰:'般所为也。'赍物具千数谢之,般为断一手,其日吴中大雨。"④将佛经"木鸟"故事,与"遥控"式幻术结合,又把巫术用血亲复仇主题贯串。"大旱"看来还是上天对于滥杀无辜的惩戒,事实上乃是由具有超凡幻术的复仇孝子所控。而何以大旱偏偏在"三年"后又由发出者自己来解除?多半因已达到以大旱惩戒的时限。"三年"是上天惩戒冤杀不平的惯常时限。

---

① 魏徵等:《隋书》卷二十三《五行下》,中华书局1973年,第648—654页。
② 李肇、赵璘:《唐国史补　因话录》,上海古籍出版社1979年,第40页。
③ 刘斧撰辑:《青琐高议》后集卷五《隋炀帝海山记下》,上海古籍出版社1983年,第156—157页。
④ 段成式:《酉阳杂俎》续集卷四,中华书局1981年,第233—234页。

可见,冤死天怒种种表现,的确是源远流长,朝野尽知,成为一种为民俗广泛认同的神秘信号和叙事策略,竟至于引起最高统治者的注意,乃至力图及时解决补救,史书野史都广泛载录。因此,清初褚人获复述《搜神记》"东海孝妇"冤情感天故事,又联系《晋书》淳于伯被冤杀血着柱逆上事。《南齐书》陈显达落马被斩,"血涌湔(洗)篱"及《洛阳伽蓝记》刘宣明直谏忤旨,被斩时"血亦逆流,目终不瞑,尸行百步"等,强调冤死者心有不甘,出现异常。"诸人并以淋漓残败之血肉,能自白其枉。刑官能不为之动念哉!"[①] 同时,冤死天怒,也往往成为改朝换代时统治者"拨乱反正"平反冤案的一个理由,成为现实中不满抗议在文学里铺展渲染的艺术机杼。

第二节　冤死尸不腐、尸痕久存与馨香远扬

冤死,如上所述,乃是个体生命遭遇的不平,但广泛社会效应的灾异得以引发。而且,在冤死者尸身上,也常与此相印证相配合地出现不可思议的怪现象,即"冤死尸不腐",与此相表里则是"尸痕不灭""冤死貌如生"。

首先,该母题是生活实况、体验的表述。汉代墓葬设施即相当讲究,防腐技术较高,墓中尸身"颜色如生"多见于载籍。葛洪《西京杂记》载魏王子且渠冢,浅狭无棺椁,"但有石床,广六尺,长一丈,石屏风,床下悉是云母。床上两尸,一男一女,皆年二十许,俱东首,裸卧无衣衾,肌肤颜色如生人,鬓发齿爪亦如生人。王畏惧之,不敢侵近,还拥闭如旧焉"。幽王冢"百余尸纵横相枕藉,皆不朽,唯一男子,余皆女子,或坐或卧,亦犹有立者,衣服形色不异生人"[②]。怀疑载录的真实可靠,是没有理由的。

受道教"尸解"等信奉影响,后来出现了对于异人死后尸身异常情况的关注,如尸发香气等。《南史·隐逸下》写陶弘景死,"颜色不变,屈

---

① 褚人获:《坚瓠集》秘集卷六《血逆流》,《笔记小说大观》第十五册,江苏广陵古籍刻印社1984年影印,第532页。陈显达事见《南齐书》卷二十六《陈显达传》。
② 无名氏、葛洪:《燕丹子　西京杂记》,中华书局1985年,第41—42页。

伸如常,香气累日,氛氲满山"①。尸久露不腐,在现实中确属可能,不能不引起古人的联想溯因。刘敬叔《异苑》载海陵如皋县东城村边海岸崩坏,"见一古墓,有方头漆棺,以朱题上云:'七百年堕水,元嘉二十载(443)三月坠于悬磩,和盖从潮漂沉,辄溯流还依本处。'村人朱护等异而启之,见一老姥年可七十许,皤头著袿,鬓发皓白,不如(殊)生人,钗髻衣服,灿然若新。送葬器物,枕履悉存,护乃赍酒脯施于枢侧。尔夜护妇梦见姥云:'向获名贶(赐予),感至无已。但我墙屋毁发,形骸漂露,今以值一千,乞为治护也。'置钱便去,明觉果得。即用改敛,移于高阜"②。《幽明录》称冯贵人死后卅余年群贼发冢,"见贵人颜色如故"。《搜神记》《后汉书·陈球传》等亦广传此类事。

其次,冤死者面貌俨然如生,成为一个表达冤死者心有不甘、有助案情得破的艺术机杼。母题同样以物态常理的反常,表现不平的伦理意旨。《西京杂记》写掘墓盗贼畏惧死者面貌如生。《晋书》写十九岁寡妇被叔姑之女挟怨诬其杀母,官吏不察而诛,"时有群鸟悲鸣尸上,其声甚哀,盛夏暴尸十日,不腐,亦不为虫兽所败,其境乃经岁不雨",太守呼延谟了解冤情,斩诬陷者,对冤死妇祭墓加谥,大雨当日即下③。"天怒"的文学表现一般限于冤死者本人,且系易引发同情的年轻女性,交织悼祭观念的尸身禁忌,结合了申冤的信念。后世在冤死女性形象上愈加增饰了性别特征:貌美出众,节操高洁,貌美与贞节相辅相成。借此,相关叙事作品中悲剧美的意蕴遂变得突出。明代《耳谈》故事即模塑了这种信奉:"五台县生王师祖,嬖佃客女,因击妇死,乃勒妇项作缢状,而痕不入。故埋棺湿地,立首向下,冀其速腐,并灭缢痕耳。妇翁已成讼,检者受赂为支吾,而又阴许赂妇翁事,遂寝。越数年,度其尸腐,遂背盟不赂,妇翁复讼。时高苏门先生参政山西,发尸,全体如生,绝无缢痕,而击伤特著。师祖抵死。众谓'凡冤不化',莫不嗟异。"④

清人描写美貌少女德姑,因持守贞洁观念,"心薄小姨无行",被其

---

① 李延寿:《南史》卷七十六《隐逸下》,中华书局 1975 年,第 1899 页。
② 刘敬叔、阳松玠:《异苑　谈薮》卷七,中华书局 1996 年,第 67 页。
③ 房玄龄等:《晋书》卷九十六《列女》,中华书局 1974 年,第 2520—2521 页。
④ 王同轨:《耳谈》卷七《王师祖》,中州古籍出版社 1990 年,第 164 页。

恶兄伙同后娘谋杀，埋地下三年依旧“肌肉不腐，腠理完全，刀痕宛在”，覆验时察刀痕“锋纵而入，旋而出，显非自戕者矣”，有的家奴在场“目睹其异，言其乳头红晕犹鲜若胭脂，而眉睫间尚盈盈含笑焉”，于是冤案得雪①。

　　这类民俗传闻还被缩写转述，进入正史，集中标举。如《明史》转述钱塘刘烈女幼许配吴嘉谏，邻家儿张阿官登室调戏被刘父母执缚，张的侄子就谣传刘女海淫，刘女愤而自缢，“盛暑待验，暴日下无尸气”，吴嘉谏先前误信人言，“徐察之，知其诬也，伏尸大恸。女目忽开，流血泪数行，若对泣者。张延讼师丁二执前说，女傅魂于二曰：‘若以笔污我，我先杀汝！’二立死。时江涛震吼，岸土裂崩数十丈，人以为女冤所致，有司遂杖杀阿官及从子”②。如此细节当吸收了民间传闻。在此，民间传闻、史传文学与小说，因母题的跨文体功能，而打破了界限，自然界的现象——包括多种自然灾害，都可成为惩恶申冤之天意人愿的直接表现。清人又载歙县吴某被妻许氏谋害后，“园产瓜大可合抱，众奇之，鸣官。官疑焉，掘得一尸，貌如生。众哗曰：‘是许氏夫也。’鞫妇，吐其实。缘与邻人私，夫夜归，谋杀之。负尸弃诸河，失路，仍负回瘗园中，十余载矣”③。

　　其三，是冤死者尸痕不灭。当然，这也是冤死者引起上天不平的一个醒目的文学叙事，其每多引发世人对于冤死者悲剧的关切与反思。其标记在冤死女性尸身所覆地面，成为遭受不平的不容掩盖、无法磨灭的现场物证，持久地指认着彼时此地曾经的冤抑。俞樾引宋人吴曾《能改斋漫录》所载叛卒掠妇、妇誓死不从而遇害的老故事：

　　　　而其尸枕籍处，痕迹隐然不灭，每雨则其迹干，晴即湿，宛如人影，往来者莫不嗟异。乡人或削去之，随即复见。覆以他土，其迹愈明。今三十年矣。与顺昌军员范旺事略同。范见迹街砖。而此见于土上；范死于忠，妇死于节……按，今嘉兴城外一牌坊，柱上有僧形，宛然不灭。云国初时，有乱兵掠诸妇女，闭置一室，此僧纵之去。兵乃缚僧于柱而焚死之。至今存其迹焉。过者咸以为异。观此，乃

---

① 潘纶恩：《道听途说》卷三《李德姑》，黄山书社 1996 年，第 70—72 页。
② 张廷玉等：《明史》卷三百三《列女三》，中华书局 1974 年，第 7741 页。
③ 王椷：《秋灯丛话》卷十八《瓜大可合抱》，黄河出版社 1990 年，第 315 页。

知古固有之。①

其四,叙述冤死者尸持久散发馨香,引发人们对于其价值的眷恋和思考,或因此生疑使案情得破。袁枚写两位冤死之女尸发香气,引起官府沿此线索为被害人雪怨。一是童养媳孙秀姑不堪无赖严虎当面羞辱,自杀,随即"忽有异香从秀姑所卧处起,直达街巷,行路者皆愕眙相视。严虎知之,取死猫死狗诸秽物罗置李门外,以乱其气,而其香愈盛",官捕追查,置严虎于法。另有范某卒后,其姊被族人谋产诬害,后荆州太守过范女坟,有异香从其坟起,追查后得知真相,为其昭冤雪恨②。母题为何多表现在女性为受害者? 主要是作为弱势群体蒙受覆盆之冤无处申诉,更需借此宣泄和表现。同时也不排除,尸发香气的确有一定的现实根据。王士禛(1634—1711)称:"先考功西樵,于癸丑七月廿二日以哭先淑人不起,属纩时,口鼻中作栴檀、莲华、兰蕙种种异香,凡三日夜。益都高木王,予从姊之夫,孝友忠信人也。以康熙甲寅春捐馆,病革时,体中亦有异香。此皆予闻见最确者。"③

较早受到南亚西域香文化影响的干宝《搜神记》载:"初,钩弋夫人有罪,以谴死。殡,尸不臭而香。及昭帝即位,改葬之,棺空无尸,独丝履存焉。"④馨香长存,表露着死后世界的一种终极评价,暗示着蒙冤苦主飞生仙去。而难以申明的冤屈凝聚在死者尸身中,散发而出,也带有对于人世不平的强烈抗议,含蕴着民俗心理借助香气谈论引发的秩序重建、正义伸张的期盼。

第三节　冤死天怒母题的佛经文献来源

冤死天怒母题,显然不是中国古代文献的载录所独专,不是古代自先秦而来一脉相承的,汉魏六朝佛经故事传译所挟印度古俗,使母题史

---

① 俞樾:《茶香室丛钞》续钞卷二十《尸痕不灭》,《笔记小说大观》第三十四册,江苏广陵古籍刻印社 1984 年影印,第 237 页。
② 袁枚编撰:《子不语》卷十五《尸香》,上海古籍出版社 1998 年,第 294—295 页。
③ 王士禛:《池北偶谈》卷二十一《体香》,中华书局 1982 年,第 494 页。
④ 李剑国辑校:《新辑搜神记·新辑搜神后记》,中华书局 2007 年,第 37 页。参见王立:《香意象与中外交流中的敬香习俗》,《上海师范大学学报》(哲学社会科学版)2007 年第 2 期。

演变为较为直接地与个体的命运及生命价值联系起来。

三国时的《六度集经》写隐者悯惜众生,未告知国王麋鹿踪迹,被截去右臂、左手和脚、耳、鼻,血若流泉,引起"天地为震动,日即无明",四大天王都来怒骂国王暴虐,要去诛杀国王灭其国,羼提和劝阻之①。故事体现母题的原生态意旨,作为消解复仇、宽恕忍让奇迹的验证,以中古传译中土的佛经故事为载体,在中国叙事母题中出现了严重误读,反倒成为加剧、催奋个体复仇雪怨的新鲜要素。

梁代慧皎《高僧传》载竺法慧是嵩高山佛图蜜弟子,庾稚恭镇守襄阳时不奉佛法,听说法慧有非常之迹,甚妒。而法慧已知厄运将临,预告弟子曰:"吾宿对寻至。"诚劝眷属要勤修福善。两天后果被收捕而处刑,他临死前对众人说:"吾死后三日,天当暴雨。"到这天果然洪雨大至,"城门水深一丈,居民漂没,多有死者"②。这一故事还被佛教类书《法苑珠林》卷九十七收入,对后世影响显而易见。如果将其与魏晋南北朝多发的"陷湖"传说③联系,可知这种因某位无辜者遭害而牵连众人遭殃的叙事,在当时不是偶然的。或许六朝"城陷为湖"传说的核心意旨,就来自佛经无辜者遭害致天怒母题。就连法慧本人也不是毫无预料,体现了对滥施权势枉杀僧人的严厉控诉。牵连众多生灵跟着遭殃实际上扩大了恶的影响面,加剧了恶最终受到严惩、付出代价的程度。此母题的根据,当为现实中多地多发地震造成地貌变化,如1935年湖南沅陵张家村"于大雨之际突然发生剧烈地震,当地居民逃于高山地带后,地即开始陷落,该村附近方圆数里之山地,自山麓起至河口止,每日连续下沉。三日后该村附近周围三里概行崩沉,全村房屋财产牲畜均行沉没,水往上涌,转瞬变为深渊。……"④

与此相对应的,则是当事人生前不行善,死后虫入尸身的叙事。佛经故事写一位美妇刚刚死去就有一虫从口出,又从其耳入,原来她生前

---

① 康僧会译撰:《六度集经》卷五《羼提和梵志本生》,花城出版社1998年,第216—217页。
② 释慧皎:《高僧传》卷十《竺法慧传》,中华书局1992年,第371—372页。
③ 刘守华:《中国的自然灾害与"城陷为湖"传说的演变》,《通俗文学评论》1998年第4期。又参见傅光宇:《"陷湖"传说之型式及其演化》,《民族文学研究》1995年第3期。吕微:《神话何为》,社会科学文献出版社2001年,第30—31页。
④ 谢毓寿、蔡美彪主编:《中国地震历史资料汇编》第四卷(上),科学出版社1985年,第483页。

是舍卫城中大富商之妇，"自恃颜貌不修福业不修福，承夫宠念损害一切"，死后虫入口耳，遭受入地狱受苦的折磨[①]。印度大史诗《摩诃婆罗多》已注意以自然现象来表现上天对于人类行为的道德评价。在般度族与俱卢族交战时，黑天知道毗湿摩不与妇女作战，就找来束发（前生是女人，转世后先为女后化为男）掩护，让阿周那在其身后以暗箭射中毗湿摩，这时地动天摇，天昏地暗，日月无光；如果说这里作者对老英雄毗湿摩同情，体现了古印度"正法"，诚然有理，但与其他用非正当方式战胜敌手而引起自然界表露态度一样，又何尝不是对于违背"正法"不择手段取胜的不平与谴责！[②]

印度民间故事还讲述王妃怀孕，大臣湿婆婆尔摩被怀疑与王妃私通，国王派他出使邻国，而让密使告知盟友将此大臣处死。他离开后与真奸夫出逃，王妃被捉，国王方知冤断。到邻国后湿婆婆尔摩请求处死："我在哪儿被杀，哪儿就会十二年不下雨。"邻国非但不敢将他处死，还要时刻防止他自杀[③]。冤死招惹天怒，由印度民俗崇拜渗入佛经，又通过佛经传译与中土旧有习俗母题结合融汇，在中国故事母题中扎下了根。

第四节　道德评价深在介入及"用他为神"补偿说

僧祐记载，昏暴的吴主孙皓问起康僧会"佛教所明善恶报应"为何，这位康居国高僧答曰："夫明主以孝慈训世，则赤乌翔而老人星见；仁德育物，则醴泉涌而嘉禾出。善既有瑞，恶亦如之。故为恶于隐，鬼得而诛之；为恶于显，人得而诛之。《易》称积恶余殃，《诗》咏'求福不回'，虽儒典之格言，即佛教之明训也。""周孔虽言，略示显近，至于释教，则备极幽远。故行恶则有地狱长苦，修善则有天宫永乐。举兹以明劝沮，

---

① 《菩萨本生鬘论》卷四《出家功德缘起》，绍德、慧询等译，[日]高楠顺次郎等编：《大正新修大藏经》卷三，（台北）新文丰出版公司1990年影印，第344页。

② 刘安武：《剖析印度大史诗〈摩诃婆罗多〉的正法论》，《外国文学评论》1998年第2期。

③ [印]月天：《故事海》，《故事海选》，黄宝生、郭良鋆、蒋忠新译，人民文学出版社2001年，第25—26页。

不亦大哉！"①这证实了进入中土的早期佛教徒，努力吸收了谶纬文化思想，力图采用适应中土伦理文化模式的价值阐释。而在佛经故事中的天人呼应思想作用下，华夏中土的传统天人观也为之完善、延展丰富起来。

早期道教思维也吸收了外来佛教这一"泛灵观"，葛洪《抱朴子·微旨》载："山川草木，井灶洿池，犹皆有精气；人身之中，亦有魂魄，况天地为物之至大者，于理当有精神，有精神，则宜赏善而罚恶，但其体大而网疏，不必机发而响应耳。然览诸道戒，无不云欲求长生者，必欲积善立功，慈心于物，恕己及人，仁逮昆虫，乐人之吉，愍人之苦，赒人之急，救人之穷，手不伤生，口不劝祸，见人之得如己之得，见人之失如己之失，不自贵，不自誉，不嫉妒胜己，不佞谄阴贼，如此乃为有德，受福于天，所作必成，求仙可冀也。……"②而成书较晚的《管子·内业》也称："凡物之精，此则为生。下生五谷，上为列星，流于天地之间，谓之鬼神……精也者，气之精者也。"③遭害者冤情不泯，诉诸天象灾异乃至自身而展现种种异常表征，故事叙事都表明受害冤魂复仇之心仍存，坚韧不拔地抗争的意味。由此，无端被害就成为令肇事者为之心虚胆寒的先在事件，示罚的那些异常自然和社会现象，就顺理成章被文学言说：冤灵不泯、力图昭雪的复仇潜流在地下运行，天理昭昭。

在佛传故事中，诵经不辍的高僧在离世时往往有异事发生，这标志了该僧所受神异标举和道德评价。释道宣（596—667）《续高僧传》卷十六载释昙询弥留时，"又感异鸟，白颈赤身，绕院空飞，声唳哀切。气至大渐，鸟住堂基，自后狎附，不畏人物。或在房门，至于卧席，悲叫逾甚，血沸眼中。既尔往化，鸟便飞出，外空旋转，奄然翔逝。又感猛虎绕院，悲吼两宵，云昏三日，天地结惨。又加山崩石坠，林摧涧塞，惊发人畜，栖惶失据。其哀感灵祥，未可殚记"④。这类载录不断累积，成为自然界诸多现象对于人世现象关注和干预的有力旁证。

这样，主要在佛教文化影响下，对于冤死者的不平产生的深切同情

① 释僧祐：《出三藏记集》卷十三《康僧会传》，中华书局1995年，第513—514页。
② 王明：《抱朴子内篇校释》（增订本）卷六《微旨》，中华书局1985年，第125—126页。
③《管子》卷十六《内业》，房玄龄注，刘绩补注，上海古籍出版社2015年，第326—328页。
④ 慧皎等：《高僧传合集》，上海古籍出版社1991年影印，第238页。

悯惜,有力地强化了民俗心理中对于冤死者的道德评价的升格、伦理化推重。清初小说指出了"还要用他为神"的民俗心理成因,小说扩展到被围不降或被俘自尽等,乃至伍子胥、屈原、于谦、岳飞、文天祥、关羽等:

> 就是文文山丞相……那元朝毕竟拗(拗)他不过,只得依了他的心志,绑到市上杀了。死后他为了神,做了山东布政司的土地。一年间,有一位方伯久任不升,又因一个爱子生了个眼瘤,意思要请告回去。请了一个术士扶鸾,焚诵了符咒,请得仙来降了坛,自写是本司土地宋丞相文天祥,详悉写出自己许多履历,与史上也不甚相远;叫方伯不要请告,不出一月之内,即转本省巡抚,又写了一个治眼瘤的方。果然歇不得几日,山东巡抚升了南京兵部尚书,方伯就顶了巡抚坐位;依了他方修合成汤药,煎来洗眼,不两日,那眼瘤通长好了。①

对于那些守节之妇,"或割或吊,或投崖,或赴井",立志一死全名节的,小说也列举:岳家的银瓶小姐,父兄被奸贼秦桧枉杀后,赴井而死,被册封为青城山主夫人。曹文叔妻夏侯氏,被逼改嫁,蒙被自刺死,封了礼宗夫人,协同天仙圣母主管泰山。王贞妇被贼拘,过青风岭投崖死,上帝册封为青风山夫人……作者概括:"像这样的男子妇人,虽然死于非命,却那英风正气比那死于正命的更自不同。上天尊重他的品行,所以不必往那阎王跟前托生人世,竟自超凡入圣,为佛为神。就如朝廷破格用人一般,不必中举中进士,竟与他做个给事中;也不必甚么中行评博,外边的推知,留部考选,只论他有好文章做出来,就补了四衙门清华之职的一般。"

小说中语表达的实乃清初山东—华北的民俗心理。首要的是正常死亡(老死病死)与受到冤屈而死的区别,后者属于"横死"(强死),受冥司额外的补偿;且同为冤屈强死者,性别不同评价的标准也有所侧重,评价男人,重"忠"的节操;评价女人,则重"贞"的节操,总之都是因为"节"的文化坚持。如此冤死者得以封神的成因,是与其社会效应密切联

---

① 西周生辑著:《醒世姻缘传》第三十回《计氏托姑求度脱　宝光遇鬼报冤仇》,齐鲁书社1984年,第382—383页。

系的。一者,平息冤魂不满,所谓抚慰及"娱神";二者,如此之神祇,期待着更多对恶势力奋战的决心勇力;三者,也会对于苦难不幸以更多的理解同情,尽心尽责。

第五节　冤案平反昭雪与灾害解除

在古代正史的史传文本中,叙事传统经常交织着神秘色彩,即把传主等人物的善恶之行、个人道德品质视为极其重要,也染及普通人尤其是女性人物,其蒙冤被枉的非常态死亡(暴死、横死、强死),具有触发天地震怒之效,是汉代以降"天人合一"神秘思维的派生物之一。

以史传的叙事传统为主,这一传统影响到戏曲小说的人物传记题材。而尤其值得注意的,是同明代中叶以降的忠奸斗争主题结合起来。明代赵弼写文天祥临刑之日"大风扬沙,天地昼晦",天有感应,用大风阴霾惩戒,"数日,欧阳夫人收其尸,面颜如生。观者无不骇异。是后连日阴晦,若失白昼,宫中皆秉烛而行,群臣入朝亦蓺炬前导,世祖大以为异。如是半月,适耆山张真人来朝,世祖召入禁廷,问其阴晦之由,真人对曰:'此由陛下杀文丞相所致也。文公忠烈之志,感通天地,贯彻幽明,及其将死,不胜愤恨,故其恚怒之气充塞天壤间,蟠郁不散,以致日月无光,阴霾昏暗。'……"①

而成化年间忠奸斗争波及朝野不同社会阶层,又被有机地溯之灾因。曾在京师任职八年的黄瑜也记载,成化年间左道乱政,太监梁芳、王敬等人横行不法,忠臣受贬,一旦冤情昭雪则瑞雪天降:

> 陕西大饥,郑公巡抚赈济,多所全活。因疏利国保民五事:尽诚敬以回天意,明理义以杜妖妄,减进贡以苏民困,息传奉以抑侥幸,重名器以待有功。辞多切直。上命谪贵州参政,陕西人哭送,若失父母。传闻至京,上稍厌(梁)芳所为。癸卯冬旱,百祷不应,科道交章论芳,上命中官袁琦传旨,今后内官传奉除官,不问有无敕书,俱复奏

---

① 赵弼:《效颦集》上卷《续宋丞相文文山传》,古典文学出版社 1957 年,第 3—4 页。

明白方行。即日召吏部降四人，黜九人，下六人于狱，皆逃自军囚者，余尚未斥，而人已称快。厥明大雪，人益欢，谓纳谏绌邪格天之应。[①]

清初李玉（1610—1670）戏曲《万民安》写苏州织工葛成率众抗税，下狱论死，刑前忽逢地震，减刑遇赦，苏州知府朱燮元钦敬之，代为改名葛贤[②]。《于少保萃忠全传》写于谦被害，"是日天昏地暗，日月无光，阴风凛凛，黄沙四起，实有屈杀忠良之气"[③]。

由此，还孳乳出清官破案的线索，提示其按此蛛丝马迹去侦破冤案，昭雪冤情。该小说还写一次于公出巡，发现了恶僧谋杀迹象，死尸不腐。"冤哉！冤哉！盛夏而尸不朽坏，岂非冤乎！"经拷掠果然是恶僧谋害。自然，伦理质素的突出和群体心理的会聚，使得母题流播效率既广且速，注重新闻性的世情小说和公案小说也无法抵挡其渗透。清初小说描述冤案平反昭雪的新闻轰动效应，直接感发天降甘霖：

> 先是嘉定大旱，三月不雨，及县官到安亭时，大雨如注。张女死已三月，又遇暑天，人皆疑其尸首已经腐烂。及启棺验看，颜色如生，绝无一些秽气……县官验过，即在尸场，将众犯各夹一夹棍，个个死去还魂。众人受刑不过，俱吐实情。汪妇亦拶了一拶，取了实供。及至夹问王秀，何以污蔑张女？招出实与汪妇有奸，教他承认，所以诬说的。县官大怒，回衙重又各打四十，上了刑具收监。汪客纵妻淫乱，重责四十。汪妇三日后死在狱中，官府怒其淫恶，暴尸场上，不许亲属收敛。其夫汪客深感其妻平日送一绿头巾与他带了，夜里扛口棺木，欲去收敛，才到尸旁，雷电暴至，有恶鬼百千，狰狞来逐，踉跄而归。鸦餐狗食，自所不免。[④]

昭雪冤情的公案故事，带来的正面积极效应是全方位的。持久大旱得降甘霖，宣示了上天对正义伸张的认可；贞妇尸身依旧新鲜如初，强调

① 黄瑜：《双槐岁钞》卷九《六臣忠谠》，中华书局 1999 年，第 186—187 页。
② 周贻白：《中国戏剧史长编》，人民文学出版社 1960 年，第 396—397 页。
③ 孙高亮：《于少保萃忠全传》第三十二传《西市上屈杀忠臣　承天门忠魂觐诉》，人民文学出版社 1999 年，第 164 页。
④ 草亭老人编：《娱目醒心编》卷八《御群凶顿遭惨变　动公愤始雪奇冤》，上海古籍出版社 1988 年，第 132 页。

了冤情昭彰；而肇事恶人所受严惩和暴尸，则代表了丧葬习俗下的民俗心理将伦理惩罚推展到登峰造极的程度。

社会心理诉诸舆情，从传播角度对于邪恶与肇事者构成巨大的儆惕力。公案题材的诸多戏曲小说由此形成恒久固定的价值取向、表现套路，充分显示出母题史潜在的审美功能。蔡潮《重修清风亭记》得史学家谈迁重温，说正德丁丑（1517），黄岩结讼者夜泊清风岭，其中数人妄议贞妇，诵诗谤谑，"即时风雨暴作，舟覆而死。续有亵冒者，遂有奇祸"①。

天佑冤魂，既属复仇习俗与丧悼崇拜贯通母题，必然连带着冤魂死后世界中的行事逻辑和尊严。黑格尔指出英雄们的报复"本身也可以有理由辩护，但是它要根据报复者的主体性，报复者对发生的事件感到切身利害关系，根据他自己在思想情感上所了解的正义，向犯罪者的不正义行为进行报复，例如俄瑞斯特的报复是有理由可辩护的，但是他之进行报复，是根据他个人的道德原则，而不是根据法律判决或法律条文。……"②亢旱在农耕社会，是严重祸及民众生存的代表性的上天示儆，不仅诉诸文化无意识，贯穿于权威史书，宣示对"不正义行为的报复"，持久的同情必然弥漫于小说戏曲民俗体系。

然而，从灾害文学和牵涉多数人与社会利益角度看，冤死天示灾异尤其是"亢旱三年"之大旱，却是属于惩罚过当的，而且实际上把报复的对象无限制地扩大以至殃及无辜，怎能说是正义？钱锺书先生早年曾对《窦娥冤》进行阐发："窦瑞云既没有任何过错应当夭亡，也不是命运注定要丧生。如果说她的性格中有什么可悲的弱点的话，那么剧作者对此则是视而不见的，而且最终希望我们也同样如此。剧作者无疑对她寄予同情，我们也对她怀有道德正义感，甚至神力与命运也站在她一边——大旱三年和六月飞雪的应验。那么，天哪！我们不知为什么要如此过分地表现因果报应？"③古代灾害伦理，可以部分地解释何以如此。

灾害作为一种维系伦理教化的资源，有自然法则的无可抗衡之威。冤死天怒，清末仍传闻，苏州某寡妇，辛苦带大养子并为其娶了亲，但婆婆汪氏讨厌她，就与新进门的孙媳合谋，买通佣妇给寡妇下毒，但天上打

---

① 谈迁：《枣林杂俎》和集《贞妇著灵》，中华书局 2006 年，第 513 页。

② ［德］黑格尔：《美学》第一卷，朱光潜译，商务印书馆 1982 年，第 236 页。

③ 钱锺书：《中国古典戏曲中的悲剧》，薛载斌等译，李达三、罗钢主编：《中外比较文学的里程碑》，人民文学出版社 1997 年，第 364 页。

雷将寡妇手中碗震落，又把汪氏打翻在地，汪氏惧而交代毒谋，天雷随即劈死孙媳、佣妇，汪氏也气绝身死①（图21-1）。灾害渗透到民间家庭伦理，注意处罚恶人的等级性、实际操作方式，如此精致增强了传闻的公正可信与威慑力。

综上，将大旱等灾害的因由，归结为人世的种种不合理和冤情苦难，也正是一种灾害面前的无奈和迁怒。如果说，亢旱等灾异，被看作是天神对凡世及当道者的抗议、惩罚，那么，血喷、白血、尸如生等对无辜者死后引起怪异现象的书写，由被害苦主自身异象呈现来展现抗议与不屈精神。个别局部的反常特异现象，因灾害在中国历史中对人的影响，已介入到社会与民俗文化信仰，乃至同具体事件结合，控诉昏官恶吏等恶势力的残害良善、摧折忠良。母题有力地表达出冤死者尊严，受害者持有雪报怨仇正义权利和必胜信念。可理解为天助天佑下的向恶势力、人世不平挑战，具有正义理想的恒久内涵。

---

① 吴友如等：《点石斋画报》，大可堂版，1891年。

图 21-1　毒谋天谴

结　语　明清灾害、御灾叙事的认识价值与文化观念

自然灾害，是自然力神秘内核及其运行中具有非建设性的表现，其构成对人类社会生存与发展的反向作用才被称为灾害。明清灾害带来生态环境恶化的惨象呈现，人们才更自觉地、全面地恢复敬畏自然之心。灾害叙事折映出特定环境下被灾者的生活方式和行为规范，具体表现出人们以何种精神状态对待灾害，如何承受灾害压力，采取哪些行为方式抵御、消解灾害等。清代曾持续利用灾害文化，反思避灾的伦理原因。灾害、被灾和避灾的民俗记忆成为影响深远的伦理教材。"灾时社会心态"带来人们亲和力增强的同时，也可能激活被灾主体的原始生存内驱力；灾害叙事也构成了被灾主体宣泄痛苦、呼唤正义的有益渠道。明清小说仙幻描述、御灾展演，与民间传闻互补相生。讲述灾害酷虐与御灾有效的民俗记忆，使人们痛切地认识到自然力的伟大与无处不在，以及顺应自然与保持良好生态环境的重要性。

第一节　灾害、御灾的伦理教化与精神构建力

相对中国古代的宋元及其之前时代说来，明清灾害的民俗记忆较为丰富。而对自然力的不可抗拒性，也有某些清醒的认识。

首先，灾害面前，人作为大自然的组成部分，其个体的力量往往显得脆弱和渺小。然而，正因如此，才更能催发人去正确、全面地认识自然界。自然界不仅有妩媚、亲善的一面，通过灾难，显示出它狂暴无情、威力巨大的另一面。大自然可以在人们始料不及、猝不及防之时，瞬间或持续地，以灾害的形式破坏与摧毁人类辛辛苦苦建设的世界。灾害发生时的这一自然力体现，比起自然界那些正面的、可爱的一面，给人的理性

认识与心灵震撼,更为巨大与深刻。只因正面亲近自然时,人们可能永远也不会那么深切地感受到大自然负面冲击的威吓力。而唯有经过自然的负面表现即灾害造成的苦难洗礼之后,人们才有可能更为理性、全面地了解、理解自然,感受到自然力的不可战胜的一面,遂产生与强固应有的敬畏之心。

对于灾害的记忆,也是人类集体无意识的重要方面。这一苦痛经验在人类社会群体成长过程中不可缺少,人类学家指出:"人脑顶骨区的巨大表明人对于过去经验的依赖性,以及这种记忆在他对现在的判断中所起的作用。"① 作为"灾害主体"的个体感受,不仅作为人类深层记忆的集体无意识组成部分,也很大部分地保存在民俗文本中,后者可以说是一个巨大的民俗记忆宝库,更是人类精神意志不断得以砥砺的能量来源。

其次,清代就曾持续利用灾害文化资源进行社会教化,强调儒家孝道。灾害被作为苦难之中百姓的教科书,咀嚼灾痛,回味之中进行一种得以避灾的伦理归因。灾难所表现出的自然的强大、无情的一面,也无疑是人类许多神秘崇拜、祭祀仪式产生的由来之一。的确,中国古人祭祀自然神的仪式,带有一定的欺骗性,基本不把自然与人平等相待,不是把自然当作人自身。究其根本,在于早期儒家"差等的爱",那种把人之外的所有自然的一切,都视为是为人服务的。所谓"伤人乎? 不问马",其实,马也有马的生存价值,有遇灾时获救的权利。伴随佛教传入,动物与植物的生命价值受到了前所未有的重视。不过,在顽固的"人本主义"、人类自我中心化的观念支配下,古人却往往嘲笑报恩于曾惠顾自己的人类之外的施恩对象,尤其不愿给自然以应有重视和回馈,这应被视为落后与愚昧。清末解鉴写,长邑农妇齐氏,夫亡子幼,而蝗灾在咸丰六年(1856)猖狂来袭:

> 至步蝗移害将及氏地邻壤,氏坐地首恸哭,哭言:"使上无老,即与子饿死,命也,亦不怨天。"及邻壤蝗已满,哭益恸,农妇劝之不醒。后来一妇人曰:"汝等不善劝。"遂谓氏曰:"汝翁已饥,呼汝多时。"氏闻之,哭立止,收泪而归。翁见氏泪眼赤肿,知为蝗。谓之

① [英]埃利奥特·史密斯:《人类史》,李申等译,社会科学文献出版社 2002 年,第 24 页。

曰："此天灾,哭之无益。从此勿迨坡,听之而已。"氏如命。而步蝗
自氏地跃过,毫无所伤;飞蝗亦不落氏地。[①]

乡村农妇拿"私蓄"为其治病,蝗灾来临,贤妇孝行并未被忽视,终
得回报——蝗不侵犯贤妇之田。载录者认为齐氏得免蝗虫之害,"蝗神
不为其地首之泣,盖为其孝也……守之贤者,蝗不入境;妇之孝者,蝗不
入田。理之当然,即事所必有也"。尽管这种"伦理驱蝗"做法未必可
取,但体现了彼时"灾害检验人事"的功能,灾害面前并非"人人平等"。
灾害虽一,受灾与否却同个体平日的善恶行为有关,于是灾害(受灾和避
灾)民俗记忆成为一种伦理教材。

其三,明清人还注意不同灾害之间的有机联系及叠加生发特性。两
种或两种以上灾害的后果,其伦理推因往往一致。如果能将两种灾害
推因进行"合叙",有两两对应的互证之效。《聊斋志异·水灾》写康熙
二十一年(1682)山东大旱,小雨后种粟,大雨后乃种豆,一日暴雨,"一
农人弃其两儿,与妻扶老母,奔避高阜。下视村中,已为泽国,并不复念
及儿矣。水落归家,见一村尽成墟墓,入门视之,则一屋仅存,两儿并坐
床头,嬉笑无恙。咸谓夫妇之孝报云……平阳地震,人民死者十之七八。
城郭尽墟,仅存一屋,则孝子某家也。茫茫大劫中,惟孝嗣无恙,谁谓天
公无皂白耶?"[②]水灾、震灾均有幸运者,灾害不同,因"孝行"而幸免则
一。故事预设了"天公"赞成"郭巨埋儿"式重老倡孝,无所不知,并能
左右灾害中的个人命运。于是同为灾害,水灾、地震之间的有机联系得
以建构。

其四,"灾时社会心态"增强了被灾者的亲和取向。一般来说,亲和
力指个体企求合群、企求群体包容的心理趋向,成为"合群"倾向的心理
基础。被灾者在重灾打击之下,骤然形成过于强烈和沉重的恐惧感、孤
独与失落感,需要得到外在弥补才能尽快消除。而且由此导致不同程度
的自信心和自我意识弱化,降低自我独立性,强化对他人的依赖感,亲和

[①] 解鉴:《益智录》卷八《齐氏》,人民文学出版社 1999 年,第 247—248 页。以伦理驱蝗,如
裴松之所引汉末《先贤行状》:"公沙穆为鲁相,时有蝗灾,穆躬露坐界上,蝗积疆畔,不为
害。"欧阳询:《艺文类聚》卷一百,上海古籍出版社 1982 年,第 1731 页。该卷收录此类事
甚多。
[②] 任笃行辑校:《全校会注集评聊斋志异》卷三《水灾》,齐鲁书社 2000 年,第 732 页。

需求空前强烈。与此同时,天灾又是不分职业、不分阶层、不分身份地位地袭向生活在同一空间的人类(尽管因经济地位不同抗灾能力有别,使得受灾程度并不相等,但在一些毁灭性的灾害之下,这种种差别有时仍会被碾碎),程度不同地打破了平时人际交往过程中亲缘、地缘、职业、身份甚至阶级之间的种种因素的限制,使得人们以共同的社会角色——灾民出现,并因此产生强烈的"沦落人效应",异常广泛地走到一起,为求取生存而彼此结群,自救互救,同舟共济。这种现象有着理想化倾向,却不能高估。灾害与受灾激发了个体亲和力的需求,也成为诸多宗教以救世解难,得以持续。中国大陆尤其北方多灾的自然环境为经久不衰的自然崇拜、民间多教存在提供了沃壤①。

其五,也许正因为有了那些诸如地震、水旱、大风、冰雪雹灾等人类难以抗衡的灾害,以具体可感、令人震惊的自然现象给予人加强自律、反省自身的外驱力。国外学者注意到这是亚洲人的某种共同因灾自省机能,中国最为代表:"自然界的反常行为或灾祸,如洪水、干旱、火山爆发或流行病、各种不合时令的气候,尤其是地震和日月食,被认为是不祥之兆,是上天发怒的信号,对此,人们必须报之以虔敬的行为或安抚的祭奠。在中国,在很多类似场合下,皇帝会发布忏悔诏书,自己承担过失责任,罪己'无德',并许诺成为臣民更好的榜样。这样做的一个理由是,自然灾害通常被视为失去上天垂顾的皇朝行将覆灭的预兆……"②有了灾难惨状的出现,及其给人们带来的灾难体验,外在世界被视为美的存在的那些属性才真正得以确立。否则,人们对于这些美好东西的自然属性,就会习以为常,忘乎所以,并不那么珍视。古今不同时代总是有那么一些人,为了一己私欲肆无忌惮地掠夺自然,似乎自然资源可以无限制地开发、攫取,而却根本不知养护、回报自然。这种对待自然的功利性态度,因灾害带来的生态环境恶化的严重呈现,应受到警醒,更有所忌惮。当然,我们承认不少灾害并非是由于人类生产活动造成的,但无疑,以中国明清时代为案例,主要由于人类不适当地过度开发而加剧了生态环境的恶化、气候的反常,乃导致灾害较为频繁地发生,而且程度有所加重。

---

① 夏明方:《民国时期自然灾害与乡村社会》,中华书局 2000 年,第 131—133 页。
② [美]罗兹·墨菲:《亚洲史》,黄磷译,海南出版社、三环出版社 2004 年,第 79 页。

第二节　灾害、御灾信仰与被灾主体的苦痛及信念抒发

残酷性,是灾害造成了灾难事实之后,呈献给被灾主体的自然力崇高广大与自我无力渺小、恐惧与崇拜矛盾纠结而迷茫无助的震撼。无可否认,灾害带给人(被灾主体)的最大感受是痛苦以及信念的不确定性。对痛苦的态度,可能会因灾害的承领而变化。个体与群体的痛苦感受,并非是简单的、单维的和一时的,痛苦研究是一个哲学、社会学、伦理学都有的综合性问题,包括:

(1)痛苦中的心理因素与物质因素的关系,这是哲学基本问题的表现;(2)这种关系的辩证法及其在概念中的反映;(3)机体生命活动中痛苦的意义的矛盾性;(4)对痛苦的认识的方法论问题;(5)作为个别与一般的辩证法的表现的痛感的个性与普遍性;(6)对痛苦的态度,作为个性的形成因素和特性,人的精神与道德的坚定性的特征;(7)这种态度的社会历史制约性;(8)人忍受痛苦的能力的限度,作为人的力量与能力的限度问题的特例;(9)对痛苦的态度同哲学与美学中对悲剧性的理解、同生命的价值与意义问题的联系;(10)对痛苦的态度同对死的态度的联系;(11)宗教与无神论以及悲观主义与乐观主义的斗争中的肉体痛苦问题;(12)人和动物对待痛苦的态度的异同;(13)对痛苦的态度中的阶级性与全人类性的辩证法;(14)作为社会现象的同痛苦作斗争以及有意制造痛苦,对这些现象的评价。①

因此,面对既成事实的灾害和难以控制的灾荒,被灾主体会有哪些心理反应?会运用哪些行为方式应对与缓解生存压力?采取何种渠道宣泄不良情绪?禳灾的民间仪式如祭祀黄河四大王、蝗神等,除了表达对神灵敬仰崇拜之外,民间狂欢情节是否更具有暂时慰藉效应?

首先,灾害给被灾主体带来新的苦难,或旧有苦难加剧,人们的生活与精神状态发生诸多变化。关注被灾主体(受灾者)的情感与立场态度,是灾害民间信仰研究的重要问题。如果从受灾社会群体的角度看,

①［苏］佩·弗·科尔涅耶夫:《现代哲学人类学批判》,李昭时译,东方出版社 1987 年,第 184 页。

决不能仅仅把他们的灾害体验看成是原生态再现，而应该理解为是传统与当下结合的产物。"每个社会群体都有一些特别的心理倾向。这种心理倾向影响着该群体中个人对外界情景的观察，以及他如何结合过去的记忆，来印证自己对外在世界的印象。"① 因此，从互文性角度看，几乎所有的灾害描述与御灾言说，均非平地搭屋，而是在前人相关谈论基础上进行的。这些"先有""先在""先结构"一定程度上制约了当下的灾害言说，集体记忆交织着个人记忆、情感和立场态度。例如宣统后甘肃大旱复遭水淹，灾民咏叹："荒岁人民被贫驱，奇奇怪怪何事无！草根木皮食已尽，最伤心者此饿殍。自从河州寇氛恶，俾干净土血流污。母不爱其子，妻不顾其夫。道途竟奔走，田亩甘荒芜。都来金城谋避难，鸠形鹄面填街衢。此地连年麦无秋，仰天长叹泪亦枯。可怜将死未死际，辗转街头大声呼。"② 这不就是王粲《七哀诗》写灾荒之际那饥妇人"不能两相完"，而不得不"抱子弃草间"的景象的展开吗？

其次，明清民间御灾信仰，具有明显的实用性。往往根据灾害种类性质特点，以预先祈求为主、抵御为辅的方式应灾。如水灾、旱灾、蝗灾等，主要是预先祈求；因为感受到其威胁逼近就试图预先阻止；当然在收效不佳时也辅之以强硬手段。如对雹灾这样突如其来的灾害，简直无法可想，只好临时性地在降雨之时向庭院中扔菜刀、擀面杖来驱赶③。有时祈蝗神、捕蝗也几乎同步进行。而求神祭祀也是常常软硬兼施。如安德明考察的祈雨仪式概括出"祈求型"和"控制型"，指出求神是中心内容，当祈求得不到满足，"人们也会采取一些比较严厉的强迫性措施，即控制的手段——当然，这些措施通常是通过法师（主要是师公）来实施的。例如，在'游漱'时，师公会手持麻鞭，抽打神像；……这些方式，并不是对信仰对象的抛弃，而是信仰系统的一个组成部分，是仪式延续的必然环节——他要力图通过一种激烈的手段，来威吓神灵，强迫他下雨。"④ 体现了民间信仰多功利性特点和解脱痛苦的无奈。这一实用性特

① 王明珂：《华夏边缘：历史记忆与族群认同》，社会科学文献出版社2006年，第25页。
② 慕寿祺：《甘宁青史略》副编卷五《歌谣汇选·苦旱》，国家图书馆藏俊华印书馆1936年，第23—24页。
③ 山曼等：《山东民俗》，友谊书社1988年，第378页。
④ 安德明：《天人之际的非常对话——甘肃天水地区的农事禳灾研究》，中国社会科学出版社2003年，第147—148页。

点,与古代宗教的功利性互动互补。从功利主义的趋势中,人类学家曾概括,最少可见三种借宗教力量及对超自然存在的态度,随时可为世俗社会转化所用。"从神明体系的无限扩大态度中,我们也可看到那种只要有利就可包容之心态的反映,而这种心态所透露的很可能即是多种选择、多方试行以及多角经营、善于营钻等等实用行为的根源。……借神灵的力量以满足投机冒险的心态……这确是传统民间信仰中才有的超自然态度。"①灾害神或许多神祇被赋有救灾、消灾能力,其实也就是古代宗教的多神教、芜杂性的成因与体现之一。

其三,灾害的集体记忆,也构成了灾害主体借助于文学作品的民俗描写,往往以变形的方式宣泄对灾害痛苦的郁积,用灾害记忆之中的强大威力和施灾印象,转化为正义一方的力量。清代小说写崔公在敌将伯颜进攻下,即将战败之际,仰天大呼道:"陛下为奸臣所误,非由老臣不能尽力之故也。"执剑欲自刎,"只见狂风骤发,乌云蔽天,云端里露出青龙一条,背上骑着一位真人,手挥宝剑飞下来。只在崔公头上,左盘右旋。俄而风威愈疾,走石飞砂,暴雷一声,大雨如注,平地水长数尺。元兵无不惊慌退后,自相践踏而死者,不计其数"②。小说第十回还描写贼首刘新率贼船千艘合围,官军甚危,"忽见风云骤起,露出一条龙,鳞甲纯青,垂下尾来,竟把刘新的船,搅翻在水,众贼吃了一惊,忙把刘新救时,已被官兵鼓勇杀出"。显然,这里的青龙助战,是人们对以往暴雨狂风、龙卷风等痛苦经历的记忆,这里却"化灾害为力量",将灾害经验建构的龙崇拜,转化为解决战斗力不足的问题。

赈灾监控力所不逮也是如此。如何监督借灾生弊端? 晚清新闻画报仍以冥报作为无形的震慑。当山西河南旱灾、两广和山东洪水,东南民众积极赈灾时,甲乙二人却以募捐牟利,私吞赈款。由此甲死,而"乙于今春得怪病,缠绵床第,日夜呼号,谓有无数冤鬼环而索命,并供出侵渔银两数目"③(图22-1)。

其四,明清灾害主体和传闻载录者、加工者对于灾害的感受,痛苦之

---

① 李亦园:《人类的视野》,上海文艺出版社1996年,第304页。
② 天花藏主人、樵李烟水散人:《鸳鸯配》第七回《襄阳城火龙援难　阮家庄太公留宾》,春风文艺出版社1994年,第237页。
③ 吴友如等:《点石斋画报》,大可堂版,1886年。

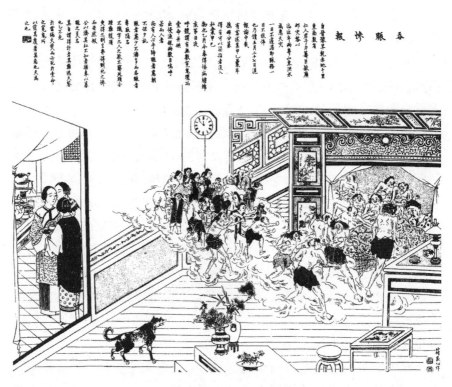

图 22-1　吞赈惨报

中有伦理归因、神幻想象。如欧阳昱渐次有致地写大风引发的幻视,说光绪十六年(1890)四月某日,河南商水县大风,"片刻吹倒民房万余间。有人见之,初来时仿佛一女人在前,旁引二龙,中多怪物。过去无恙,忽然回吹,屋宇尽倾"①。有的研究者指出:"纵观像这类灾变神怪话题的传闻,其神怪事象,要么是杯弓蛇影的误认,要么是纯然虚构造作,不可能实有其事——(像京南'水妖'的传闻,也只是实有那种水鸟而已,而并非真有传说的那等'妖'事)。而像这类传闻的生发传扬,当然离不开神道设教传统造就的神秘社会文化的宏观环境,离不开迷信思想流衍的氛围,也离不开特定主体的有意造作利用(这一点俟后详说),而其具体层面上特别值得注意的原因,应该是当时社会整体上对各种灾变的抗御能力很差,极易造成恐惧心理,被迫诉诸异己的神秘力量。"②此外,应当说也不排除许多超现实想象"先入为主"定势的诱发。有时,被灾主体在体认、感受、咀嚼苦难同时,也时时体味出灾害所造成苦难的意义成因,而且并非全都依靠这些,他们也在实质性地抗灾求生存。一者,在对多种灾害惨状苦痛的描述中,寄托叙述者深切的人文关怀。二者,在对于因灾毁灭者和幸存者命运的归因中,体现出一种坚定的伦理思考与价值定位。三者,在对于减灾御灾等活动和方法的刻画中,流露出深重的神秘崇拜与迷信倾向,达到一定的情感寄托与精神皈依。

　　不过,也不要因为有了这些禳灾活动和御灾信仰、仪式,就抹煞了治水筑堤、捕蝗抗旱、火器驱雹等带有一定实质性效用的人为努力,如钟敬文先生在为弟子的禳灾研究专著所撰序言中指出的:"传统的农民在生活、耕作以及收获中,尽管在不断运用各种信仰的方法去对付自然灾害,但同时,他们也始终在应用和发展技术的,或者经验有效的方法,来对付灾难。虽然由于种种因素的限制,技术的手段的效率可能比较低,但是,假如没有这类手段去对付灾难,只靠信仰的方法,古代的农民是活不下来的!"③

　　其五,灾害叙事也构成了被灾主体曲折、变形地宣泄痛苦、呼唤正义

---

① 欧阳昱:《见闻琐录》,岳麓书社1987年,第83页。
② 董丛林:《晚清社会传闻研究》,人民出版社2007年,第129页。
③ 安德明:《天人之际的非常对话——甘肃天水地区的农事禳灾研究·序言》,中国社会科学出版社2003年,第7—8页。

的渠道。从现实角度说来,灾害给人们的印象和记忆是痛苦郁闷的。然而,关于灾害的叙事话语,却是共通而普世化的。人们熟知"诗圣"杜甫的"穷年忧黎元,叹息肠内热",说明作为文学创作主体的诗人,灾荒之年的情感指向广大民众,同情心被现实苦难激发。明代袁中道写闻月夜农人歌声,对旱灾给人带来的痛苦,有深切的体察。"有声自东南来,慷慨悲怨,如叹如哭。继而听之,杂以辘轳之响。予乃谓二弟曰:'此忧旱之声也。夫人心有感于中,而发于外,喜则其声愉,哀则其声凄。女(汝)试听夫酸以楚者,忧禾稼也;沉以下者,劳苦极也;忽而疾者,劝以力也。其词俚,其音乱,然与旱既太甚之诗,不同文而同声,不同声而同气,真诗其果在民间乎?'"[1] 灾害对被灾者情感及其抒发的影响,非常契合传统诗学"感物""感兴"的诗歌创作总结,"诗缘情而发",农人凭借吟唱的歌声表达其忧旱之苦,亦即灾害掌控了农人的思想情感,以至于随口吟唱的小调都渗透着忧愁意味。

　　然而,在受灾难捱的现实面前,却不能坚信普通人都能保持理智与通情达理。传教士李提摩太在山东发赈,即让灾民排队领取,领时手上加盖油墨印,防止重复领取;有时还让灾民分行坐下来,以便依次分发,甚至先到村里记录下困苦者姓名,发券后凭此领取。但赈灾实践证明,想让灾民们保持心平气和、秩序井然,实际上是行不通的,他有时为此而遭遇危险:"闻其初次往赈携资不多,而饥民麇集,不能遍及,以致有得者,有未得者。未得者谓其辱己,怒而殴之,(李提摩太)身受重伤。"[2] 因此,明清应灾、御灾信仰研究,更促使我们了解:不能过高、过于乐观地估计灾民的素质和赈灾操作中可能遇到的困难。

　　灾害叙事,反映了不同历史时期如明清人们日常生活及其命运,也同他们的悲喜之情切近攸关。许多关于灾害的民俗记忆和想象生发,不论在野史传闻还是在小说中,直接或曲折,都反映了人所共感共同关心的灾难、痛苦和生存挑战,因此可以说,灾害频仍的现实事件与应灾减灾御灾赈灾等行为应对、心理应对,构成了一个全方位的灾害应激系统。

---

[1] 袁中道:《珂雪斋集》卷十二《游荷叶山记》,上海古籍出版社 1989 年,第 530 页。

[2] 《论山东山西两省灾实相同赈则各异事》,《申报》1877 年 7 月 4 日。参见 Timoth Richard, *Forty-Five Years in China*(《李提摩太在中国的 45 年》), London :T.Ficher Unwin Ltd.1916, pp.101–110.

在这里应强调灾害、饥荒记忆等的重要性,如康纳顿所言:"每次回忆,无论它如何个人化,即使是有关尚未表达的思想和感情的回忆,都和其他许多人拥有的一整套概念相关共生:人物、地点、日期、词汇、语言形式,即我们作为或曾作为成员的那些社会的全部物质和规范的生活。"[①]关于灾害的叙事丰富而多样,即使暂时未受灾者也保存着祖辈或往昔的灾害记忆,被灾者更离不开既往的灾害文化经验的建构。一似哲学家指出的:

> 不幸事件可以成为使人意识到客观世界的全部分量、全部力量,意识到它不依赖于思想和感情世界的途径之一。……自然,不幸事件的牺牲品是这样或那样地按照自己的世界观和性格行事的,不同的人对同一事件的反应也是不同的,尽管如此,不幸事件还是作为某种自发的和未能预见到的东西闯入人的生活的。个人对待他所遭遇到的不幸事件的态度才是"有含义"的,事件本身却没有含义,而且也不需要,尽管它的发生不是没有原因的。[②]

许多自然灾害的发生是一种地质、大气或气候的物理现象,原本无所谓什么含义,但灾害却因为灾害主体——被灾者的存在,和痛苦的反应、灾害言说的总结传播,让更多的人、后世(已经、正在、即将)承领灾害的人们,有了带有塑模建构功能的先在认知对象。

有时,尤其是远超出人的承受能力这样的灾难降临之时,某些信仰不仅是必要的,更是具有难得的精神调节功能的。诸多宗教信仰和民间习俗信奉,就是因灾害的摧残而起,或曰因灾害体验的加深而强化。所谓:"一个人只有勇敢地面对痛苦,他的杰出之处才能明显地体现出来。只有克制自己的本性,反向而行,才能把自己提升到更加非凡的境界。正是通过这种方式,他把自己与其他某些盲目追求享乐的人区别开来,在世上为自己争得了一席之地。"[③]灾害叙事,一定程度上又是人们沉浸痛苦之中,痛定思痛后的情感抒发。即使是旁观者和后世的谈论者,也不能在精神上置身事外。因而,在灾害承受与应灾御灾的实践中,也增强

---

① [美]保罗·康纳顿:《社会如何记忆》,纳日碧力戈译,上海人民出版社 2000 年,第 36 页。
② [苏]佩·弗·科尔涅耶夫:《现代哲学人类学批判》,李昭时译,东方出版社 1987 年,第 202 页。
③ [法]爱弥尔·涂尔干:《宗教生活的基本形式》,梁东、汲喆译,上海人民出版社 1999 年,第 410—411 页。

了人们对于生命价值的关注,对生存意义的反思和对群体凝聚力量的再思考。

第三节　灾害、御灾及被灾主体的行为结构改变

社会行为结构,指人的社会行为多种构成及其相互间的关系。其实个体的社会行为结构与群体社会多种指向,也是分不开的。人必然生存在特定的文化体系之中,他不能不遵从文化体系与社会结构的规定性。如《左传》称"国之大事,在祀与戎",早年史家论述过上古社会形成与"治水""御戎"有关,近了说中原村落规模形成也离不开治水等需要,而人们就几乎无一例外地生活在这种规定性结构中。个体的行为方式和区域民俗也与习成的社会行为结构密切关联,张瀚《松窗梦语》称凤阳一带不耕之地多,"间有耕者,又苦天泽不时,非旱即涝,盖雨多则横潦弥漫,无处归束,无雨任其焦萎,救济无资,饥馑频仍,窘迫流徙。地广人稀,坐此故也"①。因此,当自然灾害、次生灾害叠加发作,鉴于生存及应灾的本能需要,被灾主体行为顺应异变则是可能和必然。

首先,灾害改变了社会应灾的价值标准。在传统政治体制下,皇帝个人的好恶成为应对灾害的措施取舍与价值标准,易于误判、跑偏。如从江南到华北的刘猛将军崇拜就影响了御蝗减灾,这与大臣李维钧取媚雍正有关。雍正即位不久(二年)七八月借蝗灾初定,奏折中吹嘘康熙五十七年(1718)自己"虔叩默祝"捕蝗神刘猛将军,"仗神之灵或使蝗尽入于海,或使之伏而不飞,或使之暗灭,有一感应,许于各府立庙岁祀。……"夸饰建庙后洼地的芦苇地带,"(飞蝗)皆挂死芦苇枝叶之上,一如五十七年天津等处之自灭……官民称奇,莫不仰颂我皇上盛德大业,洪福齐天,故感召神明效灵征异,自后无蝗蝻之患矣"。由此投合了后来雍正的心态,先后下旨令北直隶、山东等地建庙,不仅于救灾无补,甚至"对减灾防灾产生负作用,而且对近代乡村文化的愚昧落后起到了

---

① 张瀚:《松窗梦语》卷四,中华书局 1985 年,第 72 页。

强化作用"①。而一再谎报、瞒报灾情,也对于灾害造成了无法收拾的严重后果。

日本学者指出古代中国人虔诚地信奉各种神,"当人们处于逆境或遇到灾难时,便认为神在发怒。于是就祈愿神息怒,希望一如既往地得到恩赐。若遇洪水灾难,便祈祷水神、湖神、河神退水。干旱时向龙王和雨师求雨。……遇有蝗灾,便祈求刘猛将驱除蝗害。生病后也不求医,而是到庙里去求签,依据扶乩服药"②。进一步的讨论也受到国外学者启发,即"方神"(即地方神)在具体御灾活动中是玉皇大帝的属臣,禳灾要玉帝许可,还要得到某方面专司神的配合、支持。"他(她)既无法阻止灾害的降临,也无力独自解除已经降临的灾害,而只能向最高神及专职神转达人们的禳灾愿望,促使灾害早日解除。……这种具有明显等级又注重各部门配合关系的神灵系统,与中国社会的官府衙门结构,存在着很大程度的相似性。……反映了人们力图借助于同神灵之间较密切的地缘关系,来更加亲近、更加直接、更加容易地祈求神灵,并更加顺利地达到目的的一种愿望,可以说,这正是中国乡村人情化的社会关系在信仰王国的体现。"③其实所谓"方神",多半岂不就是起到地方保甲长的作用!而诸如《聊斋志异》中那些祈求过路灾害神给本地放过一马的地方官(如沂县令)或好心人(如《牛瘟》中的陈华封、《雹神》中的王筠苍等),其所起到的又何尝不是方神的作用。敬神并且殷勤招待灾害神,可以说对于明清人见庙就烧香、见神就拜,崇信超自然力大于相信自身力量的信仰和行为,是有着不可低估的建构作用的。虽如此,各种灾害难于避免,所受灾难阵痛难消,记忆长存,伴随人的正常生活被打破、受到威胁,人们更加没有自信而转向祈求神灵保佑,也在应灾过程中有了反思自己言行的心理需要和更多机会。

御灾、赈灾过程中的清官能臣,以其卓越表现得到了人格价值的高度评价,民俗记忆还表现为将其能力迁移,其政绩持续卓异。如《墨馀录》写叶公读书尚气节,"永乐中,从夏尚书以治水功,擢钱塘县,莅任不

---

① 王建革:《清代华北地区的蝗灾与社会控制》,《清史研究》2000年第2期。
② [日]窪德忠:《道教史》,萧坤华译,上海译文出版社1987年,第11—12页。
③ 安德明:《从农事禳灾仪式看民间信仰中的地方神》,《中国民俗学年刊》,上海文艺出版社1999年,第270—281页。

逾年,翕然称治。……县治故多虎暴,公为文祭之,虎皆避去"①。叶公治水过程中表现的才干,在任县令中也表现出来,而且其人格魅力在民俗记忆中还传扬为作文能驱逐虎暴。

其次,强化禳灾仪式的善行准则。御灾、赈灾——行善等社会性行为,构成了一系列御灾仪式,构成了一些固定的仪式轨则,并不因哪一个体的意见不同或反对,而改变集体性的仪式轨则和民俗信奉。如祭拜河神的仪式,就带有趋同整合功能。胡适先生回忆父亲任治河官员,在郑州曾作诗:"纷纷歌舞赛蛇虫,酒醴牲牢告洁丰。果有神灵来护佑,天寒何故不临工?"对那些"河神"不出现,诗注明确地表示不满:"霜雪既降,凡俗所谓'大王''将军'化身临工者,皆绝迹不复见矣。"胡适认为"大王""将军"都是祀典的河神:

> 河工区域内的水蛇虾蟆往往被认为大王或将军的化身,往往享受最隆重的祠祭礼拜。河工是何等大事,而国家的治河官吏不能不向水蛇虾蟆磕头乞怜,真是一个民族的最大耻辱。我父亲这首诗不但公然指斥这种迷信,并且用了一个很浅近的证明,证明这种迷信的荒诞可笑。这一点最可表现我父亲的思想的倾向。②

然而,却不能不到场参与、捧场。强大的河神崇拜并不因某次不现身显灵,不因某一、某些人怀疑不满而改变。这体现了仪式的整合、强化与交流功能,因为仪式"在一个层面上,是信仰的结构,表现为象征和价值准则,个体根据它解释他们的世界,表达他们的情感,作出他们的判断;在另一个层面上,是正在进行的互动行为过程,它的持续形式我们称之为社会结构。文化是意义结构,人类用以解释他们的经验并指导他们的行为,社会结构则是行为所取的方式,是实际存在的社会关系网络"③。在祭河仪式这种高度社会化的活动中,面对万民共同面对的灾害,它重复演示的是应灾、御灾的象征,展现官民一致的情感需求。因古来就是重视行为动机的,御灾祀河神,具有群体趋同的整合性、限定性,被裹挟着必须参与,个人不能公开反对。

---

① 毛祥麟:《墨馀录》卷四《钱唐一叶清》,上海古籍出版社 1985 年,第 62—63 页。
② 胡适:《从拜神到无神》,《新月》三卷四号,《四十自述》,亚东图书馆 1933 年。
③ [美] C.格尔茨:《仪式与变迁:一个爪哇的实例》,《国外社会科学》1991 年第 4 期。

不过,这方面也不能不承认并非那么简单,关键还是看结果。清人就转述一起"天旱不禁屠沽"的反常行为,竟并不影响下雨。"文康公抚遵化日,苦旱,有司循例请禁屠沽,文康出示曰:'天人一理。人事不修,则天变于上。苟人不为恶,即饮酒食肉,何足干天地之怒哉? 各宜痛加修省,其屠沽如故。'三日后大雨,人皆服文康之达。"[①] 可不难想象在雨尚未降的三天中,这位遵化地方官该顶住了多大的压力! 幸好三天不长而雨终于降,否则后果恐怕很难想象。有时,某一清官不在御灾活动"潜规则"面前表示认同,代价则相当惨重。《儿女英雄传》写安骥之父——正直官员安学海来淮安河道总督府上任,只带京靴、杏仁、冬菜等礼物赠送河台,不懂行情,被认为是吝啬小气和有心傲上,遭到河台门上家人的讥讽:"这个官儿来得古怪呀! 你在这院上当巡捕也不是一年啊,大凡到工的官儿们送礼,谁不是缂绣呢羽、绸缎皮张,还有玉玩金器、朝珠洋表的,怎么这位爷送起这个来了? 他还是河员送礼,还是'看坟的打抽丰'(歇后语"看坟的打抽丰——吃鬼",指吝啬)来了? 这不是搅吗! 没法儿,也得给他回上去。"又从中说了些懈怠话。那河台出身于河工佐杂微员,心里更觉得是安老爷瞧他不起,得知安学海进士出身,又产生嫉贤妒能阴暗心理,于是特意分配他"高堰外河通判"的肥缺(陷阱),那地方正是下游受水之地:

> 这前任的通判官儿又是个精明鬼儿,他见上次高家堰开了口子之后,虽然赶紧的合了龙,这下游一带的工程,都是偷工减料作的,断靠不住。他好容易耗过了三月桃汛,吃是吃饱了,捞是捞够了,算没他的事了,想着趁这个当儿躲一躲,另找个把稳道儿走走。因此谋了一个留省销算的差使,倒让出缺来给别人署事。那河台本是河工上的一个虫儿,他有甚么不懂的? 只是收了人家的厚礼,不能不应,看了看这个立刻出乱子的地方,若另委别人,谁也都给过个三千二千、一千八百的,怎好意思呢? 没法儿,可就想起安老爷来了。偏看了看收礼的帐,轻重不等,大家都格外有些尽心,独安老爷只有寿屏上一个空名字,他已是十分的着恼;又见这安老爷的才情见识远出自己之上,可就用着他当日说的那个"拿他一拿"的主意了。想着如此把他一调,既压一压外边的口舌,他果然经历伏汛,保

---

① 阮葵生:《茶馀客话》卷九《天旱不禁屠沽》,中华书局 1959 年,第 234 页。

得无事,倒好保他一保,不怕他不格外尽心;倘然他办不来,索性把他参了,他也没的可说。因此上才有这番调署。①

清代河工特殊群体送礼的"行情"持续超高,小说描写不明就里的安老爷因没遵照行规,很快就成了河督照顾"利益阶层"的牺牲品。果然后来决坝,他被限期修复;又决,被参革职拿问,戴罪赔修。证之以治河弊端史实,小说如是描写当为不诬,而且真实可感。昭梿《啸亭杂录》写乾隆中期和珅掌政,任河帅者皆出其私门,"河防日见疏懈"。徐端担任河帅,廉能却被排挤,因同事们担心把积弊揭出,他的命运比安学海更差,赔了十多万连妻子都保不住,可以说当为安学海形象的一个现实原型:

> 先以钜万纳其帑库,然后许之任视事,故皆利水患充斥,借以侵蚀国帑。而朝中诸贵要,无不视河帅为外府,至竭天下府库之力,尚不足充其用。如嘉庆戊辰、己巳间,开浚海口,改易河道,糜费帑金至八百万;而庚午、辛未,高家堰、李家楼诸决口,其患尤倍于昔,良可嗟叹。惟河帅徐公端,自河工微员以廉能著,受今上知,特擢河东副总河,寻复即真。公久于河防,习知当事之弊,尝浩叹国家有用赀材,不应滥为糜费。每欲见上悉陈其弊,同事者恐其将积弊揭出,所株连者众多,故每遇事尼其行,使其终身不得入都陛见,以致抑郁而死。至贫无以殓,而所积赔项至十余万,妻子无以为活,识者悲之。继公者为陈凤翔,以直省贪吏入赀为永定河道。复有大力者为之奥援,立擢河东总河,其去天津县令任未期年也。后以妄放潴水故,为张制府百龄所劾,上命立枷河上,闻者快之。凤翔复遣其家人入都讼冤,当事者力缓其狱,得以释回。未几,以惊悸死于河上廨中,无人不欣然也。②

这种廉贪对比的实录性书写,不仅延展了御灾文学的现实题材,本身即具有御灾事件及其民俗心理表现的文学生动性与针砭时事价值。

---

① 文康:《儿女英雄传》第二回《沐皇恩特授河工令　忤大宪冤陷县监牢》,上海古籍出版社1991年,第21—23页。
② 昭梿:《啸亭杂录》卷七《徐端》,中华书局1980年,第214页。

史书亦概括河防资源的流失之弊："南河岁费五六百万金,然实用之工程者,什不及一,余悉以供官吏之挥霍。河帅宴客,一席所需,恒毙三四驼,五十余豚,鹅掌、猴脑无数。食一豆腐,亦需费数百金,他可知已。骄奢淫佚,一至于此,而于工程方略,无讲求之者,故河患时警。"[1]这一"史笔"带有生动、典型事例及场面的传神文字,冷峻、清醒而深刻。

其三,灾害与应灾御灾需要,还使人的深层信仰和行为方式有所改变。灾难使得人们的生存需要变得突出,而如同早期黄巾起义时道教用疗病等自神其教一样,明清道教、佛教、民间秘密宗教等都趁机招徕徒众,像一些秘密宗教就吸收佛教学说把自然灾害说成是"劫",灾劫恐惧深入人心,人要"避劫"就要入教。外来"洋教"也不甘示弱。如《万国公报》1877年7月28日在英国传教士在山东青州,收赈银13835两,赈济益都、临朐、昌乐、潍县等饥民两万余人。广大灾民为获赈济,纷纷入基督教,他们信教目的主要就是"吃教",如金乡县贾庄"很多人为了去吃饭而信教"[2]。当然这样的"信仰"未必就是真的,而且也是不稳定的。但灾害临头,人们的行为方式不得不改变了。也有的丧失了平时善良朴质的品质甚至人性,卖妻鬻子。然而,下层民众又是务实的,讲求实惠、实用的。禳灾求平安的仪式,如果持续不能有效,也会给人们产生半信半疑,不信与懈怠心理,并不情愿在祭祀上面投入。民族心理的实用性,在这一点上也明显体现出来。故事发生背景被定位在明末清初,实际上仍是清代的民俗遗风表现。

其四,偶然的行善行为也可以御灾,或得以免灾。在明清伦理文化强调下,这类灾害资源成为自然行为与社会行为的耦合相契,得到宣扬,从而自觉不自觉地优化社会风气。朱国祯称:

> 张杏孙,慈利县人,以孝称,乡人皆重之。争讼者不诣公府而诣孝子。里有麂鹿泉,乡人素赖其利。岁大旱,泉竭。诣孝子请祷,孝子沐浴拜泉。泉初出如缕。众喜曰:"泉至矣!"复再拜,沛然如初,所灌方数十里,岁以大熟,人益信其诚。孝子通尚书,以授其子兑,

---

[1] 黄鸿寿编:《清史纪事本末》卷四十五《咸丰时政》,北京图书馆出版社2003年,第309页。

[2] [英]李提摩太:《亲历晚清四十五年——李提摩太在华回忆录》,李宪堂、侯林莉译,天津人民出版社2005年,第85—89页。

成进士,有闻于时。①

然而偶然之中实有必然。赈济言说中,或明或暗还是含有鼓励赈灾济困的主流倾向。传闻李晋生之子,四岁时被拐走。此后他经商致富,"经常资助邻里,赈济灾民。后到京江,偶尔到戏院看戏,发现有个青年一举一动有点像自己,那青年也感到他在看自己。……"②过去一问果然是早年被拐的儿子,已娶妻生子,于是喜出望外地携子归乡(图 22-2)。显然,这一喜相逢看似偶然,却是乐善好施、多年赈灾积德的必然。

其五,惧怕反常现象,以至于为生存而不加选择地从众。有时,因民间信仰而起的群体行为,甚至影响到民间对动植物的和善态度,比如对异象不予辨别地膜拜。如湖南船户最信水神杨泗将军,"清宣统时,有某船泊于樟木市,夜间舱内忽来一绿蛇,头有黄章,长约尺许。该船户以为杨泗将军显身也,花香供奉,恭运至衡(衡阳)。于是城乡哄动,闻风来观者甚众。邑吏恐民间骚扰,投之于河。是夜蛇复至舱内,于是船户益信其神,恭抬至神座上,演戏玩龙以敬之,自是庙内异常热闹矣"③。这些蛇类属老鼠天敌,水神信仰显然有助于保护蛇类较少受到伤害,有助于抑制鼠灾。而柳神崇拜对于栽植柳树也大有益处。

此外,灾害与饥荒瘟疫往往有连带的关系,饥饿而疫病生。早在 20 世纪 30 年代末,有识之士就注意到:"食料缺乏,大多数人日常的营养不良,与病菌相逢都无抵抗的能力,因而容易演成大规模的传播性瘟疫。试看历代正史的《本纪》中,每逢末世饥荒与瘟疫总是相并而行,这也绝非偶然的事。"④饥饿不仅造成人们体质下降,还会导致人恐慌不宁,降低应灾、御灾能力与效率,还易于发生群体心理互相感染,甚至酿成社会动乱。

第四节   灾害、御灾信仰的认识价值与生态观念思考

瑞士人口学家 Louise Lassonde 曾把军事冲突(战争)、台风(飓风)、

---

① 朱国祯编著:《涌幢小品》卷二十《祷泉灌田》,中华书局 1959 年,第 477 页。
② 吴友如等:《点石斋画报》,大可堂版,1898 年。
③ 胡朴安:《中华全国风俗志》下编,河北人民出版社 1986 年,第 331 页。
④ 雷海宗:《中国文化与中国的兵》,商务印书馆 2001 年据 1940 年版重新编排,第 121 页。

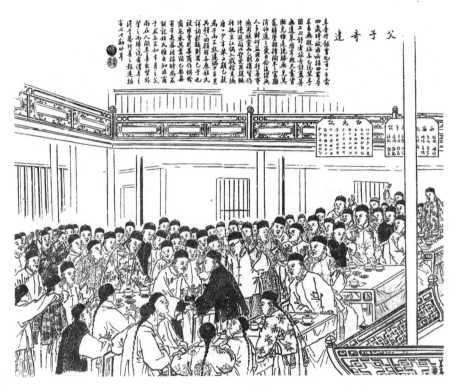

图 22-2 父子奇逢

火山地震、水灾和旱灾并列为世界"五大环境灾害"①。其中与环境密切相关的主要自然灾害,我国明清时期多发,因此御灾民间信仰研究与生态环境分不开,遂具有恒久、稳定的价值。其用文字、传说、图画以及造型艺术等保存,更有保留在娱神祭祀等民俗仪式活动中的价值。万建中教授指出:"传说记忆并非只存在于大脑中,也外显于表演仪式中,或者说是不断重复的表演仪式让族群中人获得了连续的传说记忆。"②许多有关灾害的奉神祭祀、聚众求雨、官员罪己表演等,均属应灾减灾御灾仪式表演,还包括告灾图画、赈灾募捐宣传画报等图文并茂的艺术形式,便于直观与传播的民俗观念与民间信仰,这些都是对灾害、御灾、赈灾叙事的有效继承、延续和延伸,也在启发对生态主体存在模式的有益思考。

　　一者,由于灾害的肆虐,讲求务实的中华民族才在惨痛的教训中警觉。尽管总体上对于诸多灾害缺少科学的、理性的认识,也不乏有识之士从灾害发生、探源等总结教训,反思生存习惯与陋习。例如,对卫生习惯的检讨,就是在灾疫横行中总结的。近代小说写江南吴江瘟疫长期流行,原因有着普遍性:"我中国人民医学不讲,污秽成习,各处遗矢积垢,粪壅泥淤,口鼻吸触,酿为疾病。平时昧卫生之学,临事无防疫之方,观历年大疫流行,内地死亡接踵,而租界以整洁之故,独少污染,则避疫之道,故自有在。"③在外来文化面前,国人由对"洋鬼子"的租界看不惯,到深受瘟疫洗劫之后对租界整洁干净的卫生习惯欣羡、憧憬,如果没有灾害、死亡的教训,就很难如此将外来文明作为必要的参照,"睁开眼睛看世界",看看其他民族强于自身的地方。

　　晚清小说写贝仲英的前身,祖居杭州的张善人,曾梦中告诫:"……我张氏一族,染疫气的,从来不多,因我最讲究卫生的法子,时时教导族人,族人也多感化讲究,故张氏一族,子孙今最繁衍,即卫生的效验也。惟可叹者,习俗移人,贤者不免,至今日亦渐渐不讲究了。今年杭城内外,又将遭瘟疫惨祸,其故由于街道污秽,一切恶毒之气,酿成微生物,一逢天雨,遂从沟渠流入河内井内,人吃了这水,碰到秽毒重的时候,即生

---

① 任美锷:《黄河与人生》,[美]谢觉民主编:《自然·文化·人地关系》,科学出版社1999年,第63—64页。
② 万建中:《传说记忆与族群认同——以盘瓠传说为考察对象》,《广西民族学院学报》(哲学社会科学版)2004年第1期。
③ 丁逢甲:《扫迷帚》第二十回《遭疫疠向瘟部乞怜　沿陋习请僧尼礼忏》,内蒙古人民出版社1998年,第592页。

疫病了。至于平常卫生的法则,尤与疫病有关系,今试将要紧数条,讲给你听:第一要戒不洁,凡这疫虫的来路每每隐伏那污埃秽尘之内……除自己奉行,并广劝世人,使人人略知卫生的道理,虽不能疾疫不生,总可以减少了。"① 这一谆谆告诫概括的卫生习惯,具有改造长期不讲卫生陋习的移风易俗意义:如勤打扫环境、择食物(营养学)、卧室光线好、呼吸新鲜空气、勤洗浴、经常运动等。当然,灾害警示,这也不是包医百病的灵丹妙药,教育不及时,政策不得力,也会由此造成神巫迷信更加猖獗。

二者,由于古代的社会形态和文学传统,灾害文学在古代并不发达,这与多灾多难的古代社会和历史是不相称的。于是,有人深切感受并且呼吁:"应该说,汉语文学并不缺乏表达苦难的作品。屈骚、杜诗是最好的证明。《红楼梦》更是将曹雪芹个人遭际转换成时代、民族乃至文化的悲剧。不过,这些作品主要是社会苦难的表现,表达自然灾难的作品则相对少见。这或许与'天人感应'之说有关。天人同类、天预人事的神秘思想,使得文人、学者躲避对天灾的描述与思考,因为,这把反思之剑最终会指向'天子'或'天下子民'犯下的罪孽。"② 事实上,自然灾害所体现的人类面临的苦难,具有特殊的震撼力和普世性,尽管由于某些忌讳和审美表现传统的限制,许多灾难体验被切割成零碎的片段,被曲折变形地抒发,我们依旧可以发现并引起足够的重视,而且恰恰因为这一点,还要予以格外的关注重视。

综上所述,运用一些明清小说和野史笔记中的灾害材料,更能补充说明古代灾害文学——文化的丰富意蕴。尤其是明清神怪小说、历史演义等带有仙幻色彩的描述,诸般法器、宝物的多样形态及运用,它们的灾害御灾展演性、民间信仰与生态意义,决不应继续被忽视,而应看作是与民间传闻互补相生的重要方面。对此,人类学的理解非常恰切:"神话和民间故事是以它们各自的方法来利用一个共同的素材的。它们的关系

---

① 儒林医德:《医界镜》第六回《张善人卫生谈要略　钱塘县签票拿名医》,内蒙古人民出版社1998年,第52—54页。居华多年的社会学家指出,适应不卫生的环境,培养了中国人抵御疾病传染、毒菌的免疫力,"刚到中国的外国人被蚊虫叮后,被叮处很快就肿胀起来,而在中国人身上则不会发生这种现象;人们饮用被污染的运河水,却不会染上痢疾;中国人很少染上伤寒病……"[美]E.A.罗斯:《变化中的中国人》,公茂虹、张皓译,时事出版社1998年,第35页。
② 向天渊:《灾难表达理应成为文学的一部分》,《光明日报》2010年4月23日第9版。

不是在先与在后、原始与衍生的关系，这更多地是一种补充的关系。民间故事是小型的神话，它们把同一些对子转换在一种更小的尺度上，而正是这一点使得对它们难以首先来进行研究。"①我们对于灾害及御灾言说的专题分析，也正是一种解释阐发灾害民俗材料的尝试。

自然灾害，制造的是丑陋、毁灭、残缺不全，这也许正是人类愈挫愈奋，不断从灾害中奋起、创造建设的动力之一。灾害的酷虐，御灾的有效，才能使人们痛切地认识到良好生态环境及其保持的重要，特别是与森林、植被状态密切相关的水旱灾害。有些灾害，如兽灾，已成为遥远的珍贵的回忆了，由于相当数量食肉猛兽的存在，才使那些对绿色植被构成严重威胁的食草动物得到控制。因此从生态平衡角度说，猛兽实为人类的朋友。

自然灾害的审美形态，主要是悲剧、丑和崇高，而由此三种形态衍生出美的人文情怀与心灵净化。这一演变过程，也就是受灾、苦难、痛定思痛、御灾抗灾的践行过程。在这一过程的不同阶段中，被灾主体体验到的多种审美形态，以及侧重点不同的审美体验。如同生态美学先驱指出的美国西南部地区由于放牧，"一系列越来越多的野草、矮树丛和杂莠被消耗掉了，而转回到一种不稳定的均势。每次不同类型的植物的衰亡都引起土壤的流失，而每次新增的土壤流失，又带来进一步的植物的衰亡。今天的结果则是一种步步发展的普遍的衰败：不仅植物和土壤，而且也包括动物。……资源保护是人和土地之间和谐一致的一种表现"②。而德国学者1929年植树节于中山大学演讲："（中国）偌大之荒地，而不能得一相当之收效，况此荒土，昔曾有绝大森林之发现，唯今则斫伐无余矣。""果人民知森林能减雨力，林地因青苔及凤尾草之生长能吸收水分，风化之土与腐叶相混能阻水势，则大雨不徒为田园及人民之害，且将为生长木材之要素"，因而"乡村领袖，军政要员以及各知识阶级之人，凡与人民有直接影响者，须将荒山造林知识时时宣传"③。又如保护一些食肉动物，是最为有效地在保护植物。只有许多地区的虎、狼等猛兽灭绝

---

① ［法］克洛德·莱维-斯特劳斯：《结构人类学》，俞宣孟、谢维扬、白信才译，上海译文出版社1999年，第147页。
② ［美］奥尔多·利奥波德：《沙乡年鉴》，侯文蕙译，吉林人民出版社1997年，第196—197页。
③ ［德］芬次尔：《中国森林问题》，齐敬鑫译，《东方杂志》第26卷第6号，第69—71页。

或濒临灭绝时,人们才感到保护它们势在必行。生态政治学强调:"尊重多样性与尊重某一特定生态系统独有的自然特征是并驾齐驱的。历史地看,人类各种文化往往都能很好地适应,并且有力地促进其周围环境的稳定与活力。传统文化完全依赖其周边的生物群,不会涉足现代社会中司空见惯的肆意毁灭物种的行为。"① 时至今日,生态观的问题还很严峻,不仅是观念问题,还有落实机制问题、民族各阶层的习俗问题等。至于水旱、冰雪严寒等灾害,依旧不断发生甚至趋向严重,则从生态环境恶劣表现的角度,让人类认识到,低碳消耗对于保护地球环境与生态平衡,是多么重要。不可低估小农思想目光短浅,仍有只看眼前心态遗留,减灾、避灾的根本在于事前多方预防。

与灾害学一样,灾害文学、御灾民间信仰具有鲜明的多学科综合性。对于多年来多种文学史及顾彬、夏志清等域外论著,以及生态文艺学讨论没有"灾害文学",李继凯教授曾抱不平并呼吁学科交叉:"在权威的文艺学家、文学史家那里,灾害文学之类的话题还未被关注,自然也并未得到承认,作为一个相对独立的知识谱系亦未得到建立。"② 而多年前叶舒宪教授也指出:"文学首先就要解决抗灾的难题。……在和灾难抗击的过程中,也可能会埋下新灾难的种子。""文学本来就是属于人类的,把文学分成中国的和外国的,中国的又分成古典、现代、近代的。如果越分越窄的话,这些分类就变成了'铁路警察',每个学科只管一段,从哪儿来到哪儿去,根本不管。这样狭隘的眼界怎么做研究呢?这就是我们现在构建的专业产生的弊病,需要学着自己去觉悟和克服。提倡文学人类学研究,意在此焉。"③ 的确如此。这是一种他一直主张的打破学科疆域的可贵思想。

值得欣慰的是,在研究者努力下十多年来伴随相关成果不断涌现,上述情形已有了一些改变。但这一倡导,促进了文学中灾难书写的美学、哲学、民俗人类学综合构成研究。古代灾害学成果仍较多集中在史

---

① 〔美〕丹尼尔·A.科尔曼:《生态政治——建设一个绿色社会》,梅俊杰译,上海译文出版社2002年,第117页。

② 李继凯:《揪心痛楚的文艺研究——代"文艺与灾害"专栏导语》,《湘潭大学学报》(哲学社会科学版)2010年第3期。

③ 叶舒宪:《文学中的灾难与救世》,《文化学刊》2008年第4期。

学上,值得学习借鉴,而多学科的交叉研究特别是文学书写、御灾心理书写等,在进展的同时也存在着一定程度的内卷。

　　更多地了解中国古人尤其明清人应对灾害的习俗表现、行为方式,了解民间灾害信仰遗留,才能逐步建立具有开放性的古代灾害——御灾文学主题谱系,从而切实增强今天防灾、减灾和救灾措施的能力与心理承受力。

主要参考文献

苏舆：《春秋繁露义证》，钟哲点校，中华书局1992年。

李剑国辑校：《新辑搜神记·新辑搜神后记》，中华书局2007年。

李昉等编：《太平广记》，汪绍楹点校，中华书局1961年。

洪迈：《夷坚志》，何卓点校，中华书局1981年。

[日] 高楠顺次郎等编：《大正新修大藏经》，(台北) 新文丰出版公司1990年影印。

周叔迦、苏晋仁校注：《法苑珠林校注》，中华书局2003年。

宋濂等：《元史》，中华书局1976年。

张廷玉等：《明史》，中华书局1974年。

赵尔巽等：《清史稿》，中华书局1977年。

朱寿朋：《光绪朝东华录》，张静庐等点校，中华书局1958年。

《清实录·世宗宪皇帝实录》，中华书局1986年。

《清实录·宣宗成皇帝实录》，中华书局1986年。

小横香室主人编：《清朝野史大观》，中华书局1917年。

徐珂编撰：《清稗类钞》，中华书局1984—1986年。

《笔记小说大观》，江苏广陵古籍刻印社1983—1984年影印。

《古本小说集成》编委会编：《古本小说集成》第1—4辑，上海古籍出版社1991—1994年影印。

周光培编：《历代笔记小说集成》，河北教育出版社1995—1996年影印。

《中国方志丛书》，(台北) 成文出版社1966—1985年。

凤凰出版社编：《中国地方志集成》，凤凰出版社、上海书店、巴蜀书社2005—2011年。

李文海、夏明方主编：《中国荒政全书》，北京古籍出版社2003年。

李文海、夏明方、朱浒主编：《中国荒政书集成》，天津古籍出版社2010年。

侯忠义、安平秋等主编：《中国古代珍稀本小说》，春风文艺出版社

1994 年。

董文成等主编 :《中国古代珍稀本小说续》,春风文艺出版社 1997 年。

吴友如等 :《点石斋画报·大可堂版》,上海画报出版社 2001 年。

郎瑛 :《七修类稿》,中华书局 1959 年。

朱国祯编著 :《涌幢小品》,中华书局 1959 年。

胡文焕编 :《稗家粹编》,向志柱点校,中华书局 2010 年。

谢肇淛 :《五杂组》,上海书店出版社 2001 年。

王重民辑校 :《徐光启集》,中华书局 1963 年。

石声汉校注 :《农政全书校注》,上海古籍出版社 1979 年。

钱希言 :《狯园》,栾保群点校,文物出版社 2014 年。

沈德符 :《万历野获编》,中华书局 1959 年。

孙高亮 :《于少保萃忠全传》,孙一珍校点,人民文学出版社 1988 年。

梦觉道人、西湖浪子辑 :《三刻拍案惊奇》,张荣起整理,北京大学出版社
1987 年。

周清原 :《西湖二集》,上海古籍出版社 1994 年。

谈迁 :《枣林杂俎》,罗仲辉、胡明点校,中华书局 2006 年。

钱彩等 :《说岳全传》,上海古籍出版社 1980 年。

董含 :《三冈识略》,致之校点,辽宁教育出版社 2000 年。

褚人获编著 :《隋唐演义》,刘正风点校,中华书局 2002 年。

任笃行辑校 :《全校会注集评聊斋志异》,齐鲁社 2000 年。

西周生辑著 :《醒世姻缘传》,齐鲁书社 1980 年。

心远主人 :《二刻醒世恒言》,北京大学图书馆古籍研究室整理,张荣起校
订,北京大学出版社 1990 年。

龚炜 :《巢林笔谈》,钱炳寰点校,中华书局 1981 年。

夏敬渠 :《野叟曝言》,黄克校点,人民文学出版社 1997 年。

袁枚编撰 :《子不语》,申孟、甘林点校,上海古籍出版社 1998 年。

草亭老人编 :《娱目醒心编》,汪原放校点,上海古籍出版社 1988 年。

阮葵生 :《茶馀客话》,中华书局 1959 年。

纪昀 :《阅微草堂笔记》,上海古籍出版社 1980 年。

和邦额 :《夜谭随录》,王毅、盛端裕校注,中州古籍出版社 1993 年。

曾衍东 :《小豆棚》,杜贵晨校注,中州古籍出版社 1989 年。

钱泳：《履园丛话》，张伟点校，中华书局 1979 年。

昭梿：《啸亭杂录》，何英芳点校，中华书局 1980 年。

俞正燮：《癸巳存稿》，辽宁教育出版社 2003 年。

潘纶恩：《道听途说》，易军校点，黄山书社 1996 年。

张应昌编：《清诗铎》，中华书局 1960 年。

王守毅：《篛廊琐记》，张孝进、张静点校，文物出版社 2018 年。

毛祥麟：《墨馀录》，毕万忱点校，上海古籍出版社 1985 年。

陈其元：《庸闲斋笔记》，杨璐点校，中华书局 1989 年。

薛福成：《庸盦笔记》，丁凤麟、张道贵点校，江苏人民出版社 1983 年。

李庆辰：《醉茶志怪》，金东校点，齐鲁书社 1988 年。

俞樾：《右台仙馆笔记》，梁脩点校，齐鲁书社 1986 年。

乐钧、俞樾：《耳食录・耳邮》，陈戍国点校，岳麓书社 1986 年。

宣鼎：《夜雨秋灯录》，项纯文校点，黄山书社 1999 年。

陈康祺：《郎潜纪闻初笔　二笔　三笔》，晋石点校，中华书局 1984 年。

李宝嘉：《官场现形记》，张友鹤校注，人民文学出版社 1957 年。

刘鹗：《老残游记》，人民文学出版社 1979 年。

刘大鹏：《退想斋日记》，乔志强标注，山西人民出版社 1990 年。

储仁逊编著：《清代抄本公案小说》，张晨江整理，百花文艺出版社 1996 年。

[英]李提摩太：《亲历晚清四十五年——李提摩太在华回忆录》，李宪堂、侯林莉译，天津人民出版社 2005 年；Timoth Richard, *Forty-Five Years in China*, London T.Ficher Unwin Ltd.1916。

[美]马罗立：《饥荒的中国》，吴鹏飞译，民智书局 1929 年。

[巴西]约翰・德・卡斯特罗：《饥饿地理》，黄秉镛译，生活・读书・新知三联书店 1959 年。

[法]阿尔贝特・史怀泽、[德]汉斯・瓦尔特・贝尔编：《敬畏生命》，陈泽环译，上海社会科学院出版社 1992 年。

[日]田仲一成：《中国的宗族与戏剧》，钱杭、任余白译，上海古籍出版社 1992 年。

[美]罗溥洛主编：《美国学者论中国文化》，包伟民、陈晓燕译，中国广播电视出版社 1994 年。

［美］赵冈：《中国历史上生态环境之变迁》，中国环境科学出版社 1996 年。

［法］皮埃尔·布迪厄、［美］华康德：《实践与反思——反思社会学导引》，李猛、李康译，中央编译出版社 1998 年。

［美］保罗·康纳顿：《社会如何记忆》，纳日碧力戈译，上海人民出版社 2000 年。

［英］保尔·汤普逊：《过去的声音：口述史》，覃方明等译，辽宁教育出版社 2000 年。

［俄］弗拉基米尔·雅可夫列维奇·普罗普：《神奇故事的历史根源》，贾放译，中华书局 2006 年。

［美］麦克尼尔：《瘟疫与人——传染病对人类历史的冲击》，杨玉龄译，（台北）天下远见出版股份有限公司 1998 年。

［美］E.A. 罗斯：《变化中的中国人》，公茂虹、张皓译，时事出版社 1998 年。

［美］R.F. 纳什：《大自然的权利：环境伦理学史》，杨通进译，青岛出版社 1999 年。

［美］韩森：《变迁之神：南宋时期的民间信仰》，包伟民译，浙江人民出版社 1999 年。

［美］丹尼尔·A. 科尔曼：《生态政治——建设一个绿色社会》，梅俊杰译，上海译文出版社 2002 年。

［美］杜赞奇：《文化、权力与国家：1900—1942 年的华北农村》，王福明译，江苏人民出版社 2003 年。

［英］弗雷德里克·F. 卡特赖特、［英］迈克尔·比迪斯：《疾病改变历史》，陈仲丹等译，山东画报出版社 2004 年。

［美］彼得·辛格：《动物解放》，祖述宪译，青岛出版社 2004 年。

［美］巫鸿著，郑岩、王睿编：《礼仪中的美术——巫鸿中国古代美术史文编》，郑岩等译，生活·读书·新知三联书店 2005 年。

［美］唐纳德·霍普金斯：《天国之花——瘟疫的文化史》，沈跃明、蒋广宁译，上海人民出版社 2006 年。

［法］魏丕信：《十八世纪中国的官僚制度与荒政》，徐建青译，江苏人民出版社 2006 年。

［美］何天爵：《真正的中国佬》（ Real Chinaman ），鞠方安译，中华书局

2006 年。

[美]艾志端:《铁泪图:19 世纪中国对于饥馑的文化反应》,曹曦译,江苏人民出版社 2011 年。

黄芝岗:《中国的水神》,生活书店 1934 年。

邓云特:《中国救荒史》,商务印书馆 1937 年。

马世骏等:《中国东亚飞蝗蝗区的研究》,科学出版社 1965 年。

郑振铎:《郑振铎古典文学论文集》,上海古籍出版社 1984 年。

宗力、刘群:《中国民间诸神》,河北人民出版社 1986 年。

杜一主编:《灾害与灾害经济》,中国城市经济社会出版社 1988 年。

萧兵:《中国文化的精英——太阳英雄神话比较研究》,上海文艺出版社 1989 年。

郭郛、陈永林、卢宝廉:《中国飞蝗生物学》,山东科学技术出版社 1991 年。

李文海、周源:《灾荒与饥馑:1840—1919》,高等教育出版社 1991 年。

姜彬主编:《吴越民间信仰民俗——吴越地区民间信仰与民间文艺关系的考察和研究》,上海文艺出版社 1992 年。

杨达源、间国年编著:《自然灾害学》,测绘出版社 1993 年。

宋正海总主编:《中国古代重大自然灾害和异常年表总集》,广东教育出版社 1992 年。

高丙中:《民俗文化与民俗生活》,中国社会科学出版社 1994 年。

马昌仪编:《中国神话学文论选萃》,中国广播电视出版社 1994 年。

李文海:《世纪之交的晚清社会》,中国人民大学出版社 1995 年。

李向军:《清代荒政研究》,中国农业出版社 1995 年。

李向军:《中国救灾史》,广东人民出版社、华夏出版社 1996 年。

梁其姿:《施善与教化——明清的慈善组织》,(台北)联经出版事业公司 1997 年。

李亦园:《人类的视野》,上海文艺出版社 1996 年。

王铭铭、潘忠党主编《象征与社会——中国民间文化的探讨》,天津人民出版社 1997 年。

钟敬文:《钟敬文民间文学论集》上海文艺出版社 1982 年。

张建民、宋俭:《灾害历史学》,湖南人民出版社 1998 年。

张剑光:《三千年疫情》,江西高校出版社 1998 年。

王子平:《灾害社会学》,湖南人民出版社 1998 年。

李鄂荣、姚清林:《中国地质地震灾害》,湖南人民出版社 1998 年。

胡新生:《中国古代巫术》,山东人民出版社 1998 年。

钱钢、耿庆国主编:《二十世纪中国重灾百录》,上海人民出版社 1999 年。

高国藩:《中国巫术史》,上海三联书店 1999 年。

傅亚庶:《中国上古祭祀文化》,东北师范大学出版社 1999 年。

刘守华:《中国民间故事史》,湖北教育出版社 1999 年。

庄孔韶:《银翅:中国的地方社会与文化变迁:1920—1990》,生活·读书·新知三联书店 2000 年。

夏明方:《民国时期自然灾害与乡村社会》,中华书局 2000 年。

郭于华主编:《仪式与社会变迁》,社会科学文献出版社 2000 年。

曾维华、程声通:《环境灾害学引论》,中国环境科学出版社 2000 年。

陈洪:《浅俗之下的厚重——小说·宗教·文化》,南开大学出版社 2001 年。

万建中:《解读禁忌——中国神话、传说和故事中的禁忌主题》,商务印书馆 2001 年。

郭春梅、张庆捷:《世俗迷信与中国社会》,宗教文化出版社 2001 年。

复旦大学历史地理研究中心主编:《自然灾害与中国社会历史结构》,复旦大学出版社 2001 年。

康沛竹:《灾荒与晚清政治》,北京大学出版社 2002 年。

安德明:《天人之际的非常对话——甘肃天水地区的农事禳灾研究》,中国社会科学出版社 2003 年。

余新忠:《清代江南的瘟疫与社会——一项医疗社会史的研究》,中国人民大学出版社 2003 年。

孙绍骋:《中国救灾制度研究》,商务印书馆 2004 年。

芮传明:《淫祀与迷信——中国古代迷信群体研究》,广东人民出版社 2005 年。

赵珍:《清代西北生态变迁研究》,人民出版社 2005 年。

周星主编:《民俗学的历史、理论与方法》,商务印书馆 2006 年。

张崇旺:《明清时期江淮地区的自然灾害与社会经济》,福建人民出版社

2006 年。

曾繁仁主编:《人与自然:当代生态文明视野中的美学与文学》,河南人民出版社 2006 年。

王明珂:《华夏边缘:历史记忆与族群认同》,社会科学文献出版社 2006 年。

常建华:《清代的国家与社会研究》,人民出版社 2006 年。

李文海、夏明方主编:《天有凶年——清代灾荒与中国社会》,生活·读书·新知三联书店 2007 年。

赫治清主编:《中国古代灾害史研究》,中国社会科学出版社 2007 年。

曹树基主编:《田祖有神——明清以来的自然灾害及其社会应对机制》,上海交通大学出版社 2007 年。

蒲慕州:《追寻一己之福——中国古代的信仰世界》,上海古籍出版社 2007 年。

陈益源:《中越汉文小说研究》,(香港)东亚文化出版社 2007 年。

董丛林:《晚清社会传闻研究》,人民出版社 2007 年。

萧放等:《中国民俗史》(明清卷),人民出版社 2008 年。

张艳丽:《嘉道时期的灾荒与社会》,人民出版社 2008 年。

何星亮:《中国自然崇拜》,江苏人民出版社 2008 年。

朱海滨:《祭祀政策与民间信仰变迁——近世浙江民间信仰研究》,复旦大学出版社 2008 年。

金泽、邱永辉主编:《中国宗教报告(2009)》,社会科学文献出版社 2009 年。

万建中等:《中国民间散文叙事文学的主题学研究》,北京大学出版社 2009 年。

张涛等:《中国传统救灾思想研究》,社会科学文献出版社 2009 年。

李明泉主编:《灾难的学术思考》,四川人民出版社 2011 年。

李明泉主编:《灾难学研究丛书》(第一批:《灾难社会学》《灾难传播学》《灾难旅游学》《新中国抗灾精神发展简史》《灾难政治学》《灾难经济学》《灾难文艺学》《灾难儿童心理学》《灾难医学管理学》),四川人民出版社 2011 年。

张宏杰:《饥饿的盛世:乾隆时代的得与失》,湖南人民出版社 2012 年。

范丽珠、[加]欧大年(Overmyer):《中国北方农村社会的民间信仰》,上海人民出版社 2012 年。

常建华 :《观念、史料与视野 : 中国社会史研究再探》,北京大学出版社 2013 年。

张士闪主编 :《中国民俗文化发展报告 2013》,北京大学出版社 2014 年。

李朝军 :《宋代灾害文学研究》,中国社会科学出版社 2016 年。

陈平原 :《左图右史与西学东渐——晚清画报研究》,生活·读书·新知三联书店 2018 年。

杜贵晨 :《李绿园与〈歧路灯〉》(增改本),中州古籍出版社 2019 年。

刘卫英 :《明清小说宝物崇拜研究》,中国社会科学出版社 2008 年。

刘卫英、王立 :《欧美生态伦理思想与中国传统生态叙事》,北京师范大学出版社 2014 年。

王立、刘卫英 :《〈聊斋志异〉中印文学溯源研究》,昆仑出版社 2011 年。

王立 :《宗教民俗文献与小说母题》,吉林人民出版社 2001 年。

王立 :《中国古代文学主题学思想研究》,天津教育出版社 2008 年。

王立 :《传统故事与异域传说——文学母题的比较文化研究》,人民文学出版社 2015 年。

后 记

　　"灾害""御灾"文学的跨学科探讨已逾二十余载,现本书终于付梓,心怀喜悦。先是在《由"吃"所产生的文化反思——莫言小说的历史与人性解读》(《呼兰师专学报》1999 年第 1 期)、《〈柳秀才〉与柳御蝗灾象征溯源》(《蒲松龄研究》2003 年第 3 期)、《中国古代冤死天示灾异传说略论》〔《西南师范大学学报》(人文社会科学版)2005 年第 3 期〕、《〈聊斋志异〉灾荒瘟疫描写的印度渊源及文化意义》(《山西大学学报》2007 年第 3 期)、《〈聊斋志异〉蝗灾描写及植物崇拜的中外溯源》(武汉大学《人文论丛》2008 年卷)等基础上,获 2009 年度辽宁省社科规划基金项目"清代灾荒叙事与民俗想象研究"、2010 年中国博士后科学基金项目"清代灾荒叙事与御灾民俗想象研究"资助,后获国家社科基金后期资助支持,感谢辽宁省社科规划办、中国博士后科学基金会、国家社科工作办与各位专家学者的扶植,感谢多学科尤其是灾害史、荒政文献等前期成果提供的便利。除上述刊物,本书部分章节还在《晋阳学刊》《学术交流》《华南农业大学学报》《东南大学学报》《东方丛刊》《东疆学刊》《明清小说研究》《黑龙江社会科学》《福建师范大学学报》《哈尔滨工业大学学报》《上海师范大学学报》《西北民族大学学报》《社会科学辑刊》《河北学刊》等发表(有的不止一篇),曾被《中国社会科学文摘》《新华文摘》、中国人民大学《复印报刊资料》等摘编、转载多篇,感谢诸位编辑的指正、支持。本书更离不开博士后合作导师万建中教授多方指导、鼎力推荐;导师陈洪教授也一直关心、指教,这都非言谢所能表达。同时,感谢中华书局罗华彤先生、高天女士,为促进本书出版、书稿加工做出许多努力,减少了差误。课题仍在延伸,本书缺憾或可在今后岁月里部分地完善,谨请师友同道批评指正。

作者

2022 年 4 月于大连